KB118537

켈트의 꿈

EL SUEÑO DEL CELTA
by MARIO VARGAS LLOSA

켈트의 꿈

마리오 바르가스 요사 장편소설

조구호 옮김

EL SUEÑO DEL CELTA

Mario Vargas Llosa

문학동네

일러두기

주석은 모두 옮긴이주다.

알바로, 곤살로와 모르가나에게.

그리고 호세피나, 레안드로,

아리아드나, 아이타나, 이사벨라와 아나이스에게.

우리 각자는 '한 사람'이 아니라, 연속적으로, '많은 사람'이 된다. 그리고 이렇게 다른 사람들로부터 발현하는 연속적인 인격체들은 종종 서로에게 가장 기이하고 놀라운 차이점들을 드러내 보인다.

호세 엔리케 로도, 『프로테우스의 의도』 중에서

차례

콩고

El Congo

I

감방 문이 열리자 한줄기 빛과 강한 바람이 흘러들면서 돌벽에 묻혀 희미하던 거리의 소음도 따라 들어왔다. 로저는 깜짝 놀라 잠에서 깨어났다. 여전히 몽롱한 상태에서 정신을 차리려고 애쓰며 눈을 깜박여보니 문틀에 몸을 기댄 셰리프*의 실루엣이 희미하게 눈에 들어왔다. 황금빛 콧수염을 기르고 작은 눈이 험상궂은 셰리프의 무덤덤한 얼굴은 그가 결코 숨기려고 애써본 적이 없는 적대감을 드러내며 로저를 응시하고 있었다. 만약 영국 정부가 로저의 사면 청원을 받아들인다면, 누군가는 고통스

---

* 일반적으로 '보안관' 혹은 '법정 공무원'을 뜻하는데, 여기서는 '교도소 보안관'을 일컫는다.

러워할 것이다.

"면회요." 셰리프가 로저에게서 눈을 떼지 않은 채 중얼거렸다.

로저가 양팔을 문지르면서 일어섰다. 얼마 동안 잔 것일까? 펜턴빌 교도소에서 받는 고문들 가운데 하나는 시간을 인지하지 못하는 것이었다. 브릭스턴 교도소와 런던탑*에서는 매 삼십분과 매 시각을 알리는 종소리를 들을 수 있었다. 여기는 벽이 두꺼워 캘리도니언 로드의 교회들에서 울려퍼지는 종소리도, 이슬링턴 시장의 소음도 교도소 안으로는 도달하지 못했고, 감방 문 앞에 배치된 교도관들은 로저에게 말을 걸지 말라는 명령을 엄격하게 수행했다. 셰리프가 로저에게 수갑을 채우더니 로저더러 앞장서서 감방을 나가라고 지시했다. 그의 변호사가 좋은 소식이라도 가져온 걸까? 내각회의가 열려 어떤 결정이 내려진 걸까? 그 어느 때보다 언짢은 기색이 역력한 셰리프의 시선은 혹시 로저의 감형 소식이 전해졌기 때문일까? 로저는 때가 끼어 검게 변한 붉은 벽돌 벽으로 둘러싸인 기다란 복도를 걸어갔다. 복도 양옆은 감방의 철문들과 빛바랜 벽이었는데, 이십 보 내지 이십오 보 간격으로 높다란 격자창이 하나씩 달려 있어서 창문으로

---

* 1066년 템스 강변에 세워진 런던탑은 1100년에 최초로 수감자를 수용한 이래 스파이 요제프 야콥스가 처형된 1941년 8월까지 교도소로 사용되었다.

잿빛 하늘 한 조각을 볼 수 있었다. 로저는 왜 그리도 추워했던 가? 한여름인 칠월이었으니 살갗에 소름이 돋을 만큼 얼음장 같 은 추위를 느낄 이유란 없었다.

좁은 면회실에 들어서는 순간 그는 기분이 상했다. 면회실에 서 그를 기다리고 있던 사람은 변호사인 메트르* 조지 가번 더피 가 아니라 그의 조수 중 하나였다. 금발에 광대뼈가 튀어나오고 안색이 초췌한 젊은이가 옷을 멋지게 차려입고 있었는데, 로저 는 재판을 받는 나흘 동안 그 젊은이가 피고측 변호사의 서류 심 부름을 하는 걸 본 적이 있었다. 왜 메트르 가번 더피가 직접 오 지 않고 조수를 보냈을까?

젊은이가 로저에게 싸늘한 시선을 보냈다. 그의 눈동자에는 분노와 불쾌감이 배어 있었다. 이 바보 같은 녀석에게 뭐가 잘못 되기라도 한 걸까? '나를 버리지 보듯 하는군.' 로저는 생각했다.

"새로운 소식이 있나요?"

젊은이는 고개를 가로저었다. 그러더니 말을 하기 전에 숨을 들이마셨다.

"사면 청원 건에 관해서는 아직." 얼굴을 찌푸리자 안색이 더 초췌해 보이는 조수가 무뚝뚝하게 중얼거렸다. "내각회의가 소

* 프랑스어로 '선생님'.

집될 때까지 기다려야 해요."

로저는 비좁은 면회실에 셰리프와 다른 교도관이 함께 있는 것이 신경쓰였다. 두 사람이 조용히, 꼼짝 않고 있다 해도 로저는 자신과 조수가 나누는 얘기를 그들이 듣고 있다는 걸 알았다. 그런 생각이 로저의 가슴을 짓눌러 숨을 쉬기가 힘들었다.

"하지만, 최근의 몇 가지 사건들 때문에 이제 모든 게 더 어려워져버렸습니다." 젊은이가 처음으로 눈을 깜박거리고 입을 과장되게 벌렸다 다물었다 하면서 덧붙였다.

"펜턴빌 교도소에는 바깥소식이 도달하지 않아요. 무슨 일이 있었나요?"

만약 독일 해군본부가 결국 아일랜드 해변에서 영국을 공격하기로 결정했다면? 만약 꿈꿔오던 그 공격이 이뤄져, 바로 이 순간 카이저의 대포가 부활절 봉기에서 영국인들에게 총살당한 아일랜드 애국자들의 복수를 대신해주고 있었다면? 만약 전쟁이 그런 경로를 밟았다면, 그 모든 것에도 불구하고 결국 그가 계획했던 대로 일이 실현되는 것이었다.

"이제는 성공한다는 것이 어려워졌고, 아마도 불가능할 겁니다." 조수가 다시 말했다. 조수의 창백해진 얼굴에 분노가 서려 있었는데, 그의 희뿌연 얼굴 피부 밑에 감춰진 두개골의 형상이 로저의 눈에 들어왔다. 로저는 자기 등뒤에서 셰리프가 미소를 짓고 있으리라 예감했다.

"대체 무슨 말을 하는 거요? 가번 더피 씨는 사면 청원 건에 관해서는 낙관하고 있었어요. 대체 무슨 일이 있었기에 견해가 바뀐 거요?"

"선생의 일기 때문이에요." 젊은이가 짜증이 난다는 듯 인상을 쓰며 또박또박 말했다. 그가 목소리를 낮추는 바람에 로저는 그의 말을 알아듣기가 어려웠다. "스코틀랜드 야드*가 에버리 스트리트에 있는 선생 집에서 일기를 발견했다고요."

조수는 로저가 무슨 말이라도 하기를 기다리면서 한동안 말이 없었다. 하지만 로저가 그대로 입을 다물어버리자 분노를 표출하며 입술을 일그러뜨렸다.

"어쩌면 그토록 경솔할 수가 있어요, 이 양반아." 조수가 천천히 하는 말에 그의 분노가 더 역력하게 드러났다. "어떻게 그런 내용을 종이에 잉크로 쓸 수 있냐고요, 이 양반아. 그리고 설사 그렇게 했더라도, 어떻게 반反 대영제국 음모를 꾸미기 전에 일기를 폐기하는 기본적인 예방조치도 취하지 않은 거죠?"

'수염도 나지 않은 친구가 나를 "이 양반"이라고 부르다니, 모

---

* 런던 경찰청의 별칭. 창설 당시 경찰청의 위치가 런던에 있는 옛 스코틀랜드 궁전 터였던 데서 유래한 이름.

욕적이군.' 로저는 생각했다. 거드름을 피우는 이 애송이보다 로저가 적어도 두 배는 나이가 많은 걸 생각하면, 참으로 버릇없는 청년이었다.

"그 일기 쪼가리들이 지금 사방에 돌아다니고 있어요." 조수가, 비록 계속해서 불쾌한 상태였긴 해도, 이제는 로저를 쳐다보지 않은 채 한결 차분하게 덧붙였다. "해군본부에서 장관 대변인인 레지널드 홀 함장이 그 일기 사본을 기자 수십 명에게 직접나눠줬다고요. 지금 런던 전체에 퍼져 있어요. 의회에, 상원에, 자유파와 보수파의 클럽에, 신문사 편집국에, 교회에. 런던에서는 사람들이 그 일기 얘기만 해요."

로저는 아무 말도 하지 않았다. 꿈쩍도 하지 않고 있었다. 그는 또다시 낯선 느낌에 사로잡혔다. 1916년 4월의 그 비 내리는 우중충한 아침, 추위에 몸이 얼어붙은 채 아일랜드 남부의 매케나 요새 유적지에서 체포된 이래 최근 몇 개월까지 여러 번 그를 엄습했던 낯선 느낌 말이다. 지금 사람들의 입에 오르내리고 이런 일을 겪고 있는 사람이 그 자신이 아니라 다른 사람이라고 느껴졌던 것이다.

"선생의 개인사는 나도, 가번 더피 씨도, 그 누구도 신경쓸 일이 아니라는 걸 잘 알고 있습니다." 젊은 조수가 자신의 목소리에 배어 있는 화를 누그러뜨리려 애쓰며 덧붙였다. "이건 극히 전문적인 사안입니다. 가번 더피 씨는 선생에게 현 상황을 정확히 알리길 원했어요. 그리고 선생에게 마음의 준비를 시키려고 했어요. 사면 청원이 위태로워질 수 있거든요. 오늘 아침 일부 신문에 선생에 대한 각종 항의, 선생의 배신행위, 선생의 일기 내용에 관한 소문이 이미 실렸어요. 그렇게 되면, 사면에 우호적인 여론에도 영향이 있을 거예요. 물론 단순한 가정이지만요. 가번 더피 씨가 선생에게 계속 상황을 알려드릴 겁니다. 더피 씨에게 전할 말씀 있으십니까?"

죄수는 거의 알아보기 힘들게 고개를 저어 거부 의사를 표했다. 그러고는 즉시 면회실 문을 향해 고개를 돌렸다. 셰리프가 볼살이 투실한 얼굴로 교도관에게 뭔가를 지시했다. 교도관이 묵직한 빗장을 벗기고 문을 열었다. 감방으로 돌아가는 길이 로저에게는 한없이 멀게 느껴졌다. 검붉은 벽돌 벽으로 둘러싸인 기나긴 복도를 통과하는 동안 그는 어느 순간에라도 무언가에 발이 걸려 그 축축한 돌 위로 엎어진다면 다시는 일어나지 못할 것 같은 느낌이 들었다. 감방 철문 앞에 이르자 다음과 같은 사실이 떠올랐다. 로저가 펜턴빌 교도소에 수감되었을 때 셰리프는 그에게 이 감방에 수감되었던 모든 죄수가, 한 명의 예외도 없이, 형장의 이슬로 사라졌다고 말했었다.

"오늘 목욕 좀 해도 되겠습니까?" 로저가 감방으로 들어가기 전에 물었다.

비만한 교도관은 그 조수의 시선에서 로저가 보았던 것과 동일한 혐오가 담긴 눈으로 로저를 응시하면서 고개를 가로저었다.

"사형집행일까지는 목욕을 할 수 없을 거요." 셰리프가 각 단어를 음미하듯이 말했다. "그리고 그게 당신의 마지막 소원이라면 바로 그날 가능해요. 다른 사람들은 목욕 대신에 좋은 음식을 선호하죠. 좋은 음식은 미스터 앨리스에겐 골칫거리예요. 왜냐하면 밧줄이 몸에 닿는 걸 느끼는 순간 그 사람들, 똥을 싸버리거든요. 그래서 교수형장을 지저분하게 만들어버리잖아요. 혹시 모를까봐 알려주는 건데, 미스터 앨리스는 사형집행인이라오."

로저는 등뒤로 감방 문이 닫히는 것을 느끼자 작은 간이침대로 가서 엎어졌다. 그는 눈을 감았다. 수도꼭지에서 나오는 그 차가운 물을 느끼고 싶었을 것이다. 살에 닿아 살갗이 얼얼해지면서 파랗게 변하는 느낌을. 펜턴빌 교도소에서는 사형선고를 받은 죄수들을 제외한 일반 죄수들의 경우 졸졸 흘러내리는 차가운 물로 일주일에 한 번씩 비누 샤워가 허용되었다. 감방의 환경은 그런대로 견딜 만했다. 반면에 브릭스턴 교도소의 지저분한 환경을 떠올리면서는 전율을 느꼈는데, 그곳에서는 이와 벼룩이 간이침대 매트리스에 우글거렸으며 그의 등, 다리, 팔은 이들 곤충에 물린 자국으로 뒤덮였다. 그는 계속해서 그 생각을

해보려 애썼으나 뇌리에는 메트르 가번 더피가 나쁜 소식을 전
달하러 직접 오지 않고 대신 보낸, 멋쟁이처럼 옷을 입은 그 금
발 조수의 못마땅한 얼굴과 밉살스러운 목소리가 자꾸 다시 떠
올랐다.

II

　그의 출생에 관해 살펴보자면, 그는 1864년 9월 1일에 더블린 교외 샌디코브의 로슨 테라스에 있는 도일스 코티지에서 태어났는데, 물론 그는 그때의 일을 아무것도 기억하지 못했다. 비록 그가 항상 자신은 아일랜드의 수도에서 세상 빛을 보았다고 알고 있었다 해도, 인도에 주둔한 영국군의 라이트 드래군스* 제3연대에서 팔 년에 걸쳐 공훈을 세운 아버지 로저 케이스먼트 대위가 그에게 주입시켜준 바에 의해 자연스레 삶의 많은 부분이 좌우되었다. 아버지의 말에 따르면 그가 진짜로 태어난 곳은 아일랜드에서 신교도적이고 친영국적인 얼스터의 한가운데에 자

---

　* 영국군의 기병 연대.

리잡은 앤트림 카운티라고 한다. 케이스먼트 가문이 18세기 이래 정착해온 곳이었다.

로저는 그의 누나와 형들인 아그네스('니나'라 불림), 찰스 그리고 톰과 마찬가지로 아일랜드 성공회 신자처럼 키워지고 교육받았으나, 철이 들기 전인 어린 시절부터 자기 가족에게 종교 문제만큼은 모든 게 다른 문제들만큼 조화롭지만은 않다는 사실을 직감했다. 심지어는 몇 살 먹지 않은 어린 소년에게조차 어머니가 자신의 자매들 그리고 스코틀랜드의 사촌들과 함께 있을 때면 뭔가를 숨기는 것처럼 행동한다는 사실을 알아차리기란 어렵지 않았다. 사춘기 소년이 되었을 때, 그는 가족들이 숨기려던 것이 무엇인지 알게 되었다. 앤 젭슨은 로저의 아버지와 결혼하기 위해 외관상으로는 개신교로 개종했음에도, 남편 몰래 계속해서 (케이스먼트 대위라면 '교황절대주의자'라고 불렀을) 가톨릭 신자로서 고백성사를 하고, 미사에 참례하고, 영성체를 했는데, 비밀들 가운데 가장 신경을 써서 지켜진 것은, 로저가 네 살 때 그와 형제들을 데리고 이모와 외삼촌 들이 살고 있는 웨일스 북부의 릴에 가서 영세를 받게 했다는 사실이었다.

그들이 더블린에서 보낸 몇 년 동안, 또는 런던과 저지에서 보낸 몇 번의 시기에 로저가 아버지를 실망시키지 않으려고 개신교 일요 예배에 참석해 기도를 하고, 성가를 부르고, 경건한 태도로 전례를 행했다 해도, 그는 종교에 전혀 관심이 없었다. 어머니는 로저에게 피아노를 가르쳐주었고, 목소리가 청아한 로저가 가족 모임에서 옛 아일랜드의 발라드를 부를 때면 늘 박수갈채를 받았다. 당시 로저가 진정으로 흥미로워한 것은 케이스먼트 대위가 기분이 좋을 때면 그와 형제들에게 들려주던 이야기였다. 인도 이야기와 아프가니스탄 이야기, 특히 아프가니스탄 사람들, 시크교도들과 벌인 전투 이야기에 관심이 갔다. 그 이국적인 사람들과 이국적인 풍경, 온갖 보물, 맹수, 육식동물, 낯선 풍습과 야만적인 신들을 믿는 사람들을 숨기고 있던 밀림과 산을 건너던 그 여정들이 로저의 상상력에 불을 붙였다. 다른 형제들은 대영제국의 머나먼 국경선에서 아버지가 겪은 모험 이야기를 가끔 지루하게 여겼으나, 어린 로저는 그런 이야기를 들으면서 몇 시간이고 며칠이고 보낼 수 있을 정도였다.

글 읽는 법을 배우자 로저는 세상의 바다를 헤치고 나아간 바이킹과 포르투갈, 영국, 스페인의 위대한 항해가들 이야기에 즐겨 몰입했는데, 그들은 특정 지점에 이르면 바닷물이 끓기 시작하면서 바다의 깊은 틈이 벌어져 배 한 척을 통째로 집어삼킬 만한 식도를 가진 괴물들이 나타난다고 주장하는 신화를 잠재워버렸다. 이야기를 듣고 읽는 것 가운데 로저가 늘 선호했던 것은 아버지의 입에서 나오는 그들 모험담을 듣는 쪽이었다. 온화한 목소리의 케이스먼트 대위는 인도의 밀림이나 아프가니스탄의 카이버 고개에 있는 바위산들에 관해 맛깔스러운 어휘를 동원해 생생하게 묘사했는데, 언젠가 한번은 그곳에서 그의 라이트 드래군스 부대가 터번을 두른 광신도 무리의 매복 공격을 받았다. 영국의 그 용맹스러운 군인들은 처음에는 총을 쏘고, 그다음으로는 총검을 쓰고, 마지막으로는 주먹과 맨손으로 맞서 싸운 끝에 결국 그들을 패퇴시켰다. 하지만 어린 로저의 상상력을 자극했던 건 그런 군사적인 위업이 아니라 그들의 다양한 여정, 백인이 결코 밟아본 적이 없는 풍경에 통로를 개척했다는 사실, 온몸으로 용맹스럽게 인내한 것, 자연의 장애물을 제거한 것 등이었다. 로저의 아버지는 유쾌한 사람이었지만 지극히 엄격해서 자식들이 잘못이라도 하면 딸아이인 니나는 물론이고 자식들에게 가차없이 매질을 했는데, 왜냐하면 그것이 군대에서 잘못을 다루는 방식이었고, 그런 식의 벌만이 효과적이라는 사실을 확인했기 때문이었다.

로저가 아버지를 존경했다 할지라도, 부모 중 그가 진정으로 사랑했던 사람은 어머니였다. 초롱초롱한 눈과 윤기 흐르는 머리카락에 늘씬했던 어머니는 걷는다기보다는 떠다니는 것 같았으며, 어머니가 그 부드러운 손으로 로저의 곱슬머리를 헝클어뜨리고, 목욕을 시키며 그의 몸을 쓰다듬을 때면 그는 행복감

으로 충만해졌다. 로저가 나중에 배우게 된 것들 가운데 첫번째
는—다섯 살 때였을까, 여섯 살 때였을까?—대위가 가까이 있
지 않을 때면 로저가 어머니에게 달려가 품에 안길 수 있다는 것
이었다. 가문의 청교도적 전통에 충실했던 아버지는 아이들이
응석받이로 자라는 것을 달가워하지 않는 사람이었는데, 그렇
게 되면 생존투쟁에서 유약해진다고 생각했기 때문이다. 로저는
아버지 앞에서는 창백하고 섬세한 어머니 앤 젭슨과 일정한 거
리를 유지했다. 하지만 아버지가 클럽 친구들을 만나거나 산책
을 하러 나가고 나면 로저는 어머니에게 달려갔고, 어머니는 로
저에게 수없이 입을 맞추며 지극히 다정하게 그를 쓰다듬어주었
다. 찰스, 니나 그리고 톰은 가끔 이렇게 항의했다. "엄마는 우리
보다 로저를 더 사랑해요." 그러면 그들의 어머니는 그렇지 않다
고, 모두를 똑같이 사랑한다고, 로저는 아직 많이 어려서 형들과
누나보다 더 많은 관심과 애정을 필요로 할 뿐이라고 그들을 안
심시켰다.

　1873년 어머니가 세상을 떠났을 때 로저는 아홉 살이었다. 수
영을 배워온 그는 자기 또래들뿐만 아니라 나이가 더 많은 소년들
과 벌인 시합에서 모두 이겼다. 앤 젭슨의 명복을 비는 경야經夜에
서, 그리고 고인을 매장하는 동안에 많은 눈물을 흘린 니나, 찰
스, 톰과 달리 로저는 단 한 번도 울지 않았다. 슬프고 우울한 그

며칠 동안 케이스먼트의 집은 상복 차림의 사람들로 가득찬 작은 장례 예배당으로 변했는데, 조문객들은 낮은 목소리로 말하며, 회한이 서린 얼굴의 케이스먼트와 네 아이에게 위로의 말을 건네고 포옹을 했다. 여러 날 동안 로저는 벙어리가 되어버린 것처럼 한 마디도 할 수 없었다. 질문을 받으면 고갯짓이나 몸짓으로만 대답했고, 심각한 표정에 고개를 떨군 채 시선은 갈 곳을 잃었는데, 심지어는 밤에 방의 불을 끈 뒤에도 마찬가지였고, 잠을 이루지 못했다. 그뒤로, 그리고 그의 남은 생애 동안 때때로 꿈에 어머니 앤 젭슨이 찾아와 특유의 환대하는 미소로 두 팔을 벌릴 때면, 그는 그 품에 안겨 머리에, 등에, 뺨에 와닿는 그녀의 가느다란 손가락으로 인해 자신이 보호를 받고 있으며 행복하다고 느꼈다. 세상의 온갖 악으로부터 자신을 보호해주는 것 같은 느낌이었다.

그의 형제들은 곧 마음을 추슬렀다. 그리고 로저 역시 외관상으로는 그랬다. 비록 그가 말을 되찾았다고는 해도 어머니의 일에 대해서는 결코 언급하지 않았기 때문이다. 가족 중 누군가 그에게 어머니를 상기시킬 때면 그는 아무 말도 하지 않고 대화 주제가 바뀔 때까지 침묵 속에 스스로를 유폐했다. 로저는 잠을 못 이루는 밤이면 불행한 앤 젭슨의 얼굴이 어둠 속에서 슬픈 눈길로 자신을 쳐다보고 있다고 느꼈다.

마음을 추스르지도 못하고 본래의 자신으로 돌아가지도 못했던 사람은 바로 로저 케이스먼트 대위였다. 다정하게 표현을 잘하는 사람이 아니기도 했고, 로저와 형제들도 아버지가 어머니에게 잘해주는 모습을 결코 본 적이 없었기 때문에, 아버지에게 아내의 부재가 재난을 의미한다는 사실에 네 아이 모두 놀랐다. 언제나 흠잡을 데 없이 말쑥하던 대위가 이제는 옷을 아무렇게나 입었고, 수염이 까칠하게 자라도록 내버려두었으며, 자신이 홀아비가 된 것이 자식들 탓이라는 듯 잔뜩 찡그린 얼굴에 원망 어린 눈으로 그들을 쳐다보았다. 앤이 죽고 얼마 지나지 않아 대위는 더블린을 떠나기로 작정하고는 네 아이들을 얼스터에 있는 친지의 집인 맥혜린템플하우스로 보냈는데, 그때부터 종조할아버지 존 케이스먼트와 그의 부인 샤를로테가 아이들 양육을 떠맡게 되었다. 아버지는 자식들한테는 아예 신경을 쓰고 싶지 않다는 듯이 그곳에서 40킬로미터 떨어진 밸리미나의 아데어 암스호텔로 가버렸다. 종조할아버지 존이 가끔 엉겁결에 뱉어낸 말에 따르면, 케이스먼트 대위는 그곳에서 "고통과 고독으로 반쯤 미친 상태에서" 영매, 카드, 유리구슬을 통해 죽은 아내와 소통하려고 애쓰면서 밤낮으로 강신술에 몰두하며 지냈다.

그때부터 로저는 아버지를 자주 보지 못했고, 아버지가 들려주던 인도와 아프가니스탄에 관한 이야기도 결코 다시 듣지 못했다. 로저 케이스먼트 대위는 아내가 죽고 삼 년 뒤인 1876년에 결핵으로 죽었다. 로저는 막 열두 살이 되어 있었다. 밸리미나 교구 학교에서 삼 년을 보낸 로저는 라틴어, 프랑스어, 고대사 과목에서만 두각을 나타냈을 뿐, 그 밖의 과목에서는 보통 성적을 받는 산만한 학생이었다. 그는 자주 시를 쓰고, 늘 생각에 잠겨 있는 것처럼 보였고, 아프리카와 극동 지역에 관한 여행서를 탐독했다. 각종 운동을 했는데, 특히 수영을 즐겼다. 주말에는 가끔 어느 급우의 초대를 받아 영 가문의 갈고름성에 갔다. 하지만 로저는 이 급우보다는 아름답고 교양 있는 작가 로즈 모드 영과 더 많은 시간을 보냈다. 그녀는 게일어*로 된 시, 전설, 노래를 채집하면서 앤트림의 어촌과 농촌을 돌아다녔다. 로저는 그녀의 입을 통해 아일랜드 신화의 영웅적인 전투들에 관해 처음으로 듣고 알게 되었다. 성루, 문장, 굴뚝을 갖추고 정면은 대성당 같은 모습을 한 그 검은 돌 성은 17세기에 알렉산더 콜빌이 축성한 것인데, 그는—입구에 걸린 초상화로 보건대—얼굴이 못생긴 신학자로, 밸리미나에서는 그가 악마와 협약을 맺었으며 그의 유령이 성안을 배회한다는 소문이 돌았다. 몇 번의 달밤에 로

---

* 인도유럽어족의 켈트어파에 속하는 언어군. 아일랜드어, 스코틀랜드게일어, 맹크스어가 이에 속한다.

저는 몸을 벌벌 떨면서도 용기를 내어 복도와 빈방에서 그 유령을 찾으려고 해보았으나 찾지는 못했다.

여러 해가 지난 뒤에야 비로소 로저는 케이스먼트 가문의 구가舊家로서 예전에는 처치필드라고 불린 적이 있고, 성공회 컬페이트린 본당의 사제관이었던 맥헤린템플하우스에서 편안함을 느끼는 법을 배우게 되었다. 왜냐하면 아홉 살에서 열다섯 살까지 종조할아버지 존과 종조할머니 샤를로테 그리고 그 밖의 친가 친척들과 함께 지내는 육 년 동안 그는 회색 돌로 외벽을 쌓은 삼층짜리 저택, 즉 높은 천장, 담쟁이덩굴로 뒤덮인 외벽, 가짜 고딕양식 지붕들과 커튼이 유령들을 감춘 것처럼 보이던 그 위압적인 저택에서 항상 자신이 왠지 외지인 같다는 느낌을 받았기 때문이다. 넓은 방들, 긴 복도들, 닳아버린 나무 난간과 삐걱거리는 디딤판 달린 계단들이 고독을 심화시켰다. 반면에 그는 폭풍을 견뎌낸 튼튼한 느릅나무, 단풍나무, 복숭아나무, 그리고 암소와 양이 노니는 부드러운 언덕들 사이에서 야외활동을 즐겼는데, 그 언덕들에 올라서면 밸리캐슬 마을, 바다, 래틀린 섬에 부딪혀 부서지는 파도가 보이고, 쾌청한 날에는 스코틀랜드의 윤곽이 흐릿하게 보였다. 그는 아일랜드 옛 전설들의 무대처럼 보이는 인근의 쿠셴던 마을과 쿠셴달 마을, 북부 아일랜드에 위치한 구릉과 바위 비탈로 둘러싸인 아홉 개의 협곡을 자주 찾아갔다. 협곡 정상에서 독수리들이 원을 그리며 나는 장면을 보고 있노라면 자신이 용감해지고 의기양양해진다고 느꼈다. 그가 좋아하던 오락거리는 경치만큼 나이를 많이 먹은 농부들이 있는 그 거친 땅을 돌아다니는 것이었다. 몇몇 농부들은 자기들끼리 옛 아일랜드 말로 대화를 했고, 종조할아버지 존과 그의 친구들은 가끔 농부들의 말에 대해 심한 농담을 나누었다. 찰스와 톰은 로저의 야외활동에 대한 열정을 공유하지도 않았고, 앤트림의 산야를 가로질러 걷거나 울퉁불퉁한 구릉을 오르는 것을 즐기지도 않았다. 반면에 니나는 그런 생활을 즐겼고, 그래서 니나가 로저보다 여덟 살이나 많았음에도 로저는 니나를 좋아해서 누나와는 늘 사이좋게 지냈다. 누나와 함께 멀로 만灣까지 여러 번 소풍을 다녀오기도 했다. 만 주변에는 검은 바위가 빼곡하게 들어차 있고, 아홉 개의 협곡 가운데 하나인 글렌세스크 자락에는 작은 자갈 해변이 있었다. 그 작은 해변을 돌아다니던 추억을 그는 평생 간직했으며, 훗날 가족에게 보내는 편지에서는 그곳을 늘 "그 천국의 모퉁이"라고 언급했다.

하지만 로저가 시골을 돌아다니는 것보다 더 좋아한 것은 여름방학이었다. 리버풀의 그레이스 이모 집에서 여름방학을 보낼 때면 그 집에서는 자신이 사랑받고 환영받는다고 느꼈다. 그레이스 이모는 물론 이모부인 에드워드 배니스터에게서도 마찬가지였다. 이모부는 세상 이곳저곳을 많이 돌아다닌 사람이었다. 사업차 아프리카까지 갔었다. 이모부는 영국과 서아프리카를 오가며 화물과 승객을 실어나르는 상선회사 엘더 뎀프스터 라인에서 근무했었다. 그레이스 이모와 에드워드 이모부 사이에 태어난 아이들, 즉 로저의 이종사촌들은 로저에게 친형제들보다 더 좋은 놀이 친구였고, 특히 '지'라고 부르던 이종사촌 거트루드 배니스터와는 아주 어릴 때부터 말다툼 한 번 하지 않을 정도로 친했다. 둘이 서로 얼마나 각별했던지 언젠가는 니나가 농담을 하기도 했다. "너희들 그러다 결혼까지 하겠구나." 지는 웃었지만 로저는 머리카락 뿌리까지 붉어질 정도로 얼굴이 달아올랐다. 그는 제대로 올려다보지도 못한 채 더듬거렸다. "아냐, 아냐, 왜 그런 이상한 소리를 하는 거야?"

이종사촌들이 있는 리버풀에 머물 때 로저는 가끔 자신의 소심증을 극복하고 에드워드 이모부에게 아프리카에 관해 물었다. 아프리카는 말만 들어도 로저의 머릿속을 밀림, 맹수, 모험, 용맹스러운 남자들로 가득 채워버리는 대륙이었다. 로저는 몇 년 전 에드워드 배니스터 이모부 덕분에 스코틀랜드의 의사이자 선교사인 데이비드 리빙스턴 박사에 관해 처음으로 알게 되었다. 그는 잠베지강과 시레강을 돌아다니고, 여러 산과 알려지지 않은 곳에 이름을 붙여주고, 야만족에게 기독교를 전파하면서 아프리카를 탐험한 사람이었다. 그는 또한 한쪽 해변 끝에서 다른 쪽 해변 끝까지 아프리카를 횡단한 최초의 유럽인이자 칼라하리 사막을 최초로 횡단한 탐험가로서, 대영제국에서 가장 유명한 영웅이 되었다. 로저는 리빙스턴 꿈을 꾸고 그의 위업을 기술한 팸플릿을 읽으면서, 그 탐험대의 일원이 되어 온갖 위험을 직접 겪고 싶다는 열망, 석기시대를 탈피하지 못한 그 미개인들에게 기독교 신앙을 전파하는 그를 돕고 싶다는 열망을 품었다. 나일강의 수원을 찾던 리빙스턴 박사를 아프리카 밀림이 삼켜버리는 바람에 박사가 사라졌을 때, 로저의 나이는 두 살이었다. 1872년, 또 다른 전설적인 모험가이자 탐험가이면서 뉴욕 신문사 기자인 웨일스 출신 헨리 모턴 스탠리가 아프리카 밀림에서 빠져나와 자신이 생존해 있는 리빙스턴을 발견했다는 사실을 세상에 알렸을 때, 로저는 막 여덟 살이 되어가고 있었다. 소년은 그 소설 같은 이야기에 놀라워하고 부러워하면서 푹 빠졌다. 그리고 일 년 뒤, 아프리카 땅을 결코 떠나지 않으려 했고 영국으로 돌아가려 하지도 않았던 리빙스턴 박사가 사망했다는 사실이 알려지자, 로저는 사랑하던 가족 하나를 잃은 듯한 느낌이었다. 로저는 어른이 되면 자신도 서양의 경계를 넓히고 아주 비상한 삶을 살았던 거인 리빙스턴과 스탠리 같은 탐험가가 되겠다고 작정했다.

로저가 열다섯 살이 되었을 때 종조할아버지 존 케이스먼트는 로저와 그의 형제들이 생활비를 벌지 못한다는 이유로 로저에게 공부를 그만두고 일자리를 알아보라고 권했다. 로저는 그 충고를 기꺼이 받아들였다. 상호 동의하에 그들은 로저가 북아일랜드보다 일자리를 찾을 가능성이 더 많은 리버풀로 가는 게 좋겠다고 결정했다. 실제로 그가 배니스터 가족이 사는 곳에 도착하고 얼마 지나지 않아 이모부 에드워드는 자신이 여러 해 동안 근무했던 회사에 로저의 일자리를 구해주었다. 열다섯 살 생일이 지나자마자 로저는 그 상선회사에서 수습사원으로 근무하기 시작했다. 그는 실제보다 더 어른스러워 보였다. 키가 크고 호리호리한 체격에 그윽한 회색 눈, 검은 곱슬머리, 맑은 피부, 고른 치아를 가진 그는 절도 있고 신중하고 깔끔하고 친절하고 자상했다. 그리고 아일랜드 억양이 두드러지는 영어를 사용해 사촌들의 놀림감이 되기도 했다.

그는 진지하고 끈기 있고 말수가 적은 소년이었으며, 지적으로는 준비가 썩 잘되어 있지 않았지만 노력파였다. 일을 제대로 배우기로 작정한 그는 회사 업무를 아주 진지하게 수행했다. 회사는 그를 관리 및 회계 부서에 배정했다. 처음에는 전달 업무를 맡았다. 각 사무실로 서류를 배달하고 배와 세관과 창고 사이에서 이뤄지는 업무를 처리하기 위해 항구에 다녀오곤 했다. 상사들은 그를 정중하게 대해주었다. 그러나 엘더 뎀프스터 라인에 근무한 지 사 년이 되어가도록 그 누구와도 친해지지 못했다. 그의 내성적인 성격과 금욕적인 습관 때문이었다. 흥청거리는 술자리도 싫어하고 술을 거의 마시지 않았으며, 항구의 바와 성매매업소에 드나드는 모습도 결코 보이지 않았다. 그때부터 그는 골초가 되었다. 아프리카에 대한 열정과 회사에서 자신의 진가를 보여주겠다는 소망을 품고 그는 대영제국과 서아프리카 간 해상무역에 관한, 여러 사무실을 돌고 도는 팸플릿과 출판물을 주의깊게 읽으면서 빼곡하게 메모를 해나갔다. 그러고 나서는 그들 텍스트에 내포된 여러 아이디어를 확신을 가지고 반복해서 숙지했다. 유럽에서 생산된 물건을 아프리카로 가져가고 아프리카 땅에서 나온 원자재를 수입하는 것은, 상업적인 거래라기보다 오히려 선사先史에 붙잡혀 식인풍습과 노예무역에 함몰되어 있는 부족들의 발전을 위한 사업이었다. 무역은 교양 있고, 자유롭고, 민주주의적인 근대 유럽의 종교, 도덕, 법, 다양한 가치를 그곳 아프리카로 가져가는 것으로, 이는 결국 그들 부족의 불운한 사람들을 우리 시대의 남자와 여자로 변화시키는 진보였다. 이 사업에서 대영제국은 유럽의 선두에 서 있었으니, 대영제국의 일원이라는 것과, 엘더 뎀프스터 라인에서 이뤄지는 업무에 참여한다는 것은 자부심을 느껴 마땅할 일이었다. 그의 사무실 동료들은 젊은 로저 케이스먼트가 그저 바보인 건지 아니면 재

주가 있는 사람인지, 그런 터무니없는 생각을 진짜로 믿고 있는
건지 아니면 상사들에게 잘 보이기 위해 그렇게 주장할 뿐인지,
서로 조롱하는 눈길을 주고받으며 궁금해했다.

리버풀에서 일하는 사 년 동안 로저는 계속해서 그레이스 이
모와 에드워드 이모부 집에 살면서 그들에게 급료의 일부를 주었
고, 두 사람은 로저를 친아들처럼 대했다. 로저는 이종사촌들과
잘 지냈는데, 특히 거트루드와는 일요일과 휴일에 날씨가 좋으
면 함께 보트를 타고 나가 낚시를 했고 비가 오면 벽난로 앞에서
소리 내어 책을 읽으며 시간을 보냈다. 두 사람의 관계는 간교함
이나 불장난의 기색 없이 우애에서 비롯된 것이었다. 거트루드
는 로저가 남몰래 쓴 시들을 보여준 첫번째 사람이었다. 로저는
회사 업무를 속속들이 파악하게 되었고, 아프리카의 항구들에
전혀 발을 디뎌보지 않은 상태에서 마치 그곳의 사무실들을 오
가고, 거래와 수속을 하고, 관습을 익히고, 그곳 사람들 사이에
서 평생을 살아오기라도 한 듯이 그 항구들에 관해 얘기했다.

로저는 SS 보우니 호를 타고 서아프리카에 세 번 다녀왔는데,
그 경험은 그에게 대단한 열정을 불러일으켰고, 세번째 여행에서
돌아온 뒤 그는 직장을 그만두고 형제들과 이모 내외, 그리고 이
종사촌들에게 자신이 아프리카로 가기로 작정했음을 알렸다. 의
기양양한 태도로 자신의 결심을 알린 로저는 에드워드 이모부의

말에 따르면, "중세에 예루살렘을 해방시키기 위해 동방으로 떠난 십자군 같았다." 가족들은 로저를 배웅하러 항구까지 나갔고, 지와 니나는 눈물을 몇 방울 흘렸다. 로저는 막 스무 살이었다.

III

셰리프가 감방 문을 열고 보내오는 시선에 로저는 위축감을
느끼며, 자신이 늘 사형제 찬성론자였다는 사실을 부끄러운 듯
상기했다. 그는 몇 년 전 영국 외무부에 제출한 '블루 북'*「푸투
마요에 관한 보고서」에서 푸투마요의 페루 출신 고무왕 훌리오
세사르 아라나를 일벌백계로 다스려야 한다고 주장함으로써 자
신이 사형제에 찬성한다는 사실을 공공연하게 드러냈었다. "만
약 우리가 그 흉악한 범죄들을 저지른 그의 목을 매달 수만 있다
면, 불행한 원주민들이 겪었던 끝없는 고통과 이들에 대한 극악
무도한 박해의 종말이 시작될 것이다." 지금이라면 로저는 그런

---

* 영국 의회의 공식 보고서. 표지가 청색인 데서 유래한 이름.

문장을 쓰지 않을 것이다. 그리고 그 사실을 상기하기 전에, 어느 집에서든 새장을 발견하게 되면 늘 느껴지던 불쾌감에 대한 기억이 뇌리를 스쳤다. 새장에 갇힌 카나리아, 검은머리방울새, 앵무새 들은 그에게 늘 무용한 잔인성의 희생자처럼 보였다.

"면회요." 셰리프가 눈과 목소리에 경멸을 담아 그를 노려보면서 중얼거렸다. 셰리프는 로저가 자리에서 일어나 손으로 죄수복을 툭툭 터는 사이 빈정거리는 투로 덧붙였다. "케이스먼트 씨, 당신 오늘 다시 신문에 났더군. 당신이 조국을 배반했다는 이유가 아니라……"

"내 조국은 아일랜드요." 로저가 말을 끊었다.

"……당신의 그 구역질나는 행위 때문에 말이오." 셰리프가 침을 뱉으려는 것처럼 혀를 끌끌 찼다. "배반자인 동시에 사악한 인간이오. 쓰레기 같은 인간! 당신이 외줄을 타고 춤추는 걸 보면 재미있을 것 같소, 엑스 서_{ex-Sir}* 로저."

"내각이 사면 요청을 거부했나요?"

"아직은 아니오." 셰리프가 뜸을 들이다가 대답했다. "하지만 거부할 거요. 국왕 폐하께서도 물론이고."

"왕에게는 사면을 요청하지 않을 겁니다. 그 사람은 내 왕이

---

* 전임(前任) 경(卿)이라는 의미.

아니라 당신들의 왕이잖소."

"아일랜드는 영연방이오." 셰리프가 중얼거렸다. "더블린에서 발생한 그 비열한 부활절 봉기를 진압하고 난 지금은 이전보다 훨씬 더 그렇소. 그 봉기는 전쟁중인 한 나라의 등에 칼을 꽂은 거요. 나였더라면 봉기의 주동자들을 총살형이 아니라 교수형에 처했을 거요."

면회실에 도착해서야 셰리프는 입을 다물었다.

면회 신청자는 전에 그를 보러 왔던 펜턴빌 교도소의 가톨릭 지도사제 캐레이 신부가 아니라, 지라 부르던 이종사촌 거트루드였다. 그녀는 로저를 힘껏 껴안았고, 로저는 그녀가 자신의 팔 안에서 파르르 떠는 것을 느꼈다. 로저는 추위로 몸을 떠는 작은 새를 생각했다. 로저가 투옥되어 재판을 받아온 시간만큼 지라 나이가 많이 들어 있었다. 로저는 리버풀의 활기찬 장난꾸러기 소녀, 런던의 삶을 사랑하던 멋진 여자, 아픈 다리 때문에 친구들이 애칭으로 '호피(절름발이)'*라 부르던 여자를 기억했다. 그녀는 이제 몇 년 전의 건강하고 강인하고 자신감 넘치던 여인이 아니라 쪼그라든 몸에 병약한 노부인이 되어 있었다. 투명하던 눈은 흐리멍덩해졌고 얼굴과 목과 손은 주름투성이였다. 그녀는

---

* hoppy. 깡충 뛰듯 움직이는 모습을 일컫는 표현.

다 해진 검은 옷을 입고 있었다.

"나한테서 세상의 모든 쓰레기 냄새가 날 거야." 로저가 자신의 거칠거칠한 파란색 양모 죄수복을 가리키며 농담을 했다. "이 사람들이 내게서 샤워할 권리를 빼앗아버렸거든. 만약 내 사형이 집행된다면 그날 그 권리를 단 한 번 되돌려줄 거래."

"내각회의가 사면을 수용할 거니까 그렇게 되지는 않을 거야." 거트루드는 자신의 말에 힘을 더 싣기 위해 고개를 끄덕이면서 단언했다. "윌슨 대통령이 너를 대신해 영국 정부에 중재를 요청할 거야, 로저. 윌슨 대통령이 전보 한 통을 보내기로 약속했어. 넌 사면을 받게 될 거고, 사형까지 가지 않을 거니까, 내 말을 믿어."

긴장한 탓인지 말을 하는 지의 목소리가 몹시 갈라졌고, 로저는 그런 그녀에게, 그리고 이 며칠 동안 그녀처럼 괴로워하고 불안해하던 모든 친구들에게 연민을 느꼈다. 로저는 교도관이 언급했던 신문들의 맹비난에 대해 지에게 물어보고 싶었으나 참았다. 미국 대통령이 로저를 위해 중재에 나설까? 틀림없이 '클랜 나 게일'*의 존 드보이와 친구들이 이 일을 주도했을 것이다. 만

---

* 1867년 미국에서 설립된 아일랜드 공화파 조직. 'Clan na Gael'은 '게일의 가족'이라는 의미다.

약 그렇다면 존 드보이의 조치는 효과가 있을 것이다. 내각이 로저의 형벌을 감형할 가능성이 여전히 있었다.

앉을 곳이 없었기 때문에 로저와 거트루드는 셰리프와 교도관을 등진 채 서로에게 아주 가까이 서 있었다. 네 사람이 들어찬 작은 면회실이 밀실공포증을 유발하는 장소로 바뀌고 있었다.

"네가 퀸 앤스 학교에서 해고되었다고 가번 더피가 전해주더라." 로저가 미안해하며 말했다. "나 때문이라는 거 잘 알아. 정말정말 미안해, 지. 네게 피해를 끼칠 생각은 추호도 없었어."

"학교가 나를 해고한 게 아니라 나더러 계약 취소를 수용하겠느냐고 물은 거야. 그리고 나에게 40파운드의 배상금을 지급해줬어. 난 괜찮아. 그래서 내가 네 목숨 구하려고 작업중인 앨리스 스톱포드 그린을 도울 시간도 더 많이 생긴 거잖아. 지금으로서는 그게 가장 중요한 일이야."

그녀는 이종사촌의 손을 잡고 다정하게 꽉 쥐었다. 지는 캐버섐에 있는 퀸 앤스 병원 부속학교에서 여러 해 동안 아이들을 가르쳤고, 교감이 되었다. 그녀는 늘 자신의 일을 좋아해서 로저에게 보내는 편지에도 업무에 관한 재미있는 일화들을 언급했었다. 그리고 지금, 그녀는 어느 타락한 남자의 친척이라는 이유로 실직 상태에 놓이게 되었다. 그녀의 생계에는 지장이 없었을까? 아니라면 도움을 줄 만한 사람은 있을까?

"그들이 너에 관해 유포하고 있는 불명예스러운 얘기를 믿는 사람은 아무도 없어." 거트루드는 면회실에 있는 다른 두 남자가 듣지 못하게 하려는 듯 목소리를 최대한 낮춰 말했다. "너를 위해 수많은 주요 인사들이 서명한 성명서의 효력을 약화시키려고 정부가 그런 중상모략을 이용한다는 사실에 점잖은 사람들은 모두 분개한 상태야, 로저."

흐느끼려는지 그녀의 목소리가 끊겼다. 로저가 다시 그녀를 안았다.

"너를 정말 좋아했어, 지, 내겐 정말 소중해." 그가 그녀의 귀에 대고 속삭였다. "지금은 그 어느 때보다 더더욱 그래. 좋을 때나 나쁠 때나 네가 내게 보여준 신의를 늘 고맙게 생각할 거야. 네 생각은 내게 아주 중요한 소수 의견 중 하나야. 내가 해왔던 모든 일이 아일랜드를 위해서였다는 걸 너는 알 거야, 그렇지? 아일랜드의 대의랄까, 고결하고 광대한 대의를 위한 거야. 지, 그렇지 않아?"

그녀는 그의 가슴에 얼굴을 묻은 채 나직이 흐느끼기 시작했다.

"면회 시간 십 분 중 오 분 지났습니다." 셰리프가 두 사람을 돌아다보지 않은 채 상기시켰다. "오 분 남았어요."

"요새 생각에 빠져서 시간을 보내는 게 일이다보니, 우리가 더 젊었을 때, 삶이 우리에게 미소를 짓던 리버풀에서 보낸 그 몇 년이 많이 떠오르더라, 지."

"다들 우리가 사랑하는 사이라고, 언젠가는 결혼할 거라고 믿었지." 지가 중얼거렸다. "나도 그때가 가끔 그리워, 로저."

"우리는 연인 그 이상이었잖아, 지. 오누이였고 공모자들이었지. 동전의 양면이었어. 그 정도로 마음이 맞았어. 너는 내게 많은 것이었어. 내가 아홉 살 때 돌아가신 어머니였고, 내가 결코 가져본 적이 없는 친구들이었어. 너와 함께 있으면 내 형제들과 함께일 때보다 늘 더 좋았지. 너는 내게 믿음, 삶의 안정감, 즐거움을 선사했어. 나중에 내가 아프리카에서 보낸 세월 내내 네 편지들은 나를 나머지 세상과 연결시켜주는 유일한 다리였어. 내가 네 편지를 받고 얼마나 행복해했는지, 얼마나 자주 읽고 또 읽었는지 넌 모를 거야."

로저는 조용해졌다. 그는 자신도 막 울음을 터뜨릴 것 같다는 걸 이종사촌 누이가 알게 하고 싶지 않았다. 그는 의심할 바 없이 청교도적인 교육의 영향으로 어릴 때부터 사람들 앞에서 감정을 과도하게 드러내기를 꺼렸으나, 최근 몇 개월 사이에는 과거에 다른 사람들이 취하면 아주 싫어했던 유약한 태도를 그 스스로도 가끔씩 취하는 것이었다. 지는 아무 말도 하지 않았다. 여전히 로저를 안은 채였고, 로저는 그녀의 가슴을 부풀게 하다가 가라앉게 하는 거친 숨결을 느꼈다.

"내 시를 보여준 사람은 너 뿐이었어. 기억나?"

"아주 끔찍했다는 게 기억나지." 거트루드가 말했다. "하지만 내가 너를 많이 아꼈기 때문에 네 시도 아주 좋다고 했었어. 어떤 건 외우기도 했고."

"네가 내 시를 좋아하지 않았다는 건 나도 잘 알고 있었어, 지. 내가 시를 단 한 편도 출간하지 않은 건 행운이었고. 너도 알다시피, 하마터면 출간할 뻔했지만."

두 사람은 서로를 쳐다보고는 결국 웃고 말았다.

"우리는 너를 돕기 위해 뭐든지, 뭐든지 하고 있어, 로저." 지가 다시금 아주 심각한 표정이 되어 말했다. 그녀의 목소리 또한 나이들어 있었다. 단호하고 상큼했던 목소리가 이제는 더듬거리며 갈라졌다. "우리는 너를 아끼고, 우리는 수가 많아. 물론 앨리스가 첫번째야. 천지를 움직이고 있어. 편지를 쓰고 정치가, 관료, 외교관 들을 찾아다니고 있지. 사안을 설명하고 탄원을 하고. 문이란 문은 모두 두드려. 앨리스가 너를 만나러 오려고 다양한 조치를 취하고 있어. 어려운 일이지만. 가족들만 면회가 허락되니까. 하지만 앨리스는 유명인사고 영향력이 있잖아. 허가를 받아서 면회를 올 거니까 기다려봐. 더블린 봉기 때, 스코틀랜드 야드가 앨리스의 집을 위아래로 샅샅이 뒤졌다는 거, 너 알고 있었니? 많은 서류를 가져가버렸어. 앨리스는 널 아끼고 아주 높이 평가해, 로저."

'그건 알고 있어.' 로저는 생각했다. 그 또한 앨리스 스톱포드 그린을 아끼고 높이 평가했다. 아일랜드 출신 역사가인 앨리스는 케이스먼트처럼 성공회 신자 가정에서 태어났다. 그녀의 집은 런던에서 사람들이 가장 많이 모여드는 지적인 살롱들 가운데 하나였다. 아일랜드의 모든 민족주의자와 자치론자의 각종 강의 및 토론, 회합의 중심지였으며, 그녀는 정치적인 사안에서 로저에게 단순한 친구와 조언자 이상이었다. 그녀는 로저를 교육시켰고, 아일랜드가 강력한 이웃 국가에 흡수되기 전의 과거, 기나긴 역사, 그리고 찬란한 문화를 로저가 발견하고 사랑할 수 있게 해주었다. 로저에게 책을 추천하고, 열정적인 대화를 통해 그를 계몽시켰으며, 불행하게도 그가 결코 완벽하게 습득할 수 없었던 아일랜드어 수업을 계속 듣도록 그를 자극했다. '난 게일어를 말해보지 못하고 죽을 거야.' 그는 생각했다. 그리고 훗날 로저가 과격한 민족주의자가 되었을 때, 허버트 워드가 붙여주고 로저가 아주 달가워했던 별명인 '켈트'라는 이름으로 런던에서 가장 먼저 그를 부르기 시작한 사람이 바로 앨리스였다.

"십 분 됐습니다." 셰리프가 말했다. "헤어질 시간입니다."

그는 이종사촌 누이가 그의 귀에 입술을 갖다대려 하며 그를 끌어안는 것을 느꼈는데, 그의 키가 훨씬 크다보니 그녀의 입이 닿기가 쉽지 않았다. 그녀는 거의 들리지 않을 정도로 목소리를 낮춰 말했다.

"신문에 실린 그 끔찍한 것들은 모두 중상모략이고 비열한 거짓말이야. 그렇잖아, 로저?"

너무 뜻밖의 질문이었기에 그는 대답을 하기까지 몇 초간 망설였다.

"지, 언론에서 나에 관해 뭐라 하는지 나는 잘 몰라. 여기는 신문이 오지 않으니까. 하지만," 로저는 조심스럽게 적합한 단어들을 찾아보았다. "네 말대로 분명 그럴 거야. 난 네가 한 가지만 유념해주면 좋겠어, 지. 그리고 내가 하는 말을 믿어줘. 물론 난 많은 실수를 했어. 하지만 난 부끄러워할 이유가 전혀 없어. 너도, 내 친구들 그 누구도 나를 부끄럽게 생각할 필요가 없어. 나를 믿는 거지, 그렇지, 지?"

"물론, 너를 믿어." 이종사촌 누이는 두 손으로 입을 막은 채 흐느꼈다.

감방으로 돌아가는 동안 로저는 두 눈에 눈물이 차오르는 것을 느꼈다. 셰리프가 눈치채지 못하게 하느라 갖은 애를 써야 했다. 울고 싶은 생각이 드는 건 드문 일이었다. 그가 기억하는 한, 체포된 이래 그 몇 달 동안 자신은 운 적이 없었다. 스코틀랜드 야드에서 취조를 받는 동안에도, 재판정에서 심문을 받는 동안에도, 교수형에 처한다는 선고를 들었을 때도. 그런데 왜 지금? 거트루드 때문에. 지 때문에. 그녀가 그런 식으로 고통을 받고, 그런 식으로 미심쩍어하는 것을 보는 것은 적어도 그녀에게는 로저 자체가, 즉 그의 삶이 소중하다는 의미였다. 결국 로저는 자신이 느끼는 것만큼 그렇게 혼자는 아니었다.

IV

영국 영사 로저 케이스먼트의 삶을 뒤바꿔놓게 될, 콩고강을 거슬러오르는 여행은 1903년 6월 5일에 시작되었다. 사실 예정대로라면 일 년 전에 시작되었을 여행이었다. 그는 1900년 이래 줄곧 영국 외무부에 이 탐사여행을 제안해왔었다. 올드 칼라바(나이지리아), 로렌수 마르케스(마푸투)*, 상파울루 데 루안다(앙골라)** 근무를 마치고 영국 영사 자격으로 보마***—어느 기형적인 마을—에 공식적으로 머물게 된 그는, 외딴 수도를 벗어나 콩고강 중부와 상부의 숲에 모여 사는 부족들을 향해 나아가

---

* 차례로 나이지리아와 모잠비크의 도시명.
** 앙골라 수도 루안다의 옛 이름.
*** 콩고 서부의 도시.

는 것이 콩고 독립정부 치하 원주민들의 상황에 관한 보고서를
준비하는 가장 좋은 방법이라고 주장했다. 그가 이들 영토에 도
착한 이래 영국 외무부에 지속적으로 보고해오던 착취가 자행되
던 곳이 바로 그 지역이었다. 결국 정부 차원의 이유들을 가늠해
본 후에 외무부는 그의 여행을 승인해주었다. 그 이유들이란, 비
록 그가 이해하고 있었다 할지라도 번번이 그의 속을 역겹게 했
는데—벨기에의 동맹국이던 영국이 벨기에를 독일 손에 넘기
고 싶어하지 않았던 것이다. 그리하여 로저 케이스먼트는 여러
마을, 역, 전도구區, 교역소, 캠프들에 대한, 그리고 트럭과 자동
차의 타이어와 범퍼를 비롯해 수천 가지 산업용품과 가정용품
을 만들기 위해 당시 전 세계에서 탐욕스럽게 갈망하던 검은 황
금인 고무 추출 공장에 대한 여행을 시작할 수 있었다. 그는 벨
기에인들의 왕인 레오폴드 2세 폐하가 콩고에 거주하는 원주민
들에게 자행한 잔혹행위를 둘러싸고 벌어진 맹렬한 고발에 어떤
진실이 있는지 현장에서 확인해야 했다. 그 고발들이란 런던의
원주민 보호협회와 유럽과 미국의 일부 침례교회와 가톨릭 선교
회에 의해 이뤄진 것이었다.

   그는 익히 길들여진 신중함으로, 그리고 벨기에의 공무원들이
나 보마의 식민지 개척자들과 상인들 앞에서는 감추고 있던 열
정으로 무장한 채 여행을 준비했다. 이제 그는 사안에 대한 완벽

한 지식을 통해, 제국은 정의와 '페어 플레이'의 전통에 충실하게 이 불명예에 종지부를 찍을 국제적인 캠페인을 선도해야 한다고 상사들과 논쟁할 수 있는 정도가 되어 있었다. 하지만 1902년 중반이던 당시 그는 세번째 말라리아에 걸리고 말았는데, 이때의 것은 그가 이상주의적 충동과 탐험에 대한 꿈의 발로로 1884년에 유럽을 떠나 무역, 기독교, 유럽의 사회·정책 기관들을 통해 아프리카인들을 퇴보와 질병과 무지로부터 해방시키기 위해 아프리카로 가야겠다고 작정한 이래 걸렸던 두 번의 말라리아보다 훨씬 더 심각한 것이었다.

단순히 말에 불과하지만은 않았다. 스무 살 나이로 검은 대륙에 도착했을 때 그는 그 모든 것을 깊이 믿었다. 첫번째 말라리아는 그가 아프리카에 도착하고 얼마 지나지 않아 그를 공격했다. 그가 막 삶의 열망을 구체화하고 났을 때였다. 그것은 바로 아프리카 땅에서 가장 유명한 탐험가인 헨리 모턴 스탠리가 이끄는 탐험대의 일원이 되는 것이었다. 1874년에서 1877년까지 약 삼 년에 걸쳐, 그 발원지로부터 대서양 쪽 하구에 이르는 콩고강을 따라 이뤄진 전설적인 여행에서 아프리카를 동서로 횡단했던 그 탐험가의 명령에 따르는 것이었다! 실종되었던 리빙스턴 박사를 발견한 그 영웅과 함께! 그런데 하필 그때 신들이 한창 고조중이던 그의 흥분을 가라앉히기라도 원했다는 듯이 첫번째 말라리아에 걸려버린 것이다. 하지만 그건 삼 년 뒤인 1887년에 걸린 두번째 말라리아, 그리고 이러다 죽을지도 모르겠다는 생각까지 들게 했던 1902년의 세번째 말라리아에 비하면 아무것도 아니었다. 1902년 중반의 그 새벽에 생긴 증상은 예전과 같았다. 지도, 나침반, 연필, 그리고 노트를 가득 챙겨넣은 여행가방이 이미 꾸려진 상태에서 그는 오한을 느꼈다. 식민지 개척자들의 동네인 보마의 총독 관저로부터 불과 몇 걸음 떨어져 있는 그의 숙소이자 영사 업무 공간이던 집 위층 침실에서 눈을 떴을 때였다. 그는 모기장을 걷어올린 뒤, 유리창이나 커튼 대신 방충용 철망이 쳐져 있고 억수 같은 비에 상처투성이가 된 창을 통해 거대한 강의 진흙탕 물과 식물로 뒤덮인 섬들을 보았다. 도저히 일어설 수가 없었다. 다리가 마치 넝마로 만들어진 것처럼 주저앉아버렸다. 그의 불도그 존이 깜짝 놀라 껑충껑충 뛰며 짖어댔다. 그는 다시 침대 위로 몸을 던지듯 누웠다. 몸이 펄펄 끓고 뱃속으로 한기가 스몄다. 아래층에서 자고 있을 콩고인 집사 찰리와 요리사 마우쿠를 소리쳐 불렀으나 대답이 없었다. 집밖에 나가 있는 게 분명했다. 폭풍우를 만나 누그러질 때까지 피해 있으려고 어느 바오바브나무 밑으로 달려갔을 것이다. 또 말라리아인가? 영사는 욕을 내뱉었다. 하필이면 탐험을 떠나기 전날 밤에? 설사를 하고 피를 토하게 될 것이고, 기력이 쇠해 오한이 나고 멍한 상태에서 며칠, 몇 주 동안 침대에 누워 지낼 수밖에 없을 것이다.

물을 뚝뚝 흘리며 가장 먼저 돌아온 하인은 찰리였다. "가서 살라베르 박사를 불러와요." 로저가 프랑스어가 아닌 링갈라어로 명령했다. 살라베르 박사는 과거 노예무역항이던 보마—당시에는 음보마라 불렸다—에 있는 두 명의 의사 중 하나였다. 16세기에 산토 토메 섬의 포르투갈 상인들이 와서 지금은 사라져버린 콩고 왕국의 부족장들로부터 노예를 사 가던 보마가 이제 벨기에인들에 의해 콩고 자유국의 수도가 되어 있었다. 마타디와 달리 보마에는 병원이 없었고, 응급환자 발생을 대비해 플랑드르 출신 수녀 둘이 운영하는 진료소 하나가 전부였다. 반시간 뒤 의사가 지팡이에 몸을 의지한 채 다리를 끌며 도착했다. 실제로는 보기보다 덜 늙은 사람이었지만 거친 기후와 알코올 때문에 훨씬 더 나이들어 보였다. 노인처럼 보였고 옷차림은 방랑자 같았다. 부츠에는 끈이 없었고 조끼 단추는 잠그지 않은 채였다. 막 하루가 시작되고 있었음에도 두 눈이 충혈된 채였다.

"그래요, 친구, 말라리아예요. 그게 아니면 뭐겠소. 열이 대단하군요. 처방이 뭔지는 이미 알 거요. 키니네를 맞고 물을 충분히 마시고, 식사는 맑은 수프와 파나텔라*로만 하고, 담요를 여러 겹 덮어서 땀으로 다 빠져나가게 해요. 이 주 이내로 일어난다는 건 꿈도 꾸지 마요. 여행은 더더욱 안 되고, 길모퉁이에도 가지 마요. 삼일열이 장기를 망가뜨리는데, 그건 이미 익히 알고 있을 거요."

로저가 고열과 오한으로 드러누워 있던 기간은 이 주가 아니라 삼 주였다. 몸무게가 8킬로그램이나 빠졌고, 그나마 일어설 수 있던 첫날에는 채 몇 걸음 옮기기도 전에 기진해 쓰러져버렸다. 예전에는 느껴본 기억이 없는 쇠약함이었다. 살라베르 박사는 그의 눈을 뚫어지게 쳐다보면서 우렁우렁 울리는 목소리에 신랄한 유머를 섞어 경고했다.

"당신 몸 상태로 그런 탐험을 떠나는 건 자살행위나 다름없어요. 몸이 망가져서 크리스털 마운틴을 넘어가기도 힘들 거요. 야외에서 수 주 동안 지내는 건 더 말할 게 없지요. 음반자-웅군구에도 도달하지 못할 거요. 더 빨리 죽음에 이르는 방법도 있다오, 영사. 목구멍에 총알을 한 방 박든지 스트리크닌** 주사를 한 방 맞는 거요. 그런 게 필요하면 내게 부탁해요. 그 대단한 여행을 시작하려는 사람 몇을 내가 도와준 적이 있거든."

로저 케이스먼트는 자신의 건강 상태 때문에 탐험을 연기할

---

* 가늘고 긴 비스킷.
** 새나 설치류 같은 작은 척추동물을 죽이기 위해 사용되는 무색의 알칼로이드 결정. 근육 경련을 일으키고 질식이나 탈진으로 사망에 이르게 한다.

수밖에 없다고 외무부에 전보를 쳤다. 그리고 비 때문에 숲과 강을 통과할 수 없게 되는 바람에 콩고 자유국 내륙으로의 탐험은 몇 개월을 더 기다려야 했고, 그 기간이 일 년이 되어버렸다. 열병으로부터 몹시 더디게 몸이 회복되고, 감소한 체중을 회복하려 애쓰고, 다시 테니스 라켓을 잡고, 수영을 하고, 보마의 기나긴 밤을 보내기 위해 브리지 게임이나 체스를 하면서 또 한 해가 지나가는 사이, 항구에 도착하고 떠나는 배들, 안트베르펜의 상선들이 하역하는 물품—총기류, 화약류, 채찍, 와인, 성화, 십자고상, 다양한 색깔의 유리구슬 목걸이와 팔찌—그리고 유럽으로 가져가는 물품, 엄청난 양의 고무 더미, 상아, 동물 가죽을 기록하는 등 그는 자신의 지루한 영사 업무를 재개했다. 이것이 바로 그의 젊은 상상력 속에서는 콩고인들을 식인풍습으로부터, 노예무역을 통제하던 잔지바르의 아랍 상인들로부터 구해내고, 그들에게 문명의 문을 열어주려는 교역이었던 것이다!

삼 주 동안 말라리아 열병으로 몸져누운 채 이따금 헛소리를 하고, 찰리와 마우쿠가 하루 세 번씩 약초 달인 물에 키니네 몇 방울을 풀어 가져다주는 것을 마시고—그의 위는 맑은 수프와 삶은 생선 또는 닭고기 몇 점 정도만 견뎌냈다—그의 가장 충실한 동료인 불도그 존과 놀며 시간을 보냈다. 독서에 몰입할 기운조차 없었다.

그 같은 강요된 비활동 상태에서 로저는 자신의 영웅인 헨리 모턴 스탠리의 지휘하에 떠났던 1884년의 탐험을 자주 떠올렸다. 그는 숲에서 지내면서 무수한 원주민 마을을 방문하고, 원숭이가 끽끽거리고 맹수가 으르렁거리는, 방어용 나무 울타리로 둘러싸인 개간지에서 야영을 했었다. 모기와 다른 벌레들이 물어뜯은 피부를 장뇌樟腦 알코올로 문질러대도 아무 소용이 없었지만 그는 긴장되고 즐거웠다. 눈부시게 아름다운 강과 호수에서 악어를 두려워하지 않은 채 수영을 했는데, 그 자신을 비롯해 탐험대를 구성하는 사백 명의 아프리카인 짐꾼과 길잡이와 조수, 그리고 이십 명의 백인들—영국인, 독일인, 플랑드르인, 왈롱*인, 프랑스인—그리고 물론 스탠리까지도, 지금 하고 있는 그 일을 통해 유럽이 아주 오랜 세기 전에 거쳐갔던 석기시대가 막 나타나고 있는 이 세계를 발전시키는 첨병 역할을 하고 있노라고 여전히 확신하고 있었다.

몇 년 뒤 열병으로 비몽사몽간을 헤매던 그는 과거에 자신이 얼마나 맹목적이었는지 생각하고는 얼굴을 붉혔다. 처음에 그는 스탠리가 이끌고 벨기에인들의 왕이 자금을 댄 그 탐험의 이유에 대해 제대로 인식하지 못하고 있었는데, 그때 그는—유럽인

---

* 벨기에 남부의 프랑스어 사용 지역.

들과 서양인들과 세계인들이 그러듯―그 왕을 노예제와 식인이라는 사회적 악습을 끝장내고, 아프리카 부족들을 야만의 상태에 가두었던 우상숭배와 노예 상태에서 해방시키기 위해 노력을 기울인 위대한 인문주의자 군주라고 여겼다.

서양의 강대국들이 1885년 베를린 회의에서 레오폴드 2세에게 250만 제곱킬로미터에 달하는―벨기에보다 85배가 큰―콩고 자유국을 선사하기까지 아직 일 년이 더 남아 있었으나, 벨기에인들의 왕은 서양 강대국들이 그에게 내주기로 한 영토를 이미 다스리기 시작해, 콩고 영토에 거주하는 것으로 여겨지던 약 이천만 명의 콩고인에게 자신의 구원자적 원칙을 행사할 수 있었다. 빗으로 수염을 가다듬은 그 군주는 위대한 탐험가 스탠리가 자신의 욕망에 부합하는 상을 받게 된다면 예전처럼 위대한 업적은 물론 가공할 만한 악행도 저지를 수 있으리라는 것을, 인간의 약점을 꿰뚫는 비범한 능력으로 간파하고 콩고를 다스리기 위한 목적으로 스탠리를 고용했다.

1884년 로저가 초보 탐험가로 처음 참여한 탐험의 외관상 이유는 수천 킬로미터에 이르는 울창한 밀림, 골짜기, 폭포, 초목이 빽빽하게 우거진 산 등으로 이뤄진 콩고강 상류, 중류, 하류의 강변 여기저기에 공동체를 건설하는 것이었는데, 이는 서양 강대국들에게서 일단 승인이 나면 레오폴드 2세가 주도하는 국제콩고협회AIC가 그곳으로 데려오게 될 유럽의 상인과 관리자들을 위한 것이었다. 스탠리와 그의 동료들은 반쯤 벌거벗은 몸에 문신을 하고 깃털로 몸을 장식한—때때로 얼굴과 팔은 가시로, 성기는 갈대 깔때기로 장식한—그 지역 추장들에게 유럽인들의 호의적인 의도를 설명해야 했다. 즉, 유럽인들이 그들의 삶의 조건을 개선하도록 돕기 위해, 그들을 수면병 같은 죽을병으로부터 구하기 위해, 그들을 교육시켜 현세와 내세의 진실을 가늠할 수 있는 눈을 틔워줌으로써 그 자식과 손자들이 품위 있고 공정하고 자유로운 삶을 구가하도록 하기 위해 온다는 것이었다.

'나는 알고 싶어하지 않았기 때문에 깨닫지 못했어.' 그는 생각했다. 찰리가 집에 있는 담요란 담요를 전부 그에게 덮어주었다. 찰리의 조치와 밖에서 작열하는 태양에도 불구하고 영사는 몸을 웅크린 채 얼어붙는 듯한 추위를 느끼며 모기장 속에서 종잇장처럼 부들부들 떨고 있었다. 하지만 자발적인 맹인이 되는 것보다 더 나빴던 것은, 공정한 관찰자라면 누구나 사기라고 불렀을 법한 몇 가지 설명을 발견했던 것이다. 1884년의 탐험대를 이끌고 도착한 스탠리가 모든 마을에서 유리구슬 목걸이와 팔찌와 자질구레한 장신구를 나눠주며 통역사들(그들 가운데 다수가 원주민에게 자신들의 말을 이해시킬 수 없었다)을 시켜 앞서 언급한 설명을 하게 한 뒤, 국제콩고협회를 고무시킨 목적을 달성하기 위해 자신들이 착수할 작업에 참여하게 될 협회의 임원, 에이전트, 종업원에게 노동력, 숙소, 가이드, 음식을 제공하기로 약속하는, 프랑스어로 쓰인 계약서를 내밀고 추장과 주술사들로 하여금 서명하게 했었다. 그들은 색유리로 만든 목걸이, 팔찌, 장신구를 받고 스탠리가 계약 성사를 기념하여 낸 술 몇 잔에 즐거워하며 말 한마디 없이, 무엇에 서명을 하는지도 서명이 무엇인지도 모른 채 가위표, 작대기 글자, 잉크 얼룩, 작은 그림 등으로 서명을 했다.

'그 사람들은 자신들이 무엇을 하고 있는지조차 모르지만 우리는 알고 있지 않은가, 그들의 복지를 위한 것인데, 그것이 속임수를 정당화하고 있음을.' 젊은 로저 케이스먼트는 생각했다. 그것을 위한 다른 방법으로는 무엇이 있었을까? 자신들과 후손의 미래가 달린 그 '계약서'에 담긴 내용을 단 한 마디도 이해할 수 없었던 사람들과 더불어 그들은 미래의 식민지화에 어떻게 정당성을 부여할 수 있었을까? 벨기에인들의 군주는 피와 불, 침략과 살인과 약탈과 더불어 행해진 다른 사업들과 달리, 이 사업은 설득과 대화를 통해 실현되기를 원하고 있었기 때문에, 사업에 어떤 합법적인 형태를 부여할 필요가 있었다. 이 사업이 평화적이고 예의바른 것이 아니었던가?

세월이 흐르면서 ─ 스탠리의 지휘하에 이뤄진 1884년의 탐험 이래 십팔 년이 지나―로저 케이스먼트는 자신의 유년기와 청년기의 영웅이 실은 서구사회가 아프리카 대륙에 배설한 가장 파렴치한 악한들 가운데 한 명이었다는 결론에 도달했다. 그럼에도 불구하고 스탠리의 명령에 따라 탐험을 수행했던 모든 사람들처럼 로저 역시 스탠리의 카리스마, 붙임성, 매력, 그리고 그 모험가가 자신의 위업을 쌓아갈 때 동시에 발휘한 만용과 냉철한 계산을 인정하지 않을 수 없었다. 그는 한편으로 폐허와 죽음의 씨앗을 뿌리면서―마을들을 불태우고 약탈하면서, 원주민들에게 총을 쏘면서, 아프리카 전역에서 수많은 흑단색 몸에 수천 개의 상처를 남긴 하마 가죽 조각으로 만든 채찍으로 짐꾼들의 등가죽을 벗기면서―그리고 다른 한편으로는 맹수와 육식곤충과 전염병으로 가득찬 그 광대한 영토에 무역과 선교를 위한 길을 열어가면서 아프리카를 오갔다. 그리하여 마치 영웅 전설과 성경 이야기에 등장하는 거인들 중 하나인 듯 그가 존중받는 것처럼 보였다.

"우리가 지금 하고 있는 일로 인해 대장은 때때로 회한을, 양심의 가책을 느끼지 않으십니까?"

그 젊은이의 입술에서 충분히 숙고하지 않은 질문이 터져나왔다. 그는 이미 질문을 거둬들일 수가 없었다. 캠프 중앙의 화톳불에서는 자잘한 나뭇가지와 경솔한 곤충들이 불에 타면서 파삭

거리는 소리가 났다.

"후회? 양심의 가책?" 탐험대장은 마치 그런 말을 난생처음 들어보고 그 말의 의미가 무엇인지 헤아려본다는 듯이 코를 찡그리며 햇볕에 그을린 주근깨투성이 얼굴에 언짢은 표정을 드러냈다. "무엇 때문에?"

"우리가 그들에게 서명하게 만든 그 계약서 때문에 말입니다." 젊은 로저가 당황스러움을 극복하며 말했다. "그들은 자신들의 삶, 마을, 자신들이 가진 모든 것을 국제콩고협회의 수중에 넘겨주고 있습니다. 프랑스어를 아는 사람이 아무도 없기에 그들 중 누구도 자신이 서명하는 것이 무엇인지 알지 못합니다."

"설령 프랑스어를 알았다 해도 그들은 그 계약서를 이해하지 못했을 거네." 탐험가는 솔직하고 활수하게 웃었다. 그의 가장 호감 가는 특성들 가운데 하나였다. "나 역시 그 계약서의 내용이 무엇인지 모르거든."

스탠리는 거의 난쟁이처럼 키가 작은데 힘이 셌고, 몸이 운동선수 같고, 아직은 젊었으며, 이글거리는 회색 눈에 콧수염이 빽빽하고, 굴하지 않는 성격이었다. 롱부츠를 신고, 허리에 권총을 차고, 주머니가 여럿 달린 밝은색 재킷을 입고 있었다. 스탠리가 다시 웃었고, 그와 로저 케이스먼트와 함께 화톳불 주위에서 커피를 마시며 담배를 피우던 탐험대의 십장들도 대장의 비위를 맞추면서 웃었다. 하지만 젊은 케이스먼트는 웃지 않았다.

"비록 그 계약서를 이해하지 못하게 하려고 일부러 그렇게 구구절절 쓴 것처럼 보이는 게 사실이라 해도 저는 무슨 뜻인지 이해를 합니다." 그가 공손하게 말했다. "그건 아주 단순한 것으로 귀결됩니다. 그들은 사회부조를 약속받는 대가로 자신들의 땅을 국제콩고협회에 넘깁니다. 그들은 도로, 교량, 부두, 공장을 건설하는 사업을 지원하기로 약속합니다. 국제콩고협회 캠프 건설 및 유지와 공공질서 유지에 필요한 노동력을 제공해주는 거죠. 작업이 지속되는 동안 국제콩고협회 직원들과 일용직 노동자들에게 음식도 제공해줍니다. 하지만 국제콩고협회는 그들에게 아무런 대가도 지불하지 않습니다. 급료도 주지 않고 아무런 보상도 하지 않습니다. 스탠리 씨, 저는 우리가 아프리카인들의 복지를 위해 여기 있다고 늘 믿었습니다. 사리분별을 하게 된 뒤로 제가 줄곧 존경해온 대장께서, 그것이 사실이라고 제가 계속해서 믿을 수 있는 타당한 이유를 제시해주시면 좋겠습니다. 그 계약서들이 진실로 그들의 복지를 위한 것이라고 말입니다."

파삭거리는 화톳불 소리와 먹을 것을 찾아 나온 밤 짐승이 간헐적으로 으르렁거리는 소리에 길게 흐르던 침묵이 깨졌다. 비가 그친 지 좀 되었지만 공기는 여전히 축축하고 묵직했으며, 주변의 모든 것이 싹을 틔우고, 자라고, 짙어지는 것 같았다. 십팔 년 뒤, 열병 때문에 머릿속에서 빙빙 돌던 무질서한 이미지들 사이에서 로저는 헨리 모턴 스탠리가 자신을 감독할 때 꼬치꼬치 캐묻는 듯하고 놀라워하며 때로는 조롱하던 눈초리를 기억해냈다.

"아프리카는 약자들을 위해 만들어진 게 아니야." 스탠리가 마침내 마치 혼잣말처럼 말했다. "자네가 그런 걸 걱정한다는 건 나약하다는 신호일세. 내 말은 우리가 지금 있는 세상에서 그렇다는 거지. 자네도 알겠지만 여긴 미국도 영국도 아니네. 아프리카에서 약자들은 살아남지 못해. 물린 상처, 열병, 독화살 또는 체체파리가 약자들을 죽여버리니까."

스탠리는 웨일스 출신이었지만 그가 구사하는 영어의 미국식 음조, 어휘 선택, 표현 방식 같은 것을 볼 때 미국에서 오래 살았음에 틀림없었다.

"이 모든 건 물론 그들의 복지를 위해서지." 스탠리가 그 작은 마을에 동그랗게 열을 지어 선 원뿔형 오두막들 쪽으로 고개를 돌리면서 덧붙였는데, 마을 가장자리에 그들의 캠프가 자리하고 있었다. "선교사들이 와서 이 사람들을 우상숭배에서 꺼내주고, 기독교인은 이웃사람의 살을 먹지 않아야 한다고 가르칠 거야. 의사들은 그들이 전염병에 걸리지 않도록 예방주사를 놓고, 주술사들보다 그들을 더 잘 치료해줄 거야. 회사들은 일자리를 줄 것이고. 그들은 학교에서 문명화된 언어들을 배우게 되겠지. 학교에서는 그들에게 옷 입는 법, 진정한 신에게 기도하는 법, 그러니까 그들이 사용하는 원숭이들의 방언으로가 아니라 이해할 수 있게 말하는 법을 가르치게 될 거야. 그들의 야만적인 관습은 차츰차츰 현대적이고 교양 있는 사람들의 관습으로 대체되겠지. 그들을 위해 우리가 지금 하는 일들을 알게 된다면 그들은 우리 발에 입을 맞출 거야. 하지만 정신적으로 그들은 자네나 나보다는 악어와 하마와 더 가까워. 그래서 그들에게 좋은 것을 우리가 결정하고, 그 계약서에 서명하게도 하는 거지. 그 자손들이 우리에게 고마워할 거야. 그들이 지금 자기들의 우상과 허수아비에게 경배하는 것처럼 머지않아 레오폴드 2세에게 경배하기 시작해도 전혀 이상하지 않을 걸세."

큰 강의 어디쯤에 그 캠프가 있었던가? 로저는 캠프가 볼로보와 춤비리 사이에 있었으며, 그 부족은 바테케 종족에 속해 있었다고 희미하게 떠올렸다. 그러나 확실하지 않았다. 수많은 세월이 흐르는 동안 여러 노트와 낱장 종이들 여기저기에 뒤죽박죽 남겨진 메모도 정보라고 부를 수 있다면, 그 정보는 그의 일기에 적혀 있던 것이다. 어찌되었든 그는 그 대화를 선명하게 기억하고 있었다. 뿐만 아니라 헨리 모턴 스탠리와 대화를 나눈 뒤 자신의 간이침대에 쓰러지듯 드러누웠을 때의 불쾌감도 선명하게 기억하고 있었다. 3'C'로 이뤄진 그만의 성삼위가 산산조각나기

64

시작한 때가 그날 밤이었던가? 그때까지만 해도 그는 식민정책이 그 성삼위, 즉 기독교, 문명, 무역*에 의해 정당화되었다고 믿고 있었다. 그는 리버풀의 상선회사 엘더 뎀프스터 라인에서 한낱 회계사 보조로 일할 때부터 식민정책으로 인해 지불해야 할 대가가 있으리라고 추측했다. 악폐가 행해지는 것은 불가피했다. 식민주의자들 가운데는 리빙스턴 박사 같은 이타주의자뿐만 아니라 가학행위를 일삼는 불한당들도 있을 텐데, 덧셈과 뺄셈을 해보면 장기적으로는 이익이 손해를 능가할 것이다. 아프리카에서의 삶은 매사가 이론처럼 그리 명확하지만은 않다는 사실을 그에게 드러내주고 있었다.

콩고강과 그 강의 무수한 지류에 인접한 기나긴 미지의 영토를 관통하는 탐험대를 이끄는 헨리 모턴 스탠리의 대담성과 통솔력에 여전히 감탄하며 그의 휘하에서 일을 하던 그해, 로저 케이스먼트는 그 탐험가가 걸어다니는 미스터리라는 사실 또한 배웠다. 스탠리에 관해 언급된 모든 것이 그것들 자체 사이에서 늘 모순적이었고, 그렇다보니 어떤 것이 사실이고 어떤 것이 허위

---

* 가톨릭에서 성삼위(성부, 성자, 성령)를 '상호 근원적이고(Co-essential)' '상호 영원하고(Co-eternal)' '상호 동등하다(Co-equal)'고 한다. 여기서 로저 케이스먼트의 개인적인 성삼위는 '기독교(Christianity)' '문명(Civilization)' '무역(Commerce)'이다.

인지, 그리고 진실 속에 과장과 공상이 얼마나 들어 있는지 알기가 불가능했다. 스탠리는 현실과 픽션이 구분이 안 되는 그런 남자였다.

단 한 가지 확실한 것은 원주민에게 은혜를 베푼 위대한 자선가라는 견해가 사실과 부합하지 않는다는 점이었다. 그는 스탠리가 리빙스턴 박사를 찾아 나선 1871~1872년 원정대에 동행했던 십장들의 말을 듣고 이를 알게 되었는데, 그들에 따르면 이번 탐험에 비해 상당히 평화롭지 못했던 그 탐험에서 스탠리는 레오폴드 2세의 훈령을 어김없이 따름으로써 원주민 부족들을 다루는 데 훨씬 더 세심한 면모를 보여주었고, 원주민의 부족장들―총 450명―로 하여금 자신들의 토지와 노동력을 양도하는 내용의 문서에 서명하게 했다. 밀림에서 인간미를 잃어버린 이 거친 남자들이 1871~1872년의 탐험에 관해 들려준 내용들이 로저의 머리를 곤두서게 만들었다. 탐험대원들에게 먹을거리를 내주려 하지 않거나 짐꾼과 길잡이, 그리고 마체테*로 수풀에 길을 내줄 인부들의 공급을 거부했다는 이유로 마을 사람들이 떼죽음을 당하고, 추장들은 목이 잘렸으며, 그들의 처자식이 총살을 당했다는 것이다. 스탠리와 꽤 오래 함께했던 이들은 그를 두

---

* 날이 넓고 긴 칼. 사탕수수를 자르거나 나뭇가지 등을 칠 때 사용한다.

려워했으며, 눈을 내리깐 채 그의 말없는 힐책을 들었다. 하지만 그들은 스탠리의 결정을 맹목적으로 신뢰했고, 1874년부터 1877년까지 999일 동안 이뤄진 그의 유명한 탐험에 관해 종교적인 경의를 표하며 이야기했다. 그 탐험에서는 다른 백인들 모두와 아프리카인 상당수가 죽었다.

1885년 2월, 콩고인은 단 한 명도 참석하지 않은 베를린 회의에서 영국, 미국, 프랑스, 독일 등이 주도하는 14개 참가국 열강이 고맙게도 레오폴드 2세에게—그의 곁에는 매 순간 헨리 모턴 스탠리가 있었다—"콩고 영토를 무역에 개방하고, 노예제도를 철폐하고, 이교도들을 문명화하고 기독교화하도록" 250만 제곱킬로미터에 달하는 콩고와 콩고 국민 이천만 명을 양도해주었을 때, 아프리카에서 일 년째 지내오면서 막 스물한 살이 된 로저 케이스먼트는 그 사건을 경축했다. 국제콩고협회의 모든 직원도 마찬가지였는데, 이러한 양도조치를 예견했던 그들은 그 군주가 실행 준비중이던 프로젝트의 토대를 놓으면서 이미 그 영토에서 시간을 보내고 있었다. 케이스먼트는 힘이 세고 매우 큰 키에 살집 없이 호리호리했으며 머리카락과 수염은 몹시 까맸고, 그윽한 회색 눈에 농담 같은 것을 썩 좋아하지 않고 말수가 적어 어른스러워 보였다. 그의 관심사는 동료들을 당혹스럽게 만들었다. 그들 가운데 누가 그 아일랜드 젊은이를 사로잡은 '아프리카에 대한 유럽의 문명화 사명'이라는 이야기를 진지하게 받아들였을까? 하지만 그들은 그가 일을 열심히 하고, 누군가 근무를 대신해달라거나 어떤 업무를 해달라고 요청하면 늘 한 손을 빌려줄 준비가 되어 있는 사람이었기에 그를 좋게 평가했다. 흡연만은 예외였지만 그는 몸에 해로운 습관은 갖고 있지 않았다. 술을 거의 마시지 않았고, 캠프에서 동료들이 혀가 꼬이도록 술을 마시고 여자 이야기를 할 때면 눈에 띄게 불편해하면서 자리를 뜨고 싶어했다. 그는 숲을 탐사하는 데 지칠 줄 몰랐고, 강과 호수에서 조심성 없이 수영을 하면서 졸고 있는 하마 앞에서 힘차게 팔을 뻗치기도 했다. 개를 몹시 좋아했는데, 그의 동료들은 스핀들러라 부르던 그의 폭스테리어가 1884년의 탐험에서 멧돼지에게 물렸던 날을 기억하고 있었다. 멧돼지의 어금니에 물린 그 작은 짐승의 옆구리가 터져 피가 흐르는 광경에 그가 신경발작을 일으켰다고 한다. 다른 유럽인 탐험대원들과 달리 그는 돈에 관심이 없었다. 부자가 되겠다는 꿈을 품고 아프리카에 온 것이 아니라, 야만인들에게 발전을 안겨주겠다는 이해하기 힘든 요인이 그를 움직였기 때문이다. 그는 동료들을 대접하느라 연봉 80파운드를 쓰기도 했다. 그는 검소하게 지냈다. 그럼에도 식사 시간에는 공터나 강변에서 야영을 하는 게 아니라 마치 런던이나 리버풀이나 더블린에 있는 것처럼 정갈하게 입고 깨끗이 씻고 머리를 단정하게 빗어 몸가짐을 바르게 했다. 그는 언어에 재능이 있었다. 프랑스어와 포르투갈어를 배웠으며, 어느 부족과 며칠 가까이 지내고 나면 아프리카 방언을 몇 마디쯤 말할 수 있었다. 눈에 띄는 것이면 항상 학생용 수첩에 기록하면서 다녔다. 누군가는 그가 시 쓰는 모습을 보기도 했다. 그 사실을 사람들이 놀리기라도 하면 그는 부끄러워하면서 더듬더듬 부인했다. 언젠가는 자신이 어렸을 때 아버지가 가죽 벨트로 때린 적이 있었다며, 그 때문에 탐험대 십장들이 짐을 떨어뜨리거나 명령을 제대로 이행하지 못한 원주민들에게 채찍질하는 것을 보면 화가 난다고 토로했었다. 그에게는 몽상가 같은 시선이 있었다.

로저는 스탠리를 생각할 때면 모순적인 감정들에 사로잡혔다. 그는 천천히 말라리아로부터 회복되고 있었다. 그 웨일스인 모험가는 아프리카에서 스포츠적인 위업과 개인적인 전리품을 챙기려는 구실만 찾았다. 하지만 그 모험가가 무모함 덕분에 죽음과 야망을 경시하면서 인간적인 것의 경계를 타파한 것처럼 보이는, 신화와 전설 속에 등장하는 그런 사람들 가운데 하나였다는 사실을 어떻게 부인할 수 있겠는가? 로저는 그 모험가가 얼굴과 몸에 천연두 자국이 있는 아이들을 안고 있는 모습을, 자신에게는 누구도 전염병을 옮기지 못한다는 듯이 콜레라나 수면병에 걸려 죽어가는 원주민에게 자기 수통의 물을 마시게 하는 모습을 본 적이 있었다. 대영제국과 레오폴드 2세가 지닌 야망을 옹호하는 이 투사는 과연 어떤 인물이었을까? 로저는 그 미스터리가 결코 밝혀지지 않을 것이고, 그의 삶은 늘 허구의 거미줄 뒤에 숨겨져 있을 것이라 확신하고 있었다. 그의 진짜 이름은 무엇이었을까? 헨리 모턴 스탠리라는 이름은 뉴올리언스의 어느 상인의 이름을 취한 것인데, 어린 스탠리가 어두운 시절을 보내고 있을 때 그에게 아량을 베풀고 아마도 그를 양자로 삼았던 이였을 것이다. 그의 본명이 존 로우랜즈라는 소문이 있었으나 그는 누구에게도 사실을 확인해주지 않았다. 웨일스에서 태어났다는 것과 보건 공무원들이 길거리에서 데려온 고아들을 보낸다는 어느 구빈원에서 어린 시절을 보냈다는 것 또한 확인해주지 않았다. 보아하니 아주 어렸을 때 밀항자로 어느 화물선에 몸을 싣고 미국으로 떠나 남북전쟁이 터지자 처음에는 남부 연방 군인으로, 나중에는 양키 편에 서서 싸웠던 것 같다. 그뒤에는 기자가 되어 서부 개척자들의 진격과 그들이 인디언과 벌인 전투에 관한 연대기들을 썼던 것으로 여겨진다. 〈뉴욕 헤럴드〉가 데이비드 리빙스턴을 찾아 스탠리를 아프리카로 보냈을 때, 그는 탐험가로서 경험이 전혀 없는 상태였다. 그는 짚더미에서 바늘을 찾는 사람처럼 원시림들을 돌아다니다가 1871년 11월 10일에 우지지 마을에서 리빙스턴을 찾아낼 수 있었는데, 그가 으스대는 태도로 밝힌 바에 따르면, "리빙스턴 박사님이시죠?"라고 인사를 함으로써 그를 깜짝 놀라게 만들었다고 한다.

스탠리의 업적들 가운데 로저 케이스먼트가 젊었을 때 가장 찬탄했던 것은, 심지어 콩고강의 수원지에서 시작해 대서양 하구까지 이르렀던 탐험보다 훨씬 더 찬탄했던 것은 1879년에서 1881년에 걸쳐 '카라반 트레일'을 건설한 것이었다. 그 대상로隊商路는 거대한 강의 하구에서부터 '풀'*까지 유럽의 교역을 이끄는 길을 열었는데, 배가 다닐 수 있는 거대한 석호였던 풀은 몇 년 뒤 이 탐험가의 이름을 따서 '스탠리 풀'이라 불리게 되었다. 나중에 로저는 이 길이 1885년 베를린 회의 이후 그 영토를 수월히 착취할 수 있게끔 기간시설을 미리 닦아놓으려 했던 벨기에 왕의 선견지명에 의한 또다른 작업이었음을 깨달았다. 스탠리는 그런 계획을 과감하게 실행하는 인물이었다.

"그리고 나는 첫 순간부터 그의 막일꾼들 가운데 하나였지." 아프리카에서 보낸 몇 년 동안 콩고 자유국이 의미하는 바를 차츰 알아감에 따라 로저 케이스먼트는 친구 허버트 워드에게 여러 차례 이렇게 말했다. 물론 그 말이 온전히 옳은 것은 아니었는데, 그가 아프리카에 도착했을 때 스탠리는 이미 오 년째 '카라반 트

---

* pool, 물웅덩이.

레일'을 열어가는 중이었고, 비비에서 이상길라까지 콩고강을 거슬러올라가는 83킬로미터 길이의 첫번째 구간은 1880년대 초에 작업이 끝나 있었기 때문이다. 말라리아가 창궐하는 강 주변의 빽빽이 얽힌 밀림에는 깊은 계곡, 벌레가 들끓는 나무, 그리고 나무 우듬지들이 햇빛을 가려 악취를 풍기는 늪이 가득차 있었다. 첫번째 구간에서부터 무얀가까지 약 120킬로미터에 달하는 구간은 특히 콩고강의 물살이 거칠었기에 소용돌이를 피할 줄 아는 사람, 비가 와서 강물이 불어날 때 끊임없이 나타났다가 사라지는 급류 속에서 바위에 내팽개쳐져 몸이 부서지지 않도록 여울이나 동굴로 피할 줄 아는 능숙한 키잡이들이 항해할 수 있었다. 로저가 1885년 이후 콩고 자유국으로 탈바꿈한 국제콩고협회를 위해 일하기 시작했을 때 스탠리는 킨샤사와 은돌로 사이에 스스로 레오폴드빌이라고 명명한 정착지를 건설해놓았다. 때는 1881년 12월로, 로저 케이스먼트가 밀림에 도착하기 삼년 전, 콩고 자유국이 합법적으로 탄생하기 사 년 전이었다. 당시 아프리카에서 가장 큰 이 식민 영토, 즉 이 식민지를 만든 군주는 정작 발을 들여놓지 않게 될 이 식민 영토는, 스탠리가 보마와 비비에서부터 레오폴드빌과 풀에 이르기까지 열어놓은 거의 500킬로미터에 달하는 그 길 덕분에 유럽의 사업가들이 대서양에서부터 급류, 폭포, 리빙스턴 폭포의 소용돌이 등으로 통행이 불가능한 콩고강 하류의 난관을 이겨내면서 도달할 수 있었던 하나의 상업적인 실재實在였다. 로저가 아프리카에 도착했을 때는 대담한 상인들, 레오폴드 2세의 전위부대들이 콩고 영토에 들어와 첫 상아와 가죽, 그리고 검은 라텍스를 분비하는 나무들로 빼곡한 지역에서 누구라도 마음만 먹으면 채취할 수 있는 고무가 담긴 바구니들을 반출하기 시작했다.

로저 케이스먼트는 아프리카에서 보낸 초기 몇 년 동안, 보마와 비비에서 레오폴드빌까지 강을 거슬러오르거나 레오폴드빌에서 대서양의 강 하구까지 내려가는 식으로 그 대상로를 수차례 탐험했는데, 파랗고 농밀한 강물이 소금기 머금은 물이 되는 바로 이 강 하구를 통해 1482년에 포르투갈인 디에구 카우의 범선이 처음으로 콩고 영토의 내부로 들어왔었다. 로저는 보마나 마타디에 거주하는 그 어떤 유럽인보다 콩고강 하류 지역을 더 잘 알게 되었는데, 보마와 마타디라는 두 축을 기점으로 벨기에의 식민화가 대륙의 내부를 향해 진척되고 있었다.

남은 생애 동안 로저가 애석해했던 것은—1902년 현재 열병을 앓는 상황에도 한번 더 스스로에게 말했는데—콩고 자유국을 건설하는 일에 자신의 시간, 건강, 노력, 이상을 투자함으로써 자신이 모종의 박애주의적 계획에 기여하고 있다고 믿으면서 체스판의 졸처럼 일하는 데 아프리카에서의 초기 팔 년을 바쳐버렸다는 것이었다.

　때때로 로저는 자신을 정당화할 방법을 찾으면서 자문했다. '1884년 스탠리가 이끈 탐험대와 1886년에서 1888년까지 미국인 헨리 셸턴 샌포드가 이끈 탐험대에서, 대상로를 따라 막 세워진 정착지들과 공장들을 관리하는 십장 또는 지휘관으로 일하면서, 250만 제곱킬로미터에 달하는 그 영토에서 무슨 일이 일어나고 있는지 내가 어떻게 알 수 있었을까?' 그는 막 형체가 갖춰지기 시작하는 거대한 기계를 구성하는 한낱 작은 부품에 불과했고, 그 빈틈없는 창안자와 내밀한 조력자들 한 무리를 제외하고는 그 누구도 그 기계가 무엇으로 구성되어 있는지 알지 못했다.

　그럼에도 1900년에 외무부에 의해 보마의 영사로 막 발령을 받은 상태에서 벨기에인들의 왕과 나누었던 두 번의 대화에서 로저는, 건장한 체구에 훈장을 주렁주렁 매달고 빗으로 빗은 기다란 수염에 커다란 코와 예언자의 눈을 가진 왕, 로저 자신이 콩고로 부임하는 길에 브뤼셀에 있다는 사실을 알고 그를 저녁 식사에 초대한 그 왕에 대해 깊은 불신감을 느꼈다. 부드러운 카펫, 크리스털 샹들리에, 테두리에 문양이 새겨진 거울, 동양의 작은 조상彫像으로 장식된 그 궁의 장엄함이 그에게 현기증을 일으켰다. 왕비 마리 앙리에트와 공주 클레망틴, 그리고 왕자인 프랑스의 빅토르 나폴레옹 외에도 약 열두 명의 손님이 있었다. 왕은 그 밤 내내 대화를 독차지했다. 마치 영감을 받은 설교자처럼 말했는데, '습격'을 위해 잔지바르를 떠났던 아랍 노예 상인들의 잔인성에 관해 묘사할 때는 그의 강한 목소리에 신비주의적인 어조가 더해졌다. 기독교의 유럽은 인간의 살을 거래하는 행위에 종지부를 찍어야 할 의무가 있었다. 그는 이렇게 제안했었고, 이는 작은 벨기에가 문명에게 제시하는 선물이 될 것이었다. 그 선물이란 바로 고통받는 인류를 그런 공포로부터 해방시키는 것이었다. 우아한 부인들은 하품을 해대고, 나폴레옹 왕자는 옆에 앉은 여인에게 정중하게 이야기를 속삭였으며, 그 누구도 오케스트라가 연주하는 하이든의 협주곡을 듣지 않았다.

다음날 아침 레오폴드 2세는 독대하여 나눌 얘기가 있다며 그 영국 영사를 호출했다. 왕은 개인 응접실에서 영사를 맞이했다. 도자기 장식품, 옥과 상아로 만든 인형들이 즐비했다. 군주의 몸에서는 화장수 냄새가 났고, 손톱에는 매니큐어가 칠해져 있었다. 전날 밤과 마찬가지로 로저는 거의 말할 틈이 없었다. 벨기에인들의 왕은 자신의 돈키호테적인 숙원에 관해 언급하더니 언론인들과 앙심을 품은 정치가들이 자신의 숙원을 이해하지 못한다고 말했다. 여러 가지 오류가 저질러지고 무도한 짓들이 행해졌다는 것은 의심할 여지가 없었다. 그 이유는? 저멀리 떨어진 콩고에서 위험을 무릅쓰고 일을 하고자 하는 훌륭한 사람을 채용하기가 쉽지 않기 때문이었다. 왕은 영사에게 새로운 임지에서 뭐든 바로잡을 것을 발견하면 자신에게 개인적으로 알려달라고 부탁했다. 벨기에인들의 왕이 영사에게 준 인상은 과시적이고 유아독존적인 사람이라는 것이었다.

이 년이 지난 1902년, 이제 영사는 왕이 틀림없이 그런 사람이라고, 하지만 냉철하고 마키아벨리적인 지식을 가진 정치가이기도 하다고 혼잣말을 했다. 콩고 자유국이 수립되자마자 레오폴드 2세는 1886년의 칙령을 통해 카사이강과 루키강 사이의 250만 제곱킬로미터의 땅을 '왕의 영토'로 확보해두었는데, 왕이 보낸 탐험대원들—주요 인물은 스탠리였다—은 그곳에 고무나무가 풍부하다고 보고했다. 그 광활한 영토는 민간기업에게 전혀 할양되지 않고 그 군주에 의해 개발될 예정이었다. 법인으로서 국제콩고협회를 대체한 콩고 자유국의 유일한 대통령이자 트러스티*는 레오폴드 2세였다.

왕은 노예무역을 폐지하는 데 효과적인 방법은 '공안군'을 통하는 것밖에 없다고 국제 여론을 환기하면서 콩고에 벨기에 정규군 이천 명을 파병해 콩고 원주민 민병대 만 명과 합치게 했는데, 이 민병대를 유지하는 것은 콩고 국민의 몫이었다. 그 부

---

* 신탁관리자.

대의 대다수가 벨기에 장교들의 지휘하에 있긴 했으나 사병 계급 중에는, 특히 민병대 지휘부에는 우범 지역과 유럽 절반의 성매매업소 출신의 악한, 불한당, 전과자, 돈에 굶주린 탐험가들이 잠입해 있었다. 공안군은 스스로 그 아프리카 공동체에 의해 유지되기 위해 스페인에서 러시아 국경까지 유럽만한 크기의 지역에 복잡하게 흩어져 있는 마을들 속으로, 마치 살아 있는 생물체 내부의 기생충처럼 끼어들었다. 그 아프리카 공동체는 자신들을 덮친 그 침략이 노예 사냥꾼, 메뚜기, 붉은 개미, 죽음의 잠을 불러오는 주문보다 더 파괴적인 대재앙이라는 사실 말고는 자신들에게 어떤 일이 일어나고 있는지 이해하지 못하고 있었다. 그도 그럴 것이, 공안군의 군인들과 민병대원들은 탐욕스럽고 잔인했으며 음식, 술, 여자, 동물, 가죽, 상아, 요컨대 훔칠 수 있거나, 먹을 수 있거나, 마실 수 있거나, 팔 수 있거나, 간음할 수 있는 것이면 무엇이든 물릴 줄 모르고 집어삼켜버리는 사람들이었기 때문이다.

콩고인에 대한 착취가 이런 식으로 시작됨과 동시에, 그 인도주의적 군주는 자신의 위임 통치령 가운데 또다른 것에 의거해 '교역을 통해 아프리카 원주민에게 문명의 길을 열어주기' 위한 각종 사업을 허가하기 시작했다. 일부 상인은 밀림에 대해 잘 몰랐기 때문에 말라리아에 쓰러지거나 뱀에 물리거나 맹수에 잡아먹혔고, 또다른 소수는 천둥처럼 폭발하고 번개처럼 불태우는 무기를 가진 그 외지인들에게 저항을 감행하던 원주민들이 쏜 독화살과 독창을 맞아 쓰러졌다. 그 외지인들이 원주민들에게 추장들이 서명한 계약서에 따라 그들의 경작지, 어업, 사냥, 각종 의식儀式, 일상을 포기하고 급료도 받지 못하는 길잡이, 짐꾼, 사냥꾼, 고무 채취 노동자가 되어야 한다고 설명했던 것이다. 많은 수의 전매 교역권 소유자, 벨기에 군주의 친구들과 총신들, 그리고 특히 그 군주 자신은 얼마 지나지 않아 거대한 부를 일궜다.

전매권 시스템을 통해 회사들은 콩고 자유국에서 동심원을 그리며 퍼져나가 점차 콩고강 중상류와 그 지류가 적시는 광대한 지역 안으로 깊이 침투해갔다. 회사들은 각자의 영토에서 통치권을 향유했다. 회사들은 공안군의 보호를 받을 뿐만 아니라 늘 어느 전직 군인, 전직 교도관, 전과자 또는 탈주범이 우두머리인 자신들의 사병 조직에 의지했는데, 우두머리들 가운데 일부는 그 포악함으로 아프리카 전역에서 유명해졌다. 채 몇 년 지나지 않아 콩고는 문명세계가 자신들의 마차, 자동차, 기차의 바퀴를 돌리고 그 외에도 운송, 의복, 장식물, 그리고 관개에 관한 모든 시스템을 마련하기 위해 갈수록 점점 더 많은 양을 요구하게 된 고무를 세계에서 가장 많이 생산하는 나라가 되었다.

로저는 그 팔 년 동안—1884년에서 1892년까지—이런 사실을 정확하게 인식하지 못했는데, 그때 그는 땀을 뻘뻘 흘리면서, 말라리아열로 고생하면서, 아프리카의 태양빛에 피부가 그을어가며, 몸에는 벌레 물린 상처, 수풀과 짐승들에 긁히고 할퀸 자국이 가득한 채 레오폴드 2세의 상업적·정치적 창작을 지원하기 위해 자신의 일에 매진했다. 그가 알게 된 것은 그 무한한 영토에서 식민화의 상징인 채찍이 출현해 지배한다는 사실이었다.

들판에서의 작업이든, 카사바나무와 영양 또는 멧돼지 고기, 그리고 각 마을이나 가정에 배정된 그 밖의 식량을 배달하는 작업이든, 또는 정부가 시행하는 각종 공사를 위한 세금 납부든, 식민지 개척자들이 기대하는 바대로 일 처리를 제대로 못하는 그 검은 피부의 두발짐승들을 자극하고, 놀라게 하고, 그들의 나태와 서투름 또는 어리석음을 벌하는 그 가늘고 다루기 쉬우면서 효과적인 도구를 발명한 이는 누구였을까? 소문에 따르면 채찍을 발명한 사람은 '공안군' 소속의 므시외 치코트*라 불리는 대위로, 콩고에 파도처럼 밀려왔던 첫번째 무리의 벨기에인 중 하나였는데, 하마의 질긴 가죽을 가지고 말과 고양이의 내장으로 만든 채찍보다 훨씬 더 튼튼하고 고통을 주는 채찍을 만들 수 있

---

* 본문에 등장하는 '채찍'의 원문 표현은 '치코테(chicote)'로, 발명자의 이름 '치코트(chicot)'에서 따온 것이다.

음을 그 누구보다 먼저 알아차렸던 것으로 보아 실용적인 동시에 상상력이 풍부하고 예리한 관찰력을 지닌 남자였음이 분명했다. 포도 덩굴처럼 생긴 그 가죽끈은 어떤 채찍보다 더 아릿하게 피와 상처와 고통을 유발하는데다, 가벼운 동시에 작은 나무 손잡이에 묶으면 될 정도로 기능적이어서 십장, 당번병, 경비원, 교도관, 지휘관이 허리에 묶거나 어깨에 걸치고 다녀도 어찌나 가벼운지 채찍을 가지고 있는지 거의 느끼지 못할 정도였다. '공안군' 대원들 사이에서도 채찍이 한번 나타나기만 하면 위협적인 효과를 발휘했다. 채찍을 보기만 해도 흑인 남녀와 아이들의 눈이 휘둥그레지고, 사소한 오류나 실수 또는 잘못을 저지를 경우 채찍이 획획 선명한 소리와 함께 공기를 가르며 자신들의 다리와 엉덩이와 등짝을 내리쳐 비명을 지르게 만들 것이라는 상상에, 그들의 아주 짙은 갈색 또는 검푸른 얼굴 속에 담긴 눈의 흰자위가 공포로 번득였다.

콩고 자유국에서 처음으로 전매 교역권을 받은 사람들 가운데 하나는 미국인 헨리 셸턴 샌포드였다. 그는 레오폴드 2세의 대리인이자 미국 정부를 상대하는 로비스트였으며, 강대국들이 레오폴드 2세에게 콩고를 양도하게 만들었던 전략을 짜는 데 핵심적인 역할을 한 인물이었다. 그는 1886년 6월 콩고강 상류 전역에서 상아, 껌, 고무, 팜유, 구리를 거래하기 위해 샌포드 탐사원정대를 조직했다. 로저 케이스먼트처럼 국제콩고협회에서 근무하던 외국인들은 샌포드 탐사원정대로 옮겼고, 그들이 하던 일은 벨기에인들이 넘겨받았다. 로저는 연봉 150파운드를 받고 샌포드 탐사원정대로 옮겨 근무했다.

그는 1886년 9월 마타디에서 창고와 운송 담당 대리인으로 근무하기 시작했다. 마타디는 키콩고 말로 돌이라는 뜻이었다. 로저가 그곳으로 옮겨갔을 때 대상로에 건설된 그 정착지는 거대한 강변 수풀을 마체테로 베어놓은 개활지에 불과했다. 4세기 전 그곳에 디에구 카우의 범선이 도착했는데, 그 포르투갈 항해가가 어느 바위에 새겨놓았다는 그의 이름을 여전히 알아볼 수 있었다. 독일 건축가와 엔지니어들로 이뤄진 한 회사가 유럽에서 수입한 소나무로—아프리카에 목재를 수입하다니!—첫번째 집과 부두와 창고를 짓기 시작했는데, 이 작업은 어느 날 아침—로저는 그 재난을 선명하게 기억했다—지진 같은 굉음과 함께 한 무리의 코끼리들이 개활지에 난입함으로써 중단되었고, 하마터면 막 생겨나고 있던 마을이 순식간에 사라질 뻔했다. 육년, 팔 년, 십오 년, 십팔 년이 흐르면서 로저 케이스먼트는 샌포드 탐사원정대의 상품 창고 용도로 자신들이 건설하기 시작한 그 작은 마을이 주변의 완만한 언덕을 타고 오르면서, 기다란 테라스와 원추형 지붕과 작은 정원을 갖추고 창에는 철제 방충망을 덧댄 식민지 개척자들의 입방체 목조 이층집들을 늘려가면서, 길과 교차로와 사람들로 북적이며 끊임없이 확장되는 모습을 쭉 지켜보았다. 첫번째 가톨릭 성당, 즉 킨칸다의 성당 외에도 어느새 1902년에는 보다 중요한 또다른 성당인 노트르담 메디아트리세가 있었고 침례교 선교단, 약국, 남자 의사 두 명과 여러 명의 수녀 간호사가 근무하는 병원, 우체국, 아름다운 기차역, 경찰서, 법원, 세관 창고 여러 채, 튼튼한 부두, 그리고 옷, 식품, 통조림, 모자, 신발, 농기구를 파는 상점들이 있었다. 식민지 개척자들의 도시 주변으로는 갈대와 진흙으로 지은 오두막으로 이뤄진 콩고인들의 얼룩덜룩한 마을들이 생겨났다. 여기 마타디에는 문명화되고 현대적이고 기독교적인 유럽의 모습이 수도인 보마에서보다 훨씬 더 두드러진다고, 로저는 가끔 혼잣말을 했다. 마타디는 이미 침례교 선교단 옆 툰두와 언덕에 작은 공동묘지를 갖추고 있었다. 그 언덕 위에서는 강 양안과 강의 기다란 구간이 내려다보였다. 유럽인들은 그곳에 묻혔다. 도시와 부두에 돌아다니는 사람들은 하인이나 짐꾼으로 일하는 원주민뿐이었는데, 그들은 자신의 신분 확인용 통행증을 지니고 있었다. 그런 경계를 넘어가는 사람은 누구든 일정액의 벌금을 물고 채찍을 몇 대 맞은 뒤 마타디에서 영원히 추방되었다. 1902년에만 해도 보마와 마타디에서 모두 절도, 살인, 성폭행 사건이 단 한 건도 기록되지 않았다고 총독이 자랑할 수 있을 정도였다.

로저 케이스먼트는 스물두 살에서 스물네 살까지 샌포드 탐사원정대에서 일한 이 년 사이에 겪은 두 가지 에피소드를 늘 잊지 못했다. 대서양과 접한 콩고강 하구의 작은 항구인 바나나에서 짐을 싣고 출발해 대상로를 따라 몇 개월에 걸쳐 스탠리 풀까지 '플로리다' 호를 운반했던 일과 프랑키 중위와의 사이에서 일어난 사건이었는데, 그때 로저는 딱 한 번, 그의 친구 허버트 워드가 놀림거리로 삼기도 했던 평소의 차분한 성정을 잃고 프랑키 중위를 콩고강의 소용돌이 속으로 던져버릴 뻔했고, 중위가 쏜 총을 가까스로 피해 기적적으로 목숨을 건진 터였다.

'플로리다' 호는 콩고강 상류와 중류에서 상선으로 사용하기 위해 샌포드 탐사원정대가 보마까지, 다시 말해 크리스털산 반대쪽까지 운반한 웅대한 배였다. 보마와 마타디를 레오폴드빌과 갈라놓는 일련의 폭포인 리빙스턴 폭포 밑으로는 수많은 소용돌이가 만들어져 '악마의 가마솥'이라는 이름을 얻었다. 그곳에서 시작해 동쪽으로는 배가 다닐 수 있는 수천 킬로미터의 강이었다. 반면 서쪽으로는 강물이 천 피트 높이의 절벽 아래로 떨어져 바다로 흘러갔고, 그로 인해 배가 아주 멀리까지는 항해할 수 없었다. '플로리다' 호를 스탠리 풀까지 육로로 운송하기 위해 수백 개의 조각으로 분해해 분류하고 포장한 뒤에 원주민 짐꾼들이 등에 지고 대상로를 통해 478킬로미터를 이동했다. 로저 케이스먼트는 가장 크고 무거운 부분, 즉 배의 선체를 운반하는 책임을 맡았다. 선체를 올릴 거대한 짐마차를 만드는 것에서부터 마체테로 길을 열며 크리스털산의 꼭대기와 계곡을 가로질러 거대한 화물을 운반할 백여 명의 짐꾼과 수풀 베는 사람들을 고용하는 것까지 모든 일을 도맡아 했다. 그리고 제방과 요새를 건설하고, 캠프를 만들고, 환자나 사고를 당한 사람을 치료하고, 다양한 인종 집단의 구성원들 사이에서 벌어지는 각종 분쟁을 가라앉히고, 보초의 교대 순서, 음식 배급, 식량이 부족할 때 사냥과 낚시질을 할 사람을 정했다. 각종 위험과 걱정으로 점철된 삼 개월이었으나 열정의 시기였고, 발전을 의미하는 무엇인가를 하고 있다는, 즉 적대적인 자연에 대항해 성공적인 전투를 벌였다는 자각의 시기이기도 했다. 그리고 로저는 이후 몇 년 동안 채찍을 사용하지 않고서도, 또는 노예무역 중심지인 잔지바르에서 왔기 때문이기도 하거니와 노예 상인처럼 잔인하게 행동한다는 이유로 '잔지바르 사람'이라는 별명이 붙은 그들 십장에게 채찍을 남용하는 것을 허용하지 않고서도, 그런 일을 여러 차례 반복해서 해냈다.

이윽고 항해가 가능한 거대한 석호인 스탠리 풀에 있게 된 '플로리다' 호가 재조립되어 항해 준비를 마쳤을 때, 로저는 그 배로 콩고강의 중부와 상부를 여행하면서 샌포드 탐사원정대의 창고를 확보하고 여러 지역으로 상품을 운송하는 업무를 확실하게 처리했는데, 그는 이들 지역을 몇 년 뒤, 그러니까 1903년의 지옥여행중에 다시 가보게 될 터였다. 그 지역들이란 볼로보, 루켈렐라, 이레부 지역, 그리고 최종으로는 훗날 코킬하트빌이라는 이름이 다시 붙여진 '이퀘이터 스테이션'*이었다.

로저와 달리 채찍에 대한 반감 없이 이를 자유롭게 사용하던 프랑키 중위와의 사건은 보마강 상류에서 약 50킬로미터 떨어진 적도선을 여행하고 돌아오던 중 어느 이름 없는 빈한한 마을에서 벌어졌다. 프랑키 중위는 공안군 소속으로, 모두 원주민인 병사 여덟 명을 인솔해 일용 노동자들과 관련된 난제를 해결하기 위한 징벌적 탐험을 완수했었다. 보마-마타디, 레오폴드빌-스탠리 풀 사이를 왔다갔다하는 탐험대의 상품을 운반하기 위해서는 늘 가용 인원보다 많은 짐꾼이 필요했다. 부족들은 진을 빼는 그 노역에 자기 사람들을 보내려 하지 않았고, 그래서 가끔은 공안군이 그리고 가끔은 민간의 전매교역권 소유자들이 말을 잘 듣지 않는 마을에 대한 습격을 감행했는데, 일을 할 수 있는 조건을 갖춘 남자들을 줄줄이 묶어 데려갔을 뿐만 아니라, 오두막

---

* 적도(equator)에 위치해서 붙은 이름.

들을 불태우고 가죽이며 상아며 동물을 압수하고, 앞으로는 계약상의 의무들을 지키도록 추장들을 흠씬 두들겨팼다.

로저 케이스먼트, 그리고 짐꾼 다섯과 '잔지바르 사람' 하나로 구성된 그의 작은 무리가 마을에 들어섰을 때, 오두막 서너 채가 이미 재로 변해 있었고 마을 사람들은 도망치고 없었다. 남은 사람이라고는 아이나 다름없는 소년 하나였는데, 소년은 손과 발이 말뚝에 묶인 채 바닥에 쓰러져 있었고, 프랑키 중위가 소년의 등에 채찍을 내리꽂으며 자신의 실패에 대한 분풀이를 하고 있었다. 일반적으로 채찍질을 직접 하는 것은 장교가 아니라 사병이었다. 하지만 중위는 마을 사람들이 모두 도망치고 없다는 데 의당 분개했고 앙갚음하고 싶어했다. 중위는 분노로 얼굴이 발개지고 땀을 줄줄 흘리면서 채찍질 한 번마다 씩씩거리는 소리를 토해냈다. 로저와 일행의 출현을 보고도 안색이 변하지 않았다. 로저의 인사에도 고개를 끄덕여 답례만 하고는 응징을 계속했다. 소년은 한참 전에 의식을 잃은 것 같았다. 등과 다리가 온통 피범벅이었는데, 그 벌거벗은 작은 몸뚱이를 향해 개미들이 줄지어 가던 장면을 로저는 기억했다.

"당신은 그렇게 할 권리가 없어요, 프랑키 중위." 로저가 프랑스어로 말했다. "그만해요!"

왜소한 몸집의 장교가 채찍을 내려뜨리고는 몸을 돌려 수염이 덥수룩한 로저의 기다란 실루엣을 쳐다보았다. 로저는 행군하는 동안 땅의 상태를 살피고 낙엽을 치우는 데 사용하는 막대기 외에는 특별한 무기를 지니고 있지 않았다. 작은 개 한 마리가 그의 다리 사이를 얼씬거렸다. 중위가 적잖게 놀랐는지 말끔하게 다듬은 콧수염에 작은 눈을 깜박거리는 동그란 얼굴이 붉으락푸르락했다.

"방금 뭐라 했소?" 중위가 소리쳤다. 로저는 중위가 채찍을 내려놓고는 오른손을 허리춤으로 가져가 권총 손잡이가 튀어나와 있는 탄띠를 만지작거리는 모습을 보았다. 순식간에 로저는 중위가 홧김에 자신에게 권총을 쏠 수도 있겠다는 생각이 들었다. 로저는 재빨리 대응했다. 중위가 권총을 꺼내기 전에 그의 목덜미를 움켜쥐면서 동시에 그가 막 움켜쥔 권총을 손으로 쳐서 떨어뜨렸다. 프랑키 중위는 자신의 목덜미를 붙잡은 로저의 손아귀를 벗어나려고 안간힘을 썼다. 그의 두 눈이 두꺼비처럼 튀어나왔다.

담배를 피우면서 그 응징을 지켜보던 공안군 병사 여덟 명 모두 미동도 없었으나, 로저는 비록 그들이 눈앞에서 벌어지는 광경에 당황했을지라도 저마다 소총을 움켜쥔 채 상관으로부터 명령이 떨어지기만을 기다리고 있었으리라고 추측했다.

"내 이름은 로저 케이스먼트고, 지금 샌포드 탐사원정대에서 일하고 있는데, 당신은 나를 아주 잘 알 것이오, 프랑키 중위, 언젠가 우리가 마타디에서 포커를 한 적이 있잖소." 로저는 중위를 놓아준 뒤 몸을 숙여 권총을 집어들어 온후한 표정으로 중위에게 돌려주면서 말했다. "이 소년이 어떤 잘못을 했든지 당신이 그런 식으로 채찍질을 하는 것은 일종의 범죄요. 공안군 장교인 당신이 나보다 더 잘 알 것 아니오, 콩고 자유국의 법률을 틀림없이 나보다 더 잘 알 테니 말이오. 만약 이 소년이 채찍 때문에 죽기라도 하면 그 죄로 당신은 양심의 가책을 느끼게 될 거요."

"나는 콩고에 오면서 예방조치로 내 나라에 양심을 두고 왔소." 장교가 말했다. 어느새 그는 조롱하는 듯한 표정이었고, 케이스먼트가 어릿광대 같은 사람일지, 아니면 정신 나간 사람일지 자문하는 듯했다. 장교의 히스테리가 누그러졌다. "당신에게 막 총알을 한 방 박아버리려고 했는데, 당신이 재빨랐던 게 그나마 다행이오. 내가 영국인을 한 명 죽였다면 외교적으로 복잡한 분쟁에 휘말려들었을 거요. 어찌되었든 내 충고하니, 방금 전처럼 공안군의 내 동료들 일에 간섭하는 짓은 하지 마시오. 결코 만만치 않은 성격들이라 그들과 붙는다면 나하고 이러는 것보다 더 험한 꼴을 당할 수 있소."

중위의 분노가 가시더니 이제는 의기소침한 듯 보였다. 그는 누군가가 이 원주민들에게 자신의 도착 소식을 알렸을 것이라고 가르랑거리는 목소리로 말했다. 이제 그는 빈손으로 마타디로 돌아가야 할 것이다. 케이스먼트가 자신의 짐꾼들에게 소년의 결박을 풀어주고 해먹에 올려놓으라고 명령한 뒤, 이 해먹을 두 막대기 사이에 묶어 소년을 데리고 보마를 향해 출발할 때까지 중위는 아무 말이 없었다. 이틀 뒤 보마에 도착했을 때, 상처 투성이 몸으로 피를 흘렸던 소년은 여전히 살아 있었다. 로저는 소년을 의무실에 남겨두었다. 그는 직권 남용에 대해 프랑키 중위를 고소하려고 법원에 갔다. 이어지는 몇 주 동안 로저는 진술을 위해 두 번이나 소환되었고, 판사의 바보 같은 기나긴 심문을 겪으며 자신의 고소장이 접수되어도 프랑키 중위가 경고조차 받지 않으리라는 사실을 깨달았다.

  마침내 판사가 증거 부족과 피해자의 확인진술 거부를 이유로 고소를 각하한다고 판결했을 때, 로저 케이스먼트는 샌포드 탐사원정대를 그만두고 다시 헨리 모턴 스탠리―그 지역의 키콩고들은 그에게 '불라 마타디(돌을 깨는 사람)'라는 별명을 붙여주었다―휘하에 들어가 보마와 마타디에서 레오폴드빌-스탠리풀까지 이어지는 대상로와 평행으로 놓이기 시작한 철도 건설에 참여하고 있었다. 학대당했던 소년은 로저와 함께 일하게 되었고, 그때부터 로저의 심부름꾼, 조수, 아프리카 지역의 여행 동료가 되었다. 케이스먼트는 소년의 본명을 결코 알 수 없었기에 그에게 찰리라는 이름을 붙여주었다. 찰리는 십육 년을 케이스 먼트와 함께 지냈다.

로저가 샌포드 탐사원정대를 사직한 것은 회사의 어느 임원과 있었던 사건 때문이었다. 그렇다고 그 사건을 후회하지는 않았는데, 스탠리와 함께 철도 건설 현장에서 일하는 것이 엄청난 육체적인 노력을 요구하긴 해도 그가 처음 아프리카에 왔을 때 가졌던 환상을 다시 돌려주었기 때문이다. 철로의 침목과 레일을 깔기 위해 숲을 열어젖히고 다이너마이트로 산을 허무는 것은 그가 꿈꾸던 개척자의 일이었다. 태양 아래서 그을거나 소나기에 몸이 흠뻑 젖어가며 일용노동자들과 마체테로 수풀 베는 사람들을 지휘하면서, '잔지바르 사람들'에게 지시를 내리면서, 대원들이 일을 제대로 하는지 주시하면서, 침목이 놓일 땅을 다지고 고르고 보강하면서, 그리고 빽빽하게 우거진 무성한 나뭇가지들을 쳐내면서 야외에서 보내는 시간은 정신을 집중할 수 있는 시간, 그리고 유럽인과 아프리카인, 식민지 건설자와 피식민지 사람에게 똑같이 이로울 작업을 하고 있다는 느낌을 주는 시간이었다. 허버트 워드는 어느 날 로저에게 말했다. "당신을 처음 만났을 때, 나는 당신을 모험가로만 생각했어요. 이제는 당신이 신비주의자라는 것을 알아요."

산에서 나와 마을로 가서 철도 건설에 필요한 짐꾼과 마체테로 수풀 벨 사람을 양도해달라고 협상하는 일을 로저는 그리 좋아하지 않았다. 콩고 자유국이 성장해감에 따라 노동력 부족이 제일 중요한 문제가 되었다. '계약서'에 서명했음에도 이제 그 계약서가 무엇에 관한 것인지를 이해하게 된 추장들은 자신들의 부족민이 길을 열거나 역과 창고를 짓거나 고무를 채취하러 떠나도록 내버려두지 않았다. 샌포드 탐사원정대에서 일하고 있었을 때 로저는 이러한 저항을 무마하기 위해, 반드시 그렇게 해야 할 법적인 의무가 없었음에도, 회사로 하여금 일꾼들에게 대개는 현물로 적은 급료를 지불하게 할 수 있었다. 다른 회사들도 그렇게 하기 시작했다. 하지만 그렇게까지 하는데도 일꾼을 채용하기가 쉽지 않았다. 추장들은 농사를 짓고 식량을 마련할 사냥과 어업에 반드시 필요한 남자들을 내줄 수 없다고 주장했다. 일꾼 모집원들이 다가오면 일할 수 있는 나이의 남자들이 수풀 속으로 숨어버리는 일이 자주 있었다. 그리고 나면 징벌적인 원정, 강제 모집, 그리고 남편들이 도망치지 못하도록 아낙들을 소위 '인질의 집'에 가둬놓는 절차가 진행되었다.

스탠리의 원정대에서뿐만 아니라 헨리 셸턴 샌포드의 원정대에서도 로저는 원주민 일꾼 양도 문제로 원주민 공동체와 협상하는 임무를 자주 떠맡았다. 언어를 쉽게 익히는 능력 덕분에, 물론 늘 통역사의 도움을 받긴 했어도, 키킹고어와 링갈라어로―나중에는 스와힐리어로―의사소통이 가능했다. 그가 더듬거리면서도 원주민 말을 하려는 것을 들으면 원주민들의 불신감이 누그러졌다. 원주민들이 아주 좋아하는 유리구슬 목걸이와 팔찌뿐만 아니라 옷과 칼과 여타의 가정용품 등 그가 가져가는 선물 말고도 그의 신사적인 매너, 인내심, 공손한 태도가 대화를 쉽게 만들었다. 그러고 나면 그는 숲의 덤불을 제거하고 짐꾼으로 일할 장정 한 무리를 대동한 채 캠프로 돌아오곤 했다. 그는 '흑인들의 친구'로 유명해졌는데, 이를 통해 그의 일부 동료들은 동정심을 가지고 그를 판단한 반면, 다른 사람들, 특히 공안군에 속한 일부 장교들은 그를 경멸했다.

그런 식으로 원주민 부족들을 방문하는 일이 로저에게는 불편함을 안겼는데, 그런 불편함은 세월이 갈수록 더해갔다. 처음에는 수세기에 걸친 시간의 심연에 침잠해 있는 듯 보이는 이들 부족의 관습, 언어, 복식, 습성, 음식, 춤, 노래, 종교 의식에 대해 알고 싶은 호기심 충족 차원에서 기꺼이 방문했다. 이들 부족의 건강하고 솔직한 원시적 순수성은, 쌍둥이 아이들을 희생제물로 바치는 일부 부족이라든지, 추장이 죽을 경우 함께 매장하기 위해 상당수의 하인을―거의 항상은 노예를―죽이는 것이라든지, 그리고 다른 공동체들로부터 두려움과 혐오의 대상이 되는 일부 집단의 식인풍습이라든지 하는 잔인한 관습과 뒤섞여 있었다. 그런 협상을 할 때마다 그는 뭐라 규정하기 힘든 불쾌감, 말하자면 그가 아무리 애써도 그를 결코 온전히 이해하지 못할 다른 시대의 남자들과 지저분한 게임을 벌이고 있다는 느낌을 받게 되었고, 그러다보니 협상의 부당한 점들을 완화하기 위한 예방조치를 취했음에도 자신의 신념, 도덕, 그리고 그 자신이 하느님이라고 부르던 그 '첫번째 원리'에 반하는 행위를 했다는 죄의식을 느꼈다.

　이러한 이유로 그는 스탠리의 '철도'에서 근무한 지 일 년을 채우기 전인 1888년 12월 말에 사직하고, 침례교 선교단인 응곰베 루테테로 가서 선교단을 이끄는 벤틀리 선교사 부부와 함께 일했다. 마타디의 식민지 개척자 마을의 어느 집에서 지나가던 누군가와 황혼 무렵에 시작해 첫 새벽빛이 비칠 때까지 나눈 대화 이후에 갑자기 그런 결정을 내렸다. 시어도어 호르테는 영국 해군의 전직 장교였다. 그는 침례교 선교사로 콩고에 오기 위해 영국 해군을 떠났다. 데이비드 리빙스턴이 아프리카를 탐험하며 복음을 전도하기 시작한 뒤로 침례교도들이 그곳에 오게 되었다. 그들은 팔라발라, 반사 만테케, 응곰베 루테테에 선교단을 열었고, 스탠리 풀에서 가까운 곳에 막 알링턴 선교단을 새로이 개설하고 있었다. 시어도어 호르테는 이들 선교단의 감독관으로 각지를 돌아다니며 목사들을 돕고, 새로운 선교단을 개설하기 위한 방식을 검토하면서 시간을 보내고 있었다. 시어도어 호르테와의 대화는 로저 케이스먼트에게 평생 기억하게 될 인상을 남겼는데, 1902년 중반 세번째 말라리아에 걸려 요양을 하고 있던 요 며칠 사이에도 상세하게 재현할 수 있을 정도였다.

시어도어 호르테가 하는 얘기를 들은 사람은 그 누구도 그가 직업 장교였고, 영국 해군의 주요 군사작전에 해병으로 참여했었다는 사실을 상상하지 못했다. 시어도어 호르테는 자신의 과거도, 개인사도 일절 얘기하지 않았다. 그는 출중한 외모에 교양 있는 매너를 지닌 오십대 남자였다. 비도 오지 않고 구름 한 점 없이 하늘에 총총한 별이 강물에 비치고, 조용히 부는 미지근한 바람이 두 사람의 머리칼을 헝클어뜨리던 마타디의 조용한 그 밤에 케이스먼트와 호르테는 나란히 걸린 해먹에 드러누워 저녁 식후의 대화를 시작했는데, 처음에 로저는 식사 후 졸음이 쏟아지기 전까지 불과 몇 분 정도 지속될 잊히기 쉬운 의례적인 대화가 될 것이라고 생각했다. 그런데 대화가 시작되고 얼마 지나지 않아 뭔가가 로저의 심장을 평소보다 더 세게 뛰게 만들었다. 그는 호르테 목사의 목소리가 지닌 감성과 따스함에 마음이 진정됨을 느꼈고, 직장 동료들과는 결코 나누지 못했고—언젠가 허버트 워드와 나눈 대화를 제외하고—자신의 상사들과는 더더욱 나누지 못했던 주제들에 관해 이야기하고 싶은 마음이 생겄다. 그는 온갖 걱정거리, 고뇌, 의구심 같은 것들을 불길한 징조라도 된다는 듯이 숨겨왔었다. 그 모든 것이 의미가 있는 일일까? 과연 유럽의 아프리카 모험은 사람들에 의해 말해지고 쓰이고 믿어지던 바로 그 모습일까? 유럽의 아프리카 모험이 무역과 복음전도를 통해 문명, 진보, 근대를 가져왔을까? 그 징벌적인 탐험에서 모든 것을 노략질했던 '공안군'의 짐승들을 과연 문명을 전파하는 사람들이라고 부를 수 있을까? 식민지 개척자들—상인, 군인, 관리, 모험가—가운데 몇이나 원주민을 최소 한도로 존중하고, 그들을 동료 또는 적어도 인간으로 생각할까? 5퍼센트? 백 명 가운데 한 명? 진실, 진실을 말하자면, 그가 이곳에서 보낸 몇 년 동안 흑인을 영혼 없는 동물인 양 대하며 최소한의 가책도 없이 속이고, 착취하고, 채찍질하고, 심지어는 죽이기까지 하는 행동을 하지 않은 유럽인의 수를 꼽아보자면 손가락이 남아돌 정도였다는 것이다.

시어도어 호르테는 젊은 케이스먼트가 토로하는 고통을 조용히 들었다. 마침내 시어도어 호르테가 입을 열었을 때 그는 방금 들은 로저의 이야기에 놀라는 것처럼 보이지 않았다. 반면에 그도 몇 년 전부터 무시무시한 의구심이 자신에게 엄습해오고 있음을 시인했다. 그럼에도 불구하고, 적어도 이론상으로는 그 '문명'이라는 것에 진실한 것이 많았다. 원주민의 삶의 조건은 가혹하지 않은가? 그들의 위생 수준, 미신, 건강의 가장 기본적인 개념에 대한 무지로 인해 그들은 파리처럼 죽게 되지 않던가? 단순히 생존하기 위해 사는 그들의 삶은 비극적이지 않은가? 유럽은 그들을 원시 상태에서 벗어나게 하기 위해 많은 것을 쏟아부어야 했다. 그들로 하여금 아이와 병자를 희생시키는 것이라든지, 가령 수많은 원주민 공동체에서 서로를 죽이는 전투라든지, 일부 지역에서 여전히 행해지는 예속과 식인풍습 등과 같은 야만적인 관습을 중단하도록 하기 위해서 말이다. 그리고 더불어 진정한 신을 알고, 그들이 숭배하는 우상들을 자비와 사랑과 정의의 기독교 신으로 대체하는 것이 그들에게도 좋지 않을까? 물론 아마도 유럽에서 가장 불량했을 수많은 악인이 여기로 흘러들어온 것도 사실이다. 이에 대한 해결책이 없을까? 구대륙에서 좋은 것들이 반드시 와야 했다. 그것은 더러운 영혼을 소유한 장사꾼들의 탐욕이 아니라 과학, 법률, 교육, 천부인권, 기독교 윤리였다. 이전으로 되돌아가기에는 이미 늦었다. 그렇지 않은가? 식민화가 좋은지 나쁜지, 콩고인이 유럽인 없이 자신들의 운명에 따라 사는 편이 나은 것인지 묻는 게 무의미한 일이었다. 어떤 일들이 원래대로 돌아갈 수 없을 때는 그런 일들이 일어나지 않았더라면 더 좋았을 것이라고 자문하는 데 시간을 허비할 필요가 없었다. 그 일들을 바른 길로 인도하려 애쓰는 편이 더 나았다.

왜곡되어 있는 것을 곧게 만드는 일은 언제나 가능하기 때문이다. 이것이 바로 그리스도의 가장 좋은 가르침이 아닐까?

신앙심이 썩 깊은 적이 결코 없었던 자신 같은 평신도가 콩고 중하부 지역의 침례교 선교단 중 어느 곳에서든 일하는 게 가능할지, 동틀녘에 로저 케이스먼트가 그렇게 묻자 시어도어 호르테는 가벼운 웃음을 터뜨렸다.

"이건 분명 하느님의 계략이네요." 그가 외쳤다. "응곰베 루테테 선교단의 벤틀리 부부가 자신들의 회계를 봐줄 평신도 실무자를 한 명 구하고 있거든요. 그런데 지금 당신이 그걸 내게 묻고 있다니요. 단순한 우연의 일치 이상 아닌가요? 하느님께서 당신이 항상 거기에 계시다는 사실을, 그래서 우리가 결코 절망해서는 안 된다는 사실을 일깨워주시려고 가끔 우리에게 놓으시는 그런 덫들 가운데 하나 같지요?"

로저가 응곰베 루테테 선교단에서 1889년 1월부터 3월까지 한 작업은, 비록 그 기간은 짧았으나 매우 열정적으로 몰두했고, 한동안 그가 물들어 있던 불확실성으로부터 벗어날 수 있게 해주었다. 그는 한 달에 불과 10파운드의 급료로 생활해야 했지만, 윌리엄 홀맨 벤틀리와 그의 부인이 아침부터 밤까지 정말 열정적으로 신념을 가지고 일하는 모습을 보면서, 아울러 종교시설이면서 동시에 의무실, 예방접종소, 학교, 상점, 그리고 오락과 상담과 자문의 장소인 그 선교단에서 그들과 삶을 공유하면서 식민지에서의 모험이 덜 가혹하고, 더 온당하게, 심지어는 계몽적이기까지 한 것처럼 보이게 되었다. 이런 감정은 개신교회로 개종한 아프리카인들의 작은 공동체 하나가 그 부부를 중심으로 생겨나는 과정을 지켜보면서 한층 고조되었는데, 원주민들의 복장은 물론 일요일 예배를 위해 매일 연습하는 합창에서, 뿐만 아니라 글을 읽고 쓰는 법과 기독교 교리를 배우는 교실에서도, 자신들 부족의 삶을 잊어가면서 현대적이고 기독교적인 삶을 시작해가고 있는 것처럼 보였다.

그의 작업은 선교단의 수입 지출 장부 관리에만 그치지 않았다. 그 일에는 그리 많은 시간이 걸리지 않았다. 그는 낙엽을 제거하고 선교단 주변 작은 공터의 잡초를 뽑는 일부터—이는 뽑아내고 나면 다시 뒤덮으려는 잡초와 매일매일 벌이는 전투였다—우리의 가금을 잡아먹는 표범을 사냥하러 나가는 일까지 온갖 일을 해냈다. 오솔길로, 또는 강물에 작은 배를 띄워 병자와 살림살이와 인부를 데려오고 데려가는 일을 맡았고, 주변 마을 원주민들이 물건을 팔거나 빌려 갈 수 있는 선교단의 가게를 운영하고 관리했다. 주로 물물교환이 이뤄졌지만, 벨기에의 프랑과 영국의 파운드가 통용되기도 했다. 벤틀리 부부는 로저의 서툰 장사 솜씨와 뭐든 아낌없이 내주려는 천성을 놀려댔는데,

이는 로저가 모든 물건의 가격이 비싸다고 생각해 낮추자고 했기 때문이고, 그럴 경우 선교단의 빈약한 예산을 충당해주는 그 작은 이윤마저 박탈당할 수 있었기 때문이다.

벤틀리 부부에게 느끼게 된 애정과 그들 곁에서 일하면서 갖추게 된 명료한 의식에도 불구하고, 로저는 자신이 응곰베 루테테 선교단에 일시적으로 머물게 되리라는 점을 처음부터 인식하고 있었다. 작업은 고귀하고 이타주의적이었지만, 성경 강독과 교리 교실과 일요일 예배에 참석하며 시어도어 호르테와 벤틀리 부부의 태도와 표현을 그대로 따라함으로써 그들을 고무시켰을지는 몰라도, 그 자신에게는 늘 부족했던 그 믿음이 동반되어야만 의미가 있었다. 그는 무신론자도 불가지론자도 아니었으나 그보다 불분명하게 하느님의 존재—'첫번째 원리'—를 부정하지는 않는 무관심한 사람이었음에도, 교회의 품에서 편안함을 느낄 수 없었고, 신앙의 공통분모를 이루는 다른 신자들과의 연대감과 형제애도 느낄 수 없었다. 마타디에서 이뤄진 그 긴 대화에서 시어도어 호르테에게 그런 점을 설명하려 애쓰면서 그는 스스로가 우둔하고 혼란스러운 상태라고 느꼈다. 전직 해군 장교가 그를 진정시켰다. "난 당신을 완벽하게 이해해요, 로저. 하느님은 자신만의 방식을 가지고 계시죠. 하느님은 우리를 불편하게 만드시고, 우리를 교란시키시고, 우리가 모색하도록 채근

하시죠. 마침내 어느 날 모든 것이 환하게 밝혀지고, 하느님이 그곳에 임어해 계시죠. 당신에게도 그런 일이 일어날 거고, 당신은 그걸 보게 될 거예요."

적어도 그 삼 개월 동안에는 로저에게 그런 일이 일어나지 않았다. 그로부터 십삼 년이 지난 1902년 현재, 그는 여전히 종교에 대해 반신반의하고 있었다. 열병을 여러 번 앓았고, 체중도 많이 감소했으며, 몸이 허약한 탓에 때때로 현기증을 느꼈음에도 보마에서 다시 영사직을 맡았다. 그는 총독과 다른 당국자들을 찾아갔다. 다시 체스와 브리지 게임을 하기 시작했다. 장마철이 절정에 달해 수개월 동안 지속될 터였다.

1889년 3월 말, 윌리엄 홀맨 벤틀리 목사와의 계약이 끝나자 그는 떠난 지 오 년 만에 처음으로 영국으로 돌아갔다.

V

"내가 여기에 온 건 이제까지 내 인생에서 가장 어려운 일 중 하나였어요." 앨리스가 그에게 악수를 청하며 인사를 대신해 말했다. "결코 해낼 수 없을 줄 알았어요. 그런데 내가 결국 여기에 와 있네요."

앨리스 스톱포드 그린은 냉정하고 이성적이고 감상주의와는 거리가 먼 사람 같은 태도를 유지하고 있었으나, 로저는 그녀가 뼛속까지 감동받았음을 감지할 만큼 그녀를 충분히 잘 알고 있었다. 로저는 그녀의 목소리가 숨길 수 없을 정도로 살짝 떨리고, 무언가 걱정거리가 있을 때면 늘 나타나는 코가 파르르 떨리는 증세를 알아차렸다. 그녀는 일흔이 다 된 나이였지만 여전히 젊은 시절의 모습을 간직하고 있었다. 주근깨 깔린 얼굴이 풍기는 상큼함도, 맑고 예리한 눈이 풍기는 광채도 주름살이 지우지 못했다. 두 눈에는 그 지적인 빛이 늘 번득였다. 평소의 절제된 우아함을 간직한 그녀는 밝은색 정장에 얇은 블라우스, 굽 높은 부츠 차림이었다.

"정말 반갑네요, 친애하는 앨리스, 정말 반가워요." 로저 케이스먼트가 그녀의 두 손을 부여잡으며 되뇌었다. "다시는 당신을 못 볼 줄 알았어요."

"당신 주려고 책 몇 권이랑 사탕 조금, 그리고 옷가지 몇 벌을 가져왔는데 교도관들이 입구에서 모두 압수해버렸어요." 그녀가 무기력한 표정이 되었다. "미안해요. 당신 잘 지내고 있는 거죠?"

"그럼요, 그럼요." 로저가 뭔가를 열망하듯 말했다. "당신은 이 모든 시간을 바쳐 나를 위해 정말 많은 일을 해주었어요. 새로운 소식은 아직인가요?"

"목요일에 내각회의가 열려요." 그녀가 말했다. "신뢰할 만한 정보원에게 듣기로는 이 문제가 최우선 안건이라고 해요. 우리는 가능한 것을 하고, 불가능한 것까지 해요, 로저. 청원서에 거의 오십여 명이 서명을 했는데 모두 주요 인사예요. 과학자, 예술가, 작가, 정치가들이죠. 존 드보이는 언제라도 미국 대통령의 전보가 영국 정부에 도착하게 할 수 있다고 우리에게 확언하고 있어요. 우리의 친구들 모두가 저지하기 위해, 그러니까 내 말은, 언론의 그 비열한 캠페인을 저지하기 위해 움직였어요. 당신, 언론이 하는 짓을 알고 있죠?"

"대충." 케이스먼트가 언짢은 표정으로 말했다. "여기서는 외부 소식을 받을 수 없고요, 교도관들은 내게 말을 걸지 말라는 명령을 받은 상태예요. 셰리프만이 말을 거는데 나를 모욕하기 위해서죠. 아직 가능성이 좀 있다고 생각해요, 앨리스?"

"있고말고요." 그녀가 힘주어 단언했지만 케이스먼트는 선의의 거짓말이라고 생각했다. "내 친구들 모두 내각이 이 문제를 만장일치로 결정할 거라고 장담해요. 사형에 반대하는 각료가 단 한 명만 있으면 당신은 구제되는 거예요. 그래서 말인데, 외무부의 당신 옛 상사인 에드워드 그레이 경이 반대를 하는 것 같아요. 희망을 잃지 마요, 로저."

이번에는 펜턴빌 교도소의 셰리프가 면회실에 없었다. 젊고 진중한 교도관 하나가 로저와 여성 역사가의 대화에는 관심이 없는 척 그들에게 등을 돌린 채 출입문의 격자를 통해 복도 쪽을 바라보고 있을 뿐이었다. '펜턴빌 교도소의 모든 교도관이 저 사람처럼 사려 깊다면 여기 생활이 훨씬 더 견딜 만할 텐데.' 로저는 생각했다. 그리고 자신이 더블린에서 일어난 사건들에 관해서는 아직 앨리스에게 묻지 않았다는 사실을 상기했다.

"부활절 봉기가 일어났을 때 스코틀랜드 야드가 그로스베너 로드의 당신 집을 수색하러 갔다는 걸 알아요." 로저가 말했다. "불쌍한 앨리스. 그들이 여러 가지로 당신을 아주 힘들게 했나요?"

"썩 그렇진 않았어요, 로저. 서류를 많이 가져갔어요. 개인 편지, 원고였죠. 내게 되돌려주길 기다리고 있는데요, 그들에게 그게 필요할 거라고는 생각하지 않거든요." 앨리스가 서글픈 표정으로 한숨을 내쉬었다. "저기 아일랜드에서 사람들이 겪은 것에 비하면 내 경우는 아무것도 아니었어요."

가혹한 탄압이 계속될까? 로저는 사형집행, 죽음, 그 비극적인 한 주의 여파에 대해 생각하지 않으려고 애썼다. 하지만 앨리스는 그의 눈에서 그 사건에 관해 알고 싶어하는 호기심을 읽었음에 틀림없었다.

"사형집행이 정지된 것 같아요." 앨리스가 교도관의 등을 흘낏 쳐다보면서 중얼거렸다. "우리는 수감자가 약 3500명 정도 된다고 계산하고 있어요. 그들 가운데 대부분이 이곳으로 이송되었다가 영국 전역의 교도소에 배분되어요. 우리가 그들 가운데 여성 수감자 80여 명을 찾아냈어요. 여러 단체가 우리를 돕고 있어요. 수많은 영국 변호사가 그들의 사건을 무료로 담당해주겠다고 나섰어요."

여러 가지 질문이 로저의 머릿속으로 쇄도했다. 죽은 사람, 부상당한 사람, 죄수들 가운데 친구가 몇이나 될까? 하지만 그는 자제했다. 전혀 해결할 수도 없고, 또 자신의 고통을 증대시키는 데만 소용될 뿐인 것들을 군이 알아봤자 무엇하겠는가?

"당신 한 가지 알아요, 앨리스? 내가 감형을 받으면 좋겠다고 생각하는 이유들 가운데 하나는, 만약 그렇게 되지 않으면, 내가 아일랜드 말을 배우지 못한 채 죽을 것이기 때문이에요. 만약 내가 감형을 받게 되면 아일랜드 말을 읽히는 데 깊이 몰두해서 내 당신에게 약속하건대 언젠가 바로 이 면회실에서 우리가 게일어로 대화를 하게 될 거요."

앨리스가 살짝 짧은 미소를 머금으며 수긍했다.

"게일어는 어려운 언어예요." 그녀가 그의 어깨를 토닥이며 말했다. "그걸 배우려면 많은 시간과 인내가 필요해요. 당신은 아주 다사다난한 삶을 살아왔어요, 친애하는 이여. 하지만, 당신처럼 아일랜드를 위해 그 많은 일을 한 아일랜드인은 소수라는 사실에 위안을 삼아봐요."

"고마워요, 친애하는 앨리스. 당신에게 신세 참 많이 지는군요. 당신의 우정, 당신의 환대, 당신의 지성, 당신의 문화. 화요일 저녁마다 그로스베너 로드로 모여들던 특별했던 사람들과 그 즐거운 분위기. 이런 것들이 내 삶의 가장 좋은 추억이에요. 이제야 당신에게 이 얘기를 하고, 고맙다고도 하게 되네요, 친애하는 친구. 당신이 가르쳐준 덕분에 내가 아일랜드의 과거와 문화를 사랑하게 되었어요. 당신은 내게 관대한 스승이에요, 내 삶을 정말 풍요롭게 만들어준 스승."

　로저는 항상 느끼면서도 부끄러워 밝히지 않았던 것을 털어놓았다. 그녀를 알고 지낸 이래 그는 역사가이자 작가인 앨리스 스톱포드 그린을 우러르며 좋아해왔는데, 아일랜드와 게일의 역사적인 과거와 전설과 신화에 대한 그녀의 연구 및 저서들은, 그가 어찌나 열정적으로 자랑하던지 이따금 민족주의자 친구들한테까지 조롱을 유발하던 그 '켈트적인 자부심'을 케이스먼트에게 심어주는 데 그 어떤 것보다 더 많은 공헌을 했다. 그는 십일이 년 전에 앨리스를 처음 만났는데, 에드먼드 D. 모렐과 그가 함께 설립한 콩고개혁협회를 위해 그녀에게 도움을 요청하면서부터였다. 이 새로운 친구들은 레오폴드 2세와 그의 마키아벨리적 창작품인 콩고 자유국에 대항하는 공개 투쟁을 시작한 터였다. 앨리스 스톱포드 그린이 콩고에 만연한 공포를 공공연하게 비난하면서 전개한 캠페인에 온전히 헌신하며 보여준 열정은 많은 작가, 정치가 친구들이 그녀에게 힘을 보태도록 하는 데 결정적이었다. 앨리스는 로저의 개인교사이자 길잡이가 되어갔으며, 로저는 런던에 머무르게 될 때면 매주 그 작가의 응접실을 찾아갔다. 이 저녁 모임에는 대개 그녀와 마찬가지로 제국주의와 식민주의에 비판적이면서 아일랜드 자치법에 찬성하는 교수, 저널리스트, 시인, 화가, 음악가, 그리고 정치가들이 참여했는데, 아일랜드의 완전한 독립을 요구하는 과격파 민족주의자들도 있었다. 그로스베너 로드의 책으로 가득찬 우아한 응접실들, 그녀가 고인이 된 남편이자 역사가였던 존 리처드 그린의 장서를 보존해둔 그 응접실들에서 로저는 W. B. 예이츠, 아서 코넌 도일 경, 버나드 쇼, G. K. 체스터턴, 존 골즈워디, 로버트 커닝엄-그레이엄을 비롯해 당시에 잘나가던 다른 많은 작가들을 만났다.

"어제 지에게 물어보려다가 차마 용기가 나지 않아 못했던 질문이 하나 있어요." 로저가 말했다. "콘래드가 청원서에 서명했나요? 내 변호사와 지에게서는 그 이름을 들은 적이 없거든요."

앨리스가 고개를 가로저었다.

"내가 직접 그에게 서명을 부탁하는 편지를 썼어요." 그녀가 언짢은 표정으로 덧붙였다. "그가 지닌 논리가 혼란스러워요. 그는 정치적인 사안은 늘 회피하려 했어요. 아마도 귀화한 영국 시민 입장에서 크게 확신이 서지 않았을 거예요. 한편으로 폴란드인 입장에서는 러시아 못지않게 독일도 증오하고 있죠. 두 나라가 여러 세기 동안 그의 조국을 사라지게 했으니까요. 결론적으로 나는 잘 모르겠어요. 당신의 모든 친구들이 이 부분을 아주 안타깝게 여기고 있어요. 위대한 작가이면서 정치적 사안에서는 겁쟁이가 될 수도 있는 거죠. 당신이 누구보다 더 잘 알잖아요,

로저."

케이스먼트는 수긍했다. 그런 질문을 한 것을 후회했다. 모르는 편이 더 나았을 것이다. 이제 콘래드의 서명이 없다는 사실은, 로저 자신의 감형 청원서에 에드먼드 D. 모렐도 서명하고 싶어하지 않는다는 소식을 가번 더피 변호사로부터 들었을 때만큼이나 로저를 괴롭힐 것이다. 그의 친구, 그의 '불도그'* 형제! 콩고 원주민 편에 서서 함께 싸웠던 그의 전우조차 전시에는 애국심을 우선해야 한다는 이유를 대면서 서명하기를 거부했었다.

"콘래드가 서명하지 않았다고 해도 상황이 그리 많이 달라지는 않을 거예요." 여성 역사가가 말했다. "그의 정치적인 영향력이 애스키스 정부에는 미치지 않으니까요."

"그래요, 물론 그렇죠." 로저가 동의했다.

사면 청원의 성공이나 실패에는 썩 중요하지 않을지 몰라도 로저 자신에게는 내심 중요한 일이었다. 그가 신임하는 누군가가, 그를 포함해 수많은 사람이 우러러보는 누군가가 이런 위기 상황에 그를 지지해 자신의 서명을 남긴 이해와 우정의 메시지를 그에게 도달하게 해주었다는 사실을, 절망에 사로잡힌 채 감방에서 괴로워하던 그가 떠올릴 수 있게 되었다면 좋았을 텐데

---

* 여기서는 불도그처럼 용감하고 끈기 있는 사람을 가리킴.

말이다.

"그 사람을 오래전에 알았죠, 그렇죠?" 앨리스가 그의 생각을 읽고 있다는 듯이 물었다.

"정확하게는 이십육 년 전이네요. 1890년 6월에 콩고에서 만났죠." 로저가 자세히 이야기했다. "그때 그는 아직 작가가 아니었어요. 물론 내 기억이 틀리지 않다면, 그가 소설 하나를 쓰기 시작했다고 내게 말했어요.. 분명 그의 첫 소설『올메이어의 어리석음』이었을 거예요. 그가 헌사와 함께 그 소설을 내게 보내주었거든요. 나는 그 책을 아직도 어딘가에 보관해두고 있어요. 그를 처음 만났을 때만 해도 아직 그의 이름으로 출간된 책은 한 권도 없었어요. 그는 선원이었고요. 폴란드 억양이 너무 세서 그의 영어를 겨우 알아들을 수 있었죠."

"지금도 그의 말은 알아듣기가 쉽지 않을 거예요." 앨리스가 웃으며 말했다. "여전히 그 끔찍한 억양으로 영어를 말하거든요. 버나드 쇼 말마따나 '자갈을 씹어대는' 것 같아요. 하지만 우리가 그를 좋아하든 좋아하지 않든, 글은 정말 근사하게 쓰죠."

기억은 로저에게 1890년 6월의 추억을 되돌려주었는데, 당시 영국 상선에 소속되어 있던 그 젊은 선장은 그때 막 시작된 여름의 축축한 열기에 땀을 뻘뻘 흘리면서 모기한테 인정사정없이 피부를 물어뜯긴 외국인답게 짜증이 난 상태로 마타디에 도착했다. 살짝 벗어진 앞머리에 검디검은 턱수염, 다부진 체격, 우묵한 두 눈, 서른 살 언저리였던 그의 이름은 콘래드 코르제니오프스키였으며, 폴란드 태생으로 불과 몇 년 전에 영국으로 귀화한 터였다. 그는 '상부 콩고 교역을 위한 벨기에 주식회사'와 계약을 맺고, 레오폴드빌-킨샤사와 저멀리 키상가니에 있는 스탠리폭포의 급류 사이를 오가며 화물과 상인을 실어나르는 소형 증기선 중 하나의 선장으로 근무하기 위해 그곳에 왔었다. 선장으로서는 그의 첫 직장이었고, 그래서 희망에 부풀어 여러 계획을 구상하고 있었다. 콩고에 도착했을 때 그는, 레오폴드 2세가 아프리카를 문명화하고 콩고인들을 예속과 우상숭배와 다른 야만으로부터 해방시키기로 작정한 위대한 인문주의자이자 군주의 모습으로 스스로를 각인시키는 데 이용한 온갖 환상과 신화에 흠뻑 젖은 상태였다. 아시아와 아메리카의 여러 바다를 항해한 기나긴 여행 경험, 언어 재능과 독서 이력에도 불구하고 그 폴란드인에게는 로저 케이스먼트를 즉시 매료시키는 천진난만하고 아이 같은 무언가가 있었다. 호감은 상호적이었는데, 처음 만난 바로 그날부터 삼 주 뒤 코르제니오프스키가 짐꾼 서른 명을 대동하고 '르 르와 데 벨쥐' 호를 지휘하기 위해 대상로를 따라 레오폴드빌-킨샤사로 떠날 때까지, 사실 두 사람은 아침과 낮과 밤에 계속 만났다.

그들은 마타디 인근으로 산책을 나가 식민지의 첫번째이자 일시적인 수도였다가 이제는 잔해조차 남지 않은 비비까지 이르렀고, 그러다 음포조강 하구까지 가기도 했는데, 전설에 따르면 그곳에서는 리빙스턴 폭포의 첫번째 급류와 폭포, 그리고 '악마의 가마솥'이 4세기 전 포르투갈인 디에구 카우의 발길을 붙들었었다. 루푼디 평원에서 로저 케이스먼트는 탐험가 헨리 모턴 스탠리가 자신의 첫 거처로 지었다가 몇 년 뒤 화재로 소실되어버린 집이 있던 자리를 그 폴란드 젊은이에게 보여주었다. 하지만 무엇보다도 그들은 실로 여러 가지 것에 관해 많은 대화를 나누었는데, 물론 대부분의 화제는 콘래드가 이제 막 발을 디디고 로저는 이미 육 년을 보낸 신생 콩고 자유국에서 일어나고 있는 일들이었다. 그들의 우정이 싹트고 며칠 지나지 않았을 때, 이 폴란드인 선원은 자신이 일하러 온 장소에 관해 이제까지와는 완전히 다른 생각을 갖게 되었다. 그리하여 1890년 6월 28일 토요일 새벽, 크리스털 마운틴을 향해 떠나기 전에 그가 로저에게 말한 바와 같이 그는 '순수성을 빼앗긴 상태'였다. 자갈을 씹어대는 것 같은 특유의 우렁찬 목소리로 그는 다음과 같이 말했다. "당신이 내 순수성을 앗아가버렸소, 케이스먼트. 레오폴드 2세에 관해, 콩고 자유국에 관해. 어쩌면 삶에 관해서도." 그리고 격앙된 목소리로 반복했다. "순수성을 빼앗긴 상태라고요."

그들은 로저가 런던에 가게 될 때 수차례 재회했고, 편지도 몇 번 주고받았다. 첫 만남으로부터 십삼 년 뒤인 1903년 6월, 영국에 머물고 있던 케이스먼트는 조지프 콘래드(이제 그는 이렇게 불렸고 이미 유명한 작가였다)로부터 켄트주의 하이드에 있는 작은 시골집인 펜트 팜에서 함께 주말을 보내자는 초대를 받았다. 소설가는 아내와 아들과 함께 소박하고 고독한 삶을 영위하고 있었다. 로저는 그 작가와 함께한 며칠을 따뜻한 추억으로 간직하고 있었다. 이제 그의 머리카락과 빽빽한 턱수염에는 어느새 은발이 섞여 있었고, 몸에는 살이 올랐으며, 자신을 표현하는 방식에는 약간의 지적 오만이 깃들었다. 하지만 로저에게는 유별나게 다정한 모습을 보여주었다. 로저가 막 읽어본 바에 의하면—그가 콘래드에게도 말했듯이—콩고에 만연한 공포를 매우 비범하게 묘사한 까닭에 그의 폐부를 깊이 후벼팠던, 콩고를 배경으로 한 그의 소설 『암흑의 핵심』에 대해 축하의 말을 건네자 그가 손짓으로 로저의 말을 제지했다.

"당신 이름이 그 책에 공동 저자로 실렸어야 했어요, 케이스먼트." 그가 로저의 어깨를 토닥이며 확언했다. "당신 도움이 없었더라면 그 책을 결코 쓰지 못했을 거예요. 당신이 내 눈에서 눈곱을 떼어주었어요. 아프리카에 대해, 콩고 자유국에 대해. 그리고 무엇보다도 인간 짐승에 대해."

저녁식사 후 둘만 남게 되었을 때—몹시 빈한한 집안 출신으로, 분별력 있는 콘래드 부인과 아이는 쉬기 위해 이미 자리를 뜬 상태였다—작가는 두번째 포트와인 잔을 비운 뒤 말하기를, 로저가 콩고 원주민 입장에 서서 그들에게 좋은 일을 해오고 있으니 '영국의 바르톨로메 델 라스 카사스'*라 부를 만하다고 했다. 로저는 그런 칭찬을 듣고 귀까지 빨개졌었다. 그에 대해 이토록 높이 평가했던 누군가가, 레오폴드 2세에 대항하는 캠페인에서 그와 에드먼드 D. 모렐을 상당히 많이 돕기도 했던 누군가가 그의 사형 감형을 요구할 뿐인 청원서에 서명하기를 거부하는 것이 어떻게 가능했을까? 그 작가는 어떻게 정부와 타협하게 되었을까?

그는 런던을 몇 번 방문했을 때 간헐적으로 콘래드를 만났던 일을 떠올렸다. 한번은 그가 소속된 클럽, 즉 로저가 외무부의 동료들과 모여 있던 그로스비너 플레이스의 웰링턴 클럽에서 두 사람이 만났었다. 로저가 동료들과 헤어지자 그 작가는 로저에게 좀더 남아 코냑을 한잔 같이하자고 제안했다. 두 사람은 선원이었던 콘래드가 마타디를 지나갔다가 육 개월 뒤 다시 그곳

---

* 스페인 출신의 역사가, 수도자, 사회개혁가(1474~1566). '인디오의 수호자'라 불린다.

에 나타났을 때 황폐했던 마음 상태를 회고했다. 그때 로저 케이스먼트는 창고 관리와 운송의 책임을 맡아 여전히 그곳에서 일하고 있었다. 콘래드 코르제니오프스키는 로저가 반년 전에 만났던, 온갖 꿈에 부푼 열정적인 젊은이의 그림자만도 못한 상태였다. 그는 몇 년 더 늙어 보였고, 신경쇠약 상태였으며, 기생충으로 인한 위장 문제가 있었다. 지속되는 설사로 체중은 수킬로그램이나 빠져 있었다. 고통에 절고 비관적이 된 그는 한시 바삐 런던으로 돌아가 자신을 진짜 의사들의 손에 맡기겠다는 꿈만 꾸고 있었다.

"이제 보니 밀림이 당신에게 자비롭지 않았군요, 콘래드. 염려하지 마요. 말라리아는 그런 것이어서 열이 가셨다고 해도 완전히 사라지기까지는 시간이 걸리니까요."

그들은 저녁식사를 끝낸 뒤 로저가 숙소와 사무실로 사용하던 작은 집의 테라스에서 대화를 나누었다. 마타디의 밤은 달도 별도 없었으나 비는 오지 않았고, 담배를 피우고 손에 든 잔을 홀짝거리는 그들을 벌레 소리가 달래주고 있었다.

"가장 나빴던 건 밀림도, 건강에 좋지 않은 이 기후도, 이 주 가까이 나를 반의식 상태에 있게 한 열병도 아니에요." 그 폴란드인이 불평을 쏟아놓았다. "닷새 연속으로 피똥을 싸게 만든 그 무시무시한 이질도 아니었어요. 가장 나빴던 건, 가장 나빴던

114

건, 케이스먼트, 이 빌어먹을 나라에서 매일 일어나는 끔찍한 것들의 증인이 되는 거였어요. 눈을 어디로 돌려도 그 검은 악마들과 하얀 악마들이 저지르는 끔찍한 일들을 보게 된다고요."

콘래드는 자신이 지휘해야 했던 회사의 작은 증기선 '르 르와 데 벨쥐' 호를 타고 레오폴드빌-킨샤사와 스탠리 폭포 사이를 왕복 운항한 적이 있었다. 키상가니로 향하던 여정에서는 모든 것이 나빴다. 킨샤사 근처에서 미숙한 노잡이들이 소용돌이에 휘말리는 바람에 카누가 뒤집혀 하마터면 익사할 뻔했다. 말라리아에 걸려 고열이 오르는 바람에 일어날 힘도 없어서 자신의 작은 선실에 꼼짝없이 누워 있기도 했다. 거기서 그는 '르 르와 데 벨쥐' 호의 전임 선장이 어느 마을의 원주민들과 논쟁을 벌이다 화살에 맞아 죽었다는 사실을 알게 되었다. 콘래드가 상아와 고무를 수확하던 어느 외딴 마을로 찾으러 갔던 '상부 콩고 교역을 위한 벨기에 주식회사'의 또다른 직원은 여행중 괴질에 걸려 사망했다. 하지만 그 폴란드인을 그토록 환장하게 만든 것은 그를 괴롭히던 신체적 재난이 아니었다.

"이 나라의 모든 것을 침범한 건 도덕적인 부패, 영혼의 부패예요." 그가 마치 종말론적 계시에 겁을 먹기라도 한 듯 공허하고 음울한 목소리로 반복했다.

"우리가 처음 만났을 때 나는 당신에게 이것저것 준비시켜주려고 애를 썼어요." 케이스먼트가 그에게 상기시켰다. "당신이 그곳 상부 콩고에서 무슨 일을 겪게 될 지에 관해 내가 더 분명하게 밝히지 못한 건 미안해요."

무엇이 그에게 그토록 깊은 영향을 미쳤을까? 인육을 먹는 것 같은 지극히 원시적인 관습이 일부 공동체에서 여전히 지속되고 있다는 사실을 발견한 것인가? 일부 부족과 교역지에서 돈 몇 프랑에 주인을 바꿔가며 유통되는 노예가 여전히 존재한다는 사실을 발견한 것인가? 소위 해방자라는 사람들이 콩고인을 훨씬 더 잔인한 방식으로 억압하고 예속시켰다는 사실을 발견한 것인가? 채찍을 맞아 갈라 터진 원주민의 등을 보고 그는 질려버린 것인가? 백인 남자 하나가 흑인 남자의 몸에 십자말풀이 모양 상처들이 생길 때까지 매질을 해대는 광경을 난생처음 보았던 것인가? 로저는 자세한 것을 묻지 않았지만 틀림없이 '르 르와 데 벨쥐' 호의 선장은 소름 끼치는 것들을 수없이 목격하고, 한시 바삐 영국으로 돌아갈 목적으로 자신의 삼 년 계약을 막 포기한 것이었다. 게다가 그가 로저에게 말하기를, 스탠리 폭포에서 돌아오는 길에 들른 레오폴드빌-킨샤사에서 '상부 콩고 교역을 위한 벨기에 주식회사'의 이사로, 그가 '조끼 입고 모자 쓴 야만인'이라고 부르던 카미유 델코뮌과 격렬한 말다툼을 벌였다고 한다. 이제 그는 문명으로 돌아가고 싶어했는데, 그에게 그 문명이란 영국을 의미했다.

"당신 『암흑의 핵심』 읽어봤어요?" 로저가 앨리스에게 물었다. "인간에 대한 그런 시각이 공정하다고 생각해요?"

"그렇지 않을 거라고 생각해요." 그 역사가가 대답했다. "그 책이 나온 뒤의 어느 화요일에 우린 그에 관해 많이 토론했어요. 그 소설은 일종의 우화인데, 그에 따르면 아프리카는 그곳으로 가는 유럽 문명인들을 야만인으로 만들어버린다죠. 당신의 「콩고에 관한 보고서」는 오히려 그 반대를 보여주었고요. 우리 유럽 인들이 그곳에 가장 나쁜 야만성을 가져다주었다는 것을요. 게다가 당신은 아프리카에서 이십 년을 살면서도 미개해지지 않았어요. 심지어 식민주의와 식민제국의 장점에 대한 신념을 가지고 이곳을 떠났을 때의 당신보다 더 계몽되어 돌아왔어요."

"콘래드는 콩고에서 인간의 도덕적인 타락이 표면화되었다고 말했죠. 백인과 흑인의 도덕적 타락 말이에요. 『암흑의 핵심』이 나를 여러 번 깨우쳐주었어요. 나는 그 소설이 기술하는 것은 콩고가 아니라고, 그렇다고 현실도 역사도 아니며 바로 지옥이라고 생각해요. 콩고는 절대적인 악에 대해 일부 가톨릭 신자들이 가진 그 끔찍한 시각을 표현하기 위한 구실이죠."

"방해해서 미안합니다." 교도관이 그들을 향해 몸을 돌리며 말했다. "십오 분이 지났는데, 면회 허용 시간은 십 분입니다. 이만 인사 나누시죠."

로저가 앨리스에게 손을 내미는데, 놀랍게도 앨리스가 로저를 향해 팔을 벌렸다. 그러고는 그를 힘껏 껴안았다. "우리는 당신 목숨을 구하기 위해 모든 것을, 모든 것을 계속할 거예요, 로저." 그녀가 그의 귀에 속삭였다. 그는 생각했다. '앨리스가 이렇게 감정을 표현하는 것을 보니 청원이 거부될 거라는 사실을 알고 있음에 틀림없어.'

감방으로 돌아가는 사이 로저는 슬픔을 느꼈다. 그는 언제 다시 앨리스 스톱포드 그린을 보게 될까? 그녀는 그에게 정말 많은 것을 의미했었다! 그의 아일랜드에 대한 열정, 그의 열정들 가운데 마지막 열정, 가장 강력할 열정, 가장 고집스러운 열정, 그를 소모시켰고 아마도 그를 죽음으로 내몰 하나의 열정을 그 여성 역사가만큼 구현한 사람은 아무도 없었다. "난 후회할 게 없어." 그는 되뇌었다. 여러 세기 동안 압제가 아일랜드에게 엄청난 고통, 엄청난 불의를 유발해왔기 때문에 그가 그 고상한 대의를 위해 목숨을 바칠 가치가 있었다. 의심할 바 없이 그는 실패했다. 아일랜드의 투쟁을 독일과 연계시키고, 영국에 대한 카이저의 육군 및 공군과 해병대의 공격 개시와 동시에 아일랜드가 민족주의적 봉기를 함으로써, 아일랜드 해방에 박차를 가하기 위해 아주 면밀하게 짜인 계획은 그가 예견했던 바처럼 실행되지 않았다. 그가 그 반란을 멈추게 할 수도 없었다. 그리고 이제 숀 맥더못, 패트릭 피어스, 에이먼 칸트, 톰 클라크, 조지프 플런켓과 다른 많은 사람이 총살당했다. 수백 명의 동지가 교도소에서 썩어갈 것인데, 몇 년이 걸릴지는 하느님만이 아신다. 패배한 조지프 플런켓이 베를린에서 대단히 단호하게 말했다시피 적어도 로저 케이스먼트의 예는 남아 있었다. 그것은 바로 콩고에서 레오폴드 2세에 대항해, 아마존에서 훌리오 C. 아라나와 푸투마요의 고무 채취업자들에 대항해 로저 케이스먼트를 싸우게 했던 대의와 유사한 어느 대의를 위한 그의 헌신과 사랑과 희생의 예였다. 이는 권력자와 독재자의 학정에 대항하는 정의로운 대의, 의지할 곳 없는 사람이 추구하는 대의다. 그를 타락한 사람, 배신자라고 불렀던 캠페인이 그 밖의 모든 것을 지울 수 있게 될까? 결국에는 뭐가 그리 중요하겠는가. 중요한 것은 저 높은 곳에서 결정되는 법이고, 마지막 말은 결국, 어느 시점부터 로저 케이스먼트를 동정하기 시작했던 그 하느님이 갖고 있었다.

로저는 간이침대에 드러누워 눈을 감은 채 다시 조지프 콘래드를 생각했다. 그 옛 선원이 청원서에 서명했다면 로저의 기분이 더 좋았을까? 아마 그럴 수도 있고, 그렇지 않을 수도 있었을 것이다. 그날 밤 그 선원이 켄트에 있는 자신의 작은 집에서 "콩고에 가기 전에 나는 불쌍한 짐승 같은 인간에 불과했어요"라고 확언했을 때, 그가 로저에게 하고 싶었던 말은 무엇이었을까? 그 의미를 온전하게 이해하지 못했더라도 그 말은 로저에게 깊은 인상을 남겼다. 무슨 의미였을까? 아마도 그 선원이 중부 콩고와 상부 콩고에서 그 육 개월 동안 머물면서 했던 것, 하다가 그만 둔 것, 보았던 것, 들었던 것이 인간의 조건에 관해, 원죄에 관해, 악에 관해, 역사에 관해 더 깊고 중요한 탐구심을 일깨웠다는 뜻 일 것이다. 로저는 그것을 아주 잘 이해할 수 있었다. 만약 인간 이 된다는 것이 탐심, 욕심, 편견, 잔인성이 도달할 수 있는 극단 을 아는 것을 의미한다면 콩고가 로저 또한 인간화시켰다. 도덕 적인 타락이 바로 그런 것이었는데, 이것은 동물들에게는 존재 하지 않는 무엇으로서, 인간만이 갖고 있는 것이었다. 콩고는 그 런 것들이 삶의 일부를 형성한다는 사실을 그에게 보여주었다. 그의 눈을 뜨게 했다. 그 폴란드인처럼 로저 또한 '순수성을 빼 앗긴 상태'였다. 그때 그는, 자신이 스무 살에 아프리카에 도착 했을 때 여전히 숫총각이었다는 사실을 기억했다. 펜턴빌 교도 소의 셰리프가 그에게 말했다시피, 언론이 광범위한 인간 종 안 에서 그만을 인간쓰레기라고 비난하는 것이 불공정하지는 않았 을까?

그는 자신을 압도해가던 사기 저하와 싸우기 위해 욕조에 물 을 많이 채우고, 비누 거품을 많이 풀고, 자신의 몸에 벌거벗은 다른 몸을 밀착시킨 채 오랫동안 하는 목욕이 주게 될 쾌감을 상상하려 애썼다.

VI

1903년 6월 5일 로저는 스탠리에 의해 건설되고 자신도 젊었을 때 그 건설 작업에 참여했던 철도를 이용해 마타디를 떠났다. 레오폴드빌까지 느리게 향하는 이틀 동안의 여정에서 그는 젊은 시절 이룬 자신의 스포츠적 위업을 아주 집요하게 생각하고 있었다. 그는 만양가와 스탠리 폭포 사이의 대상로에서 가장 큰 강인 은키시강을 수영으로 건넌 최초의 백인이었다. 하부 콩고와 중부 콩고의 더 작은 강인 크월루강, 루쿵구강, 음포조강, 룬잔디강에서도 자신이 그곳을 수영으로 건너는 최초의 백인이라는 사실을 전혀 의식하지 못한 채 수영한 적이 있었는데, 역시 악어들이 있는 강이었지만 그에게는 아무 일도 일어나지 않았다. 하지만 은키시강은 훨씬 더 크고 물살이 세며 폭은 약 100미터에 달하고, 큰 폭포 근처에는 항상 소용돌이가 아주 많았다. 원주민들은 그에게 신중하지 못하다며, 물길에 휩쓸려 바위에 부딪혀 몸이 다 부서질 수 있다고 경고했다. 실제로 로저는 손발을 몇 번 움직여보니 역류에 휩쓸려 다리가 잡아당겨지고 몸이 강 한가운데로 끌려간다는 느낌을 받았는데, 아무리 발길질을 하고 힘껏 팔을 움직여보아도 빠져나올 수가 없었다. 그러다 기운이 다 빠져버려—이미 물도 몇 모금 마신 뒤였다—파도에 몸을 맡긴 채 가까스로 강변에 접근할 수 있었다. 거기서 온 힘을 다해 바위들을 붙잡았다. 바위 경사면을 기어오를 때는 온몸에 긁힌 자국이 남았다. 심장이 입 밖으로 튀어나올 정도로 숨이 헐떡였다.

결국 로저가 시작한 여행은 삼 개월 열흘이 걸렸다. 훗날 그는 그 시기에 자신의 존재방식이 바뀌었다고, 자신이 예전과는 다른 사람, 즉 콩고, 아프리카, 인간, 식민주의, 아일랜드, 그리고 인생에 관해 예전보다 훨씬 더 명민하고 현실적인 사람이 되었다고 생각했을 것이다. 하지만 그 경험은 또한 그를 한층 더 불행에 취약한 사람으로 만들었다. 남은 평생 그는 낙담의 순간이면 자주 혼잣말을 했을 것이다. 일부 교회와 그 저널리스트, 즉 레오폴드 2세와 콩고 자유국을 비판하는 데 일생을 바쳐온 듯 보이던 에드먼드 D. 모렐에 의해 런던에서 이뤄진 고발, 즉 고무 채취 지역에서 원주민에게 자행된 부당한 처사에 대한 고발의 진실을 입증하기 위해 자신이 중부 콩고와 상부 콩고로 향했던 그 여행을 하지 않았더라면 더 좋았을 것이라고 말이다.

마타디와 레오폴드빌 사이의 첫번째 구간에서 그는 인적이 드물고 황폐해진 풍경에 깜짝 놀랐는데, 그가 밤을 보냈던 툼바 같은 마을들, 그리고 은셀레와 은돌로 계곡에 산재한, 과거에는 사람들로 북적이던 마을들이 이제는 반사막화되어 유령 같은 노인들이 흙먼지 속에서 발을 질질 끌며 걷거나 나무 몸통에 몸을 기대고 눈을 감은 채 마치 죽은 사람이나 잠든 사람처럼 쪼그려앉아 있었다.

인구가 감소하고 사람들이 사라졌으며 로저 자신이 십오륙 년 전에 머물면서 밤을 보내고 거래를 했던 마을과 취락들이 자취를 감추었다는 느낌은, 그 삼 개월 열흘의 여정 동안에 콩고강과 그 지류 유역의 모든 지역에서, 또는 그 내륙에서, 즉 선교사와 공무원과 공안군 장교와 장병의 증언, 그리고 링갈라어, 키콩고어, 스와힐리어, 또는 통역사를 통해 여러 원주민 언어로 질문을 하고 원주민의 증언을 채집하기 위해 그가 들렀던 곳에서 악몽처럼 자꾸만 다시 반복되었다. 사람들은 어디에 있었을까? 기억은 그를 속이지 않았다. 그의 뇌리에 활기찬 사람들, 어린이들과 여자들과 문신을 한 남자들의 무리가 떠올랐는데, 앞니를 뾰족하게 갈고 이빨로 만든 목걸이를 찬 그들은 이따금 창을 들고 가면을 썼으며, 언젠가 그를 둘러싼 채 탐색차 그의 몸을 만져보기도 했었다. 불과 몇 년 사이에 그들이 사라져버리는 게 어떻게 가능했을까? 일부 마을은 사라졌고 다른 마을들은 인구가 절반으로, 3분의 1로, 심지어는 10분의 1까지 줄어들어 있었다. 몇몇 장소에서 그는 정확한 숫자를 확인할 수 있었다. 예를 들어 1884년 로저가 주민이 많은 편에 속하던 원주민 공동체 루콜렐라를 처음 방문했을 때, 그곳에는 오천 명 이상이 살고 있었다. 지금은 불과 352명뿐이다. 그리고 대다수는 나이와 질병 때문에 죽음이 임박한 상태였으니 그리하여 조사 끝에 케이스먼트는 그들 생존자 가운데 82명만이 아직 일을 할 수 있는 상태라고 결론지었다. 루콜렐라 주민 가운데 사천 명 넘는 사람들이 어떻게 연기처럼 사라져버렸을까?

정부 공무원들, 고무 채취회사 직원들, 공안군 장교들이 하는 설명은 늘 똑같았다. 흑인들은 수면병, 천연두, 티푸스, 감기, 폐렴, 말라리아 같은 질병으로 인해, 그리고 각종 질병에 저항할 준비가 되어 있지 않았던 그 유기체들의 수를 급감시킨 영양 결핍이 야기한 또다른 역병으로 인해 파리처럼 죽어갔다는 것이다. 그런 전염병이 주민들을 절멸시키고 있었던 것은 사실이었다. 특히 체체파리가 옮긴다는 수면병은 몇 년 전에 밝혀졌다시피, 혈액과 뇌를 공격해 희생자의 사지를 마비시키고 결코 빠져

나올 수 없는 혼수상태를 유발했다. 그러나 여행중인 이 시점에 로저 케이스먼트는 콩고 주민의 수가 줄어든 이유를 계속해서 물었는데, 이는 답을 찾기 위해서라기보다 자신이 들었던 거짓 말들이라는 게 모든 사람이 반복해서 말했던 선전문구였음을 확인하기 위해서였다. 그는 그 답을 아주 잘 알고 있었다. 중부 콩고와 상부 콩고의 주민 상당수를 증발시킨 재앙은 탐욕, 잔인성, 고무, 비인간적인 시스템, 아프리카에 대한 유럽 식민지 개척자들의 무자비한 착취였다.

레오폴드빌에서 로저 케이스먼트는 자신의 독립성을 보존하고, 정부당국에 의해 그 스스로 구속받지 않기 위해서는 그 어떤 공공 운송수단도 이용하지 않아야겠다고 작정했다. 그는 외무부의 허가를 받아 아메리카 침례교 선교사 연합으로부터 '헨리 리드' 호와 그 선원들을 임대했다. 운항을 위한 목재와 식량 준비가 늦어지면서 임대 협상 또한 더디게 진행되었다. 그리하여 6월 6일부터 레오폴드빌-킨샤사에 머물기 시작했던 그는 7월 2일에야 체류를 끝내고 출항해 강을 거슬러올라갔다. 그렇게 기다린 것은 현명한 처사였다. 자신의 배로 하는 여행은 원하는 곳이면 어디든지 들어가서 정박할 수 있는 자유를 주었고, 그가 식민기관들에 종속되어 있었다면 결코 발견하지 못했을 것들을 탐사할 수 있게 해주었다. 그리고 그렇게 하지 않았더라면 아프리카 사람들과도 그토록 많은 대화를 결코 나누지 못했을 것인데, 그가 벨기에 군인이든 행정당국자든 누구도 동반하지 않았음을 확인한 뒤에야 그들이 비로소 용기를 내어 그에게 다가왔기 때문이다.

레오폴드빌은 로저가 육칠 년 전 마지막으로 머무른 이후로 상당히 성장해 있었다. 그곳은 주택, 창고, 선교단, 사무실, 법원, 세관, 검사관, 판사, 회계사, 장교와 사병, 상점과 시장으로 가득했다. 어디에나 가톨릭 사제와 목사가 있었다. 새롭게 태동중이던 그 도시의 무언가가 첫 순간부터 그를 불쾌하게 했다. 사람들이 그를 푸대접한 것은 아니었다. 그가 인사를 하러 갔던 판사들과 감독관들은 물론이거니와 총독부터 경찰서장까지, 그리고 그가 방문한 개신교 목사들과 가톨릭 선교사들까지 그를 정중하게 대했다. 그들은 그가 요구한 정보를 하나같이 기꺼이 제공해주었다. 비록 그것이 모호하거나 파렴치하게도 허위적인 정보였다는 사실을 그가 이어지는 몇 주에 걸쳐 확인하게 되었다 할지라도 말이다. 그는 그 도시의 분위기와 그 도시가 취해가던 외양에 적대적이고 억압적인 무언가가 스며들어 있다고 느꼈다. 반면 레오폴드빌의 강 건너편 이웃 연안에 있던 프랑스령 콩고의 수도인 브라자빌의 경우에는 그가 몇 번 건너가본 곳이기도 했는데, 훨씬 덜 억압적이면서 심지어 유쾌한 인상을 주었다. 아마도 잘 계획되어 시원스럽게 뻗은 도로와 사람들의 쾌활한 성정 때문이었을 것이다. 레오폴드빌에서의 그 묘하게 불길한 분위기 같은 것은 느껴지지 않았다. 헨리 리드 호 임대 협상을 하느라 레오폴드빌에서 거의 사 주를 보내며 많은 정보를 얻긴 했으나 누구도 사안들의 진상을 제대로 파악하지 못했으며, 심지어는 최선의 의도를 가졌던 사람들조차 끔찍하고 비난받을 만한 모종의 진실을 마주할까 두려운 듯 그에게 뭔가를 숨기고 자신들끼리도 뭔가를 숨긴다는 느낌을 늘 받았다.

그의 친구 허버트 워드는 훗날 그에게 그 모든 게 순전히 편견에서 비롯된 것이었으며, 이후 몇 주 동안 그가 보고 들은 일들이 소급적으로 영향을 미쳐서 레오폴드빌에 관한 그의 기억을 혼탁하게 만들었을 거라고 말했을 것이다. 그렇지 않았다면 그는 헨리 모턴 스탠리가 1881년에 창건한 도시에 체류했던 경험에 대해 단순히 나쁜 이미지만 간직하게 되지는 않았을 것이다. 어느 날 아침 로저는 하루 중 가장 선선한 때를 틈타 부두까지 먼길을 걸어갔다. 거기서 갑자기 그의 관심은 노래를 부르며 거룻배 몇 척에서 짐을 내리고 있던 어두운 피부의 반벌거숭이 소년 둘에게 집중되었다. 소년들은 아주 앳되어 보였다. 얇디얇은 작은 천으로 치부를 가리고 있었는데, 엉덩이를 채 가리지 못할 정도였다. 홀쭉하고 유연한 두 소년이 짐을 내릴 때의 율동적인 움직임은 건강하고 조화롭고 아름답다는 인상을 주었다. 로저는 오랫동안 소년들을 응시했다. 카메라를 가져오지 않은 것이 후회되었다. 레오폴드빌이라는 신흥 도시에서도 모든 것이 추하고 불결하지만은 않았다는 사실을 훗날 기억하기 위해 소년들의 사진을 남겨두었더라면 좋았을 텐데 말이다.

1903년 7월 2일, 닻을 올린 헨리 리드 호가 부드럽고 거대한 석호 스탠리 풀을 가로질러 출항했을 때 로저는 감동했다. 청명한 아침, 프랑스령 콩고 연안으로 도버강의 하얀 절벽을 상기시키는 모래 단층애가 보였던 것이다. 커다란 날개를 펼친 따오기들이 햇빛을 받으며 우아하고 거만하게 석호 위를 날고 있었다. 풍경의 아름다움은 그날 오래도록 변함이 없었다. 통역사, 짐꾼, 마체테로 수풀에 길을 내는 인부들이 때때로 흥분하며 코끼리, 하마, 버펄로, 영양이 진흙에 남긴 자국을 가리켰다. 그의 불도 그 존은 여행에 신이 났는지 갑자기 요란스럽게 짖어대면서 부두를 이쪽저쪽으로 내달렸다. 그런데 춤비리에 도착해 장작을 구하기 위해 배를 접안하자 존은 기분이 급변해 성을 내더니 불과 몇 초 만에 돼지 한 마리와 염소 한 마리, 그리고 침례교 선교협회 목사들이 자그마한 협회 건물 옆에 가지고 있던 채마밭의 관리인을 물어버렸다. 로저는 그들에게 선물을 주어 변상해야 했다.

여행 둘째 날부터 그들은, 고무를 가득 채운 바구니들을 적재

하고 콩고강을 따라 내려가 레오폴드빌로 향하는 작은 증기선과 거룻배들을 스쳐지나가기 시작했다. 이런 구경거리는 나머지 여정 내내 그들을 따라다니게 될 터였는데, 설치중이던 전신주들, 그리고 다가오는 로저 일행을 본 주민들이 숲속으로 도망가버리던 마을의 지붕들이 때때로 강변의 나뭇가지 사이로 드러나곤 했다. 그때부터 로저는 어느 마을이고 원주민을 조사할 때면, 통역사 한 명을 먼저 보내 영국 영사가 원주민들이 당면한 문제와 긴요한 일이 무엇인지 알아보기 위해 벨기에 장교는 단 한 명도 대동하지 않은 채 오고 있다고 설명하게 하는 방법을 택했다.

여행 셋째 날, 역시 침례교 선교협회가 있던 볼로보에서 로저는 장차 그를 기다리고 있을 고락을 미리 맛보았다. 침례교 선교사 집단에서 특유의 활기, 지성, 매력으로 로저에게 가장 깊은 인상을 남긴 사람은 닥터 릴리 드 헤일스였다. 큰 키에 지칠 줄 모르고, 금욕적이면서 다변이었던 그녀는 콩고에서 지낸 지 십사 년이 되었는데, 몇 가지 원주민 언어를 구사하면서 원주민을 위한 병원을 효율적이고 헌신적으로 이끌어가고 있었다. 병원은 붐볐다. 환자들이 누워 있는 해먹, 간이침대, 매트 사이를 지나며 로저는 엉덩이, 다리, 등에 상처를 입은 이들이 이토록 많은 이유가 무엇인지 일부러 그녀에게 물었다. 미스 헤일스가 관대한 표정으로 그를 바라보았다.

"이들은 '치코테'라 부르는 전염병의 피해자입니다, 영사님. 사자와 코브라보다 더 잔인한 짐승이에요. 보마와 마타디에는 '치코테'가 없나요?"

"이곳에서처럼 그리 자유롭게 사용되진 않습니다."

젊은 시절 풍성한 붉은 머리였을 게 분명한 닥터 헤일스는 세월이 흐르며 은발이 되었고, 이제는 머리에 쓴 수건 밖으로 빠져나온 몇 가닥만이 타는 듯한 붉은색이었다. 뼈가 앙상한 얼굴, 목, 팔은 햇빛에 새까맣게 그을었으나 초록색 눈은 여전히 젊고 생기가 있었으며 그 안에 불굴의 신념이 반짝였다.

"그리고 손과 생식기 부분을 붕대로 감은 콩고 사람이 왜 그리 많은지 알고 싶으시다면, 그 역시 설명해드릴 수 있습니다." 릴리 드 헤일스가 도발적으로 덧붙였다. "공안군 병사들이 그들의 손과 음경을 잘라버리거나 마체테로 짓뭉개버렸거든요. 보고서에 잊지 말고 기록하세요. 유럽에서 콩고에 관해 얘기할 때 쉽사리 언급되지 않는 사안들이지요."

그날 오후, 볼로보 병원에서 통역사를 대동해 상처 입고 아픈 사람들과 여러 시간 대화를 나누고 난 로저는 저녁식사를 할 수가 없었다. 그러자니 선교단의 목사들, 특히 닥터 헤일스에게 미안한 생각이 들었는데, 그들이 그를 대접하기 위해 닭 한 마리를 잡아 구이 요리를 준비해두었기 때문이다. 그는 몸 상태가 좋지 않다면서 양해를 구했다. 단 한입만 먹어도 자신을 초대해준 사람들 앞에서 구토를 할 것이라는 확신이 들어서였다.

"영사님이 보신 것들 때문에 탈이 난 거라면, 아마도 마사르 대위와의 면담은 신중치 못한 처사가 될 겁니다." 선교단의 단장이 충고했다. "대위의 말을 듣고 있는 건, 그래, 뭐랄까요, 비위가 강한 사람들에게는 좋은 경험이겠지만요."

"그러려고 제가 중부 콩고에 온 겁니다, 선생님들."

공안군의 피에르 마사르 대위는 볼로보가 아니라 음봉고에 파견되어 있었는데, 그곳에는 경비대가 있었고, 질서 유지와 안전을 책임지는 그 경비대에서 병사로 근무하게 될 아프리카인들을 위한 훈련소가 있었다. 대위는 출장 감독중이었고, 선교단 근처에 작은 야전 캠프 하나를 세워두었다. 영사와 대화할 수 있도록 목사들이 대위를 초대하면서, 영사에게는 그 장교가 욱하는 성격으로 유명한 사람이라고 주의를 주었다. 원주민들은 대위에게 '말루 말루'라는 별명을 붙여주었는데, 그가 자행한 것으로 전해지는 사악한 행위 중 하나는 그 자신에게 호락호락하지 않은 원주민 셋을 일렬로 세워놓고 총알 한 방으로 한번에 죽여버린 것이었다. 무슨 짓이든 저지를 수 있는 인물이었기 때문에 그를 자극하는 것은 신중하지 못한 처사였다.

그는 힘이 매우 셌고 키는 작은 편이었으며, 각진 얼굴, 바짝 깎은 머리, 니코틴으로 얼룩진 치아에 표정은 살짝 냉소를 머금었다. 작은 눈은 눈꼬리가 살짝 치켜올라가 있고, 음성은 여자 목소리처럼 높았다. 목사들이 탁자에 카사바 과자와 망고 주스를 준비해두었다. 목사들은 술을 마시지 않았지만 케이스먼트가 헨리 리드 호에서 브랜디 한 병과 레드와인 한 병을 가져오는 것에 반대하지는 않았다. 대위는 모두와 예의바르게 악수하고, 로저에게는 바로크식으로 고개를 숙여 "영사 각하"라 부르며 인사했다. 그들은 건배사를 하고 술을 마시고 담배에 불을 붙였다.

"마사르 대위님, 허락하신다면 질문 하나 하고 싶습니다." 로저가 말했다.

"프랑스어를 참 잘하십니다, 영사님. 어디서 배우셨나요?"

"어렸을 때 영국에서 프랑스어 공부를 시작했습니다. 하지만 그 어느 곳보다도 제가 여러 해를 보낸 여기 콩고에서 배운 셈입니다. 제 생각에는 제가 벨기에 억양으로 말하는 것 같습니다."

"원하시는 건 죄다 물어보세요." 마사르가 술을 한 잔 더 마시면서 말했다. "그나저나 영사님의 브랜디 맛이 정말 훌륭합니다."

침례교 목사 넷은 석상처럼 미동도 하지 않은 채 말없이 그곳에 있었다. 모두 미국인이었는데, 둘은 젊고 둘은 나이가 많았다. 닥터 헤일스는 병원에 가고 없었다. 날이 어두워지기 시작했고 밤 벌레 우는 소리가 들렸다. 모기를 쫓기 위해 피워놓은 화톳불이 파삭파삭 부드러운 소리를 내면서 때때로 연기를 내뿜었다.

"정말 솔직하게 말씀드리겠습니다, 마사르 대위님." 케이스먼트가 언성을 높이지 않으면서 아주 느릿하게 말했다. "제가 볼로보 병원에서 본 그 짓이겨진 손과 잘린 성기는 도저히 수용할 수 없는 만행처럼 보입니다."

"그렇죠, 물론, 그렇습니다." 대위가 싫은 표정을 지으며 즉시 수긍했다. "그리고 그보다 더 심각한 건 말이죠, 영사님, 그게 엄청난 인력 낭비라는 겁니다. 절단당한 그 남자들은 더이상 일할 수 없거나, 한다 해도 엉망으로 할 것이고, 생산성은 최저가 될 테니까요. 우리가 여기서 겪고 있는 노동력 결핍은 진정한 범죄입니다. 그 손과 성기가 잘린 병사들을 내 앞에 데려와봐요, 그러면 내가 그자들 핏줄에 피 한 방울 남지 않을 때까지 등짝을 두들겨패버릴 겁니다."

대위는 세상에 팽배한 우둔함이 답답하다는 듯 한숨을 내쉬었다. 그러고는 브랜디 한 모금을 더 마시고 담배를 깊이 흡입했다.

"법이나 규정이 원주민의 사지를 자르는 걸 허용합니까?" 로저 케이스먼트가 물었다.

마사르 대위가 웃음을 터뜨렸고, 그러자 웃음을 머금은 그의 각진 얼굴이 둥그레지며 익살스러운 보조개가 드러났다.

"절대적으로 금지하고 있지요." 뭔가를 쫓아버리듯 허공에 손을 흔들며 그가 단언했다. "두 발로 걷는 그 동물들에게 법과 규정이 뭔지 이해 좀 시켜주세요. 영사님은 그자들이 어떤지 모르십니까? 콩고에서 많은 세월을 보내셨다면 당연히 아시겠죠. 콩고 사람보다 하이에나나 진드기한테 이해시키는 게 더 쉬울 겁니다."

그는 다시 한번 웃었지만 금세 또 격분했다. 어느새 표정이 굳었고 눈꼬리가 올라간 작은 두 눈은 두툼한 눈꺼풀 밑으로 거의 사라져버린 것 같았다.

"무슨 일이 일어나고 있는지 말씀드리겠는데요, 그러면 이해하실 겁니다." 그가 지구는 둥글다와 같은 아주 명백한 사안을 설명해야 한다니 벌써 피곤해진다는 듯이 한숨을 내쉬며 덧붙였다. "모든 것이 아주 단순한 염려에서 발생합니다." 그는 날개 달린 적을 쫓아내느라 허공으로 더 격렬하게 손을 흔들어대며 단언했다. "공안군은 탄약을 낭비할 수 없습니다. 우리가 분배해주는 탄약을 병사들이 원숭이, 뱀, 그리고 이따금 날것 그대로를 뱃속에 집어넣고 싶어하는 다른 역겨운 동물들을 죽이는 데 허비하는 걸 허용할 수가 없어요. 병사들은 장교의 명령이 있을 때 자기방어에만 탄약을 사용할 수 있다는 사실을 훈련중에 교육받습니다. 하지만 이 검둥이들은 채찍을 제아무리 많이 맞아도 그 명령을 제대로 따르는 것조차 어려워합니다. 그걸 위해 규정이 만들어진 겁니다. 이해하십니까, 영사님?"

"아뇨, 이해하지 못하겠습니다, 대위님." 로저가 말했다. "그 규정이라는 게 뭡니까?"

"병사들이 총을 쏠 때마다 자신들이 쏜 총에 맞은 자의 손이나 성기를 자르는 겁니다." 대위가 설명했다. "탄약이 사냥에 낭비되고 있지 않다는 걸 증명하기 위해서죠. 탄약 낭비를 방지하는 꽤 쓸 만한 방법인데, 그렇지 않습니까?"

그는 다시 한숨을 내쉬더니 브랜디를 한 모금 더 마셨다. 그리고 빈 공간에 침을 뱉었다.

"그런데 그게 그렇게 되지를 않았습니다." 대위가 다시 화를 내면서 바로 불평했다. "그러니까 이 염병할 놈들이 규정을 어떻게 우롱하는지 방법을 알아내버렸다, 이 말입니다. 짐작이나 하시겠어요?"

"모르겠군요." 로저가 말했다.

"아주 간단합니다. 원숭이, 뱀, 그리고 그것들이 삼켜버리는 다른 잡것들을 쏘게 됐을 때 자기들이 사람을 쏘았다고 우리더러 믿게 하려고 산 사람의 손과 성기를 자르는 겁니다. 거기 그 병원에 왜 그렇게 손과 음경이 없는 불쌍한 악마들이 잔뜩 있는지 이제 아시겠습니까?"

그는 한동안 말을 쉬었다가 자기 잔의 브랜디를 마저 삼켰다.

슬퍼지는 듯 보였고, 입을 삐죽이기까지 했다.

"우리는 우리가 할 수 있는 걸 합니다, 영사님." 마사르 대위가 비통해하며 덧붙였다. "단언하건대 결코 쉽지 않은 일입니다. 야만인들은 난폭한데다 타고난 거짓말쟁이들입니다. 그들은 거짓말하고 속이고 감정과 원칙이 부족합니다. 심지어는 공포심조차 느끼지 못해요. 눈속임을 하고 국가가 제공해준 탄약을 가지고 사냥을 계속하기 위해 산 사람의 손과 음경을 자르는 자들에게 공안군이 가하는 벌은 매우 엄격하다고 영사님께 확실히 말할 수 있습니다. 우리 주둔지를 방문해 확인해보세요, 영사님."

마사르 대위와의 대화는 그들의 발치에서 화톳불이 타닥타닥 불꽃을 튀기며 타오르는 동안 적어도 두 시간은 계속되었다. 그들이 작별을 고했을 때는 침례교 목사 넷이 잠자리에 들기 위해 떠나고도 한참이 지난 뒤였다. 장교와 영사는 브랜디와 레드 와인을 다 마신 상태였다. 두 사람은 제법 취기가 올랐으나 로저 케이스먼트의 정신은 명료했다. 몇 달 뒤든 몇 년 뒤든 그는 자신이 들었던 피에르 마사르 대위의 퉁명스럽고 격정적인 말투와 고백, 그리고 대위의 각진 얼굴이 알코올과 더불어 어떤 식으로 붉어졌는지 상세하게 이야기할 수 있을 터였다. 이어지는 몇 주 동안 그는 공안군에 소속된 벨기에, 이탈리아, 프랑스, 독일 장교들과 또 많은 대화를 나누게 되고, 그들의 입에서 무시무시한 것들을 듣게 되겠지만, 그의 기억 속에는 볼로보에서 보낸 밤에 마사르 대위와 나눈 그 대화가 콩고의 현실에 대한 하나의 상징처럼, 항상 가장 호소력 있게 각인될 것이었다. 어느 순간부터 장교는 감상적으로 변했다. 아내가 많이 그립다고 로저에게 고백했다. 이 년 동안 아내를 보지 못했는데 아내로부터 편지도 몇 통밖에 오지 않았다고 했다. 아마도 그의 아내는 그를 더이상 사랑하지 않았으리라. 어쩌면 그녀에게 정부가 생겼으리라. 놀라운 일도 아니었다. 이는 벨기에와 벨기에의 국왕 폐하를 위해 복무한다는 명분으로 이곳에 와 이 지옥에 파묻히고, 병에 걸리고, 독사에게 물리고, 가장 기본적인 안락함도 결핍된 채 살아가는 수많은 장교와 공무원에게 일어나는 일이었다. 그렇다면 무엇을 위해서인가? 간신히 저축이라는 것을 할 수 있는 보잘것없는 급료를 받기 위해서였다. 훗날 저 벨기에에 그들의 그런 희생에 대해 고마워할 사람이 과연 있을까? 오히려 식민 모국에는 '식민지 것들'에 대한 완고한 편견이 존재했다. 식민지에서 돌아온 장교와 공무원들은, 야만인들과 그토록 많은 시간을 보낸 그들 역시 야만인이 되었다는 듯이 차별을 받고 따돌림을 당하고 경원시되었다.

피에르 마사르 대위가 성적인 주제로 옮겨가자 로저는 미리 불쾌한 마음부터 들었고, 그와 그만 헤어지고 싶어졌다. 하지만 장교가 이미 취해 있었기에 그의 기분을 상하게 하거나 그와 언쟁을 벌이지 않으려고 그냥 머물러 있어야 했다. 로저는 욕지기를 참으면서 장교의 말을 듣는 동안, 자신이 정의 실현을 위해서가 아니라 정보 탐색과 축적을 위해 볼로보에 있는 것이라고 혼자 되뇌었다. 그의 보고서가 더 정확하고 빈틈없을수록 콩고에 제도화된 악에 대항해 싸우는 그의 기여가 더 효율적이었을 것이다. 마사르 대위는 이 불행한 사람들에게 병사가 되는 법을 가르치겠다는 꿈에 부푼 채 도착한 벨기에 군대의 젊은 중위나 하사관에게 연민을 느꼈다. 그들의 성생활은 어땠을까? 그들은 그곳 유럽에 애인, 아내, 정부를 남겨두고 떠나와야 했다. 그러면 여기서는 어땠을까? 하느님이 손을 놓아버린 이 고독 속에서는 이름값을 할 만한 창녀조차 없었다. 벌레를 달고 사는 흑인 여자들 몇 명뿐이었는데, 사면발니와 임질이나 매독에 걸릴 위험을 감수하면서 그녀들과 성교를 하려면 술에 몹시 취해야 했다. 그로서는, 예를 들자면, 하기 힘든 일이었다. 그는 실패해버렸다. '빌어먹을!' 유럽에서는 한 번도 없던 일이었다. 그가, 피에르 마사르가 침대에서 실패를 하다니! 게다가 구강성교는 전혀 추천할 만한 것이 못 되었는데, 수많은 흑인 여자들이 치아를 뾰족하게 가는 관습이 있어서 별안간 음경을 물기라도 하면 고자가 될 수도 있었다.

마사르가 바지의 앞트임 부분을 움켜쥐더니 음탕한 표정으로 웃기 시작했다. 그가 계속해서 즐기는 틈을 타 로저는 자리에서 일어났다.

"가봐야겠습니다, 대위님. 내일 아침 일찍 떠나야 해서 좀 쉬고 싶군요."

대위는 무감정하게 악수를 했으나 자리에서 일어나지 않은 채 흐리멍덩한 눈에 기어들어가는 듯한 목소리로 계속 말했다. 로저가 마사르로부터 멀어져가는 동안, 군인을 직업으로 선택한 건 자기 삶에서 큰 실수였다고, 남은 평생 그 실수에 대한 값을 치르게 될 거라고 중얼거리는 그의 목소리가 등뒤에서 들려왔다.

다음날 아침 로저는 루콜렐라를 향해 헨리 리드 호의 닻을 올렸다. 그는 모든 부류의 사람들, 즉 공무원, 식민지 개척자, 십장, 원주민과 밤낮으로 대화하면서 그곳에 사흘간 머물렀다. 그다음에는 이코코까지 나아가 거기서 만툼바 호수로 들어갔다. 호수 주변으로 '왕의 영토'라 불리는 광활한 땅이 있었다. 그 땅 주변에서는 고무를 채취하는 주요 민간기업들인 룰롱가 회사, ABIR 회사, 하부 콩고의 앙베흐수와즈 상사가 작업중이었는데, 이들은 그 지역 전체에 광범위한 교역권을 가지고 있었다. 그는 광대한 호수 기슭과 내륙에 있는 수십 개의 마을을 방문했다. 내륙 마을로 가기 위해서는 노나 장대로 움직이는 작은 카누를 타고 이동해 거무스름하고 축축한 덤불숲을 몇 시간이고 걸어가야 했는데, 원주민들이 마체테로 풀을 베어 길을 내도 그는 종종 구름 같은 모기떼와 가만히 있는 박쥐들의 실루엣 사이로, 허리까지 물에 잠기는 땅과 악취나는 수렁을 첨벙거리며 헤쳐나갈 수밖에 없었다. 이렇게 보낸 몇 주 동안 그는 전혀 풀이 죽는 일 없이 뜨겁게 고양된 채 피로함, 자연의 난관, 혹독한 날씨에 마치 마법에 걸린 듯 저항했는데, 왜냐하면 매일 매시 그 자신이 고생과 불운의 더욱 깊은 층 속으로 빠져들어가는 것처럼 보였기 때문이다. 단테가 『신곡』에 기술한 지옥이 과연 이런 모습일까? 그는 그 책을 읽은 적이 없었지만 언제라도 책을 구하게 되면 곧바로 읽겠다고 다짐했다.

여정 초반에 헨리 리드 호가 다가오는 것을 보기만 해도 그 작은 증기선이 군인들을 태워 온다고 여겨 도망치기 바빴던 원주민들이 오히려 오래지 않아 로저를 만나러 나타나고, 그에게 마을을 방문해달라고 심부름꾼을 보내기 시작했다. 영국 영사가 자신들의 불만과 요구사항에 귀기울이며 그 지역을 돌아다닌다는 소문이 원주민들 사이에 돌았고, 그러자 원주민들은 그전보다 한층 더 심각한 증언과 사연을 가지고 그를 찾아왔다. 그들은 그가 콩고에서 왜곡된 모든 것을 바로잡을 수 있는 힘을 가지고 있다고 믿었다. 그는 그들에게 부질없을 설명을 했다. 그에게는 아무런 힘이 없었다. 그는 그런 불의와 범죄에 관해 보고할 것이고, 영국과 동맹국들은 벨기에 정부에게 학정을 중지하고 고문 가해자와 범죄자를 처벌해달라고 요구할 것이다. 그게 그가 할 수 있는 전부였다. 원주민들이 그의 말을 이해했을까? 그는 그들이 자신의 말을 듣고 있는지조차 확신하지 못했다. 자신들에게 벌어진 일에 대해 이야기하는 것이 너무나 절실했던 나머지 그의 말에 관심을 기울이지 않았다. 그들은 절망과 분노에 목이 메어 봇물 터지듯 말을 쏟아냈다. 통역사들은 자신들이 제대로 통역할 수 있도록 원주민들의 말을 제지하면서 좀더 천천히 말해달라고 부탁해야 했다.

로저는 그들의 말을 메모하면서 들었다. 그러고는 자신이 들은 내용 중 하나라도 잊지 않기 위해 며칠 밤을 새워가며 카드와 노트에 기록했다. 거의 먹지도 않았다. 자신이 갈겨 적어둔 그 종이들이 전부 분실될지도 모른다는 두려움에 괴로워하며 그것들을 어디에 숨겨야 좋을지, 어떤 예방조치를 취해야 할지 난감해했다. 그는 자신이 직접 챙기기로 작정하고 짐꾼 하나를 시켜 그것들을 지고 가게 하면서 자신으로부터 결코 떨어져선 안 된다고 명령해두었다.

그는 잠도 제대로 자지 못했고 피로에 압도당할 때는 악몽에 시달렸으며, 그가 느낀 두려움은 경악으로, 그가 본 흉측한 광경들은 황량함과 슬픔의 상태로 바뀌었는데, 이런 상태에서는 모든 것이 그 의미와 존재 이유를 잃어버렸다. 가족, 친구, 사상, 나라, 감정, 일이 모두 그랬다. 그 순간 그는 친구 허버트 워드가 그리웠고, 삶의 모든 면에서 그 친구가 보여준 전염력 강한 열정, 그 무엇도 그 누구도 짓밟지 못할 그 낙관주의적인 쾌활함이 그 어느 때보다 그리웠다.

훗날 그 여행이 끝나 보고서를 쓰고 콩고를 떠난 뒤, 그리하여 아프리카에서 보낸 이십 년이 단지 기억에 불과해졌을 때, 로저 케이스먼트는 이곳에서 일어난 모든 무시무시한 것의 뿌리가 될 만한 단 한 단어가 있다면, 그것은 바로 '탐욕'이라고 여러 차례 혼잣말을 했다. 그곳 사람들의 불행을 위해 콩고의 숲이 풍요롭게 간직하고 있던 그 검은 황금에 대한 탐욕. 그러한 부는 그 불행한 사람들에게 떨어진 저주였고, 같은 방식으로 일이 계속된다면 그것이 그들을 지표면에서 사라지게 할 것이다. 그 삼 개월 열흘 동안, 그는 이러한 결론에 도달했다. 만약 고무가 먼저 고갈되지 않는다면, 수십만 명을 절멸시키고 있는 그 시스템에 의해 고갈되는 것은 콩고인들 자신일 거라고 말이다.

그 몇 주 동안, 그가 만툼바 호수 물에 들어가고 나면 기억은 순서가 뒤죽박죽된 카드처럼 섞여버릴 것이다. 만약 그가 자신의 노트에 날짜, 장소, 증언과 관찰을 그토록 상세하게 기록해두지 않았다면 그 모든 것이 그의 기억 속에서 뒤범벅되어 혼란스러워졌을 것이다. 그가 두 눈을 감으면 현기증을 유발하는 회오리바람 속에서 그들의 흑단 같은 몸뚱이들이 떠올랐고, 그들의 등짝과 엉덩이와 다리에 작은 독사들처럼 남아 있는 붉은 흉터들과 잘려나가 그루터기만 남은 아이들과 노인들의 뭉툭한 팔, 그리고 삶, 지방, 근육을 뽑아내버린 것처럼 가죽과 두개골만 남은 수척한 시신 같은 얼굴, 자신들이 겪고 있는 모든 일들로 인한 고통보다 더한 끝 모를 혼수상태를 드러내주는 그 고정된 시선 또는 찡그린 표정이 나타나고 또 나타났다. 그리고 그 현상은 늘 똑같았는데, 로저 케이스먼트가 자신의 노트와 연필과 카메라를 들고 발을 들였던 모든 마을과 촌락에서 거듭 반복되던 것이었다.

출발점에서는 모든 것이 단순하고 명확했다. 각 마을에 명확한 의무가 부과되었다. 바로 공안군의 경비대원들과 길을 내고, 전신주를 세우고, 부두와 창고를 건설하는 인부들의 식량—카사바, 닭, 영양, 멧돼지, 염소 또는 오리 고기—할당량을 매주 또는 격주로 바치는 것이었다. 게다가 각 마을은 원주민들이 덩굴로 직접 짠 바구니에 채취한 고무를 담아 일정량씩 바쳐야 했다. 이런 의무를 이행하지 않는 데 따르는 벌은 다양했다. 식재료나 고무를 정해진 분량보다 적게 바칠 경우에는 채찍으로 맞는 벌이 따랐는데, 스무 대 이하는 결코 없었고 가끔은 오십 대나 백 대씩 이어지기도 했다. 그렇게 벌을 받은 사람들 가운데 많은 수가 피를 흘리며 죽었다. 도망친 원주민은—그 수가 아주 적었다—그 가족이 희생되었는데, 이 경우 공안군이 모든 경비대에 설치해놓은 '인질의 집'에 부인을 인질로 잡아두었다. 그곳에서 도망자의 부인은 채찍질당했으며, 기아와 갈증의 형벌에 처해졌고, 가끔은 그들 자신이나 경비대원들의 배설물을 삼키게 하는 것과 같은 악의적인 고문을 당했다.

식민지 권력이—민간기업과 왕이 소유한 회사가 공히—정한 규정은 전혀 지켜지지 않았다. 모든 곳에서 시스템은 정작 그것을 작동시키는 책임을 맡은 군인과 장교들에 의해 위반되고 악화되었는데, 각 마을에서 군인과 정부 관리들이 식재료 일부와 고무 몇 바구니를 착복해 이를 되파는 자잘한 거래를 위해 그 할당량을 늘렸기 때문이다.

로저가 방문했던 모든 마을에서 추장들의 불평은 똑같았다. 즉, 남자들이 전부 고무 채취에 동원된다면 그들이 어떻게 사냥을 나가고, 어떻게 정부당국자와 책임자와 경비대원과 인부들에게 먹일 카사바와 다른 식재료를 경작할 수 있겠는가? 게다가 고무나무가 점점 사라져가 고무를 채취하기 위해서는 많은 사람들이 표범과 사자와 독사의 공격을 받았던 낯설고 불친절한 지역으로 더 멀리 더 깊숙이 들어가야 했다. 아무리 노력해도 그 모든 요구사항을 완수하기란 불가능했다.

1903년 9월 2일 로저 케이스먼트는 만 서른아홉 살이 되었다. 그들은 로포리강을 항해중이었다. 그의 생일 전날 밤, 그들은 본 간단가 산기슭 언덕의 이시 이술로 촌락을 뒤로하고 막 떠나왔다. 그 생일날은, 인간의 잔인성에는 한계가 없어서 타인에게 고문을 가하는 방식을 고안해내는 측면에서 늘 진보해왔다는 것을, 마치 바로 그날 그가 확인하게 되기를 하느님이든 어쩌면 악마든 원하기라도 했다는 듯이, 그의 기억에 지울 수 없는 방식으로 각인되었을 것이다.

그날은 금방이라도 폭풍이 불어올 것처럼 잔뜩 흐린 채 날이 밝았으나 비는 내리지 않았고 오전 내내 대기는 전류를 머금고 있었다. 트라피스트 수도회가 코쿼이하트빌 지역에 설립한 선교단의 수사 위토 신부가 헨리 리드 호가 정박해 있던 임시 부두에 도착했을 때 로저는 막 아침식사를 하려던 참이었다. 그는 엘 그레코의 그림에 등장하는 인물처럼 키가 크고 마른 몸에 흰 수염을 길게 길렀고, 두 눈에는 분노, 공포 혹은 놀라움, 혹은 동시에 이 세 가지일 수 있는 무언가가 꿈틀거리고 있었다.

"이 땅에서 무슨 일을 하고 계시는지 알고 있습니다, 영사님." 사제가 깡마른 손을 로저 케이스먼트에게 내밀어 악수를 청하며 말했다. 그는 마음이 급했는지 서두르듯 프랑스어로 말했다. "저와 함께 왈라 마을까지 가주셨으면 합니다. 여기서 한 시간이나 한 시간 반이면 됩니다. 영사님이 두 눈으로 직접 보셔야 합니다."

그는 말라리아에 걸려 발열과 오한이 있는 듯이 말했다.

"좋습니다, '몽 페르'*." 케이스먼트가 동의했다. "하지만 좀 앉으세요. 우선 커피와 뭐라도 좀 드세요."

아침식사를 하는 동안 위토 신부는 코쿼이하트빌 선교단의 트라피스트 수사들이 원주민을 돕기 위해서라면 다른 지역에서 유지하는 엄격한 은둔 규정을 깨도 된다고 수도회로부터 허가를 받았다며, "바알세붑**이 주님과의 전투에서 승리하는 것처럼 보이는 이 땅에서 원주민들에게는 그러한 도움이 아주 절실하다"라고 영사에게 설명했다.

수사의 목소리만이 아니라 눈, 손, 정신도 떨리고 있었다. 그는 끊임없이 눈을 깜박였다. 얼룩지고 젖은 거친 튜닉을 입은 채였고, 샌들을 신은 발은 진흙과 상처 투성이였다. 위토 신부는 콩고에서 십 년 가까운 세월을 보냈다. 팔 년 전부터는 가끔 그 지역의 마을들을 돌아다녔다. 본간단가 산 정상에 오른 적도 있

* 프랑스어로 '나의 아버지'. 여기서는 신부님을 부르는 호칭이다.
** 히브리어로 '파리떼의 왕'. 성서에서 우상 혹은 사탄의 별칭으로 쓰인다.

었고 표범을 가까이에서 보기도 했는데, 표범이 그에게 달려들기는커녕 꼬리를 흔들며 오솔길을 따라 물러났었다. 그는 원주민 언어를 할 줄 알았고, 원주민 중에서도 특히 왈라 지역 원주민인 '그 수난자들'의 신뢰를 얻었다.

그들은 키 큰 나무들 사이로 난 비좁은 오솔길을 따라가면서 이따금 실개울에 가로막히기도 했다. 눈에 보이지 않는 새들의 노래 소리를 들었고, 가끔은 앵무새 무리가 날카로운 소리를 내면서 그들의 머리 위로 날아갔다. 로저는 수사가 이런 식으로 잡초를 헤치며 걷는 일에 오랜 경험이 있는 사람처럼, 발을 헛디디지도 않고 능란하게 걸음을 내딛고 있다는 것을 알아차렸다. 위토 신부는 왈라에서 일어난 일에 관해 설명해나갔다. 이제는 규모가 많이 축소된 그 마을이 식재료, 고무, 목재의 최종 할당량을 온전히 바칠 수 없게 되고, 당국이 요구하던 수의 인부를 넘겨주지도 못하자 코쿼이하트빌 주둔군의 탕빌 중위가 공안군 병사 삼십 명을 이끌고 파견을 나왔던 것이다. 그들이 가까이 오는 것을 본 마을 사람들은 모두 산으로 도망쳤다. 그러나 통역사들이 마을 사람들을 찾아나섰고 그들더러 마을로 돌아가도 된다고 단언했다. 그들에게는 아무 일도 일어나지 않을 것이며, 탕빌 중위가 새로운 규정에 관해 설명하고 마을 주민들과 협상하고자 할 뿐이라고 전했다. 추장은 그들에게 돌아갈 것을 명령했다. 마을로 돌아오자마자 군인들이 그들을 덮쳤다. 남자들과 여자들은 나무에 묶이고 채찍을 맞았다. 멀찍이 소변을 보러 가려던 임부 하나는 그녀가 도망치고 있다고 생각한 병사가 쏜 총에 맞아 죽었다. 다른 여자들 열 명은 코쿼이하트빌의 '인질의 집'으로 잡혀 갔다. 탕빌 중위는 왈라 마을에 일주일의 기한을 주고는 할당량이 채워지지 않으면 인질로 잡힌 여자들은 총에 맞아 죽을 것이고 마을은 불타버릴 것이라고 했다.

그런 일이 일어나고 불과 며칠 뒤 왈라 마을에 도착한 위토 신부는 끔찍한 장면을 마주했다. 부과된 할당량을 채우기 위해 마을의 가족들이 당국 몰래 노예교역을 하며 돌아다니는 상인들에게 아들딸을 팔았고, 남자 둘은 아내를 팔았다. 트라피스트 수도회의 수사는 팔려나간 어린이와 여자가 최소 여덟 명이라고 보았으나 어쩌면 그보다 더 많았을 것이다. 원주민들은 공포에 사로잡혔다. 할당량을 채우기 위해 고무와 식량을 사러 나섰으나 가족을 팔아 받은 돈으로 충분할지는 확실하지 않았다.

"이 세상에서 그런 일이 일어나고 있다는 걸 믿으시겠습니까, 영사님?"

"예, 몽 페르. 저는 이제 사람들이 제게 들려준 온갖 나쁘고 무시무시한 짓들을 모두 믿고 있습니다. 만약 제가 콩고에서 뭐라도 배운 게 있다면 그건 바로 인간보다 더 잔인한 짐승은 없다는 겁니다."

'나는 왈라에서 우는 사람을 전혀 보지 못했다.' 로저 케이스
먼트는 나중에 이렇게 생각했을 것이다. 누가 불평하는 소리도
그는 전혀 듣지 못했다. 왈라 마을에는 자동인형들, 그러니까 마
을에 저주가 내려 사람들을 유령으로 바꿔놓기라도 한 듯, 나무
막대기들을 세워 지은 뒤 야자수 잎으로 덮인 원추형 지붕을 얹
은 삼십여 채의 오두막 사이 빈터를 이리저리 배회하는 유령 같
은 존재들이 거주하는 것처럼 보였는데, 그들은 어디로 가는지
도 모른 채 방향을 잃고, 자신들이 누구이며 어디에 있는지도 잊
은 상태였다. 그러나 등이며 엉덩이에는 생긴 지 얼마 되지 않은
흉터, 그중 일부는 마치 상처가 여전히 열려 있는 것처럼 핏자국
이 남아 있는 흉터가 가득한 유령들이었다.

로저는 부족의 언어를 유창하게 구사하는 위토 신부의 도움
을 받아 자신의 작업을 마쳤다. 마을 사람들 하나하나에게 질문
을 던졌고, 그들에게서 이미 들었던 말, 나중에 여러 차례 듣게
될 말을 듣고 또 들었다. 여기 왈라에서도 그는 그 불쌍한 사람
들 중 누구도 정작 중요한 문제에 관해 불평하지 않는다는 데 놀
랐다. 과연 그 외국인들이 무슨 권한으로 그곳에 와서 그들을 침
략해 수탈하고 학대한단 말인가? 그들은 당장 눈앞의 문제인 할
당량만을 고려할 뿐이었다. 그 할당량은 과다했으며 그 많은 고

무와 식량을 모으고 그 많은 인력을 대줄 수 있는 힘을 가진 이는 없었다. 그들은 채찍질과 인질에 관해 불평조차 하지 않았다. 자신들이 할당량을 채울 수 있도록, 그리하여 왈라 사람들이 당국자들을 만족시킬 수 있도록 할당량을 조금 덜어달라고 요구할 뿐이었다.

로저는 그날 밤을 그 마을에서 보냈다. 다음날에는 기록과 증언이 담긴 노트들을 몸에 지닌 채 위토 신부와 작별했다. 그는 계획된 여정을 바꾸기로 작정했다. 만툼바 호수로 돌아와 헨리리드 호를 정박시켜놓고 코퀴이하트빌로 향했다. 마을은 컸고 흙길은 울퉁불퉁했으며, 집들은 야자나무들과 소규모 사각형 경작지들 사이에 흩어져 있었다. 그는 배에서 내리자마자 공안군의 경비대로 갔는데, 그곳은 거칠게 지은 건물들과 노란 말뚝을 세워 만든 울짱이 들어찬 광대한 공간이었다.

탕빌 중위는 임무를 수행하러 가고 없었다. 하지만 마르셀 쥐니외 대위가 로저를 맞이했는데, 그는 경비대장이자 그 지역 공안군의 모든 주둔지와 초소를 책임지는 군인이었다. 키가 크고 마른 근육질의 사십대인 그의 피부는 햇빛에 그을린 갈색이었고, 회색으로 변한 머리는 짧게 깎은 상태였다. 목에는 작은 성모마리아상 목걸이를 걸고 팔뚝에는 작은 동물 문신이 드러나 있었다. 대위가 그를 투박한 사무실로 이끌었는데, 사무실 벽에는 열병식용 제복 차림을 한 레오폴드 2세의 사진 하나와 각종 깃발이 걸려 있었다. 대위가 그에게 커피 한 잔을 대접했다. 대위는 각종 노트, 규정집, 지도, 연필로 가득찬 자그마한 작업대 앞의 허술한 작은 의자에 그를 앉게 했는데, 로저가 움직일 때마다 의자가 금방이라도 무너져버릴 것 같았다. 대위는 영국에서 유년기를 보냈다고, 그곳에서 아버지가 사업을 했었다고 하며, 그래서인지 영어를 잘했다. 그는 오 년 전에 자원해서 콩고로 온 직업 군인이었다. "조국에 봉사하기 위해서랍니다, 영사님." 그가 심술궂게 비꼬는 투로 말했다.

그는 곧 승진해서 식민 모국으로 돌아갈 시점에 있었다. 그는 로저의 말을 단 한 번도 중단시키지 않은 채 아주 진지하게 들었는데, 외견상으로는 자신이 듣고 있는 말에 깊이 몰입해 있었다. 뭐라 헤아릴 수 없이 심각한 그의 표정은 그 어떤 세밀한 묘사에도 변하지 않았다. 로저는 정확하고 상세하게 말했다. 사람들이 그에게 무슨 말을 했는지, 자신이 두 눈으로 직접 본 것이 무엇이었는지, 그러니까 갈라터진 등과 엉덩이들에 관해서, 도저히 채울 수 없는 할당량을 달성하기 위해 자식을 판 사람들의 증언에 관해서 아주 명확하게 털어놓았다. 그는 국왕 폐하의 정부가 이런 극악무도한 짓들에 대한 보고를 받을 것이라고 설명했으나, 한편으로는 그 자신이 왈라에서 공안군이 자행한 것과 같은 아주 잔인한 인권유린의 책임자이기도 했기에, 자신이 대표하는 정부의 이름으로 항의하는 것이 자신의 의무라고 믿었다. 그는 그 마을이 작은 지옥으로 변해버린 것을 직접 목격한 산증인이었다. 로저가 입을 다문 순간에도 쥐니외 대위의 얼굴은 여전히 변하지 않았다. 대위는 말없이 꽤 오랫동안 기다렸다. 그러다 결국 가볍게 고개를 저으면서 부드럽게 말했다.

"영사님, 영사님이 분명 알고 계시다시피 우리, 즉 공안군이 법률을 공포하지는 않습니다. 우리는 법이 제대로 시행되게 할 뿐이에요."

불편함도 짜증도 드러내지 않는 대위의 시선은 투명하고 솔직했다.

"저는 콩고 자유국이 운용하는 법률과 규정을 잘 알고 있습니다, 대위님. 법률과 규정 어디에도 원주민의 사지를 절단하고, 피를 흘리고 죽을 정도로 채찍질을 가하고, 남편이 도망치지 못하도록 부인을 인질로 잡아두고, 원주민에게 요구된 식량과 고무의 할당량을 채워 바치기 위해 어머니가 자식을 팔아야 하는 식으로 마을에 극도의 해를 가할 권한은 여러분에게 주어져 있지 않습니다."

"우리가요?" 쥐니외 대위가 과장되게 놀라움을 표현했다. 그는 고개를 가로저으며 부인했는데, 그의 몸짓에 작은 동물 문신이 움직거렸다. "우리는 그 누구에게도 그 무엇도 요구하지 않습니다. 우리는 명령을 받아 집행하고, 그게 전부입니다. 공안군은 그런 할당량을 정하지 않습니다, 케이스먼트 씨. 할당량은 정책을 결정하는 당국과 전매권을 소유한 회사의 경영진이 정합니다. 우리는 정책을 집행하는 사람들일 뿐 정책 결정에는 전혀 관여한 바가 없습니다. 그 누구도 우리에게 견해라는 것을 요구하지 않았습니다. 만약 그들이 우리에게 요청했더라면 아마도 일이 더 잘 이뤄지게 될 겁니다."

대위는 말을 멈추었고 잠시 딴생각을 하는 것 같았다. 로저는 철망이 씌워진 커다란 창문들을 통해 나무 한 그루 없는 사각형 공터를 바라보았는데, 데님바지 차림에 상체는 맨몸이고 신발을 신지 않은 아프리카 병사들 한 부대가 그곳에서 제식훈련을 하고 있었다. 그들은 부사관의 구령 소리에 맞춰 방향을 바꿨는데, 물론 부사관은 군화도 신고 제복 셔츠와 군모 차림이었다.

"제가 조사해보겠습니다. 만약 탕빌 중위가 강제 징수를 감행했다거나 비호했다면 처벌을 받을 겁니다." 대위가 말했다. "병사들이 채찍을 과도하게 휘둘렀다면 물론 마찬가지일 겁니다. 이게 제가 영사님께 약속드릴 수 있는 모든 것입니다. 나머지는 제 권한 밖인데요, 그건 법적인 문제입니다. 이런 시스템을 바꾸는 것은 군인들의 임무가 아니라 판사들과 정치가들의 임무니까요.

최고통치권의 임무입니다. 이 역시 잘 아실 거라 생각합니다."

대위의 목소리에서 갑자기 살짝 낙심한 기색이 드러났다.

"저는 제도가 바뀌는 것보다 더 좋은 건 없다고 생각합니다. 저 역시 여기서 일어나고 있는 일이 역겹습니다. 우리에게 의무로 부여된 일이 제 원칙을 거스르거든요." 그러고는 목에 걸고 있는 작은 메달을 만졌다. "제 믿음입니다. 저는 독실한 가톨릭 신자입니다. 저기 유럽에서는 늘 제 신앙에 따라 행동하려 노력했습니다. 여기 콩고에서는 그게 가능하지 않습니다, 영사님. 그것이 서글픈 진실입니다. 그래서 저는 벨기에로 돌아가는 게 아주 만족스럽습니다. 장담하건대 저는 아프리카에 다시는 발을 들여놓지 않을 겁니다."

쥐니외 대위가 탁자에서 일어나 창문 중 하나로 다가갔다. 그렇게 영사에게 등을 돌린 채 창밖의 신병들을 관찰하며 오랫동안 입을 다물고 있었는데, 신병들은 아무리 가르쳐도 제식을 제대로 익히지 못해 서로 몸이 부딪히고 대열이 비틀어져버렸다.

"만약 그렇다면, 이런 범죄행위들을 끝내기 위해 대위님이 뭔가를 할 수 있을 겁니다." 로저 케이스먼트가 중얼거렸다. "우리 유럽인들이 이런 짓을 하려고 아프리카에 온 게 아니잖습니까."

"아, 그렇지 않다고요?" 쥐니외 대위가 다시 영사를 돌아다보았고, 영사는 장교의 얼굴이 약간 창백해졌음을 알아차렸다. "그렇다면 우리가 뭣 때문에 온 겁니까? 저도 알죠. 문명, 기독교, 그리고 자유무역을 가지고 온 거죠. 여전히 그렇게 믿으십니까, 영사님?"

"이제는 아닙니다." 로저 케이스먼트가 즉시 대꾸했다. "전에는 그렇게 믿었습니다만, 그래요. 진심으로 그랬죠. 한때 이상주의적인 소년이었던 저는 특유의 순진성을 전부 발휘해 여러 해 동안 그렇게 믿었습니다. 유럽이 아프리카의 삶과 영혼을 구제하고 야만인을 문명화하기 위해 왔다고요. 제가 틀렸다는 걸 이제 깨닫고 있습니다."

쥐니외 대위의 표정이 바뀌었고, 로저에게는 장교의 얼굴을 덮고 있던 그 신성한 가면이 갑자기 훨씬 더 인간적인 가면으로 바뀐 것처럼 보였다. 심지어는 대위가 바보들을 대할 때의 연민 어린 호감을 드러내며 영사를 바라보고 있는 것처럼 보였다.

"저는 제 젊은 시절을 속죄하려고 노력하고 있습니다, 대위님. 그걸 위해 제가 코쿼이하트빌까지 온 겁니다. 그것이 바로 소위 문명이라는 이름으로 이곳에서 자행되는 학대의 현황을 제가 최대한 상세하게 기록하는 이유입니다."

"성공을 기원합니다, 영사님." 쥐니외 대위가 웃으며 영사를 조롱하듯 말했다. "하지만 제가 영사님께 솔직하게 말해도 된다면, 저는 영사님이 성공하지 못하실까봐 두렵습니다. 이런 시스템을 바꿀 수 있는 인간의 힘은 없으니까요. 그러기에는 너무 늦었습니다."

"대위님이 괜찮다고 하면, 감옥과 여러분이 왈라에서 데려온 여자들을 가둬둔 '인질의 집'을 방문해보고 싶습니다." 로저가 갑자기 화제를 돌렸다.

"영사님이 원하는 곳은 어디든 방문하실 수 있습니다." 장교가 동의했다. "영사님 집이라고 생각하세요. 그건 그렇고요, 괜찮으시다면 제가 영사님께 했던 말을 다시 한번 상기해보겠습니다. 우리는 콩고 자유국을 발명한 사람들이 아닙니다. 우리는 콩고 자유국이 제대로 기능하도록 할 뿐입니다. 다시 말해 우리 역시 희생자인 것입니다."

감옥은 나무와 벽돌로 지은 헛간으로, 창문이 없고 출입구가 하나뿐이었는데, 엽총을 든 원주민 병사 둘이 지키고 있었다. 안에는 열두어 명의 남자들이, 일부는 노인이었는데, 반쯤 벌거벗은 채로 바닥에 드러누워 있었고, 그중 둘은 벽에 부착된 고리에 묶여 있었다. 가장 충격적이었던 것은, 그가 감옥 안을 왔다갔다하는 동안 아무 말 없이 눈으로 이쪽에서 저쪽으로 그를 뒤쫓던 뼈만 앙상한 사람들의 낙심하거나 무표정한 얼굴이 아니라, 소변과 대변 냄새였다.

"저들에게 저 양동이들에 용변을 보도록 가르치려 애를 써왔죠." 대위가 로저의 생각을 읽은 듯 용기 하나를 가리켰다. "하지만 저들은 습관이 되어 있지 않습니다. 땅에다 보는 걸 더 좋아하죠. 저기 저 사람들. 저들에게는 냄새가 중요하지 않아요. 어쩌면 그런 냄새를 느끼지도 못할 겁니다."

'인질의 집'은 더 작은 공간이었으나 사람이 가득해 광경이 더 비극적으로 보였는데, 빼곡하게 들어찬 그 반벌거숭이 몸뚱이들 사이로 로저가 겨우 돌아다닐 수 있을 정도였다. 공간이 너무 협소해서 그 많은 여자들이 앉을 수도 누울 수도 없이 서 있어야 했다.

"이건 예외적인 경우입니다." 쥐니외 대위가 손짓하며 설명했다. "여자들이 이렇게 많은 경우는 결코 없었습니다. 오늘밤에 잠을 잘 수 있도록 절반을 병사들의 캠프 중 한 군데로 옮길 겁니다."

여기서도 소변과 대변 냄새는 견딜 수가 없었다. 여자들 중 일부는 거의 소녀나 다름없이 아주 어렸다. 하나같이 멍하고 몽유병자 같은, 삶 저 너머에 있는 듯한 시선이었는데, 로저는 이 여행을 하는 동안 수많은 콩고 여자들에게서 그 시선을 보게 될 것이다. 그중 한 여자가 갓난 사내아이를 품에 안고 있었는데, 아기가 어찌나 조용하던지 죽은 것처럼 보일 정도였다.

"저들을 풀어주려면 어떤 기준을 따르게 됩니까?" 영사가 물었다.

"그건 제가 아니라 치안판사가 결정하는 겁니다, 영사님. 코쿼이하트빌에는 치안판사가 세 명 있습니다. 판단 기준은 단 한 가지입니다. 남편이 자신에게 부과된 할당량을 바치면 부인을 데려갈 수 있습니다.

"그런데 만약 그렇게 하지 못하면요?"

대위가 어깨를 으쓱했다.

"일부는 도망쳐버리죠." 대위가 영사를 쳐다보지 않은 채 목소리를 낮춰 말했다. "다른 여자들은 병사들이 데려가 부인으로 삼아버립니다. 이런 여자들이 운이 가장 좋은 경우죠. 일부는 미쳐서 자살해버립니다. 다른 여자들은 슬픔, 분노, 굶주림 때문에 죽습니다. 보셨다시피 저 여자들은 먹을 게 거의 없습니다. 그 역시 우리 탓은 아닙니다. 저도 병사들 먹이기에 충분한 식량을 공급받지 못하고 있으니까요. 죄수들에게는 더더욱 부족할밖에요. 급식을 개선하기 위해 가끔 장교들끼리 작은 모금도 합니다. 사정이 그렇습니다. 제가 바로 사정이 바뀌지 않는 것을 가장 애석해하는 사람입니다. 만약 영사님이 이 문제를 개선하시면 공안군이 영사님께 고마워할 겁니다."

로저 케이스먼트는 코쿼이하트빌에 있다는 벨기에 치안판사 셋을 만나러 갔으나 그중 한 명만이 그를 맞이했다. 다른 두 명은 핑곗거리를 마련해 그를 피했다. 반면, 뻐기기를 좋아하는 오십대 뚱보 메트르 뒤발은 열대성 더위 속에서도 조끼를 입고, 뗐다 붙였다 할 수 있는 눈속임용 셔츠 커프스를 차고, 회중시계줄이 매달린 프록코트를 입고 있었는데, 딱 있어야 할 것만 있는 자신의 사무실로 로저를 안내한 뒤에 차 한 잔을 내왔다. 그는 땀을 뻘뻘 흘리면서 교양 있는 태도로 영사의 말을 들었다. 이미 젖은 손수건으로 연신 얼굴을 훔쳤다. 그리고 때때로 고개를 가로젓고 슬픈 표정을 지으며 영사가 들려주는 말에 거부감을 드러냈다. 그의 말이 끝나자 판사는 그 모든 얘기를 글로 써달라고 요청했다. 이런 방식으로 판사는 그 애석한 일화들에 관해 정식 조사를 개시하도록 자신이 속한 재판소에 재판을 청구할 수 있을 것이다. 메트르 뒤발은 뭔가 생각에 잠긴 듯 손가락으로 턱을 괸 채 어쩌면 영사가 현재 레오폴드빌에 설립된 상급법원에 보고서를 제출하는 편이 더 좋을 것이라고 바로잡았다. 더 상급이고 더 영향력 있는 재판소이므로 식민지 전역에서 훨씬 더 효율적으로 재결裁決할 수 있을 것이라고 말이다. 저간의 상황에 대한 대책을 강구하기 위해서만이 아니라, 희생자들의 가족과 희생 당사자들에게 경제적 보상으로라도 벌충해주기 위해서였다. 로저 케이스먼트는 그렇게 하겠노라고 판사에게 말했다. 그러고는 메트르 뒤발은 손 하나 까딱하지 않을 것이고, 레오폴드빌의 상급법원도 마찬가지일 것이라고 확신하면서 작별을 고했다. 하지만, 그럼에도 불구하고, 그는 보고서를 제출할 것이다.

날이 저물어 로저가 막 떠나려는데, 원주민 남자 하나가 와서는 트라피스트 수도회 선교단의 수사들이 로저를 만나고 싶어한다고 말했다. 거기서 로저는 다시금 '르 페르'* 위토를 만났다. 수사들은―여섯 명이었다―며칠 전부터 트라피스트 수도원에 자신들이 숨겨주었던 도망자 한 무리를 증기선으로 몰래 데려가달라고 로저에게 부탁하고자 했다. 도망자들은 모두 콩고강 상류의 봉긴다 마을에서 온 사람들로, 그들이 고무 할당량을 채우지 못하자 공안군은 왈라에서 그랬던 것처럼 아주 모진 징벌작전을 감행했다.

코쿼이하트빌의 트라피스트 수도회 선교단은 진흙, 돌, 나무로 지은 거대한 이층집으로, 외관상으로는 작은 성채처럼 보였다. 창들은 밀폐되어 있었다. 포르투갈 태생의 주임수사 돔 제수알두는 다른 두 수사처럼 아주 연로했는데, 몹시 수척한 탓에 검은 스카풀라를 착용하고, 투박한 가죽 벨트로 묶은 하얀 튜닉 속에 숨겨져 있는 것 같았다. 나이든 이들만이 수사였고 다른 사람들은 평수사였다. 모두 위토 신부처럼 거의 해골이나 다름없이

* 프랑스어로 '아버지'. 여기서도 '신부님'을 일컫는다.

야윈 모습이었는데, 그 지역 트라피스트 수도회의 표상 같은 것이었다. 수도회 건물의 예배당, 식당, 수사들의 침실에만 지붕이 있어서 그 밖의 공간은 햇빛이 들어 밝았다. 정원 하나에 채마밭이 있었다. 가금 사육장 하나, 공동묘지 하나, 그리고 커다란 스토브를 갖춘 부엌이 하나 있었다.

"수사님들이 저더러 여기서 당국 모르게 빼내달라고 부탁하시는 그 사람들이 저지른 죄가 무엇인가요?"

"가난이 죄지요, 영사님." 돔 제수알두가 슬픔에 젖어 말했다. "그에 대해서는 아주 잘 아실 텐데요. 왈라에서 가난하고 비천하고 콩고인이라는 것이 의미하는 바가 무엇인지 이제 막 확인하시지 않았습니까."

케이스먼트는 수긍했다. 트라피스트 수도회 수사들이 요청한 도움을 주는 것은 틀림없이 자비로운 행위였다. 하지만 그는 망설였다. 외교관으로서 도망자들을 법망으로부터 비밀리에 빼낸다는 것은 그들이 제아무리 부당한 이유로 박해를 당하고 있다 할지라도 위험이 따르는 일이며, 영국의 명예를 훼손하고, 외무부를 위해 그가 수행중이던 정보 수집 및 보고의 임무를 온전히 훼손하는 일이 될 수도 있었다.

"제가 그 사람들을 만나서 얘기 좀 나눠도 되겠습니까?"

돔 제수알두가 동의했다. 르 페르 위토가 자리를 뜨는가 싶더니 곧바로 도망자 무리를 데리고 돌아왔다. 일곱 명으로, 어린아이 셋을 포함해 전부 남자였다. 다들 왼손이 잘려 있거나 개머리판으로 두들겨맞아 불구가 되어 있었다. 그리고 가슴과 등에 채찍을 맞아 생긴 흉터가 남아 있었다. 무리의 우두머리 이름은 '만순다'였는데, 깃털로 만든 관모를 쓰고 짐승 이빨로 만든 목걸이를 두르고 있었다. 얼굴에서는 부족의 성년식 때 생겼을 오래된 흉터가 두드러져 보였다. 위토 신부가 통역을 했다. 봉긴다 마을은―부근 고무나무들의 라텍스가 어느새 고갈되면서―그 지역 전매권자인 룰롱가 회사의 특사들에게 보내야 할 고무 할당량을 두 번 연속으로 충족시키지 못했다. 그러자 공안군이 그 마을에 배치한 아프리카인 경비원들이 주민들을 매질하고 그들의 손발을 자르기 시작했다. 분노가 폭발한 주민들이 반란을 일으켜 경비원 한 명을 죽였고, 그 틈을 이용해 일부 사람들이 도망칠 수 있었다. 불과 며칠 뒤 공안군 부대 하나가 봉긴다 마을을 점거해 집집마다 불을 지르고 수많은 남녀 주민들을 살해했는데, 일부는 자신들의 오두막 안에서 불타 죽고, 나머지는 코퀴이하트빌의 교도소와 '인질의 집'으로 끌려왔다. 추장 만순다는 트라피스트 수도회의 도움을 받은 자신들만이 유일하게 도망나온 사람들일 거라고 믿었다. 만약 공안군이 그들을 붙잡았다면 다른 모든 주민들처럼 그들도 징벌의 희생자가 되었을 텐데, 그도 그럴 것이 콩고 전역에서 원주민의 반란은 늘 공동체 전체의 말살이라는 징벌로 이어졌기 때문이다.

"좋습니다, 몽 페르." 케이스먼트가 말했다. "저들을 헨리 리드 호에 태워 멀리 데려가겠습니다. 하지만 여기서 가장 가까운 프랑스령 강변까지일 겁니다."

"하느님께서 상을 주실 것입니다, 영사님" 르 페르 위토가 말했다.

"저는 잘 모르겠습니다, 몽 페르." 영사가 답했다. "이 경우에는 신부님과 제가 법을 위반하는 거니까요."

"인간의 법입니다." 트라피스트 수도회 사제가 바로잡았다. "우리는 하느님의 법에 충실하기 위해 인간의 법을 정당하게 위반하고 있는 겁니다."

로저 케이스먼트는 수사들과 함께 소박한 채식으로 저녁식사를 했다. 그는 그들과 오랫동안 대화를 나누었다. 돔 제수알두는 트라피스트 수도회 수사들이 로저에게 경의를 표하고자 수도회에서 요구하는 묵언 계율을 위반하고 있다고 농담처럼 말했다. 수사들과 평수사들은 로저 자신과 마찬가지로 이 나라에 압도당해 패배한 것처럼 보였다. 어떻게 이 지경까지 올 수 있었느냐고 로저는 그들 앞에서 큰 소리로 토로했다. 그는 십구 년 전, 식민 사업이 아프리카인들에게 품위 있는 삶을 살게 해주리라 확

164

신하며 열정을 가득 안고 아프리카에 왔었노라고 그들에게 말했다. 그런데 식민지화가 어떻게 이처럼 무시무시한 약탈로 바뀌었단 말인가? 스스로 기독교인이라 칭하는 자들이 아이와 노인을 가릴 것 없이 무방비 상태의 사람들을 고문하고, 사지를 자르고, 죽이고, 잔혹하게 괴롭히는, 어떻게 이처럼 현기증나는 학대로 바뀌었단 말인가? 노예무역을 종식시키고 자비와 정의의 종교를 전하기 위해 우리 유럽인들이 이곳에 오지 않았던가? 여기서 일어났던 일들이란 노예무역보다 훨씬 더 나쁜 것이었기 때문에, 안 그런가?

수사들은 로저가 감정을 토로하도록 잠자코 내버려두었다. 그러니까 주임수사의 말과 달리 수사들은 묵언 계율을 깨뜨리기를 원치 않았던 것일까? 그게 아니다. 그들 역시 그와 마찬가지로 콩고로 인해 혼란스럽고 상처 입은 상태였던 것이다.

"우리 같은 불쌍한 죄인들에게 하느님의 길은 불가사의합니다, 영사님." 돔 제수알두가 한숨을 내쉬며 말했다. "중요한 것은 절망에 빠지지 않는 겁니다. 믿음을 잃지 않는 겁니다. 영사님 같은 분들이 여기 계시다는 사실이 우리에게 용기를 북돋아주고 희망을 되돌려줍니다. 우리는 영사님의 임무가 성공적으로 완수되기를 기원합니다. 이 불행한 사람들을 위해 영사님이 뭔가를 하시는 걸 하느님께서 허락하시도록 기도하겠습니다."

탈주자 일곱 명은 다음날 새벽, 강의 만곡부에서 헨리 리드 호에 승선했는데, 그 작은 증기선은 그때쯤 이미 코쿠이하트빌로부터 꽤 멀리 떨어져 있었다. 탈주자들과 함께 보낸 사흘 동안 로저는 긴장되고 불안했다. 그는 사지가 잘린 원주민 일곱 명의 출현을 정당화하기 위해 승조원들에게 대략 경위를 설명했는데, 그의 눈에는 승조원들이 탈주자 일행과 소통하지 않는 것으로 보아, 그들이 탈주자 일행을 불신하고 의구심 속에 바라보는 것 같았다. 이레부에 이르자 헨리 리드 호는 콩고강의 프랑스령 연안으로 접근했고, 그날 밤 승조원들이 잠든 사이에 실루엣 일곱 개가 미끄러지듯 배에서 빠져나가 강변의 덤불 속으로 사라졌다. 그후 아무도 영사에게 그들이 어떻게 되었는지 묻지 않았다.

여행중 이 시점에 로저 케이스먼트는 몸이 아픈 것을 느끼기 시작했다. 도덕적으로, 심리적으로만 아픈 것이 아니었다. 그의 몸에도 수면 부족의 징후와 벌레에 물린 흔적, 육체적인 과로가 쌓여갔다. 그리고 아마 무엇보다도 분노가 사기 저하로 이어지고, 작업을 완수하고자 하는 의욕이 자신의 보고서 역시 전혀 쓸모없으리라는 예감으로 이어지는 그의 마음 상태가 고스란히 몸으로 드러났다. 그도 그럴 것이, 런던의 외무부 관료들과 황제 폐하의 시중을 드는 정치가들이라면 레오폴드 2세 같은 동맹자와의 대립은 경솔한 짓이라고, 그토록 심각한 고발을 담은 '보고서'

를 발표하는 행위는 벨기에를 독일 팔에 안겨주는 것이나 마찬가지여서 영국에 해로운 결과를 초래하리라고 판단할 것이었기 때문이다. 고양잇과 동물과 뱀을 숭배하는 반라의 식인 야만인들의 애처로운 한탄보다야 제국의 이익이 더 중요하지 않겠는가?

그는 밀려드는 낙담, 두통, 메스꺼움, 신체의 쇠약함을 이기기 위해 초인적인 노력을 기울이며—허리띠에 새로운 구멍들을 뚫을 수밖에 없었던 그는 체중이 줄고 있음을 느꼈다—계속해서 마을과 초소와 주둔지를 방문하고, 계속해서 마을 사람, 공무원, 일꾼, 경비원, 고무 채취인들에게 질문하고, 채찍에 맞아 죽은 몸과 잘린 손, 그리고 살인, 투옥, 강탈, 실종 등에 관한 악몽 같은 이야기들로 이뤄진 매일매일의 광경을 극복하는 데 최선을 다했다. 그는 콩고인들에게 만연한 그 고통이 공기와 강, 그리고 그를 둘러싼 식물들까지 그 특유의 냄새로, 물질적일 뿐만 아니라 정신적이고 형이상학적이기까지 한 악취로 가득 물들이고 있다고 생각하기에 이르렀다.

"친애하는 지야, 내가 판단력을 잃어가는 것 같아." 여정의 절반만 돌고 레오폴드빌로 돌아가기로 결정한 날, 그는 본간단가 정착지에서 사촌 거트루드에게 편지를 썼다. "오늘 나는 보마로 돌아가는 일정을 시작했어. 내 계획대로라면 상부 콩고 여행을 몇 주 더 했어야 해. 하지만 사실 여기서 일어나는 일들을 보고서에 보여주고도 남을 만큼 충분한 자료가 이미 내게 있어. 인간의 악과 무지가 도달할 수 있는 극단을 계속해서 자세히 조사하다간 내 '보고서'를 쓸 수조차 없게 될까봐 두려워. 나는 지금 미치기 직전이야. 보통의 인간이라면 정신을 잃지 않고는, 정신착란을 겪지 않고는 이 지옥에 수개월이나 빠져 지낼 수 없을 거야. 잠이 오지 않는 밤이면 이런 일이 내게 일어나고 있는 게 느껴져. 무언가가 내 마음속에서 분열하고 있어. 끊임없는 고뇌 속에 살고 있다고. 만약 여기서 일어나고 있는 일에 내가 계속해서 관여한다면, 결국 나 역시 콩고인들에게 채찍질을 하고, 그들의 손을 자르고, 일말의 가책을 느끼거나 식욕을 잃지도 않으면서 점심식사와 저녁식사 사이에 그들을 죽이게 될 거야. 왜냐하면 그게 바로 이 저주받은 나라에 있는 유럽인들에게 일어나고 있는 일이기 때문이지."

그럼에도 그 기나긴 편지는 콩고가 아니라 아일랜드에 관해 주로 언급하고 있었다. "친애하는 지야, 네게는 광기의 다른 증세처럼 보일 테지만, 콩고의 깊숙한 곳으로 들어가는 이번 여행은 내 조국의 모습을 발견하는 데 도움이 되었어. 조국의 상황, 조국의 운명, 조국의 현실을 내가 이해하는 데 말이야. 이 밀림에서 나는 레오폴드 2세의 진정한 얼굴만 발견한 것이 아니야. 진정한 나 자신, 즉 어쩔 도리 없는 아일랜드인 또한 발견했어.

우리가 다시 만나게 되면 내가 너를 깜짝 놀라게 해줄게, 지. 네 사촌 로저를 알아보기가 쉽지 않을 거야. 마치 내가 어떤 뱀들처럼 허물을 벗고 마음이, 그리고 어쩌면 영혼까지 달라져버린 느낌이 들거든."

그것은 사실이었다. 헨리 리드 호를 타고 콩고강을 따라 레오폴드빌-킨샤사까지 내려가 1903년 9월 15일 날이 저물 무렵 마침내 정박할 때까지 영사는 가는 내내 승조원들과 말을 거의 섞지 않았다. 자신의 비좁은 선실에 틀어박혀 있거나, 날씨가 허락한다면 고물의 해먹에 드러누워 있었는데, 발치에는 충실한 존이 마치 그의 주인이 잠긴 슬픔에 덩달아 감염되기라도 한 듯 주의를 기울이며 고요하게 웅크려 앉아 있었다.

여행 내내 불현듯 깊은 향수로 다가왔던 소년 시절과 청년 시절의 조국을 생각하는 것만으로도, 그는 도덕적으로 자신을 파괴하고 정신적인 균형감각을 교란시키는 공포스러운 콩고의 이미지들을 머리에서 떨쳐낼 수 있었다. 그는 어머니에게 응석을 부리고 어머니의 보호를 받으며 보낸 더블린에서의 첫 몇 년을, 밸리미나에서의 학창시절을, 갈고름의 유령과 더불어 성城을 몇 번 방문했던 일을, 누나 니나와 함께 앤트림 카운티의 북부 평원을(아프리카 평원에 비하면 아주 유순한!) 산책했던 일을, 그 카운티의 아홉 개 협곡 가운데 그가 가장 좋아한 글렌세스크를 호위하는 산봉우리들로 떠났던 몇 번의 소풍이 안겨준 행복감을 떠올렸다. 바람이 몰아치는 그 봉우리들에서 그는 이따금 커다란 날개를 활짝 펴고 창공을 나는 독수리들과 하늘을 찌를 듯 치솟은 산마루들을 볼 수 있었다.

아일랜드 역시 콩고처럼 식민지가 아니었던가? 비록 자신의 아버지와 얼스터의 수많은 아일랜드인들이 마찬가지로 맹목적인 분노를 표출하면서 거부했던 사실을 그가 받아들이지 않으려 여러 해 동안 애써왔다 할지라도 말이다. 콩고에 나쁜 것이 아일랜드에는 좋은 이유는 무엇인가? 영국인들이 아일랜드를 침략하지 않았던가? 벨기에인이 콩고인에게 그랬듯이, 영국인 역시 침입당하고 점령당한 아일랜드인의 의견을 구하는 일 없이 강제로 대영제국에 아일랜드를 편입시키지 않았던가? 시간이 흐르며 폭력이 완화되긴 했으나 아일랜드는 여전히 식민지였고, 더 힘이 센 이웃 나라의 작업에 의해 주권은 사라져버렸다. 바로 이것이 수많은 아일랜드인들이 보지 않으려 했던 현실이다. 그가 그런 얘기를 하는 것을 아버지가 들었다면 뭐라 했을까? 그의 작은 '치코테'를 꺼내들었을까? 그리고 어머니는? 자신의 아들이 콩고의 고독 속에서, 직접적인 행동으로는 아니지만 적어도 생각으로는 민족주의자로 변해가고 있음을 알았다면 앤 젭슨은 충격을 받았을까? 그 고독한 오후에 나뭇잎과 나뭇가지와 통나무들이 널려 있는 콩고강의 갈색 물에 둘러싸인 채 로저 케이스먼트는 한 가지 결정을 내렸다. 유럽으로 돌아가자마자 자신이 거의 알지 못하는 아일랜드의 역사와 문화에 관한 좋은 책들을 사 모으겠다고 말이다.

그는 누구도 찾지 않은 채 레오폴드빌에서 간신히 사흘을 보냈다. 당시 그의 상태로 당국자들과 지인들을 찾아가 자신의 콩고 중상부 여행과 그 몇 개월에 걸쳐 본 것을—물론 그들에게 거짓을 말하면서—얘기할 기분이 들지 않았다. 그는 원주민 학대 고발을 확증해줄 자료를 충분히 가지고 있다고 외무부로 암호 전보를 보냈다. 아울러 보마에서는 영사 업무의 압박에 시달리므로 좀더 차분하게 보고서를 쓸 수 있도록 이웃 포르투갈 영지로 옮기는 것을 허가해달라고 요청했다. 그리고 장문의 고발장을 썼는데, 왈라에서 일어난 사건들에 관해 레오폴드빌-킨샤사 최고법원의 검찰사무소에 책임자 조사와 징계를 요구하는 공식 항의문이기도 했다. 그가 검찰사무소로 직접 고발장을 가져갔다. 그 도시의 등기소장인 므시외 클로샤르와 함께 떠난 코끼리 사냥에서 검사 메트르 르베르빌이 돌아오는 대로 이 모든 것을 보고하겠노라고, 한 신중한 공무원이 그에게 약속했다.

로저 케이스먼트는 기차를 타고 마타디로 갔고, 거기서는 하룻밤만 묵었다. 그곳에서 보마까지는 작은 증기화물선을 타고 내려갔다. 영사관에 한가득 쌓인 편지 더미에서 그는 보고서 작성을 위해 루안다로 떠나는 것을 허락하는 상관들의 전보 한 통을 발견했다. 보고서를 가능한 한 자세하게 작성하는 것이 시급했다. 영국은 콩고 자유국에 대한 고발 캠페인으로 한창 소란스러웠는데, 주요 신문들이 '잔혹행위들'을 인정하거나 혹은 부인하면서 그 소란에 동참하고 있었다. 침례교회의 고발에 로저 케이스먼트의 숨은 친구이자 조력자인 프랑스계 영국인 저널리스트 에드먼드 D. 모렐의 고발이 더해진 지 오래였다. 모렐의 기사들은 영국 하원과 여론에 크나큰 동요를 일으켰다. 이미 의회에서는 그 문제에 관한 논쟁이 벌어진 바 있다. 외무부와 외무부장관 랜즈다운 경 본인이 로저 케이스먼트의 증언을 애타게 기다리고 있었다.

보마에서 로저는 레오폴드빌-킨샤사에서와 마찬가지로 외교 의례를 거스르면서까지 정부 사람들을 가능한 한 피했는데, 영사로 봉직한 세월을 통틀어 한 번도 없던 일이었다. 총독에게는 방문 대신 건강상의 문제로 직접 인사를 드리지 못하게 되었다고 사과하는 편지를 한 통 보냈다. 테니스나 당구는 한 번도 치지 않았고, 카드 게임도 하지 않았으며, 점심이나 저녁 초대를 하지도 받아들이지도 않았다. 강의 고인 물에 아침 일찍 수영하러 가는 것조차 하지 않았는데, 이는 날씨가 좋지 않은 날에도 빠뜨리지 않고 거의 매일 해온 일과였다. 사람을 만나고 싶어 하지도, 사회생활을 하려고도 하지 않았다. 무엇보다도 사람들이 그에게 여행에 관해 묻고 자신은 어쩔 수 없이 거짓말을 하게 되는 것을 원치 않았다. 최근 십사 주 동안 중부 콩고와 상부 콩고에서 보고 듣고 겪은 그 모든 것에 관해 자신이 생각해온 바를 보마의 친구와 지인들에게 결코 진실하게 진술할 수 없으리라는 확신이 들었다.

그는 가장 시급한 영사 업무를 해결하고, 카빈다와 루안다로 떠날 여행채비를 하는 데 모든 시간을 바쳤다. 콩고에서 벗어남으로써, 비록 그것이 또다른 식민 영지로 가는 길이라 할지라도 압박감을 훨씬 덜 느끼고 자유로움을 훨씬 더 느끼게 되리라는 희망을 품고 있었다. 몇 번인가 보고서 초고를 쓰려고 시도했으나 쓰지 못했다. 실의가 막아섰기 때문만은 아니었다. 오른손에 근육 경련이 일어나 손가락이 오그라드는 바람에 종이 위에서 펜을 겨우 움직일 수 있었다. 치질이 다시 그를 힘들게 했다. 음식을 거의 먹지 않았고, 찰리와 마우쿠 두 하인이 그의 몸이 상해가는 것을 보고 걱정이 되어 의사를 부르자고 말했다. 하지만 불면증, 식욕부진, 좋지 않은 몸 때문에 그 역시 불안했음에도 그들의 말을 따르지 않았는데, 왜냐하면 살라베르 박사를 만나는 것이 당시로서는 단지 잊고 싶을 뿐이었던 그 모든 것을 말하고,

기억하고, 세세하게 토로해야 하는 일임을 의미했기 때문이다.

9월 28일에 그는 보트를 타고 바나나항을 향해 떠났고, 다음 날 그곳에서 다른 작은 증기선이 그와 찰리를 카빈다까지 데려다주었다. 그의 불도그 존은 마우쿠와 함께 남았다. 그가 함께 저녁식사를 한 지인들이 있었는데, 그의 상부 콩고 여행에 관해서는 몰랐기에 아무리 그들이 그가 원치 않는 것을 말하도록 강제하지 않았다 해도, 그곳에서 머무는 나흘 동안 그는 스스로 더 평온하고 안전하다고 느끼지는 못했다. 10월 3일에 도착한 루안다에서만큼은 기분이 나아지는 걸 느꼈다. 영국 영사인 미스터 브리스클리는 점잖고 친절한 사람이었고, 자기 사무실의 작은 공간을 로저에게 제공해주었다. 거기서 그는 마침내 아침저녁으로 '보고서'의 대략적인 윤곽을 그리기 시작했다.

하지만 그가 진짜로 좋아지고 있다고, 다시 예전의 자신으로 돌아가고 있다고 느끼기 시작한 것은 루안다에 도착하고 사나흘이 지난 뒤, 오전 내내 작업을 하고 난 정오에 비로소 뭔가를 먹으려고 옛 파리 카페의 탁자에 앉으면서부터였다. 리스본에서 발행된 옛 신문을 쓱 훑어보고 있을 때, 카페 앞길에서 반라의 원주민 남자 여럿이 면화로 추정되는 농산품 꾸러미가 가득 실린 짐마차의 하역 작업을 하고 있는 모습이 눈에 들어왔다. 그중 가장 젊어 보이는 한 사람이 대단히 아름다웠다. 운동선수 같은

174

몸이었고, 힘을 쓸 때마다 등과 다리와 팔뚝의 근육이 도드라졌다. 약간 파르스름해 보이는 검은 피부는 땀으로 번들거렸다. 마차에서 짐을 내려 어깨에 지고 창고 안으로 옮기느라 움직일 때 둔부를 감싸고 있던 천 쪼가리가 벌어지면서 그의 몸에 매달린 불그스름한 성기가 살짝 보였는데, 보통 사람들 것보다 더 컸다. 로저는 그 잘생긴 짐꾼의 사진을 찍고 싶다는 뜨거운 격정과 다급한 욕망을 느꼈다. 몇 개월 동안 일지 않던 감정이었다. 한 가지 생각이 그를 고무시켰다. '본래의 나로 돌아가고 있는 거야.' 그는 늘 가지고 다니던 작은 수첩에 이렇게 적었다. '매우 아름답고 크다. 나는 뒤따라가서 그를 설득했다. 우리는 어느 개간지의 거대한 양치식물 속에 몸을 숨긴 채 키스했다. 그는 내 것이었고, 나는 그의 것이었다. 나는 울부짖었다.' 로저는 뜨겁게 달아오른 채 심호흡을 했다.

그날 오후 미스터 브리스클리가 외무부에서 온 전보를 건네주었다. 외무부장관 랜즈다운 경이 그에게 당장 영국으로 돌아와 바로 런던에서 「콩고에 관한 보고서」를 작성하라고 직접 명령하는 내용이었다. 로저는 식욕을 회복했고 그날 저녁을 잘 먹었다.

'자이르' 호를 타고 리스본을 경유해 영국으로 가기 위해 루안다를 떠나기 전인 11월 6일, 그는 에드먼드 D. 모렐에게 장문의 편지를 썼다. 두 사람은 육 개월 전부터 비밀리에 편지를 주고받았다. 서로 직접 만난 적은 없었다. 처음에는 저널리스트인 그를 존경하던 허버트 워드의 편지를 통해 그의 존재를 알게 되었고, 나중에는 리버풀에 살던 모렐이 쓴 기사들, 즉 아프리카 식민지 원주민들이 학대의 희생자라는 사실을 고발하면서 콩고 자유국을 신랄하게 비판하는 기사들에 관해 보마의 벨기에 공무원들이나 우연히 마주친 사람들이 나누는 이야기를 들음으로써 알게 되었다. 그는 이종사촌 누이 거트루드를 통해 모렐이 편집한 팸플릿들을 은밀하게 입수했다. 그의 진지한 규탄에 감동받은 로저는 대담하게도 그에게 직접 편지를 써서 지를 통해 보냈다. 이미 아프리카에서 여러 해를 지내왔기에 직접 수집한 정보를 자신 역시 지지하는 모렐의 정의로운 캠페인을 위해 제공할 수 있다고 말했다. 영국 외교관이라는 신분 때문에 드러내놓고 할 수는 없었고, 그렇다보니 보마에 있는 정보 제공자의 신분이 노출되지 않도록 그들은 편지 교환에 주위를 기울여야 했다. 루안다에서 모렐에게 쓴 편지에 로저는 자신의 마지막 경험을 요약해 보냈고, 유럽에 도착하자마자 그와 접촉할 것이라고 썼다. 구대륙이 콩고를 일종의 지옥으로 탈바꿈시킨 데 대한 책임을 완벽하게 인식하고 있는 듯 보였던 유일한 유럽인을 개인적으로 만나는 일만큼 그를 희망에 부풀게 하는 것은 없었다.

런던으로 향하면서 로저는 원기, 의욕, 희망을 회복했다. 자신의 보고서가 그 공포를 종식시키는 데 매우 유용할 것이라고 다시금 확신했다. 그의 '보고서'를 기대하고 있던 외무부의 조바심이 이런 사실을 증명했다. 사실들이 그토록 광범했기에 영국 정부는 과격한 변화를 요구하고, 자국의 동맹국들을 설득하고, 콩고 같은 한 대륙을 레오폴드 2세 개인에게 넘겨준 비상식적인 양도를 폐기시키는 등 조치를 취해야 할 것이었다. 산토 토메 섬과 리스본 사이에서 '자이르' 호를 뒤흔드는 폭풍우로 승조원의 절반이 멀미와 구토에 시달렸음에도 로저 케이스먼트는 어떻게든 보고서를 계속해서 작성해나갔다. 과거에 그랬듯이 절도 있게, 그리고 사도와 같은 열의로 과업에 열중하면서 감상주의나 주관적인 고려를 배제한 채 최대한 정확하고 냉정하게 쓰고, 자신이 확인할 수 있었던 것만 객관적으로 기술하려 애썼다. 보고서가 더 정확하고 간명할수록, 더 설득력 있고 효율적이었을 것이다.

그는 얼어붙을 듯 차가운 12월 1일, 런던에 도착했다. 일단 얼스 코트에 있는 필비치 가든의 아파트에 짐을 들여놓고 쌓여 있는 편지들을 대충 훑어본 뒤 부리나케 외무부로 가야 했기에, 비 내리고 차갑고 유령 같은 그 도시를 일별할 시간이 거의 없었다. 사흘 동안 회의와 인터뷰가 계속되었다. 그는 깊이 감동했다. 의회에서 논의된 이후로 콩고 문제가 뉴스의 중심이 되었음은 의심의 여지가 없었다. 침례교회의 고발과 에드먼드 D. 모렐의 캠페인이 효과가 있었다. 모든 사람들이 정부를 향해 성명을 요구했다. 정부는 성명을 발표하기 전에 로저의 '보고서'가 완성되기를 기다리고 있었다. 로저 케이스먼트는 자신이 원하지도 않고 알지도 못한 상태에서 상황이 자신을 중요한 인물로 만들어버렸음을 깨달았다. 외무부 공무원들을 앞에 두고 한 시간씩 이뤄진 두 번의 발표에서—한 번은 아프리카국장과 차관이 참석했다—그는 자신의 말이 청중에게 미치는 효과를 알아차렸다. 처음에 미심쩍어하던 시선들이 나중에는 그가 각종 질문에 새로운 사실들을 더해 정확하게 답하자 혐오감과 놀라움을 드러냈다.

그들은 외무부에서 제법 떨어진 켄싱턴의 조용한 곳에 그의 사무실을 마련해주고, 젊고 유능한 타이피스트 미스터 조이 파도를 붙여주었다. 그는 12월 4일 금요일에 자신의 보고서를 타이피스트에게 구술하기 시작했다. 콩고에 주재하던 영국 영사가 식민지 상황을 총망라한 문서를 가지고 런던에 도착했다는 소식이 퍼졌고, 〈로이터〉 〈스펙테이터〉 〈더 타임스〉, 그리고 미국 여러 신문사의 특파원들이 그와 인터뷰하려고 애썼다. 하지만 그는 상급자들과의 협의에 따라, 정부가 그 문제에 관한 성명을 발표한 후에나 언론과 대화하겠노라고 밝혔다.

이어지는 며칠 동안 그는 오전 오후로 '보고서' 작업 외에 다른 일은 하지 않았는데, 이미 외우다시피 한 여러 수첩들의 여행

기록을 읽고 또 읽으면서 텍스트를 첨삭하고 수정했다. 정오에 샌드위치 하나만 먹고, 매일 밤 자신이 회원으로 있는 클럽 웰링턴에서 이른 저녁식사를 했다. 가끔 허버트 워드가 합류했다. 그는 옛친구와 얘기하는 것이 좋았다. 친구는 어느 날 그를 체스터 스퀘어 53번지에 있는 자신의 스튜디오로 데려가 아프리카에서 영감을 받아 작업한 건장한 조각품을 보여주어 그를 매혹시켰다. 다른 날에는 일에 대한 강박적인 걱정을 몇 시간이나마 잊게 해주려고 허버트가 그를 억지로 데리고 나와 당시 유행하던 체크무늬 재킷과 프랑스식 캡, 흰 각반이 달린 신발을 사게 했다. 그러고는 점심식사를 하러 런던의 지식인과 예술가들이 좋아하는 장소인 에펠탑 식당으로 로저를 데려갔다. 그 며칠 동안의 이러한 일들이 그의 유일한 기분전환이었다.

그곳에 도착한 후로 그는 모렐과 인터뷰할 수 있는 권한을 달라고 외무부에 요청했다. 자신이 가져온 정보 가운데 일부를 그 저널리스트와 함께 점검하고자 한다는 구실을 댔다. 12월 9일 인터뷰 허가를 얻어냈다. 그리고 그다음 날, 로저 케이스먼트와 에드먼드 D. 모렐은 처음으로 대면했다. 악수 대신 두 사람은 포옹했다. 이야기를 나누다 코미디 식당에서 저녁식사를 하고, 필비치 가든에 있는 로저의 아파트로 가서 남은 밤을 보내며 블라인드 틈새로 새날이 밝아오는 걸 깨달을 때까지 함께 코냑을 마시고, 이야기를 나누고, 담배를 피우고, 토론을 이어갔다. 열두 시간 동안 쉼없이 대화를 나누었다. 훗날 두 사람 모두 그날의 만남이 자신들의 삶에서 가장 중요했다고 말하게 될 것이다.

두 사람은 그보다 서로 다를 수가 없었다. 로저는 키가 아주 크고 아주 말랐는데, 모렐은 그보다 키가 작고 튼실하고 살이 찌는 경향이 있었다. 모렐을 볼 때마다 케이스먼트는 친구의 정장이 몸에 꽉 낀다는 느낌을 받았다. 로저는 서른아홉 살이었으나 아프리카 기후와 말라리아의 영향을 받은 체격임에도 옷차림에 신경을 썼기 때문인지 모렐보다 더 젊어 보였고, 서른두 살밖에 되지 않은 모렐은 젊었을 때 외모가 괜찮았으나 이미 반쯤 회색으로 변해버린 머리를 대충 자른데다 카이저 수염을 기르고 이글거리는 두 눈이 살짝 불거진 외관이 나이들어 보였다. 두 사람은 단지 바라보는 것만으로도 서로를 이해하고—두 사람에게는 이런 표현이 과장으로 여겨지지 않았을 것이다—사랑하게 되었다.

그 열두 시간 동안 두 사람은 쉬지 않고 무슨 이야기를 했을까? 물론 아프리카 이야기가 대부분이었을 테지만 가족, 유년 시절, 사춘기의 꿈, 이상, 열망, 그리고 의도하지 않았음에도 콩고가 어떻게 해서 자신들의 삶의 중심에 자리잡아 그 삶을 머리끝부터 발끝까지 바꿔놓았는지에 관해서도 이야기했을 것이다. 로저는 그 나라에 가본 적도 없는 사람이 그곳을 어쩌면 그리 잘 알고 있는지 깜짝 놀랐다. 그 나라의 지리, 역사, 사람, 각종 문제들에 관해서 말이다. 엘더 뎀프스터 라인(로저가 젊었을 때 리버풀에서 근무했던 바로 그 회사)의 하급 직원으로 안트베르펜 항에서 선박 검사와 화물 회계감사 업무를 맡았던 모렐이, 레오폴드 2세 폐하가 유럽과 콩고 자유국 사이에 개방한 것으로 추정되는 자유무역이 단지 불균형적이기만 한 게 아니라 한 편의 어릿광대극이었음을 이미 수년 전에 알아차린 순간 어떻게 의심이 싹트기 시작했는지에 관한 이야기에 로저는 매료당했다. 콩고를 출발해 플랑드르의 거대한 항구에 도착한 배들이 고무 여러 톤과 상당한 양의 상아, 야자유, 광물, 가죽을 하역한 뒤 콩고로는 소총, 채찍, 색유리 제품 상자만을 가져가는 그런 것이 대체 무슨 자유무역이라는 말인가?

그렇게 해서 모렐은 콩고에 관심을 갖게 되었고, 그곳으로 갔다가 유럽으로 돌아오는 사람들, 즉 상인, 공무원, 여행자, 목사, 사제, 탐험가, 군인, 경찰들을 조사하고, 그들에게 질문하고, 그 거대한 나라에 관한 것은 손에 잡히는 대로 읽기 시작함으로써, 중부 콩고와 상부 콩고 전역으로 케이스먼트가 수차례 다녀온 탐사여행과 유사한 여행을 십수 번은 한 사람처럼 콩고의 불행을 낱낱이 알게 되었다. 이때 그는 회사의 자리를 아직 내놓지 않은 채 벨기에와 영국의 여러 잡지와 신문에 편지를 보내고 기고하기 시작했는데, 처음에는 필명으로 하다 나중에는 실명으로 자신이 발견한 것을 고발하고, 레오폴드 2세에게 봉사하는 대서사代書士들이 세상에 제공했던 목가적 이미지의 허구성을 각종 자료와 증언을 통해 폭로했다. 수년간 이 작업을 해오면서 그는 각종 기사, 팸플릿, 서적을 출간하고 교회, 문화센터, 정치 조직 등에서 강연했다. 그의 캠페인은 이미 불이 붙어 있었다. 이제 많은 사람들이 그를 지원했다. '이것 역시 유럽이야.' 로저 케이스먼트는 그 12월 10일에 여러 차례 생각했다. '우리가 아프리카로 보내는 것은 식민지 개척자, 경찰, 범죄자들만이 아니야. 유럽은 이처럼 맑고 모범적인 정신이기도 한데, 이런 정신의 소유자는 에드먼드 D. 모렐 같은 사람이지.'

그때부터 두 사람은 자주 만나서 자신들을 고무시키던 그 대화를 계속해서 이어갔다. 그들은 서로를 애칭으로 부르기 시작했다. 로저는 '호랑이'였고, 에드먼드는 '불도그'였다. 그러던 어느 날의 대화에서 콩고개혁협회라는 단체 설립에 대한 아이디어가 나왔다. 후원자와 지지자를 모으는 과정에서 얻은 광범위한 지지에 두 사람 모두 놀랐다. 사실 그들이 협회를 위해 도움을 청했던 정치가, 저널리스트, 작가, 종교인, 그리고 유명인사들 가운데 그 요청을 거부한 사람은 거의 없었다. 그렇게 해서 로저 케이스먼트와 앨리스 스톱포드 그린이 만나게 되었다. 허버트 워드가 두 사람을 소개한 것이다. 앨리스는 협회에 돈, 자신의 이름, 시간을 내준 첫번째 여성들 가운데 하나였다. 조지프 콘래드 역시 그렇게 했고, 많은 지식인과 예술가들이 그의 뒤를 따랐다. 그들은 기금과 존경할 만한 인사들을 모으고, 이내 여러 교회, 문화센터, 인도주의 센터에서 공공활동을 개시해, 콩고의 진짜 상황에 여론이 눈을 뜰 수 있도록 증언들을 소개하고 토론회를 추진하고 각종 출판활동을 펼쳤다. 로저 케이스먼트는 외교관 신분 때문에 협회 운영에 공식적으로 자신을 드러낼 수 없었지만, 마침내 외무부에 보고서를 제출하고 난 뒤에는 일단 모든 여가 시간을 협회 운영에 바쳤다. 그동안 저축한 돈의 일부와 급료를 협회에 기부했고, 많은 사람에게 편지를 보내고 그들을 방문했으며, 상당수의 외교관과 정치가들로 하여금 모렐과 자신이 수호하는 대의의 발기인이 되도록 했다.

수년 뒤 로저 케이스먼트가 1903년 말의 그 열기 넘치던 몇 주와 1904년의 첫 몇 주를 떠올릴 때, 자신에게 가장 중요한 건, 영국 왕의 정부가 그의 '보고서'를 발표하기 전이나 또는 그보다 훨씬 뒤 레오폴드 2세에게 봉사하는 요원들이 그를 벨기에의 적이자 명예를 훼손하는 사람이라며 언론에서 공격하기 시작했을 때 치르게 된 유명세가 아니라, 모렐과 협회와 허버트 덕분에 앨리스 스톱포드 그린을 만난 일이었다고 스스로 말하게 될 것이었다. 그는 그때부터 그녀의 가장 친한 친구이자, 스스로 자랑스러워했다시피 그녀의 제자가 되었다. 첫 순간부터 그들 사이에는 세월이 흐르면서 더 깊어질 수밖에 없었던 상호 이해와 호의가 싹텄다.

두세 번쯤 로저와 앨리스 스톱포드 그린이 단둘이 있게 되었을 때, 신자가 고해신부에게 그러듯이 로저는 그 새 친구에게 마음을 열었다. 자신과 마찬가지로 아일랜드계 프로테스탄트 가정 출신인 그녀에게 그는 당시까지 아무에게도 하지 않았던 이야기들을 용기내 털어놓았다. 즉, 불의와 폭력과 더불어 지낸 콩고에서 그는 식민주의라는 크나큰 거짓말을 발견했으며, 자신은 '아일랜드인'임을, 다시 말해 아일랜드를 착취하고 약화시켰던 제국에 점령당하고 유린당한 나라의 시민임을 느끼기 시작했다고 말이다. 그는 아버지의 가르침을 되뇌면서 자신이 말하고 믿었던 수많은 것에 부끄러움을 느꼈다. 그리고 바로잡겠다고 맹세했다. 콩고 덕분에 아일랜드를 발견하게 된 지금, 그는 진정한 아일랜드인이 되고 싶다고, 조국을 알고 싶고 조국의 전통과 역사와 문화를 습득하고 싶다고 했다.

다정하게, 약간은 모성적으로 앨리스는—그녀는 로저보다 열일곱 살이 많았다—사십대인 그가 열정에서 비롯된 어린아이 같은 충동에 휩싸여 있다고 이따금 질책했지만, 그러면서도 충고와 책과 대화를 통해 그를 도왔는데, 비스킷이나 크림과 마멀레이드를 바른 스콘을 곁들여 차를 마시며 나누는 대화는 그에게 마스터클래스였다. 1904년 초의 몇 달간 앨리스 스톱포드 그린은 그의 친구이자 교사이자 오래된 과거로 그를 이끄는 인도자였다. 그 과거에는, 국민성을 말살하려는 제국의 노력에도 불구하고 프로테스탄트든 가톨릭이든, 신자든 불신자든, 자유파든 보수파든 아일랜드인이라면 누구든 자신들의 언어와 존재방식과 관습을 비롯해 자신들이 수호하는 데 자부심과 의무감을 느끼는 무언가를 계속해서 지켜온 민족의 전통을 만들어내기 위한 역사와 신화와 전설이—현실과 종교와 픽션이—한데 뒤섞여 있었다. 로저의 영혼을 진정시키고, 상부 콩고로의 여행이 유발한 도덕적인 상처들을 치유하는 데 모렐, 그리고 앨리스와 맺은 우정만큼 그에게 도움이 된 것은 없었다. 그 여성 역사가는 외무부에 삼 개월간 휴가를 요청하고 막 더블린으로 떠나려는 로저에게 어느 날 작별인사를 하며 이렇게 말했다.

"당신 유명인사가 되었다는 걸 알아요, 로저? 여기 런던에서 모든 사람들이 당신 얘기를 해요."

그는 결코 허영기 있는 사람이 아니었기에 그것이 그를 우쭐하게 만들지는 않았다. 하지만 앨리스는 진실을 말하고 있었다. 영국 정부가 그의 '보고서'를 출간함으로써 언론, 의회, 정치계급, 여론에 엄청난 반향이 일었다. 벨기에의 공식 지면들과 레오 폴드 2세의 선전원인 영국의 가십 칼럼니스트들이 그를 향해 쏟아낸 공격은 인도주의적이고 정의로운 대투쟁가라는 그의 이미지를 더욱 공고하게 만들 뿐이었다. 그는 언론과 인터뷰를 했고, 공청회와 사설 클럽에 초대받았으며, 자유주의 및 반식민주의자들의 살롱으로부터 초대가 빗발쳤고, 그의 '보고서', 그리고 정의와 자유라는 대의에 대한 그의 헌신을 열렬히 칭송하는 전단지와 기사들이 등장했다. 콩고 캠페인은 새로운 추동력을 얻게 되었다. 언론, 교회, 영국 사회의 가장 진보적인 단체들은 그 '보고서'가 폭로한 사실들에 커다란 공포와 충격을 느끼고, 벨기에인들의 왕에게 콩고를 넘겨주기로 한 서구 국가들의 결정이 철회되도록 영국이 동맹국들에게 부탁할 것을 요구했다.

이런 갑작스러운 명성에 압도된 상태로—사람들이 극장과 식당에서 그를 알아보았고, 거리에서는 그를 가리키며 호감을 드러냈다—로저 케이스먼트는 아일랜드로 떠났다. 더블린에서 며칠을 지냈으나 곧이어 얼스터로, 북 앤트림으로, 그리고 유년기와 사춘기를 보냈던 맥헤린템플하우스로 향했다. 그 집은 1902년에 타계한 그의 종조할아버지 존의 아들이자 그와 이름이 같은 로저 당숙이 물려받았다. 종조할머니 샤를로테가 아직 생존해 있었다. 그녀는 다른 친척, 사촌, 조카들과 마찬가지로 로저를 아주 친절하게 맞이했다. 하지만 그는 흔들림 없는 영국 예찬자들인 부계 친척들과 자신 사이에 보이지 않는 거리감이 생겼다는 것을 느꼈다. 그럼에도 회색 돌로 지은 오래된 대저택 맥헤린템플의 전원 풍경이 그를 골수까지 감동시켰다. 저택은 소금기와 바람에 강한 플라타너스나무들로 둘러싸여 있었는데, 초원을 이루는 담쟁이, 미루나무, 느릅나무, 복숭아나무가 다시 그 플라타너스들을 휩싸고 있었다. 초원에서는 양들이 거닐었고, 저멀리 바다에는 래틀린 섬이, 그리고 눈처럼 하얀 작은 집들로 이뤄진 해변 마을 밸리캐슬이 보였다. 그는 가축우리들, 집 뒤편의 과수원, 사슴뿔들로 벽을 장식한 넓은 방들, 혹은 고색창연한 마을인 커셴던과 커셴달을 돌아다녔는데, 여러 세대의 선조들이 묻혀 있는 그 마을들에서는 어린 시절의 추억이 되살아나 향수에 흠뻑 젖었다. 하지만 조국에 대한 새로운 생각과 느낌이 몇 개월간 지속될 이번 체류를 그에게 또다른 커다란 모험으로 만들어주었다. 상부 콩고 여행과는 다른 즐겁고 자극적인 모험으로, 그 모험을 하는 동안 그는 허물을 벗는 듯한 기분을 느낄 것이었다.

그는 앨리스가 추천해준 책, 문법서, 에세이 등을 잔뜩 가져갔고, 아일랜드의 전통과 전설에 관한 것을 읽으며 많은 시간을 보냈다. 처음에는 게일어를 독학해보려 했으나 그렇게 해서는 결코 배울 수 없다는 것을 깨닫고 어느 교사의 도움을 받아 일주일에 두어 번씩 수업을 들었다.

하지만 무엇보다 그는 앤트림 카운티의 새로운 사람들과 사귀기 시작했는데, 그들도 그처럼 얼스터 출신에 프로테스탄트였지만 합방주의자는 아니었다. 반대로 그들은 옛 아일랜드의 특성을 유지하기를 원했고, 아일랜드의 영국화에 반대하는 투쟁을 했으며, 옛 아일랜드의 말과 전통적인 노래와 관습으로 회귀하는 것을 옹호하고, 영국 군대의 아일랜드 대상 모병에 반대하고, 아일랜드가 파괴적인 근대 산업화로부터 자유롭게, 영국 제국주의에서 해방되어 홀로 목가적이고 전원적인 삶을 향유하기를 꿈꾸었다. 그렇게 로저 케이스먼트는 게일어와 아일랜드 문화를 장려하는 게일연맹에 참여하게 되었다. 게일연맹의 '모토'는 '신 페인(우리끼리)'이었다. 1893년 더블린에서 게일연맹이 설립되었을 때, 총재 더글라스 하이드는 자신의 연설에서 당시까지 "게일어로 된 책이 단 여섯 권 출간됐다"라고 청중에게 상기시켰다. 로저 케이스먼트는 하이드의 후임이자 유니버시티 칼리지의 아일랜드 고대사 및 중세사 교수인 이오인 맥닐을 만나 친구가 되었다. 그는 신 페인이 후원하는 독서 모임, 강연, 낭송회, 행진, 학술대회, 그리고 국가 영웅들의 기념상 제막식에 참석하기 시작했다. 그리고 자신이 즐겨 흥얼거리던 옛 아일랜드 민요에서 차용한 '샨 반 보츠트(가난한 노파)'라는 필명으로 아일랜드 문화를 옹호하는 정치적인 기사를 써서 발표하기 시작했다. 동시에 여성들로 이뤄진 한 그룹과 아주 가까워졌는데, 그 여성들 가운데는 갈고름의 성주 부인 로즈 모드 영, 아다 맥닐, 그리고 마거릿 돕스가 있었고, 그녀들은 앤트림의 마을들을 돌아다니며 아일랜드의 민간에 전승되던 옛 전설을 채록했다. 이들 덕분에 그는 민속 박람회에서 어느 '시엔차이', 즉 유랑 만담가의 이야기를 듣게 되었는데, 물론 그가 하는 말 가운데 겨우 한두 마디만 알아들을 수 있었다.

어느 날 밤 맥헤린템플하우스에서 로저 당숙과 함께 한 토론에서 흥분한 케이스먼트는 단언했다. "저는 아일랜드인으로서 대영제국을 싫어하는 겁니다."

그다음날 그는 아가일의 공작으로부터 편지 한 통을 받았는데, 국왕 폐하의 정부가 콩고에서의 그의 탁월한 봉사를 기려 성 마이클-성 조지 훈장*을 서훈하기로 결정했다는 내용이었다. 로저는 무릎 상태가 좋지 않아 왕 앞에서 무릎을 꿇을 수 없다고 주장함으로써 훈장 수여식에 참석하는 것을 면했다.

---

* 조지 4세가 부왕 조지 3세 대신 섭정하던 시기인 1818년 4월 28일에 제정된 영국의 기사단 훈장. 영국의 6개 상급 훈장 가운데 하나로, 뛰어난 공적을 세운 영국 연방의 외교관에게 수여된다.

VII

"당신은 나를 미워하는데, 그건 감출 수가 없어요." 로저 케이스먼트가 말했다 셰리프는 잠시 놀라는가 싶더니, 순간 그 부석부석한 얼굴이 찡그린 표정으로 변하며 수긍했다.

"감출 이유가 없지." 그가 중얼거렸다. "하지만 당신이 틀렸소. 난 당신을 미워하지 않아. 당신을 경멸해요. 배반자들은 경멸받아 마땅하니까."

그들은 감옥의 검게 변한 벽돌 복도를 따라 면회실로 걸어가고 있었는데, 면회실에서는 가톨릭 지도사제인 캐레이 신부가 죄수를 기다리고 있었다. 케이스먼트는 창문 격자들 사이로 부풀어오른 새까만 구름 조각들을 보았다. 저기 저 밖의 캘리도니언 로드와 수세기 전 곰들이 우글거리는 이들 숲에서 고대 로마의 첫번째 군단병들이 통과해 행군했던 로만 웨이로 비가 내리고 있을까? 그는 인근 이슬링턴 대공원 중앙의 시장에서 폭풍우에 흠뻑 젖어 요동을 치고 있을 상품 진열대와 점포들을 상상했다. 우비와 우산으로 비를 피하며 물건을 사고파는 사람들을 생각하면서 그는 질투심이 솟구치는 것을 느꼈다.

"당신은 모든 것을 가진 사람이었소." 셰리프가 로저의 등뒤에서 툴툴거렸다. "외교관 직책. 훈장. 왕은 당신에게 작위를 주었고. 그런데도 당신은 독일인에게 자신을 팔았소. 참으로 비열하게도. 배은망덕하게도."

그는 잠시 말을 그쳤고, 로저에게는 그가 한숨을 쉬는 것처럼 보였다.

"저 참호에서 죽은 내 아들 생각을 할 때마다, 당신이 그 아이를 죽인 자들 가운데 하나라고 혼잣말을 한다오, 케이스먼트 씨."

"아들을 잃었다니 참으로 유감입니다." 로저가 고개를 돌리지 않은 채 대꾸했다. "당신이 내 말을 믿지 않으리라는 건 알지만 나는 지금까지 단 한 사람도 죽이지 않았소."

"이제 더는 그렇게 할 시간도 없을 거요." 셰리프가 선고했다. "하느님 덕분에."

두 사람은 면회실 문에 다다랐다. 셰리프는 면회실 밖의 당직 교도관 옆에 머물렀다. 지도사제의 면회만이 비공개로 이뤄졌고, 그 외 모든 면회에는 면회실에 늘 세리프나 교도관이, 가끔은 두 사람이 함께 있었다. 로저는 눈에 익은 지도사제의 실루엣을 보자 반가운 마음이 들었다. '파더' 캐레이가 로저를 맞으러 다가와 악수를 청했다.

"제가 조사해보았더니 답이 나왔습니다." 사제가 미소를 지으며 그에게 알렸다. "당신의 기억이 정확합니다. 정말로 당신은 저 게일의 릴 본당에서 어렸을 때 영세를 받았더군요. 세례 기록부에 나와 있어요. 영세식에는 어머니와 이모 두 분이 참석하셨죠. 그러니 가톨릭교회에 재입교할 필요가 없어요. 당신은 늘 그 안에 있었으니까요."

로저 케이스먼트가 동의했다. 평생 그와 함께해왔던 그 아득한 인상이 정말로 정확했던 것이다. 그의 어머니는 여러 번 게일 여행을 다녀오면서 언젠가 아들에게 아버지 모르게 영세를 받게 했다. 그는 그 비밀이 자신과 어머니 앤 젭슨 사이에 만들어준 공모의식을 즐겼다. 이런 식으로 자기 자신, 어머니, 그리고 아일랜드와 더더욱 일치된다고 느꼈기 때문이다. 마치 가톨릭에 가까워지는 것이, 온갖 실수와 실패를 포함해 최근 몇 년간 자신이 행하고 시도해온 모든 것에 대한 자연스러운 결과라도 되는 듯 말이다.

"저는 토마스 아 켐피스를 읽어왔습니다, 캐레이 신부님." 그가 말했다. "예전에는 독서에 거의 집중할 수 없었습니다. 그런데 요 며칠 동안은 그게 되네요. 하루에 몇 시간씩 말입니다. 『그리스도를 본받아』는 아주 멋진 책입니다."

"제가 신학교에서 공부할 때 우리는 토마스 아 켐피스를 많이 읽었습니다." 사제가 동의했다. "특히 『그리스도를 본받아』를요."

"어떻게든 그 책에 몰입하면 한결 차분해지는 걸 느낍니다." 로저가 말했다. "마치 이 세상에서 떨어져나와 아무런 걱정 없이 다른 세상으로, 온전히 영적인 어느 현실로 들어가는 것처럼 말입니다. 저기 독일에서 제게 그 책을 적극적으로 추천해주셨던 크로티 신부님 말씀이 맞았습니다. 당신이 그토록 존경하는 토마스 아 켐피스를 제가 어떤 상황에서 읽게 될지는 결코 상상하지 못하셨겠죠."

최근 면회실에 작은 벤치가 하나 비치되었다. 두 사람은 벤치에 앉았다. 서로의 무릎이 맞닿았다. '파더' 캐레이는 런던의 교도소들에서 이십 년 이상 지도사제 일을 해오고 있으며, 수많은 사형수들의 마지막까지 함께했다. 수감자들과 끊임없이 이어온 교제도 그의 성정을 냉혹하게 만들지는 못했다. 사제는 사려 깊고 세심한 사람으로, 로저 케이스먼트는 그를 처음 만났을 때부터 호감을 느꼈다. 그는 사제가 자신에게 상처될 만한 말을 하는 것을 단 한 번도 들은 기억이 없었다. 반면 그가 질문하거나 대화할 때는 사제가 극도로 섬세하게 신경을 써주었다. 사제 곁에 있으면 늘 기분이 좋았다. 캐레이 신부는 키가 크고 앙상하게 말랐으며, 흰 피부에 뾰족한 회색빛 수염이 턱을 일부 덮고 있었다. 웃을 때조차 두 눈은 방금 전에 울기라도 한 듯이 항상 촉촉하게 젖어 있었다.

"크로티 신부는 어떤 분이셨나요?" 사제가 로저에게 물었다. "제가 보기에 두 분이 독일에서 잘 지내신 것 같은데요."

"'파더' 크로티가 안 계셨더라면 림부르크 수용소에서 보낸 그 몇 개월 동안 저는 미쳐버렸을 겁니다." 로저가 수긍했다. "그분은 신부님과는 외모가 아주 달랐어요. 키는 더 작고 체구는 더 건장한데다 피부가 신부님처럼 창백하지 않고 얼굴이 불그스레했는데, 맥주라도 한잔하시면 훨씬 더 붉어졌어요. 하지만 다른 관점에서 보자면 신부님과 많이 닮으셨지요. 두 분 다 관대하시다는 점에서요."

크로티 신부는 독일인들이 림부르크에 세운 전쟁포로수용소로 바티칸 당국이 로마에서 파견한 아일랜드 도미니코 수도회의 사제였다. 그의 우정은 로저가 포로들 중에서 아일랜드 여단에 필요한 자원병을 모집하려 애쓰던 1915년과 1916년의 그 몇 달 간 그에게 구명뗏목과 같았다.

"그분은 실망에 면역이 된 분이었어요." 로저가 말했다. "저는 그분이 환자들을 방문하실 때, 성사를 하실 때, 림부르크 포로들에게 로사리로 기도를 해주실 때 함께했어요. 민족주의자이기도 하셨죠. 물론 저보다는 덜 열성적이셨지만요. '파더' 캐레이."

사제는 씩 웃었다.

"크로티 신부님이 저를 가톨릭으로 이끌려고 애쓰셨다고는 생각지 마세요." 로저가 덧붙였다. "대화할 때면 개종시키려 한다는 느낌을 받지 않도록 제게 굉장히 조심하셨어요. 그런 생각은 여기 이 안에서 저절로 생겨났습니다." 그가 자기 가슴을 만졌다. "신부님께 이미 말씀드렸다시피 저는 결코 독실한 사람이 아니었어요. 어머니가 돌아가신 뒤로 제게 종교는 무감동적이고 부차적인 게 되었으니까요. 제가 신부님께 말씀드렸던, 삼 개월 열흘에 걸쳐 콩고 내륙을 여행하고 난 1903년 이후에야 비로소 기도를 다시 시작했습니다. 그렇게 해서 인간은 신앙 없이 살 수 없다는 것을 알게 되었습니다."

그는 자신의 목소리가 잠기는 것을 느껴 말을 그쳤다.

"그분이 당신에게 토마스 아 켐피스에 관해 얘기하시던가요?"

"그분은 토마스 아 켐피스에게 푹 빠져 계셨습니다." 로저가 수긍했다. "크로티 신부님은 당신이 소장하던 『그리스도를 본받아』를 제게 주셨어요. 하지만 그때는 그 책을 읽을 수 없었습니다. 당시 며칠 동안 걱정이 많아 그 책에 신경쓸 겨를이 없었거든요. 저는 그 책을 제 옷가지들과 함께 여행가방에 넣어 독일에 두고 왔습니다. 잠수함에는 그런 짐을 싣는 게 허용되지 않았으니까요. 그런데 다행히도 신부님께서 제게 그 책을 한 권 구해주셨던 겁니다. 끝까지 다 읽을 시간이 제게 허락되지 않을까봐 두렵습니다."

"영국 정부는 아직 아무것도 결정하지 않았습니다." 사제가 그를 타이르듯 말했다. "희망을 잃으면 안 됩니다. 저기 밖에 당신을 아끼는 사람들이 많아요. 당신에 대한 사면 청원이 받아들여지도록 그들이 엄청나게 애쓰고 있어요."

"그건 이미 잘 알고 있습니다, '파더' 캐레이. 어찌되었든 신부님께서 저를 준비시켜주시면 좋겠습니다. 가톨릭교회로부터 정식으로 인정받고 싶습니다. 성사를 받고. 고백성사를 하고. 영성체를 하고."

"그렇게 하기 위해 제가 여기 있는 겁니다, 로저. 확신하건대, 당신은 이미 이 모든 것을 위한 준비가 되어 있어요."

"한 가지 의구심이 저를 아주 힘들게 합니다." 로저가 사제 외에 다른 사람이 혹여 들을까 목소리를 낮추며 말했다. "제가 두려움 때문에 그리스도께 귀의하는 것처럼 보이지 않을까요? '파더' 캐레이, 실은 두렵습니다. 아주 두렵다고요."

"그분은 당신과 나보다 더 현명하십니다." 사제가 말했다.

"저는 한 사람이 두려움을 느끼는 걸 그리스도께서 나쁘게 보실 거라고는 생각하지 않아요. 그리스도께서도 갈보리로 가시는 길에 분명 두려움을 느끼셨을 겁니다. 그게 가장 인간적인 거니까요, 그렇잖아요? 우리는 모두 두려움을 느끼고, 두려움은 우리의 조건 중 일부입니다. 이따금 무력함과 두려움을 느낄 정도의 감수성만 우리에게 있다면 충분합니다. 가톨릭교회에 대한 당신의 접근은 순수해요, 로저. 저는 그걸 압니다."

"저는 지금까지 죽음을 두려워한 적이 없습니다. 가까이서 수없이 죽음을 보았습니다. 맹수들이 가득한 거칠고 황량한 곳을 탐험하던 콩고에서. 아마존에서는 소용돌이가 가득한 강과 에워싸는 무법자들을 맞닥뜨렸을 때. 불과 얼마 전에는, 트랄리의 반나 스트랜드에서 잠수함에서 내렸을 때 우리가 탄 보트가 전복되어 익사할 지경이 되었을 때 그랬습니다. 저는 죽음이 아주 가까이에 있음을 자주 느껴왔습니다. 그렇지만 두렵지는 않았습니다. 그런데 지금은 그래요, 두렵습니다."

목소리가 끊겼고, 그는 눈을 감았다. 며칠 전부터 그 급습하는 두려움이 피를 얼어붙게 하고 심장을 멈추게 하는 것 같았다. 온몸이 벌벌 떨렸다. 진정하려 애써도 아무 소용이 없었다. 이가 딱딱 부딪히는 게 느껴졌고, 이제는 공포심에 수치심이 더해졌다. 눈을 떠보니 캐레이 신부가 두 손을 맞잡은 채 눈을 감고 있었다. 사제는 입술을 거의 움직이지 않으며 고요히 기도하고 있었다.

"이제 지나갔습니다." 그가 멍하니 중얼거렸다. "저를 용서해주시기 바랍니다."

"저 때문에 불편하게 생각하실 필요는 없습니다. 두려워하고 우는 건 인간이기에 그런 것이니까요."

이제 그는 다시 차분해졌다. 펜턴빌 교도소에는 거대한 옥사 세 채와 그 박공지붕 건물들 안의 죄수와 교도관들이 모두 죽거나 잠들기라도 한 듯 깊은 침묵이 흘렀다.

"사람들이 저를 두고 말하는 듯한 그 구역질나는 것들에 관해 제게 아무것도 묻지 않아주셔서 감사합니다. '파더' 캐레이."

"저는 그런 것에 관해 읽은 적이 없습니다, 로저. 누군가 그런 이야기를 하려 했을 때는 제가 조용히 시켰지요. 그게 뭔지 알지도 못하고, 알고 싶지도 않으니까요."

"저 역시도 모릅니다." 로저가 미소를 지었다. "여기서는 신문을 읽을 수 없으니까요. 제 변호사의 조수 얘기로는, 그 내용이 참으로 추잡스러워서 사면 청원을 위기로 몰아넣었다고 하더군요. 퇴보적이고 끔찍하게 비열해 보입니다."

캐레이 신부는 예의 차분한 표정으로 그의 말에 귀기울였다. 펜턴빌 교도소에서 처음으로 대화하던 날, 그는 자신의 친조부모가 서로 게일어로 얘기하다가도 자식들이 다가오는 것을 보면 영어로 바꿔 말했다는 일화를 로저에게 들려주었다. 그 사제 또한 옛 아일랜드어를 배우지 못했던 것이다.

"제가 무엇 때문에 기소를 당했는지 저는 모르는 게 더 나은 것 같습니다. 앨리스 스톱포드 그린은 그것이, 제 사면 청원에 호의적인 집단들에서 보이는 동정심을 억누르기 위해 정부가 기획한 작전이라 생각하고 있습니다."

"정치 세계에서는 그 어떤 것도 배제될 수 없습니다." 사제가 말했다. "정치가 인간의 행위 가운데 가장 깨끗한 것은 아니니까요."

신중하게 면회실 문을 두드리는 소리가 들린 뒤 문이 열렸고 셰리프의 두툼한 얼굴이 나타났다.

"오 분 더 드리겠습니다. 캐레이 신부님."

"교도소장이 내게 반시간을 허락해주었는데요. 못 들었습니까?"

셰리프가 놀라는 표정을 지었다.

"그렇게 말씀하시니 믿겠습니다." 그가 사과했다. "그럼 방해해서 죄송합니다. 이십 분 남았습니다."

그가 사라지고 면회실 문이 다시 닫혔다.

"아일랜드 소식이 더 있습니까?" 로저가 서둘러 대화의 주제를 바꾸고 싶다는 듯이 갑작스레 물었다.

"보아하니 총살형이 중지된 것 같습니다. 그곳뿐만 아니라 여기 영국에서도 즉결처분에 관한 여론이 아주 비판적이었죠. 이제 정부는 부활절 봉기에서 체포된 사람 전원이 법정에 서게 될 것이라고 발표했습니다."

로저 케이스먼트는 딴생각에 잠겼다. 역시 격자형 창살이 달린 창을 쳐다보고 있었다. 자그마한 사각형의 잿빛 하늘이 보일 뿐이었고, 그는 거대한 역설을 생각했다. 그는 아일랜드의 급진적인 분리독립 시도를 위해 무기를 들여온 혐의로 재판에 회부되어 형을 선고받았는데, 사실을 말하자면 그는 실패할 것이 확실한 봉기가 준비되고 있다는 걸 안 이후부터 그 봉기를 그만두게 하려고, 독일에서 트랄리의 해변까지 그 위험하고 어쩌면 터무니없을 여행에 착수했던 것이다. 모든 역사가 그럴까? 학교에서 배웠던 역사도? 역사가들에 의해 쓰인 역사는? 역사란 거칠고 모진 현실에서 다양한 계획, 영고성쇠, 음모, 우연한 사건, 우연의 일치, 복잡한 이해관계, 즉 역사의 주역들이 기대했거나 겪었던 것과 비교해볼 때 늘 뜻밖이었고 놀라움이었던 각종 변화, 동요, 발전, 후퇴를 야기해왔던 것들이 혼란스럽게 제멋대로 뒤섞여 있는 것을, 어느 정도는 목가적이고 이성적이고 일관성 있게 조립한 것이다.

"제가 부활절 봉기의 주도자들 가운데 하나로 역사에 기록될 것 같습니다." 로저가 비꼬듯 말했다. "그 반란을 중지시켜보고자 목숨을 걸고 여기로 왔다는 사실은 신부님과 제가 알고 있고요."

"그래요, 당신과 나, 그리고 또 한 분이 있죠." '파더' 캐레이가 한 손가락으로 위를 가리키면서 웃었다.

"이제 마침내 기분이 나아졌습니다." 로저도 웃었다. "급작스러웠던 공포도 사라졌습니다. 아프리카에서 저는 흑인과 백인을 막론하고 극도의 절망으로 급격하게 위기에 빠져드는 경우를 자주 보았습니다. 덤불 한가운데서 길을 잃었을 때. 아프리카 짐꾼들이 적의 영토라고 여기는 곳으로 들어섰을 때. 강 한가운데서 카누가 전복되었을 때 그랬습니다. 또는 마을에서 가끔씩 무당들이 주도하는 노래와 춤으로 이뤄진 의식에서도 그랬지요. 이제 저는 공포에 의해 방아쇠가 당겨지는 그런 환각 상태가 어떤 것인지 알고 있습니다. 신비주의자들의 망아지경이 그럴까요? 접신을 유발하는 자아의 정지 상태, 즉 그 모든 육욕의 반사작용이 유보된 상태랄까요?"

"불가능한 건 아닙니다." 캐레이 신부가 말했다. "아마도 신비주의자들과 그런 망아지경의 상태를 체험하는 모든 이들이 통과하는 길은 동일할 겁니다. 시인, 음악가, 주술사들 말입니다."

두 사람은 한동안 말이 없었다. 로저는 이따금 곁눈질로 사제를 살폈는데 그는 눈을 감은 채 미동도 없었다. '나를 위해 기도하고 계시는군.' 로저는 생각했다. '자비로운 분이야. 교수대에서 죽어갈 사람들을 돕는 일로 삶을 보낸다는 것이 끔찍할 텐데.' 콩고에도 아마존에도 다녀온 적이 결코 없지만 캐레이 신부는 인간의 잔인성과 절망이 도달할 수 있는, 그 현기증나는 극단적인 상황들을 로저처럼 잘 이해하고 있음에 틀림없었다.

"저는 여러 해 동안 종교에 무관심했습니다." 로저가 마치 혼잣말하듯 매우 느리게 말했다. "하지만 결코 신에 대한 믿음을 버리지는 않았습니다. 삶의 일반적인 원칙 속에서 말입니다. 사실이 이러함에도 '파더' 캐레이, 저는 기겁하며 자주 저 자신에게 묻습니다. '어떻게 하느님은 일이 그런 식으로 이뤄지도록 허락하실 수 있을까?' '수천 명의 남자, 여자, 아이들이 그런 공포를 겪도록 묵인하시는 하느님은 어떤 종류의 하느님일까?' 이해하기가 어렵습니다, 그렇죠? 신부님은 교도소에서 많은 것들을 보아오셨을 텐데, 가끔 이런 질문을 하지 않으십니까?"

어느새 눈을 뜬 캐레이 신부는 긍정도 부정도 하지 않은 채 평소와 같은 정중한 태도로 로저의 말에 귀기울였다.

"채찍을 맞고 사지가 잘린 그 불쌍한 사람들, 손과 발이 잘린 그 어린이들이 굶주림과 병으로 죽어가고 있습니다." 로저가 읊어댔다. "멸종할 때까지 착취당하고 또 살해당하는 그 존재들 말입니다. 수천, 수만, 수십만의 존재들. 기독교적인 교육을 받은 사람들로부터 당하는 일입니다. 저는 그들이 그런 죄악을 저지르기 전과 후로 미사에 가고 기도하고 영성체를 하는 것을 보아왔습니다. 여러 날 동안 저는 저 자신이 미쳐버릴 거라고 생각했습니다, 캐레이 신부님. 아마도 아프리카와 푸투마요에서 보낸 그 몇 년 동안 이성을 잃었던 것 같습니다. 그후로 제게 일어난 모든 일은, 스스로 깨닫지 못하고 있었을지라도, 미치광이가 되어버린 누군가의 작품이었습니다."

이번에는 지도사제도 아무 말이 없었다. 그는 로저가 항상 고맙게 여기는 예의 호의적인 표정으로 인내심 있게 듣고 있었다.

"기묘하게도, 제가 엄청나게 사기가 저하되었던 그 시기에, 하느님은 어떻게 그토록 많은 범죄를 허락하실 수 있는 건지 자문하면서 다시 종교에 관심을 갖게 된 곳이 바로 그곳 콩고였다고 생각합니다." 로저가 계속했다. "제정신을 유지하는 것처럼 보였던 사람들이라고는 일부 침례교 목사와 가톨릭 선교사들뿐이었기 때문입니다. 물론 모두는 아니었고요. 많은 사람들이 자기들 눈 밖에서 일어나는 일은 보고 싶어하지 않았습니다. 하지만 몇몇 사람들은 불의를 멈추기 위해 할 수 있는 일을 했습니다. 일부 진정한 영웅들이지요."

그는 말을 그쳤다. 콩고와 푸투마요를 떠올리는 것은 그에게 해로웠다. 영혼에 가라앉은 진흙을 휘저어 그를 고통으로 몰아

넣는 이미지들을 되살렸기 때문이다.

"불의, 고문, 범죄." 캐레이 신부가 중얼거렸다. "그리스도께서 당신의 살로 이런 것들을 감당하시지 않았던가요? 그분께서는 당신의 상태를 그 누구보다 더 잘 이해하십니다, 로저. 당신에게 일어난 일들이 물론 제게도 이따금 일어납니다. 모든 신자들에게 그러하리라고 저는 확신해요. 물론 어떤 일들은 이해하기가 어렵죠. 우리의 이해력이 제한적이니까요. 우리는 실수할 수도 있고 불완전하죠. 하지만 이것만은 말씀드릴 수 있습니다. 당신은 다른 모든 인간들처럼 수많은 실수를 했어요. 하지만 콩고와 아마존에 관해서는 자책할 필요가 전혀 없습니다. 당신의 작업은 뛰어나고 용감했어요. 많은 사람들의 눈을 뜨게 했고 거대한 불의를 바로잡을 수 있도록 도움을 주었어요."

'내 명성을 무너뜨릴 목적으로 전개된 이 캠페인이 내가 할 수도 있었을 좋은 것들을 모조리 파괴하고 있어.' 그는 생각했다. 그것은 그가 건드리고 싶지 않았던 주제, 머리에 떠오를 때마다 떨쳐내던 주제였다. 캐레이 신부의 방문이 좋았던 건 그 지도사제와는 자신이 원하는 것에 관해서만 대화를 했기 때문이었다. 사제의 분별력은 완벽했고, 그래서 로저를 힘들게 할 수 있는 모든 것을 가려내는 것처럼 보였고, 그것들을 막아주었다. 때때로 두 사람은 오랫동안 한마디도 나누지 않을 때가 있었다. 그럼에도 사제가 나타나는 것만으로 로저의 마음이 차분해졌다. 그가 떠나고 나면 로저는 체념한 듯 몇 시간씩 고요히 있곤 했다.

"만약 사면 청원이 거부된다면, 신부님께서 마지막까지 제 곁에 함께 계시겠습니까?" 로저가 사제를 보지 않은 채 물었다.

"물론입니다." 캐레이 신부가 말했다. "그건 생각하지 마세요. 아직 아무것도 결정된 게 없습니다."

"그건 알고 있습니다, '파더' 캐레이. 저는 희망을 잃은 적이 없습니다. 하지만 신부님이 저와 함께 그곳에 계실 거라는 사실을 아는 것만으로도 좋습니다. 신부님이 함께 계시는 게 제게 용기를 줄 테니까요. 유감스러운 장면은 결코 만들지 않겠다고 신부님께 약속하겠습니다."

"함께 기도하시겠습니까?"

"괜찮으시다면 이야기를 좀더 나누시죠. 이것이 그 사안에 관해 제가 신부님께 드릴 마지막 질문일 겁니다. 사형을 당하게 되면 제 몸이 아일랜드로 옮겨져 그곳에 묻힐 수 있을까요?"

그는 지도사제가 망설이는 게 느껴져 그를 바라보았다. '파더' 캐레이의 얼굴이 살짝 창백해졌다. 그는 사제가 난처하다는 표정으로 고개를 가로젓는 것을 보았다.

"아니에요, 로저. 그런 일이 일어난다면 당신은 교도소 묘지에 묻힐 거예요."

"적의 땅에." 케이스먼트는 부질없을 농담을 하려 애쓰며 중얼거렸다. "제가 젊었을 때 좋아하고 감탄했던 것만큼 증오하게 된 어느 나라에 말입니다."

"증오하는 것은 아무 소용이 없어요." 캐레이 신부가 한숨을 쉬었다. "영국의 정책은 나쁠 수 있어요. 하지만 품위 있고 존경스러운 영국인도 많아요."

"아주 잘 알고 있습니다, 신부님. 이 나라에 대한 증오심이 충만할 때면 늘 혼잣말로 그 얘길 합니다. 이 나라가 저보다 더 강합니다. 어쩌면 어렸을 때 제국이, 그러니까 영국이 세계를 문명화시키고 있다고 맹목적으로 믿었기에 제게 그런 생각이 들었나 봅니다. 신부님이 당시 저를 아셨더라면 웃으셨겠지요."

사제가 그 말에 동의했고, 로저는 갑자기 피식 웃었다.

"사람들은 우리 같은 개종자들이 가장 나쁘다고 말합니다." 그가 덧붙였다. "그 때문에 제 친구들은 저를 늘 비난했습니다. 지나치게 열정적이라는 거죠."

"이야기들에 등장하는 그 구제불능 아일랜드 남자로군요." 캐레이 신부가 미소를 지으며 말했다. "제가 어렸을 때 잘못을 저지르면 어머니께서 늘 그렇게 말씀하셨어요. '네 안에 있던 구제불능 아일랜드 남자가 튀어나왔구나.'"

"원하신다면 이제 함께 기도할 수 있습니다, 신부님."

'파더' 캐레이가 고개를 끄덕였다. 그는 눈을 감고 두 손을 맞 잡은 뒤 고요히 주기도문을 암송하기 시작했고, 그다음에는 성 모송을 암송했다. 로저 역시 눈을 감은 채 목소리를 낮춰 기도했 다. 꽤 오랫동안 무감정하게 집중하지 않은 채, 다양한 이미지들 이 그의 뇌리에서 빙글빙글 맴도는 가운데 기도했다. 그렇게 마 침내 차츰 기도에 빠져들었다. 셰리프가 면회실 문을 두드리고 들어와 면회 시간이 오 분밖에 남지 않았다고 알려왔을 때 로저 는 기도에 집중해 있었다.

기도를 할 때마다 그는 흰옷에 파란색 리본이 바람에 춤추듯 휘날리는 챙 넓은 밀짚모자를 쓰고 들판의 나무 밑을 거닐던 늘 씬한 모습의 어머니 생각이 났다. 그때 그들은 게일에, 아일랜드 에, 앤트림에, 저지에 있었던가? 그는 그곳이 어디인지 몰랐으나 풍경은 어머니 앤 젭슨의 얼굴에서 빛나는 미소만큼 아름다웠 다. 그토록 안정감과 즐거움을 주는 그 부드럽고 다정한 손을 붙 잡고 있었을 때 어린 로저는 얼마나 자랑스러웠을까! 그렇게 기 도를 한다는 것은 훌륭한 향유香油였으며, 어머니의 출현 덕분에 삶에서 모든 것이 아름답고 즐거웠던 유년 시절로 그를 돌아가 게 해주었다.

캐레이 신부는 그에게 누구에게라도 보내고 싶은 전언이 있는 지, 며칠 내로 이뤄질 다음 면회 때 자신이 뭐라도 가져다줄 것이 있을지 물었다.

"제가 원하는 것은 신부님을 다시 뵙는 일밖에 없습니다. 제가 신부님께 이야기하고, 또 신부님 말씀을 듣는 것이 얼마나 좋은지 모르시는군요."

두 사람은 악수한 뒤 헤어졌다. 길고 축축한 복도에서 로저 케이스먼트는 셰리프에게 불쑥 예정에 없던 말을 건넸다.

"아드님의 사망에 조의를 표합니다. 저는 자식을 가져본 적이 없습니다. 살면서 자식을 잃는 것보다 더 큰 고통은 없을 거라는 생각이 듭니다."

셰리프는 목구멍으로 작은 소리를 한 번 냈으나 대답하지는 않았다. 감방으로 돌아온 로저는 간이침대에 드러누워 『그리스도를 본받아』를 집어들었다. 하지만 독서에 집중할 수가 없었다. 활자들이 눈앞에서 제멋대로 춤을 추었고, 머릿속에서는 이미지들이 미친듯이 윤무를 추며 불꽃을 튕기고 있었다. 앤 젭슨의 모습이 두어 번 나타났다.

만약 그의 어머니가 그렇게 젊어서 세상을 떠나지 않고, 그가 사춘기 소년이 되고 한 남자가 될 때까지 계속해서 살아 있었다면 그의 삶은 어떻게 되었을까? 어쩌면 그는 아프리카로의 모험에 발을 내딛지 않았을 것이다. 어쩌면 아일랜드나 리버풀에 머물렀을 것이고, 관료로 경력을 쌓으며 아내와 아이들과 더불어 명예롭고 호젓하고 편안한 삶을 영위했을지도 모른다. 그는 미소를 지었다. 아니다, 그런 종류의 삶은 그와 어울리지 않았다. 온갖 역경과 함께 영위해온 삶이 더 나았다. 그는 세상을 보았고, 인식 지평은 대단히 넓어졌으며, 삶과 인간 현실과 식민정책의 본질과 그런 일탈행위들이 야기한 수많은 민족의 비극을 더 잘 이해하게 되었다.

만약 예민한 앤 젭슨이 살아 있었다면 그는 아일랜드의 슬프고 아름다운 역사, 벨리미나 고등학교에서는 결코 가르치지 않았던 그 역사, 북앤트림의 어린이들과 사춘기 청소년들에게는 여전히 숨겨진 그 역사를 발견하지 못했을 것이다. 그 아이들은 여전히 아일랜드는 기억할 만한 과거가 없는 야만국이고, 점령국에 의해 문명국으로 부상했으며, 전통과 언어와 주권을 빼앗아간 제국에 의해 교육과 근대화를 이룬 나라라고 믿고 있었다. 그는 이 모든 것을 아프리카에서 배웠는데, 만약 어머니가 계속해서 살아 있었다면 청년기와 장년기의 가장 좋은 첫 시절을 결코 아프리카에서 보내지 못했을 것이며, 자신이 태어난 나라에 대한 커다란 자부심과 영국이 자신의 조국에 해온 짓에 대한 커다란 분노도 결코 느끼지 못했을 것이다.

아프리카에서의 이십 년과 남아메리카에서의 칠 년, 아마존 밀림 한가운데서의 일 년여라는 희생, 그리고 독일에서 보낸 고독과 질병과 좌절의 일 년 반 세월은 옳은 일이었던가? 돈에 관심을 둔 적은 결코 없었으나 평생 타지에서 그토록 고되게 일해 왔음에도, 현재의 그는 극빈자라는 사실이 터무니없지 않은가? 은행계좌의 마지막 잔고는 10파운드였다. 그는 저축하는 법을 결코 몰랐다. 자신의 모든 수입을 다른 곳에—자신의 세 형제, 콩고개혁협회 같은 인본주의적 협회들, 그리고 세인트 엔다 학교와 게일연맹 같은 아일랜드 민족주의 단체들—써버렸는데, 이들에게 상당 기간 자신의 급료 전부를 건넸다. 그런 대의에 돈을 쓰기 위해 가령 그의 지위에 어울리지 않는(이는 그의 외무부 동료들이 넌지시 알려준 사실이었다) 값싼 하숙집에 장기간 거주하는 식으로 매우 검소하게 살았다. 그가 실패해버린 현재, 그 누구도 그런 기부와 선물과 후원을 기억하지 않을 것이다. 그의 마지막 패배만이 기억될 것이다.

하지만 그것이 최악은 아니었다. 빌어먹을, 그 젠장칠 생각이 또다시 떠올랐다. 타락, 도착, 악폐, 인간의 추잡함. 이런 것들이 영국 정부가 그에 대한 기억으로 남아 있기를 바라는 것이었다. 황달, 그의 장기를 망가뜨린 말라리아, 치질 수술, 1893년에 처음으로 치열 수술을 받아야 했을 때부터 그를 몹시 고통스럽고 수치스럽게 했던 직장直腸 문제 같은, 아프리카의 혹독함이 그에게 안긴 고통스러운 질병들이 아니라 말이다. "진즉 오셨어야 했습니다. 이 수술을 삼사 개월 전에 했다면 간단했을 겁니다. 이제는 상태가 심각합니다." "선생님, 저는 아프리카, 보마에 삽니다. 그곳의 제 주치의라는 사람이 습관성 알코올중독자인데, 금단으로 인한 진전섬망으로 손을 떨어요. 바콩고의 주술사보다 못한 의술을 지닌 살라베르 박사에게 제가 수술을 받아야 했겠습니까?" 그는 이런 문제에 거의 평생을 시달렸다. 불과 몇 개월 전에는 림부르크의 독일 포로수용소에서 출혈이 생겨 퉁명스럽고 거친 군의관에게 봉합을 받았다. 아마존에서 고무 채취업자들의 잔혹행위들을 조사하는 책임을 떠맡기로 작정했을 때는 이미 아주 병약해져 있었다. 몇 개월은 걸릴 일이었고 여러 문제들만 떠안게 되리라는 걸 알았지만 정의를 위해 봉사한다는 생각에 그 일을 맡았다. 만약 그가 처형된다면 그 또한 그에 대한 기억으로 남지 않을 것이다.

언론이 로저의 행위로 몰아간 그런 추잡스러운 일들에 관해 '파더' 캐레이가 읽기를 거부했다는 것은 사실일까? 그 지도사제는 동료애가 좋은 사람이었다. 만약 로저가 죽어야 한다면 사제를 곁에 있게 하는 게 마지막 순간까지 그가 품위를 지키는 데 도움을 줄 것이다.

머리끝부터 발끝까지 그는 사기가 꺾여버렸다. 체체파리의 공격으로 수면병에 걸려 팔, 다리, 입술을 움직이지 못하고 심지어 눈을 뜨고 있기조차 힘들어진 콩고인들처럼 말 그대로 무력해져버렸다. 수면병은 그들의 생각도 방해했을까? 불행하게도 이처럼 한바탕 밀려드는 비관적인 생각이 그의 통찰력을 예리하게 만들었고, 그의 뇌는 탁탁 소리를 내며 타오르는 모닥불 같아졌다. 해군본부 대변인이 언론에 보낸 그 일기의 페이지들이 '메트르' 가변 더피의 얼굴이 불그스레한 조수를 몹시 놀라게 만들었는데, 과연 그건 실재하는 것이었을까 아니면 위조된 것이었을까? 그는 인간 본성, 그리고 또한 당연히 자신의 중심부를 이루는 어리석음에 관해 생각했다. 그는 매우 철저한 사람이었고, 외교관으로서 모든 가능성 있는 결과들을 전부 고려하기 전에는 섣불리 나서지 않으며 최소한의 조치도 취하지 않기로 유명했다. 그런데 지금 그 자신을 불명예스러운 상황에 처하게 만들 무기를 적들의 손에 넘겨준 채, 그 자신이 평생 동안 만들어온 어리석은 올가미에 이렇게 갇혀 있었던 것이다.

그는 자신이 껄껄 웃고 있었음을 소스라치게 놀라며 깨달았다.

아마존

La Amazonía

VIII

　　1910년 8월 마지막날, 로저 케이스먼트와 위원회 위원들이 영국에서 페루의 아마존 심장부까지 육 주 조금 넘게 진을 빼는 여행을 한 끝에 이키토스에 도착했을 때, 그의 눈을 괴롭히던 옛 감염증이 악화됨과 동시에 관절염이 도지고 건강 상태가 전반적으로 나빠져 있었다. 하지만 그는 자신의 금욕주의적 성격(허버트 워드는 그를 '세네카주의자'라고 불렀다)에 충실해서 여행중 그 어떤 순간에도 자신의 지병이 드러나게 하지 않았으며, 오히려 동료들의 기운을 북돋아주고 겪고 있던 고생을 견디도록 동료들을 도우려 애썼다. R. H. 버티 대령은 이질에 걸리는 바람에 배가 마데이라에 기항했을 때 영국으로 되돌아가야 했다. 가장 잘 버틴 사람은 루이스 번즈였는데, 모잠비크에 살았었기 때문에 아프리카의 농업에 대해 잘 알고 있었다. 고무 전문가인 식물학자 월터 포크는 신경통을 앓았고 더위로 고생했다. 시모어 벨은 탈수증을 두려워하여 물병을 들고 다니면서 홀짝홀짝 마셨다. 훌리오 C. 아라나의 회사에서 파견되어 일 년 전 아마존에 머문 적이 있던 헨리 필갈드는 모기와 이키토스의 '나쁜 유혹'으로부터 자신을 보호하는 방법에 관해 조언해주었다.

확실히 나쁜 유혹들이 차고 넘쳤다. 아주 작고 매력적이지도 않은 이 도시에, 즉 야자나무 잎사귀로 지붕을 덮고 목재와 아도비로 얼기설기 지은 집들, 함석 지붕에 고급 자재로 지은 건물들, 그리고 포르투갈에서 수입한 타일로 앞면을 장식한 넓은 맨션들로 이뤄진 이 거대한 진흙투성이 거주지에 각종 바, 선술집, 성매매업소, 도박장이 번성해 온갖 인종과 피부색의 창녀들이 도로보다 높은 보도에서 염치를 잃은 채 새벽부터 자신들의 몸을 전시하고 있다는 게 믿기지 않았다. 경치는 멋졌다. 아마존강의 지류인 나나이 강변에 위치한 이키토스는 무성한 식물, 키가 아주 큰 나무들, 수풀의 영원한 속삭임, 그리고 태양이 자리를 옮겨감에 따라 색깔이 변화하는 강물의 영원한 속삭임으로 둘러싸여 있었다. 하지만 보도를 갖추고 있거나 아스팔트 포장이 된 도로는 극히 적었고, 그들 도로를 통해 흐르는 물이 배설물과 쓰레기를 쓸어가면서 해질 무렵이면 악취가 더욱 심해져 구역질을 유발할 정도였으며, 바와 성매매업소, 유흥장에서 흘러나오는 음악소리가 하루 24시간 내내 끊이지 않았다. 부두에서 로저 일행을 맞이했던 영국 영사 미스터 스터즈는 로저에게 자기 집에 머물게 될 것이라고 알렸다. 위원들을 위한 거처는 회사가 마련해두었다. 그날 밤 이키토스의 시장 레이 라마 씨가 그들에게 기념 만찬을 베풀었다.

정오가 조금 지났고 로저는 점심식사를 하는 대신 쉬고 싶다며 방으로 물러났다. 그들이 그를 위해 마련해둔 소박한 방에는 기하학적 도형이 그려진 원주민의 토착 직물이 벽에 걸려 있고, 작은 테라스로 강 한 토막이 내다보였다. 길거리의 소음이 여기서는 잦아들었다. 그는 재킷도 부츠도 벗지 않은 채 침대에 드러누워 곧바로 잠들었다. 한 달 반 동안의 여행에서 경험하지 못한 평화로운 느낌이 밀려왔다.

그는 이제 막 완수한 브라질—산투스, 파라, 리우데자네이루—에서의 사 년간의 영사 업무에 관한 꿈이 아닌, 1904년에서 1905년까지 아일랜드에서 보낸 일 년 반에 관한 꿈을 꾸었다. 영국 정부가 콩고에 관한 그의 보고서를 펴낼 준비를 하면서, 한편으로는 그를 영웅과 타락한 인간으로 만들어줄 추문, 즉 자유주의 언론과 인도주의 단체들의 찬사와 레오폴드 2세의 친위 문필가들의 비난이 동시에 그에게 쏟아지게 할 추문을 준비하는 사이 몇 개월간 이어졌던 극도의 흥분과 정신적 동요는 뒤로했다. 외무부가 그의 새로운 임지를 결정할 동안—'보고서'가 일단 발간되고 나면 "벨기에 제국으로부터 가장 미움받는 인물"이 콩고 땅을 다시 밟는다는 것은 생각할 수 없는 일이었기에—로저 케이스먼트는 대중의 관심을 피해 익명성을 찾아 아일랜드로 떠났다. 전혀 눈에 띄지 않은 채 떠나오지는 못했지만 런던에서 그의 사생활을 불가능하게 했던 공격적인 호기심으로부터는 자유로워졌다. 그 몇 개월은 그의 조국에 대한 재발견, 즉 대화와 환상과 독서를 통해서만 알았던 아일랜드라는 나라, 어렸을 때는 부모와 함께 살았고 사춘기 때는 종조부모를 비롯해 다른 친가 친척들과 함께 살았던 그 아일랜드와는 아주 다른 아일랜드, 대영제국의 꼬리와 그림자가 아니라 자신의 언어, 전통, 관습을 되찾기 위해 투쟁했던 아일랜드에 대한 몰입을 의미했다. "친애하는 로저. 네가 아일랜드의 애국자가 되었구나." 이종사촌 누이 지가 어느 편지에서 농담을 했었다. "나는 잃어버린 시간을 복구하고 있어." 그의 대답이었다.

그 몇 개월에 걸쳐 그는 도니골과 골웨이를 오래도록 돌아다니면서 포로가 된 조국의 지리적인 맥을 짚어보고, 황량한 들판과 거친 해변의 간소함을 사랑하는 사람처럼 관찰하고, 그 지역의 어부들, 시간을 초월한 존재들, 숙명론자들, 불굴의 의지를 지닌 사람들, 질박하고 수수한 농부들과 대화를 이어갔다. 그리고 많은 '다른 쪽' 아일랜드인들, 아일랜드 국민문학협회를 설립한 더글러스 하이드 같은 가톨릭 신자들과 일부 개신교 신자들을 알게 되었는데, 그들은 아일랜드 문화의 부흥을 촉진하고, 각 장소와 마을에 본래의 이름을 되돌려주기를 원했으며, 에이레*의 옛 노래, 옛 춤, '트위드'**와 리넨의 전통적인 방적과 자수를 부활시키고자 했다. 리스본 영사관으로 발령이 나자 그는 건강 핑계를 대면서 임지로의 출발을 끝없이 연기했는데, 앤트림에서 열리는 제1회 글렌스 페스티벌에 참가하기 위해서였다. 페스티벌에는 약 삼천여 명이 참가했다. 그 며칠 동안 로저는 백파이프로 연주하고 합창하는 경쾌한 멜로디를 들으면서, 또는 중세의 밤 속으로 잠겨드는 발라드와 전설을 게일어로 언급하는 만담가들의 이야기를—그들이 무슨 말을 하는지는 이해하지 못한 채—들으면서 눈시울을 적셨다. 그 페스티벌에서는 수백 년의 역사를 지닌 헐링*** 경기까지 열렸는데, 거기서 로저는 호레이스 플런켓 경, 존 벌머 흡슨, 스티븐 그윈 같은 민족주의 정치가와 작가들을 알게 되었고, 아다 맥닐, 마거릿 돕슨, 앨리스 밀

---

* '아일랜드'의 게일어 명칭.
** 스코틀랜드식 방모 직물의 일종.
*** 아일랜드식 하키.

리건, 아그네스 오파렐리, 로즈 모드 영 등 앨리스 스톱포드 그린과 마찬가지로 아일랜드 문화를 위한 투쟁에 자기 일처럼 나서던 여자 친구들과 재회했다.

그때부터 로저는 각종 협회와 게일어를 가르치는 피어스 형제의 학교들, 그리고 필명으로 기고하던 민족주의 성향 잡지들에 그동안 모아두었던 돈과 수입의 일부를 희사했다. 1904년 아서 그리피스가 신 페인당을 창당하자 로저 케이스먼트는 그와 접촉해 협업을 제안했고, 그가 발간하는 모든 간행물을 구독하기 시작했다. 이 저널리스트의 생각은 로저와 친구가 된 벌머 홉슨의 생각과 일치했다. 각종 식민지 제도와 더불어 아일랜드의 사회기반시설(학교, 사업체, 은행, 산업시설)을 구축해가야 했는데, 이들 시설은 영국이 강요한 사회기반시설을 차츰 대체하게 될 것이었다. 이런 식으로 아일랜드 사람들은 자신들의 운명을 자각하게 될 터였다. 영국의 공산품들을 배척하고, 세금 납부를 거부하고, 크리켓과 축구 같은 영국 스포츠를 아일랜드의 민족 스포츠로 대체하고, 문학과 연극 또한 마찬가지였다. 이런 식으로, 즉 평화적인 방법으로 아일랜드는 식민지배로부터 벗어나게 될 터였다.

로저는 앨리스의 지도하에 아일랜드의 과거에 관해 많은 것을 읽는 일 외에도 게일어를 다시 공부하려 노력하며 여자 교사를 한 명 고용하기도 했는데 진척은 별로 없었다. 1906년에는 신임 외무부장관인 자유당의 에드워드 그레이 경이 로저에게 브라질의 산투스 영사 자리를 제안했다. 썩 기쁘지 않았음에도 로저는 제안을 받아들였는데, 그의 친아일랜드적 후원활동이 많지 않았던 재산을 고갈시키는 바람에 빚으로 사는 처지가 되어 생활비를 벌어야 했기 때문이다.

어쩌면 외교관으로 복귀하는 데 부족했던 열의가 브라질에서의 사 년을—1906년부터 1910년까지—좌절의 경험으로 만드는 데 기여했을 것이다. 아름다운 자연과 산투스, 파라, 리우데자네이루에서 사귀게 된 좋은 친구들이 있었음에도 그는 그 광활한 나라에 결코 익숙해지지 않았다. 그를 가장 무기력하게 만들었던 것은, 여러 어려움을 겪으면서도 영사관의 체제를 넘어서는 무언가 탁월한 일을 하고 있다는 느낌을 항상 받았던 콩고에서와 달리, 산투스에서 그의 주요 활동이란 게 술에 취해 말썽을 일으킨 영국 선원들을 교도소에서 꺼내주고, 벌금을 대신 물어주고, 그들을 영국으로 돌려보내는 일이었다는 점이다. 파라에서 그는 고무 채취 지역에서 일어난 폭력에 관해 처음으로 들었다. 하지만 외무부는 그에게 항만과 교역 업무 점검에 집중하라고 명령했다. 그의 직무는 선박의 입출항을 기록하고, 물건을 사고팔기 위해 오는 영국인들의 업무에 편의를 제공해주는 것이었다. 그가 최악의 시간을 보낸 것은 1909년 리우데자네이루에서였다. 기후는 그의 모든 질병을 악화시켰고, 기존 질병들에 수면을 방해하는 몇 가지 알레르기까지 더해졌다. 그는 수도에서 80킬로미터 떨어진 페트로폴리스에 가서 살 수밖에 없었는데, 그곳은 고지대에 위치해 더위가 덜하고 습도가 낮았으며 밤에는 선선했다. 하지만 매일같이 기차를 타고 출퇴근하는 일이 하나의 악몽으로 변해갔다.

꿈속에서 그는 산투스로 떠나기 전인 1906년 9월에 자신이 아일랜드의 신화적 과거에 관한 '켈트의 꿈'이라는 제목의 장편 서사시를 썼다는 사실을, 그리고 앨리스 스톱포드 그린, 벌머 홉슨과 함께 영국군의 아일랜드인 징집을 반대하는 정치 팸플릿 〈아일랜드 사람들과 영국 군대〉를 썼던 사실을 집요하게 기억해냈다.

모기에 물려 잠에서 깨어난 그는 달콤했던 낮잠에서 빠져나와 아마존의 석양빛에 빠져들었다. 하늘에는 무지개가 떠 있었다. 몸 상태가 한결 좋아졌다고 느꼈다. 눈도 덜 화끈거리고 관절염 통증도 가라앉았다. 미스터 스터즈의 집에서 샤워를 하는 것은 복잡한 작업이었다. 저수조에 샤워기가 달려 있어서, 로저가 몸에 비누칠을 하고 헹구는 동안 남자 하인이 양동이로 수조에 물을 채워넣었다. 미지근한 물 온도에 콩고 생각이 났다. 일층으로 내려가자 그를 레이 라마 시장 집으로 데려갈 준비를 마친 영사가 문에서 기다리고 있었다.

그들은 몇 블록을 걸어가야 했는데, 도중에 흙먼지 바람에 휩싸여 로저는 눈을 반쯤 감을 수밖에 없었다. 뿌연 흙먼지 속에서 두 사람은 도로에 팬 구덩이, 돌멩이, 쓰레기에 발이 걸렸다. 어느새 소음이 더 커졌다. 그들이 바의 문 앞을 지나갈 때면 음악 소리가 더 커졌고, 술꾼들이 건배를 외치는 소리, 싸우는 소리, 고성을 질러대는 소리가 들려왔다. 자식 없는 홀아비로 이키토스에서 오 년 정도 살고 있는 나이 지긋한 미스터 스터즈는 꿈도 없이 지쳐 보였다.

"이 위원회에 대한 도시 사람들의 태도는 어떻습니까?" 로저 케이스먼트가 물었다.

"노골적으로 적대적입니다." 영사가 즉시 대꾸했다. "잘 아실 거라 생각합니다만, 이키토스의 주민 반이 아라나 씨에게 의존해 살아갑니다. 다시 말해 훌리오 C. 아라나 씨의 회사에 의존해 살아가는 거죠. 사람들은 자신들에게 일자리와 먹을 것을 주는 이에게 위원회가 해를 끼치려 한다고 의심하고 있습니다."

"정부당국으로부터 어떤 도움이라도 기대할 수 있을까요?"

"도움은커녕 세상의 모든 장애물을 기대할 수 있을 겁니다, 케이스먼트 씨. 이키토스의 정부당국도 아라나 씨에게 의지하고 있으니까요. 여러 달 전부터는 시장도, 판사도, 군인도 자신들의 급료를 정부에서 받지 못했습니다. 아라나 씨가 없다면 굶어 죽을 겁니다. 교통수단이 없기 때문에 이키토스에서 리마까지는 뉴욕과 런던 사이보다 더 멀다는 사실을 아셔야 합니다. 최상의 조건에서도 이키토스에서 리마까지는 이 개월이 걸립니다."

"제가 생각했던 것보다 훨씬 더 복잡하겠군요." 로저가 평했다.

"당신과 위원회의 위원님들은 반드시 신중을 기하셔야 합니다." 영사가 이번에는 사뭇 머뭇거리면서 목소리를 낮춰 덧붙였다. "여기 이키토스 말고요, 저기 푸투마요에서 말입니다. 그렇게 멀리 떨어진 곳에서는 여러분에게 무슨 일이든 일어날 수 있으니까요. 거긴 법도 질서도 없는 야만의 세상입니다. 제 생각에는 콩고와 대동소이할 겁니다."

이키토스 시청은 아르마스 광장에 있었는데, 나무도 꽃도 없는 거대한 흙마당 같은 광장에서 영사가 반쯤 짓다 만 메카노 세트*처럼 보이는 특이한 철조 구조물을 가리켜 에펠("네, 파리에 있는 탑을 만든 바로 그 에펠입니다")의 집을 짓고 있는 중이라고 했다. 어느 성공한 고무 채취업자가 유럽에 있는 그 집을 구입해 해체한 뒤 이키토스로 가져와 도시 최고의 사교클럽을 만

---

* 조립 세트 장난감.

들기 위해 지금 재조립하고 있다는 것이었다.

시청은 거의 반 블록을 차지하고 있었다. 품위도 멋도 없는 빛 바랜 거대한 일층짜리 저택으로, 커다란 방들을 갖추고 창문에는 격자가 달려 있으며 두 개의 날개 동으로 이뤄져 있었는데, 한 날개는 사무실 용도로, 다른 날개는 시장의 관사로 사용되었다. 큰 키에 머리가 희끗희끗한 레이 라마 씨는 기다랗게 기른 콧수염 끝에 왁스를 바르고, 승마바지에 부츠를 신고, 목까지 단추를 잠근 와이셔츠 위에 자수로 장식된 독특한 디자인의 볼레로 재킷을 입고 있었다. 영어를 조금 할 줄 알았던 그는 과장된 미사여구가 가득한 환영사로 지나치게 다정히 로저 케이스먼트를 맞이했다. 위원회 위원들 전원이 이미 그곳에 와 있었는데, 파티용 정장을 껴입은 채 땀을 흘리고 있었다. 시장이 그 밖의 손님들에게 로저를 소개했다. 그들은 최고법원 판사들, 경비대장 아르나에스 대령, 아우구스티누스 교단의 수도원장인 우루티아 신부, 페루 아마존 회사의 지배인 파블로 수마에타 씨, 그리고 상인들, 세관장이었으며 '엘 오리엔탈'의 대표 등 네다섯 명이 더 있었다. 초대된 손님들 중 여성은 한 명도 없었다. 샴페인 병마개 따는 소리가 들렸다. 화이트 스파클링 와인 잔이 제공되었고, 프랑스산이 분명해 보이는 와인은 비록 미지근했지만 품질이 좋았다.

저녁식사는 등유 램프 불이 밝혀진 큰 마당에 차려졌다. 셀 수 없이 많은 원주민 하인들이, 맨발에 앞치마 차림으로 전채를 내오고 음식이 담긴 커다란 접시들을 가져왔다. 온화한 밤이었고 하늘에는 별들이 몇 개 반짝였다. 로저는 로레토주* 사람들의 말, 즉 어중음이 약간 소실되고** 음악적인 스페인어를 자신이 그토록 쉽게 이해한다는 사실에 놀랐는데, 그는 그들의 말에서 브라질적인 표현 몇 가지를 인식했다. 그는 안도감을 느꼈다. 자신이 여행하며 듣게 될 말을 상당히 이해할 수 있을 것이며, 이는 통역사를 대동하더라도 조사를 용이하게 만들어주리라는 생각이 들었기 때문이다. 그는 막 차려진 기름진 거북 수프를 어렵사리 삼켰고, 주변 테이블에서는 영어, 스페인어, 포르투갈어로 다양한 대화가 동시에 이뤄지고 있었는데, 통역사들이 개입할 때면 침묵의 휴지기가 발생했다. 로저 앞에 앉아 와인과 맥주를 들이켜며 두 눈에 이미 취기가 어려 있던 시장이 갑자기 손뼉을 쳤다. 모두 입을 다물었다. 시장이 새롭게 도착한 사람들을 위해 건배를 제의했다. 손님들이 그곳에 즐겁게 머물기를, 임무를 성공적으로 수행하기를, 그리고 아마존의 친절을 즐기기를 바란다

---

* 로레토주의 주도가 이키토스다.
** 말의 중간 음절을 생략하고 발음하는 것.

고 건배사를 했다. "로레토주의 친절, 특히 이키토스의 친절을." 그가 덧붙였다.

그러더니 자리에 앉자마자 로저에게 말을 걸었는데, 목소리가 어찌나 크던지 개별적인 대화들이 끊기고 이십여 명의 손님이 모두 함께 참여하는 대화가 시작되었다.

"존경하는 영사님께 질문 하나 드려도 되겠습니까? 영사님과 이 위원회의 여행 목적이 정확히 무엇인가요? 여러분은 여기서 뭘 알아내려고 오신 겁니까? 제 말을 무례하다고 여기지는 마세요. 오히려 그 반대입니다. 제 소망과 모든 정부당국자의 소망은 여러분을 도와드리는 겁니다. 하지만 우리는 영국 정부가 왜 여러분을 보냈는지 알아야 합니다. 물론 아마존으로서는 크나큰 영광이고요, 우리는 그 영광을 받을 자격이 있다는 것을 보여주고 싶습니다."

로저 케이스먼트는 레이 라마가 한 말을 거의 모두 알아들었으나 통역사가 영어로 옮겨줄 때까지 참을성 있게 기다렸다.

"시장님께서도 분명 아시다시피 원주민에게 가해졌을 온갖 학대에 대한 고발이 영국과 유럽에서 이뤄졌습니다." 그가 차분하게 설명했다. "고문, 살인, 아주 심각한 혐의들이죠. 이 지역의 주요 고무 채취회사는 훌리오 C. 아라나 씨가 소유한 '페루 아마존 회사'고요, 이미 다 알려져 있겠지만 영국 주식시장에 등록된 영국 회사입니다. 영국에서라면 어느 회사든 그런 식으로 인간의 법과 신의 법을 위반하는 것을 정부와 여론이 묵인하지 않을 겁니다. 우리의 출장 목적은 그런 혐의에 내포된 진실이 무엇인지 조사하는 것입니다. 훌리오 C. 아라나 씨의 회사가 직접 조사위원회를 보냈습니다. 저는 국왕 폐하의 정부가 보낸 거고요."

로저 케이스먼트가 입을 연 뒤로 마당에 얼음처럼 차가운 침묵이 깔렸다. 거리의 소음도 줄어든 것 같았다. 방금 전까지 술을 마시고 음식을 먹고, 대화하고 움직이고 몸짓을 하던 그 모든 위원들의 몸이 갑자기 마비라도 된 것처럼 기이하게도 모든 것이 정지되어버렸다. 로저에게 모든 시선이 쏠렸다. 호의적이던 분위기가 불신과 불만이 가득한 분위기로 바뀌었다.

"훌리오 C. 아라나 씨의 회사는 자사의 명성을 지키는 데 협조할 준비가 되어 있습니다." 파블로 수마에타 씨가 소리를 지르다시피 말했다. "우리는 숨길 게 전혀 없습니다. 여러분이 푸투마요까지 타고 갈 배는 우리 회사에서 가장 좋은 것입니다. 거기서 여러분은 필요한 모든 편의를 제공받을 것이고, 결국 그러한 비방이 얼마나 비열한 것인지 눈으로 직접 확인하시게 될 겁니다."

"감사합니다, 시장님." 로저 케이스먼트가 수긍했다.

바로 그 순간 로저는 평소 그답지 않은 충동에 사로잡혀 자신들을 초대해준 사람들을 시험해봐야겠다고 작정했는데, 그 시험이 그와 위원회 위원들에게 유용한 참고가 될 반응을 유발하리라는 확신이 들었다. 그는 테니스나 비에 관해 말할 때 나올 법한 자연스러운 목소리로 물었다.

"그런데 말입니다, 선생님들. 제가 이름을 정확하게 발음할 수 있길 바라겠습니다만, 저널리스트 벤하민 살다냐 로카가 지금 이키토스에 있는지 여러분은 아십니까? 그와 얘기를 하는 게 가능할까요?"

그의 질문은 폭탄 같은 효과를 발휘했다. 참석자들이 서로 충격과 불쾌감이 뒤섞인 시선을 교환했다. 마치 그토록 곤란한 주제를 감히 건드릴 사람은 없을 거라는 듯이 기나긴 침묵이 이어졌다.

"그런데 어떻게!" 마침내 시장이 대단히 과장되게 호들갑을 떨면서 소리쳤다. "그 사기꾼의 이름이 런던까지 알려졌단 말입니까?"

"그렇습니다, 시장님." 로저 케이스먼트가 수긍했다. "살다냐 로카 씨와 엔지니어 월터 하든버그의 고소를 계기로 런던에서 푸투마요의 고무 농장들에 관한 추문이 폭발했습니다. 여러분 중 누구도 제 질문에 답하지 않으셨습니다. 지금 살다냐 로카 씨가 이키토스에 있습니까? 제가 그를 만나볼 수 있을까요?"

또 한번 긴 침묵이 흘렀다. 참석자들이 불편해하는 표정이 역력했다. 마침내 아우구스티누스 교단의 수도원장 신부가 말했다.

"그 사람이 어디에 있는지는 아무도 모릅니다, 케이스먼트 씨." 우루티아 신부가 로레토 사람들과는 완연하게 차이가 나는 순종 스페인어로 말했다. 로저로서는 그의 말을 알아듣기가 더 어려웠다. "얼마 전에 이미 이키토스에서 사라져버렸습니다. 지금 리마에 머문다는 소문이 있습니다."

"만약 도망치지 않았다면 우리 이키토스 사람들이 그자에게 린치를 가했을 겁니다." 한 노인이 분노에 찬 주먹을 흔들어대며 단언했다.

"이키토스는 애국자들의 땅이에요." 파블로 수마에타가 외쳤다. "페루의 명예를 훼손하고, 아마존을 발전시킨 회사를 파멸시키려고 야비한 이야기를 날조해낸 그런 인간은 절대 용서할 수 없어요."

"자신이 준비했던 그 못된 속임수가 성공하지 못했기 때문에 그런 짓을 한 겁니다." 시장이 덧붙였다. "여러분은 살다냐 로카가 그런 불명예스러운 이야기를 발설하기 전에 아라나 씨의 회사에서 돈을 갈취하려 했다는 얘기를 들으셨죠?"

"우리가 자기를 거부하니까 푸투마요에 관한 그 모든 허무맹랑한 이야기를 퍼뜨린 겁니다." 파블로 수마에타가 수긍했다. "명예훼손죄, 비방죄, 금품갈취죄로 기소되어 교도소가 그를 기

230

다리고 있어요. 그래서 도망친 겁니다."

"일이 어떻게 된 건지 알기 위해서는 현장에 있는 것만큼 좋은 게 없습니다." 로저 케이스먼트가 견해를 밝혔다.

개인적인 대화들이 공동의 대화를 와해시켜버렸다. 저녁식사는 아마존 생선 요리들과 더불어 계속되었는데, 그 가운데 가미타나라 불리는 생선의 살이 로저에게는 아주 부드럽고 맛있게 느껴졌다. 하지만 양념 때문에 입이 몹시 화끈거렸다.

로저는 저녁식사를 끝내고 시장과 헤어진 뒤에 위원회의 친구들과 짧은 대화를 나누었다. 시모어 벨의 의견에 따르면, 저널리스트 살다냐 로카를 그처럼 갑작스럽게 화제로 올린 건 이키토스의 저명인사들을 몹시 짜증나게 한 만큼 경솔했다는 것이었다. 하지만 루이스 번즈는 그 저널리스트에 대해 그들이 보인 화난 반응을 참고할 만했다면서 그를 칭찬했다.

"우리가 그 사람과 얘기할 수 없다는 게 애석합니다." 케이스먼트가 대꾸했다. "내가 그 사람을 만나게 된다면 좋았을 텐데요."

그들은 작별인사를 나누었고 로저와 영사는 왔던 길을 되돌아 걸어서 영사의 집으로 돌아갔다. 부산스러움, 술 파티, 노래, 춤, 건배, 그리고 싸우는 소리가 더 켜졌는데, 로저는 많은 아이들―넝마를 입은 아이, 반쯤 벌거벗은 아이, 맨발인 아이―이 바와 성매매업소 문 앞에 죽치고들 앉아 안에서 무슨 일이 일어나는지 짓궂은 표정으로 염탐하는 광경에 놀랐다. 쓰레기를 헤집고 다니는 개들도 많았다.

"그 사람 찾는다고 시간 낭비하지 마세요, 어차피 못 찾을 테니까요." 미스터 스터즈가 말했다. "살다냐 로카는 죽었을 확률이 아주 높아요."

로저 케이스먼트는 놀라지 않았다. 그 저널리스트의 이름만 언급되어도 사람들의 언어가 폭력적으로 변한다는 사실을 깨달았을 때 그 역시 그가 영원히 사라져버렸을지도 모른다고 생각했기 때문이다.

"영사님은 그 사람을 아십니까?"

영사는 둥그런 대머리였는데 미세한 물방울이 가득 뿌려지기라도 한 듯 머리가 반짝거렸다. 그는 뱀이나 쥐를 밟게 되지 않을까 두려운지 진흙투성이 땅을 지팡이로 가늠해보면서 천천히 걷고 있었다.

"우리는 두세 번 얘기를 나눴습니다." 미스터 스터즈가 말했다. "키가 아주 작고 곱사등이였어요. 여기서는 사람들이 그를 촐로 또는 촐리토*라고 불렀습니다. 말하자면 혼혈인이란 뜻이지요. 촐로들은 늘 온화하고 격식을 차리는 편입니다. 하지만 살

---

* '촐로'는 백인과 인디오의 혼혈이고, '촐리토'는 '키 작은 촐로' 정도의 뜻이다.

다냐 로카는 그렇지 않았습니다. 무뚝뚝하고 자신감이 넘치는 사람이었어요. 그의 눈빛은 신자들이나 광신도들 같은, 사실을 말하자면 나를 항상 아주 불안하게 만드는 그런 눈빛이었습니다. 제 기질은 그런 방향과 맞지 않습니다. 저는 순교자들을 썩 높게 평가하지 않거든요, 케이스먼트 씨. 영웅들도 마찬가지고요. 진실이나 정의를 위해 자신을 희생하는 그런 사람들은 종종 자신들이 바로잡고 싶어하는 대상보다 더 해로운 영향을 끼치는 법입니다."

로저 케이스먼트는 아무 말도 하지 않았다. 그는 키가 작고 신체적인 결함이 있으며 에드먼드 D. 모렐 같은 마음과 의지를 지닌 그 남자를 상상해보려 애썼다. 확실히 그는 순교자이자 영웅이었다. 로저는 살다냐 로카 자신이 발행하는 주간지 〈라 펠파〉와 〈라 산시온〉*의 금속 인쇄 판형에 그가 손수 잉크 칠을 하는 모습을 상상하고 있었다. 틀림없이 자기 집 어느 구석자리에 마련한 작은 수공업 출판사에서 그 주간지들을 편집했을 것이다. 그리고 그 수수한 거처는 또한 틀림없이 두 소규모 간행물의 편집실과 관리실을 겸했을 것이다.

"제 말을 언짢게 받아들이지 않으셨으면 합니다." 영국 영사

---

* 각각 '질책'과 '징계'라는 뜻.

는 자신이 방금 내뱉은 말에 즉시 유감을 표하며 사과했다. "물론 살다냐 로카 씨는 그런 고소를 감행했습니다. 아라나의 회사가 푸투마요의 고무 농장들에서 고문, 납치, 구타 및 다른 범죄들을 저질렀다며 고발하다니, 무모한 사람이에요, 아니, 자살행위나 다름없습니다. 그는 전혀 순진한 사람이 아니었습니다. 자신에게 무슨 일이 일어날지 아주 잘 알고 있었거든요."

"그에게 무슨 일이 일어났는데요?"

"예견했던 일입니다." 미스터 스터즈가 일말의 감정도 드러내지 않은 채 말했다. "사람들이 모로나 거리에 있는 그의 인쇄소를 불태워버렸습니다. 지금도 그곳을 보실 수 있어요, 숯처럼 다 타버렸습니다. 집에도 총질을 해댔고요. 프로스페로 거리에 총알 자국이 여전히 확연히 남아 있습니다. 아우구스티누스 교단 사제들의 학교에 다니던 그의 아들을 급우들이 못살게 구는 바람에 자퇴시켜야 했죠. 가족들의 삶이 위태로워져 아무도 모르는 비밀 장소로 그들을 보내야 했고요. 그의 소규모 정기간행물 두 종에는 누구도 다시는 광고를 협찬하지 않았고, 이키토스의 어느 인쇄소도 인쇄를 해주려 하지 않았기에 폐간해야 했습니다. 길거리에서 경고 조의 총격을 두 번이나 받았지요. 두 번 다 기적적으로 목숨을 부지했습니다. 한 번은 총알 한 방이 종아리에 박혀서 절름발이가 되었지만요. 그의 모습이 마지막으로 목격된 것은 1909년 2월에 제방에서였습니다. 사람들이 그를 떠밀어 강 쪽으로 데려갔지요. 불량배들의 구타로 얼굴이 부어올랐습니다. 그러고는 유리마구아스로 가는 배에 태워졌다고 합니다. 그후로 감감무소식이고요. 어쩌면 리마로 도망쳤을 수도 있습니다. 그랬다면 좋겠네요. 몸에 상처를 내 피를 흘리게 해놓고 손발을 묶은 채 강물에 처넣어 피라냐에게 잡아먹히게 했을 수도 있습니다. 만약 그랬다면 피라냐가 유일하게 먹을 수 없는 뼈가 지금쯤 이미 대서양에 도달했을 겁니다. 제가 말씀드리는 것 가운데 모르시는 건 전혀 없을 거라고 생각되는데요. 콩고에서는 이와 유사하거나 더 심한 것을 보셨을 테니까요."

두 사람은 영사의 집에 도착했다. 영사는 현관의 작은 홀에 램프를 켠 뒤 케이스먼트에게 포트와인 한 잔을 내왔다. 두 사람은 테라스 옆에 앉아 담배에 불을 붙였다. 구름 뒤로 달이 사라졌지만 하늘에 별은 남아 있었다. 멀찍이 거리의 소란스러움이 일제히 울어대는 벌레 소리, 강변의 나뭇가지와 갈대에 부딪는 강물 소리와 뒤섞였다.

"불쌍한 벤하민 살다냐 로카에게 그 큰 용기가 무슨 소용이 있었을까요?" 영사가 어깨를 으쓱하면서 회고했다. "전혀요. 그는 자신의 가족을 파멸시켰고 어쩌면 그 자신도 목숨을 잃었을 겁니다. 그리고 여기 우리는 가십 기사 덕분에 매주 재미있게 읽었던 두 종의 소규모 정기간행물 〈라 펠파〉와 〈라 산시온〉을 잃었습니다."

"그의 희생이 전적으로 무용하다고는 생각하지 않습니다." 로저 케이스먼트가 부드럽게 그의 말을 정정했다. "살다냐 로카가 없었다면 우리가 여기 있지 않았을 테니까요. 물론 영사님이 우리가 여기에 온 것 또한 아무 소용이 없을 거라고 생각하시지 않는다면 말입니다."

"천만에요." 영사가 소리쳤다. "선생님 말씀이 맞습니다. 저기 저 미국과 유럽에서는 완전한 추문입니다. 그래요, 살다냐 로카의 고발로 그 모든 것이 시작됐습니다. 그러고 나서는 월터 하든버그의 고발이 이어졌고요. 제가 방금 바보 같은 말을 했군요. 선생님이 여기 오신 게 유용하기를, 그리고 사안들이 변화하기를 바랄 뿐입니다. 죄송합니다, 케이스먼트 씨. 아마존에서 여러 해를 살다보니 발전이라는 개념에 한해 제가 약간 회의론자가 되어버렸습니다. 이키토스에서는 누구든 결국 그런 걸 전혀 믿지 않게 됩니다. 무엇보다도 언젠가는 정의가 불의를 퇴치한다는 것을 믿지 않죠. 아마도 제가 영국으로 돌아가서 영국인들의 낙관주의로 목욕을 해야 할 때인 것 같습니다. 보아하니 브라질에서 영국 정부를 위해 봉사하신 요 몇 년 세월이 선생님을 비관론자로 만들지는 않은 것 같습니다. 저도 선생님과 같았으면 좋겠네요. 선생님이 부럽습니다."

밤 인사를 나누고 각자의 방으로 간 뒤, 로저는 오랫동안 깨어 있었다. 이 임무를 받아들인 건 잘한 일이었을까? 몇 개월 전 외무부의 에드먼드 그레이 경이 자신의 사무실로 그를 불러 말했다. "푸투마요에서 일어난 범죄들에 관한 추문이 용납할 수 없는 한계에 도달했어요. 여론은 정부가 뭔가를 해주길 요구하고 있고요. 출장을 다녀올 사람으로 선생만한 사람이 없군요. 페루 아마존 회사가 자체 파견하기로 결정한 독립적인 인사들로 이뤄진 조사위원회도 갈 겁니다. 하지만 나는 선생이 그들과 함께 갈지라도 정부를 위한 개인 보고서를 준비해주었으면 합니다. 선생은 콩고에서 이룬 업적으로 대단한 명성을 얻었습니다. 잔혹 행위들을 처리하는 데 전문가잖아요. 선생은 아니라고 할 수 없을 겁니다." 그의 첫 반응은 핑계를 하나 찾아 제안을 거부하는 것이었다. 그러고는 곰곰이 생각한 끝에, 콩고에서 했던 바로 그 작업 때문에 제안을 받아들일 수밖에 없는 도덕적 의무가 자신에게 있다고 혼잣말했다. 잘한 일이었을까? 미스터 스터즈의 회의주의가 그에게는 나쁜 징조처럼 보였다. 에드워드 그레이 경의 "잔혹행위들을 처리하는 데 전문가"라는 말이 때때로 그의 뇌리에 울렸다.

영사의 견해와 달리 그는 벤하민 살다냐 로카가 아마존과 자신의 조국과 인류에 대해 큰 봉사를 했다고 믿었다. 그 저널리스트가 〈라 산시온: 무역, 정치, 문학 격주간지〉에 게재한 고발들은 에드워드 경과의 대화 이후 푸투마요의 고무 농장들에 관해 그가 처음으로 읽은 것이었는데, 에드워드 경은 그에게 나흘의 말미를 주면서 조사위원회와 함께 출장을 떠날 것인지 결정하라고 했다. 외무부는 즉시 그의 손에 서류 한 뭉치를 들려주었고, 서류에서는 그 지역에 머문 적이 있던 두 사람의 직접적인 증언이 두드러졌다. 하나는 미국 엔지니어 월터 하든버그가 런던에서 발행되는 주간지 〈트루스〉에 기고한 것이었고, 다른 것은 벤하민 살다냐 로카의 기고들로, 인도주의 단체인 '노예제 폐지 및 원주민 보호 협회'에 의해 일부가 영어로 번역되어 있었다.

그의 첫 반응은 불신이었다. 즉, 그 저널리스트가 실제 사건들로 기사를 시작하지만 악폐를 지나치게 과장함으로써 그것들에 비현실성, 심지어는 다소 가학적인 상상력이 팽배하다는 느낌을 받았던 것이다. 하지만 이내 로저는 자신과 모렐이 콩고 자유국에서 자행된 불법행위, 즉 의혹을 공표했을 때 수많은 영국인, 유럽인, 그리고 미국인이 보였던 반응이 바로 그런 불신이었음을 기억해냈다. 무법천지에서 탐욕과 저급한 본능에 휘말려 자행할 수 있는 형언 불가능한 잔인성을 보여주는 모든 것으로부터, 그런 식으로 인간은 스스로를 보호하는 것이다. 그런 잔혹행위들이 콩고에서 일어났다면 아마존에서라고 일어나지 못할 이유가 있을까?

심란해진 나머지 그는 침대에서 나와 테라스에 앉았다. 하늘은 캄캄했고 별들도 사라지고 없었다. 도시 쪽으로는 불빛이 줄어들었지만 소란스러움은 여전했다. 만약 살다냐 로카의 고발 내용이 모두 사실이이라면, 영사가 믿고 있는 것처럼 그 저널리스트는 결국 손발이 묶인 채 피라냐의 식욕을 자극하기 위해 피를 흘리는 상태로 강에 내던져졌을 개연성이 있었다. 미스터 스터즈의 숙명론적이고 냉소적인 태도에 로저는 짜증이 일었다. 마치 그런 일이 잔인한 사람들 때문이 아니라, 별들이 움직이거나 밀물과 썰물이 생기듯 숙명적인 필연에 의해 일어난다고 여기는 태도 말이다. 로저는 살다냐 로카를 '광신도'라고 일컬었다. 정의의 광신도? 그렇다, 틀림없이. 무모한 남자. 돈도 영향력도 없는 수수한 남자. 아마존의 모렐이라고 할 수 있는 남자. 어쩌면 신자였을까? 이런 부끄러운 짓이 계속된다면 세계, 사회, 삶이 지속될 수 없으리라고 믿었기에 그는 그렇게 했던 것이다. 로저는 자신의 젊은 시절을 생각했다. 아프리카에서 겪은 그 해악에 대한 경험과 고통이 호전적인 감정, 세상을 더 좋게 만들기 위해 뭐든지 하겠다는 호전적인 의지로 그를 충만하게 만들었을 시절이었다. 그는 살다냐 로카에게 일종의 형제애를 느꼈다. 그와 악수하고 친구가 되어 "당신은 삶에서 아름답고 고귀한 일을 하셨습니다, 선생"이라고 말했더라면 좋았으리라.

살다냐 로카는 그곳 푸투마요에서 훌리오 C. 아라나의 회사가 운용중인 그 광대한 지역에 머문 적이 있었을까? 그는 알면서도 위험을 자초하려고 그곳에 갔을까? 그의 기사들은 이에 대해 밝히지 않고 있으나 언급된 이름, 장소, 날짜가 정확하다는 것은, 그가 진술한 내용을 직접 목격한 증인이 바로 살다냐 로카 자신이었음을 암시했다. 로저는 살다냐 로카와 월터 하든버그의 증언을 틈틈이 자주 읽어본 나머지 자신이 몸소 그곳에 있었던 것처럼 느끼곤 했다.

그는 눈을 감고서 농장별로 나뉜 그 광대한 지역을 떠올려보았는데, 주요 농장은 '라 초레라'와 '엘 엔칸토'였고 각 농장마다 책임자가 있었다. '다시 말해 농장의 괴물이 있었다.' 이를테면 빅토르 마세도와 미겔 로아이사 같은 사람들만이 그렇게 될 수 있었다. 두 사람은 1903년 중반경에 가장 기억될 만한 공적의 주인공이었다. 당시 팔백여 명의 오카이마족 사람들이 숲에서 채취한 고무공이 담긴 바구니를 넘겨주기 위해 라 초레라에 왔다. 라 초레라 농장의 부관리인 피겔 벨라르데는 바구니의 무게를 재서 창고에 넣어둔 뒤, 엘 엘칸토 농장에서 온 미겔 로아이사와 함께 있던 자신의 수장 빅토르 마세도에게 알리기를, 부과된 '헤

240

베'―라텍스 또는 고무―의 최소 할당량을 가져오지 못한 오카이마족 사람 스물다섯 명을 나머지 일행으로부터 격리해두었다고 했다. 마세도와 로아이사는 야만인들에게 좋은 교훈을 주기로 작정했다. 그들은 십장들―바베이도스에서 온 흑인들―을 시켜 모제르총으로 나머지 오카이마족 사람들을 통제하게 해두고는, 그 스물다섯 명에게 석유를 적신 부대를 덮어씌우라고 '청년들'*에게 명령했다. 그러고 나서 부대에 불을 붙였다. 흡사 인간 횃불이 되어 비명을 내지르며 일부는 땅바닥에 나뒹굴어 간신히 불을 끌 수 있었으나 끔찍한 화상이 온몸에 남았다. 활활 타오르는 별똥별처럼 강물에 뛰어든 사람들은 익사했다. 마세도, 로아이사, 그리고 벨라르데는 부상당한 사람들을 권총으로 쏘아 죽였다. 그 광경을 떠올릴 때마다 로저는 현기증을 느꼈다.

살다냐 로카에 따르면, 농장 관리인들은 징벌만이 아니라 재미를 위해서도 그런 짓을 했다. 그들은 그 짓을 즐겼다. 원주민들을 고통에 빠뜨려 자신들의 잔인성을 경쟁적으로 보여주는 것은 채찍질과 구타와 고문을 수없이 자행해오며 물든 해악이었다. 그들은 술에 취할 때면 자주 그 피의 유희를 즐기기 위한 구

---

* 농장을 관리하는 데 중요한 역할을 하도록 농장 고용주가 기른 원주민 하인들. 스페인어뿐 아니라 원주민의 언어와 관습을 잘 아는 그들은 무장을 하고 있었다.

실을 찾았다. 살다냐 로카는 회사의 관리인이 농장 책임자인 미겔 플로레스에게 보낸 편지를 인용했다. 관리인은 그에게 노동력이 부족하다는 사실을 인식시키며 '순전히 스포츠로 인디오를 죽이는 일'에 주의를 촉구하고, '반드시 필요한 경우'에만 그런 난폭한 행위에 의존해야 한다는 점을 상기시켰다. 미겔 플로레스의 대답은 그의 죄과보다 더 나빴다. "이의 있소. 최근 두 달간 내 농장에서 죽어나간 인디오는 불과 마흔여 명에 불과하기 때문이오."

살다냐 로카는 잘못을 저지른 원주민들에게 가해진 각기 다른 유형의 징벌들을 열거했다. 채찍질, 족쇄를 채우거나 고문대에 묶어두기, 귀, 코, 손발 자르기, 그리고 살인까지. 목매달아 죽인 사람, 총으로 쏘아 죽인 사람, 불로 태워 죽인 사람 또는 강에 빠뜨려 죽인 사람. 마탄사스 농장에는 그 어느 농장보다 더 많은 원주민 유해가 있었다고 살다냐 로카가 단언했다. 헤아리기조차 불가능했지만 유골은 수백 명 또는 수천 명 희생자들의 것이었다. 마탄사스 농장의 책임자는 겨우 스물두세 살 정도 된 볼리비아-영국인 혼혈 청년 아르만도 노르만드였다. 아르만도 노르만드는 자신이 런던에서 공부를 했노라고 말하고 다녔다. 그의 잔인성은 우이토토족 사람들 사이에서 '지옥 같은 신화'가 되었는데, 그가 우이토토족 사람들을 열 명에 한 명꼴로 죽여왔기 때문이다. 아비시니아 농장의 회사는 유용한 인력을 무책임하게 희생시키는 일이라는 걸 알면서도 인디오들을 조준사격한 관리인 아벨라르도 아구에로와 그의 조수 아우구스토 히메네스에게 벌금을 부과했다.

그토록 멀리 떨어져 있음에도 콩고와 아마존이 탯줄 같은 것으로 서로 연결되어 있다고 로저는 다시 한번 생각했다. 잔혹행위들은 태어나면서부터 인간을 따라다니는 원죄로, 인간의 무한한 사악함을 비밀리에 고무시키는 탐욕에 의해 유발되어 거의 변화하지 않은 채 동일한 모습으로 되풀이되었다. 아니면 탐욕 말고 다른 이유가 있었을까? 그 영원한 싸움에서 사탄이 승리했던가?

다음날은 그에게 아주 격렬한 날이 될 터였다. 영사는 이키토스에서 영국 국적을 지닌 바베이도스 출신 흑인 셋을 알고 있었다. 그들은 아라나의 고무 농장에서 여러 해 동안 일해왔는데, 훗날 자신들을 본국으로 송환시켜준다는 조건으로 위원회의 심문에 응하겠다고 했다.

거의 잠을 이루지 못했건만 새벽빛이 비쳐올 때 그는 잠에서 깨어났다. 기분이 나쁘지는 않았다. 몸을 씻고, 옷을 입고, 파나마모자를 쓰고, 사진기를 집어들고서 영사나 하인들과 마주치지 않은 채 영사의 집을 나섰다. 거리에 나서자 구름 한 점 없이 맑은 하늘에 해가 떠 있고 날이 더워지기 시작했다. 정오에는 이키 토스가 화덕처럼 달아오를 것이다. 거리에는 사람들이 있었고, 빨간색과 파란색으로 칠한 작고 요란한 트롤리 버스가 이미 거리를 누비고 있었다. 이따금 중국인처럼 생긴 외양에 피부는 누르스름하고, 얼굴과 팔에 기하학적인 문양을 그려넣은 인디오 행상인들이 그에게 과일, 음료수, 살아 있는 동물들—작은 원숭이, 마코앵무새, 작은 도마뱀—또는 화살, 나무망치, 바람총을 사라고 권유했다. 많은 바와 식당들이 여전히 영업중이었으나 손님은 적었다. 술에 취한 남자들이 야자나무 잎사귀로 인 지붕 밑에서 사지를 쫙 뻗은 채 드러누워 있고, 개들은 쓰레기를 헤집었다. '이 도시는 천박하고 악취나는 구멍 같군.' 그는 생각했다. 흙길을 오랫동안 걸어 아르마스 광장을 건너면서는 시청사가 눈에 띄었고, 이윽고 석재 난간이 있는 어느 제방에 다다랐는데, 제방길은 섬들이 떠 있는 거대한 강과 저멀리 강 건너편으로 줄지어 늘어선 키 큰 나무들이 햇빛에 반짝거리는 게 보이는 멋진 산책로였다. 제방 끝에서 산책로는 나무가 우거진 언덕배기의 작은 수풀로 사라졌고, 그 언덕배기 아래에 부두가 하나 있었는데, 거기서 맨발에 짧은 반바지만 입은 청년 몇이 말뚝을 박고 있는 것이 보였다. 그들은 해를 가리기 위해 종이모자를 쓰고 있었다.

그들은 인디오라기보다 촐로처럼 보였다. 그 가운데 하나는 채 스무 살이 안 됐을 것 같았는데, 상체가 균형이 잡혀 있고 망치질을 할 때마다 근육이 도드라졌다. 로저는 잠시 망설이다가 그에게 사진기를 보여주며 다가섰다.

"사진 한 장 찍어도 될까요?" 그는 포르투갈어로 물었다. "그 대신 돈을 줄게요."

청년은 무슨 말인지 이해하지 못한 채 그를 쳐다보았다.

로저가 서툰 스페인어로 두 번 되묻자 청년이 그제야 미소를 지었다. 그러더니 자신의 동료들과 로저는 알아들을 수 없는 이야기를 나누었다. 그러다 마침내 청년이 로저를 돌아보고는 손가락을 맞부딪혀 딱 소리를 내면서 물었다. "얼마요?" 로저는 호주머니를 뒤져 동전을 한줌 꺼냈다. 청년의 눈이 동전을 살펴보면서 개수를 헤아렸다.

친구들이 웃고 야유하는 가운데 로저는 청년에게 종이모자를 벗게 하고, 팔을 치켜들게 하고, 근육을 보여달라고 하고, 원반던지기 선수처럼 포즈를 취해달라고 하며 은판사진을 여러 장 찍었다. 이 마지막 사진을 찍으면서는 청년의 팔을 잠시 만져야 했다. 그는 긴장감과 더위 때문에 자신의 손이 젖어 있다고 느꼈다. 그러다 넝마 차림의 꼬마들이 그를 둘러싸고 특이한 동물이라도 되는 양 그를 주시하고 있음을 알아차리고는 사진 찍기를 그만두었다. 그는 청년에게 동전을 건네주고 서둘러 영사관으로 되돌아왔다.

위원회의 동료들은 식탁에 앉아 영사와 함께 아침식사를 하고 있었다. 로저는 매일 긴 산책과 더불어 하루 일정을 시작한다고 그들에게 설명하며 식사 자리에 합석했다. 그가 아주 달고 멀건 커피를 마시며 튀긴 유카 조각을 먹고 있을 동안, 미스터 스터즈가 바베이도스에서 온 사람들에 관해 설명했다. 그는 그 세 사람이 푸투마요에서 일하긴 했지만 아라나의 회사와 좋지 않게 끝났다고 위원들에게 주의를 주는 것으로 얘기를 시작했다. 세 사람은 페루·아마존 회사가 자신들을 속이고 사기를 쳤다고 느꼈고, 그래서 그들의 증언에는 원한이 담겼을 터였다. 그는 그 바베이도스인들이 겁을 먹고 아무 말도 하지 않을 것이기 때문에 위원회의 모든 위원들 앞에 한꺼번에 출두하지는 않을 거라고 의견을 피력했다. 위원들은 두세 명씩 조를 나눠 그들을 대면하기로 했다.

로저 케이스먼트는 시모어 벨과 한 조가 되었는데, 아니나 다를까 첫번째 바베이도스인과 면담을 시작하고 얼마 되지 않아 탈수증 때문에 몸이 좋지 않다며 로저와 아라나 회사의 예전 십장만 남겨둔 채 자리를 떴다.

십장의 이름은 에포님 토머스 캠벨이었는데, 그는 자신이 정

246

확히 몇 살인지는 모르겠지만 서른다섯은 넘지 않았을 거라고 했다. 길게 기른 그의 곱슬머리에 흰머리 몇 가닥이 반짝거렸다. 색 바랜 셔츠의 단추를 배꼽 부분까지 잠그지 않은 채였고, 거친 천으로 만든 바지의 밑단은 종아리까지만 내려왔는데, 허리띠 대신 줄 하나를 허리에 묶고 있었다. 맨발이었고 길게 자란 발톱에 두꺼운 각질이 덮인 커다란 발이 마치 돌처럼 보였다. 그의 영어는 구어체로 가득해 로저가 이해하기 쉽지 않았다. 이따금 포르투갈어와 스페인어를 섞어 말했다.

로저는 그의 증언이 비밀로 유지될 것이고, 그 어떤 경우에도 그가 한 말 때문에 위태로워지는 일은 없을 것이라고 기본적인 어휘로 그에게 확인해주었다. 게다가 그의 증언을 결코 받아쓰지 않을 것이며 그저 듣기만 할 뿐이라고 했다. 로저는 그에게 푸투마요에서 일어난 일에 관해 정확한 정보를 달라고 요청할 뿐이었다.

두 사람은 케이스먼트의 침실과 연결된 작은 테라스에 앉아 있었는데, 그들이 함께 앉은 벤치 앞 작은 탁자에는 파파야 주스가 담긴 주전자와 컵 두 개가 놓여 있었다. 에포님 토머스 캠벨은 칠 년 전 바베이도스의 수도 브리지타운에서 돈 세사르 훌리오의 동생인 리사르도 아라나에게 고용되었다. 다른 열여덟 명의 바베이도스인들과 함께 푸투마요의 한 농장에서 십장으로 근무하는 조건이었다. 바로 거기서 속임수가 시작되었는데, 회사가 그를 고용할 때 업무의 상당 시간을 '습격'에 할애해야 하리라는 사실을 전혀 얘기해주지 않았던 것이다.

"'습격'이 뭔지 설명해주세요." 케이스먼트가 말했다.

그것은 인디오 마을에 가서 인디오를 사냥해 와 회사의 땅에서 고무를 채취하게 하는 것이었다. 우이토토, 아카이마, 무이나네, 노누야, 안도케, 레시가로 또는 보라족 등 그 지역에 사는 인디오는 누구든 해당되었다. 왜냐하면 모든 인디오가 예외 없이 고무액 채취에 반발했기 때문이다. 그들은 강제해야 했다. '습격'은 엄청나게 긴 원정을 요구했고, 가끔은 아무 소득이 없었다. 그들이 인디오 마을에 도착해보면 사람이 없는 식이었다. 주민들이 이미 도망쳐버린 뒤였다. 어떤 때는 다행히 아직 도망치지 않았을 때도 있었다. 그들은 원주민을 공격하고 방어하지 못하도록 총을 쏘아댔지만, 원주민은 바람총과 몽둥이로 방어했다. 전투가 벌어졌다. 그러고 나서는 걸을 수 있는 상태의 원주민이라면 남자고 여자고 목을 줄줄이 묶인 채 끌려가야 했다. 나이든 사람들과 갓난아이들은 행군이 지체된다는 이유로 그냥 남겨졌다. 에포님은 아르만도 노르만드가 관리하던 마탄사스 농장에서 이 년 동안 그의 명령에 따라 일했음에도 그 정당성 없는 잔인한 행위에는 결코 합세하지 않았다.

"정당성 없는 잔인한 행위라고요?" 로저가 끼어들었다. "예를 든다면요."

에포님이 벤치에서 자세를 고쳐 앉았다. 그의 커다란 눈이 눈구멍 속에서 이리저리 굴렀다.

"노르만드 씨는 기벽이 있었어요." 그가 로저에게서 눈길을 거두며 중얼거렸다. "누군가 잘못을 저지를 때죠. 다시 말해 그가 바라는 대로 하지 않을 때요. 예를 들면 노르만드가 바라는 대로 하지 않은 누군가의 자식들을 강에 빠뜨리는 식이에요. 직접. 자기 손으로 그랬다니까요."

에포님은 잠시 말을 멈추었다가, 노르만드의 그런 기벽이 자신을 초조하게 만들었다고 설명했다. 그토록 기이한 남자라면 무슨 일이든 할 수 있을 것 같았는데, 심지어 어느 날은 그가 변덕을 부려 가장 가까이 있는 사람에게 권총을 쏠 수도 있겠다고 느껴질 정도였다. 에포님이 다른 농장으로 전출을 요청한 것도 그런 이유에서였다. 그는 알프레도 몬트 씨가 관리하는 울티모 레티로 농장으로 전출된 뒤에야 한결 평온하게 잘 수 있었다.

"당신의 직무를 수행하는 동안 인디오를 죽일 수밖에 없던 때가 있었나요?"

로저는 바베이도스인의 눈이 자기를 향했다가 멀어졌다가 다시 자기를 향하는 것을 알아차렸다.

"그건 업무의 일부였죠." 그가 어깨를 으쓱하면서 인정했다.
"십장들과 '날삯꾼들'이라고도 불리는 '청년들'에게는 말이죠.
푸투마요에는 피가 흥건하게 흐릅니다. 사람들은 결국 익숙해지
고요. 그곳에서의 삶은 죽이고 죽는 겁니다."

"토마스 씨, 당신이 몇 사람이나 죽여야 했는지 내게 말해줄
수 있나요?"

"결코 세어보지 않았습니다." 에포님이 재빨리 대답했다. "저
는 할일을 했고, 새로운 삶을 살려고 애썼습니다. 저는 제 임무
를 완수한 겁니다. 그래서 회사가 제게 아주 나쁜 짓을 했다고
생각하는 겁니다."

에포님은 자신의 과거 고용주들의 주장을 반박하는 길고 혼란
스러운 독백에 사로잡혔다. 고용주들은 그를 비난했다. 인부들
문제로 아라나의 회사와 늘 다투던 콜롬비아 이리아르테 형제들
의 고무 농장에 우이토토족 인디오 오십 명을 파는 일에 그가 개
입했다는 이유였다. 이는 사실이 아니었다. 에포님은 울티모 레
티로의 그 우이토토족 사람들이 사라진 것과 자신은 아무 상관
이 없음을 맹세하고 또 맹세했는데, 나중에야 알게 된 일이지만
그들은 어디선가 다시 나타나 콜롬비아인들을 위해 일하고 있었
다. 그들을 팔아넘긴 사람은 바로 농장 관리인 알프레도 몬트였
다. 탐욕스럽고 인색한 사람이었다. 그가 자신의 죄과를 은닉하

기 위해 에포님과 대이턴 크랜턴, 심바드 더글러스를 고소했던 것이다. 순전히 중상모략이었다. 회사는 그의 말을 믿었고, 그 세 십장은 도망쳐야 했다. 그들은 이키토스에 도착하기까지 끔찍한 고초를 겪었다. 회사의 수장들은 그곳 푸투마요의 '날삯꾼들'에게 그 바베이도스인 셋을 발견하면 죽이라는 명령을 내렸다. 에포님과 두 동료는 이제 구걸을 하고 임시로 허드렛일을 하며 살아갔다. 회사는 그들이 바베이도스로 돌아갈 여비 지불을 거절했다. 그들이 태업을 했다고 고소했으며, 물론 이키토스의 판사는 아라나의 회사에 유리한 판정을 내렸다.

로저는 에포님과 그의 두 동료가 영국 시민권자이기 때문에 정부가 그들을 본국으로 송환하는 일을 맡게 될 것이라고 그에게 약속했다.

기진맥진한 그는 에포님 토머스 캠벨과 작별을 고하자마자 침대로 가서 드러누웠다. 식은땀이 나고, 몸이 아프고, 여기저기가 찌뿌둥하다고 느꼈는데, 차츰차츰 머리에서 발끝까지 각 장기가 아파왔다. 콩고. 아마존. 인간이 겪는 고통에는 한계가 없는 것일까? 세계는 푸투마요에서 그를 기다리고 있던 야만의 이종異種 문화들로 오염되어 있었다. 얼마나 되는 걸까? 수백, 수천, 수백만? 그 히드라*는 퇴치될 수 있을까? 한 곳에서 그 히드라의 머리를 자르면 다른 곳에서 더 잔인하고 소름 끼치는 머리가 다시 나타났다. 로저는 잠이 들었다.

그는 어머니가 웨일스의 어느 호수에 있는 꿈을 꾸었다. 높다란 참나무 잎사귀 사이로 희미하고 찌무룩한 태양이 비추고 있었고, 그는 흥분해 가슴이 두근거리는 상태에서 그날 아침 이키토스의 제방에서 사진을 찍었던 그 근육질 청년을 보았다. 청년은 웨일스의 그 호수에서 무엇을 하고 있었을까? 얼스터에 있는 아일랜드 호수였을까? 어머니 앤 젭슨의 가냘픈 실루엣이 사라졌다. 그의 시름은 푸투마요에서 노예화된 인류가 유발한 슬픔과 연민 때문이 아니라, 앤 젭슨을 볼 수 없음에도 그를 둥그렇게 둘러싼 숲에서 그녀가 그를 염탐하고 있다는 느낌으로부터 생겨난 것이었다. 그럼에도 그 공포는, 이키토스에서 보았던 청년이 다가오는 모습에 점차 고조되어가는 흥분을 약화시키지 못했다. 청년의 상체는 마치 호수의 신처럼 방금 전에 그가 빠져나온 물에 젖어 있었다. 걸음을 옮길 때마다 근육이 씰룩거렸으며, 얼굴에는 꿈속에서 로저를 전율시키고 신음소리를 내게 만든 오만한 미소가 서려 있었다. 잠에서 깨어났을 때 로저는 불쾌감을 느끼며 자신이 사정했음을 확인했다. 몸을 씻고 바지와 팬티를

---

* 그리스신화에 나오는 머리가 아홉 개 달린 뱀. 히드라를 퇴치하는 것이 헤라클레스의 12과업 중 하나였다.

갈아입었다. 수치심과 불안감을 느꼈다.

그는 위원회의 위원들이 바베이도스인 데이턴 크랜턴과 심바드 더글러스로부터 막 들은 증언에 진저리치고 있음을 알았다. 그 두 전직 십장들도 에포님이 로저 케이스먼트에게 그랬던 것처럼 날것 그대로를 진술했다. 위원들을 가장 놀라게 한 것은, 데이턴도, 심바드도 그 우이토토족 인디오 오십 명을 콜롬비아 고무 채취업자들에게 '팔았다'는 혐의를 부인하는 데 강박증이라도 걸린 것처럼 보였다는 사실이었다.

"매질, 사지절단, 살인은 그들에게 최소한의 관심사도 아니더군요." 식물학자 월터 포크가 반복해서 말했는데, 그는 탐욕이 악을 야기할 수 있음을 의심하지 않는 듯 보였다. "그런 공포가 그들에게는 세상에서 가장 자연스러운 것으로 보이는 거죠."

"저는 심바드의 모든 진술을 견딜 수가 없었어요." 헨리 필갈드가 실토했다. "구토가 나서 밖으로 나가야 했어요."

"여러분은 외무부가 수집한 모든 문서를 읽으셨죠." 로저 케이스먼트가 그들에게 상기시켰다. "살다냐 로카와 하든버그의 고소가 순전히 공상이라고 믿으신 겁니까?"

"공상이라뇨, 아닙니다." 월터 포크가 말했다. "공상은 아니지만 과장된 것이죠."

"이 아페리티프를 끝내고 나서 우리가 푸투마요에서 무얼 발견해야 할지 자문해보려 합니다." 루이스 번즈가 말했다.

"그들이 예방책을 마련했을 겁니다." 식물학자가 넌지시 말했다. "그들은 대단히 미화된 현실을 우리에게 보여줄 거라고요."

영사는 점심식사가 마련됐음을 알리기 위해 그들의 대화를 중단시켰다. 옥수수 껍질로 싸서 조리해 가시야자 샐러드를 곁들여 낸 송어를 맛있게 먹은 영사를 제외하고 다른 위원들은 겨우 한술 뜰 뿐이었다. 그들은 방금 전 면담에 대한 기억에서 헤어나오지 못한 채 말이 없었다.

"이 여행은 지옥으로 내려가는 것이 될 겁니다." 이제 막 동료들과 다시 합류한 시모어 벨이 예언했다. 그러고는 로저 케이스먼트에게 몸을 돌렸다. "선생께서는 이런 걸 이미 경험하셨죠. 그렇다면 지옥 여행에서 살아나오는 사람도 있는 거군요."

"상처가 아무는 데는 시간이 걸리죠." 로저가 넌지시 말했다.

"별일 아닐 겁니다, 여러분." 기분좋게 식사를 마친 미스터 스터즈가 참석자들의 기운을 돋우려 애썼다. "로레토식 낮잠을 잘 주무시고 나면 기분이 한결 나아지실 겁니다. 당국자들과 페루 아마존 회사의 책임자들을 상대하는 게 흑인들을 상대하는 것보다야 수월할 텐데, 곧 확인하시게 될 겁니다."

로저는 낮잠을 자는 대신 침실의 작은 탁자에 앉아 에포님 토머스 캠벨과 나누었던 대화 중 기억나는 것을 모두 노트에 기록하고, 위원들이 다른 두 명의 바베이도스인들로부터 수집한 증언을 요약했다. 그러고 나서 다른 종이에는 그날 오후 시장 레이라마와 회사 지배인 파블로 수마에타에게 할 질문들을 적었는데, 미스터 스터즈가 알려준 바에 따르면 파블로 수마에타는 훌리오 C. 아라나의 처남이었다.

시장은 집무실에서 위원들을 맞이해 맥주, 과일주스, 커피를 대접했다. 사람을 시켜 의자를 가져오게 하고, 위원들이 더위를 식힐 수 있도록 밀짚부채를 나눠주었다. 여전히 승마바지에 전날 밤 신었던 부츠 차림이었으나 이제 자수 조끼는 입지 않았고, 하얀 리넨 재킷과 러시아 튜닉처럼 생긴 목까지 단추를 잠근 와이셔츠를 입고 있었다. 하얀 눈썹과 우아한 태도 때문에 고상한 분위기가 풍겼다. 그는 자신이 과거에 직업 외교관이었음을 손님들에게 밝혔다. 유럽에서 외교관으로 여러 해를 근무했는데, 이 시장 자리는 공화국 대통령―시장이 벽에 걸린 대통령 사진을 가리켰는데, 작은 키에 우아하게 생긴 대통령은 연미복 차림에 실크해트를 쓰고 가슴에는 비스듬하게 띠를 두르고 있었다―인 아우구스토 B. 레기아가 직접 부탁해서 수용한 것이라고 말했다.

"제가 대통령을 대신해 여러분께 아주 간곡하게 인사드리는 바입니다." 그가 덧붙였다.

"영어를 할 줄 아셔서 통역 없이 대화가 가능하니 정말 좋습니다, 시장님." 케이스먼트가 대답했다.

"제 영어는 아주 형편없습니다." 레이 라마가 짐짓 꾸미는 태도로 그의 말을 잘랐다. "여러분께 미리 너그러운 양해를 구하는 바입니다."

"영국 정부는 푸투마요에서 일어난 고발 사건에 관해 레기아 대통령 정부에서 조사에 착수해달라는 자국의 요구가 아무 소용이 없어진 것을 애석하게 생각하고 있습니다."

"사법 소송 하나가 진행중입니다, 케이스먼트 씨." 시장이 끼어들었다. "우리 정부가 그걸 시작하는 데 여러분의 국왕 폐하는 필요하지 않습니다. 이를 위해 정부는 특별판사를 임명했고 그가 지금 이키토스로 오고 있습니다. 아주 탁월한 치안판사인 카를로스 A. 발카르셀입니다. 선생께서도 아시다시피 리마와 이키토스 사이의 거리가 엄청납니다."

"하지만 그렇다면 뭐하러 판사를 리마에서 보냅니까?" 루이스 번즈가 끼어들었다. "이키토스에는 판사가 없습니까? 어제 시장님께서 베푸신 만찬에서도 치안판사 몇 분을 소개해주셨잖습니까."

로저 케이스먼트는 레이 라마가 번즈를 딱하다는 듯 바라보는 시선을 알아차렸는데, 아직 철이 들지 않은 아이나 바보 어른에게나 합당할 시선이었다.

"이 대화는 비밀에 부쳐야 합니다. 안 그렇겠습니까, 여러분?" 마침내 시장이 이렇게 물었다.

모두 고개를 끄덕였다. 시장은 대답을 하기 전에 여전히 주춤거렸다.

"우리 정부가 조사를 위해 리마에서 판사를 보내는 것은 정부가 성심과 성의를 보인다는 증거입니다." 시장이 설명했다. "가장 쉬운 것은 그 지역 지방법원 판사에게 일 처리를 맡기는 거겠죠. 하지만 그렇게 되면……"

시장은 언짢은 듯 말을 멈추었다.

"현명하신 분들이니 긴 말이 필요 없겠죠." 시장이 덧붙였다.

"시장님 말씀은 이키토스의 그 어떤 판사도 아라나 씨의 회사에 감히 대항하지 못한다는 의미인가요?" 로저 케이스먼트가 조심스레 물었다.

"이곳은 교양 있고 부유한 영국이 아닙니다. 여러분." 시장이 비탄에 잠겨 중얼거렸다. 그러고는 손에 든 물컵을 단숨에 들이켰다. "가령 누군가 리마에서 여기까지 오는 데 몇 개월이 걸린다면, 치안판사, 당국자, 군인, 공무원의 급료가 도착하는 데는 더 많은 기간이 걸리겠죠. 또는 단순하게 말해 결코 도착하지 않을 수도 있고요. 그리된다면 그들은 급료를 기다리는 사이에 무엇을 먹고 살겠습니까?"

"페루 아마존 회사의 관대함이겠죠." 식물학자 월터 포크가
넌지시 말했다.

"내 말을 왜곡하지들 마세요." 레이 라마가 손을 치켜들면서
그를 제지했다. "아라나 씨의 회사는 공무원들에게 급료를 대출
형식으로 미리 지불하는 겁니다. 이 돈은 원칙적으로 최소한의
이자와 더불어 갚아야 하는 거고요. 거저 주는 게 아닙니다. 뇌
물은 없습니다. 그건 국가와 맺은 명예로운 협정이니까요. 하지
만 그렇다 해도 그 대출 덕분에 살아가는 치안판사들이니 아라
나 씨의 회사 문제를 다루는 데 온전히 공정할 수는 없는 게 자
연스러운 일입니다. 이해들 하시겠죠, 그렇죠? 정부는 완전히 독
립적인 조사를 위해 리마에서 판사를 보내기로 한 겁니다. 이는
정부가 진실을 찾아내기로 결심했다는 가장 좋은 증표가 아니겠
습니까?"

위원들은 혼란스럽고 의기소침해져 각자 물컵이나 맥주잔을
들이켰다. '이제 이 사람들 가운데 몇 명이나 유럽으로 돌아갈
핑곗거리를 찾고 있을까?' 로저는 생각하고 있었다. 의심할 바
없이 그들은 전혀 예견하지 못했을 일이었다. 아마도 아프리카
에서 살아본 루이스 번즈를 제외하고, 다른 위원들은 세상 다른
곳에서는 모든 것이 영국에서와 같은 방식으로 작동되지 않는다

는 사실을 상상조차 못했을 것이다.

"우리가 찾아갈 만한 당국자들이 있습니까?" 로저가 물었다.

"주교가 죽으면 현장에 가보는 조사관들 빼고는 한 명도 없습니다." 레이 라마가 말했다. "아주 외딴 지역이에요. 불과 몇 년 전만 해도 야만족만 사는 원시림이었습니다. 그런 곳에 정부가 무슨 당국자를 보낼 수 있었겠습니까? 뭐하게요? 식인종에게 잡아먹히라고요? 그런 곳에서 지금 상업생활이 이뤄지고, 일자리가 생겨나고, 근대화가 시작되는 건 훌리오 C. 아라나와 그 형제들 덕분입니다. 여러분은 그 점도 생각해야 합니다. 그들은 페루를 위해 그 페루 땅을 정복한 첫번째 사람들이었습니다. 그 회사가 아니었다면 푸투마요 전 지역을 지금도 그곳을 차지하고 싶어하는 콜롬비아가 이미 점유해버렸을 겁니다. 그 점을 도외시하지 말아야 합니다, 신사 여러분. 푸투마요는 영국이 아닙니다. 고립되고, 멀리 떨어져 있고, 쌍둥이나 신체적인 결함이 있는 아이가 태어나면 강물에 던져 죽여버리는 사람들이 사는 곳이라고요. 훌리오 C. 아라나는 그곳에 배, 의약품, 가톨릭교, 옷, 스페인어를 들여온 선구자였습니다. 당연히 잔혹행위는 처벌을 받아야지요. 하지만 여러분이 잊지 말아야 할 것은 그곳이 탐욕을 불러일으키는 땅이라는 사실입니다. 하든버그 씨의 고소 내용이 페루의 모든 고무 채취업자는 극악무도한데, 콜롬비아인들은 원주민에 대한 동정심이 가득한 대천사라는 게 여러분에게는 이상하게 보이지 않습니까? 저도 잡지 〈트루스〉를 읽은 적이 있습니다. 여러분에게는 그 잡지가 기이하게 보이지 않던가요? 그 땅을 차지하기로 마음먹은 콜롬비아인들이 하든버그 씨 같은 옹호자를 찾아냈다는 게 참으로 우연스럽잖아요? 페루인들 사이에서는 폭력과 잔혹행위만을 보았으면서 콜롬비아인들에게서는 그런 경우를 단 한 건도 보지 못한 그런 사람을요. 그가 페루에 오기 전에 카우카의 철도회사에서 근무했다는 사실을 여러분은 기억하셔야 합니다. 어쩌면 그가 그 콜롬비아인들의 대리인은 아닐까요?"

레이 라마는 피곤한 듯 숨을 헐떡이다 맥주를 한 모금 마시는 편을 택했다. 그들을 한 사람씩 쳐다보는 그의 시선이 '내게 한 표 주시겠죠, 그렇죠?'라고 말하는 듯했다.

"매질, 사지절단, 강간, 살인." 헨리 필갈드가 중얼거렸다. "푸투마요를 근대화하는 게 그런 거라고 하시는 겁니까, 시장님? 하든버그만 증언한 게 아닙니다. 시장님의 동포인 살다냐 로카도 직접 목격했습니다. 오늘 오전에 우리가 심문한 그 바베이도스인들도 그러한 공포를 확인해주었습니다. 자신들이 직접 그런 짓을 저질렀다는 사실을 인정하고 있습니다."

"그렇다면 그들은 벌을 받아야겠군요." 시장이 단언했다. "만약 푸투마요에 판사든, 경찰이든, 당국자들이 있었다면 그들은 벌을 받았을 겁니다. 현재 그곳에는 야만 말고 아무것도 없으니까요. 저는 그 누구도 옹호하지 않습니다. 저는 그 누구도 용서하지 않습니다. 가보세요. 여러분 눈으로 직접 확인하세요. 여러분 스스로 판단하시라고요. 우리는 자주국이고 영국은 우리의 문제에 간섭할 이유가 없으므로 우리 정부는 여러분이 페루에 입국하는 걸 금지할 수도 있었습니다. 하지만 그렇게 조치하지는 않았습니다. 오히려 저는 여러분께 모든 편의를 제공하라는 지침을 받았습니다. 레기아 대통령은 영국을 열렬히 찬미하는 분입니다, 여러분. 그분은 언젠가 페루가 여러분의 나라처럼 위대한 나라가 되길 원하십니다. 바로 그런 이유로 여러분은 어디든지 원하는 곳을 가고 무엇이든지 조사할 자유를 갖고 여기 계시게 된 겁니다."

폭우가 쏟아지기 시작했다. 햇빛이 희미해졌고 함석지붕에 내리치는 빗방울소리가 어찌나 크던지 지붕이 무너져 그들에게 엄청난 물이 쏟아질 것만 같았다. 레이 라마가 우울한 기색이 되었다.

"제게는 사랑하는 아내와 네 아이가 있습니다." 서글픈 미소를 지으며 그가 말했다. "제가 가족을 못 본 지 일 년이 되었는데, 가족을 다시 보게 될지는 하느님만이 아시겠죠. 하지만 레기아 대통령께서 제게 세상에서 떨어진 이 구석진 곳에 와서 나라를 위해 봉사하라고 부탁하셨을 때 저는 망설이지 않았습니다. 저는 범죄자들을 옹호하기 위해 여기 있는 게 아닙니다, 여러분. 정반대입니다. 아마존의 심장부에서 일하고 장사하고 산업체를 설립하는 것이 영국에서와 같지 않다는 사실을 여러분께서 이해하셨으면 합니다. 만약 언젠가 이 밀림이 서유럽과 같은 생활수준에 도달하게 된다면 그것은 훌리오 C. 아라나 같은 사람들 덕분일 겁니다."

그들은 시장 레이 라마의 사무실에 오래 머물렀다. 시장에게 많은 질문을 했고 시장은 모든 질문에 대답했는데, 가끔은 회피하고 가끔은 노골적으로 대답했다. 로저 케이스먼트는 아직까지 시장이라는 인물에 관해 명확한 상이 잡히지 않은 상태였다. 어떤 때는 일정한 역할을 수행하는 냉소적인 인물로 보이기도 하고, 다른 때는 자신이 지닌 엄청나게 무거운 책무를 스스로 최대한 품위 있게 완수하려 애쓰는 훌륭한 인물처럼 보였다. 한 가지는 확실했다. 레이 라마는 그런 잔혹행위가 실재했음을 알고 있었고 그런 행위를 좋아하지 않았으나, 그의 위치가 그에게 어떻게든 그것을 축소시키라고 요구했던 것이다.

일행이 시장과 헤어질 무렵에는 비가 그쳤다. 거리로 나서자 지붕마다 여전히 물방울이 떨어지고, 물웅덩이가 생겨 그 안에서 두꺼비들이 첨벙거리고, 공기 중에 가득한 말파리와 모기가 일행을 마구 물어댔다. 그들은 고개를 숙이고 입을 다문 채 페루 아마존 회사로 향했는데, 기와로 지붕을 이고 정면에 타일을 붙인 넓은 저택인 회사 건물의 정면에서 회사 지배인 파블로 수마에타가 그날의 마지막 면담을 하기 위해 그들을 기다리고 있었다. 약속 시간까지 몇 분이 남아 있었기에 그들은 아르마스 광장의 넓은 공터를 빙 돌아서 갔다. 노아의 대홍수 이전에 존재했던 동물의 해골처럼 자신의 척추골을 야외로 드러내놓은 귀스타브 에펠의 건물을 그들은 신기한 듯 쳐다보았다. 주변의 바와 식당들이 이미 문을 열어놔서 음악과 소음이 이키토스의 저물녘을 먹먹하게 만들고 있었다.

아르마스 광장에서 불과 몇 미터 떨어진 페루 거리에 자리한 페루 아마존 회사는 이키토스에서 가장 크고 견고한 건물이었다. 시멘트와 금속판으로 지은 이층짜리 건물의 외벽에는 연녹색 페인트가 칠해져 있었고, 파블로 수마에타는 자기 사무실과 연결된 작은 응접실에서 그들을 맞이했는데, 응접실 천장에는 전기가 들어오기를 기다리며 꼼짝도 하지 않는 커다란 나무날개 선풍기가 달려 있었다. 엄청나게 더웠는데도 쉰 살 정도 되었을 수마에타 씨는 검은색 정장에 아주 화려한 색상과 문양의 조끼를 입고 나비넥타이를 매고 반들거리는 반부츠를 신고 있었다.

그는 격식 있게 한 사람 한 사람과 악수하며 모두에게 잠자리는 마음에 드는지, 이키토스가 그들에게 친절한지, 뭐든 필요한 것은 없는지를 로저 케이스먼트가 그 구별법을 배웠던 아마존의 흥겨운 어투가 두드러지는 스페인어로 물었다. 그는 위원회의 임무가 성공할 수 있도록 모든 편의를 제공하라는 홀리오 C. 아라나 씨의 명령이 런던에서 전보를 통해 도착했다고 위원 한 사람 한 사람에게 되풀이해 말했다. 페루 아마존 회사의 지배인 아라나라는 이름을 언급할 때마다 벽에 걸린 커다란 초상화에 경의를 표했다.

맨발에 하얀색 튜닉을 걸친 인디오 하인 몇이 음료수 잔이 놓인 쟁반을 들고 지나가는 사이, 케이스먼트는 페루 아마존 회사 소유주의 진지하고 각진 갈색 얼굴과 예리한 눈을 잠시 응시했다. 아라나의 머리에는 프랑스식 베레모가 씌워져 있었고, 그의 정장은 파리의 훌륭한 재단사들 가운데 한 명이나 어쩌면 런던의 새빌 로우에서 일하는 재단사가 재단했을 것처럼 보였다. 비아리츠와 제네바에 궁궐 같은 저택을, 런던의 켄싱턴 로드에 정원들을 소유한 이 전능한 고무 왕이, 자신이 태어난 아마존 밀림 속에 파묻힌 마을 리오하의 거리에서 밀짚모자를 파는 것으로 일을 시작했다는 얘기가 과연 사실일까? 그의 시선은 명확한 자기 인식과 자신에 대한 큰 만족감을 드러내고 있었다.

파블로 수마에타는 회사가 보유한 가장 좋은 배인 '리베랄' 호가 그들을 태울 준비를 하고 있다고 통역을 통해 알렸다. 그는 그들을 위해 아마존강에서 경험이 가장 많은 선장과 가장 훌륭한 승무원들을 배치했다. 그럼에도 배를 타고 푸투마요까지 가는 데는 그들의 희생이 요구되었다. 날씨에 따라 여드레에서 열흘까지 걸리는 거리였다. 파블로 수마에타는 위원들 중 누구도 자신에게 뭔가를 질문할 틈을 주지 않고 두툼한 서류철을 로저 케이스먼트에게 서둘러 건넸다.

"여러분이 관심 가지실 만한 몇 가지를 예상해 제가 서류를 만들어봤습니다." 파블로 수마에타가 설명했다. "이건 각 농장의 관리자, 책임자, 부책임자, 십장이 직원을 다루는 법에 관한 회사의 지침서입니다."

수마에타는 높은 목소리와 이런저런 몸짓으로 자신의 불안한 마음을 숨기고 있었다. 그는 온갖 기록, 도장, 서명 등이 가득한 서류를 보여주면서 작은 광장의 웅변가 같은 어조와 태도로 서류의 내용을 열거했다.

"원주민, 그들의 처자식과 친인척에게 신체적인 징벌을 가하는 것과 그들을 말과 행위로 모욕하는 것을 엄격하게 금지한다. 그들이 입증된 잘못을 저질렀을 때 질책하고 충고한다. 잘못이 심각하면 그들에게 벌금이 부과될 수 있고, 아주 심각한 경우 해

고당할 수 있다. 만약 그 잘못이 범죄의 성격을 내포하고 있다면 그들은 가장 가까운 곳의 관할당국자에게 인도된다."

'원주민에 대한 불법행위'가 자행되지 못하도록 설정된 지시 사항을 요약하느라—그는 설명을 끊임없이 되풀이했다—오랜 시간이 걸렸다. 그는 '인간이란 게 원래 그런 존재라서' 직원들이 가끔 지침을 위반한다고 잠시 덧붙여 설명했다. 규정 위반 사안이 발생하면 회사가 책임자를 벌했다.

"중요한 것은, 고무 농장에서 잔혹행위를 저지르지 않도록 하기 위해 우리는 가능한 것과 불가능한 것을 모두 한다는 점입니다. 만약 잔혹행위가 이뤄진 적이 있다면, 그건 원주민에 대한 우리의 정책을 존중하지 않는 일부 불량한 자의 예외적인 경우였습니다."

그는 자리에 앉았다. 많은 말을 힘주어 쏟아낸 탓에 기진맥진한 것 같았다. 그러고는 이미 땀에 젖은 손수건으로 얼굴을 닦았다.

"푸투마요에 가면 살다냐 로카와 엔지니어 하든버그에게 고소당한 농장의 책임자들을 우리가 만나보게 될까요, 아니면 그들이 이미 도망쳤을까요?"

"우리 직원은 단 한 명도 도망치지 않았습니다." 페루 아마존 회사의 지배인이 발끈하여 말했다. "그 사람들이 왜 그러겠습니까? 우리한테서 돈을 갈취할 수 없게 되자 그러한 추문을 날조한 두 협박범들의 중상모략 때문에요?"

"사지절단, 살인, 매질." 로저 케이스먼트가 열거했다. "수십 건, 아마 수백 건일 겁니다. 그 고발 건들이 문명세계 전체를 동요시켰습니다."

"그런 일이 일어났다면 저 또한 동요했을 겁니다." 파블로 수마에타가 격분하여 응수했다. "지금 저를 자극하는 건, 여러분처럼 교양 있고 지적인 분들이 사전 조사도 없이 그런 거짓을 신뢰한다는 겁니다."

"우리는 직접 현지에 가서 조사할 겁니다." 로저 케이스먼트가 파블로 수마에타에게 상기시켰다. "아주 진지한 조사가 될 겁니다. 확신하셔도 좋습니다."

"선생께서는 아라나가, 제가, 페루 아마존 회사의 관리자들이 원주민을 살해하는 것과 같은 자멸적인 행위를 할 거라고 믿으시나요? 고무 채취업자에게 가장 중요한 문제가 바로 노동력 부족이라는 사실을 알고 계십니까? 인부 한 사람 한 사람이 우리에게는 소중한 존재입니다. 만약 그런 학살이 사실이라면 푸투마요에는 이미 단 한 명의 인디오도 남아 있지 않을 겁니다. 모두 떠나버렸을 테니까요, 그렇지 않겠습니까? 자신을 채찍질하고 사지를 자르고 죽이는 곳에서 살고 싶어할 사람은 없습니다. 그 고발은 대단한 바보짓일 뿐입니다, 케이스먼트 씨. 원주민들이 도망쳐버린다면 우리는 파산하고 고무산업은 몰락할 겁니다. 우리 직원들은 그걸 잘 알고 있습니다. 그들이 미개인들을 줄곧 만족시키려 애쓰는 것도 그런 이유에서입니다."

파블로 수마에타는 위원들을 한 사람씩 쳐다보았다. 그는 계속 격분한 상태였으나 어느새 서글픈 기색 또한 느껴졌다. 그가 얼굴을 찌푸리자 울상을 짓는 것처럼 보였다.

"원주민들을 잘 대해주고 만족시켜주는 건 쉬운 일이 아닙니다." 파블로 수마에타가 목소리를 낮춰 실토했다. "그들은 아주 원시적입니다. 그게 무슨 의미인지 여러분은 아십니까? 일부 부족은 식인종입니다. 우리는 그걸 허용할 수 없습니다, 그렇잖아요? 기독교적이지도 않고 인간적이지도 않으니까요. 우리가 식인을 금지하자 그들은 때때로 화를 내며 본성에 따라 행동합니다. 야만적으로 말입니다. 그 사람들이 기형으로 태어난 아이를 강물에 내던져 죽게 하는 걸 내버려두어야 합니까? 가령 구순열 같은 이유로 말입니다. 그건 안 됩니다, 영아 살해 또한 기독교적이지 않으니까요, 그렇지 않습니까? 그렇죠. 여러분은 눈으로 그걸 직접 확인하게 되실 겁니다. 그러고 나면 여러분은 영국이 훌리오 C. 아라나 씨, 그리고 엄청난 희생을 치르며 이 나라를 변화시키고 있는 어느 회사에 저지르는 불공정한 행위가 어떤 것인지 이해하실 겁니다."

로저 케이스먼트는 파블로 수마에타가 금방이라도 눈물 몇 방울을 흘릴 것 같다고 생각했다. 하지만 그가 틀렸다. 회사 지배인은 그들에게 우정어린 미소를 지어 보였다.

"제가 말을 많이 했으니 이제는 여러분이 하실 차례입니다." 그가 사과했다. "원하는 건 뭐든 물어주시면 제가 솔직하게 답해 드리겠습니다. 우리는 숨길 게 전혀 없으니까요."

약 한 시간에 걸쳐 조사위원들은 페루 아마존 회사의 지배인을 심문했다. 그가 위원들에게 장광설로 답변하는 바람에 가끔 통역이 갈피를 잡지 못하고 그에게 단어와 문장을 다시 말해달라고 했다. 로저는 심문에는 관여하지 않은 채 자주 주의를 딴 데로 돌렸다. 수마에타는 결코 진실을 말하지 않을 것이고, 모든 것을 부인하며 런던에서 아라나의 회사가 신문들의 비판에 들이댔던 논거를 되풀이하리라는 점이 명백했다. 아마도 무절제한 개인들이 이따금 무도한 행위를 저질렀을 것이나, 원주민을 고문하고 노예화하는 것은 물론 죽이는 것은 더더욱 페루 아마존 회사의 정책이 아니었다. 법이 그것을 금지했으며, 푸투마요에서 턱없이 부족한 노동력을 위협하는 행위는 미친 짓이었을 것이다. 로저는 자신이 콩고로 시공간을 이동한 것처럼 느꼈다. 똑같은 공포, 똑같은 진실 폄하. 수마에타는 스페인어로 말하고,

벨기에 공무원들은 프랑스어로 말하는 차이만 있을 뿐이었다. 그들은 똑같이 파렴치한 태도를 보이며 명백한 사실을 부인했는데, 그들 모두 고무를 채취하고 돈을 버는 자신들의 기독교적 이상이, 태곳적부터 식인종이자 자기 자식들까지 죽이는 살인자임이 분명한 이교도들에게 가해지는 최악의 잔혹행위를 정당화해준다고 믿었기 때문이다.

페루 아마존 회사의 건물에서 나온 뒤 로저는 동료들을 숙소인 작은 집까지 배웅했다. 그러고 나서는 곧장 영국 영사의 집으로 돌아가는 대신 이키토스를 정처 없이 거닐었다. 그는 혼자서든 친구와 함께든 해가 뜰 때와 질 때 걷는 걸 늘 좋아했다. 몇 시간이고 걸을 수 있었지만 이키토스의 비포장길에서는 움푹 팬 곳과 개구리가 개골개골 울어대는 물이 가득찬 웅덩이가 자주 발에 걸렸다. 소음이 엄청났다. 바, 식당, 성매매업소, 댄스홀, 도박장은 마시고, 먹고, 춤추고, 논쟁을 벌이는 사람들로 가득 채워져 있었다. 이들 업소의 출입구마다 반쯤 벌거벗은 아이들 무리가 안을 염탐하고 있었다. 그는 황혼녘의 마지막 노을이 지평선으로 사라지는 것을 보았고, 어두워진 뒤로도 산책을 계속해 바들의 불빛이 간격을 두고 내비치는 길을 따라 걸었다. 그러다 자신이 '아르마스* 광장'이라는 과시적인 이름을 지닌 그 커다란 사각형 공터에 도달했음을 깨달았다. 그는 광장 주변을 한 바퀴

돌았는데, 벤치에 앉아 있던 누군가 갑자기 그에게 포르투갈어로 "케이스먼트 씨, '보아 노이테'**"라고 인사를 건네는 걸 들었다. 시장이 베푼 만찬에서 알게 된 이키토스의 아우구스티누스 교단 수도원장인 리카르도 우루티아 신부였다. 로저는 나무벤치의 신부 곁에 앉았다.

"비가 오지 않을 때는 밖으로 나와 별을 보고 신선한 공기를 들이쉬면 상쾌하지요." 아우구스티누스 교단의 사제가 포르투갈어로 말했다. "선생이 귀를 막고 있는 한 저 지옥 같은 소리가 들리진 않겠지요. 어느 반미치광이 고무 채취업자가 유럽에서 사들여 지금 저 길모퉁이에서 재조립하는 철조 건물에 관해 들으셨을 겁니다. 1889년 파리에서 열린 박람회에 전시되었던 것 같아요. 사교클럽이 될 거라고들 하더군요. 그 화덕에, 그러니까 이키토스의 기후에 금속 집이라니 상상이 됩니까? 지금은 박쥐들 소굴이지요. 박쥐 수십 마리가 거기서 발 하나로 매달려 잠을 잡니다."

로저 케이스먼트는 사제에게 자신이 알아들을 수 있으니 스페인어로 말해달라고 했다. 하지만 우루티아 신부는 브라질 세아

---

* '군대'.
** '좋은 저녁입니다'라는 의미의 포르투갈어 인사.

라의 아우구스티누스 교단 사제들 사이에서 십 년 넘게 살아온 터라 계속해서 포르투갈어로 말하는 것을 선호했다. 그가 페루 아마존에서 산 지는 채 일 년이 되지 않은 터였다.

"저는 신부님께서 아라나 씨의 고무 농장에 단 한 번도 가보시지 않았다는 사실을 이미 알고 있습니다. 하지만 거기서 일어난 일을 분명 잘 알고 계시겠죠. 신부님의 견해를 청해도 되겠습니까? 살다냐 로카와 월터 하든버그가 한 그 고발의 내용이 사실일 가능성이 있습니까?"

사제가 한숨을 내쉬었다.

"불행하게도 그럴 가능성이 있습니다, 케이스먼트 씨." 사제가 중얼거렸다. "우리는 푸투마요에서 아주 멀리 떨어진 이곳에 있습니다. 적어도 천 킬로미터나 천이백 킬로미터쯤 떨어져 있죠. 시장, 판사, 군인, 경찰 같은 당국자들과 더불어 사는 이런 도시에서도 우리가 알고 있는 그런 짓들이 일어난다면, 회사의 피고용인들만 모인 그곳에서 무슨 일인들 못 일어나겠습니까?"

사제가 괴롭다는 듯이 다시 한숨을 내쉬었다.

"이곳의 큰 문제는 원주민 소녀들을 사고판다는 겁니다." 사제가 비탄에 잠긴 목소리로 말했다. "우리가 아무리 애써도 도저히 해결책을 찾을 수가 없습니다."

'다시 콩고다, 모든 곳이 콩고다.'

"그 유명한 '습격'에 관해 들어보신 적이 있겠지요." 아우구스티누스 교단 사제가 덧붙였다. "고무 채취 일꾼들을 포획하기 위해 원주민 마을을 공격하는 것 말입니다. 습격에서 남자들만 잡아오는 게 아닙니다. 소년과 소녀들도 잡아옵니다. 여기서 팔려고요. 가끔은 마나우스까지 데려가는데, 보아하니 거기서는 더 좋은 값을 받는 것 같습니다. 이키토스에서는 한 집이 기껏해야 이십 또는 삼십 솔을 주고 하녀 하나를 삽니다. 집집마다 하나, 둘, 다섯 명씩 어린 하녀를 데리고 있지요. 실제로는 노예들입니다. 하녀들은 밤낮으로 일하고, 동물들과 함께 자고, 온갖 이유로 몽둥이질을 당하고, 그것 말고도 그 집 아들들의 성생활 입문에 쓰이는 겁니다."

사제가 다시 한숨을 내쉬며 숨을 헐떡였다.

"당국자들과는 아무것도 할 수 없는 겁니까?"

"원칙적으로는 할 수 있을 겁니다." 우루티아 신부가 말했다. "페루에서 노예제도가 폐지된 지는 반세기가 넘었습니다. 경찰과 판사들에게 호소할 수 있을 겁니다. 하지만 그들도 모두 돈 주고 산 어린 하녀들을 두고 있습니다. 더욱이 당국자들이 소녀들을 구해내서 어떻게 하겠습니까? 당분간 데리고 있거나 팔거나 하겠지요. 하지만 항상 가정에 팔 수만은 없을 겁니다. 선생께서도 상상하실 수 있다시피 가끔은 성매매업소로도 팔려갈 겁니다.”

"소녀들을 자기 부족에게 돌아가게 하는 방법은 없습니까?"

"이 근방에 소녀들이 있던 부족은 이제 거의 존재하지 않습니다. 부모들이 납치돼 고무 농장으로 끌려가버렸거든요. 소녀들을 데려갈 곳이 없습니다. 그러니 그 불쌍한 것들을 구할 이유가 뭐가 있겠습니까? 상황이 이러한데 어쩌면 차악은 소녀들을 가정에 계속 머물게 하는 것일지도 모르겠습니다. 잘 대해주고 아껴주는 사람들도 있으니까요. 선생께는 그런 게 터무니없어 보입니까?"

"터무니없는 일입니다." 로저 케이스먼트가 반복해 말했다.

"제게도, 우리에게도 물론 그렇습니다." 우루티아 신부가 말했다. "우리는 머리를 쥐어짜면서 선교회에서 몇 시간씩을 보냅니다. 무슨 해결책이 나올까요? 찾을 수가 없습니다. 수녀님 몇 분을 오시게 해 그 소녀들을 가르칠 작은 학교를 하나 개설할 수 있을지 알아보려고 로마에 수속을 밟은 적이 있습니다. 최소한의 지도라도 받게 해주려고요. 하지만 그 아이들을 데리고 있는 가정들이 과연 학교에 보낼까요? 어찌되었든 아주 소수일 겁니다. 그런 가정들은 그 아이들을 동물처럼 생각하니까요."

사제가 다시 한숨을 내쉬었다. 어찌나 고통스럽게 얘기했던지 그의 고통이 감염된 듯 로저는 영국 영사의 집으로 돌아가고 싶은 생각이 들었다. 그는 자리에서 일어났다.

"선생은 뭔가를 할 수 있습니다, 케이스먼트 씨." 우루티아 신부가 작별의 의미로 로저와 악수하며 말했다. "지금까지 일어났던 일은 일종의 기적입니다. 그러니까 그런 고발, 유럽에서 일어난 추문 말입니다. 이 위원회가 로레토에 온 것도 그렇고요. 혹시라도 이 불쌍한 사람들을 도울 누군가가 있다면 바로 여러분일 겁니다. 저는 여러분이 푸투마요에서 탈없이 건강하게 돌아갈 수 있기를 기도하겠습니다."

로저는 목소리, 노랫소리, 기타 뜯는 소리가 새어나오는 바와 성매매업소들에서 벌어지는 일에는 눈길을 주지 않은 채 아주 천천히 걸어서 돌아왔다. 그는 아이들을 생각했다. 자신들의 부족으로부터 억지로 떨어져나와 가족들과 헤어진 채, 어느 배의 밑창에 짐꾸러미처럼 쟁여져 이키토스로 끌려온, 그리고 어느 가정에 이십 또는 삼십 솔에 팔려가 쓸고 닦고 요리하고 화장실을 청소하고 더러운 옷을 빨고, 모욕을 당하고 두들겨맞고, 남자 주인이나 주인의 아들들에게 가끔씩 성폭행을 당하며 살아가게 될 아이들을. 늘 같은 이야기. 결코 끝나지 않는 이야기.

IX

　감방 문이 열리고 문가에 셰리프의 두툼한 실루엣이 보였을 때 로저 케이스먼트는 면회객—아마도 지 또는 앨리스—이 왔을 거라고 생각했지만, 교도관은 로저더러 자리에서 일어나 자기를 따라 면회실로 가자고 지시하는 대신 이제까지와 달리 특이하게도 아무 말 없이 로저를 바라보았다. '사면 요청이 거절당했군.' 로저는 생각했다. 간이침대에서 일어났다가는 다리가 후들거려 바닥으로 주저앉을 게 너무도 분명해 그는 계속해서 드러누워 있었다.

　"아직도 샤워를 하고 싶소?" 셰리프의 차갑고 느릿한 목소리가 물었다.

　'나의 마지막 소원.' 그는 생각했다. '목욕을 한 뒤, 사형집행인.'

"이건 규정에 어긋나는 건데." 셰리프가 감정을 얼핏 드러내며 중얼거렸다. "하지만 오늘은 내 아들이 프랑스에서 죽은 지 일주기가 되는 날이오. 아들을 기리는 의미에서 자선을 베풀고 싶소."

"고마워요." 로저가 몸을 일으키며 말했다. 셰리프가 대체 왜 저러는 걸까? 그가 언제 로저에게 그런 친절을 베푼 적이 있던가?

감방 문에 나타난 교도관을 본 순간 멈춰버린 혈관의 피가 그의 몸에서 다시 순환하는 듯 느껴졌다. 길고 새까만 복도로 나가서 뚱뚱한 교도관을 따라 욕실로 갔다. 욕실은 어두운 구역으로, 벽 하나에는 가장자리가 떨어져나간 변기들이 줄지어 놓여 있고, 반대편 벽에는 샤워기가 일렬로 붙어 있었으며, 물이 나오는 녹슨 수도꼭지가 달린 지저분한 시멘트 세면대가 몇 개 있었다. 셰리프가 욕실 입구에 서 있는 동안 로저는 옷을 벗고, 파란색 수의와 수감자용 모자를 벽에 박힌 못에 건 뒤 샤워를 시작했다. 샤워기에서 쏟아지는 물줄기가 그의 몸을 발끝에서 머리끝까지 오싹하게 만듦과 동시에 기쁨과 감사의 감정을 유발했다. 그는 눈을 감았고, 벽에 붙은 고무 상자에서 꺼낸 비누를 몸에 칠하기 전에 손으로 팔과 다리를 문지르며 차가운 물이 몸을 타고 미끄러져내리는 것을 느꼈다. 만족스럽고 기분이 좋아졌다. 물줄기가 오랜 시일 축적된 몸의 더러움뿐만 아니라 근심, 고뇌, 후회도 씻어내고 있었다. 셰리프가 멀찍이서 손뼉을 쳐 서두르라고 알려올 때까지 그는 오랫동안 몸에 비누칠을 하고 물로 헹구었다. 씻기 전에 입었던 바로 그 옷으로 몸의 물기를 닦았다. 빗이 없었기에 손으로 머리를 빗었다.

"이렇게 샤워를 하게 해주다니, 내가 얼마나 고맙게 생각하는지 모를 겁니다. 셰리프." 로저가 셰리프와 함께 감방으로 돌아가는 길에 말했다. "샤워 덕분에 삶과 건강을 되찾은 것 같아요."

교도관은 알아들을 수 없는 중얼거림으로 그에게 답했다.

엉성한 간이침대에 다시 드러누운 로저는 토마스 아 켐피스의 『그리스도를 본받아』를 다시 읽으려고 했으나 집중이 되지 않아 책을 바닥에 내려놓았다.

그는 독일에서 보낸 마지막 육 개월 동안 자신의 조수이자 친구였던 로버트 몬테이스 대위를 생각했다. 아주 멋진 사람이었지! 성실하고 유능하고 용감했다. 대위는 로저의 여행 동료이자, 그들과 줄리안 베벌리라는 가명을 쓰던 대니얼 줄리안 베일리 상사를 아일랜드의 트랄리까지 태워온 독일 잠수함 U-19에서 함께 고생한 동료였는데, 트랄리에서 세 사람은 노를 저을 줄 몰라 익사할 뻔하기도 했었다. 노를 저을 줄 몰라서! 그랬다. 사소한 바보짓들이 커다란 사안들과 뒤섞일 수 있고, 그렇게 해서 큰 사안들을 파멸로 몰고 갈 수 있다. 1916년 4월 21일 성금요일,

짙은 안개가 낀 거친 바다에서 비 내리는 희끄무레한 새벽녘을 로저는 기억했는데, 당시 독일 잠수함은 노 세 개가 달린 흔들리는 보트에 그 셋을 내려준 뒤 안개 속으로 사라졌다. 라이문트 바이스바흐 대위가 작별인사로 "행운을 빌어요"라고 외쳤다. 사납게 출렁이는 파도에 요동치던 요트를 제어하려 애쓸 때 엄습하던 무시무시한 무기력증, 그리고 해변이 어디에 있는지 아무도 모르는 가운데 해변을 향해 보트를 몰아가려던 임시 노잡이들의 무능력이 다시 한번 느껴졌다. 배는 제자리에서 뱅글 돌고, 파도를 타고 오르내리고, 껑충 뛰고, 변화무쌍한 크기의 원을 그리며 돌고 있는데, 세 사람 중 누구도 파도를 피하는 방법을 모르고, 보트의 옆구리를 쳐대는 파도는 보트를 사정없이 흔들어 언제라도 뒤집어버릴 것 같았다. 그리고 실제로 보트가 뒤집히고 말았다. 몇 분 사이에 세 사람은 익사 직전까지 이르렀다. 그들은 바다에서 허우적거리고 짠물을 마시다가 마침내 서로 도와가며 보트를 바로 세워 다시 오를 수 있었다. 로저는 독일의 헬골란트 항구에서 모터 기정 운항법을 배우려다 사고를 당해 손이 세균에 감염되었던 용감한 몬테이스를 기억했다. 그들은 빌헬름스하펜에서 타고 출발한 U-2에 결함이 생겨 잠수함으로 갈아타기 위해 헬골란트에 정박했다. 부상은 헬골란트에서 트랄리까지 가는 일주일 내내 몬테이스 대위를 괴롭혔다. 지독한 멀미와 구토 때문에 음식을 거의 먹지 못하고 비좁은 침대에서 일어나지도 못한 채 항해하던 로저는 상처가 부었는데도 극도로 인내하던 몬테이스를 기억했다. U-19함의 독일 수병들이 소염제를 주었지만 전혀 효과가 없었다. 대위의 손은 계속해서 곪았고, U-19함의 함장 바이스바흐 대위는 만약 하선해서 즉시 치료를 받지 않으면 괴저가 될 것이라고 예견했다.

　로버트 몬테이스 대위를 마지막으로 본 것은 4월 21일 새벽 매케나 요새의 유적지에서였는데, 그때 그의 동료 둘은 자신들이 트랄리의 의용군에게 도움을 요청하러 다녀올 때까지 로저는 그곳에 숨어 있는 게 좋겠다고 했다. 로저는 군인들에게 발각될 위험이 가장 큰 사람이었기 때문에—그는 제국의 감시견들에게 가장 탐나는 사냥감이었다—그리고 이제는 로저의 몸이 더이상 견뎌낼 수 없었기 때문에 그렇게 결정했던 것이다. 아프고 쇠약해진 로저는 기진맥진한 상태로 두 번 쓰러진 적이 있는데, 두번째는 수분 동안 정신을 잃었다. 동료들은 그와 악수한 뒤 권총한 정과 옷가지가 든 작은 가방을 주며 그를 매케나 요새의 유적틈 사이에 남겨두었다. 로저는 공중에서 주변을 선회하며 나는 종다리를 보고, 종다리의 노래를 듣고, 자신이 트랄리 만의 백사장에서 싹을 틔우는 제비꽃에 둘러싸여 있다는 사실을 깨달아 드디어 아일랜드에 도착했다고 생각했던 것을 떠올렸다. 눈에는 눈물이 그렁했었다. 몬테이스 대위는 그곳을 떠나면서 로저에게 군대식으로 인사했다. 로저는 독일에서 함께 생활한 육 개월 동안, 작은 키에 강인하고 민첩하고 지칠 줄 모르고 골수까지 애국자인 그 아일랜드 남자가 불평하는 것을 들어보지 못했는데, 림부르크 포로수용소에서 로저가 아일랜드 독립을 위해 독일과 함께 ('하지만 독일의 명령을 받지는 않고') 싸우기 위해 만들고자 한 아일랜드 여단에 입대시키려던 포로들이 저항하는 — 노골적인 적대감을 표시하는 게 아닌 경우에는 — 바람에 낭패를 보았음에도, 그 아일랜드 남자에게서는 최소한의 낙담의 기미조차 감지하지 못했었다.

몬테이스는 머리에서 발끝까지 땀에 흠뻑 젖었고, 누더기를 잘못 감아 풀려버린 손은 부어서 피가 났으며, 대단히 피곤한 기색이었다. 트랄리를 향해 큰 보폭으로 기운차게 떠나는 몬테이스와 절름발이 대니얼 베일리의 모습이 잠시 후 안개에 파묻혔다. 로버트 몬테이스는 왕립 아일랜드 경찰대 장교들에게 체포되지 않고 그곳에 도착했을까? 트랄리에서 아일랜드 공화국 형제단IRB 사람들이나 의용군과 접선할 수 있었을까? 대니얼 베일리가 언제 어디서 체포되었는지는 결코 알지 못했다. 로저가 받은 몇 번의 기나긴 심문에서, 즉 영국 해군본부에서 영국 정보국 간부들로부터 받은 첫번째 심문에서, 그리고 이후 스코틀랜드 야드로부터 받은 심문에서도 대니얼 베일리의 이름은 전혀 언급되지 않았다. 그랬던 대니얼 베일리가 반역죄로 재판을 받고 있는 그의 앞에 검사측 증인으로 갑자기 나타나자 로저는 경악했다. 거짓말로 가득찬 그의 진술에서 몬테이스는 한 번도 언급되지 않았다. 몬테이스는 살아 있을까 아니면 살해당했을까? 로저는 몬테이스 대위가 지금 아일랜드의 어느 외딴곳에 안전하고 건강하게 숨어 있을 수 있기를 하느님께 빌었다. 혹은 어쩌면 그도 부활절 봉기에 참여해 영웅적이고도 무모한 그 모험에서 싸우던 수많은 무명의 아일랜드 사람들처럼 스러져갔을까? 이렇게 되었을 개연성이 가장 높았다. 그는 자신이 극구 칭찬하던 톰 클라크와 함께 더블린 우체국에서 적의 총알 한 발이 그의 모범적인 삶에 종지부를 찍을 때까지 총을 쏘았으리라.

로저의 모험 역시 터무니없었다. 아일랜드 의용군의 군사회의—톰 클라크, 숀 맥더못, 패트릭 피어스, 조지프 플런켓과 다른 몇몇—가 그 사령관인 오언 맥네일에게조차 알리지 않은 채 비밀리에 계획했던 부활절 봉기를 그는 그 자신이 독일에서 아일랜드로 돌아가면 실용적이고 이성적인 논리를 이용해 혼자 힘으로 저지할 수 있을 거라고 믿었는데, 이는 또다른 정신착란적인 공상이 아니었을까? '이성은 신비주의자도 순교자도 설득하지 못한다'고 로저는 생각했다. 그는 대영제국에 대항하는 아일랜드 민족주의자들의 무장투쟁이 성공할 유일한 방법은 그 투쟁이 영국군 주력부대의 이동을 막을 수 있는 독일군의 공격과 합치되느냐 아니냐에 달려 있다는 자신의 견해에 관해, 아일랜드 의용군 내부에서 이뤄진 기나긴 집중 토론의 참여자이자 증인이었다. 이에 관해 그는 젊은 플런켓과 베를린에서 장시간 토론했지만 합의점을 찾지 못했다. 봉기를 준비했던 아일랜드 공화국 형제단과 의용군이 그들의 계획을 마지막 순간까지 자신에게 숨겼다는 로저의 확신을 군사회의 책임자들끼리 전혀 공유하지 않았기 때문이었을까? 결국 베를린에 있는 로저에게 봉기 관련 정보가 도달했을 때는, 독일 해군본부가 영국에 대한 해상 공격을 거부했다는 사실을 그가 이미 알게 된 뒤였다. 독일이 그들 반란군에게 무기를 보내기로 동의했을 때, 그는 독일군의 공격과 동시에 이뤄지지 않는 한 아일랜드의 봉기는 쓸데없는 희생이 될 것이라고, 그 지도자들을 설득시켜야겠다는 비밀스러운 의도를 지닌 채 그 무기들과 함께 몸소 아일랜드로 가려 애썼다. 그의 생각이 틀리지는 않았다. 로저가 재판을 받은 날부터 여기저기서 모을 수 있었던 모든 소식에 따르면, 봉기는 영웅적인 행동이었으나 아일랜드 공화국 형제단과 의용군의 가장 대담무쌍한 지도자들이 죽고 수백 명의 혁명군이 투옥되는 것으로 매듭지어졌다. 이제 압제는 끝나지 않을 것이다. 아일랜드의 독립은 한번 더 뒷걸음쳤다. 슬프고 슬픈 역사여!

입이 씁쓸했다. 다른 심각한 오류가 있었다. 독일에 지나친 희망을 걸었던 것이다. 로저는 파리에서 마지막으로 허버트 워드를 만났을 때 그와 벌인 토론을 상기했다. 둘 다 젊고 모험에 대한 열망을 지녔을 때 서로를 알게 된 이후로, 아프리카에서 가장 좋은 친구였던 그는 모든 민족주의를 불신했다. 그는 아프리카 땅에서 교양 있고 감수성이 예민한 몇 안 되는 사람들 가운데 하나였고, 로저는 그에게서 많은 것을 배웠다. 그들은 책을 교환하고, 읽고 난 책에 대해 의견을 교환하고, 음악, 미술, 시, 정치에 관해 이야기하고 토론했다. 허버트는 언젠가 오로지 예술가로 살겠다는 꿈을 꾸었고, 업무에서 빼낼 수 있는 모든 시간을 나무와 진흙을 가지고 아프리카인 형상을 만드는 데 바쳤다. 두 사람은 식민정책의 불법행위와 각종 범죄를 신랄하게 비판했고, 로저가 자신의 「콩고에 관한 보고서」로 인해 공적인 인물이 되고 공격의 표적이 되었을 때, 허버트와 그의 아내 새리타는 파리에 정착해 있었으며, 그는 어느새 다른 무엇보다도 아프리카에서 줄곧 영감을 받은 청동 주물 형상을 만드는 조각가로 유명해졌는데, 그들 부부는 로저의 가장 열렬한 옹호자였다. 또한 그의 「푸투마요에 관한 보고서」가 푸투마요의 고무 채취업자들이 원주민에게 저지른 범죄들을 고발함으로써 케이스먼트라는 인물에 관한 다른 추문을 불러일으켰을 때도 부부는 그를 적극 옹호했다. 심지어 허버트는 로저가 민족주의자로 전향했을 때, 비록 그에게 보내는 편지에서 '애국적인 광신'의 위험성에 관해 자주 농담하고, "애국심은 불한당들의 마지막 도피처다"라고 했던 존슨의 문장을 그에게 상기시켰다고는 해도 처음에는 호감을 내비치기까지 했다. 두 사람의 우호관계는 독일 문제에서 한계에 봉착했다. 허버트는 독일 연방을 통일시킨 비스마르크 총리와 '프로이센 정신'을 긍정적으로 미화시켜 평가하는 로저의 관점을 늘 격렬하게 거부했는데, 그가 보기에 '프로이센 정신'은 완고하고 권위적이고 거칠고 상상력과 감수성과는 어울리지 않으며, 민주주의와 예술보다는 병영과 군 지배층에 더 가까웠기 때문이다. 전쟁이 한창일 때, 로저 케이스먼트가 적과 함께 일을 도모하기 위해 베를린으로 갔다는 사실을 영국 신문들의 고발을 통해 알게 된 허버트는 로저의 누나 니나 편에 편지를 한 통 써 보냄으로써 수년에 걸친 그와의 우정을 끝내버렸다. 같은 편지에서 허버트는 자신과 새리타의 장남인 열아홉 살 청년이 전선에서 죽었다는 소식을 그에게 알렸다.

그는 얼마나 많은 친구들을, 그러니까 자신의 진가를 인정하고 극구 칭찬해왔으나 이제는 그를 배신자로 여기는 허버트와 새리타 같은 사람들을 잃었던가? 그의 스승이자 친구인 앨리스 스톱포드 그린조차 비록 그가 체포되고부터는 그와의 불화를 결코 다시 언급하지 않았다 할지라도, 그가 베를린으로 가는 것에는 반대했다. 그를 야비한 인간이라고 매도한 영국 언론으로 인해 얼마나 많은 사람들이 그에게 구역질을 느끼고 있을까? 그는 위경련이 일어 간이침대에서 몸을 뒤틀었다. 위에 돌멩이 하나가 들어가 내장을 찢어대는 듯한 느낌이 사라질 때까지 한참 동안 그렇게 있었다.

독일에 머문 그 십팔 개월 동안 그는 자신의 판단이 틀리지 않았는지 여러 번 자문해보았다. 그러나 실은 그 반대로, 여러 사실이 그의 모든 논지가 옳았음을 증명해주었는데, 당시 독일 정부는 성명을—내용의 대부분이 로저에 의해 작성된—공포함으로써 자신들이 아일랜드의 주권에 대한 이상과 연대하고, 대영제국에 빼앗긴 독립 회복을 위해 아일랜드인을 돕겠다는 의지를 천명했다. 하지만 그뒤로 그는 베를린의 당국자들을 접견하기 위해 운터 덴 린덴에서 보내야 했던 오랜 기다림의 시간, 지켜지지 않은 약속들, 여러 가지 질병, 아일랜드 여단과 관계된 실패를 겪으면서 의구심을 갖기 시작했다.

그는 수많은 교섭 끝에 마침내 림부르크 포로수용소의 아일랜드 포로 2200명에게 이야기할 수 있었던, 소용돌이 눈보라가 몰아치던 그 추운 날들을 회고할 때마다 늘 그랬듯이 자신의 심장이 고동치는 것을 느꼈다. 그는 여러 달 동안 머릿속으로 연습해 둔 연설을 되풀이하면서 조심스럽게 그들에게 설명하기를 그건 '적의 편이 되는 것'이 전혀 아니라고 했다. 아일랜드 여단은 독일 군대에 합류하지 않을 것이라고. 자체 장교들을 보유한 독립적인 군대가 될 것이고, 아일랜드를 식민화하고 억압한 국가에 대항해 아일랜드 독립을 위해 독일 군대와 '나란히, 하지만 독일 군대에 속하지 않은 채' 싸울 것이라고. 그를 가장 고통스럽게 했던 것, 산酸처럼 그의 정신을 쉼없이 부식시켜온 것은 2200명의 포로 가운데 불과 오십 몇 명만이 아일랜드 여단에 입대했다는 사실이 아니었다. 그를 가장 고통스럽게 한 것은 그가 그런 제안을 했을 때 마주쳤던 적대감, 수많은 포로가 그에게 경멸을 표하려고 사용한 '배신자' '겁쟁이' '영혼을 팔아먹은 인간' '바퀴벌레' 같은 단어가 명확하게 섞여 들리던 고함소리와 투덜거림, 그리고 마침내 그가 세번째로 그들에게 이야기하려 시도(그들이 휘파람을 불고 욕설을 퍼붓는 바람에 겨우 몇 마디 말만 하고 입을 다물었기에 그저 시도에 불과했다)했을 때 그를 향해 쏟아지던 침 세례와 물리적인 폭력의 시도였다. 그리고 공격을, 아마도 린치를 당할 수 있는 상황에서 경호를 맡은 독일군 병사들에게 구출되어 부랴부랴 그곳에서 끌려나가며 느꼈던 수치심이었다.

아일랜드 포로들이 불과 얼마 전까지만 해도 대항해 싸웠던,

벨기에의 참호 속 자신들에게 독가스 공격을 가했던, 자신들의 수많은 동료를 죽이고 사지를 자르고 상처를 입혔던, 그리고 이제는 자신들을 철조망 안에 가둔 바로 그 독일 군대에 의해 군장을 갖추고, 제복—비록 로저 자신이 디자인한 제복이었다 할지라도—과 음식을 제공받고, 지도를 받게 될 여단에 입대할 것이라고 생각했다니, 그는 고지식하고 순진했다. 그런 상황에서라면 유연하게 이해하고, 아일랜드 포로들이 당하고 잃어버린 것이 무엇인지 기억해야 하며, 그들에게 악의를 품지 않아야 했다. 하지만 예상치 못한 현실과의 잔혹한 충돌이 로저 케이스먼트를 몹시 힘들게 했다. 이는 그의 정신뿐만 아니라 동시에 몸에 영향을 미쳤고, 이내 거의 모든 희망을 상실한 채 오랫동안 몸져눕게 만드는 열병이 그를 덮치고 말았다.

그 몇 개월에 걸친 로버트 몬테이스 대위의 간절한 충성심과 애정은 어쩌면 로저 케이스먼트가 생존하는 데 없어서는 안 될 위안 같은 것이었다. 사방에서 발생한 숱한 어려움과 실패가 있었지만, 로저 케이스먼트가 구상한 아일랜드 여단이 결국 현실화될 것이고, 또 그 대열에 대다수의 포로를 모병하게 되리라는 몬테이스 대위의 신념에—적어도 가시적인 형태로는—영향을 미치지 못했기 때문에 몬테이스 대위는 독일 군대가 베를린 근처의 초센에 마련해준 작은 캠프에서 오십여 명의 자원병을 훈런시키는 데 열정적으로 헌신했다. 그리고 몇 명의 자원병을 더 모을 수 있었다. 몬테이스를 포함해 모든 자원병이 로저가 디자인한 여단의 제복을 착용했다. 모두 야영 텐트에서 생활하며 행군과 기동작전을 하고, 공포탄으로 소총 및 권총 사격 연습을 했다. 규율은 엄격했고, 몬테이스는 교련, 군사훈련, 스포츠 외에도 아일랜드의 역사, 문화, 특성, 독립을 달성했을 때 전개될 전망에 대해 여단원들에게 지속적으로 얘기해줄 것을 로저 케이스먼트에게 역설했다.

림부르크 포로수용소에 있었던 과거의 포로 한 무리가—포로 교환 덕분에 자유를 찾아—원고측 증인으로 줄지은 광경을, 그리고 재판정에서 그들 사이에 섞인 대니얼 베일리 상사를 몬테이스 대위가 목격했더라면 무슨 말을 했을까? 검사의 질문에 대한 답으로 증인들은 하나같이, 독일군 장교들에 둘러싸인 로저 케이스먼트가 자신들에게 적군의 대열로 갈 것을 권고하고, 자유와 급료와 미래의 수익에 대한 전망을 미끼처럼 내보였다고 진술했다. 그리고 모든 증인이 그 언어도단의 거짓을 마치 사실인 양 확언했다. 즉 아일랜드의 포로들이 로저의 권유에 시달린 끝에 그의 뜻에 따라 아일랜드 여단에 입대해 그 즉시 더 많은 배급, 더 많은 모포, 더 유연한 휴가 제도를 받았다고 말이다. 하지만 로버트 몬테이스 대위는 그들에게 분노하지 않았을 것이다. 그 애국자들이 눈이 멀었거나, 아니면 3세기 전부터 지배당하고 억압당한 민족의 진정한 상황을 보지 못하도록 에이레의 눈에 베일을 씌운 잘못된 교육 때문에, 나아가 대영제국이 에이레에 심어둔 무지와 혼란 때문에 눈이 멀어버린 것뿐이라고, 한번 더 말했을 것이다. 그 모든 것이 변하고 있었기에 절망할 필요는 없었다. 그리고 아마도 림부르크와 베를린에서 그랬듯 몬테이스는 로저의 사기를 높여주기 위해 이렇게 얘기했을 것이다. 1913년 11월 25일 더블린의 로툰다에서 열린 대회의에서, 영국 의회가 아일랜드 자치법인 '홈 룰'을 승인할 경우 그 법을 따르지 않겠다고 공개적으로 비난했던 에드워드 카슨 경이 이끈 얼스터 합방주의자들의 군대화에 대응해 창설되었던 아일랜드 의용군에 아일랜드의 젊은이들—농부, 노동자, 어부, 직인, 학생—이 대단히 열정적으로, 대단히 대범하게 입대했다고 말이다. 영국 군대에서 장교로 복무할 때 영국군을 위해 남아프리카의 보어전쟁에 참전했다가 두 번의 전투에서 부상을 당한 로버트 몬테이스는 의용군에 입대한 첫번째 무리 가운데 하나였다. 그에게는 군사훈련 임무가 맡겨졌다. 아일랜드 의용군 지도자들의 극도의 신뢰가 필요한, 무기 구입 자금의 회계담당자 가운데 하나로 선발되어 로툰다에서 열린 그 감동적인 회의에 참석했던 로저는 자신이 당시에 몬테이스를 만난 일이 있었는지 기억하지 못했다. 하지만 몬테이스는 자신이 로저와 악수를 나누고, 콩고와 아마존에서 원주민들에게 자행된 범죄를 세계에 알린 사람이 아일랜드 출신이라는 사실에 자부심을 느꼈음을 로저에게 말했다고 확언했다.

로저는 자신이 몬테이스와 함께 림부르크 포로수용소 주변이나 베를린 길거리에서, 가끔은 어슴푸레하고 차가운 새벽에, 가끔은 황혼 무렵에 밤의 첫 어둠과 더불어 아일랜드에 관해 집요한 대화를 나누며 기나긴 산책을 했었다는 사실을 기억했다. 그들 사이에 싹튼 우정에도 불구하고 그는 결코 몬테이스가 자신을 친구처럼 대하도록 만들 수가 없었다. 몬테이스 대위는 대화할 때도 항상 로저를 정치적·군사적 상관처럼 대하고, 길을 걸을 때면 오른쪽을 양보하고, 문을 열어주고, 의자를 가져다주고, 악수를 나누기 전후로는 군화 뒤축을 맞부딪치며 차렷 자세로 군모에 손가락을 갖다대는 군대식 경례를 했다.

몬테이스 대위는 아일랜드 공화국 형제단과 아일랜드 의용군의 비밀 지도자인 톰 클라크로부터 로저 케이스먼트가 만들려고 애쓰던 아일랜드 여단에 관해 처음 이야기를 듣자마자 그와 뜻을 함께하러 떠나야겠다고 나섰다. 당시 몬테이스는 의용군에게 비밀리에 군사훈련을 시키고 있다는 사실이 발각되어 영국 군대에 의해 그 벌로 주거지를 리머릭으로 제한당한 상태였다. 톰 클라크가 다른 지도자들과 상의했고, 몬테이스의 제안이 받아들여졌다. 몬테이스가 독일에서 로저를 만나자마자 아주 상세하게 들려준 이야기에 따르면, 그의 여정에는 모험소설처럼 온갖 사건사고가 따랐다. 몬테이스는 자신의 여행에 담긴 정치적 의도를 감추기 위해 아내를 대동하고 1915년 9월에 리버풀을 떠나 뉴욕으로 향했다. 그곳에서 아일랜드 민족주의 지도자들이 그를 노르웨이인 아이빈트 아들러 크리스텐센(그를 기억하는 순간 로저는 속이 뒤집히는 것 같았다)에게 인계했으며, 크리스텐센은 호보컨항에서 노르웨이의 수도인 크리스티아니아*로 곧 출발하는 배에 몬테이스를 몰래 태웠다. 몬테이스의 아내는 뉴욕에 남았다. 크리스텐센이 그에게 밀항자처럼 여행할 것을 주문했기 때문에 몬테이스는 선실을 자주 옮겨가면서 배의 맨 밑바닥 칸에 숨은 채 그 노르웨이 남자가 가져다주는 물과 음식으로 오랜 시간을 버텨야 했다. 배는 한창 항해중에 영국 해군에 의해 정지당했다. 영국 해병 1개 분대가 첩자들을 찾는다면서 배에 침입해 선원과 승객 명단을 조사했다. 꼬박 닷새 동안 수색이 이어졌고, 몬테이스는 들키지 않고 이곳저곳으로 은신처를—가끔은 옷장 속 옷더미 아래 몸을 웅크린 채 아주 불편하게, 가끔은 타르 통

---

* 현재의 오슬로.

안에 잠겨 있었다—옮겼다. 마침내 그는 크리스티아니아에서 비밀리에 하선할 수 있었다. 독일로 들어가기 위해 스웨덴과 덴마크의 국경을 넘는 과정은 한 편의 소설 같았는데, 그는 여장을 하는 등 다양하게 변장해야 했다. 마침내 베를린에 도착한 그는 자신이 따르고자 찾아온 수장 로저 케이스먼트가 바이에른에서 병중에 있다는 사실을 알게 되었다. 그는 지체하거나 게으름을 피우는 일 없이 곧장 기차를 탔고, 로저가 치료를 받고 있던 바이에른의 호텔에 도착해 차렷 자세를 취하고 거수경례를 하면서 다음과 같이 자신을 소개했다. "지금이 제 생애에서 가장 행복한 순간입니다. 로저 경."

케이스먼트가 기억하기로 그가 로버트 몬테이스와 의견이 일치하지 않았던 유일한 때는, 어느 날 오후 그가 초센의 군대 캠프에서 아일랜드 여단원들에게 강연을 하고 난 뒤였다. 두 사람은 캠프 매점에서 차를 마셨는데 무엇 때문이었는지는 기억나지 않지만, 로저가 아이빈트 아들러 크리스텐센을 언급했다. 대위의 얼굴이 불쾌감을 드러내며 일그러졌다.

"보아하니 대위가 크리스텐센에 대해 좋은 기억을 갖고 있지는 않은 것 같군요." 로저가 몬테이스에게 농담처럼 말했다. "그 친구가 대위를 뉴욕에서 노르웨이까지 밀항자처럼 여행하게 해서 앙심이라도 품고 있나요?"

몬테이스는 웃지 않았다. 표정이 심각하게 변해 있었다.

"그렇지 않습니다, 선생님." 그가 퉁명스레 얼버무렸다. "그런 건 아니라고요."

"그런데 표정이 왜 그런가요?"

몬테이스는 언짢은 듯 대답을 망설였다.

"제 생각엔 늘 그 노르웨이 사람이 영국 정보부의 첩자 같았기 때문입니다."

로저는 그 말에 복부를 주먹으로 한 대 얻어맞은 듯했다고 기억했다.

"대위는 그에 대한 어떤 증거를 갖고 있습니까?"

"전혀 없습니다, 선생님. 단지 육감입니다."

케이스먼트는 그를 나무라면서 증거 없이 다시는 그런 억측을 하지 말 것을 명령했다. 대위는 더듬더듬 사과했다. 지금의 로저는 당시 그를 나무랐던 데 대해 용서를 구할 수만 있다면 비록 잠시일지라도 몬테이스를 만나기 위해 무슨 일이든 했을 것이다. '그의 말이 전적으로 옳았어, 좋은 친구였지. 그의 직관은 정확했어. 아이빈트는 첩자보다 더 나쁜 인간이었으니까. 진짜 악마랄까. 그런데 나는 바보같이 순진하게도 그를 믿어버렸다니.'

아이빈트는 삶의 마지막 단계에 그가 저지른 커다란 실수들 가운데 하나였다. 언젠가 앨리스 스톱포드 그린과 허버트 워드가 그를 지칭해 일컬었던 말처럼 '몸집 큰 아이'나 다름없는 로저 같은 사람이 아니었다면, 루시퍼의 화신 같은 아이빈트가 그의 삶에 개입한 방식에 누구라도 무언가 의심스러운 점이 있었음을 알아차렸을 것이다. 하지만 로저는 그렇지 않았다. 그는 우연한 만남, 즉 운명의 공모를 믿었던 것이다.

1914년 7월, 그가 미국 내 아일랜드 공동체를 대상으로 아일랜드 의용군을 선전하고, 그들로부터 후원과 무기를 얻어내고, 아일랜드 공화국 형제단의 북미 지사인 클랜 나 게일의 민족주의자 지도자이자 베테랑 투사인 존 드보이, 조지프 맥개리티와 면담하기 위해 뉴욕에 도착했을 때, 일이 벌어졌다. 뉴욕의 여름 더위로 화끈 달아오른 호텔의 습하고 찜통 같은 작은 방을 벗어나 맨해튼 지역을 산책하기 위해 나섰을 때, 바이킹 신처럼 잘생긴 금발 청년이 그에게 다가왔는데, 그는 청년의 친절, 매력, 배짱에 순식간에 유혹당하고 말았다. 큰 키에 운동선수 같은 몸, 고양이처럼 걷는 걸음, 깊고 푸른 눈의 아이빈트가 천사 같기도 하고 불량배 같기도 한 미소를 지었다. 무일푼이던 청년은 익살스럽게 얼굴을 찡그리며 자신의 텅 빈 호주머니를 뒤집어 로저에게 보여줌으로써 그 사실을 알렸다. 로저는 그에게 맥주 한 잔과 먹을 것을 사주었다. 그리고 그 노르웨이 청년의 말을 모두 믿었다. 당시 스물네 살이던 그는 열두 살에 노르웨이의 집을 떠나왔다고 했다. 그는 밀항자처럼 여행하면서 용케 글래스고에 도착할 수 있었다. 그후 세계의 모든 바다를 항해하며 스칸디나비아와 영국 선박들에서 화부로 일했다. 로저를 만난 지금은 뉴욕에 발이 묶인 채 근근이 살아가는 중이라고 했다.

그리고 로저는 그의 말을 믿었다! 숨을 끊어버릴 것 같은 위경련이 또다시 밀려와 그는 비좁은 침대에서 고통스러워하며 몸을 웅크렸다. 위경련은 신경성 긴장이 극심할 때 그를 공격했다. 울고 싶은 욕망을 참았다. 두 눈에 눈물이 그렁할 정도로 자신에 대한 연민과 부끄러움을 느낄 때면 곧이어 기분이 우울해지고 스스로가 혐오스러워졌다. 그는 자신의 감정을 드러내는 성향의 감상적인 인물이 아니었고, 자신의 감정을 휘젓는 격변을 완벽한 평온의 가면 뒤에 늘 감출 줄 알았다. 하지만 1914년 10월 마지막날 아이빈트 아들러 크리스텐센을 대동해 베를린에 도착한 이후로 그의 성격이 달라졌다. 몸이 아픈 상태였고, 파산을 했으며, 신경은 너덜너덜해졌던 게 그런 변화에 기여했을까? 특히 독일에서 보낸 마지막 몇 개월 동안 로버트 몬테이스 대위가 로저에게 주입하려 했던 '열정의 주사'에도 불구하고 자신의 아일랜드 여단 계획이 실패해버렸다는 사실을 깨닫고, 독일 정부가 자신을 불신하고 있다는(아마도 그를 영국의 첩자라고 생각해서) 사실을 느끼기 시작하고, 주 노르웨이 영국 영사 핀들래이가 그를 죽이기 위해 음모를 꾸몄으리라고 폭로했는데도 그가 기대하던 국제적인 반응이 없다는 사실을 알았을 때가 그러했다. 그에게 가해진 최후의 일격은 아일랜드에 있는 아일랜드 공화국 형제단과 아일랜드 의용군의 동료들이 부활절 봉기 계획을 마지막 순간까지 그에게 숨겼다는 사실이었다. ("그들은 안전을 위해 예방조치를 취해야 했습니다"라고 로버트 몬테이스가 로저를 진정시켰다.) 게다가 그들은 로저에게 독일에 머물라고 고집하고, 로저가 자신들과 합류하는 것을 금지했다. ("그들이 선생님의 건강을 생각하고 있습니다. 선생님"이라고 몬테이스가 그들을 대변했다.) 아니, 그들은 로저의 건강을 생각한 것이 아니었다. 만약 자신들의 무장투쟁이 독일 군대의 공격과 동시에 이뤄지지 않는다면 로저가 반대한다는 사실을 그들이 알고 있었기에 그들 역시 로저를 의심하고 있었던 것이다. 로저와 몬테이스는 민족주의자 지도자들의 명령을 어기고 독일 잠수함에 올랐다.

하지만 로저의 모든 실패 가운데 가장 컸던 것은 그가 맹목적으로 바보처럼 아이빈트/루시퍼를 신뢰했다는 사실이었다. 아이빈트는 조지프 맥개리티를 방문하러 가는 로저를 따라 필라델피아로 갔다. 아이빈트는 존 퀸이 준비해 뉴욕에서 열린 회의에서 로저가 아일랜드 구 교단 회원들이 대부분인 청중에게 연설을 할 때도 그의 곁에 있었고, 8월 2일 필라델피아에서 아일랜드

의용군 천 명 이상이 행진하고 로저가 우레 같은 박수를 받으며
열변을 토할 때도 곁에 있었다.

　로저는 미국 내 아일랜드 민족주의자 지도자들이 아이빈트 아
들러 크리스텐센을 본 첫 순간부터, 크리스텐센이 그들로부터
신뢰받지 못한다는 것을 알아차렸다. 하지만 로저는 그들이 로
저 자신의 판단력과 충성심을 믿었듯이 크리스텐센의 판단력과
충성심도 믿어야 한다며 적극적으로 그들을 안심시켰고, 아일랜
드 공화국 형제단이자 클랜 나 게일의 지도자들은 결국 그 노르
웨이 청년이 로저의 미국 내 모든 공식활동에 동참하는 것을 허
락했다. 그리고 그들은 그가 로저의 조수 자격으로 베를린에 함
께 가는 데 동의했다.

　특이한 것은 크리스티아니아에서 기이한 사건이 일어났는데
도 로저가 그를 전혀 의심하지 않았다는 것이다. 두 사람은 독일
로 가기 위해 노르웨이의 수도에 막 도착했는데, 도착한 바로 그
날 혼자 산책하러 나간 아이빈트에게—아이빈트가 로저에게 말
해준 바에 따르면—낯선 사람들이 다가와 말을 걸더니 그를 납
치해서 드람멘스바이엔 79번지의 영국 영사관으로 끌고 갔다.
그는 그곳에서 영사 맨스펠트 드 카도넬 핀들래이에게 직접 심
문을 받았다. 영사는 아이빈트의 동료가 누구인지, 그 동료가 노
르웨이에 온 의도가 무엇인지 밝히면 돈을 주겠다고 제안했다.

아이빈트는 로저에게 맹세하기를, 자신은 영사에게 아무것도 밝히지 않았다고, 자신은 전혀 모르는 신사에게 그 신사가 모르는 도시—나라—를 단순히 안내하는 사람으로서, 그 신사에 관해 그들이 알고 싶은 게 있다면 조사해보겠노라고 영사에게 약속한 끝에 풀려났다고 했다.

그런데 로저는 자신이 함정에 빠진 희생자라는 사실을 단 일 초도 생각하지 못한 채 그 환상적인 거짓말을 삼켜버렸다! 어리석은 아이처럼 함정에 빠져버렸다!

아이빈트 아들러 크리스텐센은 그때 이미 영국의 정보기관들을 위해 일하고 있었던가? 영국 해군의 정보부장 레지널드 홀 함장과 스코틀랜드 야드의 범죄수사국장 바실 톰슨은 로저가 체포되어 런던으로 압송되었을 때부터 그를 심문하던 인물들이었는데—로저는 그들과 아주 오랫동안 진심어린 대화를 했다—그들은 로저에게 그 스칸디나비아인 남자에 관해 모순적인 정보들을 주었다. 하지만 로저는 이에 관해 어떤 오해도 하지 않았다. 아이빈트가 크리스티아니아 길거리에서 납치당해 맨스펠트 드 카도넬 핀들래이라는 과시적인 성姓을 가진 영사가 있는 곳에 강제로 끌려갔으리라는 것이 절대적으로 틀렸다고 어느새 확신하고 있었기 때문이다. 그 심문관들은 분명 로저의 사기를 저하시킬 목적으로—로저는 그 두 사람이 섬세한 심리학자라는 사실을 확인했다—영사가 외무부 상관에게 보냈다는 보고서를 로저에게 보여주었다. 아이빈트 아들러 크리스텐센이 노르웨이 수도에 있는 영국 영사와의 개별 면담을 요구하면서 드람멘스바이엔 79번지의 영사관에 불시에 도착했던 사실에 관한 것이었다. 그리고 외교관이 접견을 허락했을 때, 위조 여권을 지참하고 '제임스 랜디'라는 이름을 사칭한 채 독일로 가는 중이라는 아일랜드 민족주의 지도자와 자신이 동행하고 있음을 그가 어떤 식으로 밝혔는지에 대해서도 보여주었다. 아이빈트는 이런 정보를 제공해주는 대가로 돈을 요구했고, 영사는 그에게 25크로네를 건넸다. 아이빈트는 영국 정부가 넉넉하게 보상해주기만 하면 언제든 그 익명의 인물에 관한 사적이고 비밀스러운 자료를 계속해서 제공해주겠노라고 영사에게 제안했다.

한편 레지널드 홀과 바실 톰슨은 독일에서 로저의 모든 움직임이—빌헬름가의 외무부 건물에서 독일 정부의 고위 관료, 군인, 각료들과 한 인터뷰뿐만 아니라 림부르크의 포로수용소에 있는 아일랜드 포로들과의 만남도—영국 정보국에 의해 아주 세밀하게 기록되었다는 사실을 로저에게 알려주었다. 그렇듯 아이빈트는 로저와 공모하는 척하면서도 맨스펠트 드 카도넬 핀들래이에게 줄 올가미 하나를 준비하면서, 로저가 독일에 머무는 동안 말하고 행하고 글로 쓰는 모든 것을, 그리고 그가 어떤 사람의 방문을 받고 어떤 사람을 방문하는지를 영국 정부에 계속해서 알려주었던 것이다. '내가 바보였으니 마땅히 내 운명을 받아들여야 해.' 로저는 스스로에게 무수히 반복했다.

그 시점에 감방 문이 열렸다. 점심식사 배식이었다. 벌써 정오인가? 추억에 빠져 있느라 감지하지도 못한 채 오전이 지나가 버렸다. 모든 나날이 그렇다면 참으로 멋질 것이다. 그는 맛없는 멀건 국물과 생선 쪼가리를 넣은 양배추 스튜를 겨우 몇 술 떴다. 교도관이 접시를 가져가려고 왔을 때 로저는 그에게 대변과 소변 양동이를 씻으러 갈 수 있게 해달라고 요청했다. 하루에 한 번 변소로 가서 양동이를 비우고 물로 헹구는 것이 허락되었다. 로저는 감방으로 돌아와 다시 간이침대에 드러누웠다. 장난꾸러기 아이처럼 미소를 머금은 아이빈트/루시퍼의 잘생긴 얼굴이 기억에 되살아났고, 그 기억과 더불어 실의와 비애로 인한 고통이 갑작스럽게 되살아났다. 로저는 아이빈트가 그의 귀에 "당신을 사랑해요"라고 소곤거리는 소리를 들었고, 아이빈트가 품으로 파고들어 꼭 껴안는 것처럼 느꼈다. 로저는 자신이 흐느끼는 소리를 들었다.

로저는 여행을 많이 하고 격렬한 경험을 하고 온갖 사람을 만났으며, 두 대륙에서 미개인들과 원주민 공동체들에 대한 잔혹한 범죄를 조사했었다. 그런데도 스칸디나비아 루시퍼처럼 아주 의뭉하고 파렴치하고 비열한 성격을 지닌 한 사람이 그를 여전히 아연실색하게 만드는 일이 가능했을까? 그는 로저에게 거짓말을 하고 체계적으로 속이고, 동시에 생글거리는 얼굴로 고분고분하고 다정하게 굴면서 충성스러운 개처럼 로저를 따라다니고 섬기고, 건강을 챙겨주고 약을 사다주고, 의사를 부르고 체온을 쟀다. 하지만 가능한 한 최대로 로저의 모든 돈을 빼내기도 했다. 그러고 나서 그는 어머니와 누이를 방문한다는 핑계를 대고 노르웨이로 가는 여행을 몇 차례 고안해냈는데, 이는 그가 영국 영사관으로 달려가 자신의 상관이자 연인인 로저의 음모적, 정치적, 군사적 활동에 관한 정보를 주기 위해서였다. 그리고 그런 밀고에 대한 대가로 영사관에서 돈을 받았다. 그런데도 로저는 자신이 그 책략의 실마리를 잡고 있다고 믿었다니! 로저는 영국인들이 자신을 죽이고자 했기 때문에―그 노르웨이 남자의 말에 따르면, 영국 영사 맨스펠트 드 카도넬 핀들래이가 분명 그렇게 확인해주었다고 한다―로저는 아이빈트에게 자신을 대상으로 한 영국 공무원들의 범죄적 의도에 관한 증거를 확보할 때까지 계속해서 그런 식으로 활동하라고 지시했던 것이다. 아이빈트는 그 사실 또한 영국 영사에게 전해주었는데, 몇 크로네 또는 몇 파운드를 받고 그렇게 했을까? 따라서 영국 정부에 대한 파괴력 있는 선전작전이 되리라 로저가 믿었던 것이―영국 정부가 제3국들의 주권을 침해하면서 적들을 죽이려는 시도를 했다고 공공연하게 비난하는 것―최소한의 반향도 일으키지 못했었다. 로저는 자신이 에드워드 그레이 경에게 보낸 공개서한 사본을 베를린에 나와 있는 모든 국가의 대사관에도 보냈는데, 그어떤 대사관으로부터도 서한의 수령 통지조차 받지 못했다.

하지만 더 나쁜 것은―로저는 위를 쥐어짜는 듯한 통증을 다시 느꼈다―나중에 스코틀랜드 야드에서 이뤄진 여러 번의 긴 심문 말미에 찾아왔는데, 그때 로저는 아이빈트/루시퍼의 이름이 다시는 그들의 대화에 불쑥 끼어들지 않을 거라고 믿고 있던 터였다. 최후의 일격이었다! 로저 케이스먼트라는 이름이 유럽과 세계의 모든 신문에 실렸고―영국 정부로부터 기사 작위와 훈장을 받은 영국 외교관 한 명이 조국을 배신한 반역자로 재판을 받게 되었다―그의 임박한 재판 소식이 사방에 알려졌다. 그때 필라델피아의 영국 영사관에 아이빈트 아들러 크리스텐센이 나타나 영사의 중재를 통해 이렇게 제안했다. 영국 정부가 여행 및 체류 경비 일체를 대고 "자신이 수용할 만한 보수를 받게 해준다면" 언제든지 영국으로 가 로저 케이스먼트의 죄를 입증하는 증언을 하겠노라고. 로저는 레지널드 홀과 바실 톰슨이 자기에게 보여주었던 필라델피아 영국 영사의 보고서가 진짜라는 사실을 단 일 초도 의심하지 않았다. 다행스럽게도 그 스칸디나비아 루시퍼의 불그스레한 얼굴은 올드 베일리에서 열린 나흘 동안의 재판에서 증인석에 나타나지 않았다. 다행스럽다고 한 이유는 로저가 그를 보자마자 분노를, 그의 목을 졸라 죽이고 싶은 마음을 참지 못했을 것이기 때문이다.

그것이 바로 원죄의 얼굴, 정신, 사악한 왜곡이었을까? 로저가 에드먼드 D. 모렐과 나눈 어느 대화에서, 기독교적인 교육을 받은 교양 있고 문명화된 이들이, 즉 그 둘 같은 사람들이 콩고에서 상세하게 기록했던 그 무시무시한 범죄들을 저지르고 공범이 되는 것이 가능한지 서로에게 물었을 때 로저는 말했다. "인간의 악의 근원에 대한 역사적, 사회학적, 심리학적, 문화적인 설명이 다 소진되고 없는데, 그 근원에 도달하기 위해 통과해야 하는 어둠 속의 넓은 영역이 여전히 존재해요. '불도그'. 당신이 그것을 이해하고 싶으면 한 가지 방법이 있어요. 논리적인 생각 일랑 접어두고 종교에 의지하는 겁니다. 그것이 바로 원죄입니다." "그 설명은 그 어떤 것도 설명하지 못해요, '타이거'." 두 사람은 오랫동안 토론했지만 어떤 결론에도 도달하지 못했다. 모렐이 확언했다. "만약 악의 근본적인 이유가 원죄라면 해결책이 없습니다. 만약 우리 인간이 악을 위해 만들어졌고 그 악을 영혼에 담고 있다면, 우리가 도저히 고칠 수 없는 것을 고치려고 투쟁해봤자 무슨 소용이겠습니까?"

비관주의에 빠지지 말아야 한다는 '불도그'의 말이 옳았다. 모든 인간이 아이빈트 아들러 크리스텐센은 아니기 때문이었다. 로버트 몬테이스 대위와 모렐 자신처럼 다른 사람들, 즉 고결한 사람, 이상주의자, 선한 사람과 관대한 사람이 있었다. 로저는 서글퍼졌다. '불도그'는 로저를 위한 청원들 가운데 단 하나에도 서명하지 않았다. 의심할 바 없이 '불도그'는 자기 친구(이제는 허버트 워드처럼 옛친구가 되었는가?)가 독일 편을 드는 것에 찬성하지 않았다. 비록 로저가 전쟁에 반대하고, 평화주의적 캠페인을 하고, 그로 인해 재판에 회부되었다 해도, 의심할 바 없이 모렐은 그가 카이저에게 결탁한 일을 용서하지 않고 있었다. 아마도 그를 배신자라고도 생각했을 것이다. 콘래드처럼.

로저는 한숨을 내쉬었다. 그는 그 두 친구처럼 훌륭하고 사랑하는 많은 친구를 잃었다. 얼마나 많은 친구가 더 그에게 등을 돌린 것일까! 하지만 그 모든 것에도 불구하고 그는 자신의 사고방식을 바꾸지 않았다. 아니, 그가 잘못한 것이 아니었다. 이 투쟁 속에서 만약 독일이 승리한다면 아일랜드는 독립에 더 가까워질 거라고 계속해서 믿었다. 그런데 승리가 영국 편이라면 아일랜드의 독립이 더 멀어질 것이다. 그는 독일이 아니라 아일랜드를 위해 할 수 있는 일을 했다. 워드, 콘래드 그리고 모렐처럼 아주 명석하고 총명한 사람들이 그를 이해할 수는 없었을까?

애국심이 총기를 가려버렸다. 앨리스 스톱포드 그린은 로저가 늘 진한 향수와 더불어 기억하던 그로스베너 로드의 그녀 집에서 열린 야간 모임에서 이뤄진 격렬한 토론에서 단언했다. 그 여성 역사가가 정확히 무슨 말을 했지? "우리는 애국심이 우리의 명석함, 이성, 지성, 총명함을 빼앗아가도록 내버려두지 말아야 합니다." 대충 이렇게 말했었다. 당시에 그는 그 모임에 참석했던 모든 아일랜드 민족주의자에게 조지 버나드 쇼가 비꼬듯 던진 신랄한 말을 기억했다. "그것들은 양립할 수 없어요, 앨리스. 착각하지 마요. 그러니까 애국심은 하나의 종교고 명석함의 적이에요. 순전히 반계몽주의적이고 일종의 신앙행위라고요." 그 극작가는 자신의 이야기 상대를 불편하게 만드는 조롱조 반어법으로 늘 그렇게 말했는데, 그 이유는 그가 호인처럼 하는 말 속에 늘 파괴적인 의도가 숨어 있음을 이야기 상대 모두가 직감했기 때문이었다. 이 회의론자이자 불신자의 입에서 나온 '신앙행위'라는 단어는 '미신' '사기' 또는 훨씬 더 나쁜 것들을 의미했다. 그럼에도 불구하고 아무것도 믿지 않고, 모든 것을 막무가내로 비판하는 그 남자는 위대한 작가였고, 자기 세대에서 그 누구보다 아일랜드 문학의 명성을 높인 사람이었다. 어느 작가가 애국자도 아니면서, 선조들의 땅에서 그 깊은 혈육의 정을 느끼지도 않고서, 자신의 등뒤에 있는 옛 혈통을 사랑하지도, 혈통에 대해 감동하지도 않고서 어찌 위대한 작품을 만들어낼 수 있겠는가? 그런 이유로 그 위대한 창작가들 가운데서 한 사람을 고르라면 로저는 은근히 버나드 쇼보다 예이츠를 선호했다. 예이츠는 확실한 애국자로서 아일랜드와 켈트의 옛 전설들을 자신의 시와 극작품의 자양분으로 삼았는데, 그는 전설을 각색하고 새롭게 만들었으며 전설이 살아서 현재의 문학을 비옥하게 만들 수 있음을 보여주었다. 잠시 후 로저는 자신이 그런 식으로 생각했다는 것을 후회했다. 로저가 어떻게 조지 버나드 쇼의 은혜를 모르겠는가. 비록 조지 버나드 쇼가 회의주의적 시각을 견지하고 민족주의에 반하는 글을 썼음에도, 런던의 위대한 지성인들 가운데 로저 케이스먼트를 변호하기 위해 그 극작가보다 더 명시적이고 용기 있는 방식으로 행동한 사람은 아무도 없었다. 버나드 쇼는 로저의 변호사인 서전트 A. M. 설리번에게 변론 방침에 대해 충고했는데 불행하게도 그 가련한 변호사, 그 탐욕스럽고 쓸모없는 인간은 그것을 받아들이지 않았고, 로저에게 사형이 구형된 뒤에 조지 버나드 쇼가 감형에 찬성하는 글을 쓰고 성명서에 서명했다. 관대하고 용기 있는 사람이 되기 위해 반드시 애국자와 민족주의자가 될 필요는 없었다.

잠시나마 서전트 A. M. 설리번을 생각하자 로저는 사기가 저하되었는데, 자신이 대역죄를 저질렀다는 이유로 올드 베일리에서 받은 재판에 대한 기억, 즉 1916년 6월 말의 그 불행한 나흘 동안의 기억이 되살아났던 것이다. 고등법원에서 로저를 변호해 줄 수 있는 변호사를 구하는 일은 전혀 쉽지 않았다. 조지 가번 더피 씨, 그리고 로저의 가족과 친구들이 더블린과 런던에서 접촉한 모든 변호사가 다양한 핑계를 대며 거부했다. 전시에 조국을 배신한 사람의 변호를 원하는 사람은 아무도 없었다. 결국 런던의 어느 법원에서 누군가를 변호한 적이 단 한 번도 없었던 서전트 A. M. 설리번이 제안을 수용했다. 물론 그는 과도한 액수의 돈을 요구했고, 그 돈은 로저의 누나 니나와 앨리스 스톱포드 그린이 아일랜드의 대의에 동조하는 사람들의 기부를 통해 모아야 했다. 아일랜드의 독립을 위한 모반자이자 투쟁가로서 자신의 책임을 솔직하게 수용하고, 재판을 아일랜드의 주권을 천명하기 위한 발판으로 이용하고자 했던 로저의 바람에 반해, 변호사 설리번은 정치적인 문제는 회피하면서, 그리고 로저를 재판에 회부한 근거가 되는 에드워드 3세의 법령은 외국이 아니라 영국 영토에서 이뤄진 반역행위에 적용된다고 주장하면서 법률에만 의존하는 형식적인 변호를 했다. 피고인의 책임으로 돌려진 행위들은 독일에서 이뤄졌고, 따라서 케이스먼트는 대영제국을 배신한 사람으로 간주될 수 없었다. 로저는 이런 변호 전략이 성공하리라고는 결코 믿지 않았다. 설상가상으로 서전트 설리번은 변론요지서를 제출하던 날 가엾은 장면을 연출했다. 그는 변론요지를 진술하기 시작한 지 얼마 되지 않아 몸을 벌벌 떨고 경련을 일으키더니 결국 시체처럼 창백해져 외쳤다. "판사님들, 더이상 못하겠습니다." 그러고 나서 법정 바닥에 쓰러져 기절해버렸다. 그의 조수들 가운데 하나가 변론요지를 마저 진술해야 했다. 그나마 다행이었던 건 로저가 자신의 최후 진술에서 스스로를 모반자라고 천명하고, 부활절 봉기를 옹호하고, 조국의 독립을 요청하고, 자신이 조국에 봉사했던 일에 자부심을 느끼고 있다고 말하면서 스스로를 변호할 수 있었다는 것이다. 그 연설문이 로저에게 자긍심을 주었는데, 그는 그것이 미래 세대들에게 자신이 정당했음을 증명하게 되리라 생각했다.

몇시였던가? 그는 시간을 알 수 없다는 것에 대해 도무지 익숙해질 수가 없었다. 펜턴빌 교도소의 벽이 어찌나 두껍던지 그가 제아무리 귀를 쫑긋해보아도 거리의 벨소리, 모터 도는 소리, 고함소리, 사람들 목소리, 휘파람소리, 호루라기 부는 소리 같은 소음을 들을 수 없었다. 이즐링턴 시장의 시끌벅적한 소리는 진짜로 들은 것이었을까, 혹은 상상이었을까? 그는 이제 그 사실조차 구분하지 못할 정도가 되어버렸다. 전혀. 무덤 속 같은 특이한 정적, 이 순간의 정적이 시간을, 삶을 정지시켜버린 것 같았다. 그의 감방까지 스며드는 유일한 소음은 교도소 내부에서 오는 것이었다. 감방 옆 복도에서 들리는 둔탁한 발소리, 열리고 닫히는 철문소리, 어느 교도관에게 명령을 내리는 셰리프의 소리였다. 이제 펜턴빌 교도소 안에서는 그 어떤 소리도 그에게 들려오지 않았다. 고요가 그를 괴롭히고 생각을 방해했다. 토마스 아 켐피스의 『그리스도를 본받아』를 다시 읽으려고 애썼으나 정신을 집중할 수가 없었기에 책을 다시 바닥에 내려놓았다. 기도를 하려고 시도했으나 너무 무감정적이어서 그만두었다. 한참 동안 조용히 긴장한 채, 불안하게 멍한 정신으로 누수가 있는 듯 축축해 보이는 천장의 한 지점에 시선을 고정시키고 있다가 마침내 잠이 들었다.

그는 평온한 꿈속에서 햇빛 화사한 어느 아침에 아마존 밀림에 있었다. 배의 선교 위로 불어오는 산들바람이 극심한 열기를 식혀주었다. 모기는 없었고, 최근에 그를 그토록 괴롭히던 눈의 화끈거림, 즉 안과의사의 모든 안약과 세정에도 전혀 효과가 없는 듯한 감염증 없이, 관절염으로 인한 근육통도, 가끔씩 직장에 불에 달군 쇠가 있는 듯 화끈거리는 치질도, 발이 퉁퉁 붓는 증세도 없이 편안한 느낌이었다. 그는 자신이 아프리카에서 보낸 이십 년의 후유증인 그런 불편함, 질병, 우환을 전혀 느끼지 않았다. 다시 젊어졌고, 아프리카에서 수없이 했던 그 광기어린 짓을 강변이 전혀 보이지 않는 이 드넓은 아마존강에서 하고 싶은 욕망을 느꼈는데, 그건 바로 옷을 다 벗고 배 난간에서 수초와 거품 얼룩이 있는 그 푸르스름한 물에 뛰어드는 것이었다. 그는 미지근하고 농밀한 물의 감촉을, 심신을 정화시켜주는 자비로움을 온몸으로 느꼈고, 그사이에 수면으로 치고 올라와 몸을 드러내고, 손발을 놀려 수영하기 시작해서 배 옆을 돌고래처럼 쉽고 우아하게 미끄러지듯 나아갔다. 갑판에서는 선장과 다른 승객들이 그에게 다시 배로 올라오라고, 물에 빠져 죽거나 혹 길이가 10미터에 이르고 사람을 통째로 집어삼킬 수 있는 물뱀 '야쿠마마'에게 잡아먹히려고 그렇게 몸을 내맡기는 행동은 하지 말라고, 과장된 몸짓으로 신호를 했다.

그는 마나우스 근방에 있었던가? 타바틴가 근처? 푸투마요 근처? 이키토스 근처? 강을 거슬러올라갔을까 아니면 내려갔을까? 그렇거나 저렇거나 다 똑같았다. 중요한 건 참으로 오랜만에 기억하는 좋은 기분을 느낀 것이었다. 배가 푸르스름한 수면 위를 천천히 미끄러지고 있고, 윙윙거리는 엔진소리가 그의 생각을 요람에 넣어 흔들어줄 때, 로저는 결국 외교관직을 사임하고 온전한 자유를 회복한 지금 자신의 미래가 어떻게 될 것인지 재검토해보았다. 그는 런던의 에버리 스트리트에 있는 집을 반환하고 아일랜드로 돌아갈 것이다. 시간을 분배해 더블린과 얼스터에서 지낼 것이다. 정치에 삶을 통째로 바치지는 않을 것이다. 공부를 위해 하루에 한 시간, 일주일에 하루, 한 달에 일주일을 할애할 것이다. 아일랜드어인 게일어 학습을 다시 시작해 어느 날엔가는 유창하게 구사함으로써 앨리스를 놀라게 할 것이다. 그리고 정치에 헌신했던 시간들, 나날들, 주들을 근본적이고 중심적인 계획—아일랜드의 독립, 그리고 식민정책과의 투쟁—과 관련된 원대한 정치에 집중할 것이다. 근본적인 임무를 잊고 심지어는 사보타주까지 해가면서 정당, 조직, 단체에서 보잘것없는 권력의 영역을 차지하려고 애면글면하는 정치꾼들처럼 음모, 라이벌 관계, 경쟁에 시간을 허비하지 않을 것이다. 아일랜드를 많이 여행하고, 앤트림의 협곡들과 도네갈, 얼스터, 골웨이, 외지고 고립된 코네마라 지역과 어부들이 영어는 할 줄 모르고 게일어만 하는 토리 섬 같은 곳으로 긴 소풍을 다닐 것이고, 금욕, 근면, 인내로 자신들의 언어, 관습, 신앙을 보존함으로써 식민주의자들의 압제적인 현실에 저항했던 농부, 직인, 어부들과 사이좋게 지낼 것이다. 그들의 말을 듣고, 그들에게서 배우고, 아일랜드가 사라지지 않고 여전히 국가로 남게 하는 데 기여한 그 소소한 사람들이 수세기 동안 침묵 속에 간직해놓은 영웅적인 무용담을 에세이와 수필로 쓸 것이다.

금속성 소음 하나가 그를 그 즐거운 꿈으로부터 꺼내버렸다. 눈을 떴다. 교도관이 들어와 매일의 저녁식사인 밀기울 수프와

빵 한 조각이 담긴 사발을 건네주었다. 교도관에게 막 시각을 물어보려고 했으나 알려주지 않을 거라는 사실을 알았기에 그만두었다. 빵을 잘게 쪼개 수프에 넣고 숟가락으로 띄엄띄엄 떠먹었다. 또 하루가 지나고 아마도 내일은 결정적인 날이 될 것이다.

X

　'리베랄' 호를 타고 푸투마요로 떠나기 전날 밤 로저 케이스먼 트는 미스터 스터즈와 솔직하게 이야기를 하기로 작정했다. 이키토스에서 십삼 일을 보내는 동안 그 영국 영사와 많은 대화를 나누었으나 그 문제에 관한 얘기를 꺼낼 용기가 없었다. 로저는 자신의 임무가 이키토스뿐만 아니라 아마존 전 지역에서 수많은 적을 만들었다는 사실을 인식하고 있었다. 게다가 고무 채취업자들과 심각한 문제가 생길 경우 가까운 장래에 크게 쓸모가 있을 동료와 사이가 멀어지는 것은 온당치 못한 일이었다. 그 자극적인 사안을 영사에게 언급하지 않는 편이 더 나았다.

　그럼에도 그날 밤 그와 영사 미스터 스터즈가 영사의 집 작은 거실에서 함석지붕에 떨어지는 빗소리와 유리창과 테라스의 난간을 두드리는 빗줄기 소리를 들으며, 늘 마시던 포트와인을 즐기는 동안 로저는 그 신중함을 포기해버렸다.

"미스터 스터즈, 리카르도 우루티아 신부님에 대해 어떻게 생각하세요?"

"아우구스티누스 교단의 수도원장님 말씀인가요? 저는 신부님을 썩 잘 알지 못합니다. 대체적으로 저는 신부님을 좋게 생각합니다. 선생께서 요즘 그분을 자주 보셨죠, 그렇죠?"

자신들이 위태로운 땅으로 들어가고 있음을 영사가 알아차렸을까? 그의 작은 눈에 불안한 빛이 보였다. 방 한가운데 작은 탁자에서 불꽃을 탁탁 튀기는 등유 램프 빛에 그의 벗어진 머리가 반짝거렸다. 그의 오른손에 들려 있던 부채는 이미 움직임을 멈춘 상태였다.

"좋습니다, 우루티아 신부님이 여기 머무신 지는 불과 일 년이고, 이키토스를 벗어나보신 적은 없습니다." 케이스먼트가 말했다. "그래서 푸투마요의 고무 농장들에서 일어난 일에 관해 많이는 모르시죠. 반면에 도시에서 일어나는 다른 인간 드라마에 관해서는 많이 말씀해주셨어요."

영사는 포트와인 한 모금을 음미했다. 그가 다시 부채질을 했고, 로저는 그의 둥그런 얼굴이 살짝 붉어졌다는 느낌을 받았다. 밖에서는 길게 울리는 둔탁한 천둥소리와 더불어 폭풍우가 포효

하고, 가끔씩 번갯불이 순간순간 숲의 어둠을 밝혔다.

"원주민 부족의 소년 소녀들이 납치당한 사건 말입니다." 로 저가 말을 계속했다. "아이들이 이리로 끌려와서 여러 가정에 이 삼십 솔에 팔립니다."

스터즈 씨가 말없이 그를 관찰하고 있었다. 이제 그는 화가 난 듯 부채질을 했다.

"우루티아 신부님 말씀에 따르면, 이곳 가정의 거의 모든 하인 은 납치당해 팔려온 사람입니다." 케이스먼트가 덧붙였다. 그리 고 영사의 눈을 뚫어지게 쳐다보면서 말했다. "그런 거죠?"

미스터 스터즈가 긴 한숨을 내쉬더니 불쾌하다는 기색을 감추 지 않은 채 안락의자에서 몸을 흔들었다. 그의 얼굴이 이렇게 말 하는 것처럼 보였다. '당신이 내일 푸투마요로 떠나는 것을 내가 얼마나 기뻐하는지 당신은 잘 모를 거요. 우리가 다시는 얼굴을 마주하는 일이 없으면 좋겠소, 케이스먼트 씨.'

"그런 일들이 콩고에서는 일어나지 않았습니까?" 영사가 회 피하듯 대꾸했다.

"여기처럼 일반화된 방식은 아니라 해도 일어났지요. 제 무례 를 용서해주세요. 영사님의 하인 넷은, 채용을 했습니까, 아니면 샀습니까?"

"물려받았습니다." 영국 영사가 건조하게 말했다. "전임자인 카제스 영사가 영국으로 떠난 뒤에도 그들이 이 집에 있었습니다. 여기 이키토스에서는 채용 계약 같은 것을 안 하기에 그들을 채용했다고 말할 수는 없습니다. 그 넷은 문맹이라 계약서를 읽을 줄도, 서명을 할 줄도 모릅니다. 제가 이 집에서 그들을 재우고 먹이고 옷을 입히고 게다가 팁을 주는데, 선생께 장담하건대 이 땅에서 그런 건 흔한 일이 아닙니다. 그들은 원하면 언제든지 자유롭게 떠날 수 있습니다. 그들과 얘기해보시고 다른 곳에서 일자리를 찾고 싶어하는지 물어보세요. 그들이 어떤 반응을 보이는지 보시게 될 겁니다. 케이스먼트 씨."

로저는 그 말에 수긍하고는 포트와인을 한 모금 마셨다.

"영사님의 기분을 상하게 하려던 건 아닙니다." 로저가 사과했다. "저는 지금 제가 있는 땅, 이키토스가 지닌 가치와 관습을 이해하려고 애쓰는 겁니다. 영사님께 심문관처럼 보이려는 의도는 전혀 없습니다."

이제 영사의 표현이 적대적이었다. 그가 천천히 부채질을 했고, 그의 시선에는 증오심 외에도 불안감이 깃들어 있었다.

"심문관이 아니라 정의파시죠." 영사가 불쾌한 듯 또 한번 얼굴을 찡그리며 로저의 말을 수정했다. "혹 원하신다면, 영웅인 거죠. 선생께 이미 말씀드렸다시피 저는 영웅을 좋아하지 않습니다. 제 솔직함을 나쁘게 받아들이지는 마세요. 그건 그렇다 치

고, 희망 같은 건 갖지 마세요. 여기서 일어나는 일을 바꾸지는
못하실 겁니다. 케이스먼트 씨. 우루티아 신부님도 마찬가지고
요. 어떤 의미에서 이 아이들에게는 지금 자신에게 일어나는 일
이 일종의 행운이에요. 하인이 되는 것 말입니다. 나이를 먹으면
서 열 살이 되기 전에 삼일열과 다른 질병에 걸려 죽거나 고무
농장에서 동물처럼 일하며 자기 부족 틈에서 사는 것이 이보다
천 배는 나쁠 겁니다. 그들은 여기서 더 잘삽니다. 이런 실용주
의가 선생을 불쾌하게 하리라는 건 이미 압니다."

로저는 아무 말도 하지 않았다. 이제 그는 자신이 알고 싶어하
던 바를 알고 있었다. 그리고 이제부터 이키토스의 영국 영사는
아마도 로저 자신이 주의해야 할 다른 적일 것이라는 사실 또한
알고 있었다.

"저는 영사 업무를 하면서 국가에 봉사하기 위해 이곳에 왔습
니다." 미스터 스터즈가 바닥에 깔린 섬유 매트를 바라보면서 덧
붙였다. "그리고 그 임무를 제대로 완수하고 있다고 선생께 장담
할 수 있습니다. 저는 그 수가 썩 많지 않은 영국 시민들을 알고,
그들을 보호하고, 그들에게 필요한 모든 면에서 봉사합니다. 아
마존과 대영제국 사이의 교역을 활성화하기 위해 할 수 있는 일
이라면 전부 합니다. 저는 교역활동, 이곳에 드나드는 배들, 국
경에서 일어나는 사건들을 늘 우리 정부에 보고하고 있습니다.

노예제도에 대항하거나 페루의 메스티소와 백인들이 아마존 원주민에게 저지르는 학대에 대항해 싸우는 것은 제 의무 중에 포함되어 있지 않습니다."

"기분을 상하게 해서 미안합니다, 스터즈 씨. 우리 이 문제는 더이상 얘기하지 맙시다."

로저는 자리에서 일어나 집주인에게 좋은 밤 보내라고 인사하고는 자기 방으로 돌아왔다. 폭풍우는 가라앉았으나 비는 그치지 않았다. 침실 옆 테라스는 젖어 있었다. 식물냄새와 축축한 흙냄새가 진하게 퍼져 있었다. 밤은 어두워졌고 흡사 곤충들이 숲속만 아니라 방안에도 있는 것처럼 소리가 크게 들렸다. 폭풍우와 더불어 다른 비도 쏟아졌다. '빈추카'라 불리는 가무잡잡한 딱정벌레들이었다. 내일 그 벌레들의 사체가 테라스를 덮을 것이고, 그 사체들을 밟으면 호두처럼 우두둑 소리가 날 것이고, 바닥에 검은 피 얼룩이 질 것이다. 그는 옷을 벗어 파자마로 갈아입고 침대 모기장 속에 드러누웠다.

그래, 경솔했다. 여러 문제에 개입되지 않고 은퇴하게 되기를, 영국으로 돌아가 그동안 저축해둔 돈으로 조금씩 조금씩 잔금을 갚아나갈 서리주 시골집의 정원 가꾸기에 몰두할 수 있기만을 기다리는 불쌍한 남자이자, 또는 좋은 남자일 수도 있는 영사의 기분을 상하게 한 것 말이다. 영사가 하고자 하는 일이 바

로 그가 했어야 할 일이었고, 그렇다면 그의 몸은 병을 덜 얻고
영혼은 고통을 덜 느꼈을 것이다.

로저는 페루와 브라질 국경 지역인 타바틴가에서 이키토스까
지 가는 '우아이나' 호에서 고무 채취업자 빅토르 이스라엘과 벌
인 격정적인 토론을 기억했는데, 몰타 출신 유태인으로 여러 해
전에 아마존에 정착한 그와 더불어 배의 테라스에서 길고 흥미
진진한 대화를 했었다. 빅토르 이스라엘은 아주 특이하게 옷을
입어 늘 변장을 한 것처럼 보였고, 영어를 완벽하게 구사했으며,
고무 채취업자들이 좋아하는 코냑을 몇 잔 마시면서 포커를 치
는 동안 악한惡漢소설에 나올 법한 자신의 모험담을 재미있게 얘
기했다. 그는 배 위를 날아다니는 분홍색 왜가리들에게 구식 대
형 권총으로 총을 쏘아대는 무시무시한 습관이 있었으나 다행스
럽게도 거의 적중하지 못했다. 그러던 어느 날, 빅토르 이스라엘
이 무슨 일 때문이었는지는 모르겠지만 훌리오 C. 아라나를 옹
호하기까지 했다. 훌리오 C. 아라나가 아마존을 미개 상태로부
터 꺼내 현대적인 세계로 진입시키고 있다는 것이었다. 그는 '습
격'도 옹호했는데, '습격' 덕분에 아직도 고무를 채취할 노동력
이 있다는 이유였다. 조물주가 이 지역에 하사해 페루인에게 축
복을 내리고자 했던 물질인 고무를 채취할 일꾼이 부족하다는
게 이 밀림의 가장 큰 문제라는 얘기였다. 라텍스 채취 노동자로

일하기를 거부하고, 그럼으로써 고무 채취업자들이 원주민 부족에 대한 강제 납치를 자행하게 만든 그 미개인들의 게으름과 어리석음 때문에 이 '하늘의 만나'가 제대로 쓰이지 못하고 있다는 것이었다. 이는 회사들에게 많은 시간과 돈의 낭비를 의미한다고 했다.

"좋아요, 사안을 그런 식으로 볼 수도 있겠지요." 로저가 간결하게 끼어들었다. "다른 방식도 있고요."

빅토르 이스라엘은 키가 크고 몸이 삐쩍 마른 남자로, 어깨까지 내려오는 갈기 같은 긴 생머리에는 흰머리 몇 가닥이 섞여 있었다. 뼈가 앙상한 큰 얼굴에는 여러 날 깎지 않은 듯 수염이 자랐고, 독기를 품은 작고 검은 삼각형 눈이 당황스러운 듯 로저를 뚫어지게 쳐다보고 있었다. 그는 빨간색 조끼를 입고 그 위로 바지 멜빵을 걸쳤으며 밝은색 그물 목도리를 두르고 있었다.

"그게 무슨 뜻이죠?"

"당신이 야만인이라고 부르는 사람들의 관점에 관해 말하는 겁니다." 로저는 날씨나 모기 얘기를 하듯 대단치 않다는 어조로 설명했다. "잠시 그들의 입장에 서보세요. 그들은 수년 또는 수세기 동안 살았던 그곳, 자신들의 마을에 있습니다. 어느 날, 백인 또는 메스티소 신사들이 소총과 권총을 들고 도착해서는 그곳 원주민더러 가족과 경작지와 집을 버리고 낯선 몇 사람의 이익을 위해 수십 또는 수백 킬로그램의 고무를 채취하러 가라고 요구하는데, 그자들이 그렇게 하는 유일한 이유는 원주민 노동력을 마음대로 쓰기 위해서입니다. 당신 같으면 기꺼이 그 유명한 라텍스를 채취하러 가시겠습니까, 돈 빅토르?"

"나는 벌거벗은 상태로 살고, 야쿠마마를 숭배하고, 구순열로 태어난 자식을 강물에 빠뜨려 죽이는 야만인이 아닙니다." 그 고무 채취업자가 자신의 불쾌감을 강조하며 빈정대는 너털웃음을 터뜨리면서 대꾸했다. "이들 숲을 문명화된 땅으로 바꾸기 위해 거칠고 모진 조건에서 작업하고, 생명의 위험을 무릅쓰는 우리 같은 선구자들, 사업가들, 상인들을 아마존의 식인종과 똑같은 수준으로 보시는 겁니까?"

"아마도 당신과 내가 문명이라는 것에 대해 각기 다른 개념을 갖고 있는가봅니다, 친구님." 로저 케이스먼트가 빅토르 이스라엘의 화를 과도하게 돋우는 것처럼 보이는 그 다정한 어조를 쭉 유지하며 말했다.

같은 포커 테이블에는 식물학자 월터 포크와 헨리 필갈드가 있었고, 그 사이에 위원회의 다른 위원들은 각자의 해먹에 드러누워 쉬었다. 고요하고 온화한 밤에 보름달이 은빛 광휘를 발하며 아마존 강물을 비추고 있었다.

"문명에 관한 당신 생각이 어떤지 알고 싶은데요." 빅토르 이스라엘이 말했다. 그의 눈과 목소리가 불꽃을 내뿜었다. 그의 짜증이 너무 격해서 로저는 그 고무 채취업자가 권총집에 넣어가지고 다니는 그 고풍스러운 권총을 갑자기 꺼내 자기에게 쏘지 않을지 자문해보았다.

"제가 생각하는 문명은 개인의 소유권과 자유를 존중해주는 사회라는 말로 요약될 수 있을 겁니다." 로저는 빅토르 이스라엘이 혹시라도 자신을 공격할까봐 모든 감각기관을 바짝 긴장시킨 채 아주 차분하게 설명했다. "예를 들어 영국 법은 식민지 개척자들이 식민지에서 원주민의 땅을 점유하는 것을 금지하고 있습니다. 또한, 광산이나 들판에서 일하기를 거부하는 원주민에게 폭력을 동원하는 것을 구금형으로 금지하고 있습니다. 문명이란 그런 것이라고 생각하지 않습니까? 아니면 제 생각이 틀린 겁니까?"

빅토르 이스라엘의 야윈 가슴이 단추를 목까지 채우고 팔이 헐렁한 특이한 스타일의 셔츠와 빨간 조끼를 흔들어대면서 오르내렸다. 양 엄지손가락을 멜빵 속에 집어넣은 자세였고, 그의 작은 삼각형 눈은 피를 흘릴 듯 핏발이 서려 있었다. 벌어진 입은 니코틴에 물든 울퉁불퉁한 치열을 드러내고 있었다.

"그 기준에 따르면 페루인들은 아마존을 앞으로 영원히 석기시대로 남도록 가만 놔두어야 할 겁니다." 빅토르 이스라엘이 조롱하고 모욕하는 어조로 단언했다. "그렇게 해야만 이교도들의

화를 돋우지도 않고, 그 이교도들이 게으르고 일하기 싫어해서
뭘 해야 할지 모르는 그 땅을 점유할 일도 없으니까요. 이는 페
루인들의 삶의 수준을 높여주고 페루를 현대적인 국가로 만들어
줄 수 있는 부를 낭비하는 겁니다. 그게 영국 정부가 이 나라에
제안하는 겁니까, 케이스먼트 씨?"

"의심할 바 없이 아마존은 부의 거대한 중심지입니다." 로저
는 동요하지 않은 채 수긍했다. "페루가 아마존을 이용하는 일보
다 더 공평한 것은 전혀 없습니다. 하지만 원주민을 학대하지 않
고, 동물처럼 사냥하지 않고, 노예노동을 시키지 않고서 말입니
다. 오히려 학교, 병원, 교회를 통해 그들을 문명에 통합시키면
서 하는 거죠."

빅토르 이스라엘이 스프링 인형처럼 몸을 흔들어대면서 웃음
을 터뜨렸다.

"대체 어느 세상에 살고 계시는 겁니까, 영사님!" 그가 손가락
이 빼빼 마른 손을 과장된 동작으로 들어올리면서 소리쳤다. "영
사님이 평생 식인종을 보지 못했다는 사실이 드러나는군요. 이
곳 식인종들이 기독교인을 몇 명이나 먹어치웠는지 아세요? 그
들이 독 묻힌 창과 투창으로 백인과 촐로를 몇 명이나 죽였을까
요? 샤프라족이 하는 방식대로 그들이 얼마나 많은 사람의 머릿
수를 줄였을까요? 야만을 좀더 경험하신 뒤에 얘기를 더 나눠보

십시다."

"저는 이십 년 가까이 아프리카에서 살았고, 그런 것들을 좀 압니다, 이스라엘 씨." 케이스먼트가 그에게 확인해주었다. "여담이지만 거기서 당신처럼 생각하는 수많은 백인을 보았습니다."

월터 포크와 헨리 필갈드는 토론이 더 과열되는 것을 피하려고 화제를 덜 곤란한 것으로 바꾸었다. 이날 밤 로저 케이스먼트는 잠을 이루지 못하는 사이에, 이키토스에서 열흘 동안 면담한 모든 조건의 사람들, 그러니까 당국자, 판사, 군인, 식당 주인, 어부, 포주, 건달, 창녀, 성매매업소와 바의 종업원들과 이곳저곳에서 수집한 수십 개의 견해를 기록한 뒤 스스로에게 말했다. 이키토스에 있는 엄청난 수의 백인과 메스티소, 즉 페루인과 외국인들이 빅토르 이스라엘처럼 생각하고 있었다고 말이다. 그들에게 아마존의 원주민은 엄밀하게 말해 인간이 아니고, 문명화된 사람이라기보다는 동물에 더 가까운 존재, 열등하고 멸시할 만한 형태의 존재였던 것이다. 그래서 그들을 착취하고 매질하고 납치하고 고무 농장으로 데려가거나 반항하면 광견병에 걸린 개처럼 죽여버렸다. 그것은 원주민에 대해 아주 일반적인 시각이었는데, 리카르도 우루티아 신부가 말했다시피, 이키토스의 하인들이 납치당해 일이 파운드에 상응하는 값으로 로레토 가정에 팔린 소년 소녀들이었다는 사실에 그 누구도 놀라지 않았다.

로저는 심적인 고통 때문에 입을 벌리고 공기가 폐에 도달할 때까지 숨을 깊이 들이마셨다. 그가 이 도시를 벗어나지도 않은 채 이런 것들을 보고 알았다고 한다면, 푸투마요에서 보지 못할 게 무엇이겠는가?

위원회의 위원들은 1910년 9월 14일 아침나절에 이키토스를 떠났다. 로저는 자신이 면담했던 바베이도스인들 가운데 한 명인 프레더릭 비숍을 통역사로 채용했다. 비숍은 스페인어를 할 줄 알았는데, 자신이 고무 농장에서 가장 많이 사용되는 원주민 언어 두 개, 즉 보라족 언어와 우이토토족 언어를 이해하고 타인에게 이해시킬 수 있다고 장담했다. 페루 아마존 회사가 보유한 배 열다섯 척 가운데 가장 큰 '리베랄' 호는 잘 관리되어 있었다. 배에는 승객이 두 명씩 쉴 수 있는 작은 선실이 여러 개 있었다. 선수와 선미에는 밖에서 자는 것을 선호하는 사람을 위해 해먹이 걸려 있었다. 비숍은 푸투마요로 돌아가는 것이 두려웠기에 그곳으로 가는 동안 위원회가 그를 보호해주고, 나중에는 영국 정부가 그를 바베이도스로 송환시켜주리라 약속하는 증명서를 로저 케이스먼트에게 요구했다.

이키토스에서 훌리오 C. 아라나의 페루 아마존 회사가 사업을 행하고 있는, 나포강과 카케타강 사이에 위치한 거대한 지역의 중심지인 라 초레라까지 가는 데는 더위, 구름 같은 모기떼,

지루함, 단조로운 풍경과 소음을 겪으며 여드레가 소요되었다. 배는 아마존강을 타고 내려갔는데 이키토스를 벗어나면서부터는 강변이 보이지 않을 정도로 강폭이 넓어졌고, 타바틴가에서 브라질 국경을 넘었으며, 나중에 이가라파라나강을 통해 페루로 복귀하기 위해 야바리강을 따라 계속해서 아래로 내려갔다. 이 구간에서는 강변이 가까워졌고, 가끔씩 덩굴식물과 엄청나게 큰 나무의 가지가 배의 갑판 위를 스쳐갔다. 나무 사이를 지그재그로 오가면서 날카로운 소리를 내는 앵무새떼, 작은 섬에서 햇볕을 쬐며 다리 하나로 균형을 잡고 서 있는 한가한 분홍색 왜가리들, 푸르스름한 물위로 드러난 거북들의 갈색 등껍질, 그리고 가끔씩 강변의 진흙에서 졸고 있는 악어의 곤두선 등을 비롯해 여러 동물이 보이고 그 소리가 들렸는데, 배에서는 사람들이 악어를 향해 소총이나 권총을 쏘기도 했다.

로저 케이스먼트는 배를 타고 여행하는 시간의 상당 부분을 이키토스에서 채집한 메모와 노트를 정리하고, 훌리오 C. 아라나의 영토에서 지내게 될 몇 개월 동안의 작업 계획을 세우면서 보냈다. 고무 농장에서 일하는 바베이도스 노동자들이 영국 국민이었기에 외무부의 지침에 따라 그들만 면담해야 했고, 페루 정부의 감정을 상하게 하지 않기 위해 페루와 다른 국가 출신 고용인들은 가만 놔두어야 했다. 하지만 로저는 정해진 범위를 지키고 싶은 생각이 없었다. 만약 그가 농장의 책임자들, 그들의 '청년들'이나 '날삯꾼들'—작업을 감시하고 벌칙을 적용하는 일을 맡은, 스페인어를 구사할 줄 아는 인디오들—그리고 원주민 자신들의 정보 또한 얻지 못하면 조사는 외눈박이, 외팔이, 절름발이 상태가 될 것이기 때문이었다. 이런 방식을 통해서만 훌리오 C. 아라나의 회사가 원주민과의 관계에서 어떻게 법과 윤리를 위반했는지를 알 수 있는 온전한 시각을 갖게 될 것이다.

이키토스에서 파블로 수마에타는 아라나의 명령에 따라 회사가 위원회를 맞이하고, 이동과 작업에 편의를 베풀기 위해 회사의 주요 수장들 가운데 하나인 후안 티손 씨를 미리 푸투마요로 보냈다는 사실을 위원들에게 알려주었다. 위원들은 티손이 푸투마요로 간 진짜 이유가 원주민 학대의 흔적을 감추고 실재를 미화한 현실을 보여주기 위함이었다고 가정했다.

그들은 1910년 9월 22일 정오에 라 초레라에 도착했다. 그곳의 이름은 강의 하상河床이 급격하게 좁아짐으로써 생긴 급류와 폭포들에서 유래한 것으로, 이가라파라나강의 단조로운 흐름을 깨는 거품, 소리, 축축한 바위, 소용돌이로 이뤄진 광경이 시끌벅적하고 웅장했는데, 그 강변에 페루 아마존 회사의 본부가 있었다. 부두에서부터 라 초레라의 사무실과 숙소에 도착하기 위해서는 잡초 우거진 가파른 진흙길을 걸어올라가야 했다. 여행자들의 부츠가 진흙 속에 빠졌는데, 그들은 가끔 넘어지지 않으려고 인디오 짐꾼들의 몸에 의지해야 했다. 로저는 자신들을 마중나온 사람들에게 인사하는 동안, 짐을 지고 가는 반라 상태의 원주민들 또는 강변에서 모기를 쫓아내려고 활짝 편 손으로 등을 때려대면서 호기심어린 눈으로 방문자들을 쳐다보던 원주민 서넛 가운데 한 명의 등과 궁둥이와 넓적다리에 채찍질로만 생길 수 있는 흉터가 남아 있는 사실을 확인하며 조금 전율했다. 콩고, 그래, 어디에나 콩고가 있었다.

후안 티손은 키가 큰 남자로, 흰옷 차림에 태도가 귀족 같고 아주 예의가 바르며, 로저와 소통이 가능할 정도로 영어를 구사했다. 그는 쉰 살 정도 되어 보였는데, 깔끔하게 면도한 얼굴, 잘 정돈된 콧수염, 섬세한 손과 복장 때문에 그가 이곳 밀림 한가운데 있는 사람이 아니라 사무실, 살롱, 도시의 남자임을 아주 멀리서도 알아볼 수 있었다. 그가 위원들에게 영어와 스페인어로 환영인사를 하고 자기 동료를 소개했는데, 그 이름만으로도 로저는 반감을 느꼈다. 그 동료가 라 초레라 농장의 책임자인 빅토르 마세도였다. 이 사람은 적어도 도망치지는 않았었다. 런던에서 발행되는 잡지 〈트루스〉에 실린 살다냐 로카와 하든버그의 기사들은 그를 푸투마요에 있는 아라나의 가장 잔인한 부책임자들 가운데 한 명이라고 지적했었다.

일행과 더불어 언덕길을 올라가는 동안 로저는 빅토르 마세도를 관찰했다. 그는 나이를 가늠할 수 없는 사람으로, 건장하고 그리 크지 않은 키에 하얀 피부의 촐로였지만 원주민 특유의 아시아적인 특징을 약간 지녔다. 코가 납작하고, 아주 도톰한 입술은 항상 벌어져 있어 금니 두세 개가 보였으며, 표정이 야외생활에 단련된 사람처럼 강인해 보였다. 그곳에 막 도착한 사람들과 달리 그는 가파른 언덕길을 거뜬하게 올라갔다. 번쩍이는 햇빛을 피하기 위해서라는 듯이, 혹은 사람들을 대면하는 것이 두려워 옆을 바라보고 있다는 듯이 상당한 사시였다. 티손은 비무장 상태였으나 빅토르 마세도는 바지 벨트에 번쩍거리는 권총을 차고 있었다.

아주 넓은 공터에는 말뚝—굵은 통나무들 또는 시멘트 기둥들—위로 목조 건축물들이 세워져 있었는데 이층에는 베란다가 있고, 큰 집들의 지붕은 함석이었으며 작은 집들의 지붕은 야자나무 잎사귀를 엮은 것이었다. 티손이 손가락으로 가리키면서 설명했으나—"저기에 사무실이 있습니다" "저것은 고무 창고입니다" "여러분은 이 집에서 묵으실 겁니다"—로저는 거의 듣지 않았다. 그 대신 반쯤 벌거벗거나 완전히 벌거벗은 원주민 무리를 관찰하고 있었는데, 원주민들은 무심하게 로저 일행을 쳐다보거나 시선을 피했다. 남자, 여자, 병약한 아이들이었는데, 일부는 얼굴과 가슴에 그림이 그려져 있고, 다리는 갈대처럼 가늘고, 피부는 창백하고 누리끼리했으며, 간혹 입술과 귀에 구멍이 있고 고리가 달린 사람도 있어 로저에게 아프리카 원주민을 상기시켰다. 하지만 이곳에 흑인은 없었다. 그는 바지를 입고 장화를 신은 소수의 물라토*와 갈색 피부의 사람들을 보았는데, 그들이 바로 바베이도스에서 파견된 자들임에 틀림없었다. 세어보니 네 명이었다. 로저는 '청년들'과 '날삯꾼들'을 즉시 알아보았는데, 비록 그들이 맨발 상태의 인디오였다고 할지라도, '기독교인'처럼 머리를 자르고 빗었으며 바지와 셔츠를 입고 허리춤에 곤봉과 채찍을 차고 있었기 때문이다.

위원회의 다른 위원들이 두 명씩 방 하나를 배정받은 반면에, 로저 케이스먼트는 방을 혼자 쓰는 특권을 누렸다. 침대 대신에 해먹이 있고, 동시에 옷장과 책상으로 사용할 수 있는 가구가 있는 작은 방이었다. 작은 탁자 위에는 세면대, 물이 채워진 주전자, 거울이 있었다. 그는 일층 출입구 옆에 정화조와 샤워기가 있다고 설명을 들었다. 방에 들어가 짐을 풀자마자, 점심식사를 하러 식탁에 앉기 전에, 바로 그날 오후에 라 초레라의 모든 바베이도스 출신 고용인과 면담을 시작하고 싶다고 후안 티손에게

---

* 흑백 혼혈인을 일컫는 말.

말했다.

그때부터 벌써 기름기가 밴 퀴퀴한 냄새, 썩은 식물과 잎사귀와 유사한 냄새가 로저 케이스먼트의 코를 찔렀다. 푸투마요를 여행한 삼 개월 동안 라 초레라의 구석구석 모든 곳에 배어 있고 온종일 그를 따라다닌 냄새, 결코 익숙해지지 않은 그 냄새 때문에 그는 구토를 하고 구역질을 했다. 공기, 땅, 사물, 사람들에게서 나오는 듯한 그 악취가 그때부터 그에게는, 아마존의 나무에서 흘러나오는 고무에 대한 탐욕이 현기증을 유발할 정도로 극심하게 악화시켰던 악과 고통의 상징으로 변해버렸을 것이다. "유별나군요." 로저는 도착한 그날 후안 티손에게 자신의 견해를 밝혔다. "저는 콩고에서 여러 고무 농장과 창고에 자주 가보았습니다. 하지만 콩고의 라텍스가 그토록 강하고 불쾌한 냄새를 풍겼는지는 기억나지 않습니다." "다양한 종류가 있으니까요." 티손이 로저에게 설명했다. "이것이 아프리카 것보다 냄새가 더 많이 나고 더 강합니다. 유럽으로 가는 고무 꾸러미에는 악취를 줄이기 위해 활석가루를 뿌립니다."

푸투마요 전 지역에 있는 바베이도스인의 수가 196명이었건만 라 초레라에는 단 여섯 명뿐이었다. 로저가 그들의 증언은 비밀리에 이뤄질 것이고, 그 어떤 경우에도 진술한 것 때문에 기소되지는 않을 것이고, 만약 아라나의 회사에서 계속 일하기를 원치 않는다면 로저가 직접 그들을 바베이도스로 송환하는 일을 떠맡겠노라고 비숍의 통역을 통해 다짐했음에도, 그들 가운데 두 명은 애초부터 로저와 대화하기를 거부했다.

증언하겠다고 동의한 네 명은 푸투마요에서 약 칠 년 동안 거주했고, 페루 아마존 회사의 각기 다른 농장에서 십장의 직책, 즉 책임자와 '청년들' 또는 '날삯꾼들' 사이의 중간 직책을 맡았다. 로저가 가장 먼저 대화한 사람은 도날 프랜시스였는데, 키가 크고 건장한 그는 다리를 절뚝거렸고 눈이 그늘져 있었으며, 너무 불안해하면서 불신감을 강하게 드러내 로저는 그로부터 대단한 것을 얻을 수는 없겠다고 직감했다. 도날 프랜시스는 단답형으로 대답하고 모든 혐의를 부인했다. 그에 따르면 라 초레라에서는 책임자들, 직원들, 그리고 '야만인들까지' 아주 잘 살고 있었다. 문제가 전혀 없었고 폭력은 더더욱 없었다. 그는 위원회 앞에서 자신이 말해야 할 것과 해야 할 것에 관해 교육을 잘 받은 상태였다.

로저는 땀을 흠뻑 흘렸다. 홀짝홀짝 물을 마셨다. 푸투마요에 거주하는 나머지 바베이도스인과의 면담도 이번만큼 무용했을까? 그렇지 않다. 필립 버티 로렌스, 시포드 그리니치, 그리고 스탠리 실리와 면담했는데, 특히 스탠리 실리는 면담에 대한 초기의 반감을 극복한 뒤에, 그리고 영국 정부의 이름으로 자신들

을 바베이도스로 송환시켜줄 것이라는 로저의 약속을 받아낸 뒤
에 말을 내뱉기 시작해 모든 것을 이야기하고, 심적인 부담을 덜
어버리고 싶어 안달하는 사람처럼 격정적이면서 가끔은 미친듯
이 자신들의 죄를 인정했다. 스탠리 실리가 아주 정확하게 실례
를 들어가며 생생하게 증언하는 바람에, 로저 케이스먼트는 오
랜 세월 동안 인간의 잔혹행위를 경험했음에도, 특정 순간에는
현기증과 마음의 고통을 느껴 숨조차 제대로 쉴 수 없었다. 그
바베이도스 남자가 말을 끝냈을 때는 이미 밤이 되었다. 밤 벌레
들 윙윙거리는 소리가 마치 곤충 수천 마리가 두 사람 주변을 날
아다니는 것처럼 귀를 먹먹하게 만들 정도였다. 두 사람은 로저
의 침실에 딸린 테라스의 나무벤치에 앉아 있었다. 이미 담배 한
갑을 나눠 피운 뒤였다. 짙어가는 어둠 속이라 이제 로저는 스탠
리 실리라는 그 작은 물라토의 표정을 볼 수 없게 되었고, 그의
머리와 근육질 팔의 윤곽만 보였다. 그는 라 초레라에서 지낸 지
얼마 되지 않은 상태였다. 아비시니아 농장에서 책임자인 아벨
라르도 아구에로와 아우구스토 히메네스의 오른팔로 이 년 동안
일했고, 그전에는 마탄사스 농장에서 아르만도 노르만드와 함께
일했다. 두 사람은 말이 없었다. 로저는 얼굴, 목, 팔을 물리는 느
낌을 받았으나 모기를 퇴치할 힘이 없었다.

　로저는 실리가 울고 있음을 불현듯 감지했다. 실리는 두 손으

로 얼굴을 감싼 채 천천히 흐느끼면서 가슴이 부풀어오를 정도로 숨을 깊이 들이마셨다. 로저는 그의 눈물이 반짝이는 것을 보았다.

"신을 믿나요?" 로저가 물었다. "당신은 종교적인 사람인가요?"

"어렸을 때는 그랬던 것 같습니다." 물라토가 흐느끼면서 애끊는 목소리로 말했다. "일요일이면 대모님이 제가 태어난 마을인 세인트 패트릭의 성당에 저를 데려가셨습니다. 근데 현재는 제가 어떤 상태인지 잘 모르겠습니다."

"하느님께 말하는 것이 혹 당신에게 도움이 될까 해서 물어본 겁니다. 하느님께 기도를 하라는 게 아니라 말을 하라는 겁니다. 시도해보세요. 내게 말했을 때와 똑같이 솔직하게. 당신이 느끼는 것을, 당신이 왜 우는지를 하느님께 얘기하세요. 어떤 경우든 하느님이 나보다 당신을 더 많이 도와줄 수 있어요. 나는 당신을 어떻게 도와야 할지 몰라요. 나도 당신만큼이나 혼란스러우니까요, 스탠리."

필립 버티 로렌스, 시포드 그리니치와 마찬가지로 스탠리 실리는 위원회의 위원들 앞에서, 그리고 심지어는 후안 티손 씨 앞에서도 증언을 되풀이할 준비가 되어 있었다. 스탠리 실리가 케이스먼트 옆에 머물면서 그와 함께 이키토스를 여행했다가 바베이도스로 갈 수 있는 한 그랬다.

로저는 자기 방으로 들어가서 등유 램프의 심지에 불을 붙이고 셔츠를 벗은 뒤 대야에 담긴 물로 가슴, 겨드랑이, 얼굴을 씻었다. 샤워를 하고 싶었으나 그러려면 아래층으로 내려가 노천에서 해야 할 것이고, 그러면 밤에는 수가 늘고 더 사나워지는 모기들에게 사정없이 물어뜯긴다는 사실을 그는 알고 있었다.

저녁식사를 하러 아래층으로 내려가 역시 등유 램프가 밝혀진 식당으로 들어갔다. 후안 티손과 그의 출장 동료들이 물을 섞은 미지근한 위스키를 마시고 있었다. 그들은 서서 대화를 나누고 있었는데, 그 사이에 반벌거숭이 원주민 하인 서너 명이 튀기고 구운 생선, 찐 유카, 고구마, 그리고 브라질인들의 '파리냐'처럼 음식에 뿌려 먹는 옥수수 가루를 가져오고 있었다. 다른 하인들은 밀짚부채로 모기를 쫓아내고 있었다.

"바베이도스 사람들과는 어떻게 되었습니까?" 티손이 로저에게 위스키 한 잔을 갖다주면서 물었다.

"기대했던 것보다 더 좋았습니다, 티손 씨. 그들이 말하는 걸 꺼려할까봐 두려웠지요. 하지만 그 반대였어요. 그들 가운데 세 사람은 제게 정말 솔직하게 말했습니다."

"앞으로 여러분이 불만사항을 접수하시면 제게도 알려주시기를 바랍니다." 티손이 농담 반 진담 반으로 말했다. "회사는 부족한 점을 고쳐서 개선하길 원합니다. 그건 늘 아라나 씨의 정책이었죠. 좋습니다, 다들 시장하시리라 생각합니다. 식탁으로 가시죠, 신사 여러분!"

그들은 자리에 앉아 큰 접시들에 차려진 다양한 음식을 덜어서 먹기 시작했다. 위원회의 위원들은 라 초레라의 설비들을 둘러보고 비숍의 도움으로 관리부와 고무 창고의 직원들과 대화하면서 오후를 보냈다. 다들 피곤해서 말을 하고 싶은 의욕이 없어 보였다. 이 첫날 그들의 경험은 로저가 겪은 것만큼 침울했을까?

후안 티손이 와인을 제공했으나 그가 그들에게 알렸던 바처럼, 프랑스 와인이 운송되는 과정에서 흔들리고 이곳 기후 때문에 간혹 시큼해졌기에 모두 줄곧 위스키를 마시고 싶어했다.

식사를 반쯤 했을 때 로저가 음식을 가져오는 인디오들을 쓱 훑어보면서 논평했다.

"라 초레라의 많은 인디오와 인디아*의 등, 엉덩이, 넓적다리에 흉터가 있는 것을 보았습니다. 예를 들어 저 소녀 말입니다. 저들이 매질을 당할 때 보통 채찍을 몇 번이나 맞나요?"

다들 입을 다물고 있는 가운데 등유 램프가 찌직찌직 타오르는 소리와 곤충이 윙윙거리는 소리가 커졌다. 다들 심각한 표정

---

* '인디아'는 '인디오'의 여성형.

으로 후안 티손을 쳐다보고 있었다.

"그런 흉터는 대부분 그들 스스로 만든 것입니다." 후안 티손
이 불쾌하다는 듯이 단언했다. "여러분이 아시다시피 이들은 자
기 부족 내에서 아주 야만적인 성년식을 하는데요, 얼굴, 입술,
귀, 코 등에 구멍을 뚫어 고리, 이빨, 온갖 장신구를 끼웁니다. 일
부 흉터는 회사의 방침을 존중하지 않은 십장들에 의해 만들어
질 수 있다는 걸 저는 부정하지 않겠습니다. 물론 우리의 규정은
체벌을 단호하게 금지하고 있습니다."

"제 질문은 그런 걸 묻는 게 아니었습니다, 티손 씨." 케이스
먼트가 사과했다. "그게 아니라, 비록 많은 흉터가 보인다 할지
라도 몸에 회사의 낙인이 찍힌 인디오를 단 한 명도 본 적이 없
다는 뜻입니다."

"무슨 말씀을 하시는 건지 잘 모르겠습니다." 티손이 포크를
내려놓으면서 대꾸했다.

"많은 원주민의 몸에 회사 이름 즉, '아라나 회사Casa Arana'
의 약자인 CA가 새겨져 있다고 바베이도스인들이 제게 설명해
주었습니다. 암소, 말, 돼지에게 낙인을 찍듯 말입니다. 그들이
도망치지 못하도록, 콜롬비아 고무 채취업자들이 그들을 훔쳐가
지 못하도록 그렇게 한 거죠. 그 바베이도스인들이 많은 원주민
에게 직접 표시를 했습니다. 가끔씩은 불로, 가끔씩은 칼로 했지

요. 하지만 저는 그런 표시가 있는 사람을 아직 단 한 명도 보지 못했습니다. 보이지 않는 이유가 뭘까요, 선생?"

후안 티손이 갑자기 자제력을 잃고 태도에 품위가 없어졌다. 얼굴을 붉히고 화를 내며 몸을 부르르 떨었다.

"당신이 그런 투로 말하는 걸 용납할 수 없어요." 그가 영어에 스페인어를 섞어 소리를 질렀다. "나는 당신들의 빈정거리는 말을 듣기 위해서가 아니라 당신들의 작업에 편의를 제공하기 위해 여기에 있는 거라고요."

로저 케이스먼트가 동요하지 않은 채 동의했다.

"죄송하지만 선생의 기분을 상하게 할 마음은 없었습니다." 로저가 차분하게 말했다. "그러니까 제가 콩고에서 이루 말할 수 없는 잔인성을 목격했다고 해도, 인간의 몸에 불이나 칼로 표시를 하는 그런 잔인성은 아직 본 적이 없다는 겁니다. 선생이 이런 잔혹행위에 책임이 없다는 건 확실합니다."

"당연히 나는 그런 행위에 전혀 책임이 없습니다." 티손이 손짓하며 다시 목소리를 높였다. 그리고 이성을 잃은 듯 눈을 부라렸다. "잔학한 행위가 벌어진다면 그건 회사의 잘못이 아닙니다. 이곳이 어떤 곳인지 보이지 않나요, 케이스먼트 씨? 여기에는 그 어떤 당국도, 경찰도, 판사도, 아무도 없습니다. 여기서 책임자나 십장이나 조수로 일하는 사람들은 교양인이 아니라 많은 경우가 문맹자이고 모험을 좋아하며 밀림에서 단련된 거친 남자들입니다. 이들은 가끔 문명인들을 소름 끼치게 만드는 잔학한 행위를 저지릅니다. 나는 그것을 아주 잘 압니다. 우리는 우리가 할 수 있는 것을 한다는 걸 믿어주세요. 아라나 씨는 여러분의 뜻에 동의하십니다. 인권을 유린하는 자는 모두 해고될 겁니다. 나는 그 어떤 불공정한 행위에도 가담하지 않습니다, 케이스먼트 씨. 나는 존경받는 이름을 가지고 있고, 이 나라에서 나름대로 명망 있는 가문 출신이며, 종교적인 의무를 지키는 가톨릭 신자입니다."

로저는 아마도 후안 티손이 자기 스스로 하는 말을 믿고 있었을 거라고 생각했다. 그는 이키토스에서건 마나우스에서건 리마에서건 런던에서건 여기서 일어나는 일을 알지도 못하고 알고 싶어하지도 않았을 선량한 사람이었다. 보람 없는 임무를 완수하고 수천 가지 불편과 고난을 겪도록 훌리오 C. 아라나가 세상밖의 이 후미진 곳으로 그를 보내야겠다는 생각을 했던 그 순간을 그는 틀림없이 저주했을 것이다.

"우리는 함께 작업하고 협조해야 합니다." 이제 조금 차분해진 티손이 손을 많이 움직이면서 반복했다. "잘못된 것은 고쳐질 겁니다. 잔학한 행위를 하는 직원들은 징계를 받을 겁니다. 제 명예를 걸고 말씀드립니다! 제가 여러분께 단 한 가지 요청하는 것은 저를 친구로, 여러분 편에 있는 사람으로 봐달라는 겁니다."

잠시 후, 후안 티손이 몸 상태가 썩 좋지 않아서 가봐야겠다고 말했다. 그는 작별인사를 하고 자리를 떴다.

식탁 주위에는 위원회 위원들만 남아 있었다.

"동물들처럼 낙인이 찍힌 상태라고요?" 식물학자 월터 포크가 차마 믿기지 않는다는 듯이 중얼거렸다. "그게 확실할까요?"

"오늘 제가 면담했던 바베이도스 남자 넷 중에 셋이 그걸 확인해주었습니다." 케이스먼트가 단언했다. "스탠리 실리는 자기 우두머리인 아벨라르도 아구에로의 명령에 따라 아비시니아 농장에서 직접 그 짓을 했다고 합니다. 하지만 낙인을 찍는 것이 결코 최악의 경우처럼 보이지는 않습니다. 오늘 오후에는 훨씬 더 무시무시한 사실들에 관해 들었거든요."

그들은 이제 음식을 먹지 않은 채 식탁 위에 있던 위스키 두 병을 비울 때까지 대화를 계속했다. 위원들은 원주민들의 등에 있는 흉터를 보고서, 그리고 라 초레라의 고무를 저장해놓는 창고들 가운데 하나에서 발견한 칼 또는 고문대를 보고서 충격을 받은 상태였다. 비숍이 아주 힘든 시간을 보냈던 티손 씨 앞에서 나무와 밧줄로 만든 그 구조물이 어떻게 작동하는지 그들에게 설명했는데, 원주민들은 그 구조물 속에 들어가서 웅크린 상태로 짓눌렸다. 그러면 팔과 다리를 움직일 수 없게 되었다. 나무

봉 여러 개를 이용해 원주민들의 몸을 조이거나 공중에 매달아 고문했다. 비숍은 칼이 늘 모든 농장의 공터 중앙에 있다고 설명했다. 위원들은 고무 창고의 '날삯꾼들' 가운데 한 명에게 그 기구를 언제 그곳에 갖다놓았는지 물었다. '청년'은 그들이 도착하기 바로 전날이라고 설명했다.

위원회는 다음날 필립 버티 로렌스, 시포드 그리니치, 스탠리 실리의 말을 듣기로 결정했다. 시모어 벨이 후안 티손을 참석시켜야 한다고 제안했다. 다양한 의견이 있었는데, 특히 월터 포크의 견해는 그 바베이도스인들이 회사의 고위층 인사 앞에서 자신들이 했던 말을 철회할까봐 두렵다는 것이었다.

그날 밤 로저 케이스먼트는 눈을 붙이지 않았다. 바베이도스 남자들과 나눈 대화의 요점을 정리하고 있었는데 마침내 램프의 등유가 떨어져 불이 꺼져버렸다. 해먹에 드러누워 잠시 잠들었다가 불편한 자세 때문에 뼈와 근육이 아프고 자신을 괴롭히는 불안감을 떨어버리지 못함으로써 잠들 만하면 깨어나 거의 뜬눈으로 밤을 보냈다.

그런데 페루 아마존 회사가 영국 회사였던 것이다! 이사진에는 존 리스터케이 경, 소우사데이로의 남작, 존 러셀 거빈스, 그리고 헨리 M. 리드 같은 실업계와 금융계에서 명성이 자자하던 인물들이 포진해 있었다. 훌리오 C. 아라나의 그 동업자들은 자기 이름과 돈을 걸고 합법화시킨 회사가 노예제도를 운용하고, 무장한 망나니들의 '습격'을 통해 고무 채취 인부와 하인을 구하는데, 그 망나니들이 원주민 남자, 여자, 아이들을 붙잡아 고무 농장으로 데려가서는 칼을 채워놓고 불과 칼로 낙인을 찍고, 삼 개월마다 고무 30킬로그램이라는 최소 할당량을 가져오지 않으면 피를 흘릴 때까지 채찍질을 하는 등 부당하게 착취를 자행했다는 사실을 로저가 나중에 영국 정부에 제출한 보고서에서 읽었을 때 뭐라고 말할까? 로저는 런던의 EC*에 위치한 금융 중심지 샐리스베리 하우스에 있는 페루 아마존 회사의 사무실에 가본 적이 있었다. 벽에는 게인즈버러**의 풍경화 한 점이 걸려 있고, 유니폼을 입은 여자 비서들이 있고, 사무실에는 카펫이 깔리고 손님용 가죽 소파가 있었다. 줄무늬 바지에 검은 프록코트와 칼라가 빳빳한 흰 와이셔츠를 입고 보타이를 한 '사무원' 여러 명이 회계 처리를 하고 전보를 보내고 받고, 유럽의 모든 산업화된 도시에서 활석가루가 뿌려진 악취 풍기는 고무를 팔고 송금액을 회수하는 아주 멋진 곳이었다. 그리고 세상의 다른 끝에 위치한 푸투마요에는 우이토토, 오카이마, 무이나네, 노누야, 안도

---

* 런던 도심에서 가까운 동쪽 지역(East Central)을 일컫는 말.
** 토머스 게인즈버러(1727~1788). 18세기 영국 풍경화가.

케, 레시가로, 그리고 보라 인디오들이 조금씩 조금씩 소멸되어
가고 있었지만, 그 같은 사안들의 상태를 바꾸기 위해 손가락 하
나라도 움직이는 사람은 아무도 없었다.

"왜 이들 원주민이 반란을 시도하지 않았을까요?" 저녁식사
시간에 식물학자 월터 포크가 물었다. 그리고 덧붙였다. "그들에
게 화기火器가 없다는 건 사실이죠. 하지만 수가 많아 봉기를 일
으킬 수 있고, 그래서 일부가 죽는다 해도 자신들을 괴롭히는 자
들을 수적인 우세를 이용해 이길 수 있을 겁니다." 로저는 그것
이 그리 단순하지 않다고 대답했다. 원주민들은 콩고인들이 아
프리카에서 반란을 일으키지 않은 이유와 동일한 이유로 반란을
일으키지 않았다. 보기 드물게 개인 또는 작은 집단의 자살행위
가 국지적이고 산발적으로 일어났을 뿐이다. 착취 시스템이 아
주 극단적일 때 그 시스템이 몸보다 정신을 훨씬 먼저 파괴하기
때문이다. 원주민들을 희생시킨 폭력이 저항의지와 생존 본능
을 없애버렸고, 그들을 혼동과 공포 때문에 몸이 마비된 자동인
형으로 변화시켜버렸다. 많은 원주민은 자신들에게 일어난 일이
구체적이고 특정한 인간들의 악행의 결과라고 이해한 것이 아니
라 신화적인 대격변, 신들의 저주, 도저히 피할 수 없는 신성한
징벌의 결과라고 이해했다.

그럼에도 이곳 푸투마요에서 로저는 보라족 인디오들이 있던

아비시니아 농장에서 불과 몇 년 전에 반란 시도가 있었다는 사실을 자신이 참고했던 아마존 관련 서류에서 발견했다. 그 누구도 얘기하고 싶어하지 않던 주제였다. 바베이도스 출신 사람들은 모두 그 얘기를 피했다. 그곳 보라족의 카테네레라 불리는 젊은 족장이 어느 날 밤에 자신의 종족 남자 몇 명의 도움을 받아 책임자들과 '날삯꾼들'의 소총을 훔친 뒤, 술에 취한 상태에서 그의 부인을 강간한 바르톨로메 수마에타(파블로 수마에타의 친척)를 살해하고 밀림 속으로 자취를 감추었다. 회사는 족장의 머리에 현상금을 걸었다. 여러 토벌대가 그를 찾으러 나섰으나 거의 이 년 동안 붙잡지 못했다. 마침내 사냥꾼 몇이 밀고자 인디오의 안내를 받아 카테네레와 부인이 은신하고 있던 오두막을 에워쌌다. 족장은 도망칠 수 있었으나 부인은 체포되었다. 책임자인 바스케스는 사람들이 지켜보는 가운데 직접 그녀를 강간한 뒤 칼을 채워놓고 물도 음식도 주지 않았다. 그녀를 며칠 동안 그런 상태로 놔두었고 때때로 매질을 가했다. 결국 어느 날 저녁에 족장이 나타났다. 의심할 나위 없이 족장은 아내가 고문을 당하는 것을 수풀에 숨어 보고 있었다. 그는 공터를 가로지른 뒤에 가지고 있던 총을 버리고 죽어가고 있거나 죽어 있던 부인의 칼 옆에서 유순한 태도로 무릎을 꿇었다. 바스케스는 '날삯꾼들'에게 총을 쏘지 말라고 명령했다. 그는 철사로 카테네레의 눈을 파버렸다. 그러고서 자신들을 에워싸고 있던 원주민들 앞에서 카테네레를 부인과 함께 산 채로 불태우게 했다. 사건의 전모가 과연 그랬을까? 로저는 그 이야기의 결말이 감상적이라고 생각했는데, 아마도 이 뜨거운 땅에 아주 널리 퍼져 있던 잔인성의 기호를 충족시키기 위해 결말이 그런 식으로 변경되었으리라 추정해보았다. 하지만 적어도 그 이야기에는 상징과 전형성이 내포되어 있었다. 즉 원주민 하나가 반란을 일으켰고, 고문자에게 벌을 가하고, 영웅처럼 죽었다는 것이다.

동이 트자마자 묵고 있던 집을 나선 로저 케이스먼트는 강을 향해 비탈길을 내려갔다. 조류의 세기가 견딜 만한 물웅덩이를 발견하고는 벌거벗고 목욕을 했다. 차가운 물이 마사지 효과를 냈다. 옷을 입었을 때는 기분이 상쾌해지고 기운이 솟아나는 것 같았다. 라 초레라로 돌아가는 길에 우이토토 원주민이 거주하는 오두막들이 있는 구역을 둘러보기 위해 길을 벗어났다. 유카, 옥수수 그리고 플라타노 밭 사이에 흩어져 있는 오두막들은 둥그런 모양이었는데, 덩굴풀로 묶은 촌타나무 칸막이가 있고, 집을 덮은 지붕은 야리나나무* 잎사귀로 엮어 땅에 닿을 정도로 늘어뜨려진 상태였다. 아이를 안은 깡마른 여자들만 있었을 뿐—

* '플라타노'는 바나나나무의 일종, '촌타'와 '야리나'는 야자나무의 일종.

그가 그녀들에게 목례를 했지만 아무도 응답하지 않았다—남자는 한 명도 보이지 않았다. 숙소인 오두막으로 돌아가보니 그가 도착한 날 세탁해달라고 건네주었던 옷을 원주민 여자가 그의 침실에 갖다놓고 있었다. 얼굴에 초록색과 파란색 줄무늬를 그린 여자에게 돈을 얼마나 주어야겠느냐고 물었으나 그녀는 이해하지 못한 채 그를 쳐다보기만 했다. 그는 프레더릭 비숍을 시켜 그녀에게 얼마를 주어야 하는지 묻게 했다. 비숍이 우이토토족 말로 물었으나 그녀는 무슨 말인지 이해하지 못하는 것 같았다.

"아무것도 주지 않아도 됩니다." 비숍이 말했다. "여기서는 돈이 오가지 않습니다. 게다가 이 여자는 라 초레라의 책임자인 빅토르 마세도의 여자들 가운데 하나입니다.

"그의 여자가 몇 명인데요?"

"현재는 다섯 명입니다." 바베이도스 출신 남자가 대답했다. "제가 여기서 일했을 때는 적어도 일곱 명은 되었습니다. 그는 여자들을 바꿔왔습니다. 여기서는 모두 그렇게 합니다."

그가 웃더니 다음과 같은 농담을 했는데, 로저 케이스먼트는 웃지 않았다.

"기후가 이래서 여자들이 아주 빨리 닳아집니다. 옷을 바꾸듯 늘 새 여자로 바꿔야 합니다."

로저 케이스먼트는, 위원회 위원들이 옥시덴테 농장으로 가기 전까지 계속해서 라 초레라에 머무른 이 주를 그 출장 여행에서 가장 바쁘고 열심히 일했던 기간으로 기억할 것이다. 그의 즐거움은 강, 여울, 또는 물살이 덜 센 폭포 밑에서 목욕을 하는 것이었고, 숲속을 오랫동안 걷고, 사진을 많이 찍고, 밤늦은 시각에 동료들과 브리지 게임을 하는 데 있었다. 사실 밤과 낮 시간의 대부분은 조사를 하고 글을 쓰고 그곳 사람들을 심문하거나 동료들과 각자의 감상을 나누며 보냈다.

로저와 동료들이 걱정하던 바와 달리 필립 버티 로렌스, 시포드 그리니치, 스탠리 실리는 전체 위원들 앞에서도, 그리고 후안 티손이 있었음에도 주눅들지 않았다. 그들은 로저 케이스먼트에게 말했던 모든 것을 확인해주었고, 피비린내나는 여러 사건과 불법행위에 대한 새로운 사실을 밝힘으로써 자신들의 증언을 확대시켰다. 심문을 하는 동안 가끔 로저는 위원들 가운데 누군가가 기절할 것처럼 얼굴이 창백해지는 것을 보았다.

그들 뒤에 앉아 있던 후안 티손은 입도 벙긋하지 않은 채 가만히 있었다. 그는 작은 노트에 메모를 하고 있었다. 처음 며칠 동안 그는 심문이 끝난 뒤에 고문, 살인, 사지절단에 관련된 증언의 수위를 낮추고 이의를 제기하려고 시도했다. 하지만 세번째 또는 네번째 날 이후부터 그에게 변화가 일어났다. 식사 시간에 말을 하지 않고 음식도 거의 먹지 않고, 누군가 말을 걸면 짧

348

게 그리고 중얼거리듯 대답했다. 다섯째 날 그들이 저녁식사를 하기 전 술을 마시고 있을 때 후안 티손의 감정이 폭발해버렸다. 그가 눈을 부라리며 그곳에 있던 모든 사람을 쳐다보았다. "이건 제 상상을 완전히 초월하는 것입니다. 제가 세상에서 가장 사랑하는 돌아가신 어머니, 제 아내, 제 자식들의 영혼을 걸고 맹세하건대, 이 모든 건 제게 엄청나게 놀랄 만한 일입니다. 저도 여러분처럼 큰 공포를 느낍니다. 우리가 들었던 것들 때문에 마음이 아픕니다. 이 바베이도스인들의 폭로에는 과장이 있을 수 있고 이들이 여러분의 기분을 맞추려 할 수도 있습니다. 하지만 설사 그렇다 하더라도 도저히 참을 수 없고 소름이 끼치는 범죄들이 여기서 일어났고, 그 범죄들이 폭로되고 벌을 받아야 한다는 건 의심할 여지가 없습니다. 여러분께 맹세컨대……"

후안 티손이 말을 멈추고 앉을 만한 의자를 찾았다. 술잔을 손에 든 채 오랫동안 고개를 떨구고 있었다. 훌리오 C. 아라나는 여기서 무슨 일이 일어나는지 알 수 없으며, 이키토스와 마나우스 또는 런던에 있는 협력자들 또한 마찬가지라고 그는 더듬더듬 말했다. 자신이 누구보다 앞장서서 이 모든 일에 대한 해결책을 마련하라고 요구할 것이라 했다. 로저는 티손이 자신들에게 맨 처음 한 말에 감동을 받았었는데, 현재는 그가 덜 자발적이라는 생각이 들었다. 그리고 인간은 결국 자기 상황, 자기 가족, 그리고 자기 자식을 고려한다는 생각이 들었다. 어찌되었든 그날 이후 후안 티손은 페루 아마존 회사의 고위직 노릇을 하기를 그만두고 위원회의 새로운 위원이 된 듯 보였다. 위원들에게 자주 새로운 정보를 가져옴으로써 열성적이고 부지런하게 협조했다. 그는 위원들에게 늘 조심하라고 당부했다. 그는 불신 가득한 사람이 되어 의구심을 잔뜩 품은 채 주변을 염탐했다. 그들이 여기서 무슨 일이 일어났는지 알고 있었으니 모두의 목숨이 위험에 처했는데, 특히 총영사 로저 케이스먼트의 목숨이 그랬다. 티손은 끊임없는 불안에 시달렸다. 그는 그 바베이도스인들이 자백한 내용을 빅토르 마세도에게 발설할까봐 두려웠다. 만약 그랬다면 이 인간은 자신이 재판에 회부되거나 경찰에 인계되기 전에 로저 일행을 기습 공격하고는 그들이 야만인의 손에 살해당했다고 나중에 그렇게 진술할 가능성을 배제할 수 없었다.

상황은 누군가 손마디로 침실 문을 노크했다는 걸 로저 케이스먼트가 알아차렸던 어느 날 새벽에 변화했다. 아직 날이 밝지 않은 시각이었다. 로저가 가서 침실 문을 열고 보니 프레더릭 비숍이 아닌 다른 사람의 실루엣이 보였다. 여기는 모든 게 정상이라고 주장했던 바베이도스 출신 남자 도날 프랜시스였다. 도날은 아주 작게 겁에 질린 소리로 말했다. 그는 깊이 생각했고 이제는 진실을 말하고 싶어했다. 로저는 그를 안으로 들어오게 했다. 도날은 자신들이 테라스로 나가 대화하면 다른 사람이 듣게 될까봐 두려워했기에 침실 바닥에 앉아서 이야기를 했다.

도날은 빅토르 마세도가 무서워 로저에게 거짓말을 했다고 확인해주었다. 빅토르 마세도가 그를 협박했다고 했다. 즉, 여기서 일어난 일을 이 영국인들에게 발설했다가는 바베이도스에 다시는 발을 들여놓지 못할 것이고, 영국인들이 떠나면 그의 고환을 자른 뒤 벌거숭이 상태로 나무에 묶어 쿠르우인세 개미*들의 밥이 되게 하겠노라고 했다는 것이었다. 로저가 도날을 안심시켰다. 다른 바베이도스인들처럼 그도 브리지타운으로 송환될 것이라고 했다. 하지만 로저는 이 새로운 자백을 혼자서만 듣고 싶지 않았다. 도날 프랜시스가 위원들과 티손 앞에서 진술을 해야 했다.

도날은 바로 그날 위원들의 작업 시간에 식당에서 증언했다. 두려워하는 기색이 역력했다. 눈을 이리저리 굴리고 두툼한 입술을 깨물면서 이따금 적당한 어휘를 찾지 못했다. 그는 세 시간 가까이 진술했다. 두 달 전 우이토토 원주민 두 명이 터무니없이 적은 분량의 고무를 채집하고서 자신들의 행위를 정당화하기 위해 병이 났다고 주장하자, 빅토르 마세도가 그와 호아킨 피에드라라는 '청년'에게 그 두 원주민의 손발을 묶어 강물에 던진 뒤

---

* 아마존에 서식하는 거대한 식용 개미.

익사할 때까지 물속에서 몸을 누르고 있으라는 명령을 내렸다고 말했을 때가 도날의 증언에서 가장 극적인 순간이었다. 그러고서 빅토르 마세도는 '날삯꾼들'에게 시신을 숲으로 끌고 가 짐승의 먹이가 되게 하라고 시켰다. 도날은 그 두 우이토토 원주민의 사지와 수족과 뼈 일부를 아직 발견할 수 있는 장소로 위원들을 데려가줄 수 있다고 제의했다.

9월 28일, 케이스먼트와 위원회 위원들은 페루 아마존 회사의 '벨로스' 호를 타고 라 초레라를 떠나 옥시덴테로 향했다. 이가라파라나강을 여러 시간 거슬러올라간 뒤 빅토리아와 나이메네스의 고무 채집장에서 식사를 하기 위해 쉬었으며, 배 안에서 자고 그다음날에 또 세 시간을 항해한 끝에 옥시덴테 부두에 닻을 내렸다. 옥시덴테 농장의 책임자인 피델 벨라르데와 조수 마누엘 토리코, 로드리게스, 아코스타가 그들을 맞이했다. '다들 얼굴과 태도가 흉악범과 무법자 같다'고 로저 케이스먼트는 생각했다. 그들은 모두 권총과 윈체스터 카빈총을 소지하고 있었다. 방금 도착한 사람들에게 지침에 따라 경의를 표하는 게 확실했다. 후안 티손은 위원들더러 사려 깊게 처신하라고 다시 한번 당부했다. 위원들은 그동안 조사했던 것을 벨라르데와 그의 '청년들'에게 절대로 얘기하지 말아야 했다.

라 초레라보다 규모가 작은 캠프인 옥시덴테는 창처럼 날카롭게 깎은 나무기둥을 박아 만든 방어용 울타리에 둘러싸여 있었다. 카빈으로 무장한 '날삯꾼들'이 출입구를 지키고 있었다.

"농장이 왜 이렇게 견고하게 보호되고 있습니까?" 로저가 후안 티손에게 물었다. "인디오들의 공격에 대비하는 겁니까?"

"인디오들의 공격에 대비하는 건 아닙니다. 물론 어느 날 또다른 카테네레가 나타날지는 결코 알 수 없지요. 그게 아니라 이곳 땅에 눈독을 들이는 콜롬비아인들을 대비한 겁니다."

피델 벨라르데는 옥시덴테에 530명의 원주민을 보유하고 있었는데, 대다수가 현재 숲에서 고무를 채취하고 있었다. 그들은 매 15일마다 채취한 고무를 가져오고 다시 밀림으로 들어가 이주를 보냈다. 이곳에서 그들의 아내와 자식들은 방어용 울타리로 둘러싸인 곳 밖의 강변을 따라 퍼져 있는 마을에 남아 있었다. 벨라르데는 그날 저녁에 인디오들이 '방문자 친구들'에게 파티를 해줄 것이라고 덧붙였다.

벨라르데가 방문자들을 숙소로 데려갔는데, 기둥 위에 세워진 이층짜리 사각형 건물의 문과 창문에 모기를 막기 위한 방충망이 씌워져 있었다. 옥시덴테는 창고에서 새어나와 공기 중에 스며든 고무 냄새가 라 초레라처럼 아주 강했다. 로저는 여기서 해먹 대신에 침대에서 잘 수 있을 거라는 사실을 알고 즐거워했다. 침대라 해봤자 씨앗을 채워 만든 매트리스가 깔린 간이침대였는데, 적어도 몸을 쫙 펴고 잘 수는 있을 것 같았다. 해먹은 그의 근육통과 불면증을 악화시켰다.

파티는 초저녁에 우이토토족 마을 근처의 공터에서 열렸다. 한 무리의 원주민이 외지인들을 위해 식탁과 의자를 가져오고 음식과 음료가 담긴 냄비를 운반했다. 원주민들은 아주 경직된 태도로 원형을 이뤄 외지 손님들을 기다리고 있었다. 하늘은 쾌청해 비가 오려는 조짐이 전혀 없었다. 하지만 좋은 날씨도, 반반하게 퍼진 울창한 숲을 가르며 그들 주변을 꾸불꾸불 흐르는 이가라파라나강의 경관도 로저를 즐겁게 하지 못했다. 그는 자신들이 보게 될 장면이 슬프고 우울할 것이라는 사실을 알고 있었다. 일부는 벌거벗었고 일부는 로저가 이키토스에서 많은 원주민이 입은 것을 본 '쿠쉬마'* 또는 튜닉을 걸친 삼사십 명의 인디오 남녀가—남자들은 나이가 아주 많거나 어렸고 여자들은 전반적으로 아주 젊었다—속을 파낸 통나무로 만든 북 만구아레의 소리에 맞춰 원형을 이뤄 춤을 추었다. 사람들 말에 따르면, 우이토토 원주민들은 끝에 고무를 댄 나무스틱으로 그 북을 쳐서 길게 늘어지는 둔탁한 소리를 내 메시지를 보냄으로써 아주 멀리 떨어진 이들끼리 의사소통을 한다고 했다. 원형을 이뤄

* 페루 아마존에 거주하는 아라와크족 원주민이 입는 원피스형 옷.

354

늘어선 댄서들은 발목과 팔에 딸랑이를 차고 있었는데, 그들이 불규칙적으로 깡충깡충 뛰면 딸랑딸랑 소리가 났다. 뜀뛰기를 함과 동시에 그들은 경직되었거나 무뚝뚝하거나 두려움에 젖었거나 무관심한 얼굴과 어울리는 단조로운 멜로디를 읊조렸다.

다수의 인디오가 등, 엉덩이, 다리에 흉터가 있었는데 나중에 케이스먼트는 그것을 보았느냐고 동료들에게 물었다. 춤을 춘 우이토토 인디오 가운데 몇 퍼센트가 채찍질의 흔적을 갖고 있는지에 관해 열띤 토론이 있었다. 로저는 80퍼센트라고 했고, 필 갈드와 포크는 80퍼센트가 넘지 않는다고 했다. 하지만 가장 큰 충격을 준 건 피골이 상접한 어느 아이의 온몸과 얼굴 일부에 화상 흔적이 있는 것이었다는 데 모두의 의견이 일치했다. 그들은 프레더릭 비숍더러 그 화상 흉터가 사고 때문인지 벌이나 고문을 받아 생긴 것인지 알아봐달라고 부탁했다.

그들은 이 농장에서 착취 시스템이 어떻게 작동하는지 세세하게 조사해보겠다고 작정했다. 다음날 아침식사를 끝낸 뒤 아주 이른 시각에 작업을 개시했다. 직접 안내를 하는 피델 벨라르데를 따라 고무 창고에 막 들어갔을 때 그들은 고무의 무게를 재는 저울들이 부정하게 조작되었다는 사실을 우연히 발견했다. 병적으로 자신의 건강을 염려하던 시모어 벨이 체중이 줄었다고 생각해 한 저울에 올라가 무게를 쟀던 것이다. 그는 깜짝 놀라고 말았다. 어떻게 이런 일이! 체중이 약 10킬로그램이나 감소했던 것이다! 그럼에도 그는 체감하지 못했었는데, 그랬다면 바지가 흘러내리고 셔츠가 몸에서 미끄러져내릴 정도로 헐렁해졌을 것이다. 케이스먼트도 체중을 재본 뒤 동료들과 후안 티손에게도 재보라고 권했다. 다들 평소 체중보다 수킬로그램이 덜 나갔다. 점심식사를 하는 동안 로저가 티손에게 물었다. 푸투마요에 있는 페루 아마존 회사의 모든 저울이 실제로 채집한 고무보다 적은 양을 채집한 것으로 인디오들을 속이려고 옥시덴테의 저울들처럼 조작되어 있는지를 말이다. 시치미떼는 능력을 모두 상실해버린 티손은 어깨를 으쓱할 뿐이었다. "저는 잘 모르겠습니다, 선생님들. 제가 아는 유일한 사실은 여기서는 모든 것이 가능하다는 겁니다."

칼을 창고에 감춰두었던 라 초레라와 달리 옥시덴테에서는 집과 고무 창고로 둘러싸인 공터 한가운데 칼이 놓여 있었다. 로저는 피델 벨라르데의 조수들에게 자신을 그 고문도구에 넣어봐달라고 부탁했다. 그 비좁은 우리에 들어가면 어떤 기분이 드는지 알고 싶었다. 로드리게스와 아코스타가 망설였으나 후안 티손이 허락해 그들은 케이스먼트에게 몸을 웅크리라고 한 뒤 그를 손으로 밀어서 칼 속에 끼워넣었다. 그의 수족이 너무 굵어서 다리와 팔을 끼워 붙들어 매는 나무를 완전히 결합하는 것이 불가능했기에 한데로 모으기만 했다. 다만 그의 목을 끼워 붙들어 매는 부분은 온전히 결합할 수 있었는데, 완전히 질식시킬 정도는 아니었지만 호흡을 곤란하게 만들 정도였다. 그는 몸에 강력한 통증을 느꼈는데, 한 인간이 그런 자세로 등, 배, 가슴, 다리, 목, 팔에 그런 압력을 받으면 몇 시간을 버티는 것도 불가능할 듯했다. 그는 칼에서 풀려나서도 몸의 움직임을 회복하기 전에 루이스 번즈의 어깨에 한참을 의지해야 했다.

"인디오들이 어떤 종류의 잘못을 저지르면 칼을 씌웁니까?" 로저가 밤에 옥시덴테 농장의 책임자에게 물었다.

통통하게 살이 찐 메스티소인 피델 벨라르데는 수염이 물범처럼 자랐고 눈이 크고 부리부리했다. 그는 챙 넓은 모자를 쓰고 긴 부츠를 신고 총알이 가득 채워진 허리띠를 매고 있었다.

"아주 심각한 잘못을 저질렀을 때입니다." 그는 매번 말을 어물거리면서 설명했다. "자기 자식을 죽이거나 술에 취해 부인의 신체를 훼손하거나 도둑질을 했을 때와 도둑질한 물건을 어디에 숨겨놓았는지 실토하지 않을 때입니다. 칼을 그리 자주 사용하지는 않습니다. 가끔만 사용합니다. 여기 인디오들은 일반적으로 행실이 바르거든요."

그는 멸시하는 눈초리로 위원들 하나하나를 뚫어지게 쳐다보면서 즐거움과 조롱이 살짝 뒤섞인 어조로 그렇게 말했는데, 그들에게 '제가 이런 것을 말할 수밖에 없습니다만 제발 제 말을 믿지 마세요'라고 하는 것 같았다. 그가 나머지 인간들에 대해서 대단히 오만하고 모욕적인 태도를 취했기에 로저 케이스먼트는 약한 자를 괴롭히는 그 인간이 허리에 찬 권총으로, 어깨에 멘 카빈총으로, 허리띠에 가득한 총알을 가지고 틀림없이 원주민들에게 느끼게 했을 그 몸을 마비시키는 공포를 상상해보려 애썼다. 잠시 후, 옥시덴테에서 일하던 다섯 명의 바베이도스 출신 사람들 가운데 한 명이 위원들 앞에서 증언했다. 술 파티가 벌어진 어느 날 밤에 피델 벨라르데와 울티모 레티로 농장의 당시 책임자인 알프레도 몬트가 칼에 씌워지는 형벌을 받고 있던 우이토토족 남자의 귀를 누가 빨리 깔끔하게 자르는지 시합하는 것을 본 적이 있다고 말이다. 벨라르데는 마체테질 단 한 번에 그 인디오의 귀를 자를 수 있었으나, 당시 고주망태로 취한 몬트는 손이 부들부들 떨리는 바람에 마체테로 인디오의 다른 쪽 귀를 자르는 대신 두개골을 쪼개버렸다. 이번 증언이 끝났을 때 시모어 벨은 정신적인 위기에 처해버렸다. 그는 더이상 견딜 수가 없다고 동료들에게 고백했다. 말도 제대로 할 수 없었고, 눈물이 그렁한 눈은 부어 있었다. 이미 그들은 이곳에 가장 잔학한 야만성이 지배하고 있다는 사실을 알 만큼 충분히 보고 들었다. 비인간성과 정신병리학적인 잔인성으로 이뤄진 이 세계에서 조사를 계속한다는 것은 아무런 의미가 없었다. 그는 일행에게 출장 여행을 중단하고 즉시 영국으로 돌아가자고 제의했다.

로저는 나머지 위원들이 떠나는 것에는 반대하지 않겠다고 말했다. 하지만 자신은 원래 계획한 바대로 푸투마요에 남아 더 많은 농장을 방문하겠다고 했다. 자신의 보고서가 더 큰 효과를 발휘하도록 더 광범위하고 충실하게 고증되고 정리되기를 바랐던 것이다. 그는 영국에서 대단히 존경받는 인물들로 이사진이 구성된 영국의 회사가 이 모든 범죄를 저질렀고, 페루 아마존 회사의 주주들은 여기서 일어나는 일과 더불어 자기 호주머니를 두둑하게 채운다는 사실을 위원들에게 상기시켰다. 그는 그 추문에 종지부를 찍고, 잘못한 자들을 징계해야 했다. 그것을 이루기 위해서는 그의 보고서가 철저하고 완성도가 높아야 했다. 그의 논리는 사기가 저하된 시모어 벨을 비롯해 다른 위원들을 설득시켰다.

피넬 벨라르데와 알프레도 몬트의 그 내기가 그들 모두에게 남긴 충격에서 벗어나기 위해 하루 동안 휴식을 갖기로 결정했다. 다음날 아침, 그들은 면담과 조사를 계속하는 대신 강에 수영을 하러 갔다. 그들이 그물로 나비를 잡느라 여러 시간을 보내는 동안 식물학자 월터 포크는 난초를 찾으러 숲을 탐험했다. 그 지역에서 나비와 난초는 밤에 찾아오는 모기와 박쥐만큼 풍부했는데, 모기와 박쥐가 조용히 날아와 농장의 개, 암탉, 말을 물고 가끔은 광견병을 옮기기 때문에 전염병을 예방하기 위해서는 죽이고 불태워야 했다.

케이스먼트와 동료들은 강 주변을 훨훨 날아다니는 나비의 다양한 종류, 크기, 아름다움에 감탄했다. 온갖 형태와 색깔을 지닌 나비들의 섬세한 날갯짓과 나비들이 잎사귀나 식물에 내려앉을 때 발하는 빛의 반점은 그 화사함으로 대기를 눈부시게 만드는 것처럼 보였다. 이는 마치 이 불행한 세계에는 악과 탐욕 그리고 고통의 끝이 없다는 듯이 위원들이 매 단계에서 발견했던 도덕적인 추악함에 대한 하나의 보상이었다.

월터 포크는 거대한 나무에 매달린 난초의 양에 깜짝 놀랐는데, 난초는 우아하고 멋진 색깔로 주변을 환하게 만들고 있었다. 그는 난초를 꺾지 않았고, 동료들이 꺾도록 내버려두지도 않았다. 돋보기로 난초를 바라보고 메모하고 사진을 찍으면서 많은 시간을 보냈다.

옥시덴테에서 로저 케이스먼트는 페루 아마존 회사를 작동시키는 시스템에 관해 아주 온전한 생각을 갖기에 이르렀다. 아마도 회사 운용 초기에는 고무 채취업자들과 원주민 부족들 사이에 일종의 합의가 있었을 것이다. 하지만 이제 원주민들이 고무를 채취하러 밀림으로 가려고 하지 않기 때문에 그것은 옛날이

야기가 되어버렸다. 그래서 모든 것이 책임자와 그들의 '청년들'에 의해 영속화된 '습격'과 더불어 시작되었다. 급료를 지급하지도 않았기 때문에 원주민들은 단 1센타보도 구경하지 못했다. 그들은 회사 직영 상점으로부터 각종 씨앗, 옷, 램프 그리고 일부 음식 외에도 고무 채취도구들─나무의 표피를 절개하는 칼, 라텍스를 담는 통, 띠처럼 생긴 고무 조각 또는 고무공을 모으는 바구니─을 받았다. 이들 용품의 가격은 회사가 정했기에 원주민들은 늘 빚을 졌고, 빚을 상환하기 위해 평생 일을 해야 할 정도였다. 책임자들은 급료를 받지 않고 각 농장이 모으는 고무에 대한 수수료를 받았기 때문에 라텍스를 최대로 확보하기 위한 그들의 요구는 무자비했다. 고무 채취 노동자들은 각자 아내와 자식들을 볼모로 잡힌 채 열닷새 동안 밀림에 있었다. 책임자들과 '날삯꾼들'은 가사노동이나 성욕을 충족하기 위해 그 아내와 자식들을 마음 내키는 대로 이용했다. 그들 모두는 변덕에 따라 여자를 바꿔대는 진정한 하렘을 두고 있었는데─많은 소녀가 채 사춘기가 되지 않은 상태였다─비록 가끔이었을망정 질투심 때문에 서로 총질과 칼질로 셈을 치렀다. 고무 채취 노동자들은 보름에 한 번씩 고무를 가지고 농장 본부로 돌아왔다. 고무는 조작된 저울로 무게를 달았다. 만약 삼 개월이 되었는데도 고무 30킬로그램을 채우지 못하면 채찍질을 당하는 것부터 칼에 씌워지거나, 귀와 코가 잘리거나, 극심한 경우에는 해당 고무 채취 노동자의 식솔과 노동자 그 자신이 고문을 받고 살해당했다. 시신은 매장하지 않고 숲으로 끌고 가버림으로써 짐승들의 먹이가 되게 했다. 매 삼 개월마다 회사의 보트와 증기선이 고무를 실러 왔는데, 배가 오기 전에 고무에 증기를 입히고 물로 씻고 활석가루를 뿌렸다. 배는 가끔 푸투마요에서 이키토스로 화물을 가져갔고, 어떤 때는 유럽과 미국으로 수출하기 위해 마나우스로 직접 가져갔다.

로저 케이스먼트는 그 수많은 '날삯꾼들'이 생산적인 일은 전혀 하지 않는다는 사실을 확인했다. 단지 원주민을 가두고 고문하고 착취하는 일만 했다. 하루종일 드러누워 담배를 피우거나 술을 마시거나, 시시덕거리거나 공을 차거나, 서로 농담을 주고받거나 이런저런 명령을 내렸다. 모든 일이 원주민에게 떨어졌다. 그들은 집을 짓고, 비를 맞아 파손된 지붕을 고치고, 부두로 내려가는 샛길을 보수하고, 씻고 닦고 요리하고, 물건을 가져가고 가져오고, 얼마 되지 않는 자유 시간에는 자신들의 밭을 일궈야 했는데, 밭이 없다면 먹을 게 없었을 것이다.

로저는 동료들의 기분 상태를 이해하고 있었다. 만약 여기서 일어난 일이 아프리카에서 이십 년을 산 뒤 모든 것을 보았다고 믿었던 그를 혼란스럽게 만들고 완전한 실망의 순간을 살게 해

신경을 파손해버렸다면, 삶의 대부분을 어느 문명화된 세계에서 삶으로써 세계의 나머지도 그럴 것이라고, 즉 법률, 교회, 경찰, 관습 그리고 인간이 동물처럼 행동하는 일을 막아주는 도덕을 가진 사회일 것이라고 믿었던 사람들에게는 과연 어떠했겠는가.

로저가 계속해서 푸투마요에 머물고 싶어했던 이유는 자신의 보고서를 가능하면 최대한 완벽하게 하기 위해서였는데, 반드시 그런 이유 때문만은 아니었다. 다른 이유는, 모든 사람의 증언에 따르면, 이 세상에 존재하는 잔인성의 전형이었던 그 인물에 대해 알고 싶은 호기심을 느꼈기 때문인데, 그는 바로 마탄사스 농장의 책임자인 아르만도 노르만드였다.

로저는 늘 악행과 파렴치한 행위에 연관되는 이 이름에 대한 일화, 논평, 암시를 이키토스에서부터 들었는데, 그 이름이 점점 로저를 사로잡음으로써 땀으로 목욕을 하고 심장이 두근거리는 상태로 잠에서 깨게 하는 악몽을 꿀 정도에 이르렀다. 그는 노르만드에 관해 바베이도스인들에게서 들었던 많은 사항이 이 땅 사람들에게는 아주 흔한 뜨거운 상상력에 의해 활활 타올라 과장된 것이었다고 확신했다. 하지만 그럼에도 이 인간이 그런 신화를 만들어낼 수 있었다는 것은, 불가능해 보일지라도 그가 야만성에서 아벨라르도 아구에로, 알프레도 몬트, 피델 벨라르데, 엘리아스 마르티넨기, 그리고 그들과 유사한 악한들을 능가한 인물이었다는 사실을 암시했다.

그가 어느 나라 사람인지—페루인이거나 볼리비아인이거나 영국인이라는 말들이 있었다—확실하게 아는 이는 아무도 없었으나, 그가 서른 살이 안 되었고 영국에서 공부했다는 데는 모두의 의견이 일치했다. 후안 티손은 그가 런던의 어느 교육기관에서 회계사 자격증을 취득했다는 얘기를 들은 적이 있었다.

노르만드의 겉모습은 키가 작고 마르고 아주 못생긴 얼굴이었다. 바베이도스 출신인 죠수아 다이얼에 따르면, 그의 보잘것없는 몸에서는 그에게 접근하는 사람을 전율하게 만드는 '사악한 힘'이 뿜어져나왔고, 날카롭고 차가운 시선은 독사의 그것 같았다. 다이얼은 인디오뿐만 아니라 '청년들'과 십장들까지도 그의 곁에서는 불안감을 느꼈다고 확언했다. 아르만도 노르만드가 자신을 둘러싼 모든 것을 얕잡아 보는 듯한 무관심한 태도를 바꾸지 않은 채 어느 순간에라도 소름 끼치도록 잔인한 명령을 내리거나 몸소 잔인한 짓을 실행할 수 있었기 때문이었다. 어느 날 마탄사스의 농장에서 노르만드가 고무 할당량을 채우지 못해 벌은 받은 안도케족 인디오 다섯 명을 죽이라고 명령했다며 다이얼은 로저와 위원들에게 실토했다. 다이얼은 첫 두 사람을 사살했으나 책임자가 다음 두 사람을 유카 빻는 돌로 고환을 짓이긴 뒤 몽둥이로 쳐서 죽이라고 명령했다. 마지막 사람은 손으로 목을 졸라 죽이라고 했다. 이 모든 과정이 이뤄지는 동안, 노르만드는 통나무에 앉아 불그레한 작은 얼굴에 무감각한 표정을 바꾸지 않은 채 담배를 피우며 관찰하고 있었다.

마탄사스에서 아르만도 노르만드와 함께 몇 개월을 일한 다른 바베이도스 출신 시포드 그리니치가 말하기를, 농장의 '날삯꾼들' 사이에 오간 재미있는 얘깃거리는 그 책임자가 자신의 정부인 어린 소녀들한테 성기가 화끈거려 지르는 비명을 듣기 위해 습관적으로 그녀들의 성기에 고춧가루나 고추껍질을 집어넣는 것이었다. 그리니치에 따르면 그는 단지 그렇게 함으로써만 흥분하고 성적인 쾌감을 얻을 수 있었다. 어느 시기에는 노르만드가 벌을 받는 자에게 칼을 씌우는 대신 높다란 나무에 매달아놓은 밧줄에 묶어 들어올린 뒤 사람이 땅과 부딪히며 머리와 뼈가 부서지고 이가 다물어지며 혀가 잘리는 모습을 보기 위해 그들을 땅으로 떨어뜨렸다고 그 바베이도스 출신 남자는 덧붙였다. 노르만드의 명령에 따랐던 다른 십장이 위원들에게 확언한 바에 따르면, 안도케족 인디오들이 노르만드보다 그의 개를 더 무서워했는데, 개는 아르만도가 공격하라고 명령한 인디오의 몸을 이빨로 물고 살을 찢어버리도록 훈련시킨 맹견이었다.

그런 소름 끼치는 행위들이 모두 사실이었을까? 로저 케이스먼트는 기억을 되새겨보면서 자신이 콩고에서 알았던 악인들의 광범위한 명단에서 자신의 힘 때문에, 그리고 결코 처벌받지 않기 때문에 망나니가 되어버린 자들 가운데 그 누구도 이 인간처럼 극악무도한 경우에는 도달하지 않았다고 혼잣말을 했다. 로저는 그를 만나보고 말을 듣고 행동거지를 관찰하고 그의 태생이 어떤지 알고 싶다는 약간 심술궂은 호기심을 느꼈다. 그리고 그가 행한 것으로 여겨지는 악행들에 관해 노르만드 자신이 무슨 말을 할지도 궁금했다.

로저 케이스먼트와 그의 친구들은 옥시덴테를 떠나 계속 '벨로스' 호를 타고 울티모 레티로 농장으로 옮겨갔다. 울티모 레티로는 이전 농장들보다는 작았는데, 방어용 울타리로 둘러싸이고 무장한 경비원들이 소수의 집을 지키는 것 역시 성채 같은 면모를 지니고 있었다. 로저가 보기에 이곳 인디오들은 우이토토족보다 더 원시적이고 비사교적이었다. 그들은 생식기를 겨우 가리는 천조각만 허리에 두른 채 반벌거숭이 상태로 돌아다녔다. 여기서 로저는 엉덩이에 회사의 로고 CA가 낙인처럼 찍힌 원주민 두 명을 처음으로 보았다. 그들은 나머지 대다수 원주민들보다 나이가 더 들어 보였다. 그는 그들과 얘기해보려고 했으나 그들은 스페인어도, 포르투갈어도, 프레더릭 비숍이 할 줄 아는 우이토토 말도 할 줄 몰랐다. 나중에 위원들은 울티모 레티로를 돌아다니면서 몸에 회사의 로고가 새겨진 다른 인디오들도 발견했다. 그들은 이곳에 거주하는 인디오들 가운데 적어도 3분의 1이 몸에 CA 표시가 되어 있다는 사실을 농장의 어느 직원을 통해 알게 되었다. 몸에 회사의 로고를 새기는 작업은 페루 아마존 회사가 위원회의 푸투마요 방문을 수용했던 몇 주 전부터 중지되었다.

강에서 울티모 레티로에 도달하려면 비 때문에 진흙탕이 된 언덕길을 걸어올라가야 했는데 그 진흙에 무릎까지 빠져버렸다. 로저가 신발을 벗고 간이침대에 드러누울 수 있었을 때는 모든 뼈마디가 쑤셨다. 결막염이 도졌다. 한쪽 눈이 화끈거리고 눈물이 흐르는 증세가 아주 심해서 안약을 넣은 뒤에 밴드로 감쌌다. 한쪽 눈을 밴드로 감싸고 물에 적신 천으로 보호하면서 그렇게 해적 같은 모습으로 며칠을 보냈다. 이런 조치들이 염증과 최루 증상을 치료하기에는 충분하지 않았기에 그때부터 출장 여행이 끝날 때까지 하루 중에 작업하지 않는 시간—얼마 안 되었다—에는 매번 서둘러 해먹이나 간이침대로 달려가 드러누워서 미지근한 물에 적신 수건으로 두 눈을 감싸고 있었다. 그렇게 괴로움이 완화되었다. 그는 이들 휴식 기간에, 그리고 밤이면—겨우 너덧 시간을 잤을 뿐이다—자신이 외무부를 위해 쓰게 될 보고서를 머릿속으로 정리하려 애썼다. 보고서의 윤곽은 선명했다. 먼저 약 이십 년 전에 개척자들이 정착하려고 찾아와 원주민 부족의 땅을 침범했을 당시의 푸투마요 상황에 대해 묘사할 것이다. 그리고 노동력 부족으로 절망감을 느낀 그들이 그곳에는 판사도 경찰도 없었기에 징계를 받으리라는 두려움도 없이 '습격'을 시작한 경위에 관해 쓸 것이다. 그들은 유일한 당국자였고 그 권위는 그들이 지닌 화기에 의해 지탱되었는데, 그들의 화기에 대항하는 투석기, 창, 바람총은 결국 아무 쓸모가 없었다.

로저는 노예노동, 그리고 농장 책임자들의 탐욕으로 조장된 원주민 학대에 바탕을 둔 고무 개발 시스템을 명확하게 기술해야 했는데, 책임자들은 채집된 고무의 양에 따른 수당을 받고 일했기 때문에 채집량을 늘리기 위해 원주민 체벌, 사지절단, 살인을 이용했다. 가해자에 대한 불처벌과 이들 개인이 지닌 절대적인 힘은 가학적 성향을 키워주었고, 여기서는 그 가학적 성향이 모든 권리를 박탈당한 원주민들을 향해 자유롭게 발현될 수 있었다.

로저의 보고서가 유용할까? 적어도 페루 아마존 회사가 징계를 받게 하기 위해서는 의심할 여지가 없었다. 영국 정부는 그들 범죄의 책임자들을 재판에 회부해달라고 페루 정부에 요구할 것이다. 아우구스토 B. 레기아 대통령이 감히 그렇게 할까? 그렇다고, 즉 여기서 일어난 일에 관해 알려지면 런던에서처럼 리마에서도 추문이 터질 것이라고 후안 티손은 말했다. 여론은 죄인들을 처벌하라고 요구할 것이다. 하지만 로저는 의심하고 있었다. 페루 정부의 대표자가 단 한 명도 없고, 훌리오 C. 아라나의 회사가 자사의 살인자 패거리와 더불어 이들 땅에 페루의 통치권을 행사한다는 사실을 의당 자랑스러워하는 푸투마요에서 페루 정부가 무엇을 할 수 있을까? 모든 조치는 무례하고 뻔뻔한 수사修辭에 불과할 것이다. 아마존 원주민 공동체들의 수난은 그들이 멸종될 때까지 계속될 것이다. 이런 전망이 로저를 의기소침하게 했다. 하지만 그를 무기력하게 만드는 대신 더 노력해서 조사하고 면담하고 보고서를 쓰도록 자극하기도 했다. 그에게는 이제 특유의 깔끔한 글씨체로 또박또박 기록한 노트와 메모 카드 더미가 높이 쌓여 있었다.

그들은 울티모 레티로에서 강과 육로를 통해 엔트레 리오스로 옮겨갔는데, 땅에서는 하루종일 수풀 속에 파묻혀 걸었다. 다음과 같은 생각이 로저 케이스먼트를 몹시 즐겁게 했다. 그런 식으로 야생의 자연에 몸을 접촉하는 일이 그의 청년 시절, 즉 그가 젊은 시절에 행한 장기간의 아프리카 대륙 탐험을 되살리리라는 것이었다. 비록 그가 진창에 몸이 허리까지 빠지고, 경사면을 숨긴 덤불에서 미끄러지고, 일부 구간에서는 위로 태양빛을 가리는 나뭇잎이 늘어진 아주 비좁은 '수로'에서 원주민들이 밀어대는 장대의 힘을 받아 미끄러지는 카누를 타는 등 밀림에서 이뤄진 그 열두 시간의 여정에서 가끔 흥분과 과거의 즐거움을 느꼈다 할지라도, 그런 경험을 통해 그는 무엇보다도 세월이 흘렀음을, 자신의 육신이 마모되었음을 확인할 수 있었다. 팔, 등, 다리가 아팠을 뿐만 아니라 억제할 수 없는 피로 또한 느꼈는데, 동료들이 그런 상태를 알아차리지 못하게 하려고 초인적인 노력을 기울여 피로와 싸워야 했다. 루이스 번즈와 시모어 벨이 너무 지친 상태였기에 여행을 반쯤 한 뒤부터는 일행을 호위하던 스무 명 남짓한 원주민 가운데 네 명이 그 둘을 해먹에 태워 가야 했다. 로저는 다리가 그리 가늘고 뼈가 앙상한 체격의 원주민들이 몇 시간 동안 먹지도 마시지도 않은 상태로 어깨에 짐과 식량을 짊어진 채 그토록 쉽게 이동하는 모습을 감탄하며 관찰했다. 어느 휴식 시간에 후안 티손은 케이스먼트의 요청을 받아들여 원주민들에게 정어리 통조림 여러 개를 나눠주라고 명령했다.

밀림 속을 걸어가는 동안 그들은 앵무새떼와 눈에 생기가 넘치고 몸집이 작은 개구쟁이 원숭이 '프라일레시요', 온갖 종류의 새, 눈에 눈곱이 잔뜩 낀 이구아나들을 보았는데, 이구아나의 울퉁불퉁한 껍질은 그들이 납작 붙어 있는 나무의 가지나 몸통과 쉽사리 구분되지 않았다. 그리고 석호에서 빅토리아 레지아*도

---

* 아마존에서 자라는 거대한 수련(睡蓮)의 일종.

보았는데, 거대한 원형 잎사귀가 뗏목처럼 떠 있었다.

일행은 해질 무렵에 엔트레 리오스에 도착했다. 인디오 여성 하나가 그곳 원주민 여성들이 늘 그렇듯 출산을 하기 위해 혼자 캠프에서 멀리 떨어진 강변에 있다가 재규어에게 잡아먹히는 바람에 농장에 큰 소동이 벌어졌다. 그곳 책임자가 이끄는 한 무리의 사냥꾼이 재규어를 찾아 나섰으나 그 짐승을 찾지 못한 채 이미 날이 저물었을 때 돌아왔다. 엔트레 리오스의 책임자 이름은 안드레스 오도넬이었다. 젊고 외모가 수려한 그는 자기 아버지가 아일랜드 출신이라고 했지만, 로저는 그를 심문한 뒤 그가 자신의 선조들과 아일랜드에 관해 아주 큰 오해를 하고 있다는 사실을 발견했는데, 오히려 그의 가문에서 첫번째로 페루 땅을 밟은 사람은 오도넬의 할아버지 또는 증조할아버지일 가능성이 있었다. 증언에 따르면 설사 다른 책임자들보다 덜 잔인하다고 할지라도, 아일랜드인들의 어느 자손이 푸투마요에 있는 아라나의 부책임자들 가운데 한 명이라는 사실이 로저의 마음을 괴롭혔다. 그가 원주민에게 채찍질을 하고, 자신의 개인 하렘—부인 일곱 명에 구름처럼 많은 자식을 두고 있었다—을 위해 원주민의 부인과 딸을 훔쳤다는 사실이 드러났지만, 그에 관한 기록에는 자기 손으로 누구를 죽이거나 죽이라고 명령한 흔적은 없었다. 하지만 엔트레 리오스에는 눈에 띄는 장소에 칼이 세워져 있었고, 모든 '청년'과 바베이도스 출신 남자들은 허리에 채찍을 차고 다녔다(일부는 채찍을 바지 허리띠로 사용했다). 그리고 많은 수의 인디오 남녀의 등, 다리, 엉덩이에 흉터가 보였다.

로저의 공식적인 임무가 아라나의 회사를 위해 일하는 영국 시민들, 즉 바베이도스 출신 남자들만을 심문하도록 요구하고 있었는데도, 옥시덴테에서부터는 그의 질문에 답할 준비가 되어 있는 '날삯꾼들'도 면담하기 시작했다. 엔트레 리오스에서는 로저의 예가 모든 위원에게 확산되었다. 그들이 이곳에 머무는 며칠 동안 안드레스 오노넬에게 십장으로 봉사했던 세 명의 바베이도스 출신 남자 말고도 책임자인 오도넬 자신과 그의 수많은 '청년들'이 위원들 앞에서 증언했다.

거의 항상 동일한 일이 일어났다. 처음에는 모든 증인이 말이 없고 회피하고 뻔뻔스럽게 거짓말을 했다. 하지만 자신들이 숨기고 있던 진실의 세계를 드러낼 수 있는 한 번의 헛디딤, 본의 아닌 경솔함을 드러냈다가, 자신들이 얘기하는 것의 진실성에 대한 증거로서 스스로를 연루시키면서 이내 말을 하기 시작해 요구받은 것보다 더 많은 내용을 얘기했다. 로저가 여러 가지 시도를 했음에도 그 어떤 인디오로부터도 직접적인 증언을 수집할 수는 없었다.

1910년 10월 16일, 로저 케이스먼트와 그의 위원회 동료들이 후안 티손, 바베이도스 출신 남자 셋, 그리고 추장의 인도하에 짐을 운반하는 무이나네족 인디오 이십여 명을 데리고 엔트레 리오스의 농장에서 비좁은 숲길을 통해 마탄사스의 농장으로 가고 있을 때, 로저는 이키토스에 상륙했을 때부터 머릿속으로 가다듬어가던 생각 하나를 일기장에 적었다. "나는 푸투마요의 원주민이 몰린 그 비참한 상황에서 벗어날 수 있는 유일한 방법은 주인들에게 대항해 무기를 드는 것이라는 절대적인 확신에 이르렀다. 이곳에 페루 정부가 오고, 1854년부터 페루에서 예속 상태와 노예제도를 금지하는 법을 집행할 당국, 판사, 경찰이 있게 될 때 이런 상황이 바뀌리라고 후안 티손처럼 믿는 것은 현실성이 전혀 없는 환상이다. 노예 상인들이 훔친 소년 소녀를 어느 가정이 20솔 또는 30솔에 사서 쓰는 이키토스에서처럼 그런 식으로 법을 집행하지 않을까? 국가가 급료를 줄 돈이 없으므로, 또는 급료가 오는 도중에 불한당과 관료들이 갈취해버리므로 아라나 회사로부터 급료를 받는 당국자, 판사, 경찰들이 과연 제대로 법을 집행할까? 이 사회에서 국가는 착취 및 몰살 기계로부터 분리될 수 없는 하나의 부분이다. 원주민은 그런 기관들로부터 아무것도 기대하지 말아야 한다. 자유롭기를 원한다면 자신들의 팔과 용기로 자유를 획득해야 한다. 보라족 추장인 카테네레처럼. 하지만 카테네레처럼 감상적인 이유로 스스로를 희생하지 말고. 마지막 순간까지 투쟁하면서." 그는 자신이 일기장에 적은 이들 문장에 열중한 상태로 활기차게 걸으면서 덩굴식물, 덤불, 숲길을 가로막는 나뭇가지와 나무 몸통을 마체테로 쳐가며 길을 열어가고 있었는데, 어느 날 오후에는 불현듯 다음과 같은 생각을 하게 되었다. '우리 아일랜드인은 푸투마요의 우이토토족, 보라족, 안도케족, 무이나네족과 같다. 우리가 자유를 찾기 위해 영국의 법, 제도, 정부를 계속해서 믿는다면, 우리는 식민화되고 착취당하고 영원히 그렇게 되도록 선고받은 사람이 될 것이다. 그것들은 우리에게 결코 자유를 주지 않을 것이다. 우리를 식민화하는 대영제국이 그렇게 해야 한다는 거부할 수 없는 압력을 느끼지 않는다면 무엇 때문에 그리하겠는가? 이 압력은 오직 무기로부터 비롯될 수 있다.' 미래의 며칠 동안, 몇 주 동안, 몇 달 동안, 몇 년 동안 다듬어지고 보강될 이 아이디어가—아일랜드가 푸투마요의 인디오처럼 만약 자유롭기를 원한다면 자유를 얻기 위해 투쟁해야 할 것이라는—여덟 시간의 여정에서 로저를 어찌나 깊이 빨아들였던지, 그는 마탄사스 농장의 책임자인 아르만도 노르만드를 곧 만나게 되리라는 생각조차 잊어버렸다.

마탄사스 농장은 카케타강의 지류인 카우이나리 강변에 위치해 있었기에 농장으로 가기 위해서는 그들이 도착하기 조금 전에 돌발적으로 내린 폭우로 인해 진흙 도랑으로 변해버린 가파른 언덕을 올라가야 했다. 무이나네 인디오들만이 넘어지지 않은 채 오를 수 있었다. 그 밖의 사람들은 미끄러지고 뒹굴다가 온몸에 진흙을 뒤집어쓰고 피멍이 든 상태로 몸을 일으켜세웠다. 역시 갈대로 만든 방어용 울타리로 둘러싸인 공터에서 원주민 몇이 여행자들의 몸에서 진흙을 떨어내려고 물통에 물을 담아 뿌려주었다.

책임자는 없었다. 그는 도망친 원주민 다섯 명을 붙잡기 위해 '습격'을 지휘하고 있었는데, 보아하니 그 원주민들이 아주 가까운 곳의 콜롬비아 국경을 이미 넘은 것 같았다. 마탄사스에는 바베이도스 출신 남자가 다섯 명 있었는데, 그들은 '영사님'을 아주 공손하게 대했고 그가 그곳에 온 이유와 임무를 완벽하게 이해하고 있었다. 그 남자들은 방문자들을 묵을 집으로 데려갔다. 로저 케이스먼트, 루이스 번즈, 그리고 후안 티손은 야리나나무로 지붕을 이고 창문에는 방충망이 달린 거대한 판잣집에 배정되었는데, 사람들 말에 따르면 그 집은 노르만드와 그의 아내들이 마탄사스에서 지낼 때 묵는 곳이었다. 하지만 노르만드가 평소에 거주하는 집은 강을 약 2킬로미터 정도 거슬러오르는 곳에 위치한 작은 캠프 라 치나에 있었는데, 그곳에는 인디오들의 접근이 금지되었다. 그 책임자는 콜롬비아인들의 살해 시도의 희생자가 되는 것이 두려워 수하의 무장한 '날삯꾼들'에 둘러싸여 그곳에 살고 있었는데, 콜롬비아인들은 그가 국경을 존중하지 않고 짐꾼을 납치하거나 탈주자를 체포하기 위해 국경을 넘어 '습격'을 한다며 그를 비난했다. 바베이도스 출신 남자들은 아르만도 노르만드가 아주 질투심이 많기 때문에 항상 자기 하렘의 소녀들을 직접 데리고 다닌다고 위원들에게 설명했다.

마탄사스에는 보라족, 안도케족 그리고 무이나네족이 있었으나 우이토토족은 없었다. 거의 모든 원주민이 채찍으로 맞은 흉터가 있었고, 그들 가운데 적어도 열두 명은 엉덩이에 아라나 회사의 로고가 새겨져 있었다. 칼은 공터 한가운데, 루푸나라고 불리는 나무 밑에 있었는데, 그 지역의 모든 부족이 옹이와 기생식물이 가득한 그 나무에 두려움어린 경의를 표했다.

노르만드가 쓰는 게 틀림없는 방에서 로저는 앳된 티가 나는 노르만드의 얼굴이 찍힌 누런 사진들과 런던 부기학교의 1903년 졸업장, 그리고 그 이전의 고등학교 졸업장을 보았다. 그래 그건 확실했다. 그는 영국에서 공부했고 회계사 자격증을 갖고 있었다.

밤이 되자 아르만도 노르만드가 마탄사스로 들어왔다. 로저는 원주민처럼 키가 작고 몸이 마르고 병약해 보이기까지 하는 그가 소름 끼치는 생김새에 윈체스터 카빈총과 권총으로 무장한 '청년들'과 '쿠쉬마' 또는 아마존식 튜닉을 입은 여덟 명 또는 열 명의 여자를 대동한 채 랜턴 불빛에 의지해 지나가서 로저가 묵는 곳 옆집으로 들어가는 것을 방충망이 설치된 작은 창문을 통해 보았다.

밤 동안 로저는 아일랜드에 대한 생각으로 괴로워서 여러 차례 잠에서 깼다. 조국에 대한 향수를 느꼈다. 조국에서는 아주 잠시 살았는데, 그럼에도 갈수록 조국의 운명과 고통에 더 강한 유대감을 느꼈다. 식민화된 다른 민족들의 십자가 길을 가까이서 지켜본 뒤부터 아일랜드의 상황이 그에게 그 어느 때보다 큰 고통을 주었다. 이 모든 것을 끝내고, 푸투마요에 관한 보고서를 완성해 외무부에 제출하고, 아일랜드로 돌아가 해방을 위해 몸을 바친 그 이상주의 애국자들과 함께 이제는 어떤 방심도 하지 않은 채 일하겠다는 생각에 마음이 급해졌다. 잃어버린 시간을 복구하고, 에이레의 문제에 전력을 다하고, 공부하고 행동하고 글을 쓸 것이고, 그가 이용할 수 있는 모든 수단을 통해 아일랜드인들에게, 만약 그들이 자유를 원한다면 용감하게 스스로를 희생해 자유를 쟁취해야 할 것이라고 설득하려 애쓸 것이다.

다음날 아침, 로저가 아침식사를 하러 내려가보니 그곳에 아르만도 노르만드가 여러 가지 과일, 빵 대신 먹을 유카 조각, 커피가 차려진 식탁에 앉아 있었다. 실제로 그는 키가 아주 작고 몸이 말랐으며 얼굴은 늙은 아이 같았는데, 뚫어지게 쳐다보는 강인한 푸른 시선이 눈을 끊임없이 깜박거림에 따라 나타났다

사라지기를 반복했다. 그는 부츠를 신고 파란색 멜빵바지와 흰색 티셔츠 위로 가죽 조끼를 입고 있었는데, 조끼의 어느 주머니에서 연필과 수첩이 밖으로 드러나 있었다. 허리에는 권총을 차고 있었다.

영어를 완벽하게 구사했는데, 로저는 그 특이한 말투가 어느 지방 것인지 분간할 수 없었다. 노르만드는 아무 말 없이 감지하기도 어려울 정도로 로저에게 살짝 목례를 했다. 자신의 런던 생활에 관해 대답할 때는 거의 단음절로 말할 정도로 말이 짧았고, 자신의 국적에 대해 밝힐 때도 그랬는데―"말하자면 저는 페루 사람입니다."―어느 영국 회사의 영지에서 원주민이 비인간적인 방법으로 학대받는 것에 자신과 위원회 위원들이 충격을 받았다는 말을 로저가 그에게 했을 때, 그는 약간 거만하게 대답했다.

"만약 여러분이 여기서 사신다면 다르게 생각하셨을 겁니다." 아르만도 노르만드는 전혀 겁을 먹지 않고 건조하게 말했다. 그리고 잠시 쉬었다가 덧붙였다. "짐승을 사람처럼 다룰 수는 없습니다. 야쿠마마, 재규어, 퓨마는 사람 말을 이해하지 못합니다. 야만인도 마찬가지입니다. 말하자면 지나가다가 잠시 여기에 머물게 된 외지인은 그걸 이해할 수 없다는 사실을 저는 이미 알고 있습니다."

"나는 아프리카에서 이십 년을 살았지만 극악무도한 사람이 되지 않았습니다." 로저 케이스먼트가 말했다. "그런데 당신은 그렇게 되었군요, 노르만드 씨. 우리는 여행을 하는 내내 당신의 명성에 관해 들었습니다. 푸투마요에서 회자되는 당신에 대한 공포가 상상을 초월하더군요. 그걸 알고 있었나요?"

아르만도 노르만드는 전혀 동요되지 않았다. 특유의 공허하고 무표정한 시선으로 로저를 계속해서 쳐다보면서 어깨를 으쓱하더니 바닥에 침을 뱉었다.

"당신이 남자와 여자를 몇 명이나 죽였는지 물어도 될까요?" 로저가 대뜸 단도직입적으로 물었다.

"잘못을 저지른 사람은 모두." 마탄사스의 책임자가 자리에서 일어나면서 어조를 바꾸지 않고 대꾸했다. "실례합니다. 일이 있어서요."

로저는 이 작은 체구의 남자에게 느낀 혐오감이 아주 컸기 때문에 그와 개인적인 면담을 하지 않고 그 일을 위원회 위원들의 과제로 넘겼다. 그 살인자는 위원들에게 거짓말을 폭포수처럼 쏟아낼 것이다. 로저는 증언하겠다고 나선 바베이도스 출신 남자들과 '날삯꾼들'의 진술을 듣는 데 몰두했다. 그는 오전과 오후로 면담을 했고, 하루의 나머지 시간은 면담하는 동안 적어 두었던 요점을 더 섬세하게 전개시키는 데 할애했다. 아침에는 강에서 수영을 하고 사진을 몇 장 찍고 나서 밤이 될 때까지 작업을 멈추지 않았다. 지친 상태로 간이침대에 쓰러졌다. 자다 깨다를 반복해 수면이 불안정했다. 자신의 몸이 하루하루 수척해져간다는 사실을 감지했다.

몸이 지치고 일이 진절머리가 났다. 콩고에서 지내던 어느 순간에 그러했듯이, 그는 매일매일 발견해가던 온갖 종류의 범죄, 폭력, 공포가 미친듯이 발생하는 것이 자신의 정신적인 안정에 악영향을 미칠 거라고 두려워하기 시작했다. 매일매일 겪는 이 모든 공포를 그의 정신 건강 상태로 견뎌낼 수 있을까? 푸투마요의 '백인들'과 '메스티소들'이 이런 야만성의 극단에 이를 수 있었다는 사실을 문명화된 영국에서는 믿을 사람이 적으리라고 생각하면 그의 사기가 저하되었다. 그가 허풍을 치고 편견을 투사했다는 이유로, 즉 그가 자신의 보고서에 더 큰 극적 흥미를 부여하기 위해 그 불법행위들을 과장했다는 이유로 다시 한번 더 비난받을 것이다. 그런데 원주민들에 대한 불법적이고 잔혹한 학대만이 그를 그런 상태로 만들어놓은 게 아니었다. 이곳에서 일어나는 것을 보고 듣고 증인이 된 뒤에 자신이 젊었을 때 품었던 삶에 대한 낙관주의적 비전을 더이상 결코 품지 못하리라는 사실을 깨닫게 된 것이다.

짐꾼 한 부대가 최근 삼 개월 동안 모은 고무를 지고 마탄사스를 떠나 엔트레 리오스 농장으로 가서 고무를 외국으로 선적하기 위해 다시 푸에르토 페루아노로 갈 예정이라는 사실을 안 뒤, 로저는 자신이 그 부대와 함께 갈 것이라고 동료들에게 알렸다. 위원들은 조사와 면담을 끝낼 때까지 이곳에 머무를 수 있었다. 동료들은 로저만큼이나 지치고 실망한 상태였다. '영사님'이 대영제국의 외무장관인 에드워드 그레이 경으로부터 직접 푸투마요의 잔학한 행위를 조사하러 가라는 임무를 받았다는 사실과, 살인자와 고문자들은 영국 회사에서 일하기 때문에 영국의 재판에 회부될 수 있다는 사실을 아르만도 노르만드에게 알리자 그의 오만하고 무례한 태도가 갑자기 바뀌었다고 그들이 로저에게 얘기했다. 무엇보다도 그들 살인자와 고문자가 노르만드처럼 영국 국적을 가지고 있거나 영국 국적을 획득하려고 시도했다면 영국의 재판에 회부될 수 있었다. 아니면 페루 정부나 콜롬비아 정부에 인계되어 여기서 재판을 받을 수도 있었다. 이런 말을 들은 뒤부터 노르만드는 위원들에게 고분고분하고 비굴한 태도를 유지했다. 그는 자신의 범죄를 부인했고, 지금부터는 과거의 잘못을 다시는 저지르지 않겠다고, 즉 원주민이 밥을 잘 먹게 될 것이고, 아프면 치료를 받을 것이고, 일에 대한 급료를 받을 것이고, 인간처럼 대접을 받을 것이라고 위원들에게 확언했다. 노르만드는 이런 사항을 적은 팻말을 공터 한가운데에 세우도록 했다. 원주민은 모두, 그리고 '날삯꾼들'은 대다수가 문맹자여서 그 글을 읽을 수 없었기에 이는 웃기는 짓이었다. 위원들만이 읽게 하기 위한 조치였다.

아르만도 노르만드가 관리하는 사람들이 모은 고무를 어깨에 메고 운반하는 팔십 명의 원주민—보라족, 안도케족, 그리고 무이나네족—과 함께 마탄사스에서 엔트레 리오스까지 걸어서 밀림을 통과하는 여행은 로저 케이스먼트가 처음 가본 페루 여행에서 가장 무시무시한 기억들 가운데 하나가 될 것이다. 노르만드 대신 그의 부책임자들 가운데 하나로, 중국인처럼 보이는 메스티소인 네그레티가 짐꾼 부대를 지휘했다. 금으로 때운 치아를 늘 이쑤시개로 쑤시고 다니는 그의 우렁찬 목소리는 몸에 상처가 나고 낙인이 찍히고 흉터가 있는 피골이 상접한 짐꾼 부대를 일그러진 얼굴로 벌벌 떨고 펄쩍 뛰고 서두르게 만들었는데, 원정에 나선 짐꾼 부대에는 여자와 아이가 많았고 아이들 가운데 일부는 나이가 아주 적었다. 네그레티는 소총을 어깨에 메고 탄띠에 권총을 넣고 허리에 채찍을 차고 있었다. 출발하던 날 로저 케이스먼트가 그의 사진을 찍어도 되느냐고 했을 때 그가 웃으며 받아들였다. 하지만 케이스먼트가 그의 채찍을 가리키면서 다음과 같이 경고했을 때는 미소가 사라졌다.

"만약 당신이 원주민에게 채찍을 사용하는 게 보이면 내가 당신을 직접 이키토스의 경찰에게 넘기겠소."

네그레티는 완전히 떨떠름한 표정을 지었다. 잠시 후 그가 중얼거렸다.

"당신이 회사 내에서 행사할 권한이라도 있나요?"

"나는 푸투마요에서 이뤄진 불법행위들을 조사하도록 영국 정부가 허용해준 권한을 가지고 있소. 당신이 일하는 페루 아마존 회사가 영국 것이라는 사실을 당신은 알고 있어요, 그렇잖아요?"

그 남자는 당혹해하며 마침내 자리를 피했다. 그후 케이스먼트는 그가 짐꾼들에게 채찍질하는 것을 결코 보지 못했고, 그는 짐꾼들더러 서두르라고 소리를 지르거나, 짐꾼들이 힘이 빠지거나 뭔가에 발이 걸려 넘어지면서 어깨에 메고 머리에 이고 가던 고무 '소시지'를 떨어뜨리면 악담과 욕설을 퍼붓기만 했다.

로저는 세 명의 바베이도스 출신 남자, 즉 비숍, 실리, 그리고 레인을 데려갔었다. 자신들을 따라왔던 다른 아홉 명은 위원들과 함께 남았다. 떠나기 전에 로저는 동료들더러 그 바베이도스 출신 증인들에게서 결코 떨어져 있지 말라고 당부했는데, 증언을 철회하도록 노르만드와 그의 부하들로부터 증인들이 위협을 받거나 매수될 수 있고, 심지어는 살해당할 수도 있었기 때문이다.

원정에서 가장 힘들었던 것은 윙윙거리며 날아다니면서 밤낮으로 침을 쏘아대는 파란색 왕파리도, 가끔씩 쏟아져 그들을 흠뻑 적시고 땅바닥을 물, 진흙, 잎사귀, 죽은 나무로 된 미끄러운 개울로 만들어버리는 폭우도, 작은 캔에 담긴 정어리나 수프를 먹고 보온병에 담긴 위스키나 차를 몇 모금 마신 뒤 하느님이 시키신 대로 잠을 자기 위해 밤에 준비하는 야영생활의 불편함도 아니었다. 소름 끼치는 것, 즉 그들에게 후회와 양심의 가책을 준 일종의 고문은 고무 '소시지들'의 무게를 이기지 못해 허리를 굽히고 있는 그 벌거벗은 원주민 일꾼들을 보는 것이었는데, 네그레티와 그의 '청년들'은 그들에게 음식 한 입 제대로 주지 않은 채 아주 띄엄띄엄 휴식을 취하게 하면서 늘 재촉하고 버럭버럭 소리를 질러대며 앞으로 나아가게 했다.

로저가 네그레티에게 왜 원주민 짐꾼들에게도 정량의 식사를 나눠주지 않느냐고 물었을 때 그 십장은 그 말을 이해하지 못했다는 표정으로 로저를 쳐다보았다. 비숍이 질문의 내용을 네그레티에게 설명하자 그가 아주 후안무치하게 말했다.

"저들은 우리 기독교인들이 먹는 것을 좋아하지 않거든요. 자기 음식을 갖고 있어요."

하지만 그들은 그 어떤 음식도 갖고 있지 않았는데, 그들이 가끔 입에 넣는 유카 가루나 아주 정성들여 말아서 꿀꺽 삼키는 식물 뿌리와 잎사귀를 음식이라고 부를 수 없었기 때문이다. 로저가 못내 이해하지 못했던 것은 어떻게 열 살이나 열두 살 정도 되는 아이들이 결코 20킬로그램 이하는 아니고 가끔씩 30킬로그램 또는 그 이상이 나가는—로저 자신이 짊어져보았다—
그 '소시지들'을 몇 시간씩 지고 갈 수 있느냐는 것이었다. 그들
이 길을 떠난 첫째 날, 보라족 소년 하나가 짐의 무게를 이기지
못해 고꾸라져버렸다. 로저가 소년에게 캔에 담긴 수프를 마시
게 해서 기운을 북돋으려고 했을 때 소년이 가녀린 신음소리를
냈다. 소년의 눈에서는 동물적인 공포심이 내비쳤다. 소년은 몸
을 일으켜세우려고 두세 번 시도했으나 실패하고 말았다. 비숍
이 로저에게 설명했다. "만약 당신이 여기 없었다면, 네그레티가
다른 미개인 그 누구도 쓰러질 생각조차 하지 못하도록 벌로 총
알 한 방을 쏘아 죽여버릴 것이기 때문에 저 아이가 몹시 두려워
하는 겁니다." 소년이 일어설 상황이 아니었기에 그를 산에 버려
두었다. 로저는 음식 통조림 두 개와 자기 우산을 소년에게 남겨
두었다. 이제 로저는 그 병약한 사람들이 그토록 무거운 짐을 지
는 이유를 이해했다. 감히 쓰러졌다가는 죽을 수도 있었기에 이
를 두려워했던 것이다. 공포가 그들의 힘을 배가시켰다.

둘째 날, 나이든 여자가 고무 30킬로그램을 등에 진 채 언덕을
오르려고 애쓰다가 갑자기 쓰러져 죽어버렸다. 네그레티는 그
여자가 목숨이 붙어 있지 않다는 사실을 확인하고는 기분이 나
쁘다는 듯이 인상을 쓰고 헛기침을 하면서 죽은 여자의 '소시지'
두 개를 서둘러 다른 원주민들에게 분배했다.

엔트레 리오스에서 샤워를 하고 잠시 쉰 뒤 곧바로 로저는 그 곳까지 오는 과정에서 겪은 우여곡절과 자신의 생각을 노트에 기록했다. 생각 하나가 자꾸 그의 의식 속으로 들어왔는데, 그것 은 다음날들, 다음주들, 다음달들에도 집요하게 되돌아와 그의 행동을 구체화시키게 될 생각이었다. "우리는 식민화가 아마존 원주민의 정신을 말살시켰듯이 아일랜드인의 정신을 말살시키 도록 허용하지 말아야 한다. 늦기 전에, 그리고 우리가 자동인형 이 되기 전에 지금 당장 행동해야 한다."

위원들이 도착하는 것을 기다리는 동안 로저는 시간을 허비 하지 않았다. 몇 번의 면담을 했지만 무엇보다도 임금대장, 회사 상점의 회계장부와 회사의 운영기록을 검사했다. 그는 훌리오 C. 아라나의 회사가 원주민에게 그리고 십장들과 '청년들'에게 도 외상으로 준 식량, 의약품, 옷, 무기, 연장의 가격을 얼마나 인 상했는지 알고 싶었다. 품목에 따라 인상률이 달랐으나 변하지 않았던 점은 회사 상점이 판매하는 모든 물건의 가격을 두 배, 세 배, 가끔은 다섯 배까지 올렸다는 것이다. 그는 셔츠 두 벌, 바 지 하나, 모자 하나, 하이킹 부츠 한 켤레를 샀는데, 런던에서였 다면 그 모든 것을 3분의 1 가격에 샀을 것이다. 원주민만 사취 를 당한 것이 아니라 농장 책임자들의 명령을 집행하기 위해 푸 투마요에 있던 그 불쌍하고 불행한 사람들, 방랑자들, 악한들 또한 사취를 당했다. 이 사람 저 사람 모두 페루 아마존 회사에 늘 빚이 걸려 있고, 자신들이 죽을 때까지, 또는 회사가 그들이 무용하다고 간주할 때까지 회사에 얽매여 있다는 것은 특이한 일이 아니었다.

푸투마요에 처음으로 고무 농장들이 설립되어 '습격'을 시작한 1893년경에는 그 지역에 몇 명의 원주민이 있었고, 1910년에는 몇 명이 남아 있었는지 로저가 대략적으로 생각해보는 게 아주 어려운 일이었다. 진지한 통계가 없었는데, 이는 인구 통계에 관한 기록이 분명치 않으며 수치들이 각각 많이 달랐다는 것을 의미했다. 가장 믿을 만한 계산을 한 사람은 프랑스의 불행한 탐험가이자 민족학자인 외젠 로부촌(그는 훌리오 C. 아라나의 전 영지에 대한 지도를 만들고 있던 1905년 푸투마요 지역에서 불가사의하게 사라져버렸다)이었는데, 그에 따르면 그 지역의 일곱 개 부족─우이토토, 오카이마, 무이나네, 노누야, 안도케, 레시가로, 보라─은 고무가 푸투마요에 '문명인들'을 데려오기 전에 모두 십만여 명에 달했다. 후안 티손은 이 수치가 아주 과장된 것이라고 생각했다. 다양한 분석과 비교를 통해 약 사만 명이 실재에 더 가깝다는 견해를 견지했다. 어찌되었든 이제 살아남은 원주민은 약 만 명을 넘지 않았다. 그렇듯 고무 채취업자들에 의해 부과된 체제가 이제 원주민의 4분의 3을 절멸시켰다. 의심할 바 없이 많은 사람이 천연두, 말라리아, 각기병, 그리고 다른 전염병에 희생되었다. 하지만 막대한 대다수가 수탈, 굶주림, 사지절단, 칼, 살해로 사라져버렸다. 완전히 절멸한 이쿠아라시족에게 일어났던 일이 이런 식으로 모든 부족들에게도 일어날 것이다.

이틀 뒤 로저의 동료들이 엔트레 리오스에 도착했다. 로저는 그들과 더불어 아르만도 노르만드가 자신의 소녀 하렘을 이끌고 나타난 것을 보고는 깜짝 놀랐다. 마탄사스 농장의 책임자가 그곳으로 오기 위해 밝힌 이유가 푸에르토 페루아노에서 고무를 선적할 때 직접 감독하기 위함이었다 할지라도, 그가 그렇게 한 진짜 이유는 자신의 미래와 관련해 크게 놀랐기 때문이라고 포크와 번즈가 로저에게 알렸다. 노르만드는 바베이도스 출신 남자들이 자신을 비난했다는 사실을 알자마자 그들이 했던 말을 철회하게 하려고 매수와 위협을 통한 회유작전을 구사하기 시작했다. 그리고 노르만드는 리바인 같은 일부 증인에게 자신들이 했던 모든 진술은 거짓말이라고, 그 진술은 '속임수를 써서' 받아낸 것이라고, 그리고 자신들은 페루 아마존 회사에서 원주민을 학대한 적이 전혀 없으며, 회사의 직원과 짐꾼들은 페루의 번영을 위해 우정으로 일한다는 사실을 명확하게 글로 써서 밝히기를 원했다고 쓴 편지를(의심할 바 없이 노르만드 자신이 쓴)

위원회에 보내도록 했다. 포크와 번즈는 노르만드가 비숍, 실리, 레인, 그리고 아마도 케이스먼트 자신에게 뇌물을 주거나 위협을 하려 시도할 것이라고 생각했다.

실제로 다음날 아침 아주 이른 시각에 아르만도 노르만드가 와서 로저의 방문을 두드리더니 '솔직하고 우정어린 대화'를 제안했다. 마탄사스 농장의 책임자는 이전에 자신이 로저에게 보였던 자신감과 거만함을 잃어버린 상태였다. 심리가 불안정해 보였다. 말을 하면서 손을 비비고 아랫입술을 깨물었다. 두 사람은 고무 창고까지, 즉 지난밤 폭풍우가 여기저기 웅덩이를 만들고 두꺼비들을 데려온 잡초지 공터까지 갔다. 고무 창고에서 라텍스 악취가 풍겨나왔는데, 그 냄새가 거대한 헛간에 쌓인 고무 '소시지'에서 나오는 것이 아니라 자기 옆에 서 있던 얼굴이 불그레하고 난쟁이처럼 보일 정도로 키가 작은 남자에게서 나오는 것이라는 생각이 로저의 뇌리를 스쳤다.

노르만드는 자신이 할말을 잘 준비해놓고 있었다. 밀림에서 보낸 칠 년은 런던에서 교육받은 누군가에게 엄청난 고난을 요구했었다. 그는 시샘하는 사람들의 오해와 중상모략으로 자신의 삶이 법적인 분쟁과 더불어 중단되는 것, 그리고 자신이 영국으로 돌아가는 꿈을 실현할 수 없게 되는 것을 원치 않았다. 그는 자신의 손과 의식에 피를 묻힌 적이 없다고 스스로의 명예를 걸고 로저에게 맹세했다. 그는 가혹했지만 공정한 사람이었고, 회사가 제대로 가동되도록 위원회와 '영사님'이 제안하는 모든 조치를 취할 준비가 되어 있었다.

"'습격'과 원주민 납치를 중단하고," 로저가 자기 손가락을 꼽으면서 천천히 열거했다. "칼과 채찍을 없애고, 인디오에게 다시는 공짜로 일을 시키지 말고, 책임자와 십장들, 그리고 '청년들'이 다시는 원주민의 부인과 딸을 강간하지도 훔치지도 말고, 체벌을 없애고, 살해당했거나 산 채로 불태워진 사람들의 가족과 귀, 코, 손, 발이 잘린 사람들에게 배상을 해주시오. 짐꾼들을 회사의 영원한 빚쟁이로 만들기 위해 조작된 저울과 회사 상점의 부풀린 물가를 가지고 짐꾼들에게서 더이상 도둑질하지 마시오. 그 모든 것은 시작에 불과하오. 페루 아마존 회사가 마땅히 영국 회사가 되기 위해서는 많은 개혁이 필요할 것이기 때문이오."

낯빛이 창백해진 아르만도 노르만드는 로저의 말을 제대로 이해하지 못한 채 그를 쳐다보았다.

"페루 아마존 회사가 사라지기를 바라시는 겁니까, 케이스먼트 씨?" 마침내 그가 더듬거렸다.

"바로 그렇소. 훌리오 C. 아라나로부터 시작해 당신에 이르기까지 회사의 모든 살인자와 고문자가 저지른 죄로 재판을 받고 평생을 교도소에서 보내게 되길 원하오."

로저가 앞서 나갔고 마탄사스의 책임자는 일그러진 얼굴로 무슨 말을 할지 모른 채 그 자리에 서 있었다. 로저는 그 인물이 마땅히 받아야 했을 멸시를 이런 식으로 해준 것을 즉시 후회했다. 어느 때라도 그를 없애버리겠다는 유혹에 빠질 수 있는 불구대천의 원수를 하나 만들어버린 것이다. 로저에게서 경고를 받은 이상 눈치가 빠르고 행동이 잽싼 노르만드는 그에 따른 적절한 조치를 취할 터였다. 로저는 아주 심각한 실수를 저지른 것이었다.

채 며칠이 지나지 않아 후안 티손은 마탄사스 농장의 그 책임자가 자신의 몫을 일시불로, 페루의 솔이 아니라 영국의 파운드로 정산해달라고 회사에 요구했다는 사실을 위원들에게 알렸다. 노르만드는 위원들과 함께 '리베랄' 호를 타고 이키토스로 돌아갈 것이다. 그가 시도하던 것은 분명했다. 친구와 공범자들의 도움을 받아 자신에 대한 고발과 비난을 완화시키고, 자신을 기다리는 상당한 저축액을 얻게 될 외국으로—틀림없이 브라질로—확실하게 도피하는 것이었다. 그가 교도소로 갈 가능성은 줄어들었다. 후안 티손은 노르만드가 오 년 전부터 마탄사스에서 수집한 고무의 20퍼센트를 받았고, 이익이 전년보다 좋으면 매년 200파운드를 '보너스'로 받았다고 그들에게 알렸다.

이어지는 날들과 주들에는 숨막히는 일정이 계속되었다. 바베이도스 사람들, '날삯꾼들'과의 면담이 줄곧 진행되어 잔학한 행위들의 놀랄 만한 목록이 세상에 드러났다. 로저는 힘이 쭉 빠져 버렸다고 느꼈다. 오후가 되면 열이 오르기 시작했기 때문에 다시 말라리아에 걸렸을까봐 걱정했고, 잠자리에 누울 때는 키니네의 복용량을 늘렸다. 로저는 증언을 필사해놓은 노트들을 아르만도 노르만드나 그 밖의 다른 책임자가 폐기시켜버릴까봐 두려웠기에 모든 농장—엔트레 리오스, 아테나스, 수르, 라 초레라—에서 다른 사람들이 만지게 내버려두지 않고서 늘 몸에 지니고 있었다. 밤에는 잠을 자는 간이침대나 해먹 밑에 노트를 놓아두고서 장전된 권총을 손이 닿는 곳에 두었다.

라 초레라에서 그들이 이키토스로 돌아가려고 가방을 꾸리던 어느 날 로저는 나이메네스 마을에서 온 약 스무 명의 인디오가 캠프에 도착하는 것을 보았다. 그들은 고무를 운반해오고 있었다. 짐꾼들은 아홉 살 내지 열 살이 되어 보이는 빼빼 마른 소년을 제외하면 젊은 사람이거나 남자였는데, 소년은 자기 몸보다 큰 고무 '소시지' 하나를 머리에 이고 왔다. 로저는 그들과 함께 저울이 있는 곳으로 갔고, 거기서 빅토르 마세도가 고무를 납품받고 있었다. 소년이 납품한 고무는 24킬로그램이었고, 소년, 즉 오마리노의 무게는 25킬로그램밖에 되지 않았다. 머리에 그토록 무거운 짐을 이고서 어떻게 그 먼 거리를 밀림을 통해 온전히 걸어올 수 있었을까? 소년은 등에 흉터들이 있었는데도 눈은 활기와 즐거운 빛을 띠었으며 자주 미소를 지었다. 로저는 상점에서 산 수프 통조림과 정어리 통조림을 소년더러 먹게 했다. 그때부터 오마리노는 로저의 곁을 떠나지 않았다. 로저가 어디를 가나 따라다니고 무슨 명령을 내리든 수행할 준비가 늘 되어 있었다. 어느 날 빅토르 마세도가 소년을 가리키면서 로저에게 말했다.

"보아하니 애가 선생을 좋아하는 모양입니다, 케이스먼트 씨. 데리고 가지 않으실래요? 고아예요. 선물로 드릴게요."

빅토르 마세도가 로저의 환심을 사기 위해 했던 "선물로 드릴게요"라는 문장이 그 어떤 증언보다 더 많은 것을 말하고 있다고, 로저는 나중에 생각하게 될 것이다. 그러니까 그 책임자는 자신이 관할하는 지역 안의 모든 인디오를 '선물할' 수 있었는데, 짐꾼들과 고무 채취 일꾼들이 나무, 집, 무기 그리고 고무 '소시지들'처럼 그에게 속해 있었기 때문이다. 로저는 자신이 오마리노를 런던으로 데려가는 데 어떤 문제가 있을지—노예제도 반대 협회가 아이를 보호해줄 것이고 아이의 교육을 책임질 것이다—후안 티손에게 물었고, 후안 티손은 이의를 제기하지 않았다.

안도케 부족에 속한 사춘기 소년인 아레도미가 며칠 뒤 오마리노와 만나게 되어 있었다. 아레도미가 수르 농장에서 라 초레라에 도착했는데, 그다음날 로저는 강에서 아레도미가 목욕하는 동안 벌거벗은 그 소년이 다른 원주민들과 함께 물장구치는 모습을 보았다. 균형이 잘 잡힌 기민한 몸에 얼굴이 잘생긴 소년은 천부적인 우아한 모습으로 움직이고 있었다. 로저는 허버트 워드가 이 사춘기 소년, 즉 자신의 땅, 몸, 아름다움을 고무 채취업자들에게 빼앗긴 그 아마존 남자의 상징을 아름답게 조각할 수 있을 것이라고 생각했다. 로저는 수영을 하고 있던 안도케 원주민들에게 음식 통조림을 나눠주었다. 아레도미가 감사의 표시로 로저의 손에 입을 맞추었다. 로저는 불쾌감과 더불어 감동을 느꼈다. 소년은 로저의 숙소까지 따라오면서 열심히 말을 하고 몸짓을 했지만 로저는 무슨 의미인지 이해하지 못했다. 그는 프레더릭 비숍을 불렀고, 비숍이 로저에게 통역해주었다.

"어디가 되었든 자기를 데려가달랍니다. 당신을 잘 섬기겠답니다."

"내가 오마리노를 데려갈 생각이기 때문에 그렇게 할 수 없다고 말해줘요."

하지만 아레도미는 포기하지 않았다. 로저가 자는 오두막 곁에서 꼼짝도 하지 않고 있거나 눈으로 무언의 간청을 하면서 가는 곳마다 바짝 붙어 따라다녔다. 로저는 위원들과 후안 티손에게 의견을 구하는 방법을 택했다. 오마리노뿐만 아니라 아레도미도 런던으로 데려가는 것이 그들에게 합당하게 보였을까? 아마도 그 두 소년이 로저의 보고서에 더 큰 설득력을 부여할 것이다. 두 소년이 채찍을 맞은 흉터를 지니고 있었기 때문이다. 다른 한편으로 둘은 교육을 시켜서 예속 상태의 삶과는 다른 형식의 삶에 포함시킬 수 있을 정도로 어린 나이였다.

그들이 '리베랄' 호를 타고 떠나기 전날 밤 수르 농장의 책임자인 카를로스 미란다가 라 초레라에 도착했다. 최근 삼 개월 동안 채취한 고무를 진 원주민 백여 명을 이끌고 온 것이다. 그는 뚱뚱하고 피부가 아주 하얀 사십대 남자였다. 그가 말하고 행동하는 방식으로 판단해보건대, 다른 책임자들보다 교육을 더 많이 받은 것처럼 보였다. 중류 계급 출신임에 틀림없었다. 하지만 그의 이력이 동료들보다 덜 잔인하지는 않았다. 로저와 위원회의 다른 위원들은 보라족 노파의 일화에 관한 여러 증언을 들은 적이 있었다. 노파는 몇 개월 전 수르 농장에서 절망감 또는 광기에 휩싸여 갑자기 보라족 사람들에게 고래고래 소리를 지르며 투쟁하라고, 더이상 굴복하지도 노예처럼 취급받지도 말라고 훈계했다. 그녀를 에워싸고 있던 원주민들은 그 절규를 듣고는 공포에 사로잡혀 꼼짝도 하지 못했다. 분노한 카를로스 미란다가 '청년들' 가운데 한 명에게서 낚아챈 마체테를 들고 여자를 덮쳐서 목을 잘라버렸다. 그는 여자의 잘린 머리에서 흐르는 피로 목욕을 하다시피 하는 가운데 그 머리를 휘두르면서 인디오들에게 일을 완수하지 못하거나 노파를 따라하면 그들 모두에게 그런 일이 일어날 것이라고 설명했다. 여자의 목을 자른 남자는 솔직하고 쾌활하고 말이 많고 자유분방한 사람으로, 자신이 푸투마요에서 알았던 기이하고 독특한 사람들에 관한 농담과 일화를 로저와 그의 동료들에게 들려주면서 환심을 사려고 했다.

1910년 11월 16일 수요일, 이키토스로 돌아가기 위해 라 초레라 부두에서 '리베랄' 호에 오른 로저 케이스먼트는 입을 벌리고 심호흡을 했다. 이루 말할 수 없이 홀가분한 기분을 느꼈다. 그렇게 떠남으로써 예전, 심지어는 콩고에서 삶의 가장 어려운 순간을 보냈을 때조차도 느낀 적이 없던 숨막히는 고뇌로부터 몸과 정신이 깨끗해지는 것 같았다. '리베랄' 호에는 오마리노와 아레도미 외에도 바베이도스 출신 남자 열여덟 명, 그들의 부인인 원주민 여자 다섯 명, 그리고 존 브라운, 앨런 데이비스, 제임스 매프, 죠수아 다이얼, 필립 버티 로렌스의 아이들이 탔다.

바베이도스 출신 남자들이 배에 타게 된 것은 후안 티손, 빅토르 마세도, 위원회의 다른 위원들, 그리고 그 바베이도스 출신 남자들과 벌인 온갖 술책, 양보, 수정으로 가득한 협상의 결과였다. 이들 바베이도스 출신 남자들 모두는 자신들의 증언이 책임자들을 교도소에 보낼 수 있으므로 그들의 보복에 노출되어 있다는 사실을 아주 잘 알고 있었기에 증언을 하기 전에 안전을 보장해달라고 요구했다. 케이스먼트는 자신이 직접 그들을 푸투마요에서 산 채로 내보내주겠다는 약속을 했다.

하지만 '리베랄' 호가 라 초레라에 도착하기 전 회사는 바베이도스 출신 십장들을 붙잡아두기 위해 친절 공세를 하기 시작했는데, 그들이 보복의 희생자가 되지 않게 보장하고, 자기 자리에 남는다면 급료를 올리고 더 좋은 조건을 만들어주겠노라고 약속했다. 바베이도스 출신 남자들이 어떤 결정을 내리든지 페루 아마존 회사는 그들이 약, 옷, 가정 살림도구와 식량을 구입하느라 회사 상점에 진 빚의 25퍼센트를 줄이기로 결정했다고 빅토르 마세도가 알렸다. 모두 그 제의를 받아들였다. 그리고 24시간이 채 못 되어 바베이도스 출신 남자들이 함께 떠나지 않겠다고 로저 케이스먼트에게 알렸다. 농장에 남아 일하겠다는 것이었다. 로저는 그것이 의미하는 바를 알고 있었다. 압력을 받고 매수당한 그들은 로저가 떠나자마자 자신들의 증언을 철회하고, 로저가 날조했거나 위협을 가해 증언하도록 강요했다고 비난할 것이다. 로저는 후안 티손과 대화했다. 후안 티손은 자신이 그곳에서 일어난 사건들에 로저만큼 영향을 받았고, 그것들을 고치려고 작정했다 할지라도 자신이 페루 아마존 회사의 이사들 가운데 한 명이기 때문에, 만약 바베이도스 출신 남자들이 그곳에 남기를 원한다면 그들에게 영향을 미칠 수도 없고 미쳐서도 안 된다고 로저에게 상기시켰다. 위원들 가운데 하나인 헨리 필갈드가 동일한 논리로 후안 티손을 거들었다. 그 또한 런던에서 훌리오 C. 아라나와 함께 일했는데, 비록 그가 아마존에서 작업하는 방식에 깊이 있는 개혁을 요구할 예정이었다고 할지라도 자신을 채용한 회사의 청산인이 될 수는 없는 일이었다. 로저 케이스먼트는 하늘이 무너지는 듯한 느낌을 받았다.

하지만 프랑스 대중소설에 등장하는 그런 기상천외한 상황 변화들 가운데 하나처럼, 그 모든 파노라마는 11월 12일 해질 무렵 '리베랄' 호가 라 초레라에 도착했을 때 급격하게 바뀌었다. '리베랄' 호는 이키토스와 리마로부터 편지와 신문을 가져왔다. 페루 수도의 일간지 〈엘 코메르시오〉는 두 달 전 발간한 긴 기사에서 아우구스토 B. 레기아 대통령 정부가 푸투마요의 고무 농장들에서 자행되었으리라 판단되는 잔학한 행위들에 대한 영국과 미국의 청원에 응해 페루 사법부의 스타 판사인 카를로스 A. 발카르셀에게 특별권한을 부여해 아마존에 파견했다는 사실을 알리고 있었다. 그의 임무는 진상을 조사하고 범죄 책임자들이 법망을 피하지 못하도록 필요하다면 푸투마요에 경찰력과 군사력을 동원해 즉시 적절한 사법적 조치를 취하는 것이었다.

이 정보는 아라나 회사의 직원들 사이에 폭탄 같은 효과를 발휘했다. 질겁을 한 빅토르 마세도가 라 초레라에서 회의를 하기 위해 가장 멀리 떨어진 농장들을 포함해 농장의 모든 책임자를 소집했다고 후안 티손이 로저 케이스먼트에게 알렸다. 티손은 이루 설명할 수 없는 어떤 모순에 의해 발기발기 찢긴 남자라는 인상을 주었다. 티손은 페루 정부가 결국 조치를 취하기로 결정함으로써 자기 조국의 명예가 고양되었기에, 그리고 정부의 조치가 자신의 선천적인 정의감에 부합되었기에 기뻐했다. 다른 한편으로 그는 이 추문이 페루 아마존 회사의 파멸, 그리고 그로 인한 자신의 파멸을 의미할 수 있다는 사실을 숨기지 않았다. 어느 날 밤, 미지근한 위스키를 마시던 중 티손은 리마에 있는 집을 제외하고 자신의 모든 재산이 회사의 주식에 투자되어 있다고 로저에게 실토했다.

리마에서 온 뉴스들이 만들어낸 소문, 험담, 공포는 바베이도스 출신 남자들의 마음을 한번 더 바꾸게 만들었다. 이제 그들은 다시 떠나고 싶어했다. 페루 출신 책임자들이 원주민 고문과 살인에 대한 잘못을 '외국 흑인들'인 그들에게 전가하고는 자신들의 책임을 회피하려고 애쓸 것이 두려웠기 때문에 한시 바삐 페루를 떠나 바베이도스로 돌아가기를 원했다. 그들은 불안과 공포로 죽을 지경이 되었다.

로저는 그 문제에 관해서는 누구에게도 언급하지 않은 채 열여덟 명의 바베이도스인이 자신과 함께 이키토스에 도착하면 무슨 일이든지 일어날 수 있을 것이라고 생각했다. 예를 들어 회사가 그들을 모든 범죄의 책임자로 만들어 교도소에 보내거나, 그들이 했던 증언을 정정하고 케이스먼트가 그것을 날조했다고 비난하도록 매수할 수 있었다. 해결책은 이키토스에 도착하기 전 중간에 들르는 브라질 영토 내 어느 지점에 바베이도스인들이 하선해 있다가, 로저가 이키토스에서 바베이도스에 들러 유럽으로 가는 데 타게 될 '아타우알파' 호에 그들을 데려와 태우게 될 때까지 로저를 기다리는 것이었다. 로저는 자신의 계획을 프레더릭 비숍에게 말했다. 비숍은 케이스먼트의 계획에 동의했으나 가장 좋은 건 바베이도스인들에게 그 계획을 마지막 순간까지 밝히지 않는 것이라고 말했다.

'리베랄' 호가 출발했을 때 라 초레라 부두의 분위기가 특이했었다. 그 어떤 책임자도 로저를 배웅하러 나오지 않은 것이다. 그들 가운데 많은 수가 브라질이나 콜롬비아로 떠나기로 결정했다는 소문이 있었다. 푸투마요에 아직 한 달을 더 머무르게 될 후안 티손이 로저를 껴안으며 행운을 빌었다. 기술적이고 행정적인 조사를 하기 위해 역시 푸투마요에 몇 주 더 머무르게 될 위원회 위원들이 배의 트랩 밑에서 그를 배웅했다. 그들은 로저가 외무부에 제출하기 전에 보고서를 읽어보기 위해 런던에서 만나기로 약속했다.

강을 타고 여행을 시작한 그 첫날밤에 불그레한 보름달이 하늘을 밝혔다. 빛을 내뿜는 작은 물고기처럼 보이는 반짝거리는 작은 별들과 더불어 달이 시꺼먼 강물에 반사되었다. 콧속으로 영원히 들어와버린 듯 여전히 지속되는 고무 냄새를 제외하면 모든 것이 따스하고 아름답고 고요했다. 선수 갑판의 난간에 오랜 시간 몸을 기댄 채 풍경을 감상하던 로저는 불현듯 자신의 얼굴이 눈물에 젖어 있다는 사실을 깨달았다. 정말 근사한 평화로군요, 하느님.

항해를 시작한 지 처음 며칠은 피로와 조바심 때문에 메모 카드와 노트를 검토하고 보고서의 윤곽을 잡으면서 작업을 하기가 어려웠다. 잠도 조금밖에 못 자고 악몽에 시달렸다. 밤에 자주 잠에서 깨어나 브리지로 나가서 날씨가 쾌청하면 달과 별을 관찰했다. 배에는 브라질 세관의 행정관 한 명이 타고 있었다. 로저는 그에게 혹시 바베이도스인들이 브라질의 어느 항구에서 하선할 수 있는지 물었다. 그들은 로저와 함께 바베이도스로 가기 위해 그 항구에서 마나우스로 가서 로저를 기다리게 될 것이다. 행정관은 전혀 어렵지 않다고 로저에게 장담했다. 그럼에도 로저는 계속해서 걱정하고 있었다. 페루 아마존 회사가 모든 징계에서 벗어날 수 있는 어떤 일이 일어날까봐 두려워했던 것이다. 아마존 원주민의 운명을 아주 직접적인 방식으로 보고 난 뒤였기에 세상 전체가 그 사실을 알고 그들의 운명을 고치기 위해 뭔가를 하는 것이 시급했다.

그를 고통스럽게 만든 다른 요인은 아일랜드였다. 푸투마요의 우이토토족, 보라족, 그리고 그 밖의 불행한 부족들에게 일어났던 것처럼 식민화 때문에 '영혼을 잃은' 조국을 단호한 행위와 반란만이 해방시킬 수 있다는 신념에 도달한 이후부터 그는 자기 조국이 당한 수세기의 예속을 끝낼 그 반란을 준비하는 데 몸과 영혼을 바치겠다는 조바심으로 불타오르고 있었다.

'리베랄' 호가 페루 국경을 넘어―이제는 야바리강에서 항해 중이었다―브라질에 들어갔던 날, 로저를 쫓아다니던 불신감과 위기감이 사라졌다. 하지만 나중에, 그들은 다시 아마존에 들어갈 것이고 페루 영토로 강을 타고 거슬러올라가게 될 것이다. 그는 그곳에서 예기치 않은 어떤 재난이 그의 임무를 헛되게 만들고, 그가 푸투마요에서 보낸 과거 몇 개월을 무용하게 만들 것이라는 불안감을 다시금 느끼게 되리라고 확신하고 있었다.

1910년 11월 21일, 야바리 강변의 브라질 항구 라 에스페란사에서 로저는 바베이도스 출신 남자 열네 명, 네 남자의 부인들, 그리고 아이 넷을 하선시켰다. 전날 밤 로저는 그들을 불러 모아 그들이 자신과 함께 이키토스에 가면 생길 수 있는 위험에 관해 설명해주었다. 판사와 경찰과 공모한 회사가 모든 범죄에 대한 책임을 전가시키기 위해 그들을 체포하는 것에서부터 아라나 회사를 고소하게 될 증언을 철회하게 하려고 압력, 모욕 그리고 공갈까지 행사하리라는 것이었다.

열네 명의 바베이도스 출신 남자들은 자신들이 라 에스페란사에서 하선해 거기서 마나우스로 가는 첫 배를 탄다는 로저의 계획을 수용했다. 그들은 마나우스에서 영국 영사관의 보호를 받으며 로저가 이키토스-마나우스-파라로 가는 부스 라인의 '아타우알파' 호에 태워줄 때까지 기다리게 될 것이다. 마지막 도시에서는 다른 배가 그들을 집까지 태워줄 것이다. 로저는 그들을 위해 사두었던 넉넉한 먹을거리, 마나우스로 가는 승선료를 영국 정부가 보증한다는 서류, 그리고 마나우스에 주재하는 영국 영사에게 보내는 소개장을 그들에게 주고 서로 헤어졌다.

아레도미와 오마리노 외에도 프레데릭 비숍, 부인과 아들을 동반한 존 브라운, 라리 클라크와 필립 버티 로렌스, 그리고 그들의 어린 두 아들이 로저와 함께 계속해서 이키토스까지 갔다. 이들 바베이도스 출신 남자들은 이키토스에서 가져와야 할 물건이 있었고, 회사의 수표를 현금으로 바꿔야 했다.

로저는 이키토스에 도착하는 데 걸린 나흘 동안 문서를 작성하고, 페루 행정당국에 제출할 각서를 준비하면서 시간을 보냈다.

11월 25일에 그들은 이키토스에서 하선했다. 영국 영사 미스

터 스터즈는 로저에게 자기 집에서 머물라고 다시 한번 더 고집
했다. 그리고 미스터 스터즈는 바베이도스인들, 아레도미, 그리
고 오마리노가 머물 수 있도록 근처에서 찾은 하숙집으로 로저
와 함께 갔다. 미스터 스터즈는 마음이 불안했다. 영국과 미국이
홀리오 C. 아라나의 회사에 대해 제기한 고발 건을 조사하기 위
해 카를로스 A. 발카르셀 판사가 곧 도착하리라는 소식 때문에
이키토스 전역이 엄청나게 동요하고 있었다. 공포는 페루 아마
존 회사의 직원들뿐만 아니라 이키토스 주민 전체에게 해당되는
것이었는데, 다들 그 도시의 삶이 그 회사에 의해 좌우된다는 사
실을 알고 있었기 때문이다. 로저 케이스먼트에 대한 반감이 아
주 강해서 그의 목숨을 노리는 시도를 배제할 수 없었기에 영사
는 로저더러 혼자 외출하지 말라고 충고했다.

저녁식사를 하고 늘 즐기던 포트와인을 마신 뒤 로저가 푸투
마요에서 보고 들은 것을 미스터 스터즈에게 요약해 설명했을
때, 영사는 아무 말 없이 아주 진지하게 경청한 후 다음과 같은
질문만을 했다.

"그러니까 레오폴드 2세 시대의 콩고에서처럼 아주 무시무시
하다는 건가요?"

"유감스럽지만 그런 것 같은데, 아마도 더할 수도 있습니다."
로저가 대꾸했다. "물론 그렇게 큰 범죄들의 등급을 정하는 게

상스럽게 보이긴 합니다."

로저가 부재중이었을 때 리마에서 온 에스테반 사파타라는 신사가 이키토스의 새 시장으로 임명되었다. 전임자와 달리 훌리오 C. 아라나가 채용한 사람이 아니었다. 그는 이키토스에 도착한 이후로 파블로 수마에타 및 회사의 다른 임원들과 일정 거리를 유지했다. 그는 로저가 도착할 시점이라는 사실을 알고서 초조하게 그를 기다리고 있었다.

그다음날 아침에 이뤄진 시장과의 면담은 두 시간 이상이 걸렸다. 에스테반 사파타는 피부가 아주 가무잡잡한 젊은 남자였고 교양이 있었다. 그는 날씨가 무더웠는데도—연신 땀을 흘려 커다란 자주색 수건으로 얼굴을 닦았다—모직 프록코트를 벗지 않았다. 그는 로저의 말을 경청하면서 때때로 놀라고, 어떤 때는 더 정교하게 얘기해달라며 말을 중단시키고, 자주 분노를 표출했다("참으로 끔찍하군요!" "정말 무시무시하네요!"). 그는 때때로 시원한 물을 작은 잔에 담아 로저에게 제공했다. 로저는 그에게 이름, 숫자, 장소 등 모든 것을 아주 세세하게 말하면서 사건들에 집중했고, 마지막에 다음과 같은 말로 자신의 진술을 끝맺을 때를 제외하고는 개인적인 논평을 하지 않았다.

"시장님, 요약하자면요. 저널리스트 살다냐 로카와 하든버그 씨의 고발은 과장된 게 아닙니다. 반면 런던에서 잡지 〈트루스〉

가 발표한 모든 내용은 비록 거짓말처럼 보인다 할지라도 아직 온전한 진실을 드러내지 않고 있습니다."

사파타는 목소리에 솔직한 불쾌감을 드러내며 페루에 대해 부끄러움을 느꼈다고 말했다. 이런 일은 법으로부터 멀리 떨어져 있고 모든 제도가 결핍된 그들 지역에 국가 권력이 도달하지 못했기 때문에 일어난 것이었다. 정부가 행동하기로 결정해놓은 상태였다. 그래서 그가 이곳에 있는 것이다. 그래서 발카르셀 박사 같은 곧은 판사가 곧 도착하기로 되어 있었다. 레기아 대통령 자신이 그 가증스러운 학대를 끝장내면서 페루의 명예를 빛내고 싶어했다. 대통령 본인이 바로 그런 어휘를 사용해 자신의 뜻을 표명했다. 영국 왕의 정부는 죄를 지은 사람들이 징계를 받고 앞으로 원주민 보호가 이뤄질 것임을 확인하게 될 것이다. 그는 로저 케이스먼트가 정부에 제출하는 보고서가 공개될지 물었다. 원칙적으로는 보고서가 영국 정부의 내부용이지만 틀림없이 페루 정부에 사본 한 부를 보내 정부가 공개 여부를 결정하도록 할 것이라고 로저 케이스먼트가 대답했을 때 시장이 안도의 한숨을 내쉬었다.

"그나마 다행입니다." 시장이 큰 소리로 말했다. "만약 모든 게 알려지면 세상에서 이 나라의 이미지가 크게 훼손될 겁니다."

로저 케이스먼트는 페루에 더 큰 해를 끼치는 것은 그 보고서 자체가 아니라 그 보고서를 쓰게 만든 사건들이 페루 땅에서 일어난 것이라고 말할 뻔했다. 다른 한편으로 시장은 이키토스에 온 바베이도스 출신 남자들─비숍, 브라운, 로렌스─이 푸투마요에 관한 증언을 시장 자신에게 확인해주겠다고 할지 알고 싶어했다. 로저는 내일 아침 일찍 그들을 시청으로 보내겠노라고 확언했다.

이 대화에 통역으로 참여했던 스터즈 씨는 고개를 푹 숙인 채 면담장을 나왔다. 로저는 자신이 영어로 하는 말에 영사가 많은 문장을 첨부했고─가끔은 순전히 개인적인 견해들을─이런 개입이 원주민 착취와 원주민의 고통에 관계된 사건들의 가혹함을 한결 축소시키는 방향으로 이뤄졌다는 사실을 알아차렸다. 그 모든 것은 로저가 이 영사에 대해 품고 있던 불신감을 증대시켰는데, 영사는 이곳에 여러 해를 머물고 여기서 일어난 일을 아주 잘 알고 있었는데도 영국 외무부에 전혀 보고하지 않았었다. 이유는 단순했다. 미스터 스터즈가 이키토스에서 사업을 하고, 그래서 그 역시 훌리오 C. 아라나의 회사에 종속되어 있다고 후한 티손이 로저에게 밝힌 적이 있었다. 의심할 바 없이 영사가 현재 가진 걱정거리는 이런 추문이 자신에게 해를 끼칠까 하는 것이었다. 영사는 초라한 영혼을 가졌고, 그의 가치판단은 탐욕에 종속되어 있었다.

이어지는 며칠 동안 로저는 우루티아 신부를 만나려고 애썼으나 선교단에서는 아우구스티누스 교단의 수도원장 신부가 야구아족 인디오들이—로저는 '리베랄' 호를 타고 가다가 중간에 기착한 그곳에서 그들을 본 적이 있는데, 그때 그들 원주민의 몸을 감싸고 있던 방적사로 짠 튜닉에 깊은 감동을 받았었다—사는 페바스에 있다고 로저에게 말했는데, 그곳에는 학교 하나가 개교할 예정이었다.

그래서 이키토스항에서 여전히 하역중이던 '아타우알파' 호를 타기 전 며칠 동안 로저는 보고서 작성에 몰두했다. 작업이 끝난 오후에는 산책을 하러 나갔고, 두어 번 이키토스의 아르마스 광장에 있는 알암브라 극장에 들어갔다. 몇 개월 전에 개관한 극장에서는 무성영화가 상영되고 있었는데, 화음이 몹시 맞지 않는 음악이 세 명으로 구성된 오케스트라가 반주를 했다. 로저에게 진정한 구경거리는 흑백 화면에 등장하는 형상들이 아니라 영화에 흠뻑 빠진 관객이었는데, 여러 부족 집단의 인디오들과 산에 있는 지역 수비대에서 온 군인들이 그 모든 것을 감탄하고 당혹해하면서 주의깊게 쳐다보고 있었다.

다른 날에는 비좁은 흙길을 따라 푼차나까지 걸어갔는데, 돌아올 때는 비 때문에 길이 진구렁이 되어 있었다. 하지만 경치는 아주 아름다웠다. 어느 날 오후에는 키스토코차까지 걸어가려고 시도했으나—오마리노와 아레도미를 데리고 갔다—갑자기 폭우가 쏟아져 그치지 않아 덤불 속으로 피해야 했다. 폭우가 그쳤을 때 그 오솔길이 웅덩이와 진흙투성이가 되었기에 서둘러 이키토스로 돌아가야 했다.

'아타우알파' 호는 1910년 12월 6일에 마나우스와 파라를 향해 출발했다. 로저는 일등석에 타고 오마리노, 아레도미 그리고 바베이도스인들은 일반석에 탔다. 청명하고 온화한 아침에 배가 이키토스에서 멀어지고 강변의 사람들과 주택들이 작아져갈 때, 로저는 커다란 위험이 사라지면서 주어지는 자유로운 느낌을 가슴으로 다시 한번 더 느꼈다. 그 위험은 물리적인 것이 아니라 정신적인 것이었다. 자신이 만약 수많은 사람이 불공정하고 잔인하게 고통을 당하는 그 무시무시한 곳에서 더 긴 시간을 머물렀다면, 유럽 출신 백인이라는 단순한 사실 때문에 그 역시 오염되고 타락했으리라는 느낌을 가졌다. 그는 다행스럽게도 자신이 다시는 이 땅들을 밟지 않게 될 것이라고 혼잣말했다. 그 생각이 그에게 용기를 주었고, 과거의 집중력과 의욕으로 작업하는 것을 방해하던 의기소침과 무기력으로부터 그를 꺼내주었다.

12월 10일 해질 무렵 '아타우알파' 호가 마나우스항에 닻을 내렸을 때, 로저는 실의를 뒤에 남겨두고 일에 대한 기력과 능력을 회복했다. 바베이도스 출신 남자 열네 명은 이미 그 도시에 있었다. 대부분 바베이도스로 돌아가기를 거부하고 좋은 조건을 제시하는 마데이라-마모레 기차 회사에서 근무하는 계약을 수용했다. 나머지는 로저와 함께 여행을 계속해 12월 14일에 배가 파라에서 닻을 내렸다. 여기서 로저는 바베이도스로 가는 배 한 척을 구해 바베이도스 출신 사람들과 오마리노, 아레도미를 태웠다. 그는 프레더릭 비숍에게 지침을 주고 브링스톤에서 이 두 소년을 프레더릭 스미스 신부에게 맡겨 소년들이 런던으로 가는 여행을 계속하기 전에 대영제국의 수도에서 이뤄지는 삶과 대면할 준비를 시키는 최소한의 교육을 받도록 예수회 재단 학교에 등록하게 했다.

그러고서 그는 자신을 유럽으로 데려가줄 배 한 척을 찾아냈다. 부스 라인의 'SS 앰브로스' 호였다. 12월 17일에야 비로소 배가 출항하기에 그 며칠을 자신이 파라에서 영사로 근무할 때 자주 가던 곳을 방문하는 데 썼다. 바, 식당, 식물원, 그리고 항구의 형형색색 다양한 상점들이 뒤섞인 거대한 시장이었다. 그가 파라에서 체류할 당시 행복하지 않았기 때문에 파라에 대한 향수는 전혀 없었으나 사람들이 내뿜는 환희, 강을 따라 조성된 방파제에서 산책을 하며 스스로를 과시하는 여자들과 한가한 남자들의 우아함을 알아보았다. 브라질인들은 자신의 몸과 건강하고 행복한 관계를 맺고 있다고 혼잣말을 했는데, 이는 가령 영국인

410

들과 마찬가지로 자신의 몸매에 대해 늘 불편함을 느끼는 듯 보이는 페루인들이 자기 몸과 맺은 관계와는 아주 다른 것이었다. 반면에 여기서는 무엇보다도 스스로 젊고 매력적이라고 생각하는 사람들이 대담하게 자신의 몸을 드러냈다.

17일에 그는 'SS 앰브로스' 호를 타고 출항했고, 여행중에 이 배가 12월 말경 프랑스 셰르부르 항구에 도착할 것이기 때문에 그곳에서 하선하면 허버트 워드와 그의 아내 새리타와 함께 연초를 보내기 위해 파리행 기차를 타야겠다고 작정했다. 런던으로는 다음해 첫 근무일에 돌아갈 예정이었다. 그 교양 있는 친구 부부와 함께, 각종 조각품과 아프리카의 추억이 가득한 그들의 아름다운 스튜디오에서, 아름답고 고상한 것들, 예술, 책, 연극, 음악, 즉, 푸투마요에 있는 훌리오 C. 아라나의 고무 농장을 지배하던 것과 같은 심각한 악행을 저지를 수도 있는 그 모순적인 인간들이 만들어낸 가장 좋은 것에 관해 얘기하면서 이틀 정도 보내는 일은 몸과 마음을 정화하는 경험이 될 것이다.

XI

뚱뚱한 셰리프가 감방 문을 열고 들어와 자신이 누워 있는 간 이침대 귀퉁이에 말없이 앉았을 때 로저 케이스먼트는 놀라지 않았다. 셰리프가 규정을 어겨가며 그에게 샤워를 하도록 허락한 뒤부터 로저 케이스먼트는 자신과 교도관 사이에 말이 개입하지 않았는데도 어떤 친밀감을, 그러니까 교도관 스스로 인식하지 못한 채 어쩌면 무심코 더이상 그를 미워하지 않고, 프랑스 전선에서 자기 아들이 죽은 일에 대한 책임을 그에게 더이상 전가하지 않으려 한다는 것을 느꼈다. 땅거미가 깔리기 시작하는 시각이었고, 작은 감방은 거의 어두워졌다. 로저는 간이침대에서 넓은 원기둥 같고 아주 조용한 셰리프의 어둠에 휩싸인 실루엣을 보고 있었다. 셰리프가 지친 것처럼 가쁜 숨을 헐떡거리고 있다고 느꼈다.

"그 아이가 평발이어서 현역병을 면제받을 수 있었죠."로저는 셰리프가 감정에 젖어 단조롭게 읊조리는 소리를 들었다. "해이스팅스 제1징병소에서 아이의 발을 검사하고는 퇴짜를 놓았어요. 하지만 그 아이는 굴하지 않고 다른 징병소에서 재신검을 받았어요. 전장에 나가고 싶었던 거죠. 그런 미친 짓을 본 적이 있나요?"

"조국을 사랑한 애국자였군요."로저 케이스먼트가 낮은 목소리로 말했다. "당신은 아들 덕분에 자부심을 느껴야 할 거요, 셰리프."

"그 아이가 지금 죽은 몸인데 영웅이라 한들 내게 무슨 소용이 있겠어요?"교도관이 애처로운 목소리로 대답했다. "세상에 단하나뿐인 아들이었죠. 이제는 나 역시 이 세상에 없는 것처럼 느껴져요. 가끔은 내가 유령이 되어버렸다는 생각이 든다니까요."

감방의 어둠 속에서 셰리프가 흐느끼는 것처럼 보였다. 하지만 어쩌면 그건 잘못된 느낌이었을 것이다. 로저는 저기 독일 초센의 작은 군대 캠프에 머물던 아일랜드 여단 자원병 쉰세 명을 기억했는데, 캠프에서 로버트 몬테이스 대위는 자원병들에게 소총과 기관총 사용법, 전술, 군사작전 훈련을 시키고, 불확실한 상황 속에서도 높은 수준의 사기를 유지하게 하려고 애썼다. 로저가 수천 번 자문했던 질문들이 다시 그를 고통스럽게 했다. 자신이 몬테이스 대위, 베일리 상사와 함께 작별인사도 없이 사라졌을 때 그들은 무슨 생각을 했을까? 그러니까 배신자라고 생각했을까? 그 무모한 모험에 그들을 끌어들인 뒤 독일인의 통제하에 철조망에 둘러싸여 있도록 놔둔 채, 그리고 림부르크 포로수용소의 아일랜드 포로들로부터 플랑드르 참호 속에서 죽은 전우들을 배신한 변절자로 간주되어 미움을 사도록 놔둔 채, 자기들끼리만 아일랜드로 싸우러 갔다고 생각했을까?

로저는 자신의 삶이 영원한 모순이었고 혼돈과 잔혹한 분규의 연속이었는데, 삶에서 자신의 의도와 행위의 진실은 우연과 자신의 우둔함 때문에 늘 불명료해지고 왜곡되고 거짓말로 변해버렸다고 다시 한번 혼잣말을 했다. 그들 쉰세 명의 애국자는 순수하고 이상주의적인 사람들로서, 아일랜드 독립을 위해 독일군과 '함께, 하지만 독일군에 포함되지 않은 채' 싸우고자 림부르크 포로수용소에서 이천 명 넘는 동료들과 맞서며 아일랜드 여단에 입대하는 용기를 지녀야 했다. 하지만 부활절 봉기를 위해 의용군에게 보내는 소총 2만 정과 더불어 자신들을 '아우드' 호에 태워 아일랜드로 급파하는 것을 막기 위해 로저 케이스먼트가 독일군 고위 지휘부와 더불어 시작했던 거대한 분투에 관해서는 결코 알지 못할 것이다.

"내겐 그 쉰세 명의 여단원들에 대한 책임이 있어요." 로저가 베를린의 총참모부에서 아일랜드 업무를 담당하는 루돌프 나돌니 대위에게 말해다. "나는 그들더러 영국군에서 탈영하라고 설득했어요. 영국 법에 따르면 배반자죠. 영국 해군이 그들을 체포하면 즉시 교수형에 처할 겁니다. 만약 봉기가 독일 군대의 도움 없이 발발한다면 그런 일이 불가피하게 일어날 겁니다. 나는 그 애국자들을 죽음과 불명예로 내몰 수 없습니다. 그들은 소총 2만 정과 함께 아일랜드로 가지 않을 겁니다."

쉽지 않은 일이었다. 나돌니 대위와 독일군 고위 지휘부의 장교들은 공갈을 쳐서 그의 양보를 받아내려고 애썼다.

"좋습니다. 우리는, 로저 케이스먼트 씨가 봉기에 반대하는 것을 고려해 독일 정부가 소총 2만 정과 실탄 5백만 발을 보내지 않고 있다는 사실을 더블린과 미국의 아일랜드 의용군 지도자들에게 즉각 알리겠습니다."

늘 침착성을 유지하면서 토론하고 협상하고 설명하는 일이 필요했다. 로저 케이스먼트는 봉기 자체가 아니라, 영국군을 교란하고, 그렇게 함으로써 영국군이 반란군을 잔인하게 진압해 아일랜드 독립이 몇 년이나 늦춰질지 모르는 상태로 되는 걸 저지할 카이저의 잠수함, 체펠린 비행선, 특공대의 도움 없이 대영제국 공격을 감행하겠다는 의용군과 시민군의 자살행위에 반대했던 것이다. 물론 소총 2만 정은 반드시 필요했다. 그 자신이 무기와 함께 아일랜드로 갈 것이고, 자신이 판단하기에 봉기를 늦춰야 하는 이유를 톰 클라크, 패트릭 피어스, 조지프 플런켓, 그리고 다른 의용군 지도자들에게도 설명할 예정이었다.

결국 로저는 그렇게 했다. 무기를 실은 배 '아우드' 호가 출발했고, 로저, 몬테이스, 베일리는 한 잠수함을 타고 에이레를 향해 출발했다. 하지만 쉰세 명의 여단원은 그 어떤 것도 이해하지 못한 채, 자신들한테 어떤 행동을 하도록 훈련시켜놓고는 이제 아무런 설명도 없이 그 행동을 하지 못하게 한 그 거짓말쟁이들은 아일랜드로 싸우러 떠나고 자신들은 이곳에 남겨진 이유가 무엇인지 확실하게 자문해보면서, 초센에 남았다.

"아이가 태어나자 아이 엄마는 떠나고 우리 둘만 남겨졌어요." 갑자기 셰리프의 목소리가 들렸을 때, 로저는 깜짝 놀라 간이침대에서 몸을 한 번 움찔했다. "그후 아이 엄마 소식은 전혀 못 들었어요. 그래서 나는 아이를 위해 엄마 역할과 아빠 역할을 동시에 해야 했지요. 그 여자 이름이 호르텐스인데, 반은 미친 여자였어요."

감방 안이 완전히 어두워졌다. 로저는 더이상 셰리프의 형체를 분간할 수 없었다. 그의 목소리가 아주 가까이서 들렸는데, 인간의 표현이라기보다는 오히려 어느 동물이 슬프게 탄식하는 소리처럼 들렸다.

"초기 몇 년 동안 내 급료는 거의 모두 아이에게 젖을 먹이고 키우던 어느 여자에게 지불되었어요." 셰리프가 계속해서 말했다. "난 여가 시간을 온통 아이와 함께 보냈죠. 늘 유순하고 붙임성 있는 아이였어요. 도둑질하고 술에 취하고 부모를 미치게 만들 만한 짓궂은 행동을 하는 소년들과는 결코 같지 않았지요. 어느 양복점의 견습공이었는데, 재단사가 아이를 높이 평가했죠. 평발임에도 입대하겠다는 생각을 안 했다면 양복점에서 경력을 쌓을 수 있었을 겁니다."

로저 케이스먼트는 그에게 무슨 말을 해야 좋을지 몰랐다. 셰리프의 고통이 애석해서 그를 위로하고 싶었으나, 무슨 말이 이 불쌍한 남자의 극심한 고통을 덜어줄 수 있었을까? 로저는 교도관의 이름과 죽은 아들의 이름을 물어보고 싶었을 것이다. 이렇게 함으로써 그 두 사람이 자신에게 더 가까워졌다고 느끼게 되었을 것이나 감히 그의 말을 끊을 수가 없었다.

"그 아이한테서 편지를 두 통 받았어요." 셰리프가 계속했다. "첫번째 편지는 훈련을 받을 때 쓴 것이었어요. 병영생활이 마음에 들고, 전쟁이 끝나면 아마도 군에 남게 될 것이라고 썼더군요. 두번째 편지는 아주 달랐어요. 검열로 여러 단락이 검은색 잉크로 지워져 있었지요. 편지에 불평을 쓰지는 않았지만 어떤 괴로움, 심지어는 공포가 배어 있었죠. 나는 아이 소식을 더이상 듣지 못했어요. 군에서 아이의 죽음을 알리는 애도 편지가 도착할 때까지 말이에요. 루 전투에서 영웅적인 최후를 맞이했다는 거였어요. 나는 그 지역에 관한 얘기를 결코 들어본 적이 없었어요. 지도에서 루가 어디에 위치해 있는지 찾아보았지요. 틀림없이 하찮은 마을일 겁니다."

로저는 새가 우는 소리와 비슷한 신음소리를 두번째로 들었다. 그리고 교도관의 그림자가 떨리고 있다는 느낌을 받았다.

그 쉰세 명의 애국자들은 이제 어떻게 될까? 독일군 고위 지휘부가 약속을 지키고, 그 작은 여단이 초센 캠프에 함께 뭉쳐 격리되는 것을 허용해줄까? 확실하지 않았다. 로저는 베를린에서 루돌프 나돌니와 한 토론을 통해, 겨우 오십여 명밖에 안 되는 그 우스꽝스러운 숫자의 군인들을 독일군이 얕잡아본다는 사실을 알아차렸다. 처음에, 즉 로저 케이스먼트의 열정에 설득당한 그들이, 림부르크 포로수용소의 모든 아일랜드 포로에게 일단 얘기를 꺼내면 수백 명이 아일랜드 여단에 입대할 것이라는 가정하에 포로들을 규합하려던 로저의 발의를 도와주었을 때, 그들의 태도는 참으로 달랐었다. 그런데 대단한 실패, 대단한 실망이었다! 그의 인생에서 가장 고통스러운 실망이었다. 그를 우스갯거리로 만들어버리고 애국의 꿈을 산산조각내버린 실패였다. 그가 무엇에서 실수를 했을까? 로버트 몬테이스 대위는 포로 2200명을 작은 집단으로 나누지 않고 그 모두에게 한꺼번에 말한 것이 오류였다고 생각했다. 이십 명 내지는 삼십 명이었다면 대화가 가능했을 것이고, 그들의 반론에 대답하고 그들이 혼란스러워하는 것을 명쾌하게 밝혀줄 수 있었을 것이다. 하지만 자신들의 패배와 포로로서 느끼는 굴욕감 때문에 고통받는 남자들로 이뤄진 대중 앞에서 무엇을 기대할 수 있었겠는가? 그들은 로저가 자신들에게 어제와 오늘의 적과 동맹을 맺으라고 요구한다고 이해했을 뿐이고, 그래서 아주 호전적으로 반응했다. 의심할 바 없이 그들의 적의를 해석하는 다양한 방식이 있었다. 하지만 그 어떤 이론도 그 애국자들로부터 배신자, 황색분자, 바퀴벌레, 내통자라고 불리면서 그가 모욕당하는 고통을 지울 수는 없었는데, 그가 그들을 위해 자신의 시간, 명예, 미래를 희생했기 때문이었다. 허버트 워드가 그의 민족주의를 놀려대면서 현실로 돌아오라고, 그가 은둔해 있던 '켈트의 꿈'으로부터 깨어나라고 권고하던 농담을 기억했다.

1916년 4월 11일 독일을 떠나기 전날 밤, 로저는 독일 제국 총리 테오발트 폰 베트만홀베그에게 편지를 써서 아일랜드 여단에 관해 그와 독일 정부 사이에 체결한 협정의 내용을 상기시켰다. 합의된 바에 따르면, 아일랜드 여단원은 아일랜드를 위해 싸우는 데만 파병될 수 있고, 그 어떤 경우에도 다른 전쟁터에 독일군의 단순한 지원군으로 이용될 수 없었다. 또한 다툼이 독일의 승리로 종결되지 않는다면, 아일랜드 여단의 병사들은 미국이나 그들을 받아들일 중립국으로 보내져야 하고 즉결처분이 이뤄질 영국으로는 결코 이송되지 않아야 한다고 규정되어 있었다. 독일인들이 이 약속을 지킬까? 그가 체포된 이후로 마음에 불안감이 자주 생겨났다. 만약 그와 몬테이스, 그리고 베일리가 아이랜드로 떠나자마자 루돌프 나돌니 대위가 아일랜드 여단을 해체하고 구성원들을 다시 림부르크 포로수용소로 보내버렸다면? 그들은 다른 아일랜드 포로들에게 모욕과 차별을 받으면서, 그리고 매일 린치를 당할 위험에 노출된 상태로 살게 될 것이다.

"나는 군대가 그 아이의 유골을 보내주기를 바랐습니다." 셰리프의 고통스러운 목소리가 로저를 다시 놀라게 했다. "나, 내 아버지, 내 할아버지가 태어난 곳이자 그 아이가 태어난 곳인 헤이스팅스에서 종교적인 장례식을 치를 수 있도록 말이에요. 못 보내준다고 하더군요. 전쟁 상황이라 유골을 보내주는 건 불가능하다고요. 당신은 그 '전쟁 상황'이라는 게 무슨 뜻인지 알겠습니까?"

로저는 교도관이 그에게 얘기하는 것이 아니라 그를 통해 자기 자신과 얘기한다는 사실을 이해했기에 대답하지 않았다.

"나는 그 말의 의미를 아주 잘 압니다." 셰리프가 계속했다. "내 불쌍한 아들의 유골이 전혀 남아 있지 않다는 겁니다. 수류탄이나 박격포 한 발이 그 아이를 가루로 만들어버렸을 테니까요. 그 빌어먹을 루라는 곳에서요. 아니면 전사한 다른 병사들과 함께 공동묘지에 묻어버렸을 겁니다. 아이의 묘에 꽃을 몇 송이 갖다놓고 가끔 기도해야 하는데, 묘가 어디에 있는지 결코 알 수 없겠지요."

"중요한 것은 묘가 아니라 기억이에요, 셰리프." 로저가 말했다. "그게 중요해요. 그 아이가 지금 어디 있든지 당신 아들에게 중요한 것은 무엇보다 당신이 많은 애정을 가지고 자기를 기억한다는 것을 아는 겁니다."

셰리프의 그림자가 케이스먼트의 말을 듣더니 놀라서 움직였다. 아마도 자신이 감방 안에서 그와 함께 있다는 사실을 잊었으리라.

"만약 내가 아이의 엄마가 어디에 있는지 알았더라면, 그녀를 만나서 아이 소식을 전하고 함께 울 수 있었을 겁니다." 셰리프가 말했다. "호르텐스가 나를 버렸다 해도 난 그녀에게 그 어떤 원망도 하지 않아요. 그녀가 살아 있는지조차 몰라요. 그녀는 자신이 버린 아들에 대해 직접 물어본 적이 단 한 번도 없어요. 이미 당신에게 말했다시피 나쁜 여자가 아니라 반쯤 미친 여자라니까요."

　로저는 자신이 트랄리 만의 반나 스트랜드 해변에 도착해 종다리의 노래를 듣고, 해변 근처에서 야생 제비꽃을 처음으로 보았던 그날 새벽 이후 밤낮으로 쉼없이 자문했듯이 지금 다시 한번 더 자문해보았다. 무슨 빌어먹을 이유가 있었기에 그곳에 의용군을 위한 소총, 기관총, 탄약을 싣고 온 화물선 '아우드' 호와 로저 자신, 몬테이스, 베일리를 싣고 온 잠수함을 기다리는 아일랜드 배가 한 척도, 아일랜드 도선사가 한 명도 없었을까? 무슨 일이 있었던 걸까? 그는 존 드보이가 요한 하인리히 폰 베른스토르프 백작에게 긴급하게 보냈고, 백작이 다시 독일 총리실에 전달한 편지에서 성금요일과 부활주일 사이에 봉기가 발발할 것이라고 알리는 내용을 자신의 두 눈으로 똑똑히 보았다. 따라서 4월 20일 트랄리 만의 페닛 방파제에 어김없이 소총이 도착해야 할 것이라고 했다. 그곳에는 그 지역의 숙련된 도선사 한 명, 배에서 무기를 내릴 의용군을 태운 보트와 배들이 기다리고 있을 것이었다. 이런 지침은 4월 5일 조지프 플런켓이 베를린의 독일 대리대사에게 보낸 긴급 메시지의 내용에서 재확인되었는데, 독일 대리대사는 이 메시지를 베를린의 총리실과 총참모부에 재전송했다. 무기가 20일 저녁 무렵에, 빠르지도 늦지도 않게 트랄리 만에 도착해야 했다. 그리고 그날은 '아우드' 호뿐만 아니라

U-19 잠수함이 약속 장소에 도착한 날짜였다. 도대체 무슨 빌어먹을 일이 있었기에 그들을 기다리는 사람이 한 명도 없고, 그를 교도소에 매장시키고 봉기의 실패에 기여하는 참사가 일어났는가? 그를 심문했던 바실 톰슨과 레지널드 홀이 준 정보에 따르면, '아우드' 호는 상륙하기로 합의된 날짜로부터 한참 나중에―배는 안전상의 위험을 무릅쓰면서 계속 의용군을 기다렸다―아일랜드 영해에서 영국 해군에게 발각됨으로써 선장이 하는 수 없이 배를 침몰시키고 소총 2만 정, 기관총 10정, 실탄 5백만 개를 바다에 수장시켜버렸는데, 이들 무기는 예견되었던 바대로 영국인들이 잔인하게 진압했던 그 반란의 향방을 바꿔놓을 수도 있었을 것이다.

실제로 로저는 그간 무슨 일이 일어났는지 추측할 수 있었다. 사실, 대단하게 중요한 것이 아니라 하찮고 사소한 일들 가운데 하나, 부주의, 이전에 내린 명령을 취소하는 새로운 명령, 아일랜드 공화국 형제단 최고위원회의 지도자인 톰 클라크, 숀 맥더못, 패트릭 피어스, 조지프 플런켓을 비롯해 몇몇 지도자 사이에 있었던 견해 차이 같은 것이었을 테다. 그들 가운데 일부 또는 어쩌면 모두는 '아우드' 호가 트랄리 만에 도착하기에 가장 적합한 날짜에 관한 견해를 바꾸었을 것이고, 또 베를린에 보내는 이전의 명령을 취소하는 새로운 명령이 엉뚱한 데로 갈 수 있거나,

화물선과 잠수함이 이미 먼 바다에 있을 때, 그리고 그 며칠 동안 열악한 대기 환경 때문에 실제로 독일과 연락이 끊긴 상태에서 도달할 수 있다는 생각을 하지 않은 채 수정명령을 보냈을 것이다. 그런 유사한 일이 발생했음에 틀림없었다. 작은 혼동, 계산 착오, 어리석은 짓, 그리고 최상급 무기는 이제 더블린 거리에서 전투가 지속된 그 주에 전사한 의용군의 손에 있는 것이 아니라 바다 밑에 가라앉아 있었다.

로저가 독일군의 동시적인 행동 개시 없이 무장봉기를 일으키는 건 실수였다고 생각한 것은 잘못이 아니었는데, 그렇다고 해도 그는 즐겁지 않았다. 차라리 자신의 판단이 틀렸기를 바랐을 것이다. 자신이 그 몰상식한 인간들, 즉 4월 24일 새벽 색빌 스트리트의 우체국을 점령했던 백여 명의 의용군과 함께, 또는 더블린 캐슬을 급습해 점령을 시도했던 사람들과 함께, 또는 피닉스 파크의 매거진 포트를 폭파시키기를 원했던 사람들과 함께 그곳에 있었기를 바랐을 것이다. 그는 살인자와 강간범처럼 교수대에서 모욕을 당하기 전에 손에 무기를 든 채 그들처럼 죽는 것—영웅적이고 고귀하고 낭만적인 죽음—이 천 배는 더 좋은 일이라고 여겼다. 의용군, 아일랜드 공화국 형제단, 시민군의 계획이 제아무리 불가능하고 비현실적이었다 할지라도, 공화국을 선포하는 선언문을 낭독하는 패트릭 피어스의 목소리를 듣는 건 틀림없이 아름답고 흥분되는 일이었을 것이다―의심할 바 없이 그곳의 모든 사람이 울었고 심장이 두근거리는 것을 느꼈다. 비록 이레라는 극히 짧은 기간이었다 할지라도 '켈트의 꿈'은 실현되었다. 즉, 점령국 영국으로부터 해방된 아일랜드가 독립국이 된 것이다.

"그 아이는 내가 이 일을 하는 걸 좋아하지 않았어요." 셰리프의 고뇌에 찬 목소리가 다시 로저를 깜짝 놀라게 했다. "동네 사람들, 양복점 사람들이 자기 아버지가 교도소 직원이라는 사실을 알게 되는 걸 부끄럽게 생각했죠. 사람들은 우리 교도관들이 밤낮으로 범죄자들과 어울리기 때문에 오염되고, 우리 또한 법 밖에 있는 사람이 된다고 믿어요. 이보다 더 부당한 것을 본 적이 있습니까? 마치 누군가는 사회의 안녕을 위해 이 일을 하지 말아야 한다는 듯이 말입니다. 나는 아들에게 사형집행인 미스터 존 앨리스의 예를 들어주었어요. 존 앨리스는 고향인 로치데일에서 이발사이기도 한데요, 거기서는 그를 나쁘게 얘기하는 사람이 아무도 없어요. 오히려 이웃 모두가 그를 아주 높이 평가하고 있지요. 그의 이발소에서 이발하려고 사람들이 줄을 선다니까요. 아들이 자기 앞에서는 그 누구도 내 험담을 못하게 했으리라 난 확신해요. 내 아들은 나를 깊이 존경만 한 게 아니에요. 난 그 아이가 나를 사랑했다는 걸 알거든요."

다시 한번 로저는 그 억누르는 흐느낌을 들었고, 교도관의 몸이 떨리면서 간이침대가 흔들리는 것을 느꼈다. 이런 식으로 속내를 털어놓는 게 셰리프의 마음을 편해지게 했을까, 아니면 그의 고통을 증대시켰을까? 그의 독백은 상처를 후비는 하나의 칼이었다. 로저는 어떤 행동을 취해야 할지 모르고 있었다. 그에게 말을 할까? 그를 위로하려고 애를 쓸까? 말없이 그의 얘기를 들을까?

"내 생일날에는 아이가 어김없이 뭔가를 선물했어요." 셰리프가 덧붙였다. "양복점에서 받은 첫 급료는 내게 전액을 주었어요. 그 아이더러 돈을 가지라고 내가 고집을 부렸어야 했지요. 요즘 어떤 소년이 자기 아버지에게 그런 존경심을 보여주겠어요?"

셰리프는 다시 침묵에 잠겨 꼼짝도 하지 않았다. 로저 케이스먼트가 봉기에 관해 알게 된 사안은 그리 많지 않았다. 우체국 점령, 더블린 캐슬의 공격 실패와 피닉스 파크에 있는 매거진 포트의 공격 실패였다. 그리고 봉기의 주요 지도자들을 약식으로 총살시킨 것이었는데, 지도자들 가운데는 그의 친구이자 게일어로 산문과 시를 쓴 첫 현대 아일랜드 작가들 가운데 하나인 숀 맥더못이 있었다. 몇 명이나 더 총살을 당했을까? 킬마인함 교도소의 지하 감방 안에서 처형되었을까? 아니면 그들을 리치먼드 배럭스*로 데려갔을까? 위대한 노동조합 조직가인 제임스 콘놀리는 심각한 중상을 입어 일어설 수가 없었는데, 그가 휠체어에 앉은 채로 총살형 집행 분대 앞에 앉혀졌다고 앨리스가 로저에게 말했다. 야만인들! 로저가 그의 심문관인 스코틀랜드 야드의 바실 톰슨 국장과 영국 해군 정보부의 레지널드 홀 함장을 통해, 그의 변호사인 조지 가번 더피를 통해, 그의 누나 니나와 앨리스 스톱포드 그린을 통해 단편적으로 얻은 봉기에 대한 정보는 그에게 사건에 대한 선명한 개념을 주지 않았고, 단지 피, 포격, 화재, 총격으로 이뤄진 대혼란에 대한 개념만 주었다. 로저의 심문관들은 더블린 거리에서 여전히 전투가 벌어지고 영국군이 반란군의 마지막 진지를 진압하고 있을 때 런던에 도착하던 소식을 그에게 언급했었다. 덧없는 일화들, 허술한 문장들, 그가 자신의 환상과 직관으로 맥락 속에 위치시키고자 애썼던 이야기의 실마리들. 그 심문을 받는 동안 바실 톰슨과 레지널드 홀의 질문을 통해 로저는 자신이 반란을 주도하기 위해 독일에서 온 것으로 영국 정부가 의심하고 있었다는 사실을 알아냈다. 바로 그런 식으로 역사가 쓰였던 것이다! 애써 봉기를 저지하기 위해 왔던 그가 영국이 범한 오류 때문에 반란군의 지도자로 변모해버린 것이다. 영국 정부는 오래전부터 그가 독립주의자에게 상당한 영

* 더블린의 영국군 병영.

향력을 행사하는 인물이라고 생각했는데 그것은 사실과 거리가 멀었다. 아마도 그 생각이 이를 설명해주는 것 같다. 그가 베를린에 있을 때 영국 언론이 그더러 카이저에게 몸을 팔았다고, 배신자일 뿐만 아니라 용병이라고, 그리고 요즘에는 런던의 신문들이 덧씌운 것처럼 비열한 인간이라고 그를 비난하면서 중상하는 캠페인을 벌이는 이유가 무엇인지를 말이다. 한 번도 최고 지도자인 적이 없었으며 그러하기를 바란 적도 없는 그를 최고 지도자로서 불명예 속에 내던져버린 캠페인! 그것이 바로 역사였으며, 과학이 되려고 시도했던 하나의 우화였다.

"언젠가 그 아이가 열병에 걸렸는데, 병원 의사는 아이가 죽게 생겼다고 말했어요." 셰리프가 자신의 독백을 재개했다. "하지만 아이에게 젖을 주던 미세스 쿠버트와 나, 우리 둘은 아이를 보살피고 몸을 따스하게 감싸주고 애정을 쏟고 인내심을 발휘해 목숨을 살려냈어요. 장뇌를 섞은 알코올로 아이의 온몸을 문지르느라 수많은 밤을 뜬눈으로 지새웠지요. 그게 아이에게 효험이 있었어요. 그 어린 것이 추위로 몸을 벌벌 떠는 것을 보고 있자니 가슴이 찢어지는 것 같더군요. 나는 아이가 고통받지 않기를 바라고 있어요. 내 말은 거기 그곳 루의 참호 속에서 말이에요. 아이의 죽음이 자신도 모를 정도로 빨리 이뤄졌기를 바란다고요. 하느님께서 아이가 피를 흘리며 천천히 죽어가고 겨자 가스에 질식하도록 내버려둠으로써 죽음의 고통을 길게 만들 정도로 잔인하지 않으셨기를 바라고 있어요. 그 아이는 늘 주일미사에 참석했고 기독교인으로서 자신의 임무를 완수했거든요."

"아들 이름이 뭐죠, 셰리프?" 로저 케이스먼트가 물었다.

로저가 보니 어둠 속에서 교도관이 자기 옆에 로저가 있다는 사실을 다시금 막 깨달았다는 듯이 또다시 몸을 움찔하는 것 같았다.

"알렉스 스테이시예요." 마침내 그가 말했다. "내 아버지처럼. 그리고 나처럼."

"이름을 알게 되어 반갑군요." 로저가 말했다. "누구든 어떤 사람의 이름을 알게 되면 그 사람을 더 잘 상상하게 되죠. 그 사람을 몰라도 그 사람을 느끼게는 되죠. 알렉스 스테이시는 어감이 좋은 이름이에요. 좋은 사람이라는 느낌을 주네요."

"교양 있고 친절했죠." 셰리프가 중얼거렸다. "아마 약간 소심했을 겁니다. 특히 여자들에게는. 아이가 어렸을 때부터 지켜봐왔어요. 남자들하고 있을 때는 편안하게 생각했고 별 어려움 없이 잘 지냈죠. 하지만 여자들에게는 겁을 먹었어요. 눈도 제대로 쳐다보지 못했다니까요. 그리고 여자들이 말을 걸려고 하면 말을 더듬기 시작했죠. 그래서 알렉스가 숫총각으로 죽은 게 확실해요."

셰리프가 다시 입을 다물더니 생각에 잠겨 꼼짝도 하지 않았다. 불쌍한 소년! 만약 아버지의 말이 사실이라면 알렉스 스테이시는 여자의 온기도 알지 못한 채 죽었어! 어머니의 온기, 부인의 온기, 애인의 온기. 로저는 잠시였을망정 적어도 아름답고 다정하고 섬세한 어머니로 인한 행복이 무엇인지는 알았었다. 로저가 한숨을 내쉬었다. 그는 한동안 어머니 생각을 하지 않았는데, 전에는 그런 일이 결코 없었다. 만약 저세상이 존재한다면, 죽은 사람의 영혼이 사후의 내세로부터 산 사람의 덧없는 삶을 관찰한다면, 앤 젭슨은 이 모든 시간에 그에게 매달려 있을 것이 확실했다. 로저의 발자국을 따라다니면서, 독일에서 그가 겪은 불행 때문에 고통받고 걱정하면서, 그의 낙망과 좌절을 공유하고, 그리고 그 자신이 실수를 함으로써—허버트 워드가 심하게 놀려댔던 천진난만한 이상주의 속에서, 그 낭만주의적 성향 속에서—카이저와 독일인을 지나치게 이상화함으로써, 아일랜드의 대의를 자기 것으로 삼아 독일인들이 독립을 이루겠다는 아일랜드의 꿈에 충실하고 열정적인 협력자가 되리라고 믿음으로써 생긴 그의 터무니없는 느낌을 공유하면서.

그렇다, 로저의 어머니가 말로 형용할 수 없는 그 닷새 동안에 그와 몬테이스와 베일리를 독일의 헬골란트 항구에서 아일랜드의 케리 해변까지 실어나른 잠수함 U-19 안에서 그가 겪은 고통, 구토, 멀미, 답답함을 그와 나누었다는 것은 확실했다. 그가 육체적으로 정신적으로 그렇게 나빴던 적은 처음이었다. 그의 위는 뜨거운 커피 몇 모금과 작은 빵조각 몇 입을 제외하고는 그 어떤 음식도 견뎌내지 못했다. U-19 함장 라이문드 바이스바하 대위가 브랜디 한 모금을 마시게 했는데, 멀미를 잠재우기는커녕 담즙까지 게워냈다. 수면 위로 올라가 시속 12마일로 항해할 때면 잠수함이 가장 많이 움직였고 그에게 가장 고통스러운 멀미를 유발했다. 잠수함이 물속으로 들어갈 때면 덜 움직였고 속도가 느려졌다. 담요를 덮고 외투로 몸을 감쌌지만 뼈를 갉아대는 추위를 완화시킬 수 없었다. 그가 나중에 브릭스턴 교도소, 런던탑, 펜턴빌 교도소에서 느끼게 될 폐쇄공포증의 전조 같은 느낌도 마찬가지였다.

U-19함을 타고 가는 동안 멀미와 무시무시한 불쾌감 때문에 자신의 옷 어느 호주머니에 들어 있던 베를린에서 독일의 항구도시 빌헬름스하펜으로 가는 기차표에 대해 그가 잊어버렸던 게 틀림없다. 매케나 요새에서 그를 체포한 경찰관들이 트랄리 경찰서에서 검색하는 과정에서 그 기차표를 발견했다. 기차표는 재판 과정에서 검사에 의해 로저가 적국인 독일에서 아일랜드로 왔다는 증거물들 가운데 하나로 제시될 것이다. 하지만 훨씬 더 나빴던 일은 긴급한 사안이 발생했을 때 카이저의 군 지휘부와

소통하라며 독일 해군이 그에게 부여한 암호가 적힌 종이를 아일랜드 주재 영국 경찰대의 경찰관들이 그의 다른 호주머니에서 발견한 것이었다. U-19함에서 내려 자신들을 해변으로 데려다줄 보트에 오르기 전에 그가 그 위태로운 서류를 파기하지 않았다는 것이 어떻게 가능했을까? 그것은 감염된 상처처럼 그의 의식을 곪게 만드는 질문이었다. 그럼에도 U-19함의 함장과 승무원들과 헤어지기 전, 로버트 몬테이스 대위의 주장에 따라 로저 자신과 대니얼 베일리 상사가 자신들의 신분과 출발지를 암시하는 위태로운 물건이나 서류는 무엇이든 파기해버리기 위해 마지막으로 다시 한번 호주머니를 검사했다는 사실을 로저는 선명하게 기억했다. 기차표와 암호를 간과해버린 그런 극도의 부주의가 어떻게 가능했을까? 그는 재판중에 검사가 그 암호를 보여주면서 내비치던 회심의 미소를 떠올렸다. 영국 정보부 수중에 있던 그 정보가 독일에게 어떤 피해를 끼쳤을까?

그처럼 심각하기 이를 데 없는 방심을 설명해주는 것은 의심할 바 없이 멀미로 훼손된 그의 비참한 신체적·정신적 상태, 독일에서 마지막 몇 개월을 보내면서 초래된 건강 악화였다. 특히 정치적 사건들이 야기한 걱정과 불안감은—아일랜드 여단의 실패부터 의용군과 아일랜드 공화국 형제단이 독일군의 동시작전이 이뤄지지 않았을 때인 부활절에 군사봉기를 일으키겠다고 결정했다는 사실을 안 것까지—그의 명석함과 정신적인 균형에 영향을 미쳐 반사작용과 집중력과 평정심을 상실하게 만들었다. 그것이 광증의 첫번째 증세들이었을까? 이전에 콩고와 아마존에 있었을 때 고무 채취업자들이 원주민에게 가한 사지절단, 그 밖의 셀 수조차 없는 고문과 잔학한 행위가 이뤄지는 장면 앞에서 그 증세는 이미 일어났었다. 세 번 또는 네 번 그는 자신에게서 힘이 빠지고 있다고, 주변에서 본 거대한 악, 즉 아주 널리 퍼져 있고 아주 압도적이어서 대적하고 파괴하려고 애쓰는 것이 터무니없는 일처럼 보이는 그 잔인성과 불명예의 영역 앞에서 자신이 어떤 무력감에 지배당해 있다고 느꼈다. 사기를 심각하게 상실했다고 느끼는 사람은 로저가 방심한 것처럼 아주 심각하게 방심할 수 있다. 이런 변명이 그의 마음을 잠시 가볍게 했다. 그러고서 그는 그 변명을 거부했고, 죄의식과 후회가 더 심해졌다.

"목숨을 버릴까도 생각했어요." 셰리프의 목소리가 다시금 로저를 놀라게 했다. "알렉스는 나를 계속해서 살아가게 만들었던 유일한 이유였어요. 나는 그 아이 말고는 피붙이가 없어요. 친구도 없고요. 그저 알고 지내는 사람만 있어요. 내 삶은 바로 내 아들이었어요. 아들도 없는데 뭐하려고 이 세상에서 계속 살겠어요?"

"그런 감정 알아요, 셰리프." 로저 케이스먼트가 중얼거렸다.

"그럼에도 삶은 아름다운 것도 품고 있어요. 이제 다른 매력적인 삶의 동기를 발견하게 될 겁니다. 아직 젊잖아요."

"보기에는 훨씬 늙어 보이지만 내 나이 마흔일곱입니다." 교도관이 대답했다. "목숨을 끊지 않은 이유는 종교 때문입니다. 자살을 금하거든요. 하지만 가능성이 없지는 않아요. 만약 이 슬픔, 이 공허감, 이제는 그 어떤 것도 중요하지 않다는 느낌을 이기지 못한다면 자살을 할 겁니다. 인간은 살 만하다고 느끼는 동안에만 살아야 합니다. 살 만하다고 느끼지 않으면 못 삽니다."

그는 극적인 효과를 가미하지 않은 채 차분하고 확실하게 말했다. 그러고는 조용하게 말없이 있었다. 로저 케이스먼트는 귀를 기울였다. 감방 밖 어느 곳으로부터 추억이 서린 어떤 노래, 아마도 어떤 합창이 들려오는 것 같았다. 하지만 소리가 너무 약하고 거리가 멀어서 가사도 멜로디도 제대로 구분할 수 없었다.

왜 봉기의 지도자들은 로저가 아일랜드로 오는 것을 막으려하고, 독일 당국에 부탁해서 그에게 아일랜드 민족주의자 단체들의 '대사'라는 우스운 직함을 부여해 베를린에 머무르게 했을까? 로저는 그 편지들을 보았고, 자신과 관계된 문장들을 읽고 또 읽었다. 몬테이스 대위의 말에 따르면, 그렇게 된 이유는 의용군과 아일랜드 공화국 형제단의 지도자들이 로저가 영국 육군과 해군을 무력화시킬 수 있는 독일군의 주요 공격이 수반되지 않는 반란에는 반대한다는 사실을 알고 있었기 때문이다. 왜 그들은 로저에게 그 사안을 직접 얘기하지 않았을까? 왜 그런 결정이 독일 당국자들을 통해 로저에게 도달하도록 했을까? 아마도 봉기의 지도자들이 그를 불신했을 것이다. 그가 더이상 믿을 만하지 않다고 생각했을까? 혹시 영국 정부가 그를 스파이라고 비난하면서 유포시킨 그 터무니없는 엉터리 소문을 그들이 믿었던 것일까? 그는 그런 중상모략을 전혀 걱정하지 않았다. 그것은 아일랜드 민족주의자들에게 의구심을 심어주고 민족주의자들의 분열을 획책하기 위해 영국의 정보기관이 실행한 유독성 작전임을 자신의 친구와 동료들이 이해할 것이라고 늘 생각했었다. 혹 누군가는, 그의 동료들 가운데 일부 누군가는 그 식민주의 국가의 책략에 속아넘어갔을 것이다. 그런데 이제는 로저 케이스먼트가 계속해서 아일랜드 독립의 대의에 충실한 투쟁가라는 사실을 깨달았을 것이다. 그의 충성심을 의심했던 사람들은 킬마인함 교도소에서 총살당한 자들 가운데 일부였을까? 죽은 자들의 견해가 지금 그에게 뭐 그리 중요하겠는가?

그는 교도관이 자리에서 일어나 감방 문 쪽으로 멀어지고 있다고 느꼈다. 마치 발을 질질 끌기라도 하듯이 그의 활기 없고 께느른한 발걸음소리를 들었다. 그리고 문에 도착한 교도관이 말하는 소리를 들었다.

"방금 전에 내가 했던 이런 건 나쁜 행위예요. 규정을 위반한 거죠. 당신에게는 아무도 말을 걸지 말아야 하는데, 나는 셰리프이기 때문에 그 누구보다 더 그렇죠. 더이상 참을 수 없었기에 온 거예요. 누군가와 말을 하지 않으면 머리와 심장이 터져버릴 것 같았다고요."

"와줘서 반가웠어요, 셰리프." 케이스먼트가 소곤거렸다. "내 상황에서 누군가와 말을 하는 것은 큰 위안이 되죠. 단 한 가지 애석하게 생각하는 것은 내가 아들이 죽어 상심한 당신을 위로하지 못했다는 거예요."

교도관은 뭐라고 툴툴거렸는데 아마도 작별인사를 하는 것 같았다. 그는 감방 문을 열고 나갔다. 밖에서 열쇠로 문을 잠그는 소리가 들렸다. 다시 완벽한 어둠이었다. 로저는 모로 누워 눈을 감고 잠을 청했으나 오늘밤에는 잠 또한 오지 않을 것이고, 동이 틀 때까지는 아주 긴 시간이 필요할 것이며, 끝없이 기다려야 한다는 사실을 알고 있었다.

교도관이 한 말이 생각났다. "알렉스가 숫총각으로 죽은 게 확실해요." 불쌍한 소년. 쾌락, 그 뜨거운 기절 상태, 주변의 것들이 정지되는 듯한 느낌, 겨우 사정하는 시간에만 지속되지만 그럼에도 아주 강력하고 깊어서 몸의 모든 섬유조직을 흥분시키고, 영혼의 마지막 흔적까지도 그 행위에 참여해 소생하는 그 순간적인 영원성이 주는 감동을 알지 못한 채 열아홉이나 스무 살이 되었다니. 로저가 스무 살이 되었을 때 아프리카로 떠나지 않고 엘더 뎀프스터 라인을 위해 일하면서 리버풀에 머물렀다면 그 역시 숫총각으로 죽을 수 있었을 것이다. 그의 여자에 대한 소심함은 평발의 젊은이 알렉스 스테이시의 소심함과 같았거나 아마도 더 심했을 것이다. 그는 사촌누이들의 농담을, 무엇보다도 거트루드, 친애하는 지가 그의 얼굴을 달아오르게 하고 싶을 때 했던 농담을 기억했다. 사촌누이들이 아가씨들에 관한 얘기를 꺼내기만 해도 그의 얼굴이 화끈 달아올랐는데 가령 이런 말들이었다. "도로시가 널 어떤 눈으로 바라보는지 봤어?" "말리나가 소풍 가면 항상 네 옆에 앉으려고 미리 손을 쓰는 걸 너 알았니?" "말리나가 널 좋아한대, 사촌." "너도 말리나 좋아하지?" 이런 우스갯소리가 그를 참으로 불편하게 만들었다! 그는 주눅들어 말을 얼버무리고 더듬거리고 바보 같은 말을 하기 시작했는데, 그러면 지와 그녀의 친구들까지도 우스워 죽겠다며 그를 진정시켰다. "농담이니까 그런 식으로 반응하지 마."

그럼에도 어렸을 때부터 예리한 미적 감각을 지녔던 로저는 균형 잡힌 몸매, 생기 있고 장난기어린 눈, 늘씬한 허리, 야생의 포식성 동물의 잠재력을 나타내 보이는 근육을 흐뭇하고 즐겁게 감상하면서 몸과 얼굴의 아름다움을 평가할 줄 알았다. 자신의 마음을 더 많이 흥분시키고, 더불어 걱정과 불안이 뒤섞인 묘미, 뭔가를 위반한다는 느낌을 주는 그 아름다움은 소녀들이 아니라 소년들이 지닌 아름다움이라는 인식을 그는 언제 갖게 되었는가? 아프리카에서였다. 아프리카 대륙을 밟기 전에는 그가 받은 청교도적인 교육, 친가와 외가의 전통적이고 보수적인 완고한 관습이, 동성 사이에 성적 매력을 느낀다는 의심만 들어도 혐오스러운 일탈로 간주되고 법과 종교에 의해 정당화도 정상참작도 되지 않는 범죄와 죄악으로 어김없이 비난받는 어떤 환경과 부합해, 이런 흥분의 징후는 무엇이 되었든 싹부터 짓눌러버렸다. 앤트림의 맥혜린템플에서, 즉 그의 삼촌들과 사촌들이 있는 리버풀의 종조할아버지 존의 집에서 사진은 그가 그 늘씬하고 멋진 남자들의 몸을 즐기도록 해주는—눈과 마음으로만—핑계가 되었는데, 그는 그런 끌림이 단지 미학적인 것일 뿐이라는 변명과 더불어 스스로를 속이면서 그들의 몸에 매료되었다.

끔찍하지만 지극히 아름다우면서 엄청난 고통의 땅인 아프리카는 자유의 땅이기도 했다. 거기서 인간이 불법적인 방식으로 학대를 당할 수도 있었으나, 금지와 편견이 쾌락을 억압하는 영국과 달리 그런 금지와 편견 없이 자신의 열정, 환상, 욕망, 본능, 꿈을 보여줄 수도 있는 곳이었다. 그는 보마에서 숨이 막힐 듯 덥고 해가 하늘 높이 떠 있던 그날 오후를 기억했는데, 당시 보마는 마을이라기보다는 아주 작은 촌락에 불과했다. 숨이 막힐 지경이 되고 몸이 활활 타는 듯한 느낌이 들어서 그는 촌락 외곽의 개울로 가 목욕을 했다. 개울은 콩고강으로 합류되기 조금 전한 지점의 바위 사이에 못과 졸졸 소리를 내며 떨어지는 작은 폭포가 여럿 있었고, 주변에는 큰 망고나무, 코코넛나무, 바오바브나무, 거대한 양치식물이 있었다. 그곳에 그처럼 벌거벗고 목욕을 하는 바콩고 원주민 청년 둘이 있었다. 그들은 영어를 할 줄 몰랐지만 그의 인사에 미소로 답했다. 자기들끼리 장난을 치는 것처럼 보였는데, 잠시 후 로저는 그들이 맨손으로 물고기를 잡고 있다는 사실을 감지했다. 미끈미끈한 작은 물고기가 걸핏하면 손가락 사이로 빠져나가 잡기가 썩 호락호락하지 않았기에 그들은 흥분을 하고 폭소를 터뜨렸다. 두 소년들 가운데 하나는 몸이 아주 멋졌다. 키가 크고 피부에는 파르스름한 빛이 감돌았으며, 균형 잡힌 몸매에 초롱초롱 빛나는 눈이 깊었는데, 물속에서 한 마리의 물고기처럼 움직였다. 그가 움직일 때마다 팔과 등과 허벅지의 근육이 피부에 맺힌 자잘한 물방울로 인해 반짝이면서 두드러져 보였다. 기하학적인 문신을 새기고 반짝반짝 빛나는 시선을 내뿜는 그의 검은 얼굴에서 하얀 치아가 유난히 돋보였다. 그들이 아주 떠들썩하게 물고기를 한 마리 잡았을 때 한소년이 물에서 나와 개울가로 갔는데, 로저가 보기에 물고기를 자르고 씻은 뒤 모닥불을 피우기 시작하는 것 같았다. 물속에 있던 소년이 로저와 눈이 마주치자 미소를 지었다. 일종의 흥분을 느낀 로저 또한 미소를 지어 보이고는 헤엄쳐서 소년을 향해 나아갔다. 소년의 곁에 다다랐을 때는 어찌할 바를 몰랐다. 부끄러움과 불편함을, 그리고 동시에 무한한 기쁨을 느꼈다.

"네가 내 말을 알아듣지 못하니 애석하구나." 그가 작은 소리로 혼잣말을 했다. "네 사진을 찍고 싶은데. 우리가 대화를 할 수 있다면 좋을 텐데. 친구가 되면 좋을 텐데."

그때 로저는 소년이 발과 손을 움직이며 앞으로 다가와 자신과 그 사이의 거리를 좁히는 것을 느꼈다. 이제 소년이 로저와 아주 가까운 곳에 있어 두 사람이 서로 몸을 만질 수 있을 정도가 되었다. 그때 로저는 타인의 손이 자신의 하복부를 더듬고 만지면서 방금 전에 발기된 성기를 애무하는 것을 느꼈다. 감방의 어둠 속에서 그는 욕망과 번민으로 한숨을 내쉬었다. 눈을 감으면서 아주 여러 해 전의 그 장면을 복구하려고 애썼다. 놀라고 형언할 수 없는 흥분에 휩싸였는데도 그의 불안과 공포는 완화되지 않았고, 그의 몸이 소년의 몸을 껴안은 채 그 단단한 성기를 느꼈는데, 소년의 성기 역시 로저의 다리와 배를 마찰하고 있었다.

물속에서 흥분해 그의 성기를 애무하던 소년의 몸에 사정한 것을, 그리고 비록 로저 자신은 알아차리지 못했다 할지라도 소년 역시 틀림없이 로저의 몸에 사정한 것을 섹스라고 부를 수 있다면, 그것은 그가 한 첫번째 섹스였다. 로저가 물에서 나와 옷을 입었을 때 그 바콩고족 소년들은 개울이 만들어낸 못가에 피운 작은 모닥불로 훈연한 고기 몇 점을 그에게 먹어보라고 했다.

나중에 그는 참으로 부끄럽다고 느꼈다. 그날 나머지 시간을 짜릿한 즐거움, 실제로는 감히 단 한 번도 찾지 못했지만 늘 비밀스럽게 찾고자 했던 자유를, 어떤 금제의 경계를 넘어 획득했다는 인식과 더불어 후회를 하면서 멍한 상태로 있었다. 양심의 가책을 느껴 속죄하려고 했던가? 그랬다, 그랬다. 후회를 했었다. 금지된 과일을 맛본 지금 자신의 존재 전체가 어떻게 활기를 찾고 활활 타오르는 횃불로 바뀌었는지 느꼈기에 그 행위의 반복을 이제는 피할 수 없을 텐데도, 그리고 자신이 거짓말을 하고 있다는 사실을 아주 잘 알면서도, 그는 자신의 명예를 위해, 어머니에 대한 추억을 위해, 자신의 종교를 위해 그것은 반복되지 않을 거라고 스스로에게 약속했다. 그것은 즐기는 데 돈이 들지 않았던 유일한 경우였거나, 어찌되었든 아주 드문 경우들 가운데 하나였다. 그런 모험을 하고 난 뒤 곧이어 자신을 괴롭히던 마음의 부담을 아주 빠르게 벗어버리게 했던 것은 몇 분 또는 몇 시간 동안의 덧없는 연인에게 돈을 지불했다는 사실이었을까?

아마도. 공원, 어두운 길모퉁이, 대중목욕탕, 역, 지저분한 싸구려 호텔, 또는 길거리에서—그는 '개들처럼'이라고 생각했다—그의 말을 할 줄 모르기 때문에 가끔씩 제스처와 얼굴 표정으로만 소통하게 되는 남자들과 잠시 이뤄진 그런 만남이 상업적인 거래로—내게 그대의 입과 자지를 주면 나는 그대에게 내 혀, 항문, 그리고 몇 파운드를 주겠어—바뀌기 때문에, 마치 그런 행위에서 모든 도덕적 의미를 제거해 아이스크림 하나 또는 담배한 갑을 사는 것처럼 아주 중립적으로 순수하게 교환한다는 듯이 말이다. 그것은 쾌락이지 사랑이 아니었다. 그는 즐기는 것을 배웠으나 사랑을 하는 것도, 사랑 속에서 응답을 받는 것도 배우지 않았다. 언젠가 아프리카, 브라질, 이키토스, 런던, 벨파스트에서 또는 더블린에서 특별하게 강렬했던 어느 만남 뒤, 그 모험에 어떤 느낌이 첨가되었기에 그는 다음과 같이 말했었다. "나는 사랑에 빠졌어." 그것은 허위였다. 그는 결코 사랑에 빠지지 않았다. 그런 감정은 오래 지속되지 않았다. 아이빈트 아들러 크리스텐센과의 관계조차 오래 지속되지 않았는데, 로저가 그에게 애정을 갖기에 이르렀으나 애인으로서가 아니라 아마도 큰형 또는 아버지로서의 애정이었을 것이다. 참 불행한 사람 같으니. 이 영역에서도 그의 삶은 완전히 실패한 것이었다. 수많은 남자 애인을 돈 주고 샀는데—수십 또는 수백 명—사랑으로 이뤄진 관계는 단 한 번도 없었다. 동물적인 욕망에 사로잡힌 채 서둘러 오직 섹스만 했다.

그러한 이유로, 로저가 자신의 성적이고 감정적인 삶을 평가했을 때, 산발적이고 늘 빨리 지나가는 모험들, 즉 아직은 하부 콩고의 어느 곳에 반쯤 숨겨진 보마라 불리는 한 캠프였던 곳 외곽의 폭포와 못이 여럿인 개울에서의 그 모험처럼, 일시적이고 결과도 없는 모험들로 이뤄진 그 삶이 더디고 간소했다고 그는 혼잣말을 했다.

일반적으로는 첫번째 경우처럼 야외에서 남자, 소년, 가끔은 알자마자 이름을 무시하거나 잊어버리는 외국인들과 은밀한 연애를 한 뒤에 거의 항상 따르는 그 깊은 슬픔이 그를 사로잡았다. 그런 연애는 덧없는 쾌락의 순간이었는데, 몇 개월이나 몇 년 동안 지속되는 안정적인 관계, 이해, 공모, 우정, 대화, 연대가 욕정과 결합되는 관계, 그가 늘 부러워하던 허버트와 새리타 워드 사이의 그런 관계와는 비교할 수 있는 것이 전혀 없었다. 이는 그의 삶에서 또다른 커다란 공허감, 커다란 향수를 느끼게 하는 순간이었다.

그는 감방 문설주가 있을 것이라 추정되는 그곳으로 한줄기 작은 빛이 들이비친다는 사실을 감지했다.

XII

'그 빌어먹을 출장에 내 뼈를 묻겠어.' 로저 케이스먼트는 생각했다. 페루에서 도착하는 소식들이 서로 모순적이라는 사실을 고려해볼 때 영국 정부가 그곳에서 일어나는 일의 진실을 제대로 파악하는 유일한 방법은, 케이스먼트 자신이 이키토스로 돌아가 페루 정부가 푸투마요에서 발생한 불공정한 행위들을 끝장내기 위해 무슨 조치를 취했는지, 또는 홀리오 C. 아라나와 대적하고 싶지 않거나 대적할 수가 없어 질질 끄는 전술을 채택했는지 현장에서 직접 알아보는 것이라고 외무부 장관 에드워드 그레이 경이 말했을 때였다.

로저의 좋지 않은 건강이 갈수록 악화되고 있었다. 이키토스에서 돌아오고서부터 심지어는 연말에 파리에 있는 워드 부부의 집에서 불과 며칠 묵는 동안에도 결막염이 그를 괴롭히고 말라리아가 다시 도졌다. 비록 예전의 출혈성 질환은 없었다 해도 치질 또한 다시 그를 괴롭히고 있었다. 그는 1911년 연초에 런던으로 돌아가자마자 의사를 찾아갔다. 그를 진찰했던 전문의 둘은 그의 상태가 아마존에서 겪은 일로 인한 엄청난 피로와 신경성 긴장의 결과라고 진단했다. 휴식, 아주 차분한 휴가가 필요했다.

하지만 그는 휴가를 가질 수 없었다. 영국 정부가 긴급하게 요구하는 보고서를 쓰고, 아마존에서 보고 들었던 것에 관해 외무부의 여러 모임에서 보고해야 했을 뿐만 아니라, 노예제도 반대 협회를 방문하는 일이 그의 시간을 많이 빼앗았다. 게다가 페루 아마존 회사의 영국과 페루 이사들과 만나야 했는데, 그들은 첫 번째 면담에서 푸투마요에 대한 그의 느낌을 두 시간 가까이 듣고 나서는 몸이 돌처럼 굳어져버렸다. 침울한 얼굴로 입을 반쯤 벌린 채 믿을 수 없다는 듯이, 마치 바닥이 자신들의 발 아래서 쫙쫙 갈라지고 천장이 머리 위로 무너져내리기 시작한다는 듯이 깜짝 놀라며 그를 쳐다보았다. 무슨 말을 해야 할지도 모르고 있었다. 그들은 그에게 단 하나의 질문도 하지 않은 채 자리를 떴다.

페루 아마존 회사의 두번째 이사회에는 훌리오 C. 아라나가 참석했다. 로저가 그를 개인적으로 본 것은 그때가 처음이자 마지막이었다. 훌리오 C. 아라나에 관한 이야기를 많이 들었고, 아주 다양한 사람이 종교적인 성인들이나 정치 지도자들에게 그러듯(기업가들에게는 결코 그러지 않는다) 그를 신격화하는 말이나, 잔인한 행위들과 무시무시한 범죄들—냉소, 가학, 탐욕, 허욕, 불충, 사기와 무뢰배 짓—을 그의 탓으로 돌리는 말을 들었기 때문에, 로저는 아직 분류되지 않은 어느 신비로운 곤충을 관찰하는 곤충학자처럼 그를 오랫동안 주시했다.

훌리오 C. 아라나가 영어를 이해한다고 알려져 있었으나 소심함 때문인지 허영심 때문인지 영어를 전혀 사용하지 않았다. 그가 데리고 있던 통역사가 모든 말을 그의 귀에 대고 작은 목소리로 통역했다. 훌리오 C. 아라나는 키가 크다기보다는 작았고, 피부는 갈색에 생김새가 메스티소의 특성을 지녔으며, 눈이 약간 옆으로 찢어지고 이마가 넓어 아시아인 같은 느낌을 주고, 듬성듬성한 머리카락은 가운데 가르마를 타서 조심스럽게 빗은 상태였다. 그는 짧은 콧수염과 턱수염을 막 빗으로 빗어놓았고 샤워코롱 냄새를 풍겼다. 그가 개인 위생과 의복에 강박관념이 있다는 소문은 사실이었다. 사빌 로우 양복점에서 재단한 듯한 고급모직 양복을 입고 있었는데, 흠 하나 없는 차림새였다. 훌리오 C. 아라나는 다른 이사들이 먼저와는 달리 회사의 변호사들이 준비해주었음에 틀림없는 수많은 질문을 하면서 로저 케이스먼트를 심문하는 동안에도 입을 열지 않았다. 이사들은 로저를 자가당착의 상황에 빠뜨리려고 시도했고, 어느 원시적인 세계 앞에서 당황하는 도시적이고 문명화된 유럽인의 실수, 과장, 감수성, 양심의 가책을 에둘러 언급했다.

로저 케이스먼트는 그들에게 대담하고 첫번째 모임에서 얘기했던 것을 더 심각하게 만드는 증언과 정교한 사실을 첨가하는 동안에도 훌리오 C. 아라나에게서 시선을 거두지 않았다. 훌리오 C. 아라나는 우상처럼 가만히 있었고, 자리에서 움직이지도 않았으며, 눈 한 번 깜박이지도 않았다. 그의 표정을 헤아릴 수가 없었다. 굳고 차가운 시선에 불굴의 뭔가가 있었다. 로저에게 그의 시선은 푸투마요의 고무 농장 책임자들의 인간애가 결여된 그 시선, 선과 악, 친절과 악의, 인간적인 것과 비인간적인 것을 구별하는 능력을 상실한(만약 언젠가 그것을 가졌다면) 사람의 시선을 상기시켰다.

약간 통통한 몸에 멋을 잔뜩 부린 이 작은 남자는 유럽의 어느 나라만큼 큰 그 제국의 주인, 수만 명의 생명과 재산의 주인으로서 미움과 아부를 받았는데, 그는 아마존이라는 그 비참한 세계에서 유럽 강대국들의 국부와 비교할 만한 재산을 축적했었다. 그는 페루의 아마존 오지 밀림에 버려진 리오하라 불리는 그 작은 마을의 가난한 어린이로서 가족이 짠 밀짚모자를 집집마다 돌아다니며 팔면서 사업을 시작했다. 초인적인 작업 능력, 사업을 위한 기발한 직관, 양심의 가책을 전혀 느끼지 않는 성품과 더불어 자신의 부족한 정규 교육을—초등 교육을 불과 몇 년 받았을 뿐이다—보충하면서 사회적 피라미드의 계단을 차근차근 올라갔다. 광대한 아마존에 밀짚모자를 팔러 다니는 행상인이었던 그는 아마존 밀림에서 각자 자신의 책임하에 위험을 무릅쓰고 작업하는 그 비참한 고무 채집 노동자들에게 자금을 대주는 사람으로 바뀌었는데, 그는 노동자들이 모은 고무를 받고 그들에게 마체테, 카빈총, 고기잡이용 그물, 칼, 고무 채집용 깡통, 음식 통조림, 유카 가루, 가사도구를 대주었으며, 고무를 이키토스와 마나우스의 수출회사들에 파는 일을 맡았다. 자금을 대주고 고무 매매를 중개하던 그는 마침내 자신이 번 돈으로 고무 생산업자이자 수출업자로 바뀌었다. 처음에 그는 콜롬비아 고무 채취업자들과 동업했으나 그들이 그보다 덜 영리하거나 덜 부지런하거나 도덕심이 부족했기 때문에 모두 자신들의 땅, 고무 창고, 원주민 노동력을 그에게 밑지고 팔았으며 가끔은 그의 수하에서 일을 했다. 그는 의심이 많은 사람이어서 형제자매와 그 배우자들을 회사의 주요 직책에 앉혔는데, 회사의 규모가 크고 1908년부터 런던 증시에 상장했는데도 실제로는 계속해서 가족회사처럼 운영되고 있었다. 그의 재산이 어느 정도에 달했을까? 의심할 바 없이 소문이 실재를 과장했다. 하지만 페루 아마존 회사는 런던의 심장부에 값비싼 사옥을 소유했고, 켄싱턴 로드에 있는 아라나의 저택은 그곳을 둘러싼 왕자들과 은행가들의 궁전보다 열등하지 않았다. 제네바에 있는 그의 집과 비아리츠의 궁전 같은 여름별장에는 장식 전문가들이 배치한 최신 유행의 가구가 있고 다양한 그림과 호화스러운 물건들이 진열되어 있었다. 하지만 그에 관해서는 그가 검소한 삶을 살고, 술도 마시지 않고 도박도 하지 않으며, 애인도 없고 자유로운 시간을 전부 자기 부인에게 바친다는 소문이 있었다. 그는 아이였을 때부터 부인 엘레오노라 수마에타를 사랑했으나—부인도 리오하 출신이다—그녀는 많은 세월이 흐른 뒤, 그러니까 그가 이미 부유하고 힘있는 사람이 되었고 그녀가 고향 학교의 교사였을 때에야 비로소 그의 구애에 예라고 대답했다.

페루 아마존 회사의 제2차 이사회가 끝났을 때 훌리오 C. 아라나는 푸투마요에 있는 고무 농장들의 결함 또는 기능 부전은 무엇이든지 즉시 수정되도록 자신의 회사가 필요한 모든 조치를 취할 것이라고 통역을 통해 확언했다. 늘 대영제국의 법과 이타주의적 도덕 안에서 활동하는 것이 자기 회사의 정책이라고 했다. 아라나는 영사와 악수하지 않고 목례만 하고 헤어졌다.

로저가 「푸투마요에 관한 보고서」를 작성하는 데는 한 달 반이 걸렸다. 그는 외무부의 한 사무실에서 타자수의 도움을 받아

보고서를 작성하기 시작했으나 나중에는 얼스 코트의 아름답고 작은 성당인 성 커스버트와 성 마티아스 성당 옆 필비치 가든스의 자기 아파트에서 작성하는 것을 선호했는데, 가끔은 근사한 오르간 연주자의 음악을 듣기 위해 성당에 갔다. 「푸투마요에 관한 보고서」는 그가 콩고에 관해 쓴 보고서처럼 아주 파괴적일 것이라는 소문이 런던 전체에 퍼졌고, 런던의 가십난과 소문공장에서 온갖 억측과 험담을 유발함으로써 심지어는 정치가들, 인도주의적 단체와 노예제도 반대 단체의 회원들, 그리고 언론인들이 그의 아파트까지 와서 작업을 방해했기에 그는 아일랜드로 가는 것을 허락해달라고 외무부에 요청했다. 그는 그곳 더블린의 몰레스워스 스트리트에 있는 버스웰스 호텔의 어느 방에서 1911년 3월 초에 작업을 끝냈다. 즉시 상사들과 동료들의 축하인사가 비 오듯 쏟아졌다. 에드워드 그레이 경이 직접 그를 사무실로 불러 '보고서'를 칭찬했고, 동시에 자잘한 수정사항 몇 가지를 제안했다. 보고서는 즉시 미국 정부에 보내져 런던과 워싱턴이 문명화된 공동체의 이름으로 노예제도, 고문, 유괴, 강간, 원주민 공동체의 절멸에 종지부를 찍고 죄지은 사람들을 재판에 회부하도록 요구하면서 아우구스토 B. 레기아의 페루 정부에 압력을 행사할 수 있도록 했다.

로저는 의사들이 처방한 바대로 그에게 너무나 절실했던 휴식을 취할 수가 없었다. 그는 정부, 의회 그리고 노예제도 반대 협회의 각종 위원회에 여러 차례 참석해야 했는데, 이들 위원회는 아마존 원주민의 상황을 개선하기 위해 공공 및 민간 기관이 실행할 가장 실제적인 방식에 관해 연구하고 있었다. 로저의 제안에 따라 그들 기관이 맨 먼저 주도해야 할 일들 가운데 하나는 푸투마요에 선교회를 설립할 수 있는 자금을 지원하는 것이었는데, 이런 단체의 설립은 아라나의 회사가 늘 방해하던 일이었다. 그렇지만 아라나의 회사는 이제 최대한 편의를 제공하겠노라고 약속했다.

마침내 그는 1911년에 아일랜드로 휴가를 떠날 수 있었다. 그곳에 있을 때 그는 에드워드 그레이 경으로부터 사신私信을 한 통 받았다. 편지에서 외무장관은 로저가 콩고와 아마존에서 영국에 봉사한 것을 기리기 위해 자신의 추천에 의해 조지 5세 황제 폐하께서 로저에게 기사 작위를 수여하기로 결정했다고 알렸다.

친척들과 친구들이 그에게 축하 세례를 퍼붓는 동안, 자신을 로저 경이라고 부르는 것을 들었을 때 처음 몇 번 폭소를 터뜨릴 뻔했던 그는 회의를 잔뜩 품었다. 자신이 속으로는 반감을 느끼고 있던 체제, 자신의 조국을 식민화했던 바로 그 체제가 수여하는 이 기사 작위를 어떻게 수용한다는 말인가? 다른 한편으로는 그가 외교관으로서 이 왕과 이 정부에 봉사하지 않았던가? 그는 몇 년 전 한편으로는 대영제국에 봉사하기 위해 규율을 지키며 효율적으로 작업하고, 다른 한편으로는 아일랜드 해방을 위한 대의에 헌신하고, 존 레드먼드의 지도하에 에이레의 자치권(홈룰)을 얻기 위해 열망하던 그들 온건파가 아니라, 무장활동을 통해 독립을 쟁취하는 것을 목표로 설정한 톰 클라크에 의해 비밀리에 지도되는 아일랜드 공화국 형제단 같은 더 과격한 사람들과 갈수록 더 연대하는 이중성 속에서 살고 있었는데, 숨겨져 있던 그 이중성을 그 며칠 동안만큼 강하게 느낀 적은 결코 없었다. 이런 심적인 동요를 겪은 그는 에드워드 그레이 경에게 다정한 편지를 써서 자신에게 부여된 명예에 대한 감사를 표하기로 작정했다. 그가 기사 작위를 받는다는 소식은 언론을 통해 널리 퍼졌고 그의 명성을 높이는 데 기여했다.

영국과 미국 정부가 페루 정부에 「푸투마요에 관한 보고서」에 언급된 주요 범인들—피델 벨라르데, 알프레도 몬트, 아우구스토 히메네스, 아르만도 노르만드, 호세 이노센테 폰세카, 아벨라르도 아구에로, 엘리아스 마르티넨기, 그리고 아우렐리아노 로드리게스—을 체포하고 재판에 넘기라고 요구하면서 페루 정부에 취한 조치들이 처음에는 결실을 맺는 것처럼 보였다. 리마에 있는 영국 대리대사인 미스터 루시엔 제롬은 페루 아마존 회사의 주요 직원 열한 명이 해고되었다는 내용의 외전을 외무부에 보냈다. 리마에서 파견한 판사 카를로스 A. 발카르셀은 이키토스에 도착하자마자 푸투마요의 고무 농장들을 실사하기 위한 조사단을 꾸렸다. 하지만 병에 걸리는 바람에 수술을 받으러 급히 미국으로 가야 해서 그 원정대와 함께 갈 수 없었다. 그는 원기왕성하고 존경할 만한 〈엘 오리엔테〉 신문의 편집인 로물로 파레데스를 조사단의 리더로 임명했고, 파레데스는 의사 한 명, 통역 두 명, 군인 아홉 명으로 구성된 경호대를 대동한 채 푸투마요로 떠났다. 조사단원들은 페루 아마존 회사 소속의 모든 고무 농장을 방문하고 막 이키토스로 돌아와 있었고, 이제 건강을 회복한 카를로스 A. 발카르셀 판사 또한 돌아와 있었다. 페루 정부는 파레데스와 발카르셀의 보고서를 접수하자마자 조치를 취할 것이라고 미스터 제롬에게 약속했다.

그럼에도 얼마 후 제롬은 체포 명령을 받은 범죄자 대다수가 브라질로 도망쳐버렸다는 사실에 레기아 정부가 난처해하며 자신에게 알렸다고 다시 보고했다. 나머지는 아마도 밀림 속에 숨어 있거나 비밀리에 콜롬비아 땅으로 들어가버렸을 것이다. 미국과 영국은 탈주자들이 법의 심판을 받도록 브라질 정부로 하여금 이들을 페루 정부에 인도하게 하려고 시도했다. 하지만 브라질 외무장관 바론 디 리우 브란쿠는 페루와 브라질 사이에 범죄인 인도조약이 체결되지 않아 그들이 송환되면 미묘한 국제법적 문제가 발생할 수밖에 없다고 대답했다.

며칠 뒤 영국의 대리대사가 페루 외무장관과 개별 면담을 했는데, 페루 외무장관은 레기아 대통령이 도저히 감당하기 어려운 상황에 처했다는 사실을 비공식적인 방식으로 밝혔다고 보고했다. 푸투마요에 훌리오 C. 아라나의 회사와 회사의 설비를 보호하기 위한 경비대가 있었기 때문에 회사는 국경 수비대가 강화되고 있던 콜롬비아에서 사람들이 푸투마요로 침입하는 것을 막을 수 있는 유일한 억제수단이었다. 미국과 영국은 터무니없는 것을 요구했다. 그들의 요구대로 페루 아마존 회사를 폐쇄하거나 박해하는 일은 콜롬비아가 욕심을 내는 그 광대한 영토를 그들 손에 선선히 그저 넘기는 것을 의미했다. 레기아도 그 어떤 위정자도 자살을 하지 않는 이상 그런 일을 할 수 없었다. 그리고 페루는 그토록 멀리 떨어진 푸투마요의 그 미개지에 국가의 통치권을 수호할 수 있을 정도로 강력한 군 수비대를 설치할 자원이 부족했다. 루시엔 제롬은, 그 모든 것 때문에 페루 정부가 실질적인 내용이 결여된 성명서 발표와 의사 표시를 하는 것 외에 효과적인 조치를 즉시 취할 것이라고는 기대할 수 없다고 덧붙였다.

이로 인해 외무부는 국왕 폐하의 정부가 로저 케이스먼트의 「푸투마요에 관한 보고서」를 발표하기 전에, 그리고 국제 사회에 페루에 대한 제재를 요구하기 전에 로저에게 그곳 아마존으로 돌아가 그 땅에서 어떤 개혁이 이뤄졌는지, 어떤 재판 절차가 이뤄지고 있는지, 카를로스 A. 발카르셀 박사가 주도하는 법적인 조치가 확실한 것인지 두 눈으로 확인하라고 결정했다. 에드워드 그레이 경의 집요함 때문에 로저는 요구를 받아들일 수밖에 없었는데, 그때 향후 몇 개월 동안 수많은 경우에 반복하게 될 말을 속으로 해보았다. '그 빌어먹을 출장에 내 뼈를 묻겠어.'

그는 오마리노와 아레도미가 런던에 도착했을 때 출장을 떠날 준비를 하고 있었다. 그들이 그의 보호를 받으며 바베이도스에 머문 오 개월 동안 스미스 신부가 그들에게 영어를 가르치면서 기본적인 읽기와 쓰기를 익히도록 하고, 옷을 서양식으로 입는 법에 익숙해지도록 만들었다. 하지만 로저는 비록 두 소년에게 문명이 먹을 것을 주고 때리지도 채찍질을 하지도 않았다 할지라도, 그들을 슬프고 활기 없게 만들었다는 사실을 발견했다. 소년들은 자신들을 둘러싸고 있는 사람들을 늘 무서워하는 듯 보였는데, 사람들은 그들을 끊임없이 세밀하게 조사하고, 위아래로 쭉 훑어보고, 만져보고, 그들을 더럽다고 생각한다는 듯이 손으로 피부를 문질러보고, 그들이 알아듣지 못하고 대답할 줄 모르는 질문을 해댔다. 로저는 소년들을 동물원에 데려가고, 하이드 파크에서 아이스크림을 사주고, 누나 니나와 사촌누이 거트루드에게 데려가고, 앨리스 스톱포드 그린의 집에서 열리는 지식인과 예술가들의 밤 모임에 데려갔다. 모두들 다정하게 대했지만 그들은 자신들을 관찰하는 사람들의 호기심 때문에, 특히 셔츠를 벗고 등과 엉덩이의 흉터를 보여주어야 했을 때는 곤혹스러워 했다. 가끔 로저는 소년들의 눈에 눈물이 맺혀 있는 것을 보았다. 그는 소년들을 아일랜드로 보내 자신이 잘 아는 패트릭 피어스가 이끄는 이중언어 학교인 더블린 근교의 세인트 엔다 학교에서 교육시킬 계획을 짜두었다. 로저는 패트릭 피어스에게 편지를 써서 두 소년이 어디 출신인지 얘기하며 자신의 계획을 알렸다. 로저는 예전에 세인트 엔다 학교에서 아프리카에 관해 강연을 한 적이 있었고, 아일랜드의 옛말을 보급하기 위해 패트릭 피어스가 게일연맹과 연맹의 출판물뿐만 아니라 세인트 엔다 학교에서 기울인 노력을 경제적인 후원으로 지원하고 있었다. 시인, 작가, 가톨릭 신자인 투사, 교육자, 과격한 민족주의자인 피어스는 두 소년을 받아들이면서 세인트 엔다 학교의 학비와 기숙사비를 할인해주기까지 했다. 하지만 피어스의 대답을 받았을 때 로저는 오마리노와 아레도미가 매일 간청하는 것을 들어주기로 이미 작정했다. 그건 바로 소년 자신들을 아마존으로 돌아가게 해 달라는 것이었다. 두 소년은 영국에서 대단히 불행했고, 자신들이 인간의 이형異形, 즉 자신들을 동일하게 대우

456

하기는커녕 늘 이국적인 외국인으로 대우할 일부 사람들을 놀라게 하고 즐겁게 하고 감동시키고 가끔은 질겁하게 만드는 전시물로 바뀌어버렸다고 느꼈다.

로저 케이스먼트는 이키토스로 돌아가는 여행에서 인간의 영혼이 지닌 모순점과 납득할 수 없는 점에 관해 현실이 주었던 이 교훈을 많이 생각했으리라. 두 소년은 자신들을 학대하고 먹을 것도 거의 주지 않은 채 동물처럼 일을 시키던 지옥 같은 아마존을 벗어나기를 원했었다. 그는 소년들이 유럽으로 오는 여비를 지불하고 육 개월 전부터 소년들을 부양하는 데 갖은 애를 쓰며 얼마 되지 않은 재산의 상당 부분을 썼는데, 이렇게 함으로써 자신이 소년들을 구원하고 품위 있는 삶에 다가가도록 한다고 생각했었다. 다양한 이유에서일망정 그럼에도 여기서 소년들은 행복과, 또는 적어도 푸투마요에서처럼 그럭저럭 견딜 만한 삶과 아주 멀리 떨어져 있었다. 비록 사람들이 소년들을 때리지 않고 오히려 다정하게 대해주었다 할지라도 그들은 소외되고 혼자라고 느꼈고, 결코 이 세계의 일원이 될 수 없다고 인식했다.

로저가 아마존을 향해 떠나기 얼마 전에 외무부는 로저의 조언에 따라 조지 미첼을 이키토스의 새로운 영사로 임명했다. 훌륭한 선택이었다. 로저는 콩고에서 그를 알았었다. 끈기 있는 사람으로, 레오폴드 2세 체제하에서 자행된 범죄들을 고발하는 캠페인에서 열정적으로 일했다. 그는 식민지화에 관해 케이스먼트와 동일한 입장을 견지했다. 결과적으로 그는 아라나 회사와 맞서는 데 주저하지 않을 것이다. 로저와 그는 두 차례 긴 대화를 나누고 긴밀한 협조를 계획했다.

1911년 8월 16일, 로저, 오마리노, 아레도미는 '막달레나' 호를 타고 사우샘프턴을 출발해 바베이도스로 향했다. 그들은 십이 일 뒤에 바베이도스 섬에 도착했다. 배가 카리브의 은빛을 머금은 파란 파도를 헤치고 나아가기 시작했을 때부터 로저는 각종 질병, 걱정, 중요한 육체적·정신적 작업 때문에 잠들어 있던 자신의 성기가 다시 깨어나 머리를 온갖 환상과 욕망으로 가득 채우고 있다는 사실을 피 속에서 느꼈다. 그는 일기에 자신의 기분 상태를 세 단어로 적었다. "나는 다시 불타오른다."

로저는 배에서 내리자마자 두 소년에게 해준 일에 대한 감사를 표하려고 스미스 신부를 찾아갔다. 런던에서는 자신의 감정을 표현하는 데 아주 인색했던 오마리노와 아레도미가 대단한 친근감을 표시하며 사제와 포옹하고 등을 토닥거리는 것을 보고 로저는 감동을 받았다. 스미스 신부는 그들을 우르술리나 수도원으로 데려갔다. 자잘한 쥐엄나무들이 있고 자주색 부겐빌레아 꽃이 핀 조용한 수도원에서는 거리의 소음이 들리지 않으면서 시간이 멈춰버린 듯했고, 로저는 다른 사람들과 떨어져 한 벤치에 앉았다. 그는 브라질에서 이뤄지는 종교 행렬에서 성모상이 안치된 단을 어깨에 메고 가는 사람들처럼, 나무 잎사귀 하나를 공중에 떠받친 채 움직이고 있는 개미들의 행렬을 관찰하면서 그날이 바로 자기 생일이라는 사실을 깨달았다. 마흔 일곱! 노인이라고 할 수는 없었다. 그 나이 또래의 많은 남녀는 육체적·정신적인 면에서 활기, 갈망, 계획이 왕성했다. 하지만 로저는 자신이 늙었다고, 자기 존재의 마지막 단계에 접어들었다는 불쾌한 느낌을 품고 있었다. 언젠가 아프리카에서 허버트 워드와 더불어 자신들의 만년은 어떻게 될 것인가 상상해본 적이 있었다. 그 조각가는 지중해의 프로방스나 투스카니의 시골집에서 보내는 노년을 상상했다. 넓은 작업실, 많은 고양이, 개, 오리, 암탉을 둘 것이고, 일요일이면 많은 친척을 대접할 부야베스* 같은 진하고 매콤한 음식을 직접 만들 것이라고 했다. 반면에 로저는 깜짝 놀라면서 "나는 노령에 이르지 못할 거요, 장담해요."라고 말했다. 하나의 예감이었다. 그는 그 예감을 생생하게 기억했고, 그 예감이 확실한 것처럼 다시 느꼈다. 노령에 도달하지 못할 것이다.

스미스 신부는 오마리노와 아레도미가 브리지타운에서 머무는 여드레 동안 숙소를 제공해주기로 했다. 그곳에 도착한 다음

---

* 토마토와 강한 향신료를 넣어 끓인 프로방스 지방 토속 생선 스튜.

날 로저는 지난번 바베이도스 섬에 머물렀을 때 들른 적이 있던 대중목욕탕으로 갔다. 기대했던 바대로 젊은 남자, 운동선수 같은 남자, 균형 잡힌 몸매를 지닌 남자들이 있었는데, 여기서는 브라질에서처럼 그 누구도 자신의 몸에 부끄러움을 느끼지 않았기 때문이다. 남자들과 여자들은 자신의 몸을 가꾸고 스스럼없이 드러냈다. 열대여섯 살 정도 되어 보이는 사춘기 소년이 로저의 마음을 뒤흔들었다. 물라토에게 흔한 창백한 얼굴에 피부는 매끈하고 윤기가 흘렀고 초록색 눈은 도도해 보였으며, 꽉 끼는 수영복 밑으로 드러난 털이 없고 탄력 있는 허벅지가 로저에게 현기증을 유발하기 시작했다. 경험이 그의 직관을 예리하게 만들었는데, 그 직관은 다른 사람은 그 누구도 감지할 수 없는 신호들—야릇한 미소, 눈이 풍기는 빛, 유혹하는 듯한 손 또는 몸의 동작—을 통해, 혹시 어느 소년이 그가 원하는 것을 이해하고 제공해줄 준비가 되어 있는지, 적어도 그것을 협상할 준비는 되어 있는지 아주 재빨리 알게 해주었다. 로저는 참으로 멋진 그 소년에게 자신이 눈으로 보내는 은밀한 메시지에 소년이 완전히 무관심하다고 느꼈고, 이는 로저에게 영혼의 고통을 유발했다. 그럼에도 그는 소년에게 다가갔다. 잠시 소년과 얘기를 나누었다. 소년은 바베이도스 출신 목사의 아들로, 회계사가 되고 싶어했다. 상업 아카데미에서 공부했고, 조금 있다 방학을 이용해 아버지를 따라 자메이카로 가게 되어 있었다. 로저가 아이스크림을 사주겠다고 했지만 소년은 거절했다.

호텔로 돌아온 그는 흥분에 사로잡힌 상태에서 일기장에 내밀한 이야기를 쓸 때 사용하는 저속하고 간결한 언어로 다음과 같이 썼다. "대중목욕탕. 목사의 아들. 엄청 잘생김. 길고 우아한 남근이 내 손안에서 딱딱해짐. 남근을 내 입에 넣음. 이 분 동안의 행복." 그는 자위를 했고 다시 목욕을 하면서 섬세하게 비누칠을 했는데, 목욕을 하면서는 이런 경우에 늘 엄습하는 슬픔과 고독감을 떨쳐버리려고 애썼다.

그다음날 정오에 그는 브지지타운 항구의 어느 식당 테라스에서 점심식사를 하는 동안 자기 옆을 지나가는 안드레스 오도넬을 보았다. 그를 불러세웠다. 아라나의 옛 십장이자 엔트레 리오스 농장의 책임자는 즉시 로저를 알아보았다. 그가 몇 초 동안 불신감을 드러내고 약간 불안해하면서 로저를 쳐다보았다. 하지만 결국 로저에게 악수를 청하고는 그 옆에 앉기로 했다. 그는 로저와 대화하면서 커피 한 잔과 브랜디 한 모금을 마셨다. 로저가 푸투마요를 통과한 것이 고무 채취업자들에게는 우이토토족 주술사의 저주와 같았다고 그는 실토했다. 로저가 떠나자마자 체포 명령을 받은 경찰과 판사들이 곧 도착할 것이고, 고무 농장들의 모든 책임자, 십장 그리고 집사가 법적 문제에 휘말릴 것이라는 소문이 퍼졌다. 아라나의 회사가 영국 기업이기 때문에 그들은 영국으로 송환되어 거기서 재판을 받게 될 것이다. 그래서 오도넬 같은 많은 사람이 그 지역을 떠나 브라질, 콜롬비아 또는 에콰도르로 향하는 것을 선호했다. 오도넬은 사탕수수 농장에 일자리를 주겠다는 약속을 받고 이곳에 왔으나 일자리를 얻지 못했다. 이제 그는 철도업에 기회가 있는 듯 보이는 미국으로 떠나려고 애쓰고 있었다. 부츠도 신지 않고 권총과 채찍도 없이 낡은 멜빵바지에 해진 셔츠를 입은 채 이 테라스에 앉아 있는 그는 자신의 미래를 고민하는 불쌍한 인간에 불과했다.

"당신은 잘 모르겠지만 당신은 제 덕분에 목숨을 구했어요, 케이스먼트 씨." 그가 헤어질 때 쓴웃음을 머금으며 로저에게 말했다. "물론 틀림없이 내 말을 못 믿겠지만 말이에요."

"어쨌든 내게 그걸 얘기해봐요." 로저가 오도넬을 다그쳤다.

"만약 당신이 거기서 살아 나간다면 고무 농장의 우리 같은 책임자는 죄다 교도소로 갈 거라고 아르만도 노르만드는 확신하고 있었어요. 가장 좋은 건, 당신이 강에 빠져 죽거나 퓨마나 악어에게 잡아먹혀버리는 거였죠. 내 말 뜻이 뭔지 이해할 겁니다. 그 프랑스의 탐험가인 외젠 로부촌도 그런 경우인데, 그가 어찌나 많은 질문을 해댔던지 사람들이 짜증이 나서 그를 사라지게 해버렸다고요."

"당신들은 왜 나를 죽이지 않았나요? 당신들이 가진 수완이면 아주 쉬웠을 건데요."

"그로 인해 어떤 결과들이 초래될 수 있는지 내가 그들에게 가르쳐주었어요." 안드레스 오도넬이 약간 거만하게 단언했다. "빅토르 마세도가 내 의견을 지지했어요. 당신이 영국인이고 돈 훌리오의 회사 또한 영국 기업이니까, 우리는 영국 법에 따라 영국의 재판에 회부될 거라고 했어요. 그리고 교수형에 처해질 거라고요."

"나는 영국인이 아니라 아일랜드인이오." 로저 케이스먼트가 그의 말을 바로잡았다. "아마도 일이 당신이 생각하는 것처럼 되지는 않았을 거요. 아무튼 정말 고맙소. 그래요, 당신이 최대한 빨리 여기를 떠나되 행선지가 어디인지는 내게 말하지 않는 게 더 좋을 거요. 나는 당신을 보았다고 보고해야 할 의무가 있고, 영국 정부는 즉각 당신을 체포하라는 명령을 내릴 테니까요."

그날 오후 로저는 다시 대중목욕탕에 갔다. 전날보다 운이 더 좋았다. 체력 단련실에서 역기를 드는 것을 본 적이 있던, 늘 생글거리는 그 갈색 피부의 건장한 청년이 로저에게 미소를 지었다. 청년이 로저의 팔짱을 끼고서 음료를 파는 작은 홀로 데려갔다. 그들이 파인애플 주스와 바나나 주스를 마시는 사이에 청년은 자기 이름이 스탠리 웍스라고 말했고, 로저에게 아주 가까이

다가감으로써 그의 다리가 로저의 다리에 닿을 정도가 되었다. 그러고서 그는 의도가 듬뿍 담긴 미소를 머금은 채 로저의 팔짱을 끼고서 작은 탈의실로 데려갔는데 그곳에 들어서자마자 문에 빗장을 걸어버렸다. 그들을 바지를 벗는 사이에 서로 입을 맞추고 귀와 목을 가볍게 깨물었다. 로저는 욕망으로 숨이 막힐 듯한 상태에서 스탠리의 시꺼먼 남근, 불그레하고 촉촉한 귀두, 그의 눈 아래서 굵어지는 귀두를 주시했다. "내 것 빨려면 2파운드예요." 로저는 그가 하는 말을 들었다. "나중에 후장에 해줄게요." 로저는 무릎을 꿇으면서 그의 말에 동의했다. 나중에 호텔 방에서 로저는 일기장에 다음과 같이 썼다. "대중목욕탕. 스탠리웍스: 근육질, 젊음, 27세. 아주 크고 엄청 단단하고, 적어도 9인치. 입맞춤, 깨물기, 신음소리와 더불어 삽입. 2파운드."

로저, 오마리노, 아레도미는 9월 5일에 '보니페이스' 호를 타고 파라를 향해 떠났는데, 크기가 작은데다 사람까지 많이 타서 불편한 배는 악취를 풍겼고 음식도 아주 형편없었다. 하지만 로저는 미국인 의사 허버트 스펜서 딕키 덕분에 파라까지 재미있게 갈 수 있었다. 그는 엘 엔칸토에 있는 아라나의 회사에서 일한 적이 있었고, 로저가 알고 있던 극악무도한 짓들을 확인해주는 것 외에도 자신이 푸투마요에서 겪은 수많은 일화를 얘기했는데, 어떤 것은 잔인하고 어떤 것은 웃겼다. 그러니까 모험가적인 정신을 소유한 그는 세상의 반을 여행했으며 감수성이 예민하고 독서를 많이 한 사람이었다. 배 갑판에서 그와 함께 담배를 피우고, 위스키를 병나발 불고, 그의 지적인 얘기를 들으며 어둠이 내리는 것을 바라보는 일이 즐거웠다. 딕키 박사는 아마존에서 발생한 잔학한 행위에 대한 대책을 세우기 위해 영국과 미국이 기울인 노력을 인정했다. 하지만 그는 숙명주의자에 회의론자였다. 거기서는 오늘도 미래에도 바뀌는 것이 없으리라고 했다.

"우리의 영혼에는 악이 들어 있어요, 친구." 그가 농담 반 진담 반으로 얘기했다. "우리는 악으로부터 그리 쉽게 벗어나지 못해요. 유럽 국가들과 우리의 나라에서는 악이 한껏 위장한 채 모습을 감추고 있다가 전쟁, 혁명, 폭동이 일어날 때만 훤히 드러나죠. 악이 공공연하게 집단적인 것이 되기 위해서는 구실이 필요해요. 반면 아마존에서는 악이 민낯을 드러내고는 애국심이나 종교를 구실로 삼지도 않은 채 극악무도한 행위를 범하죠. 그건 순전히 지극한 탐욕일 뿐이에요. 우리를 해롭게 하는 악은 우리의 심장에 깊이 뿌리를 박고서 인간이 있는 곳이면 어디든지 있지요."

하지만 그는 이런 음울한 얘기를 끝내고 나서 즉시 앞서 말했던 것을 부인하는 듯한 농담을 터뜨리거나 일화를 얘기했다. 로저는 딕키 박사와 대화하는 것이 좋았는데, 동시에 그를 약간 주눅들게 만들기도 했다. '보니페이스' 호는 9월 10일 정오에 파라에 도착했다. 거기서 영사로 지냈던 세월 내내 그는 자신이 실패했다는 느낌, 질식할 것 같은 느낌을 가졌었다. 그럼에도 이 항구에 도착하기 여러 날 전 프라사 두 팔라시우*를 떠올리면서 파도처럼 밀려오는 욕망을 느꼈다. 그는 밤이면 엉덩이와 고환의 윤곽이 노골적으로 드러나는 꽉 낀 반바지 차림으로 나무 사이에서 손님이나 모험을 찾아 배회하는 그런 소년들 가운데 한 명을 낚으려고 자주 그곳에 갔다.

그는 과거에 그 '프라사'에서 배회하기 시작했을 때 자신을 사로잡았던 옛 열기가 몸에서 다시 살아나고 있다고 느끼면서 호텔 두 코메르시우에 투숙했다. 그는 그렇게 만난 사람들의 이름 몇 개를 기억했는데—아니면 그가 지어낸 것이었을까?—그런 만남은 대개 근처의 작고 지저분한 호텔이나 가끔씩 공원 잔디밭의 한구석에서 끝났다. 그는 가슴이 벅차오르는 것을 느끼면서 그런 급작스럽고 신속한 섞임을 기대했다. 하지만 이날 밤도 운이 나빴는데, 마르코도 올림피오도 베베도(이름들이 그랬나?) 나타나지 않았고 오히려 거의 아이나 다름없는 넝마 차림의 부랑자 둘로부터 들치기를 당할 뻔했다. 둘 가운데 하나가 그

---

* '궁 앞의 광장'이라는 의미.

에게 어느 주소를 묻는 동안 나머지가 그의 지갑을 꺼내려고 호주머니에 손을 집어넣었는데 당시 그는 지갑을 가져오지 않았었다. 그는 둘 가운데 하나를 세게 밀쳐서 땅으로 넘어뜨림으로써 그들로부터 벗어났다. 그 부랑자들은 그의 단호한 행동을 보고 냅다 줄행랑을 처버렸다. 그는 화를 내며 호텔로 돌아왔다. 일기장에 다음과 같이 쓰면서 마음을 가라앉혔다. "프라사 두 팔라시우: 두껍고 단단한 놈. 숨막힘. 팬티에 핏방울. 즐거운 고통."

다음날 아침, 그는 영국 영사, 그리고 예전에 파라에 있을 때 알았던 유럽인과 브라질인 몇을 찾아갔다. 그의 조사는 유용했다. 푸투마요에서 도망친 사람을 적어도 두 명은 찾아낸 것이다. 호세 이노센테 폰세카와 알프레도 몬트가 야바리 강변의 한 플랜테이션에서 일정 기간을 지낸 뒤 아라나 회사가 항구 세관원 자리를 구해주어 현재는 마나우스에 정착했다고 영사와 그 지방 경찰서장이 로저에게 확인해주었다. 로저는 즉시 외무부에 전보를 보내 브라질 당국에 그 두 범죄자의 체포 명령을 내리도록 요청해달라고 했다. 그리고 사흘 뒤 영국 외무부는 페트로폴리스의 정부가 그 요청을 호의적으로 검토했다는 답을 로저에게 보내왔다. 즉시 마나우스 경찰에 몬트와 폰세카를 체포하라는 명령을 내리겠다는 것이었다. 하지만 그들을 영국으로 송환하지 않고 브라질에서 재판을 받게 할 것이라고 했다.

파라에서 보낸 두번째와 세번째 밤은 첫번째 밤보다 결실이 더 풍부했다. 두번째 날 저물녘에 로저가 꽃을 파는 맨발의 소년이 들고 있던 장미꽃 다발의 가격을 물으면서 의중을 넌지시 떠보았을 때 소년이 실제로 자신의 몸을 주겠다고 했다. 두 사람은 작은 공터로 갔고 어둠 속에서 로저는 커플들이 숨을 헐떡거리는 소리를 들었다. 늘 위험천만하게 불안정한 조건에서 이뤄지는 거리의 만남은 흥분과 혐오감이라는 모순된 감정을 그에게 불어넣었다. 꽃장수 소년의 겨드랑이에서 냄새가 났으나 소년의 진한 호흡과 몸의 열기, 힘센 포옹이 로저를 흥분시켰고 아주 빨리 절정에 이르게 했다. 호텔 두 코메르시우에 들어갔을 때 그는 바지에 흙과 얼룩이 잔뜩 묻어 있어 프런트 직원이 얼떨떨한 표정으로 자신을 쳐다보고 있다는 사실을 깨달았다. "공격을 당했어요." 로저가 그에게 설명했다.

그다음날 밤, 프라사 두 팔라시우에서 새로운 만남을 가졌는데 이번에는 그에게 돈을 구걸하던 청년이었다. 그는 청년에게 산책을 하자고 제안했고, 두 사람은 한 노점에서 럼을 한 잔 마셨다. 주앙은 어느 빈민가의 양철과 골풀로 지은 오두막으로 로저를 데려갔다. 두 사람이 옷을 벗고 어둠에 휩싸인 채 흙바닥에 깔린 멍석 위에서 개 짖는 소리를 들으며 섹스를 하고 있을 때 로저는 언제라도 자신의 머리에 칼날이나 몽둥이질을 느끼게 될 것이라고 확신했다. 그는 준비가 되어 있었다. 이런 경우에는 많은 돈도, 시계도, 은 만년필도 결코 몸에 지니지 않았고, 도둑을 맞아도 될 만큼, 그래서 도둑을 달랠 수 있을 만큼의 지폐 몇 장과 동전 몇 개만을 갖고 다녔다. 하지만 그런 일은 결코 일어나지 않았다. 주앙이 그를 호텔 근처까지 데려다주고는 너털웃음을 터뜨리고 그의 입술을 깨물면서 작별인사를 했다. 그다음날, 로저는 주앙 또는 꽃장수 소년이 그에게 사면발니를 옮겼다는 사실을 발견했다. 그는 감홍甘汞을 사러 약국에 가야 했는데 이는 늘 불쾌한 일이었다. 약사는—약사가 여자일 경우에는 더 좋지 않다—그를 부끄럽게 만드는 시선을 내리꽂았고(무안할 정도로 그를 빤히 쳐다보았고), 가끔은 공범처럼 살짝 웃어 보임으로써 그를 혼란스럽게 하는 것 외에 화를 돋우기도 했다.

파라에 머문 십이 일 동안 가장 좋았지만 가장 나쁘기도 했던 경험은 다 마타 부부를 방문한 일이었다. 두 사람은 그가 그 도시에 머무는 동안 알고 지낸 가장 좋은 친구였다. 도로 엔지니어인 후니오와 수채화가인 부인 이레네였다. 두 사람은 젊고 잘 생기고 쾌활하고 소탈하고 삶에 대한 사랑을 발산했다. 부부에게는 커다란 눈에 웃음기를 머금은 예쁜 딸 마리아가 있었다. 로저는 그들을 어느 사교 모임에서 만났거나, 후니오가 지방정부의 공공사업 부서에 근무하고 있었기에 어느 공식 행사에서 만났을 것이다. 그들은 자주 만나 강변을 산책하고 영화와 연극을 보았었다. 그들이 옛친구 로저를 양팔 벌려 맞이했다. 그들은 저녁식사를 하러 아주 매운 바이아*식 음식을 파는 식당으로 로저를 데려갔는데, 이제 다섯 살이 된 꼬마 마리아가 그를 위해 익살맞은 표정을 지으며 춤을 추고 노래를 했다.

그날 밤, 호텔 두 코메르시우에서 오랫동안 잠을 못 이루는 동안 로저는 거의 평생 자신을 따라다닌 그 우울증에 빠졌는데, 특히 길거리에서 성적인 만남을 가진 날 이후 또는 일련의 그런 만남을 가진 이후에는 증세가 더 심했다. 다 마타 부부 같은 가정을 결코 가질 수 없고, 자신이 늙어갈수록 삶이 더 고독해지리라는 사실을 아는 것이 그를 슬프게 했다. 그는 돈을 목적으로 하는 그 몇 분간의 쾌락을 위해 비싼 값을 지불했었다. 그런 따스한 친밀함을 경험하지 못한 채, 즉 하루 동안 일어난 일을 함께 얘기하고 미래—여행, 휴가, 꿈—를 계획할 수 있는 부인을 가지지 못한 채, 이 세상을 떠나게 될 때 그는 자신의 이름과 기억을 연장할 자식들이 없는 상태로 죽게 될 것이다. 만약 그가 노년에 이르게 된다면 그건 주인 없는 동물 같은 노년이 될 것이다. 그리고 역시 빈궁하기도 할 것인데, 외교관이 된 이후 어지

---

* 브라질 북동부 대서양 연안에 위치한 주.

간한 급료를 받았다 해도, 원시적인 사람들과 문화가 생존할 권리를 보장하기 위해 노예제도에 반대해 투쟁하는 인도주의적 기관들에, 그리고 현재는 게일어와 아일랜드 전통을 보존하려는 단체들에 상당한 기부와 후원을 함으로써 결코 돈을 저축할 수 없었기 때문이다.

그러나 그보다 더 좋지 않은 건 자신이 후니오와 이레네처럼 진정한 사랑, 함께 나누는 사랑, 그들 사이에서 감지할 수 있는 무언의 협력과 이해, 어린 마리아의 호들갑스러운 재롱을 보면서 서로의 손을 맞잡고 미소를 교환할 때의 그 다정함을 알지 못한 채 죽게 되리라는 것이었다. 이런 정신적인 위기에 처할 때면 늘 그렇듯이 그는 여러 시간 동안 잠을 이루지 못했는데, 결국 잠들게 될 때는 그의 방 어스름 속에서 어머니의 활기 없는 모습이 차근차근 윤곽을 잡아가고 있다고 느꼈다.

9월 22일에 로저, 오마리노, 아레도미는 부스 라인 소속의 볼품없고 불길해 보이는 증기선 '일다' 호를 타고 파라를 출발해 마나우스로 향했다. 배를 타고 마나우스까지 항해한 엿새는 비좁은 선실, 사방에 널린 불결함, 형편없는 음식, 해질 무렵부터 다음날이 밝을 때까지 구름처럼 몰려들어 여행객을 공격하는 모기 때문에 로저에게는 일종의 고문이었다.

마나우스에 도착해 배에서 내리자마자 로저는 푸투마요에서 도망친 사람들에 대한 사냥을 재개했다. 영국 영사를 대동한 채 마나우스의 지사인 도스 레이스 씨를 찾아갔는데, 지사는 페트로폴리스의 중앙정부로부터 몬트와 폰세카를 체포하라는 명령이 도달했다는 사실을 로저에게 확인해주었다. 그런데 왜 경찰은 아직 그들을 체포하지 않았는가? 지사는 그에게 어리석게 보이거나 단순한 핑계처럼 보이는 이유를 댔다. 자신들은 로저가 도착하기를 기다렸다는 것이다. 그들은 그 두 인간이 도망쳐버리기 전에 즉시 체포할 수 있을까? 오늘 당장 그렇게 할 것이다.

영사와 로저는 페트로폴리스에서 온 체포영장을 가지고 주정부 청사와 경찰서를 두 번이나 왔다갔다해야 했다. 마침내 경찰서장이 몬트와 폰세카를 체포하기 위해 항구 세관에 경찰관 두 명을 보냈다.

그다음날 아침, 영사가 난감하다는 듯이 로저를 찾아와 그들을 체포하려는 시도가 웃기는 결말, 어릿광대극 같은 결말을 맺었다고 알렸다. 경찰서장은 방금 전 그에게 그 사실을 알리면서 온갖 사과를 하고 사안을 제대로 처리하겠다고 약속했다. 몬트와 폰세카를 체포하려고 파견된 경찰관들이 그 두 사람과 아는 사이였고, 그래서 경찰서로 데려가기 전 그들과 함께 맥주를 마시러 갔다. 그들은 만취해버렸고 그 와중에 범죄자들이 도망쳐버렸다. 문제의 경찰관들이 범죄자들로부터 돈을 받고 도망치도록 내버려두었을 가능성을 배제할 수 없었기에 그들은 수감되었다. 부패 혐의가 입증되면 엄한 제재를 받게 될 것이다. "죄송합니다, 로저 경." 영사가 그에게 말했다. "비록 제가 경께 아무 말씀도 드리지 않았다 해도 저는 뭔가 그렇게 되리라 예상하고 있었습니다. 경께서는 브라질에서 외교관으로 근무하셨기에 그것을 넘치도록 아실 겁니다. 여기서는 일이 그런 식으로 일어나는 게 정상입니다."

로저는 몸이 아주 좋지 않다고 느꼈는데, 그 불쾌감이 몸의 찌뿌둥함을 증대시켰다. 배가 이키토스로 떠나기를 기다리는 동안에 열과 근육통에 시달리면서 대부분의 시간을 침대에서 보냈다. 어느 날 오후에 자신을 압도하는 무력감과 싸우는 동안 그는 일기장에 자신의 환상을 적었다. "하룻밤에 세 명과 정사. 그중 둘은 선원. 그들이 내게 여섯 번을 했다! 나는 분만중인 여자처럼 다리를 벌린 채 걸어서 호텔에 도착했다." 그는 기분이 나쁜 상태였는데 자신이 쓴 그 터무니없는 상상이 폭소를 유발했다. 사람들 앞에서는 아주 교양 있고 세련된 어휘를 사용하던 그는 자신의 일기가 지닌 사적 자유 안에서 음란한 것을 써야 한다는 억제할 수 없는 필요성을 늘 느꼈다. 딱히 무슨 이유 때문인지는 몰랐지만 외설적인 말이 그의 기분을 더 좋게 만들었다.

'일다' 호는 10월 3일에 여정을 재개해 맹렬한 폭우를 만나고 작은 제방에 부딪히는 등 다사다난한 항해 끝에 1911년 10월 6일 새벽 이키토스에 도착했다. 그곳에서는 미스터 스터즈가 손에 모자를 든 채 로저를 기다리고 있었다. 그의 후임자인 조지 미첼과 그 부인이 곧 도착할 예정이었다. 영사가 그들이 살 집을 찾아보고 있었다. 이번에 로저는 미스터 스터즈 집에 머물지 않고 아르마스 광장 근처의 아마소나스 호텔에 묵었는데, 그동안 미스터 스터즈가 일시적으로 오마리노와 아레도미를 데리고 있었다. 두 소년은 푸투마요로 돌아가는 대신 그 도시에 머물면서 가정의 하인으로 일하기로 결정했다. 미스터 스터즈는 소년들을 채용하기를 원하고 그들을 잘 대해줄 가정을 찾는 일을 떠맡았다.

로저가 두려워했듯이 브라질에서 일어난 선례들과 마찬가지로 여기서도 소식은 힘을 북돋아주는 것이 아니었다. 로물로 파레데스가 푸투마요를 탐험하고 작성한 보고서를 받아본 뒤 판사 카를로스 A. 발카르셀 박사가 체포하라고 명령한 피의자 237명의 긴 명단에 들어 있던 아라나 회사의 간부들 가운데 몇 명이나 체포되었는지를 미스터 스터즈는 파악하지 못하고 있었다. 발카르셀 판사의 소재에 관해 그랬던 것처럼 이키토스의 사안에 관해서도 특이한 침묵이 지배하고 있었기에 스터즈는 그 문제를 조사할 수 없었다. 여러 주 전부터 발카르셀 판사의 소재를 확인할 수 없었다. 혐의자 명단에 들어 있던 페루 아마존 회사의 지배인 파블로 수마에타는 숨어 지내는 것처럼 보였으나, 미스터 스터즈는 아라나의 매제인 파블로 수마에타와 그의 부인인 페트로닐라가 그 지역 식당과 파티에 모습을 드러내는데도 그들을 괴롭히는 사람이 아무도 없는 것으로 보아 그의 은신이 사기극이라고 로저에게 확언했다.

나중에 로저는 이키토스에서 보낸 그 팔 주를 서서히 진행된 조난으로 기억하고, 음모, 허위적인 소문, 언어도단의 거짓말 또는 처치 곤란한 거짓말, 모순으로 이뤄진 바다에서 자신이 침몰한다는 것을 느끼지도 못한 채 침몰해가는 것으로 기억하고, 진실이 적대감과 문제를 유발하기에, 또는 더 자주, 사람들이 확실한 것과 허위적인 것, 사기와 실재를 구분하는 것이 이미 실제적으로 불가능한 어느 시스템 속에서 살아가고 있었기에 그 누구도 진실을 말하지 않았던 세계로 기억할 것이다. 콩고에서 몇 년을 보낸 뒤부터 그는 어느 유사*, 그리고 서서히 자신을 삼켜가는 어느 수렁, 즉 아무리 애써보았자 그 끈적거리는 물질 속에 더 깊이 빠져들어 결국은 그를 삼켜버리는 수렁에 빠져버린 듯한 그 절망적인 느낌이 무엇인지 이미 알고 있었다. 그는 여기서 한시 바삐 빠져나가야 했다!

---

* 그 위를 걷는 사람이나 짐승을 빨아들이는 모래.

그곳에 도착한 다음날 그는 이키토스 시장을 만나러 갔다. 또 새로운 시장이었다. 아돌포 가마라 씨—짙은 콧수염, 불룩 튀어 나온 배, 연기를 내뿜는 담배, 땀에 젖은 불안정한 손—가 사무실에서 포옹을 하고 축하의 말을 건네면서 로저를 맞이했다.

"감사합니다." 시장이 과장되게 양팔을 벌려 로저를 포옹하고 등을 토닥거리면서 말했다. "아마존 한가운데서 벌어진 가공할 만한 사회적인 불의가 세상에 알려졌습니다. 페루 정부와 국민은 당신에게 감사하고 있습니다, 케이스먼트 씨."

곧이어 시장은 카를로스 A. 발카르셀 판사가 영국 정부의 요구를 충족시키기 위해 페루 정부의 의뢰를 받아 작성한 보고서는 '끔찍하고' '파괴적인' 것이었다고 덧붙였다. 약 3천 쪽에 이르는 보고서는 영국이 아우구스토 B. 레기아에게 전달했던 고발이 모두 사실임을 확인시켜주고 있었다.

하지만 로저가 보고서 사본을 한 부 가질 수 있겠느냐고 물었을 때 시장은 그것이 국가의 문서이고, 외국인에게 열람을 허락하는 것은 자신의 재량권 밖에 있다고 대답했다. 영사님께서 영국 외무부를 통해 리마에 있는 페루의 최고 정부에 신청해야 하고, 그렇게 하면 틀림없이 허가를 받을 수 있으리라고 했다. 로저가 카를로스 A. 발카르셀 판사와 면담하려면 어떻게 해야 하는지 물었을 때 시장은 아주 정색을 하면서 말을 줄줄 읊어댔다.

"나는 발카르셀 박사가 어디에 있는지 전혀 모릅니다. 임무가 끝났기에 이 나라를 떠난 걸로 알고 있습니다."

로저는 매우 곤혹스러워하며 시청을 나왔다. 실제로 무슨 일이 일어났던 것일까? 이 인간이 그에게 거짓말만 했던 것이다. 바로 그날 오후 로저는 〈엘 오리엔테〉 신문사로 가서 발행인 로물로 파레데스 박사와 얘기를 나누었다. 피부가 아주 가무잡잡한 오십대인 그는 와이셔츠 차림에 온몸이 땀으로 젖어 있었는데, 사람이 우유부단해 보이고 공포에 사로잡혀 있었다. 머리가 희끗희끗했다. 로저가 막 얘기를 시작하자 '벽이 듣고 있으니 주의해요'라고 말하는 것처럼 단호한 제스처를 해가며 입을 다물라고 했다. 그는 로저의 팔을 잡아끌어 길모퉁이의 작은 술집 라치피로나로 데려갔다. 로저를 외따로 떨어진 탁자에 앉혔다.

"나를 용서해주시길 바랍니다, 영사님." 그가 연신 의심스러운 눈길로 주위를 살피면서 로저에게 말했다. "나는 영사님께 많은 얘기를 할 수도 없고 해서도 안됩니다. 아주 위태로운 상황에 처해 있거든요. 영사님과 함께 있는 것이 사람들 눈에 띈다는 건 내게 아주 큰 위험을 의미합니다."

그는 얼굴이 창백해졌고 목소리가 떨렸으며 손톱을 깨물기 시작했다. 브랜디 한 잔을 시켜 단숨에 들이켰다. 그는 로저가 가마라 시장과 한 면담에 관해 얘기하자 조용히 듣고 있었다.

"그 사람은 위선적인 통치자예요." 술김에 대담해진 그가 마침내 로저에게 말했다. "가마라는 발카르셀이 행한 모든 고발을 확인해주는 내 보고서를 가지고 있어요. 내가 6월에 그에게 보고서를 건넸거든요. 석 달이 넘었지만 아직도 리마에 보고서를 보내지 않고 있어요. 왜 그 사람이 그렇게 오랫동안 보고서를 붙들고 있다고 생각하십니까? 아돌포 가마라 시장 역시 이키토스 주민의 절반처럼 아라나의 고용인이라는 사실을 모든 사람이 알기 때문입니다."

발카르셀에 관해 파레데스 박사는 그가 나라를 떠나버렸다고 말했다. 발카르셀이 어디에 있는지는 모르지만 만약 이키토스에 있다면 아마도 이미 시신 상태일 것이라고 확신했다. 그가 갑자기 자리에서 일어났다.

"그런 일이 언제든지 내게도 일어날 수 있다는 겁니다, 영사님." 그는 말하면서 땀을 닦았고, 로저는 그가 울음을 터뜨릴 거라고 생각했다. "저는 불행하게도 여기를 떠날 수가 없거든요. 처자식이 있고 제 유일한 돈벌이는 신문을 만드는 일이니까요."

그는 작별인사조차 하지 않고 가버렸다. 로저는 격노한 상태로 시장에게 돌아갔다. 아돌포 가마라 씨는 '이제는 다행히 해결되었지만 운송에 관한 문제가 발생해' 파레데스 박사가 작성한 보고서가 실제로 리마에 보내질 수 없었다고 실토했다. "레기아 대통령이 직접 긴급하게 요구하기 때문에 최대한 안전하게 특사한 명을 붙여서" 이번주에 어떻게든 발송할 것이라고 말했다.

모든 것이 그랬다. 로저는 눈에 보이지 않는 음험한 힘에 의해 조종되어 한곳에서 돌고 돌아 최면을 일으키는 소용돌이 속에서 자신이 흔들리고 있다고 느꼈다. 모든 조치, 약속, 정보의 경우 사실이 말과 전혀 부합되지 않은 상태로 와해되고 파기되었다. 말과 행위가 상습적으로 어긋나는 세계였다. 말은 사실을 부정하고, 사실은 말과 어긋나고, 모든 것은 보편화된 속임수 속에서, 모든 사람이 행하는 말과 행동 사이의 만성적인 불일치 속에서 작동했다.

로저는 일주일 내내 카를로스 A. 발카르셀 판사에 관해 다양하게 조사했다. 그 인물은 살다냐 로카처럼 로저에게 존경, 애정, 연민, 감탄을 유발했다. 모든 사람이 도와주겠다고, 진상을 알아보겠다고, 메시지를 전해주겠다고, 판사의 위치를 찾아보겠다고 약속했지만 아무도 판사의 상황에 대해 최소한의 진지한 설명을 해주지 않은 채 로저를 이리 보냈다 저리 보냈다 했다. 결국 로저는 이키토스에 도착한 지 이레가 지난 뒤 그 도시에 거주하는 한 영국인 덕분에 사람을 미치게 만드는 그 거미집으로부터 벗어날 수 있었다. 존 릴리 엔 컴퍼니의 지배인 미스터 F. J. 하딩은 키가 크고 단단한 체격을 지닌 미혼자였고 거의 대머리나 다름

없었는데, 페루 아마존 회사의 장단에 맞춰 춤을 추지 않는 것처럼 보이는 이키토스의 몇 안 되는 상인들 가운데 하나였다.

"사람들이 복잡한 분쟁에 휘말리는 것을 싫어하기 때문에 발카르셀 판사에게 일어난 일을 말해줬거나 말해줄 사람은 아무도 없을 겁니다, 로저 경." 두 사람은 방파제 근처에 있는 미스터 하딩의 작은 집에서 대화했다. 집 벽에는 스코틀랜드의 성을 그린 판화들이 붙어 있었다. 그들은 코코넛으로 만든 음료수를 마셨다. "아라나가 리마에 가진 영향력 때문에 발카르셀 판사가 배임 혐의로 해임되었는데, 아라나가 더 많은 것을 얼마나 날조했는지는 저도 잘 모르겠습니다. 그 불쌍한 남자가 만약 살아 있다면 이런 임무를 받아들인 것을 평생 최악의 실수였다고 통렬하게 한탄하고 있을 겁니다. 그는 늑대의 입속으로 들어가려고 이곳에 왔고 호된 대가를 치렀습니다. 리마에서는 대단한 존경을 받았던 것 같습니다. 이제 그를 진창에 빠뜨려 죽여버렸을 겁니다. 그가 어디에 있는지는 아무도 모릅니다. 어딘가로 떠나버렸다면 좋을 텐데요. 그 사람에 관해 얘기하는 건 이키토스에서 하나의 금기사항이 되어버렸습니다."

실제로 '푸투마요의 참사'를 조사하러 이키토스에 왔던 그 강직하고 두려움을 모르는 카를로스 A. 발카르셀 박사에 관한 이야기가 이 이상 슬플 수는 없었다. 로저는 몇 주가 흐르는 동안 수수께끼 같은 그 이야기를 재구성해갔다. 발카르셀이 페루 아마존 회사와 관계를 맺고 있던 거의 모든 범죄 혐의자 237명에 대해 과감하게 체포 명령을 발표하자 아마존에는 공포가 깔렸다. 페루뿐만 아니라 콜롬비아와 브라질의 아마존도 마찬가지였다. 그 즉시 훌리오 C. 아라나 제국의 조직은 타격을 받았고 그러자 역공세를 취하기 시작했다. 경찰은 범죄 혐의자 237명 가운데 아홉 명만 찾아낼 수 있었다. 그 아홉 명 가운데서 실제적으로 중요성을 지닌 유일한 인물은 아우렐리오 로드리게스였는데, 푸투마요 지역의 책임자들 가운데 하나로서 수많은 약탈, 강간, 사지절단, 납치, 살인의 혐의를 받고 있는 자였다. 하지만 로드리게스를 포함한 아홉 명의 체포자는 이키토스의 최고법원에 '인신보호청원'을 제출했고, 법원은 관련된 사건 문서를 검토하는 동안 잠정적으로 그들을 석방했다.

"불행하게도 그 나쁜 시민들이 잠정적인 자유를 이용해 도망쳐버렸습니다." 시장이 눈도 깜박이지 않은 채 서글픈 표정을 지으며 말했다. "영사님도 부정할 수 없다시피 고등법원이 체포 명령을 갱신한다 해도 광대한 아마존에서 그들을 찾는 건 어려울 겁니다."

법원이 그 사건을 처리하는 데 전혀 서두르지 않고 있었는데, 로저 케이스먼트가 판사들을 찾아가 언제 사건 문서를 검토할 것이냐고 물었을 때, 판사들은 그 건이 "사건 접수의 엄격한 순서에 따라" 이뤄진다고 설명했었다. "귀하가 관심을 갖고 있는 전술한 사건들 앞에" 수많은 서류가 줄지어 놓여 있었다. 법원 견습생들 가운데 하나가 조롱조로 거들었다.

"여기서는 정의가 확실하지만 천천히 실현되기 때문에 이런 절차가 몇 년이 걸릴 수도 있습니다, 영사님."

은신처라고 추정되는 어느 곳으로부터 파블로 수마에타는 카를로스 A. 발카르셀 판사가 배임, 횡령, 위증, 그리고 다른 여러 범죄를 저질렀다고 대리인들을 통해 다수의 고소를 하는 것으로 시작해 법적인 공세를 지휘했다. 어느 날 아침에 보라족 인디오 여성과 어린 딸이 통역을 대동한 채 이키토스 경찰서에 출두해 카를로스 A. 발카르셀을 '미성년 소녀에 대한 명예훼손' 혐의로 고소했다. 판사는 자신을 그 밀림으로 오게 했던 조사에 몰두하는 대신, 자신을 중상모략하는 그런 날조로부터 스스로를 보호하기 위해 진술하고 여기저기 돌아다니고 필요한 문서를 작성하느라 시간의 대부분을 할애해야 했다. 온 세상이 판사 위로 무너지고 있었다. 그는 머물고 있던 작은 호텔 엘 유리마구아스로부터 퇴실당했다. 용기 있게 그를 받아줄 만한 숙박업소도 하숙집도 찾지 못했다. 쓰레깃더미, 썩은 물이 든 물탱크가 즐비한 빈민가인 나나이의 작은 방을 세냈는데, 밤이면 잠을 자는 해먹 아래로 쥐가 돌아다니는 것을 느끼고 바퀴벌레를 밟기도 했다.

이 모든 것은 로저 케이스먼트가 여기저기서 수군대는 세부 항목들을 조각조각 맞춰 알아간 것이었는데, 그러는 사이에 카를로스 A. 발카르셀 판사에 대한 로저의 감탄이 커졌고, 그 품위 있는 행동과 용기 때문에 그에게 악수를 청하고 칭찬해주고 싶을 정도였다. 그에게 무슨 일이 일어난 것일까? 비록 '확실하다'는 표현이 이키토스 땅에서 군건하게 뿌리를 내리지 못한 것처럼 보일지라도, 로저가 확실하게 알 수 있었던 유일한 사실은 카를로스 A. 발카르셀을 파면하라는 명령이 리마에서 도착했을 때 그는 이미 사라지고 없었다는 것이다. 그때부터 도시의 그 누구도 발카르셀이 어디에 있는지 알지 못했다. 그들이 그를 죽였을까? 저널리스트 벤하민 살다냐 로카의 이야기가 반복되고 있었다. 발카르셀에 대한 반감이 워낙 컸기에 그는 도망치는 것 외에 다른 방도가 없었다. 미스터 스터즈의 집에서 있었던 두번째의 면담에서 〈엘 오리엔테〉의 발행인 로물로 파레데스가 그에게 말했다.

"내가 발카르셀 판사에게 살해당하기 전에 거처를 옮기라고 직접 충고를 했습니다, 로저 경. 판사가 이미 수많은 경고를 받았거든요."

어떤 종류의 경고였던가? 그것은 발카르셀 판사가 음식을 먹거나 맥주를 마시려고 들어갔던 식당과 바에서 일어난 각종 도발이었다. 술 취한 사람이 갑자기 그에게 욕설을 퍼붓고 칼을 내보이면서 싸움을 걸었다. 혹 판사가 경찰서나 시청에 고발장을 접수할라치면 그들은 셀 수도 없이 많은 서류에 사실을 상세하게 기술하게 하고는 "귀하의 불평을 조사하겠노라"고 확언했다.

로저 케이스먼트는 발카르셀 판사가 이키토스에서 도망치기 전이나 아라나에게 고용된 살인자들 가운데 한 사람에 의해 제거되기 전에 느꼈을 법한 감정을 금방 느꼈다. 로저는 어디를 가나 기만당했고, 이키토스 전체가 비굴한 복종심으로 순종하던 페루 아마존 회사에 조종당하는 꼭두각시들로 이뤄진 한 공동체의 웃음가마리가 되어버렸다. 만약 여기 이 도시에서 아라나의 회사가 당국의 제재를 조롱하고 예고된 개혁을 회피할 수 있었다면, 푸투마요의 고무 농장들에서 원주민에 관한 한 모든 것이 이전과 똑같거나 오히려 더 나빠졌을 거라는 점이 명백했다 할지라도 로저는 푸투마요로 돌아가겠다고 작정했다. 로물로 파레데스, 미스터 스터즈, 그리고 아돌포 가마라 시장은 그에게 푸투마요로 가지 말라고 다그쳤다.

"당신은 그곳에서 살아나오지 못할 거고, 당신의 죽음은 아무 소용도 없을 겁니다." 〈엘 오리엔테〉의 발행인이 로저에게 확언했다. "케이스먼트 씨, 이런 말씀을 드리게 되어 미안합니다만,

당신은 푸투마요에서 가장 많이 미움을 받는 사람입니다. 살다 나 로카도 미국인 하든버그도 발카르셀 판사도 당신만큼 혐오를 받지는 않았습니다. 나는 푸투마요에서 기적적으로 살아 돌아왔습니다. 하지만 당신을 십자가에 매달 그곳으로 간다면 그런 기적은 반복되지 않을 겁니다. 그리고 한 가지 아세요? 가장 터무니없는 건 당신이 방어해주는 그 보라족과 우이토토족 사람들이 독침이 든 바람총으로 당신을 죽일 거라는 겁니다. 가지 마시고 어리석게 행동하지 마세요. 스스로 목숨을 끊지 마시라고요."

아돌포 가마라 시장은 로저가 푸투마요로 떠날 준비를 하고 있다는 사실을 알자마자 아마조나스 호텔로 그를 찾아왔다. 시장은 놀란 상태였다. 로저는 맥주를 마시자며 브라질 음악을 연주하는 술집으로 그를 데려갔다. 로저가 그 공무원이 자신에게 진솔하게 얘기한다고 느낀 것은 그때가 유일했다.

"간청하오니 그런 미치광이 짓은 그만두세요, 케이스먼트 씨." 그가 로저의 눈을 쳐다보면서 말했다. "내겐 당신의 안전을 보장할 방법이 없습니다. 이런 말을 하게 되어 미안합니다만, 이게 진실입니다. 내 근무 기록에 당신의 시신을 올려놓고 싶지는 않습니다. 그러면 내 경력은 끝장나버립니다. 지금 당신에게 정말 솔직하고 진실하게 말하는 겁니다. 당신은 푸투마요에 도착하지 못할 겁니다. 내가 크게 애써서 여기서는 아무도 당신을 해치지 못하게 해놓았습니다. 맹세컨대 전혀 쉽지 않은 일이었습니다. 명령을 내리는 사람들에게 간청도 하고 으름장도 놓아야 했습니다. 하지만 이 도시 밖에서는 내 권위가 없어집니다. 푸투마요에는 가지 마세요. 당신과 나를 위해서. 당신이 가장 사랑하는 것을 위해서라도 내 미래를 망치지 말아주세요. 당신에게 친구처럼 말하는 겁니다, 진정입니다."

하지만 로저가 결국 여행을 포기하게 된 것은 한밤중에 갑자기 예기치 않게 찾아온 누군가 때문이었다. 이미 자리에 누워 막 잠들려고 했을 때 아마조나스 호텔의 프런트 직원이 와서 그의 방문을 두드렸다. 어떤 신사가 그를 찾아왔는데, 아주 긴급한 사안 때문이라고 했다는 것이다. 그가 옷을 입고 아래층으로 내려가보니 후안 티손이 와 있었다. 로저는 그가 푸투마요로 간 이후 소식을 알지 못했는데, 페루 아마존 회사의 고위 직원이었던 이 사람은 조사위원회에 아주 충실하게 협조했었다. 그는 로저가 기억하던 자신감 넘치는 남자의 그림자도 아닌 상태가 되어 있었다. 늙어 보이고 지쳐 보이고 무엇보다도 주눅들어 보였다.

두 사람은 조용한 곳을 찾으러 갔으나 이키토스의 밤은 소음, 주취, 도박, 섹스로 가득차 있었기에 불가능한 일이었다. 그들은 하는 수 없이 바-나이트클럽인 핌 팜에 자리를 잡았는데, 춤을 추자고 치근대는 브라질 출신의 물라타* 둘을 떼어내야 했다. 맥

486

주 두 잔을 시켰다.

후안 티손은 로저가 기억하던 예의 그 신사 같은 태도와 우아한 예법을 동원해 정말로 진실해 보이는 방식으로 그에게 말했다.

"레기아 대통령으로부터 요구받은 뒤 우리가 이사회에서 합의했건만 회사가 제시한 것은 그 어떤 것도 이뤄지지 않았습니다. 내가 회사에 보고서를 제출하자 농장들에서 철저한 개선이 이뤄져야 한다는 데 파블로 수마에타, 아라나의 형제들과 매제들을 포함해 모든 사람이 나와 의견을 같이했습니다. 이는 법적인 문제를 회피하기 위해서, 그리고 도덕적이고 기독교적인 이유 때문이었습니다. 하지만 순전히 허풍에 불과했죠. 아무것도 이뤄지지 않았고, 이뤄지지 않을 겁니다."

푸투마요의 직원들에게 행동을 조심하고 과거 불법행위들의 흔적을 지우라는―가령 시신들을 치우라는―지침을 내린 것 외에 회사가 런던이 페루 정부에 보낸 보고서에 등장하는 주요 범죄 혐의자들의 도피를 용의하게 해주었다고 티손이 말했다. 원주민 강제 노역에 의한 고무 채취 시스템은 예전처럼 지속되었다.

"이키토스 땅을 밟기만 해도 바뀐 게 전혀 없다는 사실을 충분

---

* 흑백 혼혈인을 일컫는 '물라토'의 여성형.

히 알 수 있었습니다." 로저가 동의했다. "그런데, 돈 후안 당신
은?"

"다음주에 리마로 돌아가는데 여기에는 다시 오지 않을 생각
입니다. 페루 아마존 회사에서 제 입장이 지지를 받을 수 없게
되어버렸습니다. 그들이 저를 해고하기 전에 사표를 내기로 작
정했습니다. 그들이 제 주식을 되살 테지만 아주 형편없는 가격
에 살 겁니다. 리마에서는 다른 일을 할 겁니다. 아라나를 위해
일하면서 십 년 세월을 허송했다고 해도 애석하지는 않습니다.
비록 무에서 시작해야 할지라도 기분은 더 좋습니다. 우리가 푸
투마요의 실상을 목격한 뒤로 저 자신이 회사에서 비열하고 떳
떳하지 못한 인간이라고 느껴졌습니다. 아내와 상의했고 그녀가
저를 지원해주고 있습니다."

두 사람은 한 시간 가까이 대화했다. 후안 티손은 로저에게 그
어떤 이유로도 푸투마요에 다시 가서는 안 된다고 주장하기도
했다. 로저가 그들에게 살해당하는 것 말고는, 그리고 고무 농장
들을 돌아다니며 이미 본 적이 있다시피 그들이 그 과도한 잔인
성을 드러내면서 그를 분노하게 만드는 것 말고는 그 어떤 일도
이룰 수 없으리라는 것이었다.

로저는 외무부에 보낼 새로운 보고서를 마련하는 일에 몰두했
다. 그 어떤 개혁도 이뤄지지 않았고, 페루 아마존 회사의 범죄

자들에게 최소한의 제재도 가해지지 않았다고 설명했다. 미래에 뭔가 이뤄질 것이라는 희망이 없었다. 훌리오 C. 아라나의 회사뿐만 아니라 공공기관은 물론 페루 전체에 책임이 있었다. 페루 정부는 이키토스에서 훌리오 C. 아라나의 대리인에 불과했다. 회사의 힘이 그 정도였기에 모든 정책기관, 경찰기관, 사법기관은 회사가 그 어떤 위험도 없이 계속해서 원주민을 수탈하는 것을 허락하려고 적극적으로 작업했는데, 모든 공무원이 회사로부터 돈을 받고 있거나 아니면 복수를 당할까봐 두려워했기 때문이었다.

마치 로저가 옳다는 것을 증명하기를 원했다는 듯이 그즈음 이키토스의 고등법원은 체포된 혐의자 아홉 명이 신청한 재심리를 갑자기 중단한다는 판결을 내렸다. 판결은 파렴치의 걸작이었다. 발카르셀 판사가 작성한 명단에 든 237명이 전부 체포되지 않는 한 모든 법률적인 절차가 정지된다는 것이었다. 체포된 소수의 혐의자들만으로는 그 어떤 수사도 불완전하고 불법적일 것이라고 판사들은 판결했다. 그래서 범죄 혐의자 아홉 명은 결국 석방되었고 경찰력이 237명을 재판에 회부할 때까지 그 사건은 유예되었는데, 그 모두를 재판에 회부하는 건 물론 결코 일어나지 않을 일이었다.

불과 며칠 뒤 이키토스에서 로저 케이스먼트의 놀라워하는 능력을 시험하는 훨씬 더 기괴한 다른 사건이 일어났다. 그가 호텔에서 미스터 스터즈의 집으로 가고 있을 때 정면에 페루의 국가 문장과 국기가 있는 것으로 보아 관공서처럼 여겨지는 두 건물에 사람이 가득차 있는 것이 보였다. 무슨 일이 일어나고 있었을까?

"시의 선거가 있습니다." 미스터 스터즈가 감정이 배지 않은 듯 들리는 무관심한 작은 목소리로 설명했다. "아주 특이한 선거인데요, 페루의 선거법에 따르면 투표권을 가지기 위해서는 재산이 있어야 하고, 글을 읽고 쓸 줄 알아야 하기 때문이죠. 이 때문에 유권자 수가 불과 수백 명으로 줄어들어버립니다. 실제로 선거는 아라나 회사의 사무실에서 결정됩니다. 승리자들의 이름과 선거에서 얻은 득표율 말입니다."

틀림없이 그랬을 것인데, 그날 밤 로저는 아르마스 광장에서 악단을 동원하고 브랜디를 나눠주는 작은 모임을 열어 새로운 시장 돈 파블로 수마에타 당선자!를 축하하는 광경을 멀리서 관찰했다. 훌리오 C. 아라나의 매제인 그는 영국-콜롬비아의 공모에 의한 중상中傷을 이키토스 시민들로부터 면제받아 '은신처'에서 나왔고―감사 연설에서 그렇게 말했다―페루의 적에 대항해, 그리고 아마존의 발전을 위해 굽히지 않고 계속해서 투쟁하겠다고 작정했다. 알코올성 음료가 배분되고 나서 폭죽을 터뜨리고 기타와 드럼 연주와 더불어 사람들이 전통춤을 추었는데 모임은 새벽 한시까지 지속되었다. 로저는 린치를 당하지 않으려고 호텔로 돌아오기로 결정했다.

조지 미첼과 그의 부인은 결국 마나우스에서 출발한 배를 타고 1911년 11월 30일 이키토스에 도착했다. 로저는 이미 떠날 짐을 꾸리고 있었다. 새로운 영국 영사의 도착에 앞서 미스터 스터즈와 케이스먼트 자신은 영사 부부가 살 집을 구하려고 필사적으로 노력했다. "영국은 경의 잘못 때문에 불명예에 빠졌습니다, 로저 경." 이임하는 영사가 로저에게 말했다. "제가 웃돈을 제시했는데도 미첼을 위한 집을 빌려주길 원하는 사람이 아무도 없습니다. 다들 아라나를 화나게 할까봐 두려워서 거부합니다." 로저가 〈엘 오리엔테〉의 발행인 로물로 파레데스에게 도움을 요청하자 그가 문제를 해결해주었다. 그가 집을 임대한 뒤 영국 영사관에 전대한 것이다. 집이 낡고 지저분했기에 새 거주자를 맞이하기 위해 시간을 다투어 개축하고 어떤 식으로든 가구를 들여놓아야 했다. 미첼의 부인은 쾌활하고 의욕적인 여자였는데, 로저는 그들이 도착한 날 항구의 배다리 밑에서 비로소 그녀를 처음 보았다. 새 거처의 상태도, 그녀가 처음으로 발을 디딘 곳도 그녀를 낙담시키지 못했다. 낙담과는 거리가 먼 사람처럼 보였다. 즉시 그녀는 심지어 짐을 풀기도 전에 온 힘을 다해 기분 좋게 거처를 청소하기 시작했다.

로저는 옛친구이자 동료인 조지 미첼과 미스터 스터즈의 작은 거실에서 긴 대화를 나누었다. 로저는 그에게 상황에 관해 상세하게 알려주었고, 그가 새로운 직무에서 당면하게 될 어려움을 단 하나도 숨기지 않았다. 약간 뚱뚱한 사십대인 미첼은 모든 제스처와 동작에서 자기 부인처럼 활력이 있었는데, 가끔 명확한 설명을 요구하기 위해 잠깐씩 로저의 말을 중단시키면서 수첩에 적어나갔다. 그러고서 이키토스에서 자신을 기다리던 전망 때문에 기가 꺾이거나 불평하는 대신 크게 미소를 지으며 이 말만 했다. "이제 저는 무엇이 문제인지 이미 알고 있으며 싸울 준비가 되었습니다."

이키토스에서 마지막으로 보낸 이 주 동안 로저는 다시금 섹스라는 악마에 불가항력적으로 사로잡혔다. 이전에 그곳에 머물렀을 때는 아주 조심스럽게 처신했으나 이제는 고무 사업과 관계된 수많은 사람이 그에게 지닌 적대감을 알고, 그들이 올가미를 놓을 수 있다는 사실을 알고 있었는데도, 그는 밤이면 손님을 찾는 여자들과 남자들이 늘 있는 강변의 제방으로 주저하지 않고 산책을 하러 나갔다. 그렇게 알시비아데스* 루이스를 알게 되

---

* 고대 그리스 아테나이의 정치가, 웅변가, 장군인 알키비아데스(B.C. 450~404)의 스페인어식 이름.

었는데, 그게 그의 본명이었는지는 확실치 않다. 로저는 그를 아마소나스 호텔로 데려갔다. 야간 수위는 로저가 팁을 주자 딴지를 걸지 않았다. 알시비아데스는 로저를 위해 그가 지시한 옛 그리스 로마의 조상彫像 같은 자세를 받아들여 포즈를 취했다. 어떤 흥정을 한 뒤 알시비아데스가 옷을 벗었다. 알시비아데스는 백인과 인디오의 혼혈인 촐로였는데, 로저는 일기장에 이렇게 적었다. 이 인종적 혼합이 심지어는 브라질의 '카보클루'*를 능가하는 아주 대단한 신체적 미를 지닌 남성 유형, 즉 원주민의 부드러움과 다정함, 그리고 스페인인 후손들의 거친 사내다움이 뒤섞인 약간은 이국적인 특성을 지닌 남자들을 낳았다고 말이다. 알시비아데스와 로저는 키스를 하고 상대의 몸을 애무했지만 그날도, 알시비아데스가 아마소나스 호텔을 다시 찾은 그다음날도 섹스는 하지 않았다. 아침에 로저는 다양한 포즈를 취한 알시비아데스의 누드 사진을 찍었다. 알시비아데스가 떠났을 때 로저는 일기장에 다음과 같이 썼다. "알시비아데스 루이스. 촐로. 댄서 같은 동작. 작고 긴데 발기하면 활처럼 굽어진다. 장갑 낀 손처럼 내 몸속으로 들어온다."

그 무렵 〈엘 오리엔테〉의 발행인 로물로 파레데스가 길거리에

---

* 브라질 원주민과 백인의 혼혈.

서 습격을 당했다. 그가 신문 인쇄실을 나왔을 때 술냄새를 풍기는 험악한 인상의 사내 셋이 그를 공격했던 것이다. 로물로 파레데스가 사건이 일어난 뒤 곧바로 호텔로 와 로저에게 한 말에 따르면, 무장한 그가 허공에 총을 쏘아 그 세 공격자를 을러 내쫓지 않았다면 그는 그들에게 맞아 죽었을 것이다. 그는 가방을 가지고 있었다. 돈 로물로는 그 사건 때문에 심하게 동요되어 로저가 밖에서 술 한잔하자고 제의했음에도 길거리로 나서기를 꺼려했다. 페루 아마존 회사에 대한 그의 감정과 분노는 한계가 없었다.

"난 늘 아라나 회사의 충실한 협조자였고, 그들이 원하는 것은 모두 충족시켜주었어요." 로물로 파레데스가 불평했다. 두 사람은 침대 각 모서리에 앉았고 등잔의 작은 불빛이 겨우 방구석만 비추고 있었기에 어스름 속에서 얘기를 했다. "판사였던 내가 〈엘 오리엔테〉를 시작했을 때였죠. 그들의 요구가 자주 내 양심에 거슬렸건만 나는 그 요구를 결코 묵살하지 않았어요. 영사님, 하지만 나는 실제적인 사람이라서 이길 수 없는 전투가 어떤 것인지는 압니다. 나는 발카르셀 판사의 의뢰를 받아 푸투마요로 가는 이 위원회를 결코 떠맡고 싶지 않았습니다. 그게 나를 궁지에 빠뜨릴 것이라는 사실을 첫 순간부터 알고 있었거든요. 그들이 내게 강요했어요. 파블로 수마에타가 개인적으로 내게 위원회를 떠맡으라고 요구했지요. 나는 단지 그의 명령을 수행하

494

기 위해 그 출장을 떠났던 거예요. 내 보고서를 시장에게 제출하기 전에 수마에타 씨에게 줘서 읽어보게 했어요. 그가 아무 의견도 말하지 않은 채 내게 보고서를 되돌려주더군요. 그가 그것을 수용한다는 걸 의미하지 않았을까요? 그때서야 비로소 나는 그 보고서를 시장에게 제출했어요. 그런데도 결국은 그자들이 내게 전쟁을 선포하고 나를 죽이려 한다니까요. 이번 공격은 나더러 이키토스를 떠나라는 경고예요. 어디로요? 내게는 아내와 자식 다섯, 그리고 하녀 둘이 있어요. 케이스먼트 씨. 이 사람들처럼 큰 배은망덕을 보신 적이 있습니까? 당신도 한시 바삐 여길 떠나시길 권합니다. 당신 목숨이 위험에 처해 있어요, 로저 경. 지금까지는 아무 일도 일어나지 않았는데, 그들이 영국인에 외교관이기까지 한 사람을 죽이면 국제적인 말썽거리가 되리라 생각하기 때문이에요. 하지만 그걸 믿지 마세요. 그런 망설임은 사소한 주취에도 사라져버릴 수 있으니까요. 내 충고를 따라 여기를 떠나세요, 친구."

"나는 영국인이 아니라 아일랜드인입니다." 로저가 그에게 부드럽게 말했다.

로물로 파레데스가 가져온 가방을 로저에게 건넸다.

"이 가방에 내가 푸투마요에서 수집해서 작업에 사용한 문서가 모두 들어 있습니다. 아돌포 가마라 시장에게 그걸 건네지 않은 게 옳았어요. 만약 건넸다면 이 문서들은 내 보고서와 똑같은 운명에 처해졌을 겁니다. 이키토스의 시청에서 좀먹고 있을 거라는 얘기죠. 당신이 잘 사용하리라는 것을 알고 있으니 가져가세요. 당신에게 짐 하나를 더 얹어줘서 미안합니다. 그래요."

로저는 나흘 뒤 오마리노, 아레도미와 작별하고 나서 그곳을 떠났다. 미스터 스터즈는 소년들을 나나이의 목공소에 데려다놓았는데, 그들은 볼리비아 출신 목공소 주인의 하인으로 일하는 것 말고도 목공소의 도제로도 일할 예정이었다. 스터즈와 미첼이 배웅하러 나온 항구에서 로저는 최근 몇 개월 동안 수출된 고무의 양이 작년의 수출 총량보다 더 많다는 사실을 깨달았다. 아무것도 변하지 않았고, 또 우이토토, 보라, 안도케, 그리고 푸투마요에 있는 그 밖의 원주민이 계속해서 무자비하게 착취당하고 있다는 증거로서 그보다 더 좋은 것이 어디 있었겠는가?

마나우스로 떠난 지 닷새 동안 로저는 자신의 선실 밖으로 거의 나가지 않았다. 사기가 저하되고 몸이 아프고 스스로에게 혐오감을 느꼈다. 식사도 조금밖에 하지 않았으며 비좁은 선실의 더위가 참을 수 없을 정도일 때만 갑판에 모습을 드러냈다. 배가 아마존강을 따라 내려가면서 하상이 넓어지고 강변이 시야에서 사라지는 동안 이 밀림에는 결코 돌아오지 않겠다고 작정했다. 그는 분홍색 해오라기떼, 시끄럽게 떠들어대며 가끔 배 위로 날아드는 작은 앵무새 무리, 승객들의 관심을 끌기 위해서라는 듯 물 밖으로 튀어오르고 공중제비를 하며 항적처럼 배 뒤를 따라오는 작은 물고기 무리들과 더불어 그 장엄한 광경 속에는 로저 자신이 푸투마요에서 알았던 그 굶주리고 잔인한 인간들의 탐욕이 밀림 내부에서 유발한 현기증나는 고통이 깃들어 있다는 역설―콩고강을 따라 항해하면서 이 같은 생각을 여러 번 했었다―에 대해 생각했다. 그는 런던에서 개최된 페루 아마존 회사의 이사회에 참석한 훌리오 C. 아라나의 차분한 얼굴을 떠올렸다. 말쑥한 차림의 그 작은 남자, 이 모든 일의 시발점이며 자신의 부에 대한 갈망을 충족시키기 위해 아무 거리낌 없이 인간들을 괴롭히던 그 체제의 주요 수혜자인 그에게 어떤 벌이든 받게 하기 위해 로저는 자신의 몸에 남은 마지막 힘까지 다 써가며 싸우리라고 다짐했다. 훌리오 C. 아라나가 푸투마요에서 일어난 일에 관해 알지 못했다고 지금 누가 감히 말할 수 있겠는가? 그는 아마존의 원주민처럼 심한 학대를 당한 이 밀림에서 계속 고무를 채취하기 위해 모든 사람을―페루 정부와 특히 영국 정부를―속이려는 쇼를 한 것이었다.

12월 중순에 도착한 마나우스에서 로저는 기분이 한결 좋아졌다. 파라와 바베이도스로 출발하는 배를 기다리는 동안 호텔방에 틀어박혀 보고서를 쓰면서 주석을 달고 정확성을 기할 수 있었다. 어느 날 오후 그는 영국 영사와 함께 있었는데, 영사는 자신의 요청에도 불구하고 브라질 당국이 몬트와 아구에로, 그리고 그 밖의 다른 탈주자들을 체포하는 데 효율적인 조치를 전혀 취하지 않았다는 사실을 로저에게 확인해주었다. 푸투마요에 있던 훌리오 C. 아라나의 옛 책임자들 가운데 다수가 현재 마데이라-마모레에 건설중인 철도에서 일하고 있다는 소문이 사방에 퍼져 있었다.

마나우스에서 보낸 그 주에 로저는 밤에 모험을 찾아 나서지 않고 스파르타식 삶을 살았다. 그는 강변과 도시의 거리를 산책하고, 작업을 하지 않을 때는 앨리스 스톱포드 그린이 추천한 아일랜드 고대사 책을 읽으며 여러 시간을 보냈다. 조국에 대해 몰입하는 일이 푸투마요에서 본 이미지들, 이키토스에 일반화된 정치 부패로 인한 음모, 거짓말, 불법행위를 뇌리에서 제거하는 데 도움을 줄 수 있었을 것이다. 하지만 자신의 과제가 미결 상태였고 따라서 로저는 그것을 런던에서 끝마쳐야 하리라는 사실을 매 순간 기억했기에 아일랜드에 관한 사안에 집중할 수가 없었다.

12월 17일에 파라를 향해 출발했고, 파라에서 마침내 외무부의 전언을 확인할 수 있었다. 외무부는 로저가 이키토스에서 보낸 전보를 받았고, 페루 정부가 약속을 했는데도 피고인들이 도망치는 것을 허용한 일 말고는 푸투마요에서 자행된 불법행위에 실제적인 조치가 전혀 이뤄지지 않았다는 사실을 인지하고 있었다.

로저는 크리스마스이브에 소수의 승객만 실은 편안한 '데니스' 호를 타고 바베이도스에 갔다. 브리지타운까지 차분하게 바다를 건넜다. 그곳에서는 외무부가 그를 위해 뉴욕행 'SS 테렌스' 호를 예약해놓았다. 영국 당국은 푸투마요에서 발생한 사건의 책임이 있는 영국 회사에 강력한 조치를 취하겠다고 결정했고, 미국이 영국의 노력에 힘을 보태기를, 국제 공동체의 항의에 성의 있게 답하지 않는 페루 정부에 미국이 함께 항의해주기를 원하고 있었다.

바베이도스의 수도에서 배가 떠나기를 기다리는 동안 로저는 마나우스에서처럼 아주 정결하게 생활했다. 대중목욕탕에도 가지 않고 밤에 탈선도 하지 않았다. 다시금 성적 절제기에 들어갔는데 가끔 그 기간이 여러 개월로 연장되었다. 그때는 일반적으로 그의 뇌가 종교적인 관심으로 가득찬 시기였다. 브리지스톤에서는 매일 스미스 신부를 찾아갔다. 신약성서에 관해 사제와 오랫동안 대화했는데, 그는 여행할 때면 늘 신약성서를 가지고 다녔다. 가끔 신약성서를 읽다가 교대해서 아일랜드 시인들의 시를 읽었는데, 그들 가운데 특히 윌리엄 버틀러 예이츠를 즐겨 읽어 그의 시 가운데 몇 편을 암기하고 있었다. 우르술라나 수도원에서 미사에 참여했고, 예전에 그랬던 것처럼 영성체를 하고 싶다는 기분이 들었다. 로저가 그 사실을 스미스 신부에게 말하자 사제는 빙그레 웃으며 그가 가톨릭 신자가 아니라 성공회 신자라는 사실을 상기시켜주었다. 사제는 로저가 개종하기를 원한다면 그 첫 단계를 밟을 수 있도록 도와주겠다고 자처했다. 로저는 그렇게 하고 싶은 유혹을 느꼈으나 좋은 친구인 스미스 신부에게 자신의 약점과 그동안 지은 죄를 고백해야 한다는 생각을 함으로써 자신의 판단에 대해 후회했다.

12월 31일 로저는 'SS 테렌스' 호를 타고 뉴욕을 향해 출발했고, 뉴욕에서 마천루들을 구경할 틈도 없이 즉시 워싱턴 D.C.행 기차를 탔다. 주미 영국 대사 제임스 브라이스는 미국 대통령 윌리엄 하워드 태프트가 로저를 접견하는 데 동의했다는 사실을 알림으로써 그를 놀라게 했다. 대사와 그의 고문들은 푸투마요에서 일어나는 일을 실제적으로 알고 있으며, 영국 정부로부터 신임받는 인물인 로저 경의 입을 통해 고무 농장들의 상황에 관해, 그리고 영국과 미국에서 교회들, 인도주의적인 단체들, 자유주의적인 저널리스트와 출판물들이 주장하는 내용이 확실한 것인지 아니면 고무회사들과 페루 정부가 주장하는 바처럼 순전히 선동과 과장이었는지 직접 알고 싶어했다.

브라이스 대사의 관저에서 기거하며 왕처럼 대접받고 어디를 가나 로저 경이라는 칭호를 듣던 로저 케이스먼트는 머리와 수염을 자르고 손톱을 다듬기 위해 이발소를 찾아갔다. 그리고 워싱턴 D.C.의 기품 있는 가게에서 옷을 장만했다. 요 며칠 동안 그는 자신의 삶이 지닌 모순에 관해 자주 생각했다. 채 이 주가 못 되는 시간 전에는 이키토스의 허름한 호텔에서 죽음의 위협을 받던 초라한 인간이었다가 이제는 아일랜드 독립을 꿈꾸는 아일랜드인으로, 페루 정부에 아마존의 불명예를 끝장내라고 요구하는 대영제국을 돕도록 미국 대통령을 설득하라고 영국 정부가 파견한 공무원 역할을 하는 사람이었다. 삶은 갑자기 소극笑劇으로 바뀌는 연극처럼 부조리한 것이 아닐까?

워싱턴 D.C.에서 보낸 사흘은 현기증나는 시기였다. 국무부 공무원들과 매일 업무 협의를 하고 국무장관과 긴 개별 면담을 한 차례 했다. 세번째 날에는 백악관에서 태프트 대통령을 만났는데, 여러 고문과 국무부 장관이 배석했다. 로저는 푸투마요에 관해 발표를 시작하기 전에 잠시 환상에 젖어 있었다. 자신이 영국 정부의 외교 대표가 아니라 막 건국된 아일랜드 공화국의 특사로 그곳에 참석하고 있다고 느꼈던 것이다. 로저는 아일랜드가 영국과의 관계를 끊고 독립을 선포하기 위해 실시한 국민투표에서 아일랜드인 절대 다수의 지지를 받은 대의를 수호하기 위해 임시정부에 의해 파견된 사람이었다. 새로운 아일랜드는 미국과 우호 협력 관계를 유지하기를 바랐고, 아일랜드는 미국과 함께 민주주의를 지지했으며, 미국에는 거대한 아일랜드인 공동체가 유지되고 있었다.

로저 케이스먼트는 자신의 의무를 흠 없이 완수했다. 태프트 대통령과의 면담은 반 시간이 예정되어 있었으나 푸투마요 원주민의 상황에 대한 로저의 보고를 경청하던 대통령이 몸소 사려 깊은 질문을 하고, 고무 농장들에서 발생한 각종 범죄를 단절시키도록 페루 정부에 요구할 수 있는 가장 좋은 방법에 관해 로저의 견해를 물었기 때문에 시간이 세 배나 걸렸다. 미국이 이키토스에 영사관을 개설해 영국 영사관과 협조하에 불법행위를 고발하게 하자는 로저의 제안은 미국 최고 통수권자에게 호의적으로 받아들여졌다. 그리고 실제로 몇 주 후 미국은 경력 외교관인 스튜어트 J. 풀러를 이키토스의 영사로 발령하기로 결정했다.

미국이 당시부터 아마존 원주민의 상황을 고발하는 데 영국과 확고하게 협조할 것이라는 확신을 로저가 갖게 된 것은 그가 태프트 대통령과의 면담에서 들은 말 때문이기도 했지만, 그보다는 대통령과 그의 협조자들이 로저의 이야기를 들으면서 표했던 놀라움과 분노 때문이었다.

런던에서 로저는 자신의 신체적 상태가 피로와 지병 때문에 늘 약화되어 있었는데도 외무부에 제출할 새로운 보고서를 완성하는 데 몸과 마음을 다 쏟음으로써 페루 당국이 스스로 약속한 개혁조치들을 이행하지 않았다는 사실과 페루 아마존 회사가 모든 결정에 훼방을 놓았다는 사실을 보여주었다. 페루 아마존 회사는 발카르셀 판사의 삶을 불가능하게 만들고, 돈 로물로 파레데스의 보고서를 시청에 억류해놓고는 파레데스가 아라나의 고무 농장에서 보낸 사 개월 동안(3월 15일부터 7월 15일까지) 목격했던 것을 공정하게 썼다는 이유로 그를 죽이려고 시도했었다. 로저는 〈엘 오리엔테〉의 발행인이 이키토스에서 자신에게 건넨 다양한 증언, 면담 기록, 서류를 선정해 영어로 번역하는 작업을 시작했다. 그 자료가 로저의 보고서를 상당히 풍요롭게 만들어주었다.

그는 이런 작업을 밤에 했는데, 낮 시간은 외무부와의 수많은 회의로 가득차 있었고, 외무부에서는 장관에서부터 여러 위원회에 이르기까지 그에게 영국 정부가 조치를 취하려고 생각한 아이디어들에 관한 각종 보고서, 조언, 제안을 요청했기 때문이었다. 영국 회사가 아마존에서 자행한 잔혹한 행위들은 열정적인 캠페인의 대상이었는데, 노예제도 반대 협회와 잡지 〈트루스〉가 시작한 그 캠페인을 이제는 자유주의적 언론과 수많은 종교적·인도주의적 단체가 후원하고 있었다.

로저는 「푸투마요에 관한 보고서」가 즉시 발간되어야 한다고 주장했다. 그는 영국 정부가 레기아 대통령과 함께 시도했던 조용한 외교술이 어떤 효과를 발휘하리라는 희망을 완전히 잃어버렸다. 행정부의 일부 부서가 저항했는데도 결국 에드워드 그레이 경은 이런 견해를 인정했고 내각은 보고서를 '블루 북'으로 발간하는 것을 승인했다. 로저는 줄담배를 피워대고, 커피를 셀 수도 없을 정도로 마셔대고, 마지막 판본을 한 자 한 자 검토하면서 수많은 밤을 뜬눈으로 지새웠다.

보고서 최종본을 인쇄소에 넘긴 날 로저는 몸이 너무 안 좋고 혼자 있다가는 무슨 일이 생길 것 같은 두려움에 안전한 곳을 찾아 친구 앨리스 스톱포드 그린의 집으로 갔다. 그 역사가는 로저의 팔을 잡아끌어 거실로 데려가면서 "해골처럼 보인다"라고 말했다. 로저는 발을 질질 끌면서 걸었고, 멍한 상태에서 자신이 어느 순간에든 정신을 잃을 것 같다고 느꼈다. 등이 너무 아팠기에 그가 소파에 누울 수 있도록 앨리스가 여러 장의 방석을 깔아주어야 했다. 그는 거의 동시에 잠에 빠져들었거나 실신해버렸다. 눈을 떴을 때는 곁에 누나 니나와 앨리스가 함께 그를 향해 미소를 머금은 채 앉아 있는 것이 보였다.

"우린 네가 결코 깨어나지 않을 거라 생각했어." 그녀들 가운데 누군가가 말했다.

24시간 가까이 잤다. 앨리스가 가족 주치의를 불렀고 의사는 그가 극도의 피로 상태라고 진단했다. 잠을 자도록 내버려두라고 했다. 꿈을 꾸었는지는 기억나지 않았다. 그는 일어서려고 하다가 다리가 구부러지면서 다시 소파에 쓰러져버렸다. '콩고는 나를 죽이지 않았는데, 아마존이 나를 죽이겠군.' 그는 생각했다.

가벼운 식사를 한 뒤 일어설 수 있었고, 차 한 대가 그를 핌 비치에 있는 그의 아파트로 데려다주었다. 오랫동안 목욕을 하고 나니 정신이 맑아졌다. 하지만 기력이 너무 달려서 다시 드러누워야 했다.

외무부는 그에게 열흘 동안의 휴가를 강제했다. 그는 '블루북'이 발간되기 전에는 런던을 떠나지 않으려 했으나 마침내 동의했다. 자신이 가르치는 학교에 결근 허락을 요청한 니나와 함께 일주일 동안 콘월에 머물렀다. 피로가 어찌나 심했던지 좀체 독서에 집중할 수 없었다. 그의 정신은 음탕한 이미지들로 산만해져버렸다. 차츰 조용한 삶과 건강한 음식 덕분에 기력을 회복해갔다. 시골로 긴 산책을 나가 온화한 기후에서 며칠을 즐길 수 있었다. 콘월의 쾌적하고 문명화된 경치는 아마존의 경치와 더이상 다를 수 없었지만, 그가 이곳에서 농부들의 일상을 보고, 맹수도 뱀도 모기의 위협도 없이 소가 평화롭게 풀을 뜯는 모습을 보고, 마사의 말이 울부짖는 소리를 들으면서 행복감과 평온함을 느꼈는데도, 어느 날 그는 인간을 위해 이뤄진 수십 세기의 농업 노동을 증명하는 이 자연, 즉 사람이 살고 문명화된 자연은, 아마존의 야생적이고 격정적이고 억누르기 어렵고 길들여지지 않은 그 영토와 비교해보면 자연세계의 조건—범신론자들은 이를 영혼이라 부를 것이다—을 이미 잃어버렸다는 생각을 하게 되었다. 아마존에서는 모든 것이 태어나거나 죽어가는 것처럼 보이고, 세계는 불안정하고 위험하며 쉽게 변화하고, 그 안에서 인간은 현재에서 뽑혀져나와 가장 먼 과거로 던져져 선조들과 관계를 유지하면서 인류 역사의 여명기로 되돌아간다고 느꼈다. 그리고 그는 아마존이 숨기고 있는 잔학성에도 불구하고 자신이 향수를 느끼고 그 모든 것을 기억한다는 사실을 놀라워하며 발견했다.

푸투마요에 관한 '블루 북'은 1912년 7월에 발간되었다. 발간 첫날부터 충격을 불러일으켜 런던을 중심으로 동심원적 파동을 그리며 전 유럽, 미국, 그리고 세계의 수많은 다른 지역, 특히 콜롬비아, 브라질, 페루로 퍼져나갔다. 〈더 타임스〉는 보고서에 관해 여러 페이지를 할애했고, 로저 케이스먼트를 높이 칭송하는 사설을 실어 그가 '위대한 인도주의자'의 비범한 재능을 한번 더 보여주었다면서, 노예제도를 운용하고 고문하고 원주민 부족을 말살하는 산업으로 경제적인 혜택을 보는 그 영국 회사와 주주들에 대해 즉각적인 조치를 취할 것을 요구했다.

하지만 로저를 가장 감동시킨 칭송은 자신의 친구이자 벨기에의 레오폴드 2세에 대항해 캠페인을 벌일 때 동지였던 에드먼드 D. 모렐이 〈데일리 뉴스〉에 쓴 글이었다. 그는 '블루 북'을 언급하면서 로저에 관해서는 "그만큼 매력적인 인간은 결코 본 적이 없다"라고 했다. 자신이 공공연하게 드러나는 것을 늘 몹시 싫어하던 로저는 파도처럼 밀려오는 그 새로운 인기를 결코 즐기지 않았다. 오히려 불편하게 느끼고 회피하려고 애썼다. 하지만 '블루 북'이 야기한 소동으로 영국, 유럽, 미국의 수십 개 출판사가 그와 인터뷰를 하려고 했기에 그건 어려운 일이었다. 그는 학술단체, 정치클럽, 종교·자선 단체로부터 강연 초대를 받았다. 웨스트민스터 사원에서 그 주제에 관해 특별미사가 거행되었고, 그 대성당의 참사회원 허버트 헨슨은 노예제도를 시행하고 살인과 사지절단을 통해 돈을 번 페루 아마존 회사의 주주들을 강하게 공격하는 강론을 했다.

주 페루 영국 대리대사 데스 그래즈는 '블루 북'이 비난한 내용 때문에 리마에서 일어난 소동에 관해 보고했다. 페루 정부는 유럽 국가들이 자국에 경제 제재를 가할까 두려워 즉각적인 개혁을 단행하고 푸투마요에 군대와 경찰을 파견하겠다고 통보했다. 하지만 데스 그래즈는 아마도 이번 통보 역시 효율적이지 않을 것이라고 덧붙였는데, '블루 북'에 언급된 사안들을 푸투마요

영유권을 주장하는 콜롬비아인들에게 호의를 베풀기 위한 대영 제국의 음모로 인식하는 페루 정부의 부처들이 존재했기 때문이 었다.

'블루 북'이 여론에 일깨운 아마존 원주민에 대한 동정과 연대 의 분위기 덕분에 푸투마요에 가톨릭 선교단을 개설하는 계획에 많은 경제적 후원이 답지했다. 성공회가 약간의 난색을 표했으 나 로저가 무수하게 만나고 약속하고 편지를 쓰고 대화한 뒤에 펼친 논리에 의해 결국 설득당했다. 그러니까 가톨릭교회가 깊 이 뿌리내린 어느 나라에서 프로테스탄트 선교단은 의구심을 불 러일으킬 수 있으며, 페루 아마존 회사가 선교단에 대해 영국 정 부의 식민주의적 욕망의 창끝이라고 소개함으로써 선교단의 명 예를 훼손하는 역할을 맡을 수 있다는 논리였다.

로저는 아일랜드와 영국에서 예수회원들, 프란체스코 수도회 원들과 회합했는데, 그는 이 두 교단에 대해 늘 호감을 갖고 있 었다. 그는 원주민을 조직화해 교리를 가르치고 공동체로 결집 시켜 그들 공동작업의 전통을 유지하면서 동시에 삶의 수준을 높이고, 그들을 착취와 말살로부터 해방시켜주는 기독교의 기본 적인 사항을 실천하도록 하기 위해 과거 예수회가 파라과이와 브라질에서 했던 노력에 대한 글을 콩고에 있을 때부터 읽었다. 예수회의 그런 노력 때문에 포르투갈은 예수회 선교단을 파괴했으며, 또 예수회가 국가 내의 국가로 변함으로써 교황권과 스페인 식민지 주권에 위험이 된다고 스페인과 바티칸을 설득할 때까지 음모를 꾸몄다. 그럼에도 예수회는 아마존 선교 계획을 그리 열심히 받아들이지 않았다. 반면에 프란체스코 수도회는 열정적으로 수용했다.

그렇게 함으로써 로저 케이스먼트는 더블린의 가장 가난한 동네에서 프란체스코 수도회의 노동수사들이 한 작업을 알게 되었다. 수사들은 공장과 작업장에서 일하고, 노동자들과 동일하게 어려움과 궁핍을 체험했다. 수사들과 대화를 하면서, 그들이 자신들의 직분을 수행하고 동시에 빈곤한 사람들의 운명을 공유하는 것을 보면서, 로저는 라 초레라와 엘 엔칸토에 선교단 하나를 설립하는 도전에 이들 수사보다 더 준비가 잘된 사람은 아무도 없다고 생각했다.

아일랜드의 프란체스코 수도회가 처음으로 파견한 사제 넷이 페루 아마존으로 출발하는 것을 로저는 열렬히 축하해주려고 앨리스 스톱포드 그린과 함께 그들에게 갔는데, 그녀가 다음과 같이 예견했다.

"당신, 여전히 성공회 신자인 게 확실해요, 로저? 아마 깨닫지 못할지라도 당신은 가톨릭교도로 개종한다는 돌이킬 수 없는 길을 가고 있어요."

그로스베너 로드에 위치한 앨리스 스톱포드 그린의 집 풍요로운 서재에서 열리는 공부 모임에 주로 참석하는 사람은 성공회 신자, 장로교 신자, 가톨릭 신자인 민족주의자들이었다. 로저는 그들 사이에 어떤 마찰이나 다툼이 있다는 것을 결코 인지한 적이 없었다. 앨리스가 위와 같은 평을 한 그날 이후로 로저는 며칠 동안 여러 차례에 걸쳐 자문해보았다. 혹시 자신이 가톨릭과 친해지는 것이 엄격한 정신적·종교적인 성향, 아니 오히려 정치적인 성향 때문인지, 아일랜드 독립파의 대다수가 가톨릭 신자였기에 그것이 자신을 민족주의적인 선택과 훨씬 더 밀접하게 연계시키는 하나의 방식이었는지를 말이다.

로저는 자신이 '블루 북'의 저자로서 목표가 되어 받는 추적을 어떤 식으로든지 따돌리기 위해 외무부에 휴가 기간을 며칠 더 연장해달라고 요청한 뒤 그 휴가를 쓰려고 독일로 갔다. 베를린은 그에게 특별한 인상을 심어주었다. 카이저 통치하의 독일은 그에게 근대화, 경제 발전, 질서, 효율성의 모델처럼 보였다. 비록 독일을 방문한 기간이 짧았다고 할지라도, 어느 시기부터 머릿속에 맴돌던 막연한 생각이 그때부터 구체화되어 그의 정치행위에서 중요한 요소가 되게 하는 데 소용되었다. 아일랜드는 자국의 자유를 얻기 위해 대영제국의 이해를 바랄 수는 없었고 자비심은 더더욱 바랄 수가 없었다. 그는 최근에 그 점을 재차 확인했다. 로저와 그의 급진적인 친구들이 불충분한 형식적 양보라고 간주하던, 아일랜드 자치를 허용하기 위한 법률안(홈 룰) 초안을 영국 의회가 다시 토의할지도 모른다는 단순한 가능성이 보수주의자들뿐만 아니라 노동조합과 수공업자 길드를 비롯한 자유주의적이고 진보적인 대다수의 집단 사이에서 극렬한 국수주의적 거부감을 불러일으켰던 것이다. 섬나라 아일랜드에서는 행정자치권과 자체 의회를 갖게 된다는 전망 때문에 얼스터의 합방주의자들이 열정적으로 움직이기 시작했다. 여러 차례 회의가 개최되고 의용군이 결성되고 있었으며, 무기를 구입하기 위해 국민 모금이 이뤄지고 수만 명의 사람이 협정에 서명했는데, 그 협정에서 북아일랜드 사람들은 만약 홈 룰이 승인된다면 자신들은 받아들이지 않을 것이고, 아일랜드가 대영제국에 남도록 무기와 목숨을 걸고 투쟁하겠노라고 선포했다. 로저는 이런 상황에서는 독립주의자들이 독일과의 연대를 모색해야 한다고 생각했다. 적의 적은 우리의 친구였고, 독일은 영국의 가장 두드러진 경쟁자였다. 전쟁이 벌어져 영국이 군사적으로 패배하는 것이 아일랜드가 해방을 하게 되는 유일한 가능성임을 제시하게 될 것이다. 그 며칠 동안 로저는 민족주의적인 옛 속담을 여러 차례 되뇌었다. "영국의 불운은 아일랜드의 기쁨이다."

하지만 로저가 아일랜드를 여행하면서, 또는 런던에서, 앨리스 스톱포드 그린의 집에서 민족주의자 친구들하고만 공유했던 이런 정치적인 결론에 도달하는 동안, 그의 과거 행위에 대해 그에게 애정을 드러내고 감탄한 측은 영국이었다. 그런 생각을 하자 마음이 편치 않았다.

그 당시 내내 훌리오 C. 아라나의 페루 아마존 회사의 운명이 위험에 처하지 않게 하려고 필사적인 노력이 경주되었지만 그 위험은 날이 갈수록 더 명백해졌다. 회사의 명예 실추는 이사진과 면담하기 위해 런던의 본부로 찾아간 〈더 모닝 리더〉의 기자 호레이스 소로굿에게 이사들 가운데 하나이자 훌리오 C. 아라나의 매제인 아벨 라르코가 돈봉투를 건네면서 발생한 추문 때문에 두드러져버렸다. 기자가 라르코에게 무슨 뜻으로 그런 행위를 하는지 물었다. 라르코는 회사가 친구들에게 늘 후하다고 대답했다. 화가 난 기자는 그들이 매수하려고 건넨 돈을 되돌려준 뒤 자기 신문에 그 사건을 폭로했고, 페루 아마존 회사는 그 일에 관해 오해가 있었으며 뇌물 공여를 시도한 책임자들은 해고될 것이라고 대외적으로 사과해야 했다.

훌리오 C. 아라나 회사의 주식 가격이 런던 증시에서 하락하기 시작했다. 그렇게 된 이유가 부분적으로는, 영국의 과학자이자 탐험가인 헨리 알렉산더 위컴이 대담한 밀수작전을 통해 아마존에서 빼낸 새싹을 아시아의 영국 식민지—싱가포르, 말레이시아, 자바, 수마트라, 세일론—에 심어 생산한 고무로 현재 아마존의 고무와 벌이던 경쟁 때문이었다고 해도, 페루 아마존 회사의 붕괴에 영향을 미친 중요한 요인은 '블루 북' 발간으로 여론과 금융계에 형성된 나쁜 이미지였다. 로이드는 페루 아마존 회사와의 신용거래를 끊어버렸다. 전 유럽과 미국에서 수많은 은행이 로이드의 예를 따랐다. 노예제도 반대 협회와 다른 단체들이 촉진한 페루 아마존 회사의 고무 불매운동 때문에 많은 고객과 출자자가 회사를 떠나버렸다.

홀리오 C. 아라나 제국을 향한 최후의 일격은 푸투마요에서 자행된 잔학한 행위에 대해 페루 아마존 회사의 책임을 조사하기 위해 1912년 3월 14일 하원에 특별위원회를 설치한 것이었다. 열다섯 명의 위원으로 구성되고 저명한 하원의원 찰스 로버츠가 이끄는 위원회는 십오 개월 동안 활동했다. 심의가 서른여섯 번 열렸고 기자, 정치가, 민간단체와 종교단체의 회원들, 특히 노예제도 반대 협회와 협회장인 선교사 존 해리스로 이뤄진 청중 앞에서 스물일곱 명의 증인이 심문을 받았다. 신문과 잡지들이 청문회를 풍부하게 보도했고, 이들 청문회에 관한 기사, 만화, 험담, 가십이 다량으로 생산되었다.

가장 기대가 크고 가장 많은 청중을 불러모은 증인은 로저 케이스먼트 경이었다. 그는 1912년 11월 13일과 12월 11일에 위원들 앞에 출두했다. 고무 농장들에서 직접 목격한 것을 정확하고 침착하게 진술했다. 모든 캠프에 있던 커다란 고문도구인 칼, 채찍에 맞은 상처투성이 등, 농장의 십장들을 비롯해 질서를 유지하고 '습격'에서 원주민 부족을 공격하는 일을 맡은 '청년들' 또는 '날삯꾼들'이 가지고 다니는 채찍과 윈체스터 소총, 그리고 원주민이 종속된 노예제도, 과다 착취, 식량 부족 문제에 관한 것이었다. 그러고는 바베이도스 출신 남자들의 증언을 요약해 소개했는데, 이들 증언의 진실성은 거의 모든 증인이 고문과 살인을 저질렀다는 사실을 스스로 인정했다는 점으로 보증된다고 지적했다. 위원회 위원들의 부탁에 따라 그는 고무 농장들을 지배하던 권모술수가 팽배한 체제에 관해서도 설명했다. 고무 농장의 구역책임자들은 급료를 받지 않고 채취된 고무의 양에 따른 수수료를 받았는데, 이는 그들이 수입을 늘리기 위해 고무 채취 노동자들에게 더욱더 많은 고무를 요구하도록 부추겼다.

두번째로 출두했을 때 로저는 멋진 장면을 보여주었다. 의원들이 놀라는 눈으로 바라보는 가운데, 법정의 정리廷吏 두 명이 들고 있던 커다란 자루에서 로저는 자신이 푸투마요의 페루 아마존 회사 상점에서 가져온 물건들을 꺼냈다. 그는 인디오 노동자들이 얼마나 착취를 당했는지 보여주었는데, 회사가 그들을 영구적인 빚쟁이로 만들기 위해 고무를 채취하는 데 필요한 도구, 가정용품 또는 자질구레한 장신구를 런던에서의 몇 배에 달하는 가격으로 외상 판매했다는 것이었다. 그는 라 초레라에서 45실링에 판매되던 총열 하나짜리 낡은 단발 엽총을 보여주었다. 이 정도 돈을 지불하려면 우이토토족 또는 보라족 남자가 이키토스에서 도로 청소부로 일해서 급료를 받는 경우로 추산해 이 년 동안 일해야 했다. 로저는 표백하지 않은 리넨 셔츠, 거친 능직 바지, 색색의 구슬 목걸이, 작은 파우더 상자, 피타삼*으로 만든 허리띠, 팽이, 등유 램프, 거친 밀짚모자, 벌레 물린 데 바르는 연고를 보여주면서 이들 물건을 런던에서 구입할 수 있는 가격을 큰 소리로 알렸다. 의원들이 분노와 놀라움이 서린 눈을 크게 떴다. 로저 경이 찰스 로버츠와 위원회의 다른 위원들에게 엘엔칸토, 라 초레라, 그리고 푸투마요의 다른 농장들에서 자신이 직접 찍은 사진 수십 장을 보여주었을 때는 그들의 반응이 훨씬 더 격해졌다. 사진에는 흉터와 궤양 형태로 '아라나의 낙인'이 찍힌 등과 엉덩이들, 이빨로 물리고 부리로 쪼인 상태로 잡초 사이에서 썩어가는 시신들, 피골이 상접할 정도로 말랐는데도 응고된 커다란 고무 소시지를 머리에 이고 가는 남자, 여자, 소년들의 믿을 수 없이 여윈 몸, 막 태어났지만 회충 때문에 금방이

---

* 로프나 세공품을 만드는 데 주로 쓰이는 섬유식물.

라도 죽을 것 같은 아이들의 부풀어오른 배가 있었다. 사진은 음식도 거의 먹지 못한 채 탐욕스러운 인간들에게 학대당하는 일부 인간이 처한 상황에 대한 확실한 증거였는데, 그 탐욕스러운 인간들의 삶의 유일한 의도는 고무를 채취하느라 부족 전체가 몸이 쇠약해져 죽어야 했을망정 더 많은 고무를 수확하는 것이었다.

청문회에서는 페루 아마존 회사의 영국인 이사들에 대한 심문이 비장한 면모를 띠었는데, 특히 아일랜드 출신으로 사우스 도네갈의 베테랑 하원의원이었던 스위프트 맥닐의 전투적인 태도와 예리한 통찰력이 돋보였다. 그는 헨리 M. 리드와 존 러셀 거빈스 같은 걸출한 사업가들, 존 리스터케이 경과 소우사데이로의 남작 같은 런던 사회의 스타와 귀족 또는 투자가들이 훌리오 C. 아라나의 회사 이사회에 참석하고 의사록에 서명함으로써 많은 액수의 돈을 지급받았음에도 회사에서 발생한 사건에 관해 전혀 인지하지 못하고 있었다는 사실을 한 점 의혹의 그림자도 없이 밝혀냈다. 주간지 〈트루스〉가 벤자민 살다냐 로카와 월터 하든버그의 고발을 게재하기 시작했을 때조차도 그들은 그런 비난에 어떤 진실이 있었는지 내막을 알아보려는 생각조차 하지 않았다. 그들은 아벨 라르코 또는 훌리오 C. 아라나가 손수 나서서 전달한 해명에 만족스러워했는데, 그것은 자신들을 비난하는

516

자들이 협박을 통해 회사로부터 돈을 갈취하는 데 실패하자 원한을 품게 된 사기꾼들일 뿐이라고 비난하는 내용이었다. 자신들의 명성을 빌린 그 회사가 그런 범죄들을 저질렀는지 현장 조사를 해볼 생각을 한 사람은 그중 아무도 없었다. 훨씬 더 나빴던 것은 그 악행의 흔적이 기록으로 남아 있는 회사의 서류, 회계장부, 보고서, 서신을 조사하는 수고를 한 사람이 그들 가운데 단 한 명도 없었다는 사실이다. 제아무리 믿기지 않은 일처럼 보인다 할지라도, 훌리오 C. 아라나, 아벨 라르코, 그리고 그 밖의 고위 임원들은 자신들이 안전하다고 확신한 나머지 그 추문이 터질 때까지 회사의 장부에 불법행위, 가령 원주민 노동자에게 임금을 지불하지 않고 채찍, 권총, 소총을 사는 데 막대한 돈을 사용한 일에 대한 흔적을 은폐하지 않았기 때문이다.

극적인 흥미가 고조되었던 순간은 훌리오 C. 아라나가 위원들 앞에서 진술하기 위해 모습을 드러냈을 때였다. 그의 첫 출석은 가장 높은 지위에 올랐다가 이제는 급속도로 붕괴되는 상황에 처한 자기 가족이 긴장 상태에서 살고 있었기에 제네바에 있던 부인 엘레오노라가 신경쇠약에 걸리는 바람에 연기되어야 했다. 아라나는 평소처럼 아주 멋지게 차려입고 아마존에서 말라리아에 걸린 환자처럼 창백한 얼굴로 하원에 들어갔다. 조수들과 고문들에 둘러싸여 들어왔지만 청문회장에는 자신의 변호사와 함께 있는 것만 허용되었다. 처음에는 차분하고 거만했다. 찰스 로 버츠와 늙은 스위프트 맥닐의 질문이 다그쳐가자 그가 모순에 빠지고 실수하기 시작했는데, 그의 통역사는 어떻게든 이를 무마하기 위해 갖은 애를 써야 했다. 위원장이 질문했을 때—푸투마요의 농장들에 윈체스터 소총이 그토록 많은 이유가 무엇입니까? 사람들을 고무 농장에 데려가려고 부족을 '습격'하거나 공격하기 위해서입니까?—그가 다음과 같이 답함으로써 청중의 웃음을 유발했다. "아닙니다, 위원장님. 그 지역에 많은 호랑이로부터 스스로를 보호하기 위해서입니다." 그는 모든 것을 부인하려고 애썼으나, 갑자기 "예, 그건 사실입니다"라고 말하면서 원주민 여자 하나가 산 채로 불태워졌다는 얘기를 들은 적이 있다고 했다. 그건 오래전 일일 뿐이라고 했다. 만약 학대가 저질러졌다면 그건 과거에만 일어난 일이라는 것이었다.

그 고무 사업가의 최대 혼란은 월터 하든버그의 증언을 배척하려고 애썼을 때 일어났는데, 그는 그 미국인이 마나우스에서 환어음 하나를 위조했다고 비난했다. 스위프트 맥닐은 그의 말을 자른 뒤, 캐나다에 살고 있으리라 추정되는 하든버그를 직접 대면해서도 감히 '위조범'이라 부를 수 있을지 그에게 물었다. 아라나는 그렇다고 대답했다. "그렇다면 그렇게 해보세요." 맥닐이 대꾸했다. "그 사람이 지금 여기 있습니다." 하든버그가 출두하자 청문회장이 동요했다. 아라나는 자신이 했던 말을 변호사의 조언을 받아 철회하고는, 자신은 하든버그가 아니라 마나우스의 어느 은행에서 환어음 하나를 위조한 '누군가'를 비난한 것이라고 선언했다. 하든버그는 그 모든 것이 아라나의 회사가 그의 위신을 떨어뜨리기 위해 현재 사기범으로 파라에 수감된 훌리오 무리에다스라는 전과자를 이용해 벌인 함정이라는 사실을 보여주었다.

그 장면 이후부터 아라나는 무너져내렸다. 모든 질문에 머뭇머뭇 혼란스러운 대답만 하면서 자신의 불편한 심정과 특히 자기 증언의 가장 명백한 특징인 진실성의 부족을 드러냈다.

의회 위원회가 한창 가동중일 때 새로운 재앙이 그 기업가에게 덮쳤다. 대법원의 스윈펜 에디 판사가 한 무리 주주들의 요청에 따라 페루 아마존 회사의 사업을 즉시 중지한다고 선고한 것이다. 판사는 회사가 "상상하는 것보다 훨씬 더 잔혹한 방법으로 고무를 채취해" 수익을 얻었고, "만약 아라나 씨가 무슨 일이 일어났는지 모르고 있었다면 그의 책임은 훨씬 더 심각한데, 그가 그 누구도보다도 자신의 영토에서 일어나고 있던 사안을 알아야 하는 절대적인 의무를 지니고 있기 때문"이라고 선언했다.

의회위원회의 보고서 마지막 부분은 사뭇 간결했다. 보고서의 결론은 다음과 같았다. "훌리오 C. 아라나 씨는 동업자들과 마찬가지로 푸투마요에서 자신의 대리인과 직원들이 저지른 잔혹한 행위들을 알고 있었고, 그렇기에 그가 가장 중요한 책임자다."

위원회가 자체 보고서를 공개함으로써 훌리오 C. 아라나에 대한 최종적인 불신임을 확정하고, 리오하에 살던 이 미천한 인간을 부자 권력자로 만들어준 그 제국의 패망을 재촉했을 때 로저 케이스먼트는 이미 아마존과 푸투마요를 잊기 시작했다. 아일랜드와 관련된 사안들이 다시 그의 주요 관심사가 되었다. 짧은 휴가를 보낸 뒤 외무부가 그에게 리우데자네이루 총영사로서 브라질로 돌아가라고 제의하자 처음에는 그 제의를 받아들였다. 하지만 출발이 지연되었는데, 비록 출발을 지연시키기 위해 그가 외무부와 자신에게 다양한 핑계를 댔다고는 해도 실은 외교관으로도, 그 어떤 다른 직책으로도 다시는 영국 정부에 봉사하지 않기로 이미 마음속 깊이 결정해놓았다. 그는 잃어버린 시간을 복구하고 지금부터는 자기 삶의 유일한 계획이 될 것, 즉 아일랜드 해방을 위해 투쟁하는 데 자신의 지식과 에너지를 쏟아붓고 싶었다.

그래서 그는 페루 아마존 회사와 회사 소유주의 최종적인 변화에 지나친 관심을 쏟지 않은 채 멀리서 지켜보았다. 위원회의 청문회에서 총지배인 헨리 렉스 길거드가 직접 한 증언을 통해 훌리오 C. 아라나의 회사가 푸투마요의 땅에 대한 소유권을 전혀 가지지 않았으며, 단지 '점유권에 의해' 그 땅을 개발했다는 사실이 명확히 밝혀지면서 은행들과 그 밖의 채권자들의 불신이 더욱 커졌다. 그들은 즉시 회사의 소유주에게 부채를 상환하고 현안중인 약속을 이행하라고(런던 소재 기관들에 대한 그의 부채만 해도 25만 파운드 이상에 달했다) 요구하며 압력을 행사했다. 재산 압류와 공매 위협이 그에게 비 오듯 쏟아졌다. 아라나는 자신의 명예를 지키기 위해 마지막 1센트까지 갚겠다고 공공연하게 주장하면서 런던 켄싱턴 로드의 궁궐 같은 저택, 비아리츠의 저택, 제네바의 집을 팔려고 내놓았다. 하지만 이들 부동산을 팔아 마련한 돈이 채권자들을 진정시킬 정도로 충분하지 않았기에 채권자들은 영국에 있는 그의 저축과 은행 계좌를 동결하라는 법원의 명령을 얻어냈다. 동시에 그의 개인 재산이 와해되고 사업의 쇠퇴는 멈출 줄 모르고 계속되었다. 아시아산 고무로 인한 아마존산 고무 가격의 하락은, 회사에 의한 노예 노동, 고문, 원주민 공격이 그쳤는지를, 그리고 고무 농장에서 라텍스를 채취하는 원주민에게 임금을 지불하고 영국과 미국의 현행법을 지키는지를 한 국제독립위원회가 확인할 때까지 유럽과 미국의 수많은 수입업자가 페루산 고무를 다시는 사지 않겠다는 결정과 병행해서 이뤄졌다.

이 같은 비현실적인 요구들이 시도될 기회조차 없었다. 푸투마요의 고무 농장들에 있던 주요 십장과 책임자들이 투옥될 수도 있다는 생각에 지레 겁을 먹고 도망침으로서 전 지역이 절대적인 무정부 상태가 되어버렸기 때문이다. 수많은 원주민—공동체 전체가—또한 도망칠 기회를 잡았고, 그로 인해 고무 채취가 최소한으로 감소해버리면서 이내 완전히 멈춰버렸다. 도망자들은 창고와 상점을 털어 값이 나가는 모든 것, 무기, 주요 식료품을 가지고 떠났다. 회사가 그들 탈주자 살인범들이 나중에 생길 수도 있는 재판에서 회사측 반대 증인이 될 가능성에 놀란 나머지 그들의 도망을 용이하게 하고 그들의 침묵을 사기 위해 상당량의 돈을 주었다는 사실이 나중에 알려졌다.

로저 케이스먼트는 친구인 영국 영사 조지 미첼의 편지를 통해 이키토스의 쇠퇴를 주시하고 있었다. 영사는 호텔, 식당, 그리고 예전에 파리와 뉴욕에서 수입한 물건을 팔던 가게들이 어떻게 문을 닫게 되었는지, 예전에는 다들 아주 활수하게 마개들을 따던 샴페인이 위스키, 코냑, 포트와인, 와인과 마찬가지로 무슨 마술을 부린 것처럼 어떻게 사라졌는지 로저에게 얘기해주었다. 술집과 성매매업소에는 이제 목을 할퀴는 브랜디와 출처가 의심스러운 해로운 주류, 성욕을 불러일으키는 대신 부주의한 사람들에게는 위에 다이너마이트를 폭파한 듯한 통증을 유발하는 최음제로 추정되는 것들만 돌아다녔다.

마나우스에서 그랬던 것처럼, 아라나 회사와 고무의 몰락은 도시가 십오 년 동안 향유한 번영과 마찬가지로 아주 빠르게 일반화된 위기를 이키토스에 유발했다. 맨 먼저 그 지역을 떠난 사람들은 외국인이었는데—상인, 탐험가, 마약 거래업자, 술집 주인, 전문가, 기술자, 창녀, 포주, 뚜쟁이—그들은 자기 나라로 돌아가거나 파산과 고립 상태로 추락하던 이 땅보다 더 길한 땅을 찾아 떠났다.

　성매매는 사라지지 않았으나 알선업자들은 바뀌었다. 브라질 출신 창녀들과 자칭 '프랑스 출신'이라고 밝힌 창녀들, 그리고 실제로 대개는 폴란드, 플랑드르, 터키 또는 이탈리아 출신 창녀들이 자취를 감추고 이를 촐라들과 인디아들이 대신했는데, 대부분은 가정부로 일하다가 주인 또한 더 좋은 순풍을 따라 떠나버렸거나 경제적인 위기로 주인이 이제 그녀들에게 옷을 입히고 먹을 것을 줄 수 없었기에 일자리를 잃은 소녀들이거나 어린 아가씨들이었다. 영국 영사는 어느 편지에서 삐쩍 마른 열다섯 살짜리 원주민 소녀들이 어릿광대처럼 화장을 덕지덕지 한 채 손님을 찾아 이키토스의 제방을 어슬렁거린다고 감상적인 기술을 했었다. 신문과 잡지, 심지어 예전에는 수상교통이 활발했으나 거의 멈출 정도로 줄어들어 배의 입출항 시간표를 제공하는 주간지까지도 사라져버렸다. 이키토스의 고립을 결정하고, 이키토스가 약 십오 년 동안 아주 활발하게 무역을 했던 그 넓은 세상과의 관계 단절을 결정한 것은 화물선과 여객선의 운행을 차츰차츰 줄여가던 해운회사 부스 라인이었다. 배들의 모든 움직임이 멈춘 날, 이키토스를 세상과 연결해주던 탯줄이 끊겼다. 로레토의 주도는 시간을 거스르는 여행을 했다. 불과 몇 년 안에 이키토스는 아마존 광야의 심장부에서 고립되고 잊힌 곳이 되었다.

어느 날 더블린에서 관절염 통증 때문에 의사를 찾았던 로저 케이스먼트가 세인트 스테판 그린 공원의 축축한 잔디밭을 가로지르고 있을 때 프란체스코 수도회의 수사가 그에게 손을 흔들어 작별인사를 했다. 그는 선교단을 설립하기 위해 푸투마요로 떠났던 네 명의 선교사—노동수사들—가운데 한 명이었다. 로저와 수사는 오리와 백조가 노니는 연못 옆 벤치에 앉아 대화했다. 네 명의 사제가 경험한 것은 아주 혹독했다. 이키토스에서 그들이 맞닥뜨린 당국자들, 즉 아라나의 회사의 명령에 복종하는 당국자들의 적대감도 그들을 움츠리게 하지 않았고—그들은 아우구스티누스 교단 신부들의 도움을 받았다—푸투마요에서 보낸 첫 몇 개월 동안 말라리아의 공격도 벌레들이 무는 것도 그들의 희생정신을 시험하지 않았다. 각종 장애와 뜻밖의 사고에도 불구하고 그들은 엘 엔칸토 인근에서 우이토토족이 자신들의 캠프에 지었던 것과 유사한 오두막에 입주할 수 있었다. 처음

524

에는 무뚝뚝하고 의심 많은 모습을 보여주던 원주민들과 그들이 나중에 맺은 관계는 좋았고 진실하기까지 했다. 프란체스코 수도회 사제 넷은 우이토토족과 보라족 언어를 배우기 시작했고, 제단 위로 야자나무 잎사귀 지붕을 엮은 투박한 성당 하나를 야외에 세웠다. 하지만 갑자기 온갖 사람이 대거 탈주하는 일이 일어났다. 책임자, 직원, 수공업자, 경비원, 인디오 가정부와 노동자들이 어떤 사악한 힘이나 공포라는 전염병에 내몰린 사람들처럼 떠나가버린 것이다. 프란체스코 수도회 사제 네 명만 남게 되자 그들의 삶은 갈수록 더 어려워졌다. 그들 가운데 한 명인 맥키 신부가 각기병에 걸렸다. 그러자 그들은 긴 토론 끝에 자신들 역시 신의 저주의 희생자처럼 보이는 그 장소를 떠나기로 했다.

프란체스코 수도회 사제 네 명의 귀환은 호머적인 여행이었고 '십자가의 길'이었다. 푸투마요를 나갈 때 이용하는 유일한 교통수단은 페루 아마존 회사의 배들, 특히 '리베랄' 호였는데, 고무 수출의 급격한 감소, 농장들의 무질서, 인구 감소와 더불어 이 배가 사전 통보도 없이 하룻밤 사이에 운행을 중단해버렸다. 그래서 중병에 걸린 이를 포함한 네 명의 선교사는 세상과 격리된 상태에서 어느 버려진 곳에 좌초되었다. 맥키 신부가 사망하자 동료들이 그를 야산에 묻어주고 무덤에 네 가지 언어, 즉 게일어, 영어, 우이토토족 언어, 스페인어로 쓰인 비석을 세웠다.

그러고서 그들은 별 준비가 안 된 상태로 그곳을 떠났다. 원주민 몇이 그들을 자신들의 통나무배에 태워 푸투마요로 내려가 야바리강과 만나는 곳까지 데려다주었다. 긴 여행에서 뗏목이 전복되는 바람에 강변까지 헤엄쳐야 했다. 그렇게 해서 채 몇 개가 되지 않은 소지품을 잃어버렸다. 야바리강에서 오랫동안 기다린 뒤 어느 배가 그들이 선실을 차지하지 않는다는 조건으로 마나우스까지 태워주기로 했다. 갑판에서 잠을 자고 비를 맞은 선교사들 가운데 가장 연장자인 오네티 신부가 폐렴에 걸렸다. 결국 이 주가 지난 뒤, 그들은 마나우스에서 자신들을 맞아들인 프란체스코 수도회 수도원을 찾아낼 수 있었다. 동료들이 보살펴주었는데도 오네티 신부는 그곳에서 사망했다. 그는 수도원의 묘지에 묻혔다. 살아남은 두 사제는 불행한 사건 사고로부터 건강을 회복한 뒤 아일랜드로 송환되었다. 이제 그들은 더블린의 부지런한 일꾼들 사이에서 자신들의 업무를 다시 시작했다.

로저는 세인트 스테판 그린 공원의 무성한 나무 아래에 오랫동안 앉아 있었다. 농장들이 폐쇄되고 원주민들, 그리고 훌리오 C. 아라나의 회사 직원, 경비원, 살인자들이 도망치면서 푸투마요의 광대한 모든 지역이 어떤 상태가 되어버렸을지 상상하려 애써보았다. 눈을 감은 채 공상에 빠졌다. 비옥한 자연이 모든 황야와 공터를 관목, 덩굴식물, 덤불, 잡초로 덮어갈 것이고, 숲이 재탄생하면서 동물들이 그곳으로 돌아와 은신처를 만들 것이다. 그곳은 새들의 노래, 앵무새, 원숭이, 뱀, 카피바라, 봉관조, 재규어들의 휘파람, 으르렁거리는 소리, 날카로운 소리로 가득 찰 것이다. 인간의 탐욕과 잔인함이 수많은 고통, 사지절단, 죽음을 유발했던 그 캠프의 흔적은 불과 몇 년 만에 비와 진흙사태와 더불어 남지 않게 될 것이다. 건물들의 목재는 비로 썩어갈 것이고, 흰개미가 나무를 먹어치워 집은 무너져내릴 것이다. 모든 종류의 벌레가 잔해에 굴과 은신처를 만들 것이다. 그리 멀지 않은 장래에 인간의 모든 흔적이 밀림에 의해 지워질 것이다.

아일랜드

Irlanda

XIII

로저는 두려움을 느끼고 놀라면서 잠에서 깨어났다. 밤이면 혼란스러운 상태에 처했는데, 오늘밤에는 친구―이제는 옛친구― 허버트 워드에 대한 기억이 잠을 자는 동안 그를 놀라게 하고 긴장되게 했기 때문이다. 하지만 그 기억은 두 사람이 헨리 모턴 스탠리의 탐험대에서 일하면서 처음 만났던 그곳 아프리카에서 겪은 것도 아니고, 나중에 로저가 허버트와 사리타를 여러 번 찾아갔던 파리에서 겪은 것도 아니고, 엄밀하게 말하자면 더블린 거리에서 부활절에 일어난 소란, 바리케이드, 총질, 대포질, 그리고 엄청난 집단 희생의 와중에 겪은 것에 관한 거였다. 에이레의 독립을 위해 투쟁하는 아일랜드 반란군, 의용군, 아일랜드 시민군 사이에 있는 허버트 워드! 잠에 빠진 인간의 정신이 어떻게 그런 터무니없는 상상을 할 수 있었을까?

그는 불과 며칠 전 영국 내각회의가 소집되었지만 자신의 사면 요청에 관해서는 아무런 결론도 내리지 않았다는 사실을 기억했다. 그의 변호사인 조지 가번 더피가 그 사실을 알려주었다. 무슨 일이 있었던 것일까? 왜 또다시 연기된 것일까? 가번 더피는 거기서 좋은 징후를 감지하고 있었다. 장관들 사이에 의견이 일치되지 않아 반드시 필요한 만장일치를 이루지 못했던 것이다. 그렇다면 희망이 있었다. 하지만 기다린다는 것은 매일, 매시간, 매 분마다 여러 번 계속해서 죽는 것이었다.

허버트 워드를 생각하자 슬픔이 밀려왔다. 이제 두 사람은 결코 더이상 친구가 아닐 것이다. 아주 젊고 잘생기고 건강한 허버트의 아들 찰스가 1916년 1월에 뇌브 샤펠 전선에서 죽음으로써 두 사람 사이에 이제는 결코 닫힐 수 없는 깊은 틈이 벌어져버렸다. 허버트는 그가 아프리카에서 사귄 단 하나뿐인 진실한 친구였다. 허버트를 처음 본 순간부터 로저는 자신보다 약간 나이가 많고 뛰어난 인품을 지녔으며 세상의 반—뉴질랜드, 오스트레일리아, 샌프란시스코, 보르네오—을 돌아다니고 스탠리를 포함해 그들 주변의 모든 유럽 사람들보다 훨씬 높은 수준의 교양을 지닌 이 인물에게서, 그와 더불어 함께 많은 것을 배우고 호기심과 열망을 공유했던 어떤 사람의 모습을 발견했다. 레오폴드 2세에 봉사하는 그 탐험을 위해 스탠리가 모집한 다른 유럽인들은 아프리카에서 돈과 권력을 얻기만 바랐는데, 허버트는 그들과 달리 모험을 위한 모험을 사랑했었다. 행동하는 인간이면서 예술에 대한 열정을 지니고 있었고, 존경스러운 호기심을 품고 아프리카인들에게 다가갔다. 그는 아프리카인들의 문화, 관습, 종교적인 물품, 복식과 장신구를 탐구했는데, 미학적이고 예술적인 관점에서 이런 것에 흥미를 가졌으나 지적이고 영성적인 측면에서도 그랬다. 당시 시간이 날 때면 아프리카적인 모티프의 그림을 그리고 자잘한 물건을 조각했다. 그들이 텐트를 치고 식사를 준비하고 하루의 행군과 작업을 끝낸 뒤 쉴 준비를 하는 동안 이뤄진 기나긴 대화에서 허버트는 조각가가 되어 '예술의 세계적인 수도'인 파리에서 예술가로 살아가기 위해 언젠가 이 모든 일을 그만두겠노라고 로저에게 의중을 털어놓았다. 아프리카에 대한 그런 사랑은 결코 그를 떠나지 않았다. 오히려 먼 거리와 시간이 그 사랑을 키워주었다. 로저는 런던 체스터 스퀘어 53번지 워드 부부의 집, 아프리카 물건으로 가득찬 집을 기억했다. 특히 벽이 온갖 형태와 크기의 일반 창, 던지는 창, 화살, 방패, 가면, 노, 칼로 뒤덮인, 파리의 스튜디오를 기억했다. 바닥에 놓인 맹수들의 박제된 머리, 가죽 소파를 덧씌운 동물 가죽 사이에서 그들은 아프리카 여행을 회고하면서 밤을 새우기 일

쑤였다. 워드 부부의 딸 프랜시스는 부모가 붙여준 별명이 '크리켓'(귀뚜라미)이었는데, 아직 어린 소녀였던 프랜시스는 가끔 아프리카 튜닉을 입고 목걸이를 걸고 장신구를 착용한 모습으로 부모가 해주는 손뼉치기와 단조로운 노래 반주에 따라 바콩고 춤을 추었다.

허버트는 로저가 스탠리, 레오폴드 2세, 자기를 아프리카로 데려왔던 생각, 즉 제국과 식민화는 아프리카인에게 근대화와 발전을 이루는 길을 열어줄 것이라는 생각에 대한 실망감을 털어놓았던 몇 안 되는 사람들 가운데 하나였다. 허버트는 유럽인이 아프리카에 출현한 진짜 이유가 아프리카인이 우상 숭배와 야만성으로부터 벗어나도록 도와주기 위해서가 아니라, 원주민을 학대하고 잔인한 짓을 하는 데서 한계를 모르는 탐욕을 가지고 아프리카를 수탈하기 위해서였다는 사실을 확인하면서 로저와 마음이 완벽하게 일치했다.

하지만 허버트 워드는 로저가 차츰차츰 민족주의적 이데올로기를 갖게 되는 것을 전혀 심각하게 받아들이지 않았다. 그는 늘 허식적인 애국심—깃발, 애국가, 제복—에 대해 로저에게 경고하면서 특유의 다정한 방식으로 놀려댔는데, 그런 애국심은 조만간 지방제일주의, 비굴한 정신, 보편적인 가치들의 왜곡으로 후퇴하는 것을 의미한다고 말했다. 그럼에도 스스로 그렇게 불리길 좋아했듯이, 그 세계시민인 허버트 또한 세계대전이라는 엄청난 폭력 앞에서 수백만 명의 유럽인처럼 애국심으로 도피하는 반응을 보였다. 로저와의 우정을 깨뜨린 그 편지에는 예전에 그가 조롱하던 애국적인 감정, 예전에 그가 원시적이고 하찮다고 생각했던 국기와 조국의 땅에 대한 사랑으로 가득차 있었다. 파리에 사는 영국인 허버트 워드가 아서 그리피스의 신 페인당, 제임스 콘놀리의 아일랜드 시민군, 패트릭 피어스의 의용군과 얽혀서 아일랜드 독립을 위해 더블린 거리에서 싸우는 모습을 상상하는 것은 터무니없는 일이었다. 그럼에도 감방의 비좁은 간이침대에 드러누운 채 새벽이 되기를 기다리는 동안 로저는 혼잣말을 했다. 꿈속에서 자신의 마음이 자신이 원하고 그리워하던 두 가지, 즉 자기 친구와 조국을 화해시키려고 애썼기에 그 불합리의 기저에는 뭔가 합리적인 것이 있었다고 말이다.

아침 일찍 셰리프가 와서 면회가 있다고 알렸다. 면회실에 들어선 로저는 비좁은 그곳에 하나뿐인 작은 벤치에 앉아 있는 앨리스 스톱포드 그린을 보았을 때 심장이 뛰는 것을 느꼈다. 역사가가 로저를 보더니 자리에서 일어나 미소를 지으면서 다가와 그를 껴안았다.

"앨리스, 친애하는 앨리스." 로저가 그녀에게 말했다. "당신을 다시 보게 되어 정말 좋네요! 우리가 다시는 볼 수 없을 거라 생각했어요. 적어도 이 세상에서는요."

"이 두번째 면회 허가를 받는 게 쉽지 않았어요." 앨리스가 말했다. "하지만 당신이 보다시피 내 고집이 결국 그들을 설득시켰죠. 내가 얼마나 많은 문을 두드렸는지 당신은 모를 거예요."

늘 신경써서 우아하게 옷을 입는 게 습관인 그의 옛 여자 친구는 지금, 지난번 면회 때와 달리 쭈글쭈글한 옷을 입고 손수건으로 머리를 대충 묶어 잿빛 머리털 몇 가닥이 수건 밖으로 삐져나와 있었다. 흙이 묻은 구두를 신고 있었다. 차림새만 초라해진 것이 아니었다. 표정에서는 피로와 낙심이 드러났다. 도대체 요새 무슨 일이 있었기에 그런 변화가 생긴 것일까? 스코틀랜드 야드가 다시 그녀를 괴롭혔던 것일까? 그녀는 그 옛 에피소드는 중요하지 않다는 듯이 어깨를 움츠리며 부인했다. 앨리스는 사면 청원 건에 관한 얘기도, 그 건이 다음 내각회의까지 연기되었다는 얘기도 하지 않았다. 로저는 그에 관해 알려진 게 아직까지는 전혀 없는 것이리라 생각하고서 역시 언급하지 않았다. 그 대신 부활절에 더블린에서 전초전과 전투가 벌어지는 가운데 아일랜드 반란군에 뒤섞인 허버트 워드를 보았던 그 터무니없는 꿈 이야기를 했다.

"일이 어떻게 벌어지는지에 대한 더 많은 소식이 조금씩 새어나오고 있어요." 앨리스가 말했고 로저는 친구의 목소리가 서글퍼지고 동시에 노기를 띤다는 사실을 알아차렸다. 그리고 그들이 아일랜드 반란에 관해 하는 말을 듣는 순간 그들에게 등을 돌린 상태로 함께 있는 셰리프와 교도관이 뻣뻣하게 굳고 분명 귀를 쫑긋 기울였다는 사실 또한 감지했다. 로저는 셰리프가 그런 주제를 얘기하는 게 금지되어 있다고 자신들에게 주의를 줄까 두려웠지만 셰리프는 그렇게 하지 않았다.

"뭐 더 알아낸 게 있어요, 앨리스?" 로저가 소곤거리는 것처럼 목소리를 낮추면서 물었다.

그는 역사가가 동의할 때 얼굴이 살짝 창백해지는 것을 보았다. 그녀는 대답을 하기 전에 긴 침묵을 유지했다. 자신이 친구에게는 고통스러울 주제를 꺼냄으로써 친구의 마음을 교란시켜야겠는지 자문한다는 듯이, 또는 오히려 마치 그 문제에 관해 할 얘기가 아주 여러 가지인데 어디서부터 시작해야 할지 모른다는 듯이. 마침내 그녀는 대답을 하기로 작정했는데, 자신이 비록 봉기가 발발한 주에 더블린과 아일랜드의 다른 도시들에서 발생한 사건에 관한 다양한 얘기—어떤 사건이 온 국민을 선동할 때 늘 그렇듯이 모순적인 사안들, 공상, 신화, 실재, 과장이 뒤섞인 사실들, 꾸며낸 것들—를 들었고 계속해서 듣고 있다고 할지라도, 자기 조카이자 최근 런던에 도착한 카푸친 수도회 수사인 오스틴의 증언을 특히 더 신뢰한다고 말했다. 오스틴은 더블린에서 자잘한 전투가 한창일 때 간호사와 영적 조력자로 그곳에 있었기에 직접적인 정보원이었는데, 당시 그는 중앙우체국, 즉 패트릭 피어스와 제임스 콘놀리가 반란을 지휘하던 사령부로부터 콘스탄스 마르키에비츠 백작부인이 해적들이 사용하던 긴 권총을 들고 의용군 제복을 단단히 갖춰 입은 채 전투를 지휘하는 세인트 스테판 그린 공원의 참호까지, '제이콥스 비스킷 팩토리'에 세워진 바리케이드까지, 그리고 영국 군대가 포위하기 전 에이먼 데 벌레라가 지휘하는 반란군이 점유한 '볼랜즈 밀'(볼랜드의 제분소)의 각 공간까지 갔었다. 앨리스에게 오스틴 수사의 증언은 아마도 미래의 역사가들만이 온전하게 밝혀낼 수 있을, 도달할 수 없는 그 진실에 가장 가까운 것처럼 보였다.

로저가 감히 깨뜨릴 수 없는 긴 침묵이 흘렀다. 앨리스를 본 지 단 며칠밖에 되지 않았으나 십 년은 늙어 보였다. 이마와 목에 주름이 있고 손은 주근깨투성이였다. 아주 맑았던 눈은 이제 반짝이지 않았다. 로저는 앨리스가 몹시 슬픈 상태라는 사실을 알아챘지만 자기 앞에서는 울지 않을 것이라 확신했다. 사면 청원이 거부되었다는 사실을 차마 말할 용기가 없었던 것일까?

"내 조카가 가장 많이 기억하는 것이 뭔지 알아요, 로저." 그녀가 덧붙였다. "총소리, 대포소리, 부상자, 피, 화재로 인한 불길, 숨을 쉴 수 없게 만드는 연기가 아니라 그건 바로 혼란 상태예요. 한 주 내내 혁명군의 진지를 지배하던 끝없이 엄청난 혼란 상태라고요."

"혼란 상태라고요?" 로저가 아주 작은 목소리로 되뇌었다. 그는 눈을 감으면서 그 혼란 상태를 보고 듣고 느끼려고 애썼다.

"끝없이 엄청난 혼란 상태." 앨리스가 목소리에 힘을 주어 반복했다. "그들은 스스로 목숨을 바칠 준비가 되어 있었고, 동시에 행복한 순간을 살았어요. 믿을 수 없는 순간이었죠. 자랑스러운 순간. 자유의 순간. 비록 지휘관이든 전투원이든 그들 가운데 그 누구도 자신들이 하고 있던 것이나 하고 싶어하는 것이 무엇인지 결코 정확하게는 몰랐다 할지라도 말이에요. 오스틴이 그렇게 말하더군요."

"최소한 자신들이 기다리던 무기가 왜 도착하지 않았는지는 알았을까요?" 앨리스가 다시 한번 더 긴 침묵에 빠져 있었다는 사실을 알고 로저가 중얼거렸다.

"그들은 그 어떤 것도 전혀 알지 못했어요. 서로 대단히 환상적인 것들을 얘기했죠. 그 누구도 그런 얘기를 반박하지 못했는데, 진짜 상황이 어떠했는지 아무도 알지 못했기 때문이에요. 특이한 소문들이 나돌았는데 다들 자신이 처한 절망적인 상황에 출구가 하나 있다고 믿을 필요가 있었기에 그 소문을 믿었어요. 가령 독일 군대가 더블린으로 다가오고 있다는 식이었죠. 보병

중대와 대대들이 섬의 각기 다른 지점에 상륙해 수도를 향해 진격하고 있다는 것이었어요. 섬 내륙의 코크, 골웨이, 웩스포드, 미스, 트랄리, 얼스터를 포함해 모든 지역에서 의용군과 시민군 수천 명이 봉기하고, 병영과 경찰서를 점령하고, 포위당한 혁명군을 위한 증원부대를 대동한 채 사방에서 더블린으로 진격하고 있다는 것이었죠. 그들은 갈증과 굶주림 때문에 반쯤 죽은 상태로 이제는 총탄도 거의 없이 싸웠고, 비현실적인 것에 자신들의 모든 희망을 걸어두고 있었거든요."

"나는 그런 일이 일어날 거라 알고 있었어요." 로저가 말했다. "내가 제때에 오지 못해 그런 광기를 멈추게 하지 못했어요. 이제 아일랜드의 자유는 다시 그 어느 때보다 더 멀어졌어요."

"이오인 맥닐이 그 사실을 알았을 때 그들을 저지하려고 애썼어요." 앨리스가 말했다. "아일랜드 공화국 형제단의 군사 지휘부는 그가 반란 계획에 관해 알지 못하게 조치했는데, 그가 독일의 지원이 병행되지 않은 무장투쟁에는 반대했기 때문이죠. 의용군, 아일랜드 공화국 형제단, 그리고 아일랜드 시민군 지휘부가 성지주일의 군사작전을 위해 사람들을 소집했다는 사실을 알게 된 그는 그 군사적인 행군을 금지하고, 의용군 중대들이 만약 자신이 서명한 다른 지침을 받지 않으면 거리로 나서지 말라는 반대 명령을 내렸어요. 이게 아주 큰 혼란을 만들어버렸죠. 의용군 수백 수천 명이 집에 머물러버린 거예요. 많은 의용군이 피어스, 콘놀리, 클라크와 접촉하려고 시도했지만 그렇게 되지 않았어요. 나중에 맥닐의 반대 명령에 따랐던 사람들은 그 명령에 따르지 않았던 사람들이 목숨을 잃는 동안 팔짱을 낀 상태로 있어야 했죠. 그래서 지금 신 페인 당과 의용군의 많은 사람이 맥닐을 미워하고 그를 배신자라고 생각하고 있어요."

다시 그녀가 입을 다물었고 로저는 정신을 딴 데로 돌렸다. 이오인 맥닐이 배신자라니! 그런 빌어먹을 생각이! 로저는 게일연맹의 창시자, 〈게일릭 저널〉의 편집자, 아일랜드 의용군을 창설한 사람들 가운데 한 명이자 아일랜드의 언어와 문화의 생존을 위해 투쟁하는 데 삶을 바친 그가 실패할 수밖에 없었던 낭만적인 봉기를 막으려 했다는 이유로 자신의 형제자매를 배신한 자라고 비난받는 모습을 상상해보았다. 그는 사람들에 의해 갇힌 교도소에서 박해의 대상, 아마도 아일랜드의 애국자들이 열의가 없는 사람과 겁쟁이를 벌할 때 사용하던 그 쌀쌀맞은 모욕의 대상이었을 것이다. 온화하고 교양 있으며 조국의 언어, 관습, 전통에 대한 사랑이 가득한 그 대학교수가 얼마나 기분이 상했을까? 그는 이렇게 자문하면서 스스로를 고문했을 것이다. '내가 반대 명령을 내린 게 잘못인가? 내가 단지 사람들의 목숨을 구하려고 오히려 혼란과 혁명가들 사이의 분열을 야기해 반란의 실패에 기여했다는 것인가?' 로저는 자신을 이오인 맥닐과 동일시했다. 두 사람은 역사와 상황으로 인해 자신들이 위치하게 된 그 모순적인 입장에서 서로 닮았다. 로저가 트랄리에서 체포되지 않고 피어스, 클라크, 그리고 군사 지휘부의 다른 지도자들과 대화하게 되었다면 무슨 일이 일어났을까? 그들을 설득시켰을까? 아마도 그렇지 않았을 것이다. 그리고 이제 아마도 그들은 로저를 이오인 맥닐과 마찬가지로 배신자라고 말할 것이다.

"나는 해서는 안 될 일을 하고 있어요, 친애하는 친구." 앨리스가 애써 미소를 지으며 말했다. "당신에게 나쁜 소식만, 비관적인 전망만 주고 있다고요."

"일이 이미 발생해버렸는데 별다른 게 있을 수 있겠어요?"

"그래, 있어요." 역사가가 얼굴에 홍조를 띠며 패기 있는 목소리로 단언했다. "이런 상황에서는 나 역시 이 봉기에 반대했어요. 그런데 그럼에도 불구하고……"

"그럼에도 불구하고라니, 뭘 말인가요, 앨리스?"

"몇 시간 동안, 며칠 동안, 일주일 내내, 아일랜드는 자유로운 나라였어요, 친애하는 친구." 앨리스가 이렇게 말했는데 로저에게는 그녀가 감동에 젖어 몸을 파르르 떠는 것처럼 보였다. "대통령과 임시정부를 둔 독립적이고 자주적인 공화국 말이죠. 패트릭 피어스가 중앙우체국을 나와 건물 앞 공터의 계단에서 일곱 명이 서명한 독립선언문과 아일랜드 공화국 제헌정부 수립에 관한 글을 낭독할 때도 오스틴은 여전히 그곳에 도착하지 않았어요. 그곳에는 사람이 많지 않았던 것 같아요. 그곳에서 패트릭 피어스의 낭독을 들었던 사람들은 뭔가 아주 특별한 것을 느꼈음에 틀림없는데, 안 그랬겠어요, 친애하는 친구? 그런데 나는 이미 당신에게 말했다시피 봉기를 반대하는 입장이었어요. 하지만 나중에 다음 문장을 읽었을 때 나는 결코 울어본 적이 없다는 듯이 소리 높여 울기 시작했지요. '신의 이름, 그리고 아일랜드에게 민족의 옛 전통을 물려주고 돌아가신 선조들의 이름을 빌려, 아일랜드가 우리의 입을 통해 지금 자신의 깃발 아래 자손들을 소집하고, 자신의 자유를 천명합니다……' 이미 당신도 보았다시피 내가 그 글을 다 외워버렸다니까요, 그래. 그래서 내가 그곳에 그들과 함께 있지 않았다는 걸 진정으로 애석해했던 거예요. 그 심정 알겠죠, 안 그래요?"

로저는 눈을 감았다. 파르르 떨리는 선명한 장면을 보고 있다. 중앙우체국 사무실의 계단 가장 높은 곳에서, 비를 쏟아내겠다고 위협하는 먹구름으로 뒤덮인 하늘 아래서, 엽총, 권총, 칼, 창, 몽둥이로 무장한 백 명, 이백 명의 사람, 대부분은 남자이지만 두건을 두른 상당수의 여자 앞에서, 날씬하고 단아하고 병약해 보이는 서른여섯 살 패트릭 피어스의 몸, 특히 열여섯 살에

게일연맹에 들어갔을 때부터—그는 곧 게일연맹의 확실한 지도자가 된다—그에게 항상 재난, 병, 억압, 내부적인 투쟁을 극복하게 해주고, 그가 평생 꾸었던 신비주의적인 꿈—압제자에 대항한 아일랜드인의 무장봉기, 한 민족 전체를 구원하게 될 성인들의 순교—을 구체화하도록 해주었던 니체적인 '권력 의지'로 가득찬 강인한 시선을 지닌 몸이 서 있었는데, 그 몸이 신중하게 선택된 단어들, 수세기의 점령과 예속을 끝내고 아일랜드의 역사에 새로운 시기를 수립했던 단어들을 당시의 순간적인 감정 때문에 커져버린 그 메시아적인 목소리로 읽고 있었다. 로저는 아직 총격이 시작되지 않아 여전히 온전한 더블린 시내의 그 길모퉁이에 피어스가 만들어놓은 종교적이고 성스러운 고요를 들었고, 그 소박하고 엄숙한 행사를 지켜보기 위해 중앙우체국 건물과 반란군에게 점령된 색빌 스트리트 이웃 건물들의 유리창에 모습을 드러낸 의용군의 얼굴을 보았다. 로저는 독립선언문에 서명한 일곱 사람의 이름이 다 거명되자 패트릭 피어스의 낭독에 대한 보답인 듯 거리, 창문, 지붕의 사람들에게서 터져나오던 함성과 환호, 만세와 박수 소리를 들었고, 피어스 자신과 다른 지도자들이 더이상 허비할 시간이 없다고 설명하면서 선언식을 마쳤을 때의 그 강렬하고 짧았던 순간을 느꼈다. 그들은 자신들의 자리로 돌아가 의무를 이행하고 전투 준비를 해야 했다. 로저는 자신의 눈이 촉촉해졌다고 느꼈다. 그 역시 몸을 파르르 떨기 시작했다. 울지 않기 위해 서둘러 말했다.

"당연히 감동적이었겠군요."

"그건 하나의 상징이었는데, 역사는 상징들로 이뤄져 있죠." 앨리스 스톱포드 그린이 동의했다. "그들이 피어스, 콘놀리, 클라크, 플런켓, 그리고 그 밖에 독립선언문에 서명한 사람들을 총살했다는 것은 중요하지 않아요. 그 반대예요. 이 총살은 그 상징에 피로 이름을 붙여주면서 영웅적인 행위와 순교의 영광을 선사했어요."

"정확히 피어스와 플런켓이 원하던 바였지요." 로저가 말했다. "당신 말이 맞아요, 앨리스. 나 역시 그들과 더불어 거기에 있었다면 좋았을 거예요."

반란자들의 여성 단체인 쿠만 나 음반의 수많은 여자들이 반란에 참여했다는 사실이 중앙우체국 건물 밖 계단에서 이뤄진 그 행사만큼 앨리스를 감동시켰다. 카푸친 수도회의 수사가 직접 그 광경을 목격했다. 모든 반란군 진지에서 여자들은 지도자의 명에 따라 전투원들의 식사를 책임졌으나 나중에는 작은 전투들이 벌어지면서 교전의 무게가 쿠만 나 음반의 그 여성 투사들이 지닌 책임감의 범위를 넓혀갔는데, 총격과 포격과 화재가 그녀들을 임시 취사실에서 꺼내 간호사로 변모시켰다. 그녀들은 부상자들을 붕대로 감아주고, 외과의사들이 총알을 꺼내고 상처를 봉합하고 괴저 위험이 있는 사지를 절단하는 일을 도와주었다. 하지만 아마도 그 여자들—사춘기 소녀, 성인 여자, 노령 언저리의 여자—의 가장 중요한 역할은 전령이었는데, 반란군의 바리케이드와 초소들의 고립이 심화됨에 따라 요리사와 간호사들에게 도움을 청해 그녀들을 자전거에 태워 보내는 일이 필수적이었으며, 자전거가 귀한 경우에는 자신들의 발걸음 속도에 의존해 전갈 그리고 구두 또는 서면 보고서(전령이 부상당하거나 체포되었을 경우에는 이것들을 파괴하거나 불태우거나 삼켜야 한다는 지침과 더불어)를 가져가거나 가져왔다. 반란이 일어난 엿새 동안 포격과 총격이 한창이고, 폭발이 지붕과 벽을 무너뜨리고, 더블린 시내를 화재와 불에 그슬리고 유혈이 낭자한 건물 잔해 더미로 이뤄진 군도群島로 만들어버리는 가운데, 치마를 입은 차분하고 영웅적이고 대담무쌍한 그 천사들이 영국군이 진압하기 전 반란군을 고립시키고자 구사한 전술을 와해시키기 위한 전언과 보고서를 소지한 채, 말을 타고 달리는 아마조네스 여전사처럼 자전거 핸들을 움켜쥐고 맹렬하게 페달을 밟으면서 총알에 맞서 왔다갔다하는 모습을 오스틴 수사는 한 순간도 놓치지 않고 지켜보았다고 앨리스에게 확언했다.

"군대 병력이 거리를 점령해 통행이 불가능해짐으로써 여전사들이 이제 전령 역할을 할 수 없게 되자 그 가운데 많은 수가 남편, 아버지, 오빠의 소총과 권총을 집어들고 함께 싸웠어요." 앨리스가 말했다. "우리 여자들이 모두 유약한 성별에 속한 건 아니라는 사실을 콘스탄스 마르키에비츠 혼자만 보여주지는 않았어요. 많은 여자가 그녀처럼 싸웠고, 손에 무기를 든 채 죽거나 부상을 당했지요."

"몇 명이나 되는지 알려져 있나요?"

앨리스가 고개를 가로저었다.

"공식적인 통계가 없어요. 사람들이 말하는 숫자는 순전히 상상에서 나온 거예요. 그러나 한 가지는 아주 확실해요. 그녀들이 싸웠다는 거죠. 그녀들을 체포해서 리치몬드 병영과 킬마인함 교도소로 데려갔던 영국군들은 그 사실을 알고 있어요. 그들은 그 여자들 또한 임시 군법회의에 회부해 총살하기를 원했죠. 아주 훌륭한 정보원으로부터 그 사실을 알아냈는데, 그 정보원은 바로 어느 장관이에요. 영국 내각은 만약 자신들이 그 여자들을 총살하기 시작하면 이번에는 아일랜드 전체가 무기를 들고 봉기할 것이라 생각하고 두려워했는데 이는 타당한 얘기예요. 애스퀴스 총리가 직접 더블린에 있는 군사령관 존 맥스웰 경에게 전보를 보내 단 한 명의 여자도 총살하지 말라고 단호하게 지시했어요. 그래서 콘스탄스 마르키에비츠 백작부인이 목숨을 건졌던 거예요. 임시 군법회의에서 사형을 선고받았지만 정부의 압력 때문에 무기징역으로 감형되었던 거죠."

그럼에도 전투가 벌어지던 그 주 더블린 시민들 사이에 전적으로 열정, 연대, 영웅적인 행위만 있지는 않았다. 그 카푸친 수도회 수사는 색빌 스트리트와 시내 다른 거리의 가게와 백화점들이 부랑자, 무뢰배, 또는 그저 주변 빈민가에서 온 빈자들에게 약탈당하는 것을 보았는데, 이는 반란의 범죄적인 일탈행위를 예견하지 못했던 아일랜드 공화국 형제단, 의용군, 시민군의 지도자들을 어려운 상황에 처하게 만들었다. 일부의 경우 반란군은 이런 자들이 호텔을 약탈하는 것을 막으려고 애썼고 심지어는 그레섬 호텔을 엉망으로 만들어버린 약탈자들을 쫓아내기 위해 허공에 총을 발사하기까지 했으나, 다른 경우들에서는 반란군이 자신들의 이익을 위해 싸우고 있다고 생각했던 그 가난하고 굶주린 사람들이 도시의 고급 백화점을 약탈하는 것을 가만히 놔두라고 분노를 표출하며 대들자 당황한 반란군은 그들이 그렇게 하도록 내버려두었다.

더블린 거리에서 도둑들만이 반란군에 대항했던 것은 아니다. 무장봉기를 한 이들이 봉기 기간 중에 공격하거나 부상을 입히거나 죽였던 경찰과 군인들의 수많은 어머니, 부인, 누이, 딸도 있었는데, 간혹 대담무쌍한 이들 다수의 여자가 고통, 절망, 분노로 흥분한 상태에서 집단을 이루기도 했다. 일부의 경우 그런 여자들이 반란군의 진지에 뛰어들어 무례한 짓을 하고 돌을 던지고 전투원들에게 침을 뱉거나 욕하고 그들을 살인자라고 불렀다. 자신들이 정의, 선, 진실을 가지고 있다고 믿었던 이들에게 그것은 가장 견디기 어려운 시련이었다. 그 시련은 그들에게 대항하는 사람들이 대영제국의 사냥개들, 점령군의 군인들이 아니라, 고통으로 눈이 멀어버려 반란군을 조국의 해방자로 보지 않고 자신들이 사랑하는 사람들, 반란군과 똑같은 아일랜드 사람들, 즉 죄라고는 자신들이 가난하다는 것과 먹고살기 위해 군인이나 경찰이 되었다는 것밖에 없는 사람들을 죽인 살인자들로 보는 초라한 아일랜드 여자들이라는 사실을 발견하는 것이었다.

"그 어떤 것도 하야면서 검지는 않아요, 친애하는 친구." 앨리스가 의견을 말했다. "아주 정당한 대의의 경우도 예외가 아니죠. 여기서도 모든 것을 흐릿하게 만들어버리는 그 탁한 잿빛이 나타나죠."

로저가 수긍했다. 그 친구가 방금 전 했던 말은 그 자신에게도 적용되었다. 어떤 사람이 제아무리 신중하고 또 자신의 행위를 가장 명석하게 계획했다 할지라도, 모든 것 가운데 가장 복잡한 계산인 삶은 계획을 폭파시켜버리고 그 계획을 불확실하고 모순적인 상황으로 대체해버렸다. 로저가 바로 이런 모호성의 살아 있는 실례가 아니었던가? 그를 심문했던 레지널드 홀과 바실 톰 슨은 그가 봉기의 선두에 서기 위해 독일에서 왔다고 믿었는데, 정작 봉기의 지도자들은 그가 독일군에 의지하지 않는 봉기에는 반대한다는 사실을 알고 있었기에 마지막 순간까지 그에게는 봉 기에 관해 숨겼다. 이보다 더 모순적인 일이 있을까?

이제 민족주의자들 사이에 사기 저하가 퍼졌을까? 그들의 가 장 훌륭한 간부들은 죽거나 처형당하거나 교도소에 있었다. 독 립운동을 재건하는 데는 몇 년이 걸릴 것이다. 로저와 같은 수많 은 아일랜드인이 믿었던 독일인들은 등을 돌려버렸다. 아일랜드 에 투여되었던 헌신과 노력의 몇 년이 대책 없이 사라져버렸다. 그리고 그는 여기, 영국의 어느 교도소에서 아마도 거부될 사면 청원의 결과를 기다리고 있었다. 그 시인들, 신비주의자들과 더 불어 총을 쏘고 총을 맞으면서 거기서 죽는 게 더 낫지 않았을 까? 그의 죽음은 잡범들처럼 교수대에서 어정쩡하게 죽는 것보 다는 더 명확한 의미를 가졌을 것이다. '시인들과 신비주의자 들'. 그들은 그런 사람들이었고, 반란의 중심지로 어느 병영, 식 민지 권력의 요새인 더블린 캐슬이 아니라 중앙우체국이라는 최 근에 수선한 민간 건물을 선택한 것도 그들다운 행동이었다. 정 치가나 군인이 아니라 문명화된 시민들 가운데 선별된 사람들이 었다. 그들은 영국군들을 쳐부수기 전에 민중의 마음을 빼앗고 싶어했다. 조지프 플런켓이 그와 베를린에서 나눈 토론에서 아주 분명하게 얘기하지 않았던가? 아일랜드의 자유를 쟁취할 목적으로 존 레드먼드처럼, 평화로운 길과 대영제국의 선의를 믿으며 꾸벅꾸벅 졸고 있던 대중을 흔들어 깨우기 위해 순교를 열망하던 시인들과 신비주의자들의 반란. 그들은 과연 천진난만한 자들이었을까, 아니면 선견지명이 있는 자들이었을까?

그가 한숨을 내쉬었고 앨리스가 그의 팔을 다정하게 토닥거렸다.

"이런 걸 얘기하는 게 서글프면서도 흥분되기도 해요, 안 그래요, 친애하는 로저?"

"그래요, 앨리스. 서글프고도 흥분돼요. 그들이 했던 짓 때문에 가끔 엄청나게 화가 나요. 가끔은 진정으로 그들이 부럽기도 하고, 그들에게 한없이 감탄하기도 해요."

"실제로 나는 이런 생각밖에 하지 않아요. 그리고 당신이 내게 필요하다는 생각도요, 로저." 앨리스가 그의 팔을 잡으며 말했다. "당신의 사상, 당신의 명석함이 짙은 어둠 속에서 빛을 볼 수 있도록 나를 많이 도와줄 거예요. 한 가지 알아요? 지금은 아니지만 중기적으로는 과거에 일어났던 모든 것에서 뭔가 좋은 게 생길 거예요. 이미 그럴 조짐이 보여요."

로저는 역사가가 하고자 하는 말의 의미를 온전히 이해하지 못했지만 고개를 끄덕였다.

"지금으로서는 존 레드먼드를 따르는 사람들이 아일랜드 전역에서 날이 갈수록 기세가 꺾이고 있어요." 역사가가 덧붙였다. "소수파였던 우리가 아일랜드 국민 다수를 같은 편으로 만들어버렸거든요. 당신에게는 거짓말처럼 들리겠지만 맹세컨대 그렇게 되었다고요. 총살형, 군법회의, 국외추방이 지금 우리에게 큰 기여를 하고 있어요."

로저는 늘 등을 돌린 상태로 서 있던 셰리프가 마치 자신들에게 입을 다물라고 명령하기 위해 몸을 돌리려는 것처럼 움직이고 있다는 사실을 감지했다. 하지만 이번에도 그는 그렇게 하지 않았다. 이제 앨리스는 낙관론자가 된 것처럼 보였다. 그녀의 말에 따르면 아마도 피어스와 플런켓이 그렇게 그릇된 판단을 내린 건 아닌 듯하다. 아일랜드에서는 순교자, 총살형을 당한 자, 장기수에게 호의적이면서 경찰과 영국군에게 적대적인 사람들의 자발적인 시위가 거리, 교회, 지역의 각 단체, 길드에서 매일 증가해갔기 때문이다. 경찰과 영국군에 대한 행인들의 모욕과 조롱이 어찌나 심했던지 군사정부는 경찰과 군인들이 늘 집단으로 순찰을 돌고, 근무하지 않을 때는 민간인 복장을 입으라는 지침을 내렸다. 사람들의 적대감이 법과 질서를 유지하는 이들의 사기를 저하시켰기 때문이다.

앨리스에 따르면 가장 두드러진 변화는 가톨릭교회에서 일어났다. 가톨릭교회의 고위 성직자들과 대부분의 일반 성직자들은 평화주의적이고 점진주의적인 견해에 늘 더 친화적인 태도를 보이고, 신 페인 당, 게일연맹, 아일랜드 공화국 형제단, 의용군의 분리주의적 급진주의보다는 아일랜드를 위한 홈 룰, 존 레드먼드와 아일랜드 의회당에 소속된 그의 추종자들에게 호의적인 입장을 드러냈다. 하지만 봉기 이후로 입장이 바뀌었다. 그렇게 된 데는 아마도 전투가 발발하던 주 동안 반란군이 보여준 아주 종교적인 품행이 영향을 미쳤을 것이다. 오스틴 수사를 포함해 반란의 중심지로 변한 바리케이드, 건물, 각 공간에 있던 사제들의 증언이 결정적이었다. 그들 공간에서 미사, 고백성사, 성체성사가 이뤄지고, 수많은 전투원이 사격을 개시하기 전에 사제들에게 축성을 요청했다. 모든 진지에서 반란군은 알코올을 단 한 방울도 섭취하지 말라는 지도자들의 단호한 금지 명령을 존중했다. 평온한 시기에는 무릎을 꿇은 채 큰 목소리로 로사리오 기도를 했다. 제임스 콘놀리를 포함해 자신이 사회주의자임을 밝히고 무신론자로서 유명한 사형수들 가운데 총살형 집행대 앞에 서기 전 사제들에게 도움을 요청하지 않은 이는 단 한 명도 없었다. 전투중 입은 총상에서 여전히 피가 흐르는 상태로 휠체어에 앉은 콘놀리는 킬마인함 교도소의 지도사제가 건네준 십자고상에 입을 맞춘 뒤 총살당했다. 5월부터 아일랜드 전국에는 감사 미사와 부활절 순교자를 기리는 미사가 급증했다. 매 주일미사의 강론 시간에 주임사제들은 영국군에 비밀리에 처형되어 묻힌 애국자들의 영혼을 위해 기도해달라고 신자들에게 빠짐없이 권고했다. 군 사령관 존 맥스웰 경은 가톨릭 고위 성직자들에게 정식적으로 항의했는데, 오디워 주교는 사령관에게 해명하는 대신 오히려 장군을 '군사 독재자'라고, 반란군에게 총살형을 가한 뒤 총살당한 시신을 가족에게 인계하기를 거부함으로써 반 그리스도적인 방식으로 행동했다고 비난하며 주임사제들의 처신이 옳다고 주장했다. 특히 계엄령의 권리제한조치의 보호를 받은 군부가 애국자들의 무덤이 공화파의 순례 중심지로 변하는 것을 막기 위해 애국자들을 암매장했으리라는 이 마지막 사실은 지금껏 급진론자들을 호의적으로 바라본 적이 없던 여러 단체들의 분노를 유발했다.

"요약하자면 가톨릭교도들은 갈수록 더 많은 영토를 얻고, 우리 성공회교도들은 발자크의 『나귀 가죽』에서처럼 점점 오그라들고 있지요. 당신과 내가 가톨릭으로 개종하는 일만 남았네요, 로저." 앨리스가 농담을 했다.

"나는 실질적으로 이미 개종을 했어요." 로저가 대꾸했다. "정치적인 이유 때문은 아니에요."

"나는 결코 개종을 하지 않을 건데요, 내 아버지가 아일랜드 성공회의 성직자였다는 사실을 잊지 마요." 역사가가 말했다. "당신의 개종은 놀랍지 않고요, 오래전부터 그걸 감지하고 있었어요. 내 집에서 열린 공부 모임에서 우리가 당신에게 한 농담 기억나요?"

"그 공부 모임은 결코 잊을 수 없어요." 로저가 한숨을 내쉬었다. "당신에게 한 가지 얘기해주겠어요. 생각할 수 있는 자유 시간이 아주 많은 지금, 여러 날 동안 따져보았어요. 내가 어디서 언제 가장 행복했던가? 화요일에 그로스베너 로드의 당신 집에서 열린 공부 모임에서였어요, 친애하는 앨리스. 당신에게 결코 말하지 않았지만 나는 그 모임을 파하고 나올 때마다 은총을 입은 상태였어요. 신바람이 나고 행복했지요. 삶이 만족스러웠어요. 이런 생각을 했어요. '내가 공부를 하지 않았던 게, 대학을 다니지 않았던 게 참으로 애석하구나.' 공부 모임에서 당신과 친구들의 말을 들으면서 내가 아프리카나 아마존에서 태어난 사람들처럼 문화와는 참으로 멀리 떨어져 있었다는 걸 느꼈어요."

"당시 나와 그들도 당신이 경험한 것과 유사한 뭔가를 경험했어요, 로저. 우리는 당신의 여행, 모험, 그런 곳에서 참으로 다양한 삶을 살았던 것을 부러워했다고요. 언젠가 예이츠가 한 말을 들었어요. '로저 케이스먼트는 내가 아는 가장 세계적인 아일랜드인입니다. 진정한 세계시민이지요.' 이 말은 당신에게 단 한 번도 하지 않았던 것 같아요."

두 사람은 몇 년 전 허버트 워드와 더불어 파리에서 했던, 상징들에 관한 어느 토론을 기억했다. 허버트 워드는 그들에게 자신의 조각품들 가운데 한 주물을 보여주면서 대단히 만족스러워했다. 아프리카 어느 주술사의 형상이었다. 실제로 아름다운 작품이었고, 리얼리즘적인 특성을 지니고 있었음에도 주술사가 지닌 비밀스럽고 신비로운 점을 모두 드러내고 있었는데, 얼굴이 칼자국투성이에 손에는 빗자루 하나와 해골 하나를 든 주술사는 숲, 개울, 맹수의 정령이 자신에게 부여한 그 힘을 인식하고 있었으며, 부족 남자들과 여자들은 주술사가 자신들을 주문呪文, 질병, 공포로부터 구해줄 것이라고, 자신들을 저세상과 연결시켜줄 것이라고 맹목적으로 믿고 있었다.

"우리 모두는 몸안에 이 조상들 가운데 한 명을 품고 있어요." 허버트가 청동으로 만든 그 주술사를 가리키며 말했는데, 눈을 반쯤 감고 있는 주술사의 모습은, 허브 달인 물에 취해 빠져들었을 그런 꿈속에서 황홀경을 느끼고 있는 것처럼 보였다. "증거요? 우리가 경건한 존경심으로 숭배하는 상징들이지요. 문장, 깃발, 십자가."

로저와 앨리스는 상징을 인류의 비이성적인 시기의 시대착오적인 것으로 보지 말아야 한다고 주장하면서 이의를 제기했다. 반면 예를 들어 하나의 깃발은 구성원들이 서로 연대감을 느끼고 신앙, 신념, 관습을 공유하면서 공동체의 공통적인 특징을 파괴하는 것이 아니라 강화시키는, 개인적인 차이와 불일치를 존중하는 한 공동체의 상징이라는 것이었다. 두 사람은 바람에 나부끼는 아일랜드 공화파의 기를 볼 때면 감동이 밀려온다고 실토했다. 허버트와 새리타가 그 말을 듣고 어찌나 그들을 조롱했던지?

앨리스는 피어스가 독립선언문을 낭독하는 동안 아일랜드 공화파의 수많은 깃발이 중앙우체국 지붕, 리버티홀 지붕에 게양되었다는 사실을 알았을 때, 그리고 나중에 메트로폴 호텔과 임페리얼 호텔처럼 반란군이 점령한 더블린의 건물들, 창문과 난간에서 깃발이 펄럭이던 건물들의 사진을 보았을 때 목이 메는 것을 느꼈다. 그런 장면을 목격한 사람들에게는 당연히 무한한 행복감이 일었을 것이다. 반란이 일어나기 전 몇 주 동안 의용군이 수제폭탄, 다이너마이트, 수류탄, 창, 총검을 준비하는 사이에, 의용군의 여성 지원단인 쿠만 나 음반 소속 여자들이 약, 붕대, 소독제를 모으고 4월 24일 월요일 아침에 더블린 시내의 건물 지붕에 일제히 내걸릴 삼색기를 바느질했다는 사실 또한 앨리스는 나중에 알게 되었다. 키미지에 있는 플런켓의 집은 봉기를 위한 무기와 깃발을 가장 활발하게 제작하던 공장이었다.

"역사적인 사건이었어요." 앨리스가 확언했다. "우리는 말을 남용하지요. 특히 정치가들은 '역사적'이라는 말을 엉터리 같은 것에 마구잡이로 갖다 붙여요. 하지만 구 더블린의 하늘에 나부끼는 그 공화파 기들은 역사적이었어요. 늘 열광적으로 기억될 거예요. 역사적인 사건이었어요. 이 사건은 세상에 두루 전파되었어요, 친애하는 친구. 미국에서는 많은 신문이 이 사건을 제1면에 실었어요. 당신도 보고 싶지 않았을까요?"

그래, 그 역시 보고 싶어했을 것이다. 앨리스에 따르면 아일랜드 섬에서 갈수록 많은 사람이 공화파의 기를 게양하지 못하게 하는 금지조치에 대항해 자기 집 정면에 기를 게양했는데, 심지어는 친 영국 지역의 거점인 벨파스트와 데리에서도 그랬다.

다른 한편, 유럽 대륙에서 발발한 전쟁에 대해 불안한 소식이 매일같이 전해지고 있었음에도—군사작전이 현기증날 정도로 많은 희생자를 만들어냈고 전쟁의 결과는 여전히 불확실했다—영국 내 수많은 사람이 군부당국에 의해 아일랜드에서 추방당한 사람들을 도와줄 태세가 되어 있었다. 반란분자라고 간주되는 수백 명의 남녀가 추방당해 원거리 분산 거주 명령에 따라 이제 영국 전역에 퍼져 있었는데, 대부분은 생존할 물자도 없는 처지였다. 그들에게 돈, 식량, 옷을 보내주던 인도주의적 단체들에

속한 앨리스는 일반 대중에게서 돈과 원조물자를 모으는 일이 어렵지 않았다고 로저에게 말했다. 이 경우에도 가톨릭교회의 참여가 중요했다.

추방자들 가운데는 수십 명의 여자가 있었다. 그 가운데 많은 수는 반란군에 대한 연대감에도 불구하고—앨리스는 일부 여자와 개인적으로 대화한 적이 있었다—여자들이 반란군에 협조하는 것을 어렵게 만들었던 반란군 지휘관들에게 약간의 원한을 품고 있었다. 그럼에도 거의 모든 지휘관이 자발적이든 그렇지 않든 결국 그녀들을 진지에 받아들여 활용했다. 자신의 중대들이 점령하고 있던 볼랜즈 밀과 인근의 모든 영토에 여자들을 받아들이는 것을 단호하게 거부했던 유일한 지휘관이 바로 에이먼 데 벌레라였다. 보수적인 그의 주장이 쿠만 나 음반의 여성 투사들을 화나게 만들었다. 그는 여자들이 머물 곳은 바리케이드가 아니라 가정이고, 여자들에게 자연스러운 도구는 권총도 소총도 아니며 실패, 냄비, 꽃, 바늘과 실이라고 했다. 그녀들이 나타나면 전투원들의 주의가 산만해질 수 있고, 전투원들이 그녀들을 보호하려다 의무를 소홀히 할 수 있다고도 했다. 로저 케이스먼트가 여러 번 대화하고 서로 충분히 교신했던, 키가 크고 날씬한 수학 교수이자 아일랜드 의용군의 지도자인 그는 봉기의 지도자들을 재판하기 위해 신속하게 진행된 어느 비밀 군법회의에서 사형을 선고받았다. 하지만 마지막 순간에 살아났다. 그가 고백성사와 영성체를 마치고 손가락 사이에 묵주를 낀 채 총살형이 집행될 킬마인함 교도소의 뒷담으로 데려가지기를 극도로 차분하게 기다리고 있을 때, 재판정이 그의 사형을 무기징역형으로 감형했다. 소문에 따르면 에이먼 데 벌레라의 명령을 받던 중대들이, 정작 지휘관 자신은 군사훈련을 전혀 받지 않았음에도 실제 전투에는 아주 효율적이고 절도 있게 임함으로써 적에게 많은 패배를 안겨주었다고 한다. 그들 중대는 가장 나중에 항복했다. 하지만 그 며칠 동안 긴장과 희생이 아주 심했기에, 그의 지휘본부가 있던 주둔지의 부하들은 엉뚱한 태도를 보이던 그가 어느 순간 이성을 잃게 되리라 생각했다는 소문도 있었다. 하지만 그가 유일한 경우는 아니었다. 총알과 포화가 비 오듯 쏟아지는 가운데, 자지도 먹지도 마시지도 못한 상태에서 일부는 바리케이드 안에서 미치거나 신경쇠약에 걸렸다.

로저는 에이먼 데 벌레라의 기다란 실루엣, 아주 근엄하고 격식을 차리는 말투를 떠올리면서 관심을 딴 데로 돌렸다. 앨리스가 이제 어느 말에 관한 얘기를 하고 있다는 사실을 알아차렸다. 그녀는 얘기하면서 감정이 복받쳤는지 눈에 눈물이 그렁했다. 역사가는 동물을 많이 사랑했지만 왜 이 말이 그토록 특별히 그녀에게 감명을 주었을까? 로저는 앨리스의 조카가 그녀에게 그 얘기를 해주었다는 사실을 차츰차츰 이해하고 있었다. 그 말은 반란이 일어난 첫째 날 중앙우체국을 공격했다가 격퇴당하면서 병사 세 명을 잃은 영국 창기병 부대의 한 병사가 타던 것이었다. 말은 총알을 여러 번 맞아 중상을 입고 어느 바리케이드 앞에 쓰러졌다. 뼛속까지 고통이 스민 말이 공포에 질려 울부짖었다. 가끔 몸을 일으켜세웠으나 피를 많이 흘려 힘이 빠졌기 때문에 몇 걸음을 떼려고 시도한 뒤 다시 땅바닥에 쓰러져버렸다. 바리케이드 안쪽에서는 말이 더이상 고통을 당하지 않도록 죽여야 한다는 사람들과 말이 회복할 수 있으리라 믿고서 죽이는 것을 반대하는 사람들 사이에 논쟁이 벌어졌다. 결국 그들은 말에게 총을 쏘았다. 죽음의 고통을 끝내는 데는 총알 두 발이 필요했다.

"거리에서 그 말만 죽은 게 아니에요." 앨리스가 슬픔에 젖어 말했다. "말, 개, 고양이 등 많은 동물이 죽었어요. 인간의 무자비함으로 인한 무고한 희생자들이죠. 여러 날 밤에 걸쳐 나는 그 동물들이 등장하는 악몽을 꾸었어요. 불쌍한 것들이죠. 우리 인간이 동물보다 더 나빠요, 그렇죠, 로저?"

"늘 그렇지는 않아요, 친애하는 친구. 어떤 것들은 우리처럼 사나워요. 예를 들어 뱀을 생각해보자면 그 독이 호흡 곤란을 유발하면서 사람을 차츰차츰 죽여가죠. 아마존의 칸디루*는 항문을 통해 인체 내부로 들어가 출혈을 일으키죠. 결국……"

"우리 다른 얘기해요." 앨리스가 말했다. "전쟁, 전투, 부상자와 사망자 얘기는 이제 충분해요."

하지만 잠시 후 그녀는 아일랜드에서 추방당해 영국 교도소에 수감된 사람들 수백 명 중에서 신 페인 당과 아일랜드 공화국 형제단을 지지하는 수가 증가한 것은 놀랄 만한 일이라고 얘기했다. 심지어는 온건파와 독립파, 그리고 평화주의자들마저 이 급진적인 단체들에 가입했다. 그리고 아일랜드 전국에서 사형수들의 사면을 요구하는 엄청난 수의 청원서가 접수되었다. 미국에서도 아일랜드인 공동체가 있는 모든 도시에서 봉기 이후의 과도한 억압에 항의하는 시위가 계속되었다. 존 드보이는 아주 멋진 작업을 함으로써 예술가와 기업가부터 정치가, 교수, 언론인에 이르기까지 미국 사회의 최고 유명인사들을 사면 청원서에 서명하게 만들었다. 하원은 무기를 넘긴 적들에게 약식재판으로 사형을 선고하는 행위를 비난하면서 아주 간결한 어조로 기술된 발의안 하나를 승인했다. 봉기가 실패했는데도 상황이 더 나빠지지는 않았다. 국제적인 도움에 관해서는 민족주의자들에게 상

---

* 아마존에 서식하는 메기의 일종. 크기가 매우 작아 '이쑤시개 물고기'라고도 불린다.

황이 더이상 좋을 수가 없었다.

"면회 시간이 과도하게 초과되었습니다." 셰리프가 대화를 중단시켰다. "당장 작별해야 합니다."

"면회 허가를 또 얻어 당신을 보러 올게요, 당신이……" 앨리스는 이렇게 말한 다음 입을 다물더니 자리에서 일어섰다. 얼굴이 아주 창백해져 있었다.

"물론 그렇죠, 친애하는 앨리스." 로저가 그녀를 껴안으며 동의했다. "면회 허가를 받기를 바랄게요. 내게 당신을 만나는 게 얼마나 좋은 일인지 당신은 모를 겁니다. 당신은 내 마음을 참으로 차분하게 만들고 평화로 채워주거든요."

하지만 이번에는 그렇게 되지 않았다. 그는 그 여자 친구의 기억과 증언이 그를 펜턴빌 교도소에서 꺼내 길거리 전쟁 한가운데로, 전투의 소음 속으로 내던져버리기라도 했다는 듯이, 부활절 반란과 관련된 혼란스러운 모든 이미지들을 머릿속에 간직한 채 감방으로 되돌아왔다. 더블린에 대해, 더블린의 건물과 붉은 벽돌집들, 나무울타리로 둘러싸인 작은 정원들, 시끄러운 전차, 풍요와 현대적인 것으로 이뤄진 섬들을 둘러싼, 맨발의 가난한 사람들이 사는 초라한 집들로 이뤄진 흉물스러운 동네에 대해 엄청난 향수를 느꼈다. 포격이 벌어지고 화재를 유발하는 폭탄이 터지고 건물들이 무너진 뒤 그 모든 것은 어떤 상태가 되었을까? 그는 애비 극장, 게이트 극장, 올림피아 극장, 맥주 냄새가 배어 퀴퀴한데다 후끈한 열기로 가득찬 속에서 불꽃 튀는 대화가 오가는 술집을 생각했다. 더블린이 과거의 모습으로 되돌아갈 수 있을까?

셰리프는 그를 샤워실로 데려가겠다고 제안하지 않았고 그도 요청하지 않았다. 그는 교도관이 풀죽어 무관심하고 멍한 표정인 모습을 보고는 그를 귀찮게 하고 싶지 않았다. 교도관이 그런 식으로 고통당하는 것을 보고 있노라니 애석한 마음이 들었고, 그에게 기운을 불어넣어주기 위해 뭔가를 해야 하는데 자신이 제대로 하지 못하는 것 때문에 마음이 애잔해졌다. 셰리프는 로저와 대화하기 위해 규정을 어기고 그의 감방으로 이미 두 번이나 찾아왔고, 그때마다 로저는 미스터 스테이시가 찾고 있던 평온함을 줄 수 없어서 고통스러웠다. 두번째로 찾아왔을 때는 첫번째와 마찬가지로 아들 알렉스에 관한 얘기와 셰리프 자신이 빌어먹을 현장이라고 불렀던 프랑스의 그 낯선 곳인 루에서 독일군을 상대로 벌인 전투중 일어난 아들의 죽음에 관해서만 얘기했다. 오랫동안 입을 다문 끝에 어느 순간 교도관은 알렉스가 아직 어렸을 때 길모퉁이 빵집에서 파이 하나를 훔쳤다는 이유로 매를 때린 그때를 회고하면서 마음이 아프다고 로저에게 고백했다. "잘못했으니 벌을 받아야 했죠. 하지만 그렇게 엄할 필요는 없었어요. 어린아이에게 그런 식으로 매를 때린다는 건 용서할 수 없는 잔인한 짓이죠." 미스터 스테이시가 말했다. 로저는 자신과 자매까지 포함된 형제들을 아버지 케이스먼트 대위가 가끔 때렸는데, 자신들은 아버지를 사랑하지 않은 적이 단 한 번도 없었다는 사실을 얘기함으로써 교도관을 진정시키려고 애썼다. 하지만 미스터 스테이시가 로저의 말을 듣고 있었는가? 미스터 스테이시는 격정적으로 깊게 숨을 쉬면서 자신의 고통을 곱씹으며 침묵 속에 빠져 있었다.

교도관이 감방 문을 잠그자 로저는 간이침대에 드러누웠다. 숨을 거칠게 몰아쉬었다. 앨리스와의 대화가 그를 즐겁게 하지 않았다. 이제 그는 자신이 그곳에서 의용군 제복을 껴입고 마우저 권총을 들고서 그 무장행위가 결국 학살로 끝나더라도 상관하지 않은 채 봉기에 참여했어야 하는데 그렇게 되지 못한 것에 슬픔을 느끼고 있었다. 아마도 패트릭 피어스, 조지프 플런켓과 그 밖의 다른 사람들 말이 맞았을 것이다. 문제는 이기는 것이 아니라 최대한 할 수 있는 데까지 저항하는 것이었다. 영웅적인 시대의 기독교 순교자들처럼 자신을 희생하는 것이었다. 그들의 피는 싹을 틔우고 우상을 없애고 구세주 그리스도로 대체하는 씨앗이었다. 의용군이 뿌린 피는 결실을 맺고 눈먼 자들의 눈을 뜨게 하고 아일랜드의 자유를 쟁취하게 할 것이다. 신 페인 당,

의용군, 시민군, 아일랜드 공화국 형제단의 동료와 친구 몇은 자신들의 노력이 무모한 것이라는 사실을 알면서도 바리케이드 안에 있었던가? 틀림없이 수백 수천 명이었을 것이다. 첫번째는 패트릭 피어스였다. 그는 늘 정당한 투쟁에서 순교가 최고의 무기라고 믿었다. 그것은 아일랜드적인 특성의 일부, 켈트의 유산의 일부가 아니었던가? 가톨릭교도들이 괴로움을 수용하는 능력은 이미 쿠훌린*에, 에이레의 신화적인 영웅들과 그들의 위대한 무훈에, 그리고 마찬가지로 로저의 친구 앨리스가 지극한 사랑과 지혜로 연구한 성인들의 차분한 영웅적 자질에 들어 있었다. 이는 아마도 아일랜드인의 비실용적인 정신일 수 있지만, 이런 정신은 정의, 평등, 행복에 대한 가장 대담한 꿈을 껴안기 위해 엄청난 관대함으로 보완된 것이었다. 심지어는 패배가 불가피했을 때조차. 피어스, 톰 클라크, 플런켓, 그리고 그 밖의 다른 사람들의 계획이 영 터무니없었을지라도, 수세기 동안 예속되어 있었음에도 굴하지 않는 이상주의적이고 용감무쌍하고 정당한 대의를 위해 모든 것을 할 준비가 된 아일랜드 민족의 정신에 세계가 감탄할 수 있도록, 엿새 동안의 불평등한 전투에서 그 정신이 드

---

* 켈트신화 중 얼스터 시기를 상징하는 빛의 왕자. 아일랜드에서는 아서왕보다 인기가 많다.

러났었다. 이는 림부르크 포로수용소에 수용되어 있던 그 포로 동포들, 그의 간곡한 권유에 눈을 감고 귀를 닫은 그 포로 동포들의 태도와는 참으로 달랐다. 포로들의 태도는 아일랜드의 다른 얼굴이었다. 굴복한 사람들의 얼굴, 수세기의 식민화 때문에 더블린의 바리케이드에서 수많은 여자와 남자가 지녔던 그 억누를 수 없는 투지를 잃어버린 사람들의 얼굴이었다. 그가 자신의 삶에서 한번 더 실수를 한 것일까? 만약 '아우드' 호에 실었던 독일의 무기가 4월 20일 트랄리 만에서 의용군의 수중에 도달했다면 무슨 일이 일어났을까? 그는 수백 명의 애국자가 별빛을 받으며 자신들의 자전거, 자동차, 달구지, 노새, 당나귀에 무기와 탄약을 싣고 다니면서 아일랜드 전국에 나눠주는 상상을 해보았다. 반란군 수중에 있는 그 2만 정의 소총과 10정의 기관총, 5백만 발의 실탄으로 상황을 바꿀 수 있었을까? 적어도 전투가 더 오래 지속될 수는 있었을 것이고, 반란군은 자신들을 더 잘 보호할 수 있었을 것이고, 적에게 더 많은 손해를 입혔을 것이다. 로저는 자신이 하품을 하고 있었다는 사실을 행복하게 인식했다. 잠이 그런 이미지들을 지우고 그의 불안감을 완화해갈 것이다. 그는 자신이 잠에 빠져들고 있다고 생각했다.

달콤한 꿈이었다. 아름답고 날씬한 어머니가 바람에 휘날리는 리본이 달린 챙 넓은 밀짚모자를 쓰고 미소를 머금은 채 나타났다 사라졌다. 요염한 꽃무늬 양산이 어머니의 새하얀 뺨을 햇볕으로부터 보호해주고 있었다. 앤 젭슨의 시선은 로저에게 꽂혀 있었고, 그의 시선은 그녀에게 꽂혀 있었는데, 그 무엇도 그 누구도 두 사람의 말없는 다정한 대화를 중단시킬 수 없을 것처럼 보였다. 하지만 갑자기 라이트 드래군스 부대의 눈부신 제복을 입은 창기병 대위 로저 케이스먼트가 수풀 사이로 모습을 드러냈다. 대위가 음탕한 탐욕을 드러내는 눈으로 앤 젭슨을 쳐다보았다. 그 천박한 태도가 로저를 불쾌하고 놀라게 했다. 로저는 어찌할 바를 모르고 있었다. 앞으로 일어날 일을 제지할 힘도, 그곳을 벗어나 달려나감으로써 그 끔찍한 예감을 떨쳐버릴 힘도 없었다. 그는 대위가 어머니를 공중으로 번쩍 들어올리는 모습을 눈물이 그렁한 눈으로, 공포와 분노로 몸을 부르르 떨면서 보았다. 어머니가 놀랐다는 듯 비명을 한번 지르고 나서 부자연스럽지만 호의적으로 살짝 웃는 소리를 들었다. 아버지가 그녀를 들고서 나무 사이로 달려가는 사이에 발버둥치는 어머니의 가느다란 발목을 그는 혐오감과 질투심에 몸을 부르르 떨면서 보았다. 두 사람은 숲속으로 사라져갔고, 그들의 작은 웃음소리는 점점 줄어들다가 사라져버렸다. 이제 그는 바람이 흐느끼는 소리와 새가 지저귀는 소리를 듣고 있었다. 울지는 않았다. 세상은 잔인하고 불공정하기 때문에 이런 식으로 고통을 당하기 전에 죽는 게 더 나을 것이다.

꿈은 오랫동안 지속되었으나 몇 분 또는 몇 시간이 지난 뒤 여전히 날이 어두운 상태에서 깨어났을 때 그는 꿈의 결말이 어떠했는지 이제 기억하지 못했다. 몇시인지 모른다는 사실이 그의 마음을 힘들게 했다. 가끔은 잊고 지냈으나 이런 아주 작은 불안감, 의구심, 근심은 자신이 낮 또는 밤의 어느 순간에 있는지 모르는 데서 비롯되는 고통스러운 조바심을 유발했고, 그로 인해 그의 심장이 얼어붙고, 자신이 시간 밖으로 쫓겨났다는 느낌을 받고, 자신이 과거도 현재도 미래도 존재하지 않는 어느 림보*에 살아가고 있다는 느낌을 갖게 만들었다.

체포된 지 삼 개월이 조금 지났을 뿐인데도 그는 자신이 철창 너머에서, 매일 매 시각 인간성을 잃어가는 그 격리 상태에서 몇 년을 보낸 것처럼 느꼈다. 그는 앨리스에게 얘기하지 않았으나, 만약 영국 정부가 사면 청원을 받아들여 사형을 징역형으로 바꿔주리라는 희망에 언젠가 그가 부풀어 있었다면 이제는 그 희망을 이미 잃어버린 상태였다. 부활절 봉기가 영국 정부, 특히 영국 군부에 야기했던 분노와 복수의 욕망이 들끓는 분위

---

* 가톨릭에서 '림보'는 지옥과 천국 사이에 있으며, 그리스도를 믿을 기회를 얻지 못했던 선인 또는 세례를 받지 못한 유아 등의 영혼이 머무는 곳으로 알려져 있다.

기에서, 영국은 플랑드르의 전장에서 대영제국이 상대하는 적국 독일을 아일랜드의 해방투쟁에서 동맹국으로 여긴 배신자들에게 징계적인 벌을 내릴 필요가 있었다. 그런데 내각이 로저의 사면 결정을 그토록 늦추는 것은 특이했다. 그들이 무엇을 기다리고 있었던 것일까? 자신에게 훈장을 수여해 귀족을 만들어준 국가의 적국과 공모하는 것으로 대응한 그에게 배은망덕의 대가를 치르게 함으로써 죽음의 고통을 늘리려는 것이었을까? 아니, 정치에서 중요한 것은 감정이 아니라 이익과 편익이었다. 영국 정부는 그의 사형집행이 가져올 이익과 손해를 냉정하게 평가하고 있을 것이다. 그것이 경고가 될 수 있을까? 영국 정부와 아일랜드 국민의 관계가 더 나빠질까? 그의 명예를 깎아내리는 캠페인은 그 치욕적인 인간을 위해, 교수대가 품위 있는 사회로부터 제거해줄 그 타락한 인간을 위해 그 누구도 울지 말라고 주장했다. 그가 미국으로 떠나면서 그 일기를 누구든 볼 수 있게 방치한 것은 어리석은 짓이었다. 대영제국이 아주 잘 이용하게 될 부주의였고, 그의 삶, 정치적 행위, 그리고 심지어는 그의 죽음에 대한 진실을 흐릿하게 만들어버릴 부주의였다.

그는 다시 잠들었다. 이번에는 일반적인 꿈 대신에 악몽에 시달렸는데 다음날 아침에는 거의 기억나지 않았다. 악몽 속에서 작은 새, 즉 목소리가 청아한 카나리아 한 마리가 나타났는데,

새장의 철제 격자가 카나리아를 희생시키고 있었다. 이는 카나리아가 황금빛 작은 날개를 끊임없이 필사적으로 쳐대는 행위에서 드러났는데, 마치 자신이 이런 동작을 함으로써 떠날 수 있을 정도로 철제 격자가 늘어나기라도 한다고 생각하는 듯했다. 새의 작은 눈동자가 자비심을 요구하면서 끊임없이 움직이고 있었다. 반바지를 입은 꼬마 로저는 우리도, 동물원도 없어야 하고 동물들이 항상 자유롭게 살아야 한다고 어머니에게 말하고 있었다. 동시에 뭔가 비밀스러운 일이 일어나고 있었고, 어떤 위험이, 그의 예민한 신경이 감지했던 눈에 보이지 않는 뭔가가, 음흉하고 거짓된 어떤 것이 그에게 닥치고 있었는데, 그것은 이미 그곳에 있었고 금방이라도 그를 칠 태세였다. 그는 작은 종잇장처럼 파르르 떨면서 식은땀을 흘렸다.

마음이 아주 불안한 상태로 잠에서 깨어나 숨도 제대로 쉴 수 없었다. 숨이 막힐 지경이었다. 심장이 아주 세게 뛰었는데 아마도 심근경색의 초기 증세 같았다. 당직 교도관을 불러야 할까? 곧바로 단념했다. 여기 자신의 간이침대에서 죽는 것, 즉 교수대를 벗어나 자연사하는 것보다 더 좋은 죽음이 무엇이었겠는가? 잠시 후 심장이 평온해지고 다시 정상적으로 숨을 쉴 수 있었다.

오늘 캐레이 신부가 올까? 로저는 사제를 만나서 영혼, 종교, 신과는 관계가 아주 많고 정치와는 관계가 아주 적은 주제와 관심사에 관해 긴 대화를 나누고 싶었다. 그리고 즉시 그가 마음을 진정시키며 막 꾸었던 악몽을 잊기 시작하는 동안, 그의 뇌리에는 교도소의 지도사제와 했던 마지막 모임과 그를 불안감으로 가득 채웠던 갑작스러운 긴장의 그 순간이 떠올랐다. 두 사람은 그가 가톨릭으로 개종하는 문제에 관해 얘기했다. 캐레이 신부는 그가 어렸을 때 영세를 받은 뒤 결코 가톨릭교회에서 떠난 적이 없기에 '개종'에 관해 언급하지 않아야 한다고 한번 더 말했다. 개종이라는 의식은 그가 가톨릭 신자로서의 지위를 재활성화하는 것이 될 터인데, 이는 형식적인 조치가 필요하지 않은 것이라고 했다. 어찌되었든—그리고 그 순간 로저는 캐레이 신부가 그의 마음을 상하게 하지 않는 어휘를 조심스럽게 찾으면서 머뭇거리는 것을 감지했다—부른 추기경 전하께서는, 만약 로저가 그것이 적합하다고 생각한다면 복귀 의사를 표명하고, 가톨릭 신자로서 조건을 재확인하고, 동시에 옛날에 저지른 오류와 과실을 폐기하고 회개하는 내용의 서류, 즉 그와 가톨릭교회 사이의 비공개 문서에 서명할 수 있으리라 생각하신 적이 있다고 했다.

캐레이 신부는 자신이 느끼고 있던 큰 불편을 숨길 수 없었다.

침묵이 흘렀다. 나중에 로저가 부드럽게 말했다.

"캐레이 신부님, 저는 그 어떤 서류에도 서명하지 않을 겁니다. 제가 가톨릭교회에 재입교하는 것은 신부님을 유일한 증인으로 삼아 이뤄지는 뭔가 내밀한 것이 되어야 합니다."

"그렇게 될 겁니다." 지도사제가 말했다.

긴장감어린 침묵이 또 흘렀다.

"제가 상상하는 것을 부른 추기경님께서 언급하셨을까요?" 로저가 물었다. "그러니까 제 명예를 훼손하는 캠페인, 제 개인사에 대한 비난 말입니다. 제가 가톨릭교회에 다시 받아들여지려면 그에 회개하는 내용을 문서로 작성해야 하는 건가요?"

캐레이 신부의 호흡이 빨라졌다. 그는 대답을 하기 전에 다시 어휘들을 찾았다.

"부른 추기경님은 동정심이 많고 선하고 관대하신 분입니다." 마침내 그가 단언했다. "하지만 그분은 우리 가톨릭교도가 소수고, 우리에 대한 거대한 공포증을 조장하는 이들이 여전히 존재하는 한 나라에서 교회라는 좋은 이름을 지켜야 한다는 책임감을 어깨에 지고 계시다는 사실을 잊지 마세요."

"캐레이 신부님, 솔직하게 말씀해주세요. 부른 추기경님께서는 언론이 비난하는 그 불명예스럽고 해로운 것들에 관해 속죄하는 서류에 서명하는 것을 제가 가톨릭교회에 다시 받아들여지기 위한 조건으로 부여하신 겁니까?"

"조건이 아니라 하나의 제안일 뿐입니다." 사제가 말했다. "당신은 그것을 받아들일 수도 받아들이지 않을 수도 있는데, 어떻든 바뀌는 건 전혀 없을 겁니다. 당신은 영세를 받았으니까요. 당신은 현재 가톨릭교도고 앞으로도 그걸 겁니다. 이 사안에 관해서는 더이상 말하지 맙시다."

실제로 두 사람은 그에 관해 더이상 말하지 않았다. 하지만 로저는 그 대화에 대한 기억이 간헐적으로 떠올랐고, 그때마다 자신이 어머니의 교회로 되돌아가고자 하는 바람이 순수한 것인지 자신이 처한 상황에 의해 오염된 것인지 자문해보았다. 정치적인 이유 때문에 결정된 행위가 아니었을까? 독립을 지지하는 아일랜드의 가톨릭교도들과의 연대를 보여주기 위해, 그리고 대다수가 계속해서 대영제국의 일부가 되고자 하는 프로테스탄트 그 소수 집단에게 자신의 적대감을 보여주기 위해서였을까? 본질적으로 영성을 전혀 추구하지 않는 개종, 어느 공동체의 보호를 받고 있다고 느끼고 싶은 열망, 어느 거대한 부족의 일원이 되고 싶다는 열망에 복종하는 그 개종이 하느님 보시기에 어떤 정당성을 가졌을까? 하느님은 그런 개종에서 어느 조난당한 남자의 간절한 손짓을 볼 것이다.

"로저, 지금 중요한 것은 부른 추기경님도, 나도, 영국의 가톨릭교도들도, 아일랜드의 가톨릭교도들도 아니에요." 캐레이 신부가 말했다. "지금 중요한 것은 당신이에요. 당신이 하느님을 다시 만나는 것 말입니다. 수많은 시련을 겪으며 정말 열심히 살아온 당신이 응당 누려야 할 힘과 진실과 평화가 거기에 있습니다."

"예, 예, 캐레이 신부님." 로저가 조바심어린 태도로 수긍했다. "그건 이미 알고 있습니다. 아주 정확하게. 신부님께 맹세컨대 저는 노력하고 있습니다. 그분께서 제 말씀을 들으시도록, 제가 그분께 다가가도록 애쓰고 있습니다. 가끔, 아주 가끔이지만 제가 그걸 이룬다는 느낌이 듭니다. 그러면 결국 저는 약간의 평화, 거짓말 같은 평온을 느낍니다. 저기 아프리카에서 보낸 어느 밤, 휘영청 보름달이 뜨고 하늘 가득 별이 총총하고 나무를 움직이는 바람 한 점 없으며 풀벌레들 울음소리가 들리는 밤처럼 말입니다. 너무 아름답고 차분해서 머리에 떠오르는 생각은 늘 이랬습니다. '하느님은 존재한다. 내가 지금 보고 있는 것을 보면서 어떻게 하느님이 존재하지 않는다는 상상을 할 수 있을 것인가?' 하지만 캐레이 신부님, 다른 때 대부분의 경우에는 제가 하느님을 보지 못하고, 하느님은 제게 응답하지 않으시고, 제 말을 듣지 않으십니다. 그러면 저는 아주 외롭다고 느낍니다. 제 삶에서 대부분의 시간 동안 저는 아주 외롭다고 느껴왔습니다. 현재요 며칠 동안 그런 느낌이 아주 자주 듭니다. 하지만 하느님의 고독이 제 고독보다 훨씬 더 심할 겁니다. 그럴 때면 저 스스로에게 말합니다. '하느님은 내 말을 듣지 않으시고, 앞으로도 그러지 않으실 거야. 나는 외롭게 살아왔듯이 아주 외롭게 죽을 거야.' 이게 밤낮으로 저를 괴롭히는 것입니다, 신부님."

"그분은 저기 계십니다, 로저. 그분은 당신의 말을 들으십니다. 당신이 무엇을 느끼는지 아십니다. 당신이 그분을 필요로 한다는 사실을 아십니다. 그분은 당신을 저버리지 않으실 겁니다. 내가 당신에게 정말로 확실하게 보장할 수 있는 어떤 것이 있다면, 하느님은 당신을 저버리지 않으실 거라는 사실입니다."

어둠 속에서 간이침대에 몸을 쫙 편 로저는 캐레이 신부가 바리케이드 안 반란군의 임무만큼 영웅적이거나 더 영웅적인 임무 하나를 지고 있다고 생각했다. 그 임무는 바로 감방에서 여러 해를 보냈거나 교수대에 올라갈 준비를 하는 그 절망한 사람들, 의욕을 상실한 사람들에게 위로와 평화를 가져다주는 것이었다. 그것은 여러 날 동안, 특히 지도사제직을 맡은 초기에 캐레이 신부를 절망으로 이끌었을 것이 틀림없는 무시무시한 업무, 사람을 비인간화시키는 업무였다. 하지만 그는 그런 사실을 숨길 줄 알았다. 늘 평온한 상태를 유지하고 매 순간 이해심과 연대감을 드러냈는데, 이는 로저를 아주 기분좋게 만들었다. 언젠가 두 사람은 봉기에 관해 말한 적이 있었다.

"캐레이 신부님, 당시에 더블린에 계셨다면 무슨 일을 하셨을까요?"

"수많은 사제들이 그랬듯이 영적인 도움을 필요로 하는 사람들에게 도움을 주러 거기로 갔을 겁니다."

캐레이 신부는, 반란군에게 영적인 지원을 해준다는 명목으로, 무력을 통해서만 아일랜드의 자유를 획득할 수 있다는 반란군의 생각에 동의할 필요까지는 없다고 덧붙였다.

물론 캐레이 신부는 반란군의 생각을 믿지 않았고, 그는 늘 폭력에 본능적인 거부감을 갖고 있었다. 하지만 그는 고백성사와 성체성사를 집전하고, 자신에게 기도를 요청하는 사람을 위해 기도하고, 간호사들과 의사들을 도와주러 갔을 것이다. 다수의 남녀 성직자들이 그렇게 했고 가톨릭 고위 성직자들이 그들을 후원했었다. 목자들은 양떼가 있는 곳에 있어야 했다. 그렇지 않은가?

그 모든 게 사실이었으나 하느님의 생각이 인간 이성의 제한된 공간에는 들어가지 않는다는 것 또한 사실이었다. 그 생각이 그 공간에 결코 온전하게 들어가지 않기 때문에 구둣주걱을 사용해 집어넣어야 할 정도였다. 로저와 허버트 워드는 이 사안에 관해 여러 번 얘기했었다. "하느님에 관해서는 무조건 믿어야지 이유를 따지지 말아야 해요. 만약 당신이 이유를 따지면 하느님은 한 모금의 연기처럼 사라져버리세요."

로저는 믿으면서, 그리고 의심하면서 살아왔다. 죽음의 문턱에 있는 지금조차 어머니, 아버지, 형제자매가 믿었던 그런 굳은 신앙심으로 하느님을 믿을 수는 없었다. 하느님의 존재가 하나의 문젯거리인 적이 결코 없었고, 반대로 세상의 질서를 세워주고, 또 모든 사물에게 존재에 대한 설명과 이유를 제공하는 은혜를 베풀어준 어떤 확실성이라고 믿었던 사람들은 얼마나 운이 좋았던가? 그런 식으로 믿었던 사람들은 틀림없이 죽음 앞에서 체념을 했을 터인데, 그것은 하느님과 술래잡기 놀이를 하면서 살아온 로저 같은 사람은 결코 알지 못하는 것이었다. 로저는 언젠가 자신이 '하느님과 술래잡기 놀이를'이라는 제목의 시를 쓴 적이 있다는 사실을 기억했다. 하지만 허버트 워드가 그게 아주 볼품없다고 확언했기 때문에 쓰레기통에 시를 버렸다. 애석한 일이었다. 그는 시를 다시 읽고서 고쳐 쓰고 싶어했을 것이다.

동이 트기 시작했다. 높이 위치한 창문의 창살 틈으로 가녀린 빛 한줄기가 들어왔다. 곧 교도관이 그에게 대소변이 든 변기통을 내가게 하고 아침식사를 가져올 것이다.

그는 그날의 첫번째 식사가 다른 때보다 좀 늦게 나왔다고 생각했다. 해가 이미 높이 떠 있었고 차가운 황금빛 햇살이 그의 감방을 비추고 있었다. 그는 인간을 교만하게 만드는 지식을 불신하는 것에 관해, 그리고 최후의 심판에서 우리가 모른다고 해도 전혀 비난받지는 않을 그 '모호하고 신비로운 것들을 숙고하는

데' 많은 시간을 허비하는 것에 관해 토마스 아 켐피스가 남긴 금언들을 읽고 또 읽으면서 긴 시간을 보냈는데, 그때 커다란 열쇠가 감방 자물쇠에 꽂혀 돌아가고 문이 열리는 소리가 들렸다.

"좋은 아침입니다." 교도관이 바닥에 거무튀튀한 밀가루 롤빵과 찻잔을 내려놓으며 말했다. 혹시 오늘은 차일까? 설명할 수 없는 이유로 아침이 차에서 커피로, 커피에서 차로 바뀌는 것이 예삿일이었다.

"좋은 아침입니다." 로저가 자리에서 일어나 변기통을 가지러 갔다. "다른 날보다 늦게 온 건가요, 아니면 내가 착각한 건가요?"

침묵을 유지해야 한다는 지침에 따라 교도관은 로저의 말에 대답하지 않았는데, 그가 로저에게 눈길을 주지 않으려는 것처럼 보였다. 교도관은 로저가 나가도록 문에서 떨어졌고, 로저는 변기통을 들고 검댕이 낀 긴 복도로 나갔다. 교도관은 두 걸음 정도 떨어져 로저 뒤를 따랐다. 로저는 여름햇살이 두꺼운 벽과 복도의 돌바닥에 반사되어 불꽃처럼 보이는 광채를 만들어냄으로써 자신의 기분이 좋아지는 것을 느꼈다. 런던의 공원, 하이드파크의 서펜타인 호수, 큰 플라타너스나무와 포플러나무를 생각했고, 지금 당장 그곳에서 말이나 자전거를 타는 운동 애호가들과 야외에서 좋은 날씨를 즐기며 하루를 보내기 위해 아이들과 함께 나온 가족들 틈에서 익명으로 산책을 하면 멋지겠다고 생각했다.

그는 아무도 없는 화장실에서—그가 몸을 씻는 시각을 다른 죄수들이 씻는 시각과 다르게 하라는 지침이 있었음에 틀림없다—변기통을 비우고 물로 헹구었다. 그러고서 변기에 앉았으나 용변을 볼 수 없었고—변비는 그의 평생 문젯거리였다—결국 파란색 죄수복을 벗은 뒤 몸과 얼굴을 열심히 씻고 문질렀다. 나사눈*에 걸려 있던 반쯤 젖은 수건으로 몸의 물기를 닦았다. 깨끗해진 변기통을 들고 벽 위에 격자 창들이 달린 복도로 떨어지는 햇빛과 소음—분명하지 않은 소리, 경적소리, 발자국소리, 모터소리, 삐걱거리는 소리—을 즐기면서 천천히 감방으로 돌아갔는데, 그가 다시 시간 속으로 들어왔다는 느낌을 주었던 그 소음은 교도관이 열쇠로 감방 문을 잠그자마자 사라져버렸다.

음료는 차 또는 커피일 수 있었다. 음료가 맛이 없었지만 상관하지 않았는데, 마신 음료가 가슴에서 위로 내려가면서 기분이 좋아지고, 아침이면 늘 그를 힘들게 하던 위산과다를 완화시켜주었기 때문이다. 롤빵은 혹시 나중에 배가 고프면 먹으려고 보관해두었다.

---

* 윗부분이 고리 모양인 나사못.

간이침대에 드러누워 『그리스도를 본받아』를 다시 읽기 시작
했다. 가끔씩 그 책이 어린애처럼 천진난만하다고 생각했으나,
때때로 책장 한쪽을 넘길 때 그의 마음을 교란시키고 책을 덮고
싶은 마음이 들게 하는 어떤 생각과 맞닥뜨리기도 했다. 그러면
명상을 했다. 저자인 그 수사는 인간이 가끔 비애와 고난을 겪는
것이 유용하다고 말했는데, 그것이 인간 자신의 처지를 기억하
게 만들기 때문이라고 했다. 인간은 '이 땅에 유배되어' 있었기
에 이 세상의 일에 대해 어떤 희망을 가지면 안 되고 저세상 일
에 대해서만 희망을 가져야 했다. 그것은 확실했다. 오백 년 전
그 젊은 독일인 수사는 자신이 머물던 아그네텐베르크 수도원에
서 로저가 몸소 경험했던 어떤 진리를 터득하고 표현했던 것이
다. 더 구체적으로 말하자면, 그건 로저가 어머니의 죽음으로 인
해 도리 없이 고아 신세가 되었던 어렸을 때부터 경험하던 것이
었다. 그가 스코틀랜드, 영국, 아프리카, 브라질, 이키토스, 푸투
마요에서 늘 느꼈던 바를 가장 잘 묘사한 단어는 그것이었다. 유
배. 삶의 상당 부분에서 로저가 자부심을 느낀 것은 자신이 세
계시민으로 살아왔다는 점인데, 앨리스에 따르면, 예이츠는 그
가 모든 곳 출신이기 때문에 그 어떤 곳의 출신도 아니라고 감탄
했다. 그런 특권이 한곳에 정착해 살던 사람들은 잘 모르는 어떤
자유를 허용해주었다고 그는 오래도록 스스로에게 말했었다. 하

지만 토마스 아 켐피스가 옳았다. 그는 자신이 그 어떤 곳의 출신이라고 결코 느낀 적이 없었는데, 그것이 바로 인간의 조건이었기 때문이다. 즉, 남자와 여자는 죽은 뒤 저세상에서 자신들의 우리로, 자신들에게 영양분을 주었던 원천으로, 자신들이 영원히 살게 될 곳으로 돌아갈 때까지 일시적인 목적지인 이 눈물의 계곡에 유배되었던 것이다.

반면 유혹을 물리치기 위한 토마스 아 켐피스의 처방은 천진난만했다. 그 신앙심 깊은 남자가 그곳, 자신이 머물던 외딴 수도원에서 언젠가 유혹을 느낀 적이 있었을까? 만약 유혹을 받았다면 그것을 물리치고 '결코 잠을 자지 않은 채 집어삼켜버릴 누군가를 늘 찾아다닐 그 악마'를 퇴치하는 것이 썩 쉽지는 않았을 것이다. 토마스 아 켐피스는 유혹을 느끼지 않을 정도로 완벽한 사람은 아무도 없고, 어느 기독교인이 모든 유혹의 근원인 '육욕'으로부터 벗어난다는 것은 불가능하다고 말했다.

로저는 나약했고 여러 번 육욕에 굴복했었다. 그가 자신의 수첩과 메모장에 썼던 것만큼 많지는 않았는데, 물론 의심할 바 없이 경험하지 못했던 일을 쓰는 것, 단지 경험하고 싶었던 일을 쓰는 것은 오히려 그 일을 경험함으로써 유혹에 빠지는 하나의 방법—비겁하고 소심한—이기도 했다. 그가 그 일을 진짜로 즐기지 않고, 공상하듯 불확실하고 붙잡을 수 없는 방식으로 즐겼

582

는데도 그것을 위해 죗값을 치러야 하는가? 그가 실제로 하지는 않고, 단지 욕망하고 글로 썼을 뿐인 그 모든 것을 위해 죗값을 치러야 하는가? 하느님은 실제로 범해진 죄보다 더 가벼운 방식으로 이뤄진 그 수사적인 실책을 구분하고 확실하게 벌하는 법을 알고 계실 것이다.

어찌되었든 경험한 체하기 위해 경험하지 않은 일을 글로 쓰는 것은 이미 하나의 징벌을 내재하고 있었다. 그 징벌은 그의 일기장에 쓰인 거짓 유희들이 끝날 때면 항상 찾아드는 실패감과 좌절감이었다. (물론 실제로 경험한 일들에서도 그건 마찬가지였다.) 하지만 이제 그런 무책임한 유희가 그의 이름과 그의 기억이 지닌 품위를 떨어뜨릴 수 있는 무시무시한 무기 하나를 적의 손에 놓아주었다.

다른 한편으로, 토마스 아 켐피스가 무슨 유혹에 관해 언급했는지 아는 것은 그리 쉽지 않다. 그런 유혹은 위장을 잘한 상태로 아주 은밀하게 찾아올 수 있었고, 자비로운 사물이나 미학적인 열정과 혼동되었다. 로저는 아득히 먼 사춘기 시절을 떠올렸는데, 사춘기 소년들의 멋진 몸, 탄탄한 근육, 조화롭고 늘씬한 몸매에 대한 그의 첫번째 감정은 악의적이거나 호색적인 것이 아니라 감수성과 미학적인 열정의 표현처럼 보였다. 그는 오랫동안 그렇게 믿었다. 그리고 그 멋진 몸들을 인화지에 붙잡아두기 위해 사진 기술을 배우도록 그를 유혹한 것은 바로 그 예술적인 자질이었다고 믿었다. 이제 아프리카에 살게 된 어느 순간에 그는 자신의 그런 감탄이 건강하지 않다는 사실을, 더 정확하게 말해 건강하지 않을뿐더러 건강하면서도 동시에 건강하지 못하다는 사실을 감지했는데, 그 이유는 조화로우면서 땀투성이에 근육질이면서 지방질이 없고 고양잇과 동물의 관능성을 어슴푸레 드러내는 그들의 몸이 그에게 희열과 감탄 외에도 탐욕, 욕구, 그 몸을 애무하고픈 광적인 갈망을 유발했기 때문이다. 그렇게 유혹이 그의 일부가 되어 삶을 혁신하고 그 삶을 비밀, 고민, 두려움으로 가득 채우기도 했지만 깜짝 놀랄 쾌락의 순간들로도 가득 채웠다. 그리고 물론 후회와 비애로도 가득 채웠다. 궁극의 순간에 하느님이 덧셈과 뺄셈을 하실까? 그를 용서해주실까? 그를 벌하실까? 그는 두려움이 아니라 호기심이 생겼다. 마치 그것이 그 자신에 관한 게 아니라 어느 지적인 문제나 수수께끼에 관한 것이라도 된다는 듯이.

그러고 있을 때 굵은 열쇠가 다시 감방 문의 자물쇠에 꽂혀 돌아가는 소리가 나서 그는 깜짝 놀랐다. 문이 열리고 번쩍거리는 빛, 런던의 8월 오전을 금방 불태울 것처럼 보이는 그 강렬한 태양빛이 들어왔다. 눈이 부셔 제대로 뜰 수도 없는 상태에서 그는 세 사람이 감방 안으로 들어왔다는 사실을 감지했다. 그들의 얼굴을 분간할 수가 없었다. 그가 일어섰다. 문이 닫히자 그는 자신과 가장 가까운 곳에 있는 사람, 그와 몸이 닿을 정도로 가까이 있는 사람이 바로 예전에 두어 번 본 적이 있는 펜턴빌 교도소 소장임을 인식했다. 교도소장은 그보다 나이가 더 많고 몸이 가냘프며 얼굴에 주름이 많은 사람이었다. 검은색 옷을 입은 그가 심각한 표정을 짓고 있었다. 그 뒤에서는 셰리프가 종잇장처럼 창백한 얼굴을 하고 있었다. 그리고 경비원 한 명이 바닥을 내려다보고 있었다. 로저는 침묵이 몇 세기나 지속되고 있다고 생각했다.

마침내 교도소장이 그의 눈을 쳐다보며 말하기 시작했는데, 처음에는 머뭇거리는 목소리가 성명문을 읽어가면서 확고하게 변해갔다.

"1916년 8월 2일 오늘 오전, 본인은 국왕 폐하의 내각회의가 소집되어 귀하의 변호사들이 제출한 사면 청원 요청을 심의한 결과 참석한 각료의 전원일치 의결로 거부되었음을 귀하에게 알리는 의무를 완수합니다. 결론적으로 귀하의 재판을 담당해 귀하에게 대역죄의 형을 선고한 재판소의 판결에 따라 1916년 8월 3일 오전 아홉시에 펜턴빌 교도소 마당에서 사형이 집행될 것입니다. 기존의 관습에 따라 사형집행을 위해 죄수는 죄수복을 착용하지 않아야 하는데, 교도소에 들어왔을 때 압류당해 향후 반환될 예정인 민간인 복장을 착용할 수 있습니다. 또한 본인은 교도소의 지도사제인 동일한 교단의 가톨릭 사제 '파더' 캐레이와 '파더' 맥캐롤이 만약 귀하가 원한다면 영적인 도움을 줄 준비가 되어 있다는 사실을 귀하에게 알리는 의무를 완수합니다. 그들은 귀하가 면담할 수 있는 유일한 사람이 될 것입니다. 만약 귀하가 마지막 준비를 하면서 가족에게 편지를 남기고 싶다면 본 기관은 귀하에게 필기도구를 제공할 것입니다. 귀하가 바라는 다른 요구사항이 있으면 지금 말하세요."

"지도사제님들은 몇시에 만날 수 있습니까?" 로저가 물었는다. 그의 목소리가 쉬고 쌀쌀맞게 들렸다.

교도소장이 셰리프에게 몸을 돌렸고, 두 사람은 소곤소곤 무슨 말을 주고받았는데, 대답을 한 사람은 셰리프였다.

"신부님들은 오후 이른 시각에 오실 겁니다."

"고맙습니다."

세 사람은 잠시 머뭇거린 뒤 감방을 나갔고, 로저는 교도관이 자물쇠에 열쇠 꽂는 소리를 들었다.

XIV

로저는 아일랜드의 문제에 더 몰두한 삶의 시기를 1913년 카나리아 제도를 향해 떠나면서 시작했다. 배가 대서양으로 들어가면서 그를 짓누르던 큰 부담이 사라져가고, 이키토스, 푸투마요, 고무 농장들, 마나우스, 바베이도스 출신 남자들, 훌리오 C. 아라나, 외무부의 음모에 관한 그 이미지들이 떨어져나갔고, 이제는 조국의 사안에 집중할 수 있을 만한 역량을 회복해가고 있었다. 그는 아마존의 원주민을 위해 할 수 있는 일을 이미 했다. 가장 나쁜 박해자들 가운데 하나인 아라나는 다시는 고개를 쳐들지 못할 것이다. 명예가 실추되고 파산한 남자로서 교도소에서 여생을 보낼 가능성도 없지 않았다. 이제 로저는 다른 원주민, 즉 아일랜드 원주민에게 신경써야 했다. 그들이 비록 페루,

콜롬비아, 브라질 고무 채취업자들보다 더 세련되고 위선적인 무기를 사용했다 할지라도 그들 역시 자신들을 수탈한 '아라나들'로부터 해방될 필요가 있었다.

하지만 런던에서 멀어짐으로써 자유를 느꼈는데도, 그는 바다를 여행하는 동안뿐만 아니라 라스 팔마스에서 머문 한 달 동안 건강이 악화되어 힘이 들었다. 관절염으로 인한 고관절과 등의 통증이 밤낮을 가리지 않고 시시때때로 엄습했다. 예전과 달리 이제는 진통제도 효과가 없었다. 식은땀을 흘리면서 몇 시간을 호텔 침대에 누워 있거나 테라스의 안락의자에 앉아 있어야 했다. 항상 지팡이에 의지해 어렵사리 걸었고, 이제는 산책을 하다가 통증 때문에 몸이 마비될까 두려웠기에 예전 여행 때처럼 들판이나 야산 기슭으로 긴 산책을 나갈 수가 없었다. 1913년 초 그 몇 주 동안 그가 겪은 가장 좋은 기억은 앨리스 스톱포드 그린의 저서 『아일랜드의 옛 세계』를 읽은 덕분에 아일랜드의 과거에 푹 빠져 있던 시간이었을 테다. 그 책에는 모험과 판타지, 투쟁과 창의성으로 이뤄진 어느 사회, 투쟁적이고 활수한 한 민족이 거친 자연 앞에서 성장해 자신들의 노래, 춤, 대담한 게임, 의례, 관습, 즉 영국이 점령을 통해 파괴하고 궤멸하려 애써왔지만 무위에 그친 모든 유산과 더불어 용기와 창의력을 명예롭게 여기는 사회를 묘사하기 위해 역사, 신화, 전설, 전통이 뒤섞여 있었다.

라스 팔마스에 있은 지 사흘째 되던 날, 그는 저녁식사를 마치고 항구 주변의 선술집, 바, 성매매가 이뤄지는 작은 호텔이 즐비한 어느 동네를 산책하러 호텔을 나섰다. 라스 칸테라스 해변 옆 산타 카탈리나 공원에서 주변 분위기를 파악한 뒤 선원 분위기를 풍기는 젊은이 두 명에게 담뱃불을 빌리러 접근했다. 그들과 잠시 대화를 했다. 포르투갈어와 뒤섞인 그의 어설픈 스페인어가 그 젊은이들의 흥소를 유발했다. 로저가 그들에게 술을 한잔하자고 제의했으나 둘 가운데 하나가 선약이 있어 로저는 더 어린 미겔과 함께 남았는데, 갈색 피부에 머리가 곱슬한 미겔은 막 사춘기를 벗어난 상태였다. 알미란테 콜론이라는 이름의 담배 연기 자욱한 작은 바에 갔는데, 그곳에서는 나이 지긋한 여자가 기타 연주자의 반주에 맞춰 노래를 부르고 있었다. 두번째 잔을 비운 뒤 로저는 바의 어두컴컴한 분위기의 비호를 받아 한 손을 뻗어 미겔의 허벅지 위에 올려놓았다. 미겔이 미소를 지으며 동의했다. 로저는 용기를 내어 그의 바지 지퍼 쪽으로 손을 조금 더 이동시켰다. 소년의 성기가 느껴지고 욕망의 파도가 발에서 머리까지 물결쳤다. 그는 여러 달—'몇 달?' 그는 생각했다. '세 달, 여섯 달?'—전부터 섹스도 하지 않았고, 욕망도 판타지도 없는 인간이었다. 흥분과 더불어 젊음이, 삶에 대한 사랑이 그의 혈관으로 되돌아오고 있는 것 같았다. "우리 호텔로 갈 수 있을까?" 로저가 미겔에게 물었다. 미겔이 동의도 거부도 하지 않은 채 그저 씩 웃었으나 자리에서 일어나려는 기색을 전혀 보이지 않았다. 그 대신 방금 전에 자신들이 마신 것과 같은 강하고 자극적인 와인을 한 잔 더 시켰다. 여자가 노래를 끝냈을 때 로저가 계산서를 요구했다. 돈을 지불하고 두 사람은 밖으로 나왔다. "우리 호텔로 갈 수 있을까?" 길거리에서 로저가 조바심을 내며 미겔에게 다시 물었다. 소년은 결정을 내리지 못했거나, 아마도 로저가 그를 더 간절히 원하게 만듦으로써 자신의 봉사에 대한 대가로 얻게 될 보수를 올리기 위해 대답하는 데 뜸을 들였을 것이다. 그러는 사이 로저는 허리에 칼에 맞은 것 같다고 느꼈고, 몸을 움츠린 채 어느 창문 난간에 몸을 기댔다. 이번에는 통증이 다른 때처럼 조금씩 왔던 게 아니라 갑자기 평소보다 더 강하게 왔다. 그래, 칼에 맞은 것처럼. 그는 상체를 꺾은 상태로 땅바닥에 주저앉아야 했다. 깜짝 놀란 미겔은 무슨 일인지 묻지도 않고 작별인사도 없이 줄행랑을 쳐버렸다. 로저는 그렇게 오랫동안 눈을 감고 몸을 웅크린 상태로 자신의 등 아래 부위를 괴롭히던 그 불에 달군 쇠가 식기만을 기다리고 있었다. 제대로 일어설 수 있게 된 그는 자신을 호텔로 데려다줄 택시를 발견할 때까지 다리를 끌면서 아주 천천히 몇 블록을 걸어야 했다. 새벽녘이 되어서야 통증이 가시고 잠을 잘 수 있었다. 잠을 자는 동안 숨이 가빠지고 악몽에 시달리며 금방이라도 굴러떨어질 것 같은 벼랑 끝에서 그는 줄곧 괴로워하면서도 즐거워했다.

그다음날 아침, 로저는 식사를 하면서 일기장을 펼쳐놓고는 미겔과 여러 번 섹스를 했다고 난필로 아주 천천히 써내려갔는데, 처음에는 산타 카탈리나 공원의 어둠 속에서 바다가 속삭이는 소리를 들으면서 하고, 그러고 나서는 배들의 사이렌 우는 소리가 들리는 작은 호텔의 악취 풍기는 방에서 했다고 썼다. 갈색 피부 소년이 그의 몸 위에 말을 타듯 올라 "당신은 늙은이야, 그래, 아주 상늙은이야"라며 그를 조롱하고 엉덩이를 손으로 몇 차례 때리자 그는 아마도 아파서, 아마도 쾌감 때문에 신음소리를 냈다.

카나리아에서 보낸 달의 나머지 기간에도, 남아프리카로 여행하는 동안에도, 형 톰, 형수 카체와 함께 케이프타운과 더반에 머물렀던 몇 주 동안에도 다시는 그는 성적인 모험을 시도하지 않았다. 라스 팔마스의 산타 카탈리나 공원에서 카나리아 선원과의 만남이 관절염 때문에 실패해버린 그런 상황처럼 아주 우스꽝스러운 상황이 재현될까 두려워 몸이 제대로 말을 듣지 않았기 때문이다. 아프리카와 브라질에서 아주 여러 번 했던 것처럼, 때때로 안달이 나서 꾸며낸 문장들을 일기장에 빠른 속도로 갈겨 쓰면서 혼자서 섹스를 했는데, 섹스를 끝낸 뒤에 그가 보상금을 주어야 했던 몇 분 또는 몇 시간짜리 애인들처럼 세련되지 않은 문장도 간혹 있었다. 그런 시뮬라크르가 그를 일종의 우울성 졸음에 빠뜨렸고, 그래서 그것들을 더 띄엄띄엄 하려고 애써보았는데, 그 자신도 아주 잘 알았다시피 죽을 때까지 그와 함께할 고독과 은밀한 환경에 관해 그 시뮬라크르만큼 제대로 인식하도록 해주는 것은 전혀 없었다.

그는 앨리스 스톱포드 그린이 쓴 옛 아일랜드에 관한 책에 푹 빠져버렸는데, 그 친구에게 그 주제에 관한 읽을거리를 더 많이 요청할 정도였다. 1913년 2월 6일 남아프리카로 떠나는 '그랜틀리 캐슬' 호에 승선하려고 했을 때 앨리스가 보낸 책과 팸플릿이 든 소포가 도착했다. 배를 타고 가는 동안 밤낮으로 그것들을 읽고 남아프리카에서도 그렇게 했는데, 그 덕에 머나먼 거리였음에도 그 몇 주 동안에는 자신이 현재와 어제와 먼 과거의 아일랜드, 즉 앨리스가 그를 위해 선정한 텍스트들과 더불어 자신의 것으로 만들어가고 있는 것처럼 여겨진 어느 과거의 아일랜드에 아주 가까이 있는 것처럼 다시 느꼈다. 여행이 진행되면서 등과 허리의 통증이 감소했다.

오랜 세월이 흐른 뒤 형 톰과 재회하는 것은 힘든 일이었다. 형을 만나러 가야겠다고 작정했을 때, 그 여행은 자신을 형과 더 가까워지게 할 것이고, 두 사람 사이에 실제로 결코 존재한 적이 없는 정서적인 연대감이 생길 것이라고 생각했던 바와 달리 오히려 그들이 낯선 두 남자라는 사실을 확인시켜주었다. 피붙이라는 사실 말고는 둘 사이에 공통적인 것이 전혀 없었다. 이 세월 동안 둘은 줄곧 편지를 주고받았는데, 대개는 톰과 그의 첫번째 부인인 오스트레일리아 출신의 블란취 바하리에게 경제적인 문제가 있어 로저가 그들을 도와주고자 했을 때였다. 로저는 형과 형수가 빌려달라고 요구하는 돈이 자신의 예산에 비해 과도하게 많은 경우를 제외하고는 도와주는 일을 결코 멈추지 않았다. 톰은 남아프리카 출신인 카체 에이커맨과 두번째로 결혼했고, 두 사람은 더반에서 여행업을 시작했으나 썩 잘되지 않았다. 형은 나이보다 더 늙어 보였고 전형적인 남아프리카 사람으로 변해 있었는데, 외모가 촌스럽고 피부는 태양빛과 야외생활로 인해 갈색으로 변했고, 태도는 약간 상스러울 정도로 소탈했으며, 영어를 말하는 방식조차 아일랜드인이라기보다는 남아프리카인처럼 보였다. 그는 아일랜드와 영국에서 일어난 일과 심지어는 유럽에서 일어난 일에 관해서도 관심이 없었다. 그가 집요하게 생각하던 주제는 자신이 카체와 함께 더반에서 연 '로지'*

---

* 여행자나 사냥꾼의 일시적인 숙박을 위한 오두막.

때문에 직면한 경제적인 문제였다. 그들은 그곳이 아름답기 때문에 관광객과 사냥꾼을 끌어들일 것이라고 생각했지만 찾는 이가 그리 많지 않았고, 유지 비용은 그들이 계산한 것보다 더 많이 들었다. 그들은 이 프로젝트에 많은 희망을 품었는데, 상황이 그런 식으로 유지되면 '로지'를 헐값에 팔아야 한다는 두려움이 있었다. 비록 형수가 형보다 더 재미있고 흥미로운 사람이라 할지라도—그녀는 예술적인 취향과 유머감각을 소유하고 있었다—로저는 자신이 단지 그 부부를 만나기 위해 그 긴 여행을 했다는 사실을 결국 후회했다.

4월 중순에 로저는 런던으로 돌아가는 여행을 시작했다. 그 무렵 그는 자신이 더 의욕적인 사람이 되었다고 느꼈고, 남아프리카의 기후 덕분에 관절염 통증이 완화되었다. 이제 그의 관심은 외무부에 집중되어 있었다. 자신의 결정을 더이상 늦출 수도, 무급 휴가를 더 달라고 요청할 수도 없는 실정이었다. 상사들이 그에게 요청한 바대로 리우데자네이루의 영사관으로 되돌아가거나 외교관직을 사임해야 했다. 그가 결코 좋아하지 않았던 리우로 돌아가는 문제에 관해서는, 그 주변이 외형적으로는 아름다웠는데도 리우가 그에게 적대적이고, 그래서 견딜 수가 없다고 늘 느꼈다. 그뿐만이 아니었다. 그는 무엇보다 다시는 그런 표리부동한 삶을 영위하고 싶지 않았고, 자신의 감정과 원칙을 동원해 단죄했던 제국을 위해 외교관으로 근무하고 싶지 않았다. 그는 영국으로 돌아가는 동안 내내 계산해보았다. 저축액이 근소하지만 검약한 삶을 살고—그에게는 쉬운 일이었다—공무원으로서 근속 연수에 따라 축적된 퇴직연금을 받으면 문제가 해결될 것 같았다. 런던에 도착했을 때 그의 결정은 이뤄져 있었다. 그가 맨 처음 한 일은 사직서를 가지고 외무부로 가서 건강 문제 때문에 관직에서 은퇴하겠다고 설명하는 것이었다.

로저는 런던에 단 며칠만 머무르면서 외무부 사직을 준비하고 아일랜드로 떠날 채비를 했다. 즐겁게 그 일을 처리했으나 마치 영국으로부터 영원히 멀어져버린다는 듯이 미리 일종의 향수 비슷한 감정 또한 일었다. 앨리스를 두어 번 만나고 누나 니나도 만났는데, 누나에게 걱정을 끼치지 않으려고 남아프리카에 있는 형 톰의 경제적인 손실에 관한 것은 숨겼다. 에드먼드 D. 모렐을 만나려고 애썼는데, 모렐은 특이하게도 최근 삼 개월 동안 로저가 보낸 편지에 단 한 번도 답장하지 않았다. 그의 옛친구 '불도그'는 핑계임이 분명한 갖가지 여행과 의무를 이유로 대면서 로저를 받아들이지 못했던 것이다. 로저가 그토록 존경하고 좋아했던 그 전우에게 도대체 무슨 일이 있었던 걸까? 왜 그리 냉담한 걸까? 어떤 험담이나 음모가 있었기에 그가 로저에게 그토록 냉담하게 되었을까? 조금 뒤 파리에서 허버트 워드가 알려준 바에 따르면, 모렐은 로저가 아일랜드와 관련해 영국과 대영제국을 혹독하게 비판한다는 것을 알고서 자신이 그런 정치적인 태도에 반대한다는 사실을 알리지 않으려고 로저와의 만남을 회피하고 있었던 것이다.

"문제는, 비록 스스로 모른다 할지라도 당신이 과격분자가 되어 있다는 거예요." 허버트 워드가 농담 반 진담 반으로 로저에게 말했다.

더블린에서 로저는 로우어 배곳 스트리트 55번지의 아주 작고 낡은 집 한 채를 세냈다. 집에는 제라늄과 수국이 핀 아주 작은 정원이 있어서 아침 일찍 이들 꽃나무를 다듬고 물을 주었다. 소매상인과 수공업자들이 살고 싸구려 가게들이 있는 조용한 동네로, 일요일이면 가족들이 미사에 갔는데, 부인들은 파티에 가는 것처럼 꽃단장을 하고 남자들은 검은색 정장에 모자를 쓰고 번쩍번쩍 윤이 나는 구두를 신었다. 길모퉁이에 있는 난쟁이 여자 바텐더가 손님을 접대하는 거미집투성이의 펍에서 로저는 이웃의 청과물 장수, 재단사, 제화공과 함께 흑맥주를 마시며 시사에 관해 토론하고 옛 노래를 불렀다. 그가 콩고와 아마존에서 발생한 범죄들에 대해 벌인 캠페인으로 영국에서 얻은 명성이 아일랜드까지 퍼졌고, 익명으로 단순하게 살려는 바람에도 불구하고 그가 더블린에 도착하고서부터 아주 다양한 사람들—정치가, 지식인, 언론인 그리고 문화클럽과 문화센터 관계자들―로부터 대담을 해달라, 기사를 써달라, 각종 사교모임에 참석해달라는 요청을 받았다. 심지어는 저명한 화가 사라 퍼서를 위해 포즈를 취해야 했다. 그녀가 그린 초상화에서 그는 스스로도 자신의 모습을 알아볼 수 없을 정도로 한층 젊어진 얼굴에 의기양양하고 확신에 가득찬 표정을 하고 있었다.

로저는 옛 아일랜드어 공부를 한번 더 시작했다. 선생인 미세스 템플은 지팡이를 짚고 안경을 쓰고 베일 달린 작은 모자를 쓴 채 일주일에 세 번씩 로저에게 와서 게일어를 가르치고, 숙제를 부과해 나중에 빨간색 연필로 수정하고, 일반적으로는 낮은 점수를 부여했다. 로저가 그토록 동질감을 느끼기를 원했던 그 켈트족의 언어를 배우는 데 왜 그리 어려움이 많았을까? 그는 언어에 재능이 있어서 프랑스어, 포르투갈어, 적어도 세 개의 아프리카 언어를 배웠고, 스페인어와 이탈리아어로 자신을 이해시킬 수 있었다. 그런데 그가 연대감을 느끼던 자기 나라 말이 왜 그런 식으로 그를 회피하는 것일까? 그는 매번 아주 열심히 뭔가를 배웠는데 그것을 단 며칠 만에, 가끔은 단 몇 시간 만에 잊어버렸다. 그때부터 누구에게도 그 사실을 밝히지 않은 채, 원칙의 문제 때문에 반대 의견을 견지하던 정치적인 토론에서는 더더욱 밝히지 않은 채 그는 자문해보았다. 이오인 맥닐 교수와 시인이

자 교육자인 패트릭 피어스 같은 사람의 꿈이, 즉 식민지 건설자들이 박해하며 불법적인 언어이자 소수자의 언어로 만들어버리고 거의 말살시켜버린 그 언어를 되살려 다시 아일랜드인의 모국어로 변화시킬 수 있다고 믿는 것이 과연 현실적인지, 망상이 되지는 않는지를 말이다.

미래의 아일랜드에서 영어가 퇴보하고, 학교, 신문, 교구사제의 강론, 그리고 정치가들의 토론 덕분에 켈트족의 언어가 영어를 대체하는 것이 가능할까? 로저는 공공연하게 그렇다고, 그것이 가능할 뿐만 아니라 아일랜드가 진정한 개성을 회복하기 위해서는 필요하기까지 하다고 대답했다. 여러 세대를 거치는 긴 과정이 될 것이나, 게일어가 다시 국어가 될 때에야 아일랜드가 자유롭게 될 것이므로 필수 불가결한 일이었다. 그럼에도 로우어 배곳 스트리트의 책상에 고독하게 앉아 미세스 템플이 내준 게일어 작문 연습에 직면했을 때 그는 그것이 헛수고라고 혼잣말을 했다. 진로를 바꾸기에는 현실이 한 방향으로 지나치게 많이 나가 있는 상태였다. 영어는 이미 대부분의 아일랜드인이 소통하고 말하고 존재하고 느끼는 방식이 되어버렸고, 영어를 포기하기를 원하는 것은 정치적인 변덕에 따르는 일로서 그 결과는 바벨탑 같은 혼란을 유발할 뿐이며, 자신이 사랑하는 나라를 문화적으로 변화시킴으로써 아일랜드를 고고학적인 호기심, 세

598

상의 나머지 부분으로부터 고립된 호기심의 대상이 되게 할 뿐
이었다. 그런데도 그렇게 할 필요가 있었을까?

1913년 5월과 6월에 공부에 몰두하던 로저의 조용한 삶은 〈아
이리시 인디펜던트〉의 어느 기자와의 대화에서 코네마라 지역
어부들의 가난과 원시적인 삶에 대해 듣고 나서 갑자기 중단되
었다. 로저는 어떤 충동에 따라 골웨이 서부의 그 지역, 즉 사람
들에게 들은 바에 따르면 아직도 가장 전통적인 아일랜드의 모
습을 온전하게 보존하고 주민들이 옛 아일랜드 언어를 생생하
게 보존하고 있는 그 지역으로 가겠다고 작정해버렸다. 코네마
라에서 로저는 역사적 유물 대신 조각품 같은 산, 구름에 휘감긴
산허리, 그 지역 토산의 난쟁이 말이 주변에서 어슬렁거리는 순
결한 소택지와 현격한 대비를 이루는, 학교도 의사도 없는 무시
무시한 가난 속에서 완벽한 고립무원의 상태로 살아가는 사람들
을 발견했다. 그 가난한 곳에 설상가상으로 티푸스에 걸린 사람
몇이 나타났다. 전염병이 퍼져 큰 폐해를 유발할 수 있었다. 로
저 케이스먼트의 몸안에서 가끔은 정지해 있지만 결코 죽지 않
는 그 행동하는 인간이 즉시 작업에 손을 대기 시작했다. 로저는
〈아이리시 인디펜던트〉에 '아일랜드의 푸투마요'라는 기사를 게
재했고, 후원기금을 설립해 첫 기부자이자 가입자가 되었다. 동
시에 성공회, 장로교회, 가톨릭교회 그리고 다양한 자선단체와

공개활동을 시작했고, 부족한 공식 보건활동을 돕는 봉사자로서 코네마라의 마을로 가달라며 의사와 간호사들을 설득했다. 캠페인은 성공했다. 아일랜드와 영국에서 수많은 기부가 도착했다. 로저는 전염병에 감염된 가족들에게 의약품, 옷, 식량을 전달하려고 그곳을 세 번 방문했다. 게다가 코네마라에 보건소와 초등학교를 마련해주고자 위원회를 만들었다. 이런 캠페인을 진행하기 위해 그는 두 달 동안 성직자, 정치가, 정부당국자, 지식인, 언론인과 진이 빠지는 회의를 했다. 그는 자신이 심지어 그의 민족주의적 입장에 동의하지 않는 사람들로부터도 존경어린 대접을 받고 있다는 사실에 놀랐다.

7월에 그는 의사들을 만나기 위해 런던으로 돌아왔는데, 의사들은 그가 외교관직을 사임하기 위해 주장하는 건강상의 이유가 정확한지 외무부에 보고해야 했다. 그가 코네마라에서 전염병을 퇴치하기 위해 격렬한 활동을 전개했는데도 몸 상태가 나쁘다고 느끼지는 않았던 터라 건강검진이 단순한 수속에 불과할 뿐이라고 생각했다. 하지만 의사들의 보고서는 그가 생각한 것보다 더 심각했다. 척추, 엉덩뼈, 무릎의 관절염이 심해졌다. 엄격한 치료와 조용한 삶을 통해 병이 완화될 수는 있었지만 완치될 수는 없는 상태였다. 그리고 병이 더 진행되면 수족이 마비될 가능성을 배제할 수 없었다. 외무부는 사임을 승인하고 그의 상태를 고려해 상당액의 연금을 지급했다.

그는 아일랜드로 돌아가기 전 허버트 워드와 새리타 워드의 초대를 받아들여 파리에 가기로 작정했다. 그들을 다시 만나 파리의 아프리카 영토나 다름없는 그들의 집이 지닌 따스한 분위기를 공유하게 되는 게 즐거웠다. 온 집이 마치 거대한 스튜디오를 옮겨놓은 것처럼 보였는데, 그곳에서 허버트는 자신이 만든 아프리카 남녀들의 새로운 조각품 컬렉션과 아프리카 동물군 가운데 일부 조각품을 그에게 보여주었다. 최근 삼 년 동안 브론즈와 나무로 만든 조각품들은 역동적인 분위기를 풍기는 작품으로서 가을에 파리에서 전시될 예정이었다. 허버트가 작품을 보여주고 관련된 일화를 얘기하고 작품 각각의 스케치와 작은 사이즈로 만든 모형을 보여주는 동안, 로저의 기억에는 자신과 허버트가 헨리 모턴 스탠리와 헨리 셸턴 샌포드의 탐험대에서 작업할 당시의 풍성한 이미지들이 되살아났다. 로저는 허버트가 세상의 반을 돌아다니면서 겪은 모험, 오스트레일리아를 방랑하면서 알았던 특이한 사람들, 그의 광범위한 독서에 관해 들으면서 많은 것을 배웠다. 여전히 허버트의 지성은 예리했으며 쾌활하고 낙관적인 활기도 변함이 없었다. 미국 출신으로 많은 유산을 상속받은 부인 새리타는 남편과 똑같은 정신을 소유했고, 역시 모험적이었으며 약간은 자유분방한 기질을 가지고 있었다. 부부는 서로를 정말로 잘 이해했다. 두 사람은 프랑스와 이탈리아를 도보로 돌아다녔다. 그들은 자식들을 자신들 같은 세계주의자로, 활동적인 사람으로, 호기심 많은 사람으로 키웠다. 이제 부부의 두 아들은 영국에서 기숙학교에 다니고 있었으나 방학 기간에는 온전히 파리에서 보냈다. '귀뚜라미' 소녀는 부모와 함께 살고 있었다.

워드 부부는 로저를 데리고 센강의 다리와 파리의 여러 구역이 내려다보이는 에펠탑의 식당에 저녁식사를 하러 가기도 하고, 몰리에르의 연극 〈상상병 환자〉를 보러 그를 코메디 프랑세즈에 데려가기도 했다.

하지만 로저가 그 부부와 보낸 나날의 모든 면이 우정과 이해와 애정으로 이뤄진 것은 아니었다. 로저와 허버트는 많은 것에서 견해를 달리했지만, 그렇다고 그들의 우정이 결코 미지근해지지는 않았고 오히려 그 견해 차이가 우정을 북돋아주었었다. 하지만 이번에는 달랐다. 어느 날 밤에 그들이 어찌나 격렬하게 논쟁을 벌였던지 새리타가 개입해서 주제를 바꿔야만 했다.

허버트는 로저의 민족주의에 대해 늘 관대하고 사뭇 재미있어 하는 태도를 견지했었다. 하지만 그날 밤에는 자기 친구가 지나치게 열광적이되 썩 이성적이지 않고 거의 광적인 방식으로 민족주의적인 사상을 추종한다며 비난했다.

"아일랜드인 대다수가 영국으로부터 독립하고자 원한다면, 그건 좋아요." 허버트가 로저에게 말했다. "나는 아일랜드가 공화국의 기 하나, 문장 하나, 대통령 한 명을 가진다고 많은 것을 얻을 거라고는 생각하지 않아요. 아일랜드의 경제·사회적인 문제들이 그로 인해 해결될 거라고도 생각하지 않고요. 내 판단에는 존 레드먼드와 그의 추종자들이 옹호하는 자치권을 채택하는 것이 더 나을 것 같아요. 그들도 아일랜드인이에요, 그렇잖아요? 분리를 원하는 당신 같은 사람들에 비하면 다수고요. 그런데 사실 그런 건 그 어떤 것도 썩 걱정되지 않아요. 하지만 다른 한편으로, 당신이 얼마나 아량이 없는지 보면 진짜 걱정이 돼요. 예전에는 당신이 옳았어요, 로저. 그런데 지금 당신은 당신 것이기도 하고, 당신 부모와 형제들 것인 한 나라에 증오심을 가지고 고래고래 소리를 지르고 있어요. 당신이 요 몇 년 동안 참 훌륭하게 봉사해온 나라 말이에요. 그리고 당신의 그 공을 인정해준 나라 말이에요, 그렇지 않아요? 당신을 귀족으로 만들어주고, 왕국에서 가장 중요한 훈장을 서훈한 나라죠. 그런 게 당신에게 전혀 의미가 없나요?"

"내가 다시 감사하는 마음을 가진 식민주의자가 되어야 하겠어요?" 로저 케이스먼트가 말을 끊었다. "당신과 내가 콩고를 위해 거부했던 것을 아일랜드를 위해 받아들여야 하겠나요?"

"내 생각에는 콩고와 아일랜드 사이에 천문학적인 거리가 있는 것 같은데요. 혹 코네마라의 여러 반도에서 영국인이 원주민의 손을 자르고 채찍으로 등짝을 갈라놓고 있나요?"

"유럽에서 행해지는 식민화 방법은 더 세련되었어요, 허버트. 하지만 덜 잔인하지도 않아요."

파리에서 머문 마지막 며칠 동안 로저는 아일랜드에 관한 주제를 다시는 다루려 하지 않았다. 허버트와의 우정이 훼손되는 걸 원치 않았기 때문이다. 그는 미래에 자신이 갈수록 더 정치적인 투쟁에 휩쓸리게 되면 틀림없이 허버트와의 거리가 아마도 자신들의 우정을 깨뜨릴 정도로 멀어질 것이라고 슬퍼하며 혼잣말을 했는데, 그 우정은 그가 평생 가졌던 가장 긴밀한 우정들 가운데 하나였다. '내가 광신자가 되어가는 건가?' 그때부터 그는 가끔 경계하면서 자문할 것이다.

로저는 여름의 끝 무렵에 더블린으로 돌아감으로써 이제 게일어 공부를 다시 시작할 수 없게 되었다. 정치적 상황이 다시 들끓자 첫 순간부터 그 상황에 이끌려버린 것이다. 존 레드먼드가 이끄는 아일랜드 의회당이 지지했던, 아일랜드에 의회와 광범위한 행정적·경제적 자유를 줄 홈 룰 계획이 1912년 11월 영국 하원에서 승인되었다. 하지만 영국 상원은 두 달 뒤 그 계획을 거부해버렸다. 1913년 1월에 지역의 다수를 차지하는 친영파와 프

604

로테스탄트에 의해 지배되던 합방주의자들의 거점인 얼스터에서는 에드워드 헨리 카슨이 주도하던 홈 룰 반대자들이 악의적인 캠페인을 전개했다. 그들은 사만 명의 지원자로 얼스터 의용군을 조직했다. 그것은 정치적인 조직이자 홈 룰이 승인되면 무기를 들고 저항할 준비가 된 군대였다. 존 레드먼드의 아일랜드 의회당은 자치권을 위해 계속해서 투쟁했다. 하원에서 승인된 법안의 제2차 독회가 상원에서 다시 부결되었다. 9월 23일 합방주의자위원회는 만약 자치권이 승인된다면 얼스터의 임시정부를 구성하는 안, 즉 자신들을 아일랜드의 나머지로부터 분리시키는 안을 승인했다.

로저 케이스먼트는 이제 자신의 실명을 사용해 얼스터의 합방주의자들을 비판하는 글을 민족주의적 언론에 기고하기 시작했다. 그는 그들 지방에서 다수의 프로테스탄트가 소수의 가톨릭교도에게 자행한 인권유린을 고발했는데, 가톨릭교도 노동자들이 공장에서 해고되고 가톨릭교도가 거주하는 지역들의 주민협의회가 예산과 권한에서 차별을 받는다는 내용이었다. "얼스터에서 발생한 일들을 보면서 나는 더이상 프로테스탄트라고 느끼지 않는다." 그는 어느 글에서 이렇게 단언했다. 모든 글에서 그는 급진론자들의 태도가 미래에 일어날 어떤 비극적인 결과들 가운데 하나로서, 아일랜드인을 적대적인 파당들로 분열시킬 것이라고 개탄했다. 다른 글에서는 가톨릭 공동체 학대를 침묵으로 두둔하던 성공회 사제들을 꾸짖었다.

홈 룰이 아일랜드를 종속으로부터 해방시키는 데 소용되리라는 생각에 대해 정치적인 대화에서는 그가 회의적인 시각을 드러냈다 할지라도 자신의 기사에서는 어떤 희망을 어렴풋이 드러냈다. 즉, 그 법이 변질될 수정이 없이 승인된다면, 그리고 하나의 의회를 갖고 정부당국자들을 선발해 총수입을 관리하게 된다면, 아일랜드는 독립국의 문턱에 있으리라는 것이었다. 만약 그것이 평화를 가져온다면 아일랜드의 국방과 외교가 계속해서 영국 정부의 손에 있다 한들 무엇이 그리 중요하겠는가?

그 시기 동안 로저 케이스먼트는 켈트족 언어를 수호하고 공부하고 유포시키는 데 평생을 바친 두 아일랜드인, 즉 이오인 맥닐 교수, 패트릭 피어스와 더 깊은 우정을 맺었다. 로저는 게일어와 아일랜드의 독립에 대해 과격하고 비타협적인 십자군 병사 피어스에게 큰 호감을 느꼈다. 그는 청소년기에 게일연맹에 가입해 게일어 문학, 저널리즘, 교육에 헌신했다. 그는 이중언어 교육 학교 두 곳, 즉 소년들을 위한 세인트 엔다 학교와 소녀들을 위한 세인트 이타 학교를 설립해 운영했는데, 이들은 게일어를 국가의 언어로 복구하는 것을 목적으로 삼아 설립된 첫 학교들이었다. 그는 팸플릿과 신문에 시와 희곡 외에도, 만약 켈트의 언어를 복구하지 않으면 아일랜드가 문화적으로 계속해서 하나의 식민지적 속국으로 남을 것이기에 독립은 쓸모없을 것이라는 주장을 견지하는 글들을 기고했다. 이 분야에서 그의 무관용은 절대적이었다. 젊었을 때 그는 윌리엄 버틀러 예이츠가 영어로 글을 썼다는 이유로 그를 '반역자'라고 부르기까지—나중에는 그를 무조건 칭찬했다—했다. 그는 내성적인 노총각으로, 체격이 건장하고 당당하고, 지칠 줄 모르는 일벌레에 눈에는 작은 결함이 있으며, 격정적이고 카리스마 넘치는 웅변가였다. 패트릭 피어스는 게일어 문제도 아일랜드의 해방 문제도 다루지 않고 믿을 만한 사람들과 함께 있을 때면 유머와 매력이 있는 떠들썩한 남자, 수다스럽고 외향적인 남자가 되었는데, 가끔은 더블린 시내에서 돈을 구걸하는 늙은 거지 여자, 또는 선술집 문을 거리낌없이 들락거리는 뻔뻔스러운 아가씨로 분장해 친구들을 놀라게 했다. 하지만 그의 삶은 수도사처럼 절제된 것이었다. 어머니와 형제들과 함께 살면서 술을 마시지도 담배를 피우지도 않았으며 연애도 하지 않았다. 가장 좋은 친구는 자신의 형제인 윌리였는데, 조각가인 그는 세인트 엔다 학교의 미술 교사였다. 피어스는 라스판햄의 나무 숲 언덕들로 둘러싸인 이 학교의 교문 옆 담에 신화적인 영웅 쿠훌린의 사가*에 등장하는 문장 하나를 새겨넣었다. "만약 내 위업이 영원히 기억된다면 나는 하루 밤낮을 살게 되어도 상관없다." 사람들은 패트릭 피어스가 순결한 남자였다고 말했다. 그는 군대의 규율을 지키듯 가톨릭을 신앙했는데, 자주 단식을 하고 고의**를 입을 정도로 엄격했다. 이리저리 바쁘게 왔다갔다하고, 음모에 깊이 개입하고, 정치적인 삶의 열띤 논쟁에 적극적으로 참여하던 이 시기에 패트릭 피어스가 로저 케이스먼트에게 불러일으킨 억제할 수 없는 애정에 대해 로저는 그가 자신이 알고 있던 정치가들 가운데 정치로 인해 유머감각을 잃지 않은 몇 안 되는 사람이었기 때문이고, 그의 시민으로서의 행동이 온전히 원칙주의적이고 사욕이 없었기 때문이었으리라고 자주 혼잣말을 했는데, 패트릭 피어스는 사상을 중요시하고 권력을 경멸했다. 하지만 로저 케이스먼트는 패트릭 피어스가 아일랜드 애국자들을 원시시대 순교자의 현재 버전으로 생각하는 그 강박관념이 불편했다. 패트릭 피어스는 어느 에세이에 다음과 같이 썼다. "순교자들의 피가 기독교 정신의 씨앗이듯 애국자들의 피는 우리의 자유의 씨앗이 될 것이다." 로저는 멋진 문장이라고 생각했다. 하지만 이 문장에 뭔가 불길한 징조가 느껴지지 않았던가?

---

* 고대 스칸디나비아의 전설이나 영웅담.
** 산양이나 낙타의 털로 짠 옷. 고행과 금욕의 상징으로 맨 살갗 위에 그대로 입는다.

로저에게 정치는 모순적인 감정을 불러일으켰다. 한편으로 정치가 그를 그 어느 때보다도 열정적으로 살게 했지만—결국 그는 아일랜드에 몸과 마음을 바쳤다!—일상의 과업들 속에서 갖가지 이상 및 사상과 뒤섞이던 음모, 허식, 비열함에 의해 동의 및 행동보다 상위에 있던 토론들, 가끔은 그 동의 및 행동을 방해하던 끝없는 토론들이 괜한 시간 낭비라는 생각 때문에 짜증이 났다. 권력과 연계된 모든 것이 그렇듯이, 그는 정치가 인간의 가장 좋은 점—이상주의, 영웅적인 행위, 희생, 관용—을 드러내지만 가장 나쁜 점인 잔인성, 질투, 원한, 오만도 드러낸다는 사실을 듣고 읽었다. 그는 그것이 사실임을 확인할 수 있었다. 그는 정치적인 야심이 없었고, 권력이 그를 유혹하지 않았다. 아마도 그런 이유로, 아프리카와 남아메리카의 원주민 학대에 대항한 위대한 국제적 투사로서 명성을 유지했을 뿐만 아니라 민족주의 운동에서도 적이 없었을 것이다. 그는 적어도 그렇게 믿었는데, 이 사람 저 사람 모두가 그에게 존경심을 보였기 때문이다. 1913년 가을, 그는 정치연설가로 첫 임무를 시작하기 위해 어느 연단에 올라갔다.

홈 룰에 반대하는 캠페인을 벌이며 당국자들이 지켜보는 가운데 자신들의 군대를 훈련시킨 에드워드 카슨과 그의 추종자들의 친영국적인 과격주의에 반대하는 아일랜드 프로테스탄트들을 조직화하기 위해 로저는 8월 말경 자신이 어린 시절과 젊은 시절을 보낸 얼스터로 갔다. 로저가 조직을 만드는 데 도움을 준 발리머니라 불리는 위원회는 벨파스트 시청사에서 시위를 주도했다. 로저가 앨리스 스톱포드 그린, 잭 화이트 대위, 알렉스 윌슨, 그리고 딘스모어라는 성의 젊은 행동가와 더불어 연설가로 나서기로 합의가 되었다. 그의 생에 첫번째 대중 연설은 1913년 10월 24일 비 오는 해질 무렵에 벨파스트 시청에 모인 오백 명의 청중 앞에서 행해졌다. 그는 전날 밤 신경이 아주 예민한 상태에서 연설문을 써서 암기했다. 연단에 올랐을 때는 자신이 이미 돌이킬 수 없는 걸음을 뗄 것이고, 그렇게 되면 지금부터는 자신이 시작했던 길에서 퇴보는 없으리라는 느낌을 받았다. 정황상 그의 미래 삶은 아마도 그가 아프리카와 남아메리카의 밀림에서 겪었던 것과 같은 수많은 위험을 겪게 만들 어느 임무에 바쳐지게 될 것이다. 아일랜드인의 분열이 종교적이면서도 정치적이라는 사실(자치론자 가톨릭교도와 합방주의자 프로테스탄트)을 부정하는 데, 그리고 '아일랜드인의 다양한 신조와 이상의 통일'을 호소하는 데 전적으로 할애된 그의 연설은 갈채를 받았다. 행사가 끝난 뒤 앨리스 스톱포드 그린이 그를 껴안으면서 귀에 대고 속삭였다. "내가 예언해볼게요. 난 당신에게 아주 위대한 정치적 미래가 있다고 확신해요."

이어지는 팔 개월 동안 로저는 자신이 열변을 토하면서 연단을 오르내리기만 했다는 느낌을 가졌다. 처음에만 원고를 읽었을 뿐 나중에는 작은 메모를 바탕으로 즉흥적으로 연설했다. 아일랜드 방방곡곡을 돌아다니며 집회, 모임, 토론, 가끔은 공개로 가끔은 비공개로 이뤄지는 원탁회의에 참석하면서 오랜 시간 토론하고 주장하고 제안하고 반론하느라 자주 밥을 먹는 것도 잠을 자는 것도 포기했다. 이처럼 정치적인 행위에 완전히 헌신하는 것이 가끔은 그를 고무시켰고 가끔은 깊은 낙담을 유발했다. 낙심한 순간에는 고관절 등의 통증이 재발했다.

1913년 말과 1914년 초의 그 몇 개월 동안 아일랜드에서는 정치적 긴장이 계속해서 커지고 있었다. 얼스터의 합방주의자들과 자치론자·독립론자들 사이의 분열이 아주 격화되어 내전의 서막처럼 보였다. 1913년 겨울에는 에드워드 카슨이 창설한 얼스터 의용군에 대응해 아일랜드 시민군이 창설되었는데, 주요 창설자인 제임스 콘놀리는 노동조합의 대표이자 노동자들의 리더였다. 군사 조직인 아일랜드 시민군의 공식적인 존재 이유는 고용주와 당국자들의 공격에 대해 노동자들을 보호하기 위한 것이었다. 초대 사령관인 잭 화이트 대위는 탁월한 공을 세우면서 영국군에 복무한 뒤 아일랜드 민족주의로 전향했다. 아일랜드 시민군의 창설식에서는 로저의 지지성명이 낭독되었는데, 그 무렵 그의 정치적인 동지들은 민족주의 운동을 위한 경제적인 지원을 얻어내도록 로저를 런던에 보내놓은 상태였다.

아일랜드 시민군의 출현과 거의 동시에 로저가 지원한 이오인 맥닐 교수의 주도로 아일랜드 의용군이 출현했다. 그 조직은 첫 순간부터 아일랜드 공화국 형제단의 지원에 의지했는데, 아일랜드 독립을 요구하던 그 형제단은 민족주의 집단들에서 전설적인 인물이었던 톰 클라크가 자신에게 은신처 역할을 해주던 인심 좋은 담뱃가게에서 지휘하던 부대였다. 톰 클라크는 다이너마이트를 가지고 테러행위를 자행했다는 이유로 영국 교도소에서 십오 년을 보냈다. 그러고서 미국으로 망명했다. 그곳으로부터 그는 조직가로서의 재능을 발휘해 비밀 조직망을 만들도록 클랜 나 게일(아일랜드 공화국 형제단의 미국 지부)의 지도자들에 의해 더블린으로 보내졌다. 그는 임무를 완수했다. 쉰두 살의 나이에도 건강하고 지칠 줄 모르고 엄격한 규율을 유지했기 때문이다. 그의 정체는 영국 스파이에 의해 발각되지 않았다. 비록 늘 쉬운 일이 아니었다 할지라도, 그 두 조직은 긴밀하게 협조해서 작업했고, 수많은 지지자가 두 조직에 동시에 협조했을 것이다. 의용군에는 게일연맹 회원들, 아서 그리피스의 지휘하에 첫 걸음을 내디디던 신 페인 당의 투사들, 하이버니아 구교단*의 단원들, 그리고 수천 명의 독립주의자도 가입했다.

로저 케이스먼트는 맥닐 교수, 패트릭 피어스와 더불어 의용군의 창군선언문을 작성했고, 1913년 11월 25일 더블린의 로툰다에서 개최된 의용군 조직의 첫번째 공식 행사에 참석한 군중 틈에서 감동으로 전율했다. 맥닐과 로저가 제안했다시피 의용군은 애초부터 요원들을 모으고 훈련하고 무장하는 일에 전념하던 군사운동이었는데, 요원들은 무절제한 정치적 상황에서 무언가에 임박한 듯 보이던 무장투쟁이 발발할 경우에 대비해 아일랜드 전역에 걸쳐 분대, 중대, 연대로 나뉘어 있었다.

로저는 의용군을 위해 몸과 마음을 바쳐 일했다. 이런 식으로 의용군의 주요 지도자들과 관계를 맺고 친밀한 우정을 쌓게 되었는데, 희곡을 쓰고 대학에서 가르치던 토마스 맥도나흐, 폐병 환자에 지체장애라는 신체적인 한계를 지녔는데도 피어스처럼 독실한 가톨릭교도이자 신비주의 문학의 애독자고, 애비 극장의 설립자들 가운데 하나로서 비범한 에너지를 보여준 젊은 조지프 플런켓 같은 시인과 작가가 많았다. 로저는 의용군을 위해 1913년 11월부터 1914년 7월까지 밤낮으로 활동했다. 더블린, 벨파스트, 코크, 런던데리, 골웨이, 리머릭 같은 대도시에서 열린 모임에서 또는 작은 마을과 촌락에서 수백 명 또는 손으로 꼽을 정도

---

* 1836년 뉴욕에서 창설된 아일랜드 출신 가톨릭 형제단.

의 사람을 앞에 두고 매일 연설을 했다. 그의 연설은 차분하게 시작되었으나("저는 영국의 식민지배에 대항해 아일랜드의 주권과 해방을 지지하는 얼스터의 프로테스탄트입니다.") 연설이 진행되어감에 따라 격정적으로 변해버려 늘 서사시풍의 도취감에 젖어 끝을 냈다. 거의 항상 청중의 우레 같은 갈채를 이끌어냈다.

동시에 로저는 의용군이 전술적인 계획을 실행하는 데 협력했다. 군사적인 행동이 주권투쟁을 가장 효율적으로 도울 수 있는 방식이 되도록 준비하는 데 가장 열정적인 지도자들 가운데 하나였던 그는 그 투쟁이 불가피하게 정치적인 차원에서 전투적인 행위로 바뀌리라는 사실을 인식하고 있었다. 무장을 하는 데는 돈이 필요했고, 따라서 자유를 사랑하는 아일랜드인들이 의용군에게 활수해지도록 설득하는 것이 필수적이었다.

그렇게 로저 케이스먼트를 미국으로 보낸다는 아이디어가 생겨났다. 미국에서는 아일랜드 공동체들이 경제적인 자원을 가지고 있었고, 그래서 여론을 환기시키는 캠페인을 통해 그들 공동체의 지원을 확대할 수 있었다. 세상에 가장 널리 알려진 아일랜드인 로저보다 그 캠페인을 더 잘할 수 있는 사람이 누구였겠는가? 의용군은 북미의 대규모 아일랜드 민족주의자 공동체를 규합하고 있던 강력한 클랜 나 게일의 미국 지도자 존 드보이에게

서 이 프로젝트에 관한 의견을 구하기로 결정했다. 킬데어 카운
티의 킬에서 태어난 드보이는 젊었을 때부터 비밀 활동가로 활
약했는데, 테러리즘으로 기소되어 십오 년 형을 선고받았다. 하
지만 오 년만 복역했다. 그는 알제리의 외인부대에서 근무했다.
미국에서는 1903년에 신문 〈게일릭 아메리칸〉을 창간하고 '지배
계층'의 미국인들과 긴밀하게 유대를 맺었는데, 그 덕분에 클랜
나 게일이 정치적인 영향력을 갖게 되었다.

존 드보이가 그 제안에 관해 연구하는 동안 로저는 아일랜드
의용군을 활성화하고 군대화를 촉진하기 위한 일에 계속해서 헌
신했다. 그는 의용군의 총감독관인 모리스 무어 대령과 절친한
친구가 되었는데, 대령이 훈련은 어떻게 이뤄지고 있는지, 그리
고 무기 은신처들이 안전한지 알아보기 위해 아일랜드 섬을 둘
러보러 가는 데 동반했다. 무어 대령의 요청에 따라 그는 의용군
조직의 총참모부에 합류했다.

로저는 여러 번 런던에 보내졌다. 그곳에서 앨리스 스톱포드
그린이 주재하는 비밀 위원회가 가동되고 있었는데, 앨리스는
자금을 모으는 일 외에도 영국과 유럽 여러 나라에서 비밀리에
소총, 권총, 수류탄, 기관총, 탄약을 구입해 은밀하게 아일랜드
로 반입하는 일을 맡아 했다. 런던에서 앨리스, 그녀의 친구들과
함께 여러 번 회의를 하면서 로저는 유럽에서의 전투가 이제는

단순한 가능성을 넘어 진행중인 현실이 되어가고 있다는 사실을 알아차렸다. 즉 그로스베너 로드에 있는 그 역사가의 집에서 열린 공부 모임에 참석한 모든 정치가와 지식인은 독일이 이미 그렇게 결정했다고 믿었으며, 따라서 전쟁이 일어날 것인지가 아니라 언제 일어날 것인가가 관건이라고 말했다.

로저는 비록 정치적인 여행 때문에 자기 침실에서 밤을 보내는 날이 불과 얼마 되지 않았다 할지라도 거처를 더블린 북쪽 해변의 말라하이드로 옮겼다. 그가 그곳에 정착한 지 얼마 되지 않아 왕립 아일랜드 경찰대가 수사에 착수해 비밀경찰이 그를 추적하고 있다고 의용군이 그에게 알렸다. 그것은 그가 미국으로 떠날 수밖에 없는 또하나의 이유였다. 그가 아일랜드에 남으면 철창에 갇힐 텐데, 그보다는 미국으로 가는 게 민족주의 운동에 더 유용했을 것이다. 존 드보이는 클랜 나 게일의 지도자들이 그가 미국에 오면 박수를 칠 것이라고 알렸다. 모두 그가 미국에 나타나면 기부금 모금이 촉진되리라고 믿었다.

로저는 그렇게 하겠다고 했으나 그가 관심을 갖고 있던 한 프로젝트 때문에 출발이 지연되었다. 그 프로젝트는 1914년 4월 23일, 브라이언 보루가 지휘하던 아일랜드인들이 영국인들을 격파한 클론타프 전투 900주년을 맞아 대규모 기념식을 거행하는 것이었다. 맥닐과 피어스가 그를 도왔으나 그 밖의 지도자들은 그가 제안한 행사가 시간 낭비라고 생각했다. 현재가 중요한 시점에서 뭐하려고 그 케케묵은 고고학에 에너지를 낭비한다는 것인가? 방심할 시간이 없었다. 그 프로젝트도 로저가 주도한 다른 행사, 즉 아일랜드가 자체 선수단으로 올림픽에 참여하는 청원 서명을 받는 캠페인도 구체화되지 못했다.

　로저는 여행을 준비하는 동안 각종 모임에서 계속 연설을 했고, 거의 항상은 맥닐과 피어스가, 가끔은 토마스 맥도나흐가 그와 함께했다. 코크, 골웨이, 킬케니의 모임에서였다. 성 패트릭의 날*에 그는 리머릭의 연단에 올랐는데, 그곳에는 그가 평생 본 것 가운데 가장 많은 수의 시위대가 운집해 있었다. 상황은 나날이 어려워지고 있었다. 중무장한 얼스터의 합방주의자들이 노골적으로 행진을 하고 군사훈련을 했기 때문에 급기야 영국 정부가 아일랜드 북부에 더 많은 육군과 해군을 파견하는 조치를 취해야 했다. 그때 커리 폭동이 일어났는데, 이 폭동은 로저의 정치의식에 지대한 영향을 미치게 될 사건이었다. 얼스터의 급진론자들이 군사행동을 일으킬 가능성을 억누르기 위해 영국의 육군과 해군이 한창 동원되는 와중에, 아일랜드 군사령관 아서 파

---

* 아일랜드의 수호성인 성 패트릭(386~461)을 기념하기 위해 그가 세상을 떠난 3월 17일에 열리는 축제.

제 경은 만약 자신이 커리 주둔군의 영국 장교 다수에게 에드워드 카슨 경의 얼스터 의용군에 대한 공격 명령을 내리면 그 장교들이 전역을 신청하겠다는 사실을 알려왔다고 영국 정부에 통보했다. 영국 정부는 장교들의 공갈에 굴복했고 그들 가운데 누구도 제재를 받지 않았다.

이 사건이 로저의 확신을 강화시켰다. 홈 룰은 그 자체가 표명한 모든 약속에도 불구하고, 보수당 정부건 자유당 정부건 영국 정부가 결코 승인하지 않을 것이므로 현실화되지 못하리라는 확신이었다. 자치권을 획득하리라 믿었던 존 레드먼드와 아일랜드인들은 거듭 실망할 것이다. 이것은 아일랜드에게 해결책이 아니었다. 순수하고 단순하게 말하자면 해결책은 바로 독립이었는데, 독립이 결코 기꺼이 허용되지는 않을 것이다. 독립은 피어스와 플런켓이 원했던 것처럼 정치적이고 군사적인 행위를 통해, 큰 희생과 영웅적인 행위의 대가로 쟁취될 것이다. 지구상에서 자유를 구가하는 모든 민족은 그렇게 자신들의 해방을 성취했다.

1914년 4월, 독일 기자인 오스카 슈베리너가 아일랜드에 도착했다. 그는 코네마라의 빈자들에 대한 기사를 쓰고자 했다. 티푸스 전염병이 발생했을 때 로저가 그 지역 사람들을 아주 적극적으로 도운 적이 있었기에 그 기자가 그를 찾아왔다. 두 사람은 함께 코네마라로 가서 여러 어촌, 학교, 그리고 막 운영되기 시작하던 보건소를 둘러보았다. 로저는 슈베리너의 기사를 〈아이리시 인디펜던트〉에 게재하기 위해 나중에 번역을 했다. 민족주의의 견해에 호의적인 그 독일인 기자와의 대화에서 로저는 자신이 베를린으로 가면서 했던 생각, 즉 독일과 영국이 전쟁을 하게 되면 아일랜드 해방투쟁을 독일과 연계시키겠다는 생각을 재확인했다. 아일랜드가 자신의 부족한 수단들로는—거인에게 대항하는 피그미족*—영국으로부터 결코 얻어내지 못할 것을 이 강력한 동맹국과 더불어 얻어낼 가능성이 더 높아질 것이다. 그 생각은 의용군들 사이에서 호의적으로 받아들여졌다. 완전히 새로운 것은 아니었으나 임박한 전쟁이 그 생각에 새로운 효력을 부여하고 있었다.

이런 상황에서 에드워드 카슨의 의용군이 라네 항구를 통해 216톤의 무기를 얼스터에 비밀리에 들여오는 데 성공했다는 사실이 알려졌다. 이번 선적 물량은 이전 것과 합쳐져 합방주의자 투사들에게 민족주의자 의용군보다 훨씬 우세한 화력을 부여해주었다. 로저는 미국행을 서둘러야 했다.

로저는 미국을 향해 출발했으나 미국으로 가기 전 아일랜드 의회당의 지도자인 존 레드먼드와 면담하러 런던으로 가는 이오

---

* 그리스신화에 등장하는 소인족.

인 맥닐과 동행해야 했다. 온갖 역경에도 불구하고 레드먼드는 결국 자치권이 승인될 것이라고 계속해서 확신하고 있었다. 그런 역경들 앞에서 그는 영국 자유당 정부가 성의를 표하고 있다며 옹호했다. 그는 통통한 체격에 역동적인 사람으로, 속사포를 쏘듯이 말을 빠르게 했다. 그가 보여주던 절대적인 자신감은 그가 이미 로저에게 불어넣고 있던 반감을 키우는 데 기여했다. 그가 왜 아일랜드에서 그토록 인기가 있었던 것일까? 자치권은 영국과의 협조와 우정을 통해 획득되어야 한다는 그의 견해가 아일랜드인 다수의 지지를 얻고 있었다. 하지만 로저는 확신했다. 아일랜드 의회당의 지도자에게 답지하는 이런 대중적인 신뢰는 홈 룰이 아일랜드인을 속이고 해산시키고 분열시키기 위해 대영제국 정부가 이용하는 신기루라는 사실을 여론이 인식해감에 따라 사라지기 시작할 것이라고 말이다.

면담에서 로저를 가장 짜증나게 했던 것은 만약 영국이 독일과 전쟁을 벌인다면 아일랜드인은 원칙과 전략상의 문제 때문에 영국 편에서 싸워야 한다는 레드먼드의 진술이었다. 그런 식으로 아일랜드인이 영국 정부와 여론의 신뢰를 얻게 될 것이고, 그렇게 되면 미래의 자치권이 보장되리라는 것이었다. 레드먼드는 자신의 당원 스물다섯 명이 의용군의 집행위원회에 대표로 참여해야 한다고 요구했고, 의용군은 의회당과의 연대를 유지하기 위해 요구를 수용할 수밖에 없었다. 하지만 이런 양보를 통해서도 로저 케이스먼트에 대한 레드먼드의 견해를 바꾸지 못했는데, 레드먼드는 로저를 '과격한 혁명가'라며 자주 비난했다. 그럼에도 로저는 아일랜드에 머물던 마지막 몇 주 동안 레드먼드에게 우호적인 편지 두 통을 써서, 아일랜드인 사이에 일시적이고 우발적인 불일치가 존재한다 할지라도 그들을 단결시키기 위한 작업을 해야 한다고 설득했다. 로저는 만약 홈 룰이 현실화된다면 자신이 맨 먼저 지지할 것이라고 레드먼드에게 확인해주었다. 하지만 영국 정부가 얼스터의 급진론자들이 나약하기 때문에 자치권을 부여하지 못한다고 한다면 민족주의자들이 대안적인 전략을 취해야 한다고 했다.

1914년 6월 28일, 로저가 쿠센던에서 열린 의용군 모임에서 연설을 하고 있을 때, 세르비아 출신의 테러리스트 한 명이 사라예보에서 오스트리아의 프란츠 페르디난트 대공을 암살했다는 소식이 도달했다. 그 순간 그곳에 있던 사람들 가운데 누구도 그 사건을 중요하게 생각하지 않았는데, 채 몇 주가 지나지 않아 그 사건은 제1차세계대전이 발발하는 구실이 되었다. 아일랜드에서 로저가 행한 마지막 연설은 6월 30일 칸에서 한 것이었다. 말을 너무 많이 해서 이미 목이 쉬어 있었다.

이레 뒤, 로저는 몬트리올행 '카산드라'*―배의 이름은 미래에 로저에게 예정되어 있던 것을 상징했다—호를 타고 은밀하게 글래스고항을 출발했다. 그는 가명으로 이등실을 탔다. 그 외에도 옷차림을 바꾸었는데, 보통은 세련되고 기품 있게 입었으나 이제는 아주 소박하게 입었고, 외모는 머리 스타일을 바꿔서 빗고 수염을 잘랐다. 참으로 오랜만에 배 위에서 평온한 며칠을 보낼 수 있었다. 항해를 하는 중 그는 이 마지막 몇 개월 동안의 격동이 자신의 관절염 통증을 완화하는 효력을 발휘했다고 놀라면서 혼잣말을 했다.

그는 통증 때문에 다시 고통을 겪는 일은 거의 없었는데, 통증이 찾아왔을 때도 예전보다 더 견딜 만했다. 몬트리올에서 뉴욕으로 가는 기차 안에서는 존 드보이와 클랜 나 게일의 다른 지도자들에게 보낼 보고서를 준비했다. 아일랜드에서 벌어지는 사안들의 상황에 관해, 그리고 아일랜드의 정세가 그렇게 진척되는 상황에서 언제든지 폭력사태가 발생할 수 있기에 의용군이 무기를 구입하기 위해 필요한 경제적인 후원에 관한 내용이었다. 다른 한편으로 전쟁이 아일랜드 독립파에게 특별한 기회를 열어줄 것이라고 전망했다.

---

* 그리스신화의 예언자. 트로이 왕 프리아모스의 딸로, 구애하는 아폴론에게서 예지력을 얻었으나 그의 사랑을 거절해, 그녀의 예언을 아무도 믿지 않게 되는 저주를 받는다.

7월 18일, 뉴욕에 도착한 로저 케이스먼트는 아일랜드인들이 자주 가는 벨몬트 호텔에 여장을 풀었다. 바로 그날, 그가 뉴욕 여름의 작열하는 더위 속에서 맨해튼의 어느 거리를 걷고 있을 때 노르웨이인 아이빈트 아들러 크리스텐센을 만나는 일이 벌어졌다. 우연한 만남이었을까? 당시에 그는 그렇게 믿었다. 이미 몇 개월 전부터 그의 행적을 추적해오던 영국 첩보원들에 의해 계획된 일일 수 있으리라는 의구심이 단 한 순간도 머리에 떠오르지 않았다. 그는 글래스고를 은밀하게 떠나기 위해 자신이 취했던 예방책이 충분했다고 확신했다. 그리고 그 며칠 동안 스물네 살짜리 그 청년이 그의 삶에 대이변을 야기하게 될 것이라는 생각은 추호도 하지 않았는데, 청년의 외모는 배가 고파 곧 죽을 지경인 고립무원의 방랑자라는 말과는 완전히 달랐다. 비록 해진 옷을 입고 있었다 할지라도 로저는 자신이 평생 본 사람 중에 그가 가장 잘생기고 매력적이라고 생각했다. 청년이 로저가 사준 샌드위치를 먹고 음료수를 홀짝홀짝 마시는 것을 지켜보면서 그는 혼란스럽고 부끄러운 마음이 들었는데, 자신의 심장이 마구 뛰기 시작하고 오래전부터 경험해보지 못했던 피가 들끓는 감정을 느꼈기 때문이다. 항상 아주 조심스럽게 행동하고 좋은 매너를 엄격하게 유지하던 그는 그날 오후와 밤에 자신의 품위 있는 행동방식을 위반한 채 황금빛 털로 뒤덮인 아이빈트의 근육질 팔을 애무하거나 그의 늘씬한 허리를 움켜쥐고 싶은 충동이 엄습하자 그 충동에 따를 지경에 이른 적이 여러 번이었다.

청년이 잠잘 곳이 없다는 사실을 알게 된 로저는 자신이 묵는 호텔로 그를 초대했다. 자신이 머무는 방과 같은 층에 있는 작은 방을 잡아주었다. 긴 여행 때문에 피로가 누적되었는데도 그날 밤 로저는 눈을 붙이지 않았다. 흐트러진 금발, 초롱초롱 빛나는 파란 눈의 고운 얼굴을 한 팔로 괸 상태로, 혹은 입을 벌리고 하얗고 가지런한 이를 드러낸 채 잠들어 꼼짝도 하지 않을 새 친구의 운동선수 같은 몸을 상상하며 즐거움을 맛보면서도 괴로워했다.

로저가 아이빈트 아들러 크리스텐센을 알게 된 것은 너무 강력한 경험이었기에, 그다음날 존 드보이와 함께 중요한 사안들을 다루기 위한 첫 모임에서 그는 청년의 얼굴과 몸매가 뇌리에 떠올라, 그들이 열기 때문에 기진맥진한 상태로 대화를 나누던 그 작은 사무실에서 잠깐씩 딴생각을 했다. 그 경험 많은 노 혁명가가 로저에게 강렬한 인상을 주었는데, 그의 삶이 한 편의 모험소설처럼 보였다. 일흔두 살의 나이에도 활력이 넘쳤으며 표정, 동작, 말하는 방식에서 전염성의 에너지를 전파시켰다. 가끔은 연필심을 침으로 적셔가며 작은 메모장에 글을 적으면서 의용군에 관한 로저의 보고를 도중에 끊지 않고 경청했다. 로저가 말을 멈추었을 때 무수한 질문을 하고 세부사항을 꼼꼼하게 확인했다. 로저는 존 드보이가 아일랜드에서 일어난 일을 아주 광범위하게, 심지어는 아주 비밀스럽게 유지되었으리라 추측되는 사안들까지도 인지하고 있어서 감탄했다.

존 드보이는 다정한 남자가 아니었다. 그는 교도소 수감, 비밀스러운 삶, 투쟁으로 세월을 보냄으로써 강인해졌으나, 사람들에게는 믿음직스럽고 솔직하고 성실하고 화강암 같은 신념을 지닌 남자라는 느낌을 주었다. 그 대화에서, 그리고 미국에 머무는 시간 내내 함께 나누게 될 다른 대화에서, 로저는 자신과 그가 아일랜드에 관한 견해에서는 아주 세세한 점까지 일치한다는 사실을 인식했다. 존 드보이 역시 아일랜드가 자치권을 얻기에는 이미 늦었고 이제 아일랜드 애국자들의 목표는 오직 해방뿐이라고 믿었다. 그리고 무장투쟁이 협상에 반드시 필요한 보완제가 될 것이다. 영국 정부는 군사작전들이 자국 정부에 아주 어려운 상황을 만듦으로써 아일랜드의 독립을 허용하는 일이 런던에 차악이 될 때만 협상을 받아들일 것이다. 임박한 이 전쟁에서는 독일에게 접근하는 것이 민족주의자들에게 절실히 필요한 것이었다. 독일의 병참학적·정치적 지원이 민족주의자들에게 큰 효과를 발휘할 것이다. 드보이는 미국의 아일랜드 공동체에서 이 사안에 관해서는 의견이 일치되지 않았다고 로저에게 알렸다. 비록 클랜 나 게일 지휘부의 견해가 드보이, 케이스먼트와 일치한다 할지라도 여기서 존 레드먼드의 견해에도 동조하는 사람들이 있었다.

이어지는 며칠 동안 존 드보이는 로저를 뉴욕에 있는 조직 지도자들인 존 퀸과 윌리엄 버크 코크란에게 소개했는데, 미국의 영향력 있는 변호사인 이들은 아일랜드의 대의를 후원하고 있었다. 이 두 사람은 미국 행정부와 의회의 고위층 인사들과 관계를 맺고 있었다.

로저는 존 드보이의 요청에 따라 자금을 모으기 위해 각종 모임과 회합에서 연설을 하기 시작한 이후로 아일랜드 공동체들에게 자신이 좋은 영향을 미쳤다는 사실을 감지했다. 그는 아프리카와 아마존에서 원주민을 보호하기 위해 벌인 캠페인 덕분에 유명해졌고, 그의 이성적이고 감성적인 웅변은 모든 청중에게 도달했다. 그가 뉴욕과 필라델피아를 비롯해 동부 해안의 다른 도시들에서 열린 모임에서 연설을 하면 모임이 끝날 때 모금액이 증가했다. 클랜 나 게일의 지도자들은 이런 식으로 가다가는 자신들이 자산가가 되겠다고 그에게 농담을 했다. 하이버니아 구교단은 로저가 미국에서 참여했던, 가장 많은 인원이 참석한 모임에 로저를 대표 연사로 초대했다.

필라델피아에서 로저는 망명중인 위대한 민족주의 지도자들 가운데 한 명인 조지프 맥개러티를 만났는데, 그는 클랜 나 게일에서 존 드보이의 긴밀한 협조자였다. 사실 호스 지역의 의용군이 쓸 소총 1500정과 탄약 1만 발의 비밀 하역이 성공했다는 소식이 도달한 바로 그 시각 로저는 존 맥개러티의 집에 있었다. 그 소식은 폭발적인 즐거움을 유발했고, 그들은 축배를 들면서 축하했다. 잠시 후 로저는 무기와 탄약을 하역한 뒤 배철러스 워크에서 아일랜드인들과 영국 국왕의 스코틀랜드 국경 연대 소속 군인들 사이에 분쟁이 일어나 세 명이 사망하고 마흔 명 이상이 부상당했다는 사실을 알았다. 이제 드디어 전쟁이 시작된 것인가?

미국 내에서 여기저기 돌아다니고, 클랜 나 게일의 모임과 공공 행사에 오가는 거의 모든 길에 로저는 아이빈트 아들러 크리스텐센을 데리고 나타났다. 로저는 그를 자신의 조수이자 막역한 친구라고 소개했다. 로저는 그 노르웨이 청년에게 근사한 옷을 사 입히고, 청년이 전혀 모른다고 말한 아일랜드 문제에 관한 최신 정보를 알려주었다. 아이빈트 아들러 크리스텐센은 교양이 없었지만 바보는 아니어서 빨리 배우고, 로저와 존 드보이, 그리고 조직의 다른 단원들과의 회합에서는 아주 신중하게 처신했다. 설령 그 노르웨이 청년의 존재가 단원들의 염려를 유발했다 할지라도, 그들은 그 염려를 억누르고서 어느 순간에도 로저에게 그 동반자에 관해 주제넘은 질문을 하지 않았다.

1914년 8월, 세계대전이 발발했을 때—4일에 영국이 독일에 선전포고를 했다—클랜 나 게일의 가장 밀접한 동료들인 로저 케이스먼트, 드보이, 조지프 맥개러티, 그리고 존 키팅은 로저가 독일로 떠나는 것을 이미 결정해놓은 상태였다. 로저는 카이저 정부가 아일랜드 의용군에게 정치적·군사적 지원을 제공할 하나의 전략적 동맹을 맺는 것에 동조하는 독립파의 대표로 독일에 가게 되었는데, 의용군은 얼스터의 합방주의자들과 존 레드먼드의 추종자들이 옹호하던 아일랜드인의 영국군 입대에 반대하는 캠페인을 벌일 예정이었다. 이 계획은 패트릭 피어스, 이오인 맥닐 같은 의용군의 소수 지도자와 더불어 상의된 것이었고 이들은 계획을 선선히 받아들였다. 클랜 나 게일이 유대를 맺고 있던 워싱턴 주재 독일 대사관이 그 계획에 협조했다. 독일 대사관의 무관인 프란츠 폰 파펜 대위가 뉴욕으로 와 로저를 두 번 면담했다. 그는 클랜 나 게일, 아일랜드 공화국 형제단, 그리고 독일 정부의 사이를 가까워지게 하는 데 적극적으로 나섰다. 그는 베를린 당국과 협의한 뒤 로저가 독일에서 환영받을 것이라고 로저의 동료들에게 알렸다.

로저는 거의 모든 사람처럼 전쟁이 벌어지는 것을 예상하고 있었고, 전쟁의 위협이 실현되자마자 가능한 한 최대의 힘을 발휘해 행동에 돌입했다. 클랜 나 게일의 동료들 가운데 대다수가 이곳 독일이 승리할 거라는 데 내기를 걸었다 할지라도, 로저가 라이히*에 취한 호의적인 입장이 반영국적인 독성을 지니고 있었기에, 그들조차 놀라워했다. 로저는 호화로운 저택에서 며칠을 보내라고 자신을 초대했던 존 킨과 더불어 격렬하게 토론한 결과, 점증하는 민주주의와 더불어 산업과 경제가 한창 발전하고 있는 한 활기찬 강국에 대해 이 전쟁이 영국처럼 쇠퇴하는 어느 나라의 원한과 질투로 이뤄진 음모였다는 사실을 확인했다. 독일은 식민의 바닥짐이 없었기에 미래를 대표했던 반면, 영국은 제국주의적 과거의 화신으로서 소멸 선고를 받아놓은 상태였다.

1914년 8월, 9월, 10월에 로저는 유럽에 대재난을 초래한 나라라고 영국을 몹시 집요하게 비난하고, 아일랜드인에게 영국군에 입대하라는 캠페인을 벌이는 존 레드먼드의 사이렌의 노래**에 굴복하지 말 것을 촉구하면서, 기사와 편지를 쓰고 좌담과 연설을 하며 자신의 가장 좋았던 시절처럼 밤낮을 가리지 않고 일했다. 영국의 자유당 정부는 의회에서 자치권이 승인되도록 조처했으나 법안 발효는 전쟁이 끝난 이후로 미루었다. 의용군 사이의 분열이 불가피했다. 의용군의 조직은 특이한 방식으로 성

---

* 독일 제국.
** 그리스신화에서 사이렌이 아름다운 노랫소리로 뱃사람을 유혹해 배를 난파시킨 데서 유래한 말로, '파멸로 이끄는 유혹'을 뜻한다.

장해 있었는데, 레드먼드와 아일랜드 의회당이 엄청난 다수파였다. 십오만 명 이상의 의용군이 레드먼드를 따랐던 반면에 겨우 만 천 명의 의용군만이 계속해서 이오인 맥닐과 패트릭 피어스와 함께했다. 이런 점이 로저 케이스먼트의 친독일적인 열정을 전혀 가라앉히지 못했는데, 그는 미국에서 이뤄진 모든 모임에서 카이저의 독일을 이 전쟁의 희생자라고, 서양문명의 가장 훌륭한 수호자라고 계속해서 소개했다. 존 퀸은 어느 토론에서 "당신 입으로 말하는 것은 독일에 대한 사랑이 아니라 영국에 대한 증오예요"라고 말했다.

1914년 9월, 필라델피아에서 로저 케이스먼트의 작은 책 『아일랜드, 독일 그리고 바다의 자유: 1914년 전쟁의 예상 결과』가 출간되었는데, 이는 그가 독일에 호의적인 입장을 표명하며 쓴 에세이와 기사를 모은 것이었다. 책은 나중에 베를린에서 『유럽에 대한 범죄』라는 제목으로 재판되었다.

로저가 친독일적인 견해를 표명한 것이 미국에서 근무하던 라이히의 외교관들을 감동시켰다. 워싱턴 주재 독일 대사 요한 폰 베른슈토르프 백작이 클랜 나 게일의 삼총사—존 드보이, 조지프 맥캐러티, 존 키팅—와 로저를 비공식적으로 만나기 위해 뉴욕을 방문했다. 프란츠 폰 파펜 대위도 참석했다. 동료들과 합의한 바에 따라 그 독일 외교관 앞에서 민족주의자들의 요구사항을 밝힌 사람은 바로 로저였다. 소총 5만 정과 탄약을 지원해달라는 것이었다. 로저는 이들 무기가 의용군 덕분에 아일랜드의 여러 항구에 비밀리에 하역될 수 있다고 했다. 무기는 영국군 주력 부대의 이동을 차단할 반식민주의적 군사봉기에 사용될 것인데, 카이저의 해군과 육군은 이를 이용해 영국 해안경비대에 대한 공격을 수월히 전개할 수 있을 것이었다. 아일랜드 여론의 독일에 대한 호감을 증대시키기 위해서는 전쟁에서 승리했을 경우 독일 정부가 식민지의 굴레에서 벗어나기를 바라는 아일랜드인의 열망을 지원해주겠다는 보장 선언을 하는 것이 반드시 필요하다고도 했다. 다른 한편으로는 독일 정부가 포로가 된 아일랜드 병사들을 영국으로부터 분리시키고, 그 병사들에게 공동의 적에 대항하는 독일군과 '함께, 하지만 소속은 되지 않고' 싸우는 아일랜드 여단에 합류하는 기회를 제공함으로써 특별하게 대접하겠다는 약속을 해야 할 것이라고 했다. 로저 케이스먼트는 자신이 여단의 조직책이 될 것이라고 했다.

단안경을 쓰고 여러 훈장으로 가슴을 덮은 채 강건해 보이는 외모의 폰 베른슈토르프 백작은 로저의 말을 경청했다. 폰 파펜이 메모를 했다. 독일 대사는 물론 베를린 당국과 협의해야 했으나 그 제안이 합당해 보인다고 덧붙였다. 그리고 실제로 며칠 뒤 두번째 회합에서 대사는 독일 정부가 아일랜드 민족주의자 대표인 케이스먼트와 그 사안에 관해 베를린에서 대화할 준비가 되었다는 사실을 알렸다. 그러고는 로저 경이 독일에 머무는 동안 모든 편의를 제공하라고 독일 당국에 요청하는 편지를 건넸다.

로저는 즉각 여행을 준비했다. 로저는 자신이 드보이, 맥개러티, 키팅에게 조수인 아이빈트 아들러 크리스텐센을 데리고 독일로 가겠다고 말했을 때 그들이 놀라워했다는 사실을 감지했다. 안전상의 이유로 미리 계획된 바에 따라 뉴욕에서 배를 타고 크리스티아니아로 갈 예정인데, 그 노르웨이인 아이빈트가 자국에서, 또 독일어도 할 줄 알았기에 베를린에서 통역사로 유용한 도움을 주리라는 것이었다. 로저는 조수를 위한 추가 경비는 신청하지 않았다. 클랜 나 게일이 그의 여행과 체제를 위해 건넨 돈의 총액—3천 달러—은 두 사람이 쓸 만한 액수였다.

로저의 뉴욕 동료들은 회합에서 아무 말 없이 자신들 앞에 앉아 있는 그 바이킹 청년을 베를린에 데려가려는 로저의 노력에서 뭔가 이상한 낌새를 알아챘으나 그에 관해서는 입을 다물었다. 그들은 가타부타 말없이 동의했다. 로저는 아이빈트 없이는 여행할 수 없었을 것이다. 아이빈트와 더불어 그의 삶에 젊음, 희망, 그리고 사랑—이 단어가 그의 얼굴을 붉게 만들었다—의 기운이 들어왔다. 예전에는 그에게 그런 일이 일어난 적이 없었다. 설령 그것이 단순한 별명이 아니라 진짜 이름이었다 할지라도 그는 자신이 거의 즉각적으로 이름을 잊은 사람들, 또는 그의 상상, 욕망, 고독이 일기장 페이지들에 창작한 유령들과 더불어 길거리에서 산발적인 모험을 했었다. 하지만 그는 자신들끼리 있을 때 불렀던 그 '잘생긴 바이킹'과 더불어 이 몇 주와 몇 달 안에 결국 쾌락만을 추구하는 관계를 넘어 오랫동안 지속될 수 있고, 또 자신의 성적 취향이 선고했던 그 고독으로부터 벗어날 수 있는 어떤 애정 관계를 설정했다는 느낌을 받았다. 그는 이런 얘기를 아이빈트에게는 하지 않았다. 로저는 아이빈트와의 관계에서 순진하지만은 않았는데, 자주 이렇게 혼잣말을 했었다. 그가 생각했던 가장 개연성 있는 사실, 아니 가장 확실한 사실은, 그 노르웨이 청년이 그와 있으면 하루에 두 번 식사를 하고, 한데서 지내지 않고, 깔끔한 침대에서 자고, 옷을 갖게 되고, 청년의 고백에 따르면 오래전부터 향유하지 못했던 안전을 보장받을 수 있었기에 자기 이익을 위해 로저 자신과 함께 있는 거라고 말이다. 하지만 로저는 결국 그 청년과 매일의 교제에서 예방조치들을 배제해버렸다. 아이빈트는 로저에게 친절하고 다정했으며, 로저의 시중을 들고 옷가지를 챙겨주고 모든 심부름을 해주기 위해 사는 것처럼 보였다. 아이빈트는 모든 순간, 심지어 로저와 단둘이만 있는 가장 내밀한 순간에도 과도한 친밀함이나 상스러움을 스스로에게 허용하지 않은 채 거리를 유지하고서 로저에게 공손하게 행동했다.

그들은 뉴욕에서 크리스티아니아로 가는 배 '오스카 II'호의 이등칸 표를 구해 10월 중순에 출발했다. 제임스 랜디라는 명의로 된 서류를 소지하고 있던 로저는 머리를 아주 짧게 자르고 햇볕에 그을린 얼굴을 크림으로 하얗게 만들어 외모를 바꾸었다. 배는 공해상에서 영국 해군에 나포되어 헤브리디스 제도의 스토너웨이로 이송되었는데, 그곳에서 영국인들이 배를 철저하게 수색했다. 하지만 로저 케이스먼트의 정체는 발각되지 않았다. 두 사람은 10월 28일 저녁 무렵 크리스티아니아에 무사히 도착했다. 로저는 그 어느 때보다 기분이 좋았다. 만약 누군가가 그에게 당시의 상태에 관해 물었다면, 모든 문제에도 불구하고 자신은 행복한 남자라고 대답했을 것이다.

그럼에도 로저가 그 도깨비불—행복—을 붙잡았다고 믿었던 바로 그 시각들, 바로 그 분分들에, 그의 삶에서 가장 고통스러운 시기, 즉 그의 과거에 있었던 모든 좋고 고귀한 것들의 빛을 바래게 하리라고 그 자신이 나중에 그렇게 생각할 실패의 시기가 시작되고 있었다. 로저와 아이빈트가 노르웨이의 수도에 도착했던 바로 그날, 아이빈트는 낯선 사람들에게 몇 시간 동안 납치되어 영국 영사관으로 끌려가 자신의 불가사의한 동반자에 관해 심문을 당했다고 로저에게 알렸다. 로저는 순진하게도 그 말을 믿었다. 그리고 이 일화가 영국 외무부의 사악한 술책을 증명할 천우신조의 기회를 자신에게 제공해주었다고 생각했다. 로저가 나중에 알게 된 바, 실제로 아이빈트는 그를 팔겠다며 영국 영사관에 출두했었다. 이 사건은 로저를 괴롭게 하고 무용한 조치를 취하고 준비를 하느라 몇 주, 몇 개월을 허비하도록 만드는 데 소용될 뿐이었는데, 그렇게 했는데도 결국 아일랜드의 대의에 어떤 이익도 가져오지 못하고, 그가 영국 외무부와 정보기관에 애처로운 초보 음모자로 간주되어 조롱을 받는 계기가 되었다.

로저가 아마도 영국에 대한 단순한 거부감 때문에 감탄하고, 또 효율성, 규율, 문화, 현대성의 한 예라고 칭했던 독일에 대해 언제부터 환멸을 느끼기 시작했을까? 그가 베를린에 머문 첫 몇 주 동안 그런 것은 아니었다. 자신을 카이저의 외무부와 연결시켜주는 중개인이 될 리처드 메이어와 함께 크리스티아니아에서 독일의 수도로 가는 그 기이한 여행을 할 때만 해도, 그는 독일이 전쟁에서 승리할 것이고 그 승리가 아일랜드 해방에 결정적인 영향을 미칠 것이라고 확신하고서 희망에 부풀어 있었다. 비가 오고 안개가 긴 차가운 도시, 그 가을의 베를린에 대한 첫인상은 좋았다. 독일의 외무차관 아르투어 치머만뿐만 아니라 외무부의 영국 담당 과장 게오르크 폰 베델 백작도 로저를 친절하게 맞이했고, 아일랜드 포로들을 규합해 연대 하나를 만들겠다는 그의 계획에 열의를 보였다. 두 사람은 독일 정부가 아일랜드 독립을 지지하는 선언문을 발표하는 데 찬성했다. 그리고 실제로 1914년 11월 20일 라이히는 선언문을 발표했는데, 아마도 로저가 기대했던 것만큼은 명시적이지 않았으나 아일랜드의 민족주의자들이 독일과 동맹을 맺는 것을 옹호하는 로저 같은 사람들의 입장을 정당화하기에 충분할 정도로 명쾌했다. 상황이 그러했음에도, 그날 그 선언—의심할 바 없이 로저의 성공—이 그에게 선사한 의욕에도 불구하고, 그리고 마침내 독일군 고위 지휘부가 아일랜드 전쟁 포로들을 한군데로 모아 로저가 그들을 방문할 수 있도록 하라는 명령을 이미 내렸다는 사실을 외무부 장관이 알렸는데도, 그는 현실이 자신의 계획들을 따라주지 않고 오히려 그 계획들이 실패하도록 애쓸 것이라는 예감을 하기 시작했다.

사안들이 예상치 않은 길로 접어들었다는 첫번째 징후는 로저가 십팔 개월 이내에 받게 될 앨리스 스톱포드 그린이 보낸 유일한 편지—편지는 그에게 도착하기까지 포물선을 그리며 대서양을 건넜는데, 경유지인 뉴욕에서 봉투, 이름, 수신자 주소가 바뀌었다—를 통해 영국 언론이 그의 베를린 출현에 관해 보도했다는 사실을 알게 된 일이었다. 이는 전쟁에서 독일 편을 들겠다는 로저의 결정에 찬성하는 민족주의자들과 반대하는 민족주의자들 사이에 격렬한 논쟁을 유발했다. 앨리스는 그의 결정에 반대했다. 그녀는 그 사실을 단호한 어조로 말했다. 아일랜드의 독립을 확고하게 지지하는 수많은 사람과 자신의 의견이 일치한다고도 덧붙였다. 앨리스는 아일랜드가 유럽 전쟁에서 중립을 지키는 것까지는 수용할 수 있다고 했다. 하지만 독일과 공동으로 대의를 추구하는 일은 수용될 수 없을 것이라고 했다. 아일랜드인 수만 명이 영국을 위해 싸우고 있는 상황에, 벨기에 참호의 그 수만 명의 애국자들에게 대포를 쏘고 독가스로 공격하는 적과 아일랜드 민족주의의 그 저명한 인사들이 같은 편이라는 사실을 그들 애국자들이 알면 과연 어떻게 생각할까?

앨리스의 편지는 로저에게 번개가 내리친 듯한 효과를 유발했다. 그가 가장 감탄하는 사람, 정치적으로 그 누구보다 견해가 일치한다고 믿었던 사람이 그가 하는 일을 비난하고, 그에게 그런 식으로 말한다는 사실에 정신이 멍해져버렸다. 아마도 런던에서는 거리를 두고 판단할 수 없었기에 사태가 다른 식으로 보였을 것이다. 하지만 비록 모든 것을 스스로 정당화했다 할지라도 그의 의식 속에는 그를 교란시키는 뭔가가 남아 있었다. 그의 정치적 멘토이면서 친구이자 스승인 그녀가 처음으로 그의 견해에 반대했고, 그가 아일랜드의 대의를 돕는 대신에 훼손하고 있다고 믿었다는 것이다. 그때부터 질문 하나가 불길한 징조를 알

리는 어떤 소리와 함께 그의 뇌리에 울려퍼질 것이다. '그런데 앨리스가 옳고 내가 틀렸다면?'

바로 그 11월에 독일 정부당국은 로저가 아일랜드 여단에 관해 군 지휘관들과 대화할 수 있도록 그를 샤를빌 전선까지 가게 했다. 로저는 만약 자신이 성공해서 아일랜드 독립을 위해 독일 군과 함께 싸울 군대 하나가 조직된다면 아마도 앨리스 같은 수많은 동지의 불안감이 사라질 것이라고 혼잣말을 했다. 정치에서는 감상주의가 하나의 장애물이고, 아일랜드의 적은 영국이며, 아일랜드 적의 적은 아일랜드의 친구라는 사실을 그들이 받아들일 것이었다. 비록 짧았다 해도 여행은 그에게 좋은 인상을 주었다. 벨기에에서 싸우고 있던 독일군 고위 지휘관들은 승리를 자신하고 있었다. 그들은 모두 아일랜드 여단에 대한 생각에 박수를 보냈다. 그는 도로에 있는 병력, 마을에 있는 병원, 무장한 군인들에게 감시를 받던 포로들, 멀리서 들리는 포성 외에 전쟁 자체에서는 썩 많은 것을 보지 못했다. 베를린으로 돌아왔을 때 좋은 소식이 그를 기다리고 있었다. 그의 요청에 따라 바티칸이 아일랜드 포로들이 모이는 그 수용소에 사제 두 명을 파견하기로 결정했다는 것이었다. 아우구스티누스 교단의 오고먼 신부와 도미니코 수도회의 토마스 크로티 신부였다. 오고먼은 두 달 동안 머물고, 크로티는 필요하다면 계속해서 머물 예정이었다.

그런데 만약 로저 케이스먼트가 토마스 크로티 신부를 만나지 않았더라면? 아마도 그는 1914년에서 1915년 사이의 혹독한 겨울을 견디지 못했을 것이다. 그때 독일 전국에, 특히 베를린에는 크고 작은 도로들의 통행을 불가능하게 만드는 눈 폭풍, 관목 뿌리를 뽑고 집의 차양과 창문을 부숴버리는 강풍, 전쟁 때문에 자주 전기와 난방이 없이 견뎌야 했던 영하 15도, 20도의 추위가 엄습했다. 신체적인 병이 다시 그를 잔혹하게 공격했다. 고관절과 장골의 통증이 몰려오면 도저히 일어설 수가 없어 의자에 몸을 웅크리고 있을 정도였다. 그는 이곳 독일에서 수족이 마비될 수 있겠다는 생각을 여러 날에 걸쳐 했다. 외치질이 다시 그를 괴롭혔다. 화장실에 가는 일이 고문이었다. 그는 이십 년 세월이 갑자기 그의 몸을 덮친 것처럼 육신이 허약해지고 피로해졌다고 느꼈다.

그 기간 동안 그의 구명구는 토마스 크로티 신부였다. "성인들은 존재하고, 그들은 신화가 아니야." 그는 혼잣말을 했다. 크로티 신부가 대체 성인이 아니라면 무엇이겠는가. 사제는 결코 불평하지 않았고 입에 미소를 머금은 채 최악의 상황에 적응했는데, 이는 사제의 멋진 유머감각과 생기 넘치는 낙관주의, 삶을 살 만하게 만들어준 좋은 일이 충분했다는 개인적인 확신의 표현이었다.

크로티 신부는 키가 크다기보다는 작달막하고, 잿빛 머리는 듬성듬성했으며, 둥그스름하고 불그레한 얼굴에서 맑은 두 눈이 반짝거렸다. 골웨이의 아주 가난한 농부 집안에서 태어났는데, 가끔 평소보다 더 만족스러울 때면 어렸을 때 어머니에게서 들은 자장가를 게일어로 노래했다. 그는 로저가 아프리카에서 이십 년, 아마존에서 일 년 가까이 보냈다는 사실을 알았을 때, 자신은 신학교에 다닐 때부터 저멀리 떨어진 어느 나라에서 선교활동을 하는 꿈을 꾸었지만 도미니코 수도회가 그에게 다른 운명을 결정해주었노라고 말했다. 그는 포로수용소에서 모든 포로와 친구가 되었는데, 그가 모두를 똑같이 배려하고 그들 각자의 사상과 신앙은 그에게 중요하지 않았기 때문이었다. 그는 첫 순간부터 아주 적은 수의 포로만이 로저의 아이디어에 설득당할 것이라는 사실을 알아차렸기에 아일랜드 여단에 찬성 또는 반대 의사를 표명하지 않은 채 엄격할 정도로 공평한 태도를 유지했다. "여기 있는 모든 사람이 고생하고 있는데, 그들은 하느님의 아들이고, 그래서 우리의 형제입니다, 그렇지 않습니까?" 크로티 신부가 로저에게 말했다. 로저는 크로티 신부와 여러 번 긴 대화를 나누었음에도 정치적인 문제를 거의 언급하지 않았다. 그들은 아일랜드에 관해, 그래, 아일랜드의 과거, 영웅, 성인, 순교자들에 관해 많은 얘기를 나누었지만, 크로티 신부의 입에서 가장 많이 나온 아일랜드 사람들은 딱딱한 빵조각을 얻기 위해 해가 뜰 때부터 질 때까지 일을 했던 그 참을성 많은 무명의 농부들과 굶어죽지 않으려고 아메리카, 남아프리카, 오스트레일리아로 이민을 간 사람들이었다.

크로티 신부에게 종교적인 것을 말하도록 이끈 사람은 바로 로저였다. 그 도미니코 수도회의 사제 역시 로저가 성공회 신자로서 대립적인 사안을 회피하려 한다고 생각했음에 틀림없었기에 이 문제에서는 아주 신중하게 처신했다. 하지만 로저가 자신이 겪고 있던 정신적인 혼란을 밝히고, 어머니의 종교였던 가톨릭에 최근 들어 갈수록 이끌리고 있음을 고백했을 때, 크로티 신부는 자신들이 이 주제에 관해 다루는 것을 흔쾌히 받아들였다. 사제는 로저가 궁금해하는 것, 의심하는 것, 질문을 인내심 있게 다루었다. 언젠가 로저가 대범하게 단도직입적으로 물었다. "지금 제가 하고 있는 일이 옳다고 믿으시나요, 아니면 제가 실수하고 있다고 믿으시나요, 크로티 신부님?" 사제가 아주 진지한 표정을 지었다. "잘 모르겠습니다, 로저. 나는 거짓말하고 싶은 마음이 없습니다. 그냥 잘 모른다는 겁니다."

로저는 그 1914년 12월 초 이후 현재까지도 자신이 하는 일이 옳은지 그른지 잘 모르고 있었는데, 당시 그는 독일군의 데 그라아프 장군, 엑스너 장군과 함께 림부르크 포로수용소를 둘러본 뒤 마침내 수백 명의 아일랜드 포로에게 말했다. 하지만, 현실은 그의 예측을 따라주지 않았다. "난 참 순진하고 어리석었어." 그가 아일랜드에 대한 사랑의 모든 열정을 드러내며 아일랜드 여단의 존재 이유, 여단이 수행하게 될 임무, 그 희생으로 고마워할 조국에 대해 설명했을 때 포로들이 보인 당혹스럽고 불신에 가득차고 적대적인 얼굴을 기억하면서 갑자기 씁쓰름한 재 맛이 느껴지는 입으로 이렇게 혼잣말을 할 것이다. 그는 당시 자신의 말을 중단시킨 포로들의 존 레드먼드에 대한 산발적인 환호성, 로저 자신을 비난하는 투에 위협적이기까지 했던 수군거림, 자신의 말에 뒤따르던 그 침묵을 기억했다. 가장 굴욕적이었던 것은 연설이 끝나자마자 독일 경비병들이 그를 에워싼 상태로 포로수용소 밖으로 데려간 일이었는데, 비록 경비병들이 그가 하는 말을 이해하지 못했다 할지라도 포로들 대부분의 태도를 볼 때 그들이 결국 연사를 공격할 것 같은 느낌이 들었기 때문이다.

그리고 그 사건은 정확히 1915년 1월 5일, 로저가 포로들과 대화를 하기 위해 두번째로 림부르크를 방문했을 때 일어났다. 이번 경우 포로들은 그에게 험악한 얼굴, 몸짓과 표정을 보여주는 것으로 만족하지 않았다. 휘파람을 불고 욕설을 퍼부었다. "당신, 독일로부터 얼마나 받았어요?" 그들이 가장 자주 질러대는 말이었다. 함성이 귀를 먹먹하게 만들었기에 입을 다물고 있어야 했다. 그는 돌멩이 세례, 뱉은 침, 그리고 다양한 발사체를 받기 시작했다. 독일 군인들이 그를 재빨리 현장에서 빼냈다.

그는 그 경험으로부터 결코 회복되지 못했다. 그 기억은 암처럼 끊임없이 그의 내부를 파괴해갈 것이다.

"거부감이 그토록 일반화된 상태라는 걸 고려하면 제가 이걸 그만두어야겠지요, 크로티 신부님?"

"아일랜드를 위해 가장 좋다고 생각되는 것을 해야 합니다. 로저. 당신의 이상은 순수해요. 인기가 없다는 것이 늘 어떤 대의의 정당성을 결정하는 데 좋은 지표가 되는 건 아니지요."

그때부터 그는 독일 정부당국 앞에서 아일랜드 여단이 작동되고 있다고 꾸며대며 파렴치한 이중성 속에서 살게 될 것이다. 아직 지지자들이 적다는 것은 사실이나, 포로들이 처음의 불신을 극복하고 아일랜드의 이익과 결과적으로 포로들 자신의 이익이 독일과 우호 협력을 하는 데서 얻어진다는 사실을 이해하면 그 문제는 달라질 것이라고 말이다. 하지만 자신이 한 말은 사실이 아니고, 여단에서는 결코 대량 지원이 이뤄지지 않을 것이며, 여단이 상징적인 작은 집단을 결코 넘어서지 못하리라는 점을 그의 속마음은 아주 잘 알고 있었다.

상황이 그랬다면 그는 무엇을 위해 계속했는가? 왜 후퇴하지 않았는가? 후퇴는 자살행위나 다름없었고, 로저는 자살하고 싶지 않았기 때문이다. 아직은 아니었다. 어떤 경우든 그런 식으로는 아니었다. 그래서 그는 1915년 초 몇 개월 동안 가슴에 얼음을 품은 상태에서 '핀들래이 사건'*에 계속해서 시간을 허비함과 동시에 아일랜드 여단에 관한 협약 건을 라이히 당국과 논의했다. 그는 몇 가지 조건을 요구했고, 그의 회담 상대인 아르투어 치머만, 게오르크 폰 베델 백작, 루돌프 나돌니 백작은 그의 말을 아주 진지하게 들으며 노트에 메모했다. 다음 회담에서 그들은 독일 정부가 로저의 요구사항, 즉 여단은 자신들만의 제복을 입고, 아일랜드 출신 장교들을 두고, 자신들이 참전할 전장을 선택하고, 아일랜드 정부가 수립되자마자 제반 경비는 독일에 반환된다는 사항을 수용했다고 로저에게 알렸다. 1915년 중반경 아일랜드 여단은 중대 하나를 결성할 정도의 자원병도 없었다. 고작해야 마흔 명을 모집했을 뿐인데, 이들 모두가 자신들의 서약을 계속해서 유지할 개연성이 없었기에 이 모든 것이 한편의 판토마임이라는 사실을 로저는 그들과 마찬가지로 아주 잘 알고 있었다. 로저는 여러 번에 걸쳐 자문해보았다. '그 어릿광대극이 언제까지 지속될까?' 이오인 맥닐과 존 드보이에게 보낸 편지들에서 그는 아일랜드 여단이 비록 느릴망정 실체를 드러내

---

*아이빈트와 핀들래이 영사가 서로 내통한 사건.

고 있다고 그들에게 확신시켜야 한다는 의무감을 느꼈다. 자원병 수는 조금씩 늘어나고 있었다. 이오인 맥닐과 존 드보이가 연대원을 훈련시키고, 미래의 소대와 중대 앞에 설 수 있는 아일랜드 장교들을 로저에게 반드시 보낼 필요가 있었다. 그들은 그렇게 하겠노라고 약속했으나 역시 약속을 지키지 못했다. 아일랜드 여단에 온 것은 로버트 몬테이스 대위뿐이었다. 물론 불굴의 몬테이스 대위 혼자서도 대대 하나와 맞먹는 가치를 지니고 있었다는 것은 사실이었다.

로저가 앞으로 닥칠 일에 대한 첫번째 징조를 느꼈을 때, 겨울이 끝나갈 무렵 운터 덴 린덴 거리의 가로수에 첫번째 초록색 새싹이 보이기 시작했다. 독일의 외무부 차관은 어느 날 정기적으로 열리는 회담에서 독일군의 고위 지휘관이 로저의 조수인 아이빈트 아들러 크리스텐센을 불신하고 있다는 사실을 갑작스럽게 알렸다. 아이빈트가 영국 정보국에 정보를 제공하고 있다는 조짐이 보인다는 것이었다. 로저는 즉시 아이빈트와 거리를 두어야 했다.

그 경고는 로저에게 갑작스럽게 행해졌는데, 그는 경고를 처음부터 무시해버렸다. 그는 증거를 요구했다. 독일 정보국이 그런 견해를 피력할 정도로 강력한 이유가 없었다면 경고를 하지 않았을 것이라고 그들이 대답했다. 그 며칠 동안 아이빈트가 친척들을 만나러 노르웨이에 있고 싶다고 했기에 로저는 그더러 어서 가라며 다독여주었다. 그에게 돈을 주고 역까지 환송해주었다. 하지만 다시는 결코 그를 보지 못했다. 그때부터 다른 고민거리가 예전의 고민거리들과 합쳐졌다. 그 바이킹 신神이 첩자라는 게 가능했을까? 로저는 자신들 둘이 함께 살았던 최근 몇 개월 동안 아이빈트가 로저를 배신할 만한 어떤 행위, 태도, 자가당착, 빗나간 말을 했는지 찾아보려 애쓰면서 기억을 곰곰이 더듬어보았다. 아무것도 발견되지 않았다. 그는 그 거짓말이 편견을 가진 그 청교도 튜턴* 귀족들의 책략이었다고 스스로에게 말함으로써 마음을 진정시켰는데, 그 귀족들은 그가 노르웨이 남자와 맺은 관계가 순수하지 않았다고 의심하면서 그 어떤 계략을 동원해서라도, 심지어 중상모략을 동원해서라도 두 사람을 떼어놓으려 한 것이다. 하지만 의구심이 되살아남으로써 그는 밤잠을 이루지 못했다. 아이빈트 아들러 크리스텐센이 독일로 돌아오지 않고 노르웨이에서 미국으로 돌아가기로 작정했다는 사실을 알았을 때는 기뻤다.

의용군과 아일랜드 공화국 형제단의 대표로 파견된 젊은 조지프 플런켓은 영국 정보국이 쳐놓은 그물을 피하기 위해 유럽의 절

---

* 보통 게르만족으로 분류되며, 여기서는 독일인을 가리킨다.

반을 돌아다니는 파란만장한 여정을 소화한 뒤 1915년 4월 20일 베를린에 도착했다. 그가 그런 몸 상태로 어떻게 그 같은 노력을 경주할 수 있었을까? 그는 스물일곱 살이 넘지 않을 나이였으나 몸이 삐삐 마르고, 소아마비에 걸려 수족이 반쯤 마비되었으며, 결핵 때문에 몸이 초췌해지고 얼굴은 때때로 해골 같은 분위기를 풍겼다. 번성한 귀족이자 더블린 국립 박물관장인 조지 노블 플런켓 백작의 아들인 조지프는 영어를 귀족 어투로 말하면서 옷은 되는대로 입었는데, 자루처럼 헐렁한 바지에 몸에 너무 큰 프록코트를 입고 커다란 모자를 눈썹을 가릴 정도로 깊숙이 눌러썼다. 하지만 그의 말을 듣고 잠시 대화를 하면 그 어릿광대 같은 외모와 망가진 몸과 카니발적인 의상 뒤로 소수만이 지닌 우수하고 예리한 지능, 대단한 문학적 교양, 열정적인 정신, 그리고 이와 더불어 더블린에서 개최된 의용군의 회의에서 대화를 나누었을 때 로저를 깊이 감동시킨 아일랜드의 대의를 위한 그의 투쟁과 희생의 사명감을 발견하기에 충분했다. 그는 신비주의적인 시를 쓰고, 패트릭 피어스처럼 신심이 강한 신자였으며, 특히 산타 테레사 데 헤수스*, 산 후안 델 라 크루스** 같은 스페

---

* 많은 기적을 행해 '성녀'로 추앙받는 스페인의 수녀.
** 스페인의 신비주의 시인이자 수도사.

인의 신비주의자들을 속속들이 파악하고 있었고, 스페인어로 쓰인 산 후안 델 라 크루스의 시를 암송할 줄 알았다. 그는 패트릭 피어스와 마찬가지로 의용군 안에서 늘 급진적인 사람들과 교류했는데, 그 점이 그를 로저와 가까워지게 만들었다. 로저는 조지프 플런켓과 패트릭 피어스의 이야기를 들으면서, 그 두 사람이 쿠훌린, 펀 막쿠월, 그리고 오웬 로에서부터 울프 톤, 로버트 엠멧에 이르기까지 아일랜드 역사를 장식한 그 초인적인 영웅들의 영웅주의와 죽음에 대한 경시를 몸소 보여주고, 초기의 기독교 순교자들처럼 자신들을 희생함으로써, 자유를 쟁취하는 유일한 방법은 무기를 들고 전쟁을 하는 것이라는 생각을 다수에게 전파할 수 있을 것이라 확신하고, 자신들의 순교를 모색하는 것처럼 보인다고 자주 혼잣말을 했다. 에이레 후손들의 희생을 기반으로, 식민주의자도 수탈자도 없고, 법과 기독교와 정의가 지배할 자유로운 나라가 탄생하게 될 것이다. 아일랜드에서는 조지프 플런켓과 패트릭 피어스의 약간 광적인 낭만주의가 가끔 로저를 놀라게 했었다. 하지만 이번 몇 주를 베를린에서 보내면서, 봄이 정원에 꽃을 가득 채우고 공원의 나무들이 녹음을 되찾아 가던 그 즐거운 며칠 동안, 로저는 그곳에 막 도착한 그 젊은 시인 혁명가 플런켓의 말을 들으면서 감동했고, 그가 했던 모든 말을 믿고 싶은 열망이 생겼다.

648

조지프 플런켓은 아일랜드에서 흥분을 유발하는 소식을 가져왔다. 그에 따르면 유럽 전쟁으로 인한 의용군의 분열이 여러 사안을 명확하게 만드는 데 기여했다. 확실한 것은 거대한 다수가 대영제국과 협력하고 영국군에 입대해야 한다는 존 레드먼드의 견해를 여전히 추종했으나, 의용군을 지지하는 소수는 싸우기로 작정한 수천 명의 사람들, 즉 단결되고 견고하게 조직되고 목표의식이 투철하며 아일랜드를 위해 죽겠다고 결심한 하나의 진정한 부대에 의존했다는 점이었다. 현재는 의용군과 아일랜드 공화국 형제단뿐만 아니라 짐 라킨과 제임스 콘놀리 같은 마르크스주의자들과 노동조합원들로 구성된 인민의 군대인 아일랜드 시민군, 그리고 아서 그리피스의 신 페인 사이에 긴밀한 협조가 이뤄지고 있었다. 심지어 의용군을 "부르주아이자 아버지의 버릇없는 어린 자식들"이라고 부르면서 공격했던 숀 오케이시도 협조에 우호적인 태도를 보였다. 톰 클라크, 패트릭 피어스와 토마스 맥도나흐 등이 이끌던 임시위원회는 밤낮으로 반란을 준비했다. 상황은 호의적이었다. 유럽 전쟁이 독특한 기회를 만들어내고 있었다. 독일이 5만여 정의 소총을 보내고 자국 군대가 영국 영토에서 즉각적으로 전투에 돌입해 영국 해군에 의해 군사화된 아일랜드의 항구들을 공격함으로써 의용군을 도와주는 것이 반드시 필요했다. 연합작전이 아마도 독일의 승리를 결정할 것이다. 아일랜드는 결국 독립해 자유로운 나라가 될 것이다.

로저는 동의했다. 이것이 바로 그가 오래전부터 견지해온 견해였고 그가 베를린으로 온 이유였다. 그는 임시위원회에 독일 해군과 육군의 공격행위가 봉기의 '필요조건'이었다는 사실을 분명하게 해줄 것을 자주 주장했다. 영국과 아일랜드 사이의 병참적 전력의 차이가 너무 컸기에 독일의 영국 침공이 없다면 반란은 실패할 것이다.

"하지만, 로저 경." 플런켓이 개입했다. "경은 군대의 화력과 군인의 수를 압도하는 요소가 하나 있다는 사실을 잊고 계십니다. 그건 바로 신비주의입니다. 우리는 그 신비주의를 갖고 있습니다. 영국인들은 갖고 있지 않고요."

두 사람은 반쯤 빈 어느 술집에서 대화했다. 로저는 맥주를 마시고 조지프는 음료수를 마셨다. 둘 다 담배를 피웠다. 플런켓은 더블린 키미지 지구의 자기 집 라크필드 매너가 수류탄, 폭탄, 총검, 창을 만들고 재봉틀로 깃발을 만드는 대장간과 병기창으로 변해버렸다고 로저에게 얘기했다. 그는 그 모든 것을 의기양양한 태도로 망아지경의 상태에서 얘기했다. 임시위원회가 봉기에 대한 합의사항을 이오인 맥닐에게는 숨기기로 결정했다는 사실 또한 얘기했다. 로저는 깜짝 놀랐다. 의용군을 창설한 사람이자 계속해서 의장을 맡고 있는 사람에게 어떻게 그런 결정을 비밀로 할 수 있다는 것인가?

"우리 모두는 맥닐 교수님을 존경하고, 그 누구도 교수님의 애국심과 성실성을 의심하지 않습니다." 플런켓이 설명했다. "하지만 교수님은 온화한 분입니다. 설득과 평화적인 방식을 믿으십니다. 봉기를 멈추는 것이 이미 불가능해졌을 때 교수님에게 봉기에 대한 사실이 알려질 겁니다. 그때가 되면 교수님이 바리케이트 안의 우리와 합류하실 거라고 누구도 믿어 의심치 않을 겁니다."

로저는 조지프와 더불어 봉기에 대한 32쪽짜리 세부 계획서를 밤낮으로 준비했다. 계획서를 외무부와 해군본부에 제출했다. 계획은 아일랜드에 있는 영국군이 자잘한 요새에 분산되어 있으므로 그들을 쉽게 정복할 수 있을 것이라는 입장을 견지하고 있었다. 독일 외교관, 공무원, 군인들은 외모가 볼품없고 '어릿광대'처럼 옷을 입은 이 젊은이의 얘기를 들으며 감동했는데, 그는 말하는 동안 완전히 다른 사람이 되어, 독일의 영국 침공이 아일랜드 민족주의 혁명과 동시에 이뤄지는 것의 장점을 수학적인 정확성과 대단히 지적인 일관성을 발휘해 설명했다. 영어를 할 줄 아는 사람들은 특히 그가 유창하고 열정적으로 고상한 수사를 동원해가며 행하는 설명에 흥미를 느끼며 경청하고 있었다. 하지만 영어를 이해하지 못해 통역사가 그의 말을 전해줄 때

까지 기다려야 했던 사람들조차 볼품없는 외모를 지닌 그 아일
랜드 민족주의자 밀사의 열정과 열광적인 몸짓을 놀라워하며 바
라보고 있었다.

그들은 조지프의 말을 들었고, 조지프와 로저가 자신들에게
부탁하는 것을 받아적었으나, 그들의 대답은 아무것도 약속하지
않았다. 영국 침공에 관해서도, 5만 정의 소총과 그에 상응하는
탄약에 관해서도. 그 모든 건 전쟁의 총체적인 전략 안에서 고찰
될 것이다. 라이히는 아일랜드 국민의 열망을 인정하고, 합법적
인 갈망을 지원할 의도를 갖고 있었다. 그러나 대화는 더이상 진
척되지 않았다.

조지프 플런켓은 이탈리아와 스페인을 경유해 아일랜드로 돌
아가기 위해 독일·스위스 국경을 향해 떠났던 6월 20일까지 거
의 두 달 동안 독일에 머물면서 케이스먼트의 검소한 생활에 비
견할 만큼 검소하게 살았다. 젊은 시인은 아일랜드 여단을 지지
하는 수가 적은 것에 대해 개의치 않았다. 그건 그렇다 치더라도
그는 아일랜드 여단에 대해 최소한의 호감도 보이지 않았다. 그
이유는?

"포로들이 여단에서 봉사하기 위해서는 영국군에 대한 충성
맹세를 파기해야 합니다." 플런켓이 로저에게 말했다. "저는 아
일랜드인이 점령국의 군대에 입대하는 것에 늘 반대했습니다.

하지만 일단 입대했다면 하느님 앞에서 한 그 맹세를 파기하는 것은 죄를 짓고 명예를 잃는 일일 수밖에 없습니다."

크로티 신부는 이 대화를 듣고도 아무 말이 없었다. 그는 세 사람이 함께 보낸 오후 내내 대화를 독점하는 그 시인의 말을 들으며 그렇게 하나의 스핑크스가 되어 있었다. 나중에 그 도미니코 수도회의 수사는 케이스먼트에게 자신의 견해를 밝혔다.

"이 청년은 의심할 바 없이 정상을 벗어나 있습니다. 그의 지식, 그리고 그가 어떤 대의에 투신하는 것을 보아하니 말입니다. 그의 기독교 신앙은 로마의 원형 경기장에서 맹수들에게 잡아먹혀 죽은 그 기독교인들의 신앙입니다. 하지만 이는 자신들이 만나는 모든 유태인과 무슬림, 비가톨릭교도들을 남녀노소 가리지 않고 죽이면서 예루살렘을 탈환했던 십자군의 신앙이기도 합니다. 그것은 불타오르는 열의 그 자체고, 피와 전쟁을 찬미하는 것입니다. 로저, 당신에게 고백하는데요, 비록 그런 사람들이 '역사'를 만든다 할지라도 그들이 감탄스럽다기보다는 무섭습니다."

그 며칠 동안 로저 케이스먼트와 조지프 플런켓 사이에 이뤄진 대화의 주된 주제는 독일군이 반란과 동시에 영국을 침입하지 않은 상태에서, 아니면 적어도 아일랜드 영토 내에서 영국 해군의 보호를 받는 항구들에 포격을 가하지 않은 상태에서 반란이 발발할 가능성에 관한 것이었다. 플런켓은 그 경우에조차 반란 계획에 따르는 것에 찬성했다. 유럽 전쟁이 허비하지 말아야 할 기회 하나를 만들어주었다는 것이었다. 로저는 그것이 일종의 자살행위가 되리라고 생각했다. 혁명가들이 제아무리 용감하고 대담무쌍하다 할지라도 대영제국의 조직적인 군대에 의해 타파될 것이다. 대영제국은 무자비한 숙청을 단행할 기회를 이용할 것이다. 아일랜드가 해방되려면 오십 년 이상이 걸릴 것이다.

"독일이 개입하지 않은 채 혁명이 일어나면 경께서는 우리 편에 서지 않을 거라고 이해해야 합니까, 로저 경?"

"물론 나는 여러분의 편에 설 겁니다. 하지만 그것이 하나의 무익한 희생이 될 거라는 사실을 알면서 그러겠지요."

젊은 플런켓이 로저의 눈을 오랫동안 쳐다보았고, 로저는 그의 시선에서 연민의 감정을 감지한 것 같았다.

"솔직하게 말씀드리겠습니다, 로저 경." 마침내 플런켓은 자신이 반론할 수 없는 진실을 가진 인간이라는 사실을 인식하는 이처럼 진지한 표정으로 속삭였다. "제가 보기에 경께서 이해하지 못한 어떤 것이 있는 것 같습니다. 이건 승리를 하느냐의 문제가 아닙니다. 물론 우리는 그 전쟁에서 질 겁니다. 문제는 우리가 얼마나 오랫동안 견디느냐 하는 것입니다. 저항하는 것이 문제입니다. 며칠, 몇 주 동안. 그리고 우리의 죽음과 피가 아일랜드인의 애국심에 불굴의 힘을 돌려줄 때까지 그 애국심을 증대시키는 방식으로 죽을 수 있느냐 하는 문제입니다. 죽음으로써 우리 각자가 백 명의 혁명가가 태어나도록 할 수 있겠느냐 하는 문제입니다. 그게 바로 기독교에서 일어났던 일이 아니었나요?"

로저는 어떻게 대답을 해야 할지 몰랐다. 플런켓이 떠난 뒤 이어진 몇 주 동안 로저는 아주 열정적으로 활동했다. 그는 아일랜드 포로들의 건강과 나이를 고려해, 그들의 지적이고 직업적인 권위를 고려해, 그리고 양호한 품행을 고려해 석방될 만하므로 그들을 석방시켜달라고 독일에 계속해서 요청했다. 이런 태도가 아일랜드에서 좋은 효과를 발휘할 것이다. 독일 정부당국은 반발했으나 이제는 누그러지기 시작했다. 석방자 명단이 작성되고 이름들이 논의되었다. 마침내 군 고위 지휘부는 전문가, 교사, 학생, 신뢰할 만한 신용보증서를 지닌 사업가들 백여 명을 석방하는 데 동의했다. 몇 시간 며칠의 논의와 로저를 기진맥진하게 만들었던 줄다리기가 있었다. 다른 한편으로 독일이 영국을 침공하겠다고 결정하기 전 의용군이 피어스와 플런켓의 견해에 따라 반란을 일으킬 것이라는 생각에 불안해진 로저는 독일 외무부와 해군본부에 5만 정의 소총에 대한 답을 달라고 압력을 가했다. 그들은 애매하게 대답했다. 마침내 어느 날 외무부 회의에서 블뤼허 백작이 그를 낙심시키는 말을 했다.

"로저 경, 경은 비율에 관해 정확한 생각을 갖고 있지 않습니다. 지도를 객관적으로 보시면 지정학적인 의미에서 아일랜드가 얼마나 작은 의미를 갖는지 아실 겁니다. 라이히가 경의 대의에 제아무리 호의적이라 할지라도 독일의 이익을 위해서는 다른 나라들과 지역들이 더 중요합니다."

"백작님, 이 말씀은 우리가 무기를 받지 못하게 된다는 겁니까? 독일이 침공을 매정하게 거절한다는 의미입니까?"

"두 가지 사안은 여전히 숙고중에 있습니다. 만약 그게 제가 결정할 문제라면, 저는 물론 가까운 장래에는 침공을 거부할 겁니다. 하지만 그건 전문가들이 결정할 문제입니다. 언젠가는 최종적인 대답을 받게 될 것입니다."

로저는 자신이 독일의 동시적인 군사작전에 의존하지 않는 봉기에 반대하는 이유를 설명하는 긴 편지를 존 드보이와 조지프 맥개러티에게 보냈다. 그는 그들에게 의용군과 아일랜드 공화국 형제단에 지닌 영향력을 이용해 섣불리 그런 터무니없는 행동을 하지 말라고 설득하도록 촉구했다. 그리고 무기를 얻어내기 위해 자신이 계속해서 온갖 노력을 하고 있다고 그들에게 확언했다. 하지만 편지의 결론은 비극적이었다. "저는 실패했습니다. 저는 여기서 무용한 사람입니다. 제가 미국으로 돌아가도록 해주십시오."

그 며칠 동안 그의 병이 더 심해졌다. 관절염으로 인한 통증을 잡는 데 그 어떤 것도 소용이 없었다. 계속되는 감기, 고열 때문에 침대에 누워 있어야 했다. 몸이 수척해지고 불면증에 시달렸다. 설상가상으로 이런 상태에서 그는 〈뉴욕 월드〉가 영국의 반스파이 활동에 의해 유출된 게 틀림없는 뉴스 하나를 실은 적이 있다는 사실을 알았는데, 그 뉴스에 따르면 로저 케이스먼트 경이 베를린에 머물면서 아일랜드 반란을 선동하기 위해 라이히로부터 엄청난 돈을 받았다는 것이었다. 로저는 항의 서한을―"본인은 독일이 아니라 아일랜드를 위해 일합니다"―보냈으나 신문에는 실리지 않았다. 뉴욕에 있는 로저의 친구들은 신문사를 상대로 소송을 걸겠다는 로저의 생각을 단념시켰다. 그가 소송에서 질 것이 뻔하고, 클랜 나 게일은 그런 사법 소송에 돈을 쓸 준비가 되어 있지 않다는 이유 때문이었다.

1915년 5월부터 독일 정부당국은 아일랜드 여단에 지원한 병사들을 림부르크 포로수용소에 있는 포로들과 분리시켜달라는 로저의 끈질긴 요구에 응했다. 20일에는 동료들로부터 괴롭힘을 당하던 여단원 오십여 명이 베를린 근처 초센의 작은 캠프로 이송되었다. 여단원들은 크로티 신부의 미사로 이송 건을 축하하고 동지애 넘치는 분위기에서 축배를 들고 노래를 불렀는데, 그런 분위기가 로저의 기분을 꽤 고조시켰다. 그는 자신이 직접 디자인한 제복을 여단원들이 며칠 안에 받게 될 것이고, 훈련을 지도할 아일랜드의 장교 몇이 곧 도착할 것이라고 알렸다. 아일랜드 여단의 제1중대를 구성하던 그들은 위업의 선구자로 역사에 기록될 것이다.

그 모임이 끝나자마자 그는 조지프 맥개러티에게 다시 편지를 써서 초센 캠프의 개장에 대해 알리고, 자신이 이전 편지에 비관주의를 표출한 일에 대해 사과했다. 그는 의기소침했던 순간에 그 편지를 썼으나 이제는 덜 비관적인 상태였다. 조지프 플런켓의 도착과 초센 캠프는 하나의 자극제였다. 로저는 아일랜드 여단을 위해 계속해서 일하게 될 것이었다. 비록 여단의 규모는 작았지만 유럽 전쟁의 정세 속에서 하나의 상징성을 갖고 있었다.

1915년 여름이 시작될 무렵에 로저 케이스먼트는 뮌헨으로 떠났다. 그는 수수하지만 쾌적한 작은 호텔 바슬러호프에 머물렀다. 그 바이에른의 주도는 베를린보다 그를 덜 의기소침하게 했는데, 물론 여기서는 수도에서보다 훨씬 더 고독한 삶을 유지했다. 건강은 계속해서 악화되어갔고, 통증과 감기 때문에 방에 머무를 수밖에 없었다. 은둔적인 삶은 격렬한 지적인 작업으로 이뤄졌다. 커피를 여러 잔 마시고 연기가 방을 가득 채울 정도로 독한 담배를 끊임없이 피워댔다. 외무부의 담당자들에게 계속해서 편지를 쓰고, 크로티 신부와는 매일 정신적이고 종교적인 편지를 교환했다. 그 사제의 편지를 읽고 또 읽고 보물처럼 보관했다. 어느 날 그는 기도를 하려고 시도했다. 적어도 이런 방식으로, 즉 정신을 집중하고 하느님께 마음을 열어 의구심을, 고뇌를, 자신이 저지른 실수에 대한 공포를 밝히고, 자신의 미래의 행동에 자비를 베풀고 인도해달라고 간청하면서 기도를 한 지는 아주 오래되었다. 동시에 그는 독립된 아일랜드가 부패, 수탈, 착취, 어디서든 빈자와 부자, 강자와 약자를 분리하는 천문학적인 격차에 함몰되지 않기 위해 피해야 하는 오류들에 관한 에세이 몇 편을 다른 나라들이 겪은 경험을 이용해 썼다. 하지만 가끔은 낙담했다. 그가 그들 텍스트를 가지고 무엇을 할 수 있을 것인가? 아일랜드의 친구들이 그토록 억압적인 현재의 문제에 몰두해 있을 때 미래에 관한 에세이 몇 편으로 그들의 관심을 딴 데로 돌리는 것은 의미가 없었다.

여름이 끝나갈 무렵 그는 꽤 좋은 기분을 느끼면서 초센 캠프를 방문했다. 아일랜드 여단원들은 그가 디자인한 제복을 이미 받은 상태였고, 다들 챙에 아일랜드의 기장記章이 붙은 모자를 멋들어지게 쓰고 있었다. 캠프는 잘 정돈되어 작동되고 있는 것 같았다. 하지만 크로티 신부가 여단원 오십여 명의 정신을 일깨우려고 노력했음에도 폐쇄된 공간에서 특별히 할일이 없이 지내는 상황은 그들의 정신을 갉아먹고 있었다. 그는 각종 운동경기, 콩쿠르, 다양한 주제에 관한 강의와 토론을 준비했다. 로저는 당시가 그들에게 행동의 동기를 부여하기에 좋은 순간이라고 생각했다.

그는 그들을 불러모아 자신을 에워싸게 한 뒤, 그들이 초센 캠프에서 나가 자유를 되찾을 수 있는 전략을 밝혔다. 만약 이 순간에 아일랜드에서 싸우는 것이 불가능하다면, 여단 창설 동기가 된 바로 그 전투가 벌어지는 다른 하늘 밑에서 싸우지 않을 이유가 무엇이겠는가? 세계대전은 중동까지 확산되었다. 독일과 터키는 자신들의 이집트 식민지로부터 영국을 몰아내기 위해 싸웠다. 그들이 식민지화에 반대하는 투쟁, 이집트의 독립을 위한 투쟁에 참여하지 않을 이유가 없지 않은가? 아직은 여단이 작았기에 다른 군대 조직에 편입되어야 할 테지만 그들의 아일랜드적인 정체성을 유지한 채 그렇게 할 것이다.

로저는 독일 정부당국과 토의해 그 제안이 수용되게 만들었다. 드보이와 맥개러티가 동의했다. 터키는 로저가 기술한 조건 하에서 자국 군대에 아일랜드 여단을 받아들일 것이다. 긴 토론이 있었다. 결국 대원 서른일곱 명이 이집트에서 싸울 준비가 되었다고 선언했다. 나머지는 그 문제에 관해 좀더 생각해 볼 필요가 있었다. 하지만 현재 모든 여단원이 관심을 갖고 있던 사안이 더 절박한 것이었다. 영국군의 전투원에게 지급되는 연금을 아일랜드에 있는 여단원들의 가족이 더이상 수령하지 못하도록 림부르크의 포로들이 영국 정부당국에 고발하겠다고 여단원들을 위협했던 것이다. 만약 이런 일이 일어난다면 여단원들의 부모, 부인, 자식들은 굶어죽게 될 것이다. 로저가 그에 대해 어떤 조치를 취해줄 수 있을까?

영국 정부가 이런 유형의 보복을 하리라는 것은 명백했는데, 로저는 그런 생각을 전혀 해본 적이 없었다. 로저는 여단원들의 조바심어린 얼굴을 보고는, 그들의 가족이 결코 무보호 상태가 되지는 않으리라고 어떻게든 확언하는 수밖에 없었다. 만약 더이상 연금을 받지 못한다면 애국주의 단체들이 가족들을 도울 것이라고 했다. 로저는 바로 그날 클랜 나 게일에 편지를 써서 만약 여단원들의 가족이 그 보복에 희생당한다면 보상을 위한 기금을 조성해 달라고 요청했다. 하지만 로저는 환상을 갖지 않았다. 늘 그러했듯이 의용군, 아일랜드 공화국 형제단, 그리고 클랜 나 게일의 금고로 들어가는 돈은 최우선 사항인 무기를 사기 위한 것이었다. 그는 고통스러워하면서 자신의 잘못으로 아일랜드의 가난한 가족들이 굶게 될 것이고, 아마도 다음 겨울에 폐결핵으로 많은 수가 죽을 것이라고 혼잣말을 했다. 크로티 신부가 로저를 진정시키려고 애썼지만 그의 논리가 로저의 마음을 안정시키지는 못했다. 걱정스러운 새로운 주제가 그를 괴롭히던 다른 주제에 합쳐졌고, 그의 건강은 또 악화되었다. 그의 육체뿐만 아니라 마음도 콩고와 아마존에서 가장 어려운 시기를 보낼 때와 같았다. 그는 정신적인 균형을 잃어가고 있다고 느꼈다. 그의 머리는 때때로 폭발하는 화산 같았다. 그가 이성을 잃게 될까?

그는 뮌헨으로 돌아왔고 거기서부터 여단원들의 가족에게 줄 경제적인 도움에 관해 계속해서 미국과 아일랜드에 메시지를 보냈다. 그의 편지는 영국 정보당국의 추적을 따돌리기 위해 여러 나라를 거치면서 봉투와 주소가 바뀌었기에 답장이 도착하는 데는 한두 달이 걸렸다. 그의 불안감이 최고조에 이르렀을 때 마침내 로버트 몬테이스가 여단의 군사적인 책임을 맡기 위해 모습을 나타냈다. 그 대위는 성급한 낙관주의, 품위, 모험정신만 가져온 것이 아니었다. 만약 여단원들의 가족이 보복의 대상이 된다면 아일랜드 혁명가들의 즉각적인 도움을 받게 되리라는 공식적인 약속 또한 가져왔다.

로버트 몬테이스 대위는 독일에 도착하자마자 즉시 로저 케이스먼트를 만나러 뮌헨으로 갔는데, 로저가 많이 아픈 모습을 보고서 당황했다. 그는 로저에게 감탄했고, 대단한 존경심을 표하며 로저를 대했다. 아일랜드의 운동권 사람들 가운데 그 누구도 로저의 상태가 불안정하리라고는 생각하지 않았다고 그는 말했다. 로저는 몬테이스에게 자신의 건강 상태에 대해 알리지 말라고 당부하고 그와 함께 베를린으로 돌아갔다. 그는 몬테이스를 외무부와 해군본부에 소개했다. 그 젊은 대위는 일을 개시하고 싶은 조바심에 불타올랐고, 로저가 내심으로는 포기해버린 여단의 미래에 관해 확고한 낙관론을 드러냈다. 로버트 몬테이스는 독일에서 머무는 육 개월 동안, 크로티 신부와 마찬가지로 로저에게는 하나의 축복이었다. 두 사람은 아마도 로저가 스스로를 미쳐버리게 할 수도 있는 낙망에 빠지지 않도록 해주었다. 그 종교인과 군인은 서로 아주 달랐는데, 그럼에도 로저는 두 사람이 아일랜드의 두 가지 전형을 구현한 인물, 즉 성인과 전사라고 자주 혼잣말을 했다. 로저는 그들과 교제하면서 자신이 패트릭 피어스와 했던 몇 번의 대화를 상기했는데, 그때 패트릭 피어스는 단언했다. 제단을 무기와 결합시키고, 이 두 가지 전통, 즉 순교자·신비주의자와 영웅·전사를 융합시킴으로써 에이레를 억압하던 사슬을 끊을 수 있는 정신적이고 물리적인 힘을 얻을 것이라고 말이다.

크로티 신부와 몬테이스 대위가 서로 달랐지만 그들에게는 자연스러운 순수함, 관대함, 그리고 이상에 헌신하는 면이 있었는데, 로저는 그 두 사람이 그와 달리 기분 상태와 사기 저하 여부에 따라 시간을 허비하지 않는 것을 보고는 자신이 내보인 의구심과 동요를 여러 번 부끄러워했다. 두 사람은 하나의 길을 설정해놓으면 진로를 벗어나지 않은 채, 각종 장애 앞에서 겁먹지 않은 채, 마지막에는 승리, 즉 하느님이 악을 이기고 아일랜드가 억압자들을 이기는 일이 자신들을 기다릴 것이라고 확신한 채 그 길을 계속 따라갔다. '그들에게서 배우고 그들처럼 되어라, 로저.' 그는 짧고 열정적인 기도처럼 되뇌었다.

로버트 몬테이스 대위는 톰 클라크와 아주 가까운 남자였는데, 톰 클라크에게 일종의 종교적인 숭배를 맹세했었다. 그는 그레이트 브리튼 스트리트와 색빌 스트리트가 만나는 길모퉁이에 있는 톰 클라크의 담뱃가게—그의 비밀 총사령부—를 하나의 '성스러운 장소'처럼 얘기했다. 대위에 따르면, 영국의 교도소에 여러 번 투옥되었다가 살아남은 그 늙은 숫여우는 모든 혁명 전략을 어둠 속에서 지도하던 사람이었다. 감탄할 만하지 않은가? 작은 체구에 빼빼 마르고, 소식小食을 하고, 온갖 고생을 하며 세월의 흐름에 따라 쇠진하고, 자신의 삶을 아일랜드를 위해 투쟁하는 데 바치고, 그로 인해 십오 년 동안 교도소에 있었던 이 베테랑은 더블린 빈자들의 거리에 있는 자신의 작은 가게에서 영국 경찰에 체포되지 않은 채 비밀 군사·경찰 조직인 아일랜드 공화국 형제단을 조직해 전국 방방곡곡에 퍼지게 했다. 로저는 그 조직이 몬테이스 대위가 말하는 것처럼 진정으로 튼실해졌는지 물었다. 대위의 열정이 넘쳐났다.

"우리는 장교, 무기창, 통신병, 암호, 슬로건을 갖춘 중대, 소대, 분대들을 갖고 있습니다." 대위가 행복감에 도취된 표정을 지으며 확언했다. "우리 군대만큼 효율적이고 동기 부여가 잘된 군대가 유럽에 있는지 모르겠습니다, 로저 경. 제 말이 전혀 과장된 게 아닙니다."

몬테이스의 말에 따르면 제반 준비는 최고조에 달해 있었다. 단 하나 부족한 것은 반란을 일으키기 위한 독일의 무기였다.

몬테이스 대위는 즉시 착수해 초센 캠프에 있는 오십여 명의 신병을 훈련시키고 조직화했다. 그는 자주 림부르크 수용소에 가서 여단에 반감을 지닌 다른 포로들의 저항을 무마시키려 애썼다. 몇 사람은 설득시킬 수 있었으나 막대한 대대수는 여전히 그에게 온전한 적대감을 드러냈다. 하지만 그의 사기를 저하시킬 수 있는 것은 전혀 없었다. 뮌헨으로 돌아가 있던 로저에게 보낸 그의 편지들은 열정이 넘쳐났고, 그 작은 여단에 대한 고무적인 소식들을 전해주었다.

두 사람은 몇 주 뒤 베를린에서 다시 만나 루마니아 피난민들이 가득찬 샤를로텐부르크의 작은 식당에서 단둘이 저녁식사를 했다. 몬테이스 대위가 로저의 기분을 상하게 하지 않으려고 단어에 신경을 많이 쓰면서 용기를 내 불쑥 말을 꺼냈다.

"로저 경, 저를 주제넘거나 이상한 사람으로 간주하지 마세요. 하지만 경은 이런 상태로 작업을 계속할 수 없습니다. 경은 아일랜드를 위해, 우리의 투쟁을 위해 지극히 중요한 분입니다. 경이 엄청나게 공을 들인 고매한 목적들을 위해서 간청을 드리는 겁니다. 의사에게 가보세요. 신경질환입니다. 특이한 일이 아닙니다. 책임감과 걱정이 해가 되어버린 겁니다. 병이 생기지 않을 수가 없습니다. 경은 도움이 필요합니다."

　로저는 몇 마디 회피하는 말을 얼버무리고 화제를 바꾸었다. 하지만 대위의 제안이 그를 놀라게 했다. 늘 공손하고 분별 있는 이 대위가 감히 그런 얘기를 한 것으로 보아 로저의 상태가 몹시 불안정하다는 게 아주 명백했던가? 로저는 몬테이스가 한 말을 새겨두었다. 그는 몇 가지를 알아본 뒤 오펜하임 박사를 찾아가기로 작정했는데, 박사는 베를린 근교 그루네발트의 숲과 강 사이에 살고 있었다. 나이가 지긋한 박사는 경험이 많고 믿음직해서 로저에게 신뢰감을 주었다. 로저는 의사와 두 번에 걸쳐 긴 상담을 하면서 자신의 상태, 문제, 불면, 공포에 관해 얘기했다. 로저는 기억력 테스트와 아주 상세한 질문에 응해야 했다. 마침내 오펜하임 박사가 로저에게 요양원에 입원해 치료를 받을 필요가 있다고 말했다. 만약 그렇게 하지 않으면 그의 정신 상태가 이미 시작된 불안정화 과정을 지속하리라는 것이었다. 박사는 몸소 뮌헨에 전화해 로저에게 자신의 동료이자 제자인 루돌프 폰 회슬린 박사와 약속을 잡아주었다.

로저는 폰 회슬린 박사의 병원에 입원하지 않았으나 몇 개월 동안 일주일에 두 번씩 박사를 찾아갔다. 치료는 효과가 있었다.

"선생께서 콩고와 아마존에서 본 것, 그리고 현재 하고 있는 일로 볼 때 이런 문제를 겪는 것이 놀랍지 않습니다." 그 정신과 의사가 로저에게 말했다. "주목할 만한 점은 선생께서 광포해지지도 않고 자살을 시도한 적도 없다는 것입니다."

폰 회슬린 박사는 아직은 젊은 남자로, 음악 애호가이자 채식주의자에 평화주의자였다. 그는 이 전쟁과 모든 전쟁에 반대하고, 어느 날 보편적인 형제애―그는 '칸트적 평화'라고 말했다―가 온 세상에 정착되어 국경이 없어지고 사람들이 서로를 형제처럼 인정하게 되기를 꿈꾸고 있었다. 로저는 루돌프 폰 회슬린 박사와 면담하고 나서 평온하게 용기를 얻고 병원을 나왔다. 하지만 자신의 병세가 호전되고 있었는지는 확신이 서지 않았다. 마음이 평온하다는 그 느낌은 늘 자신의 인생길에서 건강하고 선하고 이상주의적인 사람을 만났을 때 갖게 되던 것이었다.

로저는 여러 번 초센에 갔는데, 기대했던 바대로 로버트 몬테이스가 여단의 모든 신병을 이미 자기 편으로 만들어놓은 상태였다. 그의 열정적인 노력 덕분에 여단은 자원자가 열 명이 늘어나 있었다. 행군과 훈련은 훌륭하게 진행되고 있었다. 하지만 여단원들은 독일 병사들과 장교들로부터 여전히 포로 취급을 당하고 가끔은 학대를 당했다. 몬테이스 대위는 로저가 약속을 받은 바에 따라, 여단원들이 약간의 자유를 누리고 가끔 마을로 나가 마을 술집에서 맥주를 마시도록 해달라고 독일 해군본부에 청원했다. 그들은 동맹국 병사들이 아니던가? 왜 계속해서 적처럼 대접받아야 하는가? 지금까지는 그런 시도들이 최소한의 결과도 내지 못했다.

로저는 항의를 제기했다. 그는 초센 경비대 사령관 슈나이더 장군과 험악한 광경을 연출했는데, 장군은 규율을 지키지 않거나 걸핏하면 서로 싸우거나 심지어는 캠프에서 절도를 하는 여단원들에게 더이상의 자유를 줄 수 없다고 말했다. 몬테이스의 말에 따르면 이런 비난은 잘못된 것이었다. 유일한 사고는 연대원들이 독일군 보초병들로부터 받는 모욕으로 인한 것이었다.

로저 케이스먼트가 독일에서 머문 마지막 몇 개월은 독일 정부당국과 벌인 회의와 엄청난 긴장의 연속이었다. 자신이 속았다는 느낌은 그가 베를린을 떠날 때까지 커져갔을 뿐이었다. 라이히는 아일랜드 해방에 관심이 없었고, 아일랜드 혁명군과 공동작전을 벌이는 아이디어를 결코 진지하게 받아들이지 않았고, 독일 외무부와 해군본부는 로저의 고지식함과 선의를 이용해 자신들이 실행할 의사가 없던 사안들을 믿게 만들었다. 아일랜드 여단이 터키군과 더불어 이집트에서 영국군에 대항해 싸운다는 계획은 아주 세밀하게 연구되었는데, 구체화될 시점인 듯 보였을 때 그 어떤 설명도 없이 폐기되었다. 치머만, 게오르크 폰 베델 백작, 나돌니 대위, 그리고 그 계획에 참여했던 모든 장교가 갑자기 태도를 바꿔 요리조리 몸을 빼고 회피해버렸다. 그들은 하찮은 변명을 해가면서 로저를 응대하지 않으려 했다. 로저가 그들과 대화할 수 있게 되었을 때도 그들은 늘 아주 바쁜 상태였고, 로저에게는 몇 분 동안의 대화만 허용할 수 있었으며, 이집트 사안은 그들의 책임이 아니었다. 로저는 포기했다. 여단을 식민화에 대항하는 아일랜드의 투쟁을 상징하는 작은 세력으로 바꾸겠다는 로저의 열망은 연기처럼 사라져버렸다.

그러자 그는 자신이 독일에 감탄했을 때 품었던 것과 똑같은 격정으로 이 나라에 대해 불쾌감을 느끼기 시작했는데, 그 불쾌감은 영국이 그에게 유발했던 것과 유사한, 아니 더 큰 증오로 변해가고 있었다. 그는 뉴욕의 변호사 존 퀸에게 보내는 편지에서 자신이 독일 정부당국으로부터 받았던 천대에 관해 언급한 뒤 이렇게 말했다. "그래요, 친구. 내가 독일인을 진정으로 증오하게 되었기에 여기서 죽느니 차라리 영국의 교수대에서 죽는 게 더 낫겠어요."

그는 화가 나고 몸이 찌뿌둥해져 뮌헨으로 돌아가야 했다. 루돌프 폰 회슬린 박사는 다음과 같은 명백한 논리를 들이대면서 바이에른의 요양병원에 입원하라고 요구했다. "선생께서는 쉬지 않고 잡다한 것을 모두 잊지 않으면 결코 회복할 수 없는 위기에 처할 지경에 있습니다. 실성을 하거나 정신이 쇠약해져 평생 무용한 사람이 될 수 있습니다."

로저는 그의 말에 따랐다. 며칠 동안 그의 삶은 대단한 평화의 시기로 진입해 육체가 없는 존재처럼 느껴졌다. 수면제를 먹고 열에서 열두 시간 잠을 잤다. 그러고서 물러가기를 거부하는 겨울의 여전히 차가운 아침에 근처의 단풍나무와 물푸레나무 숲을 오랫동안 산책했다. 담배와 술이 금지되어 채식으로 간소하게 먹었다. 글을 읽고 쓸 기분이 들지 않았다. 자신이 유령이라고 느끼면서 몇 시간 동안 멍한 정신으로 있기도 했다.

1916년 3월 초, 어느 햇볕 좋은 아침에 로버트 몬테이스 대위가 로저를 이런 무기력한 상태에서 과격하게 꺼내버렸다. 사안이 아주 중요했기에 대위가 독일 정부의 허락을 받아 그를 만나러 온 것이었다. 여전히 충격의 여파에서 벗어나지 못한 대위가 허둥지둥 말했다.

"호위병 하나가 초센 캠프로 와 저를 빼내 베를린의 해군본부로 데려갔습니다. 대규모 장교 한 무리가 저를 기다리고 있었는데, 그들 가운데는 장군이 두 명 있었습니다. 그들이 제게 다음과 같이 알려주었습니다. '아일랜드 임시위원회가 4월 23일에 봉기하기로 결정했습니다.' 한 달 반 이내라는 말입니다."

로저가 침대를 박차고 일어났다. 피로가 갑자기 사라지고 심장이 격렬하게 두드려대는 북으로 바뀌어버린 것 같았다. 말도 제대로 할 수가 없었다.

"그들은 소총, 소총병, 포병, 기관총, 탄약을 요구하고 있습니다." 몬테이스가 감정에 동요된 상태로 말을 계속했다. "무기를 실은 배를 잠수함 한 척이 호위하게 해달라고 합니다. 부활주일 자정 무렵 케리 카운티 트랄리 만의 페닛에 무기가 도착해야 한답니다."

"그렇다면 그들은 독일의 군사행동을 기다리지 않을 겁니다." 마침내 로저가 말을 할 수 있었다. 로저는 대참사를, 피로 물든 리피 강물을 생각하고 있었다.

"그 메시지에는 경께 전하는 지침도 들어 있습니다. 로저 경." 몬테이스가 덧붙였다. "경은 새로운 아일랜드 공화국의 대사로서 독일에 머물러야 한답니다."

로저는 맥이 풀린 듯 침대에 주저앉았다. 그의 동료들이 자신들의 계획을 그보다 독일에 먼저 알렸던 것이다. 게다가 자신들은 패트릭 피어스와 조지프 플런켓이 좋아하는 그런 오만하고 경솔한 짓을 하면서 죽어가는 동안 로저한테는 이곳에 머물라고 명령했던 것이다. 그들이 그를 불신하고 있었던가? 다른 설명은 불가능했다. 독일의 침략과 동시에 이뤄지지 않는 봉기에는 그가 반대한다는 사실을 그들은 알고 있었기에 아일랜드에서 그가 장애물이 되리라 생각했고, 그래서 그가 반란과 대학살을 더 요원하게 만들고 그 가능성도 더 낮출 한 공화국의 기괴한 대사직을 맡아 이곳에 팔짱을 낀 채 머무르기를 더 바랐던 것이다.

몬테이스는 묵묵히 기다렸다.

"우리 즉시 베를린으로 갑시다, 대위." 로저가 다시 자리에서 일어나며 말했다. "내가 옷을 입고 가방을 꾸리면 첫 기차로 떠나는 겁니다."

그들은 그렇게 했다. 로저는 루돌프 폰 회슬린 박사에게 급히 감사의 글 몇 줄을 겨우 남길 수 있었다. 긴 여정에서 로저의 머리는 잠깐씩 몬테이스와 더불어 각자의 생각을 주고받을 때를 제외하고는 쉼없이 요동쳤다. 베를린에 도착했을 때 그는 행동노선을 명확히 했다. 그의 개인적인 문제들은 제2차원으로 물러나 있었다. 이제 우선적으로 해야 될 사항은 그의 동료들이 요구했던 것, 즉 군사작전을 효율적으로 짤 수 있게 하는 총, 탄약, 독일군 장교들을 획득하기 위해 자신의 에너지와 지식을 쏟아붓는 것이었다. 두번째로는 자신이 직접 무기와 함께 아일랜드로 떠나는 것이었다. 거기서 그는 친구들에게 기다려달라고, 조금 더 기다리면 유럽 전쟁이 반란에 더 적합한 상황을 만들어낼 수 있다고 설득해볼 것이다. 세번째로는 아일랜드 여단에 입대한 쉰세 명의 병력이 아일랜드로 떠나는 것을 막아야 할 테다. 만약 그들이 영국 해군에게 체포되면 영국 정부는 그들을 '반역자'라며 가차없이 처형할 것이다. 몬테이스는 자신이 할 일을 온전히 자유롭게 결정할 것이다. 로저가 아는 몬테이스는 자신의 삶을 받쳐온 대의를 위해 동료들과 함께 죽을 것임이 확실했다.

베를린에서 두 사람은 늘 그렇듯 에덴 호텔에 묵었다. 그다음 날 아침에 정부당국과 협상을 시작했다. 회담은 외관이 흉해 보이는 낡은 해군본부 건물에서 열렸다. 나돌니 대위가 문 앞에서 그들을 맞이해 늘 외무부와 군대의 인사들이 있던 방으로 데려갔다. 낯선 사람들이 낯익은 사람들과 뒤섞여 있었다. 첫 순간부터 그들은 독일 정부가 아일랜드 혁명가들에게 자문해줄 장교들의 파견을 거부한다고 단도직입적으로 알렸다.

반면에 무기와 탄약을 보내는 데는 동의했다. 그들은 무기와 탄약이 정해진 날짜에 정해진 장소에 도착할 수 있는 가장 안전한 방법에 관해 여러 날에 걸쳐 수많은 시간 동안 계산하고 연구했다. 마침내 화물은 나포된 뒤 수리하고 다시 칠을 한 영국 선적 '아우드' 호에 노르웨이 국기를 게양해 싣기로 결정되었다. 로저도, 몬테이스도, 여단원 그 누구도 '아우드' 호를 타고 가지 않기로 했다. 이 사안은 논쟁을 유발했으나 독일 정부는 양보하지 않았다. 아일랜드인이 타고 있으면 배를 노르웨이 선적으로 인식시키려는 구실이 위태로워질 수 있고, 만약 속임수가 발각되면 라이히가 국제 여론 앞에서 난처한 상황에 처할 수 있다는 것이었다. 그래서 로저와 몬테이스는 자신들이 무기와 동시에 별도로 아일랜드에 갈 수 있는 방법을 간구해달라고 요구했다. 여러 시간 동안 제안과 역제안을 하는 사이, 로저는 그런 상황에서는 봉기가 독일 해군 및 지상군의 양동작전과 연계될 수 있기 때문에 자신이 그곳에 가서 전쟁의 승산이 독일 쪽으로 더 기울때까지 기다리라고 동료들을 설득할 수 있다면서 그들을 납득시키려고 노력했다. 결국 해군본부는 케이스먼트와 몬테이스가 아일랜드로 가는 안을 받아들였다. 잠수함을 타고 가는데, 여단원한 명을 동료들의 대표로 데려가기로 했다.

아일랜드 여단이 반란에 합류하러 가는 것에 반대하는 로저의 결정이 독일인들과의 강력한 충돌을 야기했다. 하지만 그는 여단원들이 싸우면서 죽을 기회조차 갖지 못한 채 약식으로 처형되는 걸 원치 않았다. 그에 대한 책임은 그가 양어깨에 짊어질 것이 아니었다.

4월 7일, 군 고위층은 로저에게 그들이 타고 갈 잠수함이 준비되었다는 사실을 알렸다. 몬테이스 대위는 대니얼 줄리안 베일리 상사를 여단의 대표로 선발했다. 그에게는 줄리안 베벌리라

674

는 이름의 가짜 서류를 만들어주었다. 군 고위층은 비록 혁명군이 5만 정의 소총을 요구했지만 소총 2만 정과 기관총 10정, 탄약 5백만 발이 지정된 날짜의 저녁 열시 이후 트랄리 만의 이니쉬투스커트 섬에 도착하게 되는데, 도선사 한 명이 보트나 기정을 타고 그 배를 기다렸다가 초록색 라이트를 두 번 켜서 자신의 신원을 밝힐 것이라고 로저에게 확인해주었다.

7일부터 출발하는 날까지 로저는 눈을 붙이지 않았다. 만약 자신이 죽으면 자신의 모든 편지와 서류를 '대단히 공정하고 고결한' 에드먼드 D. 모렐에게 건네주어 '내가 죽은 뒤 평판을 유지시켜줄 비망록'을 작성하는 데 이용하게 해달라는 간단한 유서를 썼다.

비록 몬테이스가 로저처럼 영국군에 의해 봉기가 진압되리라는 사실을 직감했다 할지라도 그는 아일랜드로 떠나고픈 조바심에 불타올랐다. 혹시 자신들이 체포되었을 때를 대비해 보엠 대위에게 요청했던 독극물을 몬테이스가 두 사람에게 건넸던 날, 그들은 두어 시간 동안 따로 대화를 나누었다. 대위는 그 독이 아마존의 쿠라레*라고 설명했다. 효과가 즉각적으로 나타난다고

---

* 남아메리카 원주민이 과거 독화살을 만드는 용도로 쓰다가 현재는 의료용으로 사용되는 식물의 액.

했다. "쿠라레는 내가 예전에 알았던 거예요." 로저가 미소를 머금으며 대위에게 설명했다. "푸투마요에서 인디오들이 이 독을 묻힌 투창을 던져 나는 새를 마비시키는 것을 직접 보았지요." 로저와 몬테이스 대위는 맥주를 마시러 근처의 '크나이페'*로 갔다.

"우리가 여단원들에게 작별인사도 설명도 없이 떠나는 게 나만큼이나 대위에게도 고통스러울 거라고 생각해요." 로저가 말했다.

"그 점이 마음에 많이 걸릴 겁니다." 몬테이스가 수긍했다. "하지만 합당한 결정입니다. 봉기가 매우 중요하기 때문에 우리가 정보를 유출할 위험을 무릅쓸 수는 없습니다."

"내가 봉기를 멈추게 할 가능성이 있다고 생각하나요?"

대위가 고개를 가로저었다.

"저는 그렇게 생각하지 않습니다, 로저 경. 하지만 경은 거기서 많은 존경을 받고 있으니 아마도 경의 논리가 영향력을 발휘할 수 있을 겁니다. 어찌되었든 아일랜드에서 현재 발생하는 것을 이해해야 합니다. 우리는 이를 위해 여러 해를 준비했습니다. 제가 여러 해라고 했나요. 아니, 여러 세기라고 해야 할 것입니다. 우리가 언제까지 계속해서 포로국으로 남아 있어야겠습니

---

* 독일어로 '선술집'.

까. 20세기가 한창인 때 말입니다. 게다가 전쟁 덕분에 지금 이 순간이 아일랜드에서 영국의 세력이 가장 약할 때라는 건 의심할 여지가 없습니다."

"대위는 죽음이 두렵지 않아요?"

몬테이스가 어깨를 으쓱했다.

"저는 가까이서 여러 번 죽음을 목격했습니다. 남아프리카에서 보어 전쟁중에 아주 가까이서요. 저는 우리 모두가 죽음을 두려워한다고 생각합니다. 하지만 죽음이, 수많은 죽음이 있습니다, 로저 경. 조국을 위해 싸우다 죽는 것은 자기 가족이나 신앙을 위해 죽는 일처럼 아주 고귀한 것입니다. 그렇게 생각하지 않습니까?"

"그래, 맞아요." 로저가 동의했다. "기회가 되면 그렇게 죽어야지, 소화도 안 되는 이 아마존 물약을 마시고 죽지는 않기를 바랍니다."

그들이 떠나기 전날 밤 로저는 크로티 신부와 작별하기 위해 초센으로 가서 몇 시간을 머물렀다. 그는 캠프로 들어가지 않았다. 그 도미니코 수도회 사제를 불러오도록 해 두 사람은 막 푸르러지기 시작하는 전나무와 자작나무 숲에서 오랫동안 산책을 했다. 크로티 신부는 로저가 밝힌 내밀한 이야기를 단 한 번도 끊지 않고 들으며 안색이 변했다. 로저가 말을 마치자 크로티 신부가 성호를 그었다. 그는 오랫동안 말이 없었다.

"봉기가 실패하게 되어 있다고 생각하면서도 아일랜드로 가는 것은 자살행위나 마찬가지입니다." 크로티 신부가 마치 크게 소리 내서 생각하는 것처럼 말했다.

"봉기를 멈추게 하려고 떠나는 겁니다, 신부님. 톰 클라크, 조지프 플런켓, 패트릭 피어스, 그리고 모든 지도자와 대화할 겁니다. 제가 생각하기에 이런 무용한 희생을 초래하게 될 이유를 그들에게 알릴 겁니다. 독립을 서두르는 대신에 늦출 겁니다. 그리고……"

로저는 목이 잠긴다고 느꼈고, 그래서 입을 다물었다.

"왜 그러세요, 로저? 우리는 친구고, 당신을 도와주려고 제가 여기에 있는 겁니다. 저를 믿으세요."

"제 머리 속에는 지워지지 않는 장면이 하나 있습니다, 크로티 신부님. 피해를 입은 가족을 곤궁한 상황에 처하게 하고, 무시무시한 보복을 당하게 놔두고서 자신들의 몸을 난도질당하게 하려는 그 이상주의자들과 애국자들은 적어도 자신들이 하는 일이 무엇인지 압니다. 하지만 제가 항상 어떤 사람들을 생각하는지 아십니까?"

로저는 1910년 더블린 근교 라스판햄 지역에서 패트릭 피어스가 운영하는 세인트 엔다 이중언어 학교가 있던 더 허미티지에 강연을 하러 간 얘기를 했다. 그는 학생들에게 강연을 한 뒤 자신이 아마존 지역을 여행할 때 구해 보관해둔 물건—우이토 토족의 바람총—을 졸업반 학생들 가운데 게일어로 가장 훌륭한 글을 쓴 학생에게 상으로 주었다. 그는 아일랜드의 사상에 열광하던 그 수십 명의 젊은이, 아일랜드의 역사, 영웅, 성인, 문화를 기억하는 그들의 조국에 대한 투쟁적인 사랑, 그들이 종교적인 망아지경에 빠져 옛 켈트의 노래를 부르는 모습에 엄청난 감동을 받았었다. 타오르는 애국심과 더불어 학교를 지배하던 심오한 가톨릭 정신도 마찬가지였다. 피어스는 그 자신과 역시 세인트 엔다 학교의 교사인 그의 형제자매 윌리와 마거리트에게도 그랬듯이, 그 젊은이들 안에서 그 두 가지 요소가 서로 융합되어 하나가 되게 만드는 데 성공한 터였다.

"그들 젊은이는 모두 죽고 대포알받이가 될 겁니다, 크로티 신부님. 그들은 소총도 권총도 전혀 쏠 줄 모를 겁니다. 그들처럼 아무 죄도 없는 수백 수천 명의 사람이 세계에서 가장 강력한 군대의 대포, 기관총, 장교, 병사와 맞선다니까요. 그 어떤 것도 얻지 못하려고요. 무시무시하지 않습니까?"

"물론 무시무시합니다, 로저." 사제가 동의했다. "하지만 그들이 아무것도 얻지 못한다는 건 아마도 정확하지 않은 말일 겁니다."

사제는 다시 오랫동안 입을 다문 뒤 고통과 감동이 뒤섞인 표정으로 천천히 말을 시작했다.

"아일랜드가 대단히 기독교적인 나라라는 건 경께서도 알고 계시죠. 아마도 점령당한 국가라는 특수한 상황 때문에 다른 나라보다 그리스도의 메시지를 더 잘 받아들였을 겁니다. 아니면 우리에게 성 패트릭처럼 대단히 호소력 있는 선교사들과 사도들이 있었기에 다른 지역보다 그곳에서 신앙이 더 깊이 뿌리를 내렸을 것입니다. 우리의 종교는 특히 고통받는 사람들을 위한 것입니다. 모욕당한 사람, 굶주린 사람, 패배당한 사람들 말입니다. 우리를 짓밟던 세력이 있었는데도 그 신앙이 우리 나라가 와해되지 않도록 막아주었습니다. 우리의 종교에서는 순교가 중추적인 역할을 합니다. 자신을 희생하고 목숨을 바치는 것입니다. 그리스도께서 그렇게 하셨잖아요? 그분은 사람의 형상으로 태어나시어 가장 무시무시하고 잔혹한 박해를 당하셨습니다. 온갖 배신과 고문을 당하시고 십자가에서 돌아가셨지요. 그런 게 전혀 소용이 없었나요, 로저?"

로저는 피어스, 플런켓, 즉 자유를 위한 투쟁은 시민적임과 동시에 신비주의적이라고 믿는 그 젊은이들을 떠올렸다.

"저는 신부님의 말씀이 뜻하는 바를 이해합니다, 크로티 신부님. 현실적이고 실용주의적인 사람이라는 명성을 가진 톰 클라크를 포함해 피어스, 플런켓 같은 사람들이 봉기가 하나의 희생이라는 사실을 인식하고 있다는 걸 저는 압니다. 그리고 그들은 자신들이 죽음으로써 아일랜드인의 모든 에너지를 움직일 하나의 상징을 만들어낼 것이라고 확신하고 있습니다. 저는 목숨을 바치려는 그들의 의지를 이해합니다. 하지만 그들만큼의 경험과 명철한 판단력이 부족한 사람들, 단지 하나의 본보기가 되려고 자신들이 도살장으로 간다는 걸 모르는 젊은이들을 무리하게 끌고 갈 권리를 그들이 갖고 있습니까?"

"이미 당신에게 말했다시피 나는 그들이 하는 일에 감탄하지 않습니다, 로저." 크로티 신부가 속삭이듯 말했다. "순교는 한 기독교인이 어떤 것에 자신의 몸을 맡기는 일이지, 그 사람이 찾는 목표가 아닙니다. 하지만 혹 역사는 인류가 그런 방식으로, 즉 다양한 행위와 희생과 더불어 발전하도록 하지 않았을까요? 어쨌든 지금 제가 걱정하는 건 바로 당신입니다. 만약 체포되면 당신은 투쟁할 기회가 없을 겁니다. 대역죄를 지었다는 이유로 재판을 받을 겁니다."

"크로티 신부님, 저는 이 문제에 개입되어 있으며, 제 의무는 수미일관한 사람이 되어 끝까지 가는 겁니다. 제가 신부님으로부터 받은 모든 은혜를 결코 갚지 못할 겁니다. 신부님께 축복의 말씀을 부탁드려도 될까요?"

로저가 무릎을 꿇었고, 크로티 신부가 그에게 축복의 말을 한 뒤 두 사람은 포옹을 하고 헤어졌다.

XV

캐레이 신부와 맥캐롤 신부가 감방에 들어왔을 때, 로저는 이전에 요청했던 종이, 펜, 잉크를 이미 받아서, 확고한 태도로 주저하지 않고 짧은 편지 두 통을 막힘없이 다 써놓은 상태였다. 하나는 이종사촌 거트루드에게 보내는 것이고, 다른 하나는 친구들에게 공동으로 보내는 것이었다. 편지들은 아주 유사했다. 지에게는 자신이 그녀를 정말 사랑했다고 전하고, 자신의 기억이 간직하고 있는 그녀에 대한 좋은 추억을 언급하고, 진심을 담은 몇 문장 말고도 다음과 같이 썼다. "내일 성 스티븐의 날에 나는 내가 모색했던 죽음을 맞이할 거야. 하느님께서 내 잘못을 용서해주시고, 내 기원을 들어주시기를 바라고 있어." 친구들에게 보내는 편지는 똑같이 비극적인 용기를 담고 있었다. "모든 사람

에게 보내는 내 마지막 메시지는 '마음을 드높이sursum corda'입
니다. 내 목숨을 빼앗으려는 사람들과 내 목숨을 구하려고 애쓴
사람들 모두 복 많이 받기 바랍니다. 이제 여러분 모두는 내 형
제입니다."

늘 검은색 옷을 입는 사형집행인 미스터 존 앨리스가 자신을
로버트 박스터라고 소개한 불안하고 놀라운 표정의 젊은 조수를
대동한 채 로저에게 와 신체 치수—키, 체중, 목둘레—를 쟀는
데, 존 앨리스는 교수대의 높이와 밧줄의 내구력을 결정하기 위
해서라고 스스럼없이 설명했다. 그는 막대기로 로저의 신체 치
수를 재서 작은 노트에 기입하는 동안에 자신이 이 일 말고도 로
치데일에서 이발사로 일하는데, 손님들이 그에게서 직업상의 비
밀을 알아내려고 애써보지만 그는 이 점에 관해서는 자신이 스
핑크스라고 말했다. 로저는 그들이 떠나자 반가웠다.

잠시 후 보초 한 명이 이미 검열을 거치고 마지막으로 접수된
편지와 전보를 로저에게 가져왔다. 모르는 사람들이 보낸 것들
이었다. 행운을 비는 것이거나 그를 비난하고 반역자라고 부르
는 것이었다. 편지들은 대충 훑어보았는데, 긴 전보가 그의 관심
을 끌었다. 고무 채취업자 훌리오 C. 아라나가 보낸 것이었다. 스
페인어로 쓰인 편지는 마나우스에서 보낸 것으로, 로저조차 문
장의 오류가 많다는 것을 알아차릴 정도였다. 훌리오는 로저에

게 "푸투마요에서 행한 일과 관련해 하느님의 공의에 의해서만 알 수 있는 자신의 죄를 인간의 법정에서 자백함으로써 올바른 사람이 되라"고 권고했다. 훌리오는 로저가 오직 "직함과 재산을 얻을" 목적으로 "여러 사실을 날조하고, 결코 일어나지도 않았고 알지도 못하는 행위들을 시인하라고 바베이도스 출신 남자들에게 영향력을 행사했다"고 비난했다. 전보는 다음과 같이 끝났다. "나는 당신을 용서하나, 당신은 올바른 사람이 되어 그 누구도 당신보다 더 잘 알지 못하는 진짜 사실들을 온전히, 그리고 진실되게 밝힐 필요가 있소." 로저는 생각했다. '이 전보는 그의 변호사들이 아니라 그 자신이 직접 쓴 것이로군.'

그는 마음의 평화를 느꼈다. 이전 며칠, 몇 주 동안 갑자기 오한을 유발하고 등골을 싸늘하게 했던 공포가 온전히 사라져버렸다. 그는 자신이 평온하게 죽음을 향해 가리라고 확신하고 있었는데, 의심할 바 없이 패트릭 피어스, 톰 클라크, 조지프 플런켓, 제임스 콘놀리, 그리고 아일랜드를 자유롭게 하기 위해 4월 그주에 더블린에서 목숨을 바친 모든 용자도 그랬을 것이다. 그는 자신이 온갖 문제와 고뇌로부터 풀려났다고, 하느님과 함께 자신의 문제들을 해결하기 위한 준비가 되었다고 느꼈다.

'파더' 캐레이와 '파더' 맥캐롤이 아주 엄숙한 표정을 지으며 와서는 다정하게 그의 손을 잡았다. 맥캐롤 신부는 서너 번 보았지만 대화는 그리 많이 나누지 않았다. 스코틀랜드 출신인 그는 코에 약간의 틱 장애가 있어서 코가 우스꽝스럽게 한쪽으로 비틀어졌다. 반면에 캐레이 신부와는 신뢰감을 느꼈다. 그는 캐레이 신부에게 토마스 아 켐피스의 『그리스도를 본받아』를 되돌려주었다.

"이 책을 어떻게 해야 할지 모르겠습니다만, 누군가에게 선물하세요. 제가 펜턴빌 교도소에서 읽을 수 있게 허가받은 유일한 책입니다. 저는 이 책을 읽은 것을 후회하지 않습니다. 좋은 동반자였어요. 언젠가 크로티 신부님과 대화하실 기회가 있으면 크로티 신부님의 말씀이 옳았다고 전해주세요. 크로티 신부님께서 제게 말씀하셨다시피, 토마스 아 켐피스는 성스럽고 담백하고 지혜로 가득찬 분이었습니다."

맥캐롤 신부는 셰리프가 로저의 사복을 보관하고 있는데 곧 가져올 것이라고 말했다. 교도소 창고에서 옷이 함부로 다뤄지고 더러워졌는데, 미스터 스테이시가 직접 신경써서 깨끗하게 빨고 다림질을 해놓았다.

"좋은 사람입니다." 로저가 말했다. "전쟁터에서 싸우던 외아들을 잃고서 그 역시 반쯤 죽었답니다."

그는 잠시 말을 멈추었다가 이제 자신의 가톨릭 개종에 대해 관심을 집중해달라고 사제들에게 요청했다.

"개종이 아니라 재입회입니다." 캐레이 신부가 다시 한번 그에게 상기시켰다. "로저, 당신은 그토록 사랑했고 곧 다시 보게 될 어머니의 결정에 따라 늘 가톨릭교도였습니다."

비좁은 감방에 세 사람이 있어서 훨씬 더 좁아진 것 같았다. 겨우 무릎을 꿇을 공간이 남아 있었다. 그들은 이삼십 분 동안 처음에는 묵상기도로 나중에는 통성기도로 주기도문과 성모송을 바쳤는데, 사제들이 첫 부분을 하고 로저가 마지막 부분을 했다. 나중에 맥캐롤 신부는 캐레이 신부에게 로저의 고해를 들으라며 자리에서 물러났다. 캐레이 신부가 간이침대 가장자리에 앉고, 로저는 그대로 무릎을 꿇은 상태에서 자신이 실제로 짓거나 지었으리라 추정되는 죄를 길게, 아주 길게 열거하기 시작했다. 로저가 눈물을 참으려고 노력했는데도 첫 울음이 터졌을 때, 캐레이 신부가 로저를 자기 곁에 앉게 했다. 그렇게 로저는 그 마지막 의식을 계속했는데, 말하고 설명하고 기억하고 묻는 사이에 실제로 자신이 어머니에게 점점 더 가까이 다가가고 있다고 느꼈다. 순간적으로 앤 젭슨의 늘씬한 실루엣이 모습을 드러내더니 순식간에 독방의 불그스레한 벽돌 벽 속으로 사라졌다고 느꼈다.

그는 한 번도 울어본 기억이 없다는 듯이, 울음과 더불어 긴장과 고통이 해소되고 자신의 기분뿐만 아니라 몸도 더 가벼워지

는 것처럼 느꼈기에 이제는 울음을 참으려 애쓰지도 않은 채 여
러 번 울었다. 캐레이 신부는 말없이 꼼짝도 하지 않은 채 그가
말하도록 내버려두었다. 가끔 로저에게 질문하고 견해를 밝히고
마음을 안정시키는 짧은 논평을 했다. 로저에게 고해를 시키고
보속을 한 다음 그를 껴안았다. "항상 당신의 집이었던 곳에 다
시 온 것을 환영합니다, 로저."

곧이어 다시 감방 문이 열리고 맥캐롤 신부가 들어오고 셰리
프가 뒤따라 들어왔다. 미스터 스테이시는 팔로 로저의 검은색
정장, 흰 와이셔츠, 넥타이, 조끼를 안고 있었고, 맥캐롤 신부는
반부츠와 양말을 들고 있었다. 올드 베일리 법원이 로저에게 교
수형을 선고했을 때 로저가 착용하고 있던 것들이었다. 옷가지
는 티 한 점 없이 깨끗하게 다림질되어 있고, 신발은 막 구두약
을 발라 광택을 내놓은 상태였다.

"친절을 베풀어주어 정말 고맙습니다, '셰리프'."

미스터 스테이시가 고개를 끄덕였다. 늘 그렇듯 볼이 통통하
고 슬픈 얼굴이었다. 하지만 지금은 로저와 눈을 마주치지 않으
려 했다.

"이 옷을 입기 전에 목욕을 좀 할 수 있을까요? 이 지저분한
몸으로 옷을 더럽히면 유감일 것 같아서요."

미스터 스테이시가 이번에는 공모자처럼 씩 웃으며 그러라고

했다. 그러고서 그는 감방을 나갔다.

세 사람은 서로 몸을 밀착함으로써 그럭저럭 간이침대에 함께 앉을 수 있었다. 그들은 때때로 입을 다물고, 기도를 하고, 대화를 하면서 그렇게 있었다. 로저는 자신의 유년 시절, 더블린과 저지에서 보낸 첫 몇 년, 스코틀랜드의 외삼촌들 집에서 사촌 형제자매들과 보낸 휴가에 관해 얘기했다. 맥캐롤 신부는 스코틀랜드에서 보낸 휴가가 어린 로저에게 천국을, 즉 순수와 행복을 경험하게 해주었다는 로저의 말을 들으며 즐거워했다.

로저는 유년 시절에 어머니와 외삼촌들이 가르쳐준 일부 노래를 사제들에게 낮은 소리로 불러주었고, 또한 로저 케이스먼트 대위가 기분이 좋을 때 어린 로저와 그의 형제자매에게 들려주던 인도의 라이트 드래군스 부대의 위업이 로저에게 어떤 꿈을 심어주었는지도 상기했다.

그러고서 그는 그들에게 어떻게 사제가 되었는지 얘기해달라며 그들에게 말할 기회를 주었다. 그들이 소명에 따라, 아니면 아일랜드의 수많은 종교인이 그랬듯이 상황, 굶주림, 가난, 교육을 받고 싶은 욕망에 떠밀려 신학교에 들어갔을까? 맥캐롤 신부는 철이 들기 전에 고아가 되었다. 노인 친척들이 그를 받아들여 교구의 가톨릭 학교에 등록시켰는데, 그를 아끼던 주임사제가 그의 천직은 가톨릭교회라고 그를 설득시켰다.

"제가 그 신부님의 말을 믿는 것 말고 달리 뭘 할 수 있었겠습니까?" 맥캐롤 신부가 회고했다. "실제로 저는 큰 확신 없이 신학교에 들어갔습니다. 하느님의 부름은 나중에 제가 상급 학년에서 공부할 때 왔습니다. 신학에 대단한 흥미를 느꼈지요. 제가 연구하고 가르치는 일을 좋아했던 것 같습니다. 하지만 우리가 이미 알고 있다시피, 일은 사람이 도모하지만 그 일의 성공은 하느님께서 이루시죠."

캐레이 신부의 경우는 아주 달랐다. 그의 가족은 리머릭의 유복한 상인이었는데, 행동보다 말을 앞세우는 가톨릭교도였기에 그는 종교적인 분위기에서 성장하지 않았다. 이런 상황이었는데도 그는 아주 젊었을 때 하느님의 부름을 느꼈는데, 아마도 결정적일 수 있었던 한 사건을 적시할 수 있을 정도였다. 그가 열서너 살이었을 때, 어느 성체대회에서 선교사인 알로이시우스 신부가 이십 년 세월을 함께 보낸 사제와 수녀들이 멕시코와 과테말라의 밀림에서 수행한 작업에 관해 언급하는 말을 들었다.

"그 신부님은 저를 현혹시킨 훌륭한 연설가였습니다." 캐레이 신부가 말했다. "그분의 잘못 때문에 제가 아직도 이걸 하고 있는 겁니다. 그뒤로 그분을 단 한 번도 보지 못했고 소식도 듣지 못했습니다. 하지만 늘 그분의 목소리, 열정, 화려한 웅변술, 그리고 아주 긴 턱수염을 기억합니다. 그리고 그분의 이름인 '파더' 알로이시우스도."

감방 문이 열리고 그에게 일상의 소박한 저녁식사—맑은 수프, 샐러드, 빵—가 배식되었을 때, 로저는 자신들이 여러 시간 동안 대화했다는 사실을 깨달았다. 비록 작은 창문의 가로장에 여전히 태양빛이 비치고 있었다 해도 오후가 사그라지고 밤이 시작되고 있었다. 그는 저녁식사를 거부하고 작은 물병만 챙겼다.

그리고 그때 그는 아프리카에서 한 초기 탐험들 가운데 한 탐험, 그러니까 그 검은 대륙에서 보낸 첫해의 한 탐험에서, 이름이 기억나지 않는 어느 부족(아마도 '반구이'였던가?)의 작은 마을에서 며칠 동안 밤을 보낸 적이 있었다는 사실을 기억했다. 그는 통역사의 도움으로 마을 사람 몇과 대화했다. 그래서 그는 그 공동체의 노인들이 자신들의 죽음을 예감했을 때 소소한 소유물로 작은 다발을 만든 뒤 신중한 태도로, 그 누구에게도 작별을 고하지 않은 채 눈에 띄지 않게 마을에서 사라져 밀림 속으로 들어간다는 사실을 알았다. 그들은 조용한 장소, 작은 호수나 강의 조그만 수변, 거대한 나무 그림자, 바위 언덕을 찾았다. 그곳에 드러누워 그 누구도 귀찮게 하지 않은 채 죽음을 기다렸다. 지혜롭고 우아한 별세 방식이었다.

캐레이 신부와 맥캐롤 신부는 로저와 더불어 밤을 보내고 싶어했지만 로저가 동의하지 않았다. 그는 자신의 상태가 좋다고,

최근 세 달 가운데 가장 차분한 상태라고 그들에게 확언했다. 그는 혼자서 쉬고 싶어했다. 사실이었다. 사제들은 그가 내보이는 차분한 모습을 보고서 그만 가보겠다고 응답했다.

그들이 떠나자 로저는 셰리프가 놓고 간 옷을 오랫동안 응시했다. 어떤 특이한 이유에서 그는 자신이 4월 21일 그 황량한 새벽에 매케나 요새라 불리던 켈트족의 그 원형 요새에서 체포되었을 때 입고 있던 옷을 셰리프가 가져올 것이라 확신하고 있었다. 부식된 돌로 이뤄진 그 요새는 나무 잎사귀, 양치식물, 습기로 뒤덮여 있고, 새들이 앉아 노래하는 나무가 주변을 둘러싸고 있었다. 체포된 지 겨우 세 달밖에 안 되었는데 그에게는 여러 세기가 흐른 것 같았다. 그 당시에 입은 옷은 어떻게 되었을까! 그의 관련 서류들과 함께 그 옷 역시 보관해놓았을까? 미스터 스테이시가 다리고 몇 시간 뒤에 그가 입고서 죽게 될 그 정장은 그를 재판할 법정에 근사한 차림으로 출두할 수 있도록 가바 더피 변호사가 사준 것이었다. 로저는 옷에 주름이 가지 않도록 간이침대의 얇은 매트리스 밑에 펼쳐놓았다. 그는 기나긴 불면의 밤이 자신을 기다리고 있다고 생각하면서 간이침대에 드러누웠다.

놀랍게도 잠시 후 잠이 들었다. 살짝 놀라면서 눈을 떴을 때 감방 안이 여전히 어둠에 휩싸였다 할지라도 가로장들이 붙은 작은 사각형 창문을 통해 동이 트고 있다는 사실을 알아차렸기에 아주 오랫동안 잤음에 틀림없었다. 꿈에서 보았던 어머니의 모습을 상기했다. 슬픈 얼굴이었고, 아이인 그가 이렇게 말하며 어머니를 위로했다. "엄마, 우리가 곧 다시 볼 테니까 슬퍼하지 마요." 그는 두렵지 않았고 마음이 평온했으며, 그것이 단번에 끝나기를 바라고 있었다.

썩 많지 않은 시간이 흘렀거나 아마도 많은 시간이 흘렀을 테지만 그는 시간이 얼마나 흘렀는지는 몰랐는데, 문이 열리고 문가에서 셰리프—피로한 얼굴과 눈을 붙이지 못한 듯 충혈된 눈—가 그에게 말했다.

"목욕을 하고 싶으면 지금 해야 합니다."

로저가 동의했다. 검게 변한 벽돌로 이뤄진 긴 복도를 통해 목욕탕을 향해 나아가고 있을 때 미스터 스테이시가 그에게 조금 쉴 수 있었는지 물었다. 로저가 몇 시간 동안 잤다고 말하자 그가 중얼거렸다. "정말 잘됐군요." 그러고서 로저가 자신의 몸에 신선한 물줄기를 받을 때 느끼게 될 기분이 얼마나 상쾌할지 예감하는 동안 미스터 스테이시가 말했다. 사제와 목사들을 포함한 수많은 사람이 십자고상과 사형에 반대하는 팻말을 들고 교도소 문 앞에서 기도를 하며 철야를 했다고 말이다. 로저는 마치 자신이 이제 더는 자신이 아니라는 듯이, 다른 사람이 자신을 대신하고 있다는 듯이, 특이하게 느꼈다. 그는 차가운 물을 맞으

며 꽤 오랫동안 서 있었다. 몸에 섬세하게 비누칠을 해 물로 헹
구고 두 손으로 몸을 문질렀다. 그가 감방으로 돌아와보니 이미
캐레이 신부와 맥캐롤 신부가 다시 와 있었다. 두 사람은 펜턴
빌 교도소 문 앞에 몰려들어 기도하고 팻말을 흔들어대는 사람
의 수가 지난밤부터 많이 늘어났다고 로저에게 말했다. 많은 수
는 에드워드 머네인 신부가 홀리 트리니티 성당에서 데려온 교
구 신자들이었는데, 그 성당에는 그 동네의 아일랜드 가족들이
출석했다. 하지만 '반역자'의 사형집행에 환호하는 무리도 있었
다. 로저는 이런 소식에 무관심했다. 사제들은 로저가 옷을 갈아
입도록 감방 밖에서 기다렸다. 로저는 살이 빠져서 놀랐다. 옷과
신발이 헐렁했다.

　로저는 두 사제의 호위를 받고 셰리프와 무장한 보초 한 명이
뒤따르는 가운데 펜턴빌 교도소의 예배당으로 갔다. 예배당에는
가본 적이 없었다. 예배당은 작고 어두웠으나 지붕이 타원형인
공간에는 우호적이고 평온한 뭔가가 있었다. 캐레이 신부가 미
사를 집전하고 맥캐롤 신부가 복사 역을 맡았다. 비록 환경 때문
인지, 혹은 자신이 처음이자 마지막으로 영성체를 하리라는 사
실 때문인지 잘 몰랐다 할지라도 그는 감동에 젖어 의식을 따랐
다. '내 첫번째 성체이자 노자 성체*가 되겠군.' 그가 생각했다.
영성체를 한 뒤 그는 캐레이 신부와 맥캐롤 신부에게 뭔가를 얘

기하려 했으나 적합한 말이 생각나지 않았기에 기도를 하려 애쓰면서 침묵을 지켰다.

그가 감방으로 되돌아왔을 때 간이침대 옆에 아침식사가 놓여 있었으나 식욕이 전혀 없었다. 그가 사제들에게 시각을 묻자 그들이 이번에는 오전 여덟시 사십분이라고 말해주었다. '내게 이십 분이 남아 있군.' 그가 생각했다. 거의 동시에 교도소장이 셰리프와 민간인 복장을 한 남자 셋을 동반하고 도착했다. 그들 가운데 한 명은 그의 죽음을 확인해줄 의사임에 틀림없고, 한 명은 영국 정부의 공무원이고, 나머지는 젊은 조수와 함께 온 사형집행인이었다. 다소 작은 키에 힘이 세 보이는 미스터 앨리스는 다른 사람들처럼 검은색 옷을 입고 있었으나 더 편하게 작업하기 위해 재킷의 소매를 걷어올린 상태였다. 둥글게 감은 밧줄을 팔에 건 상태로 왔다. 그가 교양 있고 까칠한 목소리로 로저에게 손을 묶어야 하니 등뒤로 손을 가져가라고 말했다. 미스터 앨리스는 로저의 손을 묶는 동안 터무니없어 보이는 질문을 하나 했다. "아픕니까?" 로저가 고개를 가로저었다.

'파더' 캐레이와 '파더' 맥캐롤이 큰 소리로 연송 호칭기도를 올리기 시작했다. 두 사람은 로저가 가본 적이 없는 가옥의 여러

---

* '긴 여행을 위한 준비'라는 뜻으로, 임종을 앞둔 이가 마지막으로 하는 영성체.

구역, 즉 모두 텅 빈 계단들, 복도들, 작은 마당 하나를 각자 로저의 양옆에서 그와 함께 오랫동안 걸어서 통과하는 동안 계속해서 기도를 했다. 로저는 자신들이 지나간 곳들을 거의 인식하지 못했다. 그는 기도를 하고 연도에 응답했고, 자신의 걸음걸이가 당당하면서 흐느낌도 울음도 터져나오지 않는다는 사실에 만족감을 느끼고 있었다. 때때로 눈을 감고 하느님의 자비를 빌었으나 그의 뇌리에 떠오른 사람은 앤 젭슨이었다.

마침내 그들은 햇빛 가득한 공터로 나왔다. 무장한 경비원 분대가 그들을 기다리고 있었다. 경비원들이 디딤판 여덟 개 또는 열 개짜리 작은 계단이 달린 사각형 목조 구조물을 에워쌌다. 교도소장이 선고문임에 틀림없는 문장을 몇 개 읽었는데 로저는 관심을 기울이지 않았다. 그러고서 그는 로저에게 하고 싶은 말이 있는지 물었다. 그는 고개를 가로저어 거부했으나 아주 조용하게 다음과 같이 중얼거렸다. "아일랜드." 그가 사제들에게 몸을 돌리자 두 사람이 그를 껴안았다. 캐레이 신부가 그에게 축복의 말을 했다.

그때 미스터 앨리스가 다가와 밴드로 눈을 가리려고 하니 로저에게 상체를 숙여달라고 요청했다. 로저가 그보다 키가 아주 컸기 때문이다. 로저는 상체를 숙였고, 사형집행인 미스터 앨리스가 그를 어둠 속에 잠기게 할 밴드로 눈을 가리는 동안, 그는 이제는 미스터 앨리스의 손가락이 이전에 자신의 손을 묶을 때보다 덜 단단하고 덜 제어가 된다는 느낌을 받았다. 사형집행인은 팔을 부축해 로저가 단을 향해, 넘어지지 않도록 천천히, 계단을 올라가게 해주었다.

로저는 몇 가지가 움직이는 소리와 사제들의 기도 소리를 들었고, 결국 다시 미스터 앨리스가 고개를 숙이고 상체를 약간 구부려달라면서 "플리즈, 서"*라고 소곤거리는 소리를 들었다. 로저는 그렇게 하고 나자 사형집행인이 그의 목 주위로 밧줄을 걸었다고 느꼈다. 미스터 앨리스가 마지막으로 소곤거리는 소리를 여전히 들을 수 있었다. "호흡을 멈추면 더 빨리 될 겁니다, 경." 로저는 그의 말에 따랐다.

---

* Please, Sir.

에필로그

Epílogo

나는 로저 케이스먼트가
자신이 해야 할 일을 했다고 말하겠다.
그는 교수대에서 죽었으나
그건 전혀 새롭지 않은 일이다.
_W. B. 예이츠

로저 케이스먼트의 이야기는 밤하늘로 치솟아 터지며 별을 비처럼 쏟아내고 천둥소리를 토해내고서 꺼지고, 조용해지고, 한순간 뒤 하늘을 불꽃으로 채우는 트럼펫 팡파르 속에서 다시 살아나는 불꽃놀이처럼 치솟았다가 사그라지고, 그가 죽은 뒤 다시 살아난다.

사형집행에 참여했던 의사 퍼시 맨더 박사의 말에 따르면, 사형집행은 "최소한의 장애도 없이" 이뤄졌고, 죄수는 그 자리에서 바로 사망했다. 사형수의 '성 도착적 성향'에 관한 어떤 과학적 확실성을 원하던 영국 정부의 명령에 따라, 죄수의 매장을 허가하기 전 의사는 비닐장갑을 낀 손으로 그의 항문과 직장이 시작되는 부위를 조사했다. 그는 "육안으로 보았을 때" 항문이 "본인의 손가락이 미치는 직장의 아랫부분"과 마찬가지로 확실히 이완되어 있었다고 확인했다. 의사는 이 조사를 통해 "사형수가 좋아한 것처럼 보이는 습관"이 확인되었다고 결론지었다.

로저의 유해는 이런 취급을 당한 뒤 묘석도, 십자가도, 이름의 머리글자를 새긴 명표도 없이, 역시 명표가 붙어 있지 않은 크리펜 박사의 묘 옆에 매장되었는데, 크리펜 박사는 이미 얼마 전 사형에 처해진 유명한 살인자였다. 형태가 제대로 갖춰지지 않은 흙더미에 불과한 로저의 무덤은 우리 시대 첫 천 년이 시작되었을 때, 나중에 영국이 될 유럽의 그 후미진 변방을 문명화하기 위해 로마의 용병들이 그 변방으로 들어가면서 통과했던 로만 웨이 옆에 있었다.

로저 케이스먼트의 이야기는 차츰 사그라졌다. 로저의 유해가 아일랜드에서 기독교식으로 매장될 수 있도록 그의 가족에게 인계하기 위해 변호사 조지 가번 더피가 로저의 형제자매의 이름으로 영국 정부당국에 신청한 청원은 바로 그 순간에 거부당했고, 반세기 내내 그의 친척들이 유사한 시도를 할 때마다 매번 거부당했다. 오랜 세월 동안, 제한된 몇 사람—사형집행인이었던 존 앨리스는 자살하기 얼마 전에 쓴 회고록에서 "내가 처형해야 했던 모든 이 가운데 가장 용감하게 죽은 사람은 로저 케이스먼트였다"라는 말을 남겼다—을 제외하고는 아무도 로저에 관해 얘기하지 않았다. 영국과 아일랜드에서 로저는 대중의 관심사에서 사라졌다.

　로저가 아일랜드 독립 영웅들의 판테온에 받아들여지기까지는 오랜 시간이 걸렸다. 그의 명예를 훼손하기 위해 영국의 정보기관이 그의 비밀일기 일부를 이용해 우회적으로 진행한 캠페인은 성공적이었다. 지금까지도 그런 캠페인이 온전히 사라진 것은 아니다. 동성애와 소아성애에 관한 음울한 후광이 20세기 내내 그의 이미지를 에워쌌다. 그라는 인물은 그의 조국을 불쾌하게 만들었는데, 아일랜드가 불과 수년 전까지만 해도 공식적으로는 아주 엄격한 도덕을 유지하고 있어, '성적 도착'이라는 의혹만 있어도 특정인을 불명예스럽게 만들고 대중의 동정으로부터 배제시키는 나라였기 때문이다. 20세기의 오랜 기간 동안 로저 케이스먼트라는 이름과 그의 위업과 노고는 정치적인 에세이, 신문기사, 역사가들의 전기에 감금되어 있었는데, 그중 많은 수가 영국 역사가들이었다.

　아일랜드에서 케이스먼트라는 이름은 비록 늘 마지못해 점잔을 빼면서였을지라도, 주로 성적인 영역에서 관습의 변화와 더불어 차츰차츰 원래 모습 그대로, 즉 위대한 반식민지주의적 투사 가운데 한 명, 당대의 인권과 원주민 문화의 옹호자 가운데 한 명, 아일랜드 해방을 위해 희생한 전투원 가운데 한 명으로 받아들여졌다. 로저의 동포들은 영웅이자 순교자인 한 남자가 추상적인 본보기나 완벽함의 모델이 아니라, 모순과 대조, 나약함과 위대함으로 만들어진 한 명의 인간이라는 사실을 서서히 받아들여갔는데, 그도 그럴 것이 호세 엔리케 로도가 썼다시피, 한 사람은 '많은 사람'이기 때문에, 즉 그 인물 속에 천사들과 악마들이 뒤섞여 있기 때문이었다.

소위 〈블랙 다이어리〉에 대한 논쟁은 결코 멈추지 않았고, 아마도 멈추지 않을 것이다. 그 일기는 실제로 존재했다. 로저 케이스먼트가 온갖 유해한 음담을 섞어 직접 쓴 것일까, 아니면 영국 정부당국이 본보기로 경고하기 위해, 그리고 잠재적인 반역자들을 단념시킬 목적으로 자신들의 옛 외교관을 도덕적·정치적으로 처형하고자 날조해낸 것이었을까? 수십 년 동안 영국 정부는 독립 역사가들과 필상학자들이 로저의 일기를 조사해 국가의 비밀을 밝히려는 작업을 허가해주지 않았는데, 바로 이런 점이 일기를 날조했을 것이라는 의구심과 논거에 양분을 공급해주었다. 비교적 최근인 몇 년 전, 금제가 풀려서 연구자들이 그 일기를 조사하고 과학적인 검증을 할 수 있게 되었을 때도 논쟁이 끊이지 않았다. 아마도 논쟁은 오래도록 지속될 것이다. 나쁜 일만은 아니다. 한 인간을, 즉 이론적이고 이성적인 모든 그물이 붙잡으려고 애쓰지만 늘 빠져나가는 총체성을 결정적인 방식으로 알게 되기란 불가능하다는 증거로서, 로저 케이스먼트에 관한 불확실성의 분위기가 늘 유지되는 것은 나쁘지 않다는 의미다. 나 자신의 인상―물론 소설가로서의 인상―은 로저 케이스먼트가 그 유명한 일기를 썼으나 적어도 온전하게 체험한 것은 아니고, 일기에 과장과 픽션이 많이 섞여 있으며, 어떤 것은 체험해보고 싶었으나 체험할 수 없었기에 썼다는 것이다.

1965년 영국의 해럴드 윌슨 정부는 케이스먼트의 유해에 대한 본국 송환을 마침내 승인했다. 유해는 군용 비행기에 실려 아일랜드에 도착했고, 그해 2월 23일 대중의 경의를 받았다. 나흘 동안 불을 밝힌 세이브드 하트의 개리슨 처치 예배당에 어느 영웅의 유해처럼 안치되었다. 수십만 명으로 추산되는 군중이 케이스먼트에게 경의를 표하기 위해 줄지어 예배당을 찾았다. 성 마리아 성당* 쪽으로 군의 호위부대가 배치되고, 1916년 봉기의 총사령부였던 중앙우체국 건물 앞에서 군대식 의례를 거행한 뒤, 그의 관은 비가 내리는 어느 잿빛 아침에 글래스네빈 묘지** 로 운구되어 안장되었다. 1916년 봉기에 참여했던 뛰어난 투사이자 로저 케이스먼트의 친구였던 아일랜드 공화국의 초대 대통

---

* 아일랜드 더블린 대교구의 임시 주교좌 성당.
** 근현대 아일랜드 역사상 중요한 인물들이 묻힌 공동묘지.

령 돈 에이먼 데 벌레라는 빈사 상태에서도 추도사를 위해 침대에서 일어나, 위인들을 떠나보낼 때 대개 언급되는 감동적인 어휘들을 전했다.

콩고에도 아마존에도 고무 채취 시대에 그들 땅에서 저질러진 엄청난 범죄들을 고발하기 위해 많은 일을 했던 인물의 흔적은 남아 있지 않다. 아일랜드에는 로저 케이스먼트에 관한 일부 기억이 섬 여기저기에 흩어져 있다. 멕해린템플하우스에서 멀지 않은 멀로의 작은 강어귀 쪽으로 경사지게 뻗은 앤트림의 글렌세스크 '협곡' 정상에 신 페인 당이 그를 기리기 위한 기념비를 세웠는데, 북아일랜드의 과격한 합방주의자들 손에 파괴되었다. 부서진 조각들이 바닥에 흩어져 있었다. 케리 카운티의 발리헤이그에 있는 바다를 바라보는 작은 광장에는 아일랜드인 어쉰 켈리가 조각한 로저 케이스먼트 상이 세워져 있다. 트랄리의 케리 카운티 박물관에는 로저가 1911년 아마존으로 갈 때 소지한 사진기가 소장되어 있고, 방문자가 요청하면 그가 아일랜드로 타고 온 독일 잠수정 U-19에서 입었던 투박한 울 오버코트를 볼 수도 있다. 개인 수집가인 미스터 숀 퀸란은 대서양으로 흘러들어가는 섀넌강 하구에서 그리 멀지 않은 곳에 위치한 발리더프에 있는 자신의 작은 집에 보트 한 척을 소장하고 있는데, 그 보트는 바로 로저, 몬테이스 대위, 베일리 상사가 반나 스트랜드까지 타고 간

(그는 강조해서 확언했다) 것이다. 트랄리에 있는 게일어 학교 '로저 케이스먼트'의 교장실에는 로저가 자신의 사건을 판결한 런던의 상소법원에 갔을 무렵 퍼블릭 바 세븐 스타스에서 음식을 먹을 때 사용한 세라믹 접시가 진열되어 있다. 매케나 요새에는 게일어, 영어, 독일어로 쓰인 작은 기념비—검은색 돌로 만든 기둥—가 있는데, 로저 케이스먼트가 1916년 4월 21일 그곳에서 왕립 아일랜드 경찰대에 의해 체포되었다고 기록되어 있다. 그리고 그가 도착했던 반나 스트랜드의 해변에는 로저 케이스먼트의 얼굴과 로버트 몬테이스 대위의 얼굴이 함께 새겨진 작은 오벨리스크가 서 있다. 내가 그 탑을 보러 간 아침, 날카로운 소리를 질러대며 주변을 날던 갈매기들이 싸놓은 하얀 똥으로 탑은 뒤덮여 있었으며, 그가 결국은 체포되어 재판을 받고 처형될 아일랜드로 돌아왔던 그 새벽녘에 그의 심사를 자극했던 그 야생 제비꽃들이 사방에서 보였다.

마드리드, 2010년 4월 19일

감사의 말

콩고와 아마존을 여행할 때 나를 도운 수많은 사람이 알게 모르게 제공해준 협조가 없었다면 이 소설을 쓸 수 없었을 것인데, 아일랜드, 미국, 벨기에, 페루, 독일, 그리고 스페인에서 내게 각종 책과 기사를 보내주고, 문서고와 도서관을 이용하도록 편의를 베풀어주고, 증언과 조언을 해주었으며, 특히 내가 양손에 들고 있던 그 어려운 프로젝트 앞에서 기운이 빠졌다고 느꼈을 때 그들이 격려해주고 우정을 베풀어주었다. 그들 가운데서 내가 아일랜드를 돌아다니는 데, 그리고 원고를 준비하는 데 값을 헤아릴 수 없는 도움을 준 베로니카 라미레스 무로를 꼽고 싶다. 이 책이 지닌 결함에 대한 책임은 온전히 내게 있으나 이들이 없었다면 이 책의 최종적인 성공이 불가능했을 것이다. 다음에 소개하는 분들께 심심한 감사를 표한다.

콩고에서: 가스파르 바라비노 대령, 이브라히마 콜리, 펠릭스 코스탈레스 아르티에다 대사, 미겔 페르난데스 팔라시오스 대사, 라파엘라 젠틸리니, 아수카 이마이, 찬세 카이주카, 플라시데-클레멘트 마난가, 파블로 마르코, 바루미 미나비 신부, 하비에르 산초 마스, 칼 슈타이네커, R. 타르시세 신가 은군두 드 미노바, 후안 카를로스 토마시, 히스코 비얄론가, 에밀 졸라, 르웹바의 『혁신의 시인들Poetes du Renouveau』.

벨기에서: 다비드 반 레이브룩.

아마존에서: 알베르토 치리프, 호아킨 가르시아 산체스 신부, 로저 럼릴.

아일랜드에서: 크리스토퍼 브룩, 앤 케이스먼트와 패트릭 케이스먼트, 휴 케이스먼트, 톰 데스먼드, 제프 더전, 숀 조지프, 시아라 케리건, 지트 밍, 앵거스 미첼, 그리핀 머레이, 헬렌 오케롤, 세마스 오시오첸, 도날 J. 오 설리번, 숀 퀸란, 올라 스위니, 그리고 아일랜드 국립도서관과 국립사진보관소 직원들.

페루에서: 로사리오 데 베도야, 난시 레레라, 가브리엘 메세트, 루시아 무뇨스-나하르, 우고 네이라, 후안 오시오, 페르난도 카르바요, 그리고 국립도서관 직원들.

뉴욕에서: 밥 더먼트와 뉴욕 공립도서관 직원들.

런던에서: 존 헤밍, 휴 토머스, 호르헤 오를란두 멜루, 그리고 런던 도서관 직원들.

스페인에서: 피오렐라 바티스티니, 하비에르 레베르테, 나딘 참레소, 페페 베르데스, 안톤 예레기, 무스킬다 산카다.

엑토르 아밧 파시올린세, 오비디오 라고스, 에드문도 무라이.

식민주의에 항거한 아일랜드의 영웅 이야기

라틴아메리카의 작가들 가운데 마리오 바르가스 요사만큼 다양한 장르의 글을 많이 쓴 이는 드물 것이다. 현재까지 20편의 장편소설을 비롯해 에세이, 시집, 연극 대본 등 70권이 넘는 책을 남김으로써 라틴아메리카 문단에서 가장 '완전한' 작가로 인정받고 있다. 특히 24권의 에세이집을 출간했다는 사실은 그가 예술적 감성과 학문적 이성, 지성을 겸비한 작가임을 알게 해준다.

칼날을 가는 작가 바르가스 요사

페루 아레키파에서 태어난 바르가스 요사는 외교관인 조부 덕분에 어릴 적부터 문학적인 견문을 넓히고, 16세에 문단에 이름을 알린다. 리마의 산마르코스대학에서 문학과 법학을 공부하고, 스페인의 마드리드 콤플루텐세대학에서 콜롬비아 소설가 가브리엘 가르시아 마르케스에 관한 연구로 박사학위를 받았으며, 주로 라틴아메리카의 복잡한 역사와 정치, 사회문화, 그리고 은밀한 성적 욕망을 다룬 작품을 선보여왔다.

그는 1955년(19세) 열세 살 연상의 숙모 훌리아 우르키디 일라네스와 결혼해 세상을 놀라게 한다. 자전적 소설 『나는 훌리아 아주머니와 결혼했다』(1977)의 주요 모티프가 이 결혼이라고 할 수 있다. 1964년 바르가스 요사의 배신으로 부부가 이혼을 하는데, 이후에도 훌리아 우르키디는 전남편의 정계 진출을 측면에서 지원했다고 한다. 바르가스 요사는 1965년 파트리시아 요사와 재혼하나 세계적인 유명 가수 훌리오 이글레시아스의 전부인이자 아버지 못지않게 유명한 가수 엔리케 이글레시아스의 어머니인 이사벨 프레이슬레르와 연애하면서 두번째 부인과도 이혼한다.

바르가스 요사의 문학적 역량은 그가 받은 각종 상과 훈장이 증명한다. 정치·사회적인 부패와 폭력으로 점철된 페루의 현실을 신랄하게 다룬 『도시와 개들』(1963), 『녹색 집』(1966)을 출간한 뒤 중남미 최고 권위의 로물로 가예고스 상(1967)을 비롯해 각종 문학상을 받는다. 이후 세계적인 명성을 얻어 1985년 프랑스의 레지옹 도뇌르 훈장, 1994년 스페인어권 최고 권위의 세르반테스상, 그리고 2010년 드디어 노벨문학상을 수상한다.

바르가스 요사는 좌파 사회주의자에서 우파 자유주의자로 선회함으로써 사상적인 면에서 급격히 변화한 작가로도 유명하다. 그는 페루의 노동자 계급이 많이 진학하던 산마르코스대학에 다닐 때 공산주의 사상에 심취해 마르크스를 옹호하고 '온건 사회주의자'임을 자처한다. 1960년대 라틴아메리카의 진보적 지식인들이 그랬듯이 피델 카스트로의 쿠바 혁명을 지지한 좌파 소설가였지만 쿠바 사회에서는 개인의 기본적인 자유가 보장되지 못하고 언론 자유가 없으며 의회가 존재하지 않고 법원이 정부에 종속되어 있다는 사실을 알게 되면서 지지를 철회한다. 특히 쿠바의 시인 에베르토 파디야가 독재 정권을 비판하는 시를 썼다가 1971년 체포되는 사건이 발생하자 쿠바 정치를 "민주주의로 위장한 독재 체제"라고 주장하며 카스트로 체제에 등을 돌린다. 1990년에는 보수 진영의 후보로 페루 대통령 선거에 출마해 일본계 알베르토 후지모리와 결선까지 치렀지만 낙선하고 그 충격으로 1993년 스페인 국적을 취득한다. 2011년 스페인 국왕 후안 카를로스 1세가 그를 후작으로 봉작한다.

바르가스 요사의 작품은 대부분 사회 권력 구조의 지도를 치밀한 구성을 통해 정치하게 그려내고 개인의 저항, 반역, 투쟁, 좌절과 패배 등을 예리하게 포착해 절묘하게 형상화한다는 평을 얻고 있다. 그에게 소설은 리얼리즘적인 것과 자전적인 것을 기반으로 시적 변형을 시도하면서 모든 것을 포착하는 장르다. 그에 따르면 진정한 작가는 자신을 둘러싼 현실을 변화시키기 위해 '반역적'이고 독자적인 정신으로 무장되어야 한다.

바르가스 요사가 경험한 라틴아메리카는 부정이 버젓이 법으로 통용되고, 어디를 가나 착취, 불평등, 빈곤, 정치·경제·문화적 소외 등이 존재하고, 라틴아메리카를 황폐화시키는 괴물들이 살아 있는 곳이다. 그 괴물이란 내부적으로는 고착화된 계급질서, 군사주의, 남성우월주의, 폭력, 권력에 기생하는 유사 부르주아 등이며, 외부적으로는 라틴아메리카를 '경제적으로 목 조르는' 식민주의와 제국주의다. 온갖 부정에 대한 강력한 반항아였던 바르가스 요사는 개인이 사회를 부패시키고 사회가 개인을 부패시킴으로써 악순환이 거듭되는 라틴아메리카를 혼돈의 세계라고 생각한다. 그곳에 팽배한 사회·문화적 위기 상황에서 그는 라틴아메리카의 작가라면 수세기 동안 라틴아메리카를 노예 상태로 만든 낡은 가치에 대항해 칼날을 갈아야 한다는 점을 명확히 인식한다. 그에 따르면 작가란 '천성적인 반항아'여야 하는데, 라틴아메리카에서는 모든 작가가 창작자로서의 자유를 방기하지 않고 사회적인 반항아가 되는 도덕적 의무를 지녀야 한다. 지식인이자 예술가로서 그의 목표는 숨겨진 진실을 밝히는 것이다. 문학이 반란이고 비판이고 풍자고 채찍질이며, 동시에 사회적 부패를 치유하는 지속적이고 날카로운 시도여야 하기 때문이다.

바르가스 요사에게 소설의 문체는 소설이 다루는 주제만큼 중요하다. 그는 역사에 대한 소설의 책임을 통감하면서도 이 모든 것이 완전한 문체 의식과 더불어 이뤄져야 한다고 확신한다. 소설 구조를 혁신하는 문체의 기교를 통해 현실을 예술에 중첩시켜야 하며 모든 어휘적, 음성학적, 방언학적, 민속학적, 비유적 자원과 더불어 현대 라틴아메리카의 언어에 바탕한 소설을 만들어냄으로써 참된 문학행위를 할 수 있다는 것이다. 소설에서 현실이 사진처럼 곧이곧대로 모사되면 독자를 감동시키는 힘을 잃어버리기 때문이다. 작가에 의해 흡수된 삶의 경험은 문체의 피막 안으로 들어가야 하는데, 그 피막 안에서는 경험이 가면을 쓰고 변형되고 조종되어 다른 차원, 즉 시적인 차원에서 다시 살아나야 하기 때문에 소설가는 삶의 시적 변형이 신비감을 얻도록 가능하면 모든 노력을 경주해야 한다는 것이다. 이렇듯 소설의 혁명을 통해 현대사회의 부조리에 도전해야 한다고 주장하는 바르가스 요사가 작가로서의 혁명, 즉 문체적 혁명이 우선해야 한다고 주장하는 이유는, 현재 우리를 옥죄는 사회적인 문제가 미래에 사라졌을 때 문학예술에서 살아남는 것은 작가의 진정한 이념이라고 할 수 있는 새롭고 독창적인 문체뿐이기 때문이다. 이는 라틴아메리카 대륙이 겪어야 했던 역사의 '리얼리티'에 원시의 토착신화와 전설을 '마술적으로' 결합해 '시적'으로 변형함으로써 새로운 현실을 창조한 가르시아 마르케스의 소설미학과 어느 정도 궤를 같이한다.

'문제적 인간' 로저 케이스먼트

위와 같은 문학적 지향성을 지닌 바르가스 요사에게 '문제적' 인간 로저 케이스먼트가 포착된다. 영국의 저명한 외교관이자 아일랜드의 인권 및 독립 운동가인 로저 케이스먼트[*]는 1916년 8월 3일 반역죄로 교수형을 당한 인물이다. 한때 대영제국의 훈장과 작위까지 받은 인물이 반역자로 체포되어 재판을 받고 비참한 최후를 맞이한 이유는 과연 무엇이었을까? 바르가스 요사는 그 이유를 찾기 위해 로저 케이스먼트의 삶을 집요하게 파헤

---

[*] 영어: Roger David Casement, 아일랜드어: Ruairí Dáithí Mac Easmainn(더블린, 1864~런던, 1916).

처 재구성한다.

대영제국의 장교로 인도에서 근무한 적이 있는 프로테스탄트 아버지는 아들 로저에게 이국적인 이야기를 해줌으로써 모험에 대한 열정을 심어준다. 반면 가톨릭을 신앙하던 어머니는 로저 케이스먼트에게 섬세한 감성을 심어줌으로써 그가 차츰차츰 가톨릭 신앙에 접근하게 만든다.

스무 살 때 콩고로 떠난 로저 케이스먼트는 동아프리카에서 '제국주의적' 무역을 하던 영국 선박회사 엘더 뎀프스터 라인에서 근무한 뒤 벨기에 국왕 레오폴드 2세가 주도하는 국제콩고협회AIC의 탐험대에 참여해 막 태동된 콩고 자유국 원주민을 개화시키는 임무를 수행한다. 하지만 콩고에서 혹독한 삶을 체험하면서 자신의 인도주의적 이상이 순진한 것이었다는 사실을 깨닫는다. 특히 영국의 탐험가 헨리 모턴 스탠리의 신화와 벨기에 왕의 인도주의적 신화가 깨지는 것을 실감한다. 그후 외교관이 되어 포르투갈령 동아프리카(모잠비크), 앙골라, 콩고 자유국, 브라질 주재 영국 영사로 근무하면서 유럽 제국주의 세력의 탐욕과 만행을 직접 목격한다. 특히 콩고와 페루의 푸투마요 지역에서 고무 채취업자들의 원주민에 대한 무자비한 노동 착취와 잔혹행위를 조사하고 보고서를 작성해 세상에 알림으로써 국제적인 명성을 얻는다. 벨기에 정부는 그의 「콩고에 관한 보고서」

(1904)를 기초로 콩고의 통치구조를 크게 재편하고, 그는 그 공로를 인정받아 1905년 영국 정부가 뛰어난 공적을 세운 영국 외교관에게 수여하는 '성 마이클-성 조지 훈장'을 받는다.

1912년 로저 케이스먼트는 페루의 푸투마요에 관한 보고서 '블루 북'을 발간하는데, 이 보고서는 런던을 중심으로 동심원적인 파동을 그리며 전 유럽과 미국을 비롯해 세계의 수많은 다른 지역, 특히 콜롬비아, 브라질, 페루로 퍼져나간다. 〈타임스〉는 보고서에 관해 여러 페이지를 할애했고, 로저 케이스먼트를 높이 칭송한 어느 신문의 사설은 그가 위대한 인도주의자의 비범한 재능을 한번 더 보여주었다면서, 노예제도를 운용하고 원주민을 고문하고 말살하는 산업으로 경제적인 혜택을 보는 영국 회사와 주주들에 대해 즉각적인 조치를 취할 것을 요구한다. 그는 이 공로를 인정받아 1911년 영국 정부로부터 기사 작위를 받는다.

그후 로저 케이스먼트는 식민지 상태였던 조국 아일랜드의 현실을 깨닫게 되는데, 건강까지 나빠지자 1912년 공직에서 물러난 뒤 아일랜드로 돌아가 1913년부터 조국의 독립투쟁에 헌신한다. 그는 얼스터의 프로테스탄트 가문 출신임에도 로마가톨릭교도가 대부분인 아일랜드 민족주의자들과 항상 입장을 같이한다. 1913년 말 아일랜드 민족의용군 창설을 돕고, 1914년 7월에는 반영국 의용군에 대한 미국의 원조를 얻기 위해 뉴욕을 방문한다. 1914년 제1차세계대전이 발발하자 독일이 영국에 타격을 가하는 수단으로 아일랜드의 독립운동을 지원할 것이라는 희망을 가진다. 하지만 그가 아일랜드 의용군이 부활절 봉기에 사용할 무기를 조달하기 위해 1914년 11월 베를린에 도착했을 때, 독일 정부는 아일랜드에 파병할 생각이 없으며, 아일랜드의 전쟁포로 대부분도 영국군과 싸우기 위해 결성하려던 여단에 가입하기를 거부한다는 사실을 알게 된다. 1916년 부활절에 거사하기로 계획된 봉기를 지휘할 독일군 장교를 초빙하려 하나 이 또한 실패한다. 봉기를 연기하려고 4월 12일 독일군 잠수함을 타고 아일랜드를 향해 출발해 케리주 트랄리 부근에 상륙한 그는 4월 21일 영국군에 체포되어 런던으로 이송된다. 그리고 6월 29일 반역죄와 간첩활동 혐의로 기소되어 사형을 선고받는다. 아일랜드의 독립을 반가워하지 않던 영국이 서둘러 그를 사형시키기로 결정했다는 소문이 퍼진다. 항소를 했지만 기각되자 코넌 도일, 버나드 쇼 등 영국의 저명한 지식인들이 영국 정부를 위해 봉사한 그의 공적을 내세워 구명활동을 벌이지만 그가 남긴 '일기' 때문에 성공하지 못한다. 로저 케이스먼트의 동성애 행각이 기록된 일기가 공개되어 영국 정부가 그의 '성적 타락'을 집중적으로 부각시킴으로써 여론이 등을 돌려버린 것이다. 동성애가 인정받지 못하던 당시 그가 동성 원주민과 성행위를 한 사실이 알려진 것은 치명적인 약점이었다. 그는 8월 3일 런던에서 교수형에 처해진다.

그의 시신은 아일랜드가 독립한 지 28년이 지나서야 고국으로 돌아올 수 있었고, 성대한 장례식을 통해 국립묘지에 묻힌다. 현재 그는 많은 사람에게 아일랜드의 독립 영웅으로 기억된다.

『켈트의 꿈』에 형상화된 인간의 문제

이 소설의 제목 '켈트의 꿈'은 로저 케이스먼트가 브라질의 산투스로 떠나기 전인 1906년 9월 아일랜드의 신화적인 과거에 관해 쓴 '켈트의 꿈'이라는 장편 서사시의 제목을 차용한 것이다. 로저 케이스먼트가 염원한 '켈트의 꿈'은 아일랜드가 영국으로부터 해방해 독립국이 되는 것이었다.

『켈트의 꿈』은 크게 '콩고' '아마존' '아일랜드'를 다룬 15개 장과 '에필로그'로 이뤄져 있는데, 홀수 장과 짝수 장이 독특한 면모를 드러낸다. 더 구체적으로 말하자면, 홀수 장은 로저 케이스먼트가 교수형에 처해지기 삼 개월 전에 세밀하게 회상하는 과거를 다루고, 짝수 장은 콩고에서 행해진 식민주의의 공포를 고발하고(2장, 4장, 6장), 아마존에서 자행된 원주민 공동체에 대한 인권유린과 학살을 다루며(8장, 10장, 12장), 아일랜드 독립을 위한 로저 케이스먼트의 활약상과 좌절을 그린다(10장, 12장, 14장). 에필로그는 로저 케이스먼트에 대한 후일담이다.

로저 케이스먼트의 생애와 『켈트의 꿈』을 구성하는 주요 동기는 유럽 식민주의의 착취, 인권유린, 전제주의, 전횡을 고발하는 것이다. 식민주의에는 이웃 국가 아일랜드의 전통과 관습을 무시하고 고유 언어를 실질적으로 사라지게 만든 영국의 정책도 포함되어 있다. 실제로 유럽의 식민주의는 아프리카와 아메리카 대륙에서 가난한 국가들을 발전시킨다는 미명하에 실시되었다. 식민주의의 만행에 관한 그의 폭로가 지닌 중요성은 고무 채취업자들에게 기만, 착취, 살해당한 원주민의 실상을 밝히고 개선을 요구한 데 있다. 그의 고발 덕분에 유럽의 여론이 들끓고, 그 결과 콩고에서 실시된 벨기에 국왕 레오폴드 2세의 식민정책과 페루에서 훌리오 C. 아라나가 이끌던 '페루 아마존 회사'의 만행이 만천하에 드러난다. '식인종' '야만인'으로 간주되는 아마존 인디오들은 고무 채취업자들에게 비인간적인 고문을 받아 등, 엉덩이, 다리에 흉터를 지닌 모습으로 이 소설에 등장한다. 많은 경우 그들의 몸에는 동물처럼 회사의 이름이 찍혀 있다.

민족주의는 로저 케이스먼트가 지닌 자가당착의 상당 부분을 보여주는 정치 사상으로, 바르가스 요사가 복원한 그의 삶은 민족주의의 장점과 단점에 관해 성찰하도록 독자를 초대한다. 로저 케이스먼트의 '켈트적인 자부심'이 어쩌나 대단했던지 친구들이 그의 민족주의를 놀려대면서 그더러 현실로 돌아오라고, 그가 은둔해 있던 그 '켈트의 꿈'으로부터 깨어나라고 권고할 정도였다. 그가 추구한 민족주의는 한편으로, 영어의 힘과 압력에 의해 궁지에 몰린 언어(게일어)를 포함해 아일랜드가 지닌 전통의 순수성을 보존하려는 영웅적인 투쟁을 들 수 있다. 다른 한편으로는 그의 분파주의 및 과격주의를 들 수 있는데, 이로 인해 그는 자신에게 수년 동안 외교관으로서 활동할 수 있는 기회를 주고, 그로 인해 개인적인 명성을 얻게 만들고, 훈장과 기사작위를 수여한 영국을 배반하고, 그렇게 함으로써 아프리카와 아메리카 대륙의 식민주의에 대항하는 투쟁에서 그의 편을 들었던 사람들과의 우정을 상실하고, 그들이 베푼 호의를 저버리는 인물이 된다. 더 세분화해보자면, 아일랜드의 문제를 다룬 부분에서는 '민족주의' 담론이 부각되어 있다면, 콩고의 문제를 다룬 부분에서는 '흑인성'이, 페루의 아마존 문제를 다룬 부분에서는 '인디헤니스모(원주민주의)'가 포괄적인 민족주의적 담론으로 적용되어 있다고 할 수 있다. 『켈트의 꿈』은 로저 케이스먼트라는 인물을 통해 식민주의와 신식민주의의 공포를 보여주지만, 무엇보다도 흑인성과 인디헤니스모에 의해 지탱되는 그의 이념이 아일랜드의 가장 뛰어난 혁명가이자 민족주의자인 로저 케이스먼트의 사상을 풍요롭게 했다는 사실 또한 보여준다.

결론적으로 말해, 페루 작가 바르가스 요사는 『켈트의 꿈』을 통해 아프리카, 라틴아메리카, 그리고 유럽에서 행해진 식민주의에 대한 새로운 판단을 이끌어내기 위해 위의 문제들을 정치·사회적으로 파헤쳐 문학적으로 형상화하고, 이를 통해 반식민주의적, 반제국주의적 시각을 드러낸다.

『켈트의 꿈』은 영웅적인 인물 로저 케이스먼트의 존재 의미와 명예를 회복시키고 그의 정의로운 행위를 기리는 데 어느 정도 기여한다. 그런데 위에서 언급한 두 가지 주제와 썩 잘 어울리지 않아 보이는 동성애가 아일랜드 독립의 영웅이라 평가받는 공적 인간 로저 케이스먼트의 마지막 삶을 불명예스럽게 만든다. 이는 소위 '블랙 다이어리'라 불리는 그의 일기가 발견되었기 때문인데, 일기에는 그의 동성애적 성향, 성적 경험, 열망과 고독에 관해 기술되어 있다. 어찌되었든 로저 케이스먼트의 위신을 떨어뜨리기 위해 영국 정보기관이 일기의 일부를 이용함으로써 그의 동성애와 소아성애에 대한 음울한 후광이 20세기 내내 그의 이미지를 에워싸게 된다. 사실 아일랜드는 그리 멀지 않은 과거에 공식적으로는 아주 엄격한 도덕을 유지하고 있어서 '성적 도착'이라는 의심만 들어도 특정인을 불명예스럽게 만들고 대중의 동정으로부터 배제하는 나라였다.

그런데 로저 케이스먼트가 당시 몹시 유해하다고 판단되던 음담을 섞은 일기를 직접 썼을까? 아니면 영국 정부당국이 본보기 경고를 하기 위해, 그리고 잠재적 반역자들의 기를 꺾을 목적하에 옛 외교관을 도덕적·정치적으로 처형하기 위해 일기를 날조했을까? 그가 죽고 21년이 흐른 뒤 아일랜드는 독립을 이루고, 피터 싱글턴 게이츠는 '블랙 다이어리'에서 일기가 조작되었다고 주장한다. 하지만 영국 정부는 역사가와 필상학자들이 일기를 조사해서 진실을 밝히는 것을 오랫동안 허가하지 않는데, 그런 조치가 일기를 날조했을 것이라는 의구심을 증폭시킨다. 결국 1959년 내무장관이 일기를 학자들에게 넘겨 검증하도록 한 결과 문제가 된 문장들은 케이스먼트의 필체가 틀림없지만, 다른 자료를 베꼈을 가능성도 있다는 판단이 도출된다. 21세기 초 일기를 검정한 런던대학교의 빌 맥코맥 교수는 일기의 필체, 잉크, 종이, 글자 획, 글자 자국이 모두 진짜라고 주장한다.

이에 관해 바르가스 요사는 어떤 판단을 내렸을까? 그는 로저 케이스먼트가 문제의 일기를 썼으나 적어도 온전하게 체험한 것은 아니고, 일기에 과장과 허구가 많으며, 어떤 것은 그가 체험해보고 싶었으나 체험할 수 없었기에 대리만족을 위해 기술했을 것이라고 판단한다. 어찌되었든 『켈트의 꿈』에 형상화된 로저 케이스먼트의 동성애는 문학적인 재창조를 통해, 글쓰기라는 행위를 통해, 승화된 작가의 바람을 통해 그 의미가 한층 더 풍요롭고 심오해졌다.

로저 케이스먼트가 아프리카에서 보낸 20년, 남아메리카에서 보낸 7년, 아마존의 밀림 한가운데서 보낸 1년 몇 개월의 희생, 독일에서 보낸 고독, 질병, 좌절의 1년 반 세월, 아일랜드 독립에 대한 기여 등이 정당화되었는가?

실제로 소설에서 바르가스 요사가 떠맡은 역할은 제국주의적 공식 역사에 의해 부당하게 은폐된 로저 케이스먼트의 진정한 면모를 복원하는 것이다. 바르가스 요사가 '에필로그'에서 밝혔다시피, 이 소설은 "위대한 반식민지주의적 투사들 가운데 한 명, 당대의 인권과 원주민 문화의 옹호자들 가운데 한 명, 아일랜드의 해방을 위해 희생한 전투원들 가운데 한 명"으로 간주되는 로저 케이스먼트에 대해 조작된 역사적 음모를 고발하고 그의 명예를 복원하려는 시도의 일환이다. 로저 케이스먼트의 임무는, 아니 바르가스 요사의 임무는 야만성에 기반한 어느 문명의 껍데기를 벗기는 수술과 같은 것이다. 『켈트의 꿈』은 유럽 식민주의의 혐오스러운 민낯을 비춰준다는 의미에서 아프리카 흑인과 아마존 인디오의 비인간화에 대한 항거의 절규라고 할 수 있다. 인간에게 진정으로 필요한 것은 바로 자유와 정의에 기반한 인간애라는 사실을 『켈트의 꿈』이 우리에게 가르쳐주고 있다.

현실을 구하고 우리를 재구성하는 문학

이야기의 서사적 기능은 역사적이거나 상상적인 현실을 이야기의 틀에 맞춰 단순하게 재현하는 데 머무는 것이 아니라, 독자로 하여금 자신이 속한 현실과 관계를 맺고, 현실과 삶을 돌이켜보면서 기획하도록 한다. 이는 폴 리쾨르가 말한 '재형상화'인데, 재형상화는 현실을 대상체로 간주하고 단순히 재현하는 데 머무는 것이 아니라 '생산적인' 상상력을 통해 현실을 새롭게 발견해 적극적으로 드러내고 변형시킴으로써 우리의 세계관을 '변형'시킨다. 재형상화를 통해 우리의 삶에 '의미론적 혁신'이 일어나기 때문에 이것은 세계 속에서 우리의 존재를 다시 능동적으로 재구성하는 작업이 된다.

문학은 "손상되고 부패한 모든 가치를 태우는 불"이어야 한다고 역설한 바르가스 요사에 따르면, 소설의 임무는 "시들고 변하며 없어져버릴 가능성이 있는 현실을 구하는 것"이기 때문에 가장 좋은 소설은 시들어가는 사회를 치열하게 반영한다. 집단성이 사회적 악성 종양에 의해 병들어 위기에 처할 때, 고통스러운 현실의 마지막 비밀이 역사와 인간의 이성 속에 영원히 살아날 수 있도록 그 비밀을 밝혀내는 소설이 등장해야 하는데, 『켈트의 꿈』은 이런 소설의 모범적인 예라고 할 수 있을 것이다.

역자는 멀지 않은 과거의 한 해를 송두리째 바쳐 바르가스 요사의 문학세계를 탐색하고 그 결과를 몇 편의 논문으로 출간한 적이 있다. 당시에 새로운 세계를 발견함으로써, 문학의 위대하고 고귀한 역할과 가치를 체감함으로써 느낀 감동을 지금도 잊을 수 없는데, 『켈트의 꿈』을 번역하면서는 마리오 바르가스 요사가 "권력의 이면을 파헤친 저항문학의 고수이자 라틴아메리카 문학의 거장"이라고 평가받는 이유를 더욱 실감했다.

조구호

옮긴이 **조구호**

한국외국어대학교 스페인어과를 졸업하고, 콜롬비아의 인스티투토 카로 이 쿠에르
보에서 문학석사, 폰티피시아 우니베르시다드 하베리아나에서 문학박사 학위를 받
았다. 현재 한국외국어대학교 중남미연구소 교수로 재직하면서 중남미 문학과 문화
를 연구·강의하고, 에스파냐어권 작품을 한국에 소개하고 있다. 『추락하는 모든 것들
의 소음』『이 세상의 왕국』『폐허의 형상』『백년의 고독』『책 파괴의 세계사』『갈레아
노, 거울 너머의 역사』『소금 기둥』『파꾼도』『조선소』 등을 옮겼으며, 『가르시아 마
르께스의 『백년의 고독』 읽기』 등 중남미에 관한 책 몇 권을 썼다.

문학동네 세계문학

켈트의 꿈

초판 인쇄 2022년 5월 23일 | 초판 발행 2022년 5월 31일

지은이 마리오 바르가스 요사 | 옮긴이 조구호
책임편집 이현정 | 편집 김필균 김보미 박세형 고선향
디자인 김현우 이원경 | 저작권 박지영 형소진 이영은 김하림
마케팅 정민호 이숙재 박치우 한민아 김혜연 이가을 박지영 안남영 김수현 정경주
브랜딩 함유지 함근아 김희숙 정승민
제작 강신은 김동욱 임현식 | 제작처 천광인쇄사

펴낸곳 (주)문학동네 | 펴낸이 김소영
출판등록 1993년 10월 22일 제2003-000045호
주소 10881 경기도 파주시 회동길 210
전자우편 editor@munhak.com | 대표전화 031) 955-8888 | 팩스 031) 955-8855
문의전화 031) 955-3578(마케팅) 031) 955-2652(편집)
문학동네카페 http://cafe.naver.com/mhdn | 트위터 @munhakdongne
북클럽문학동네 http://bookclubmunhak.com

ISBN 978-89-546-8606-8 03870

www.munhak.com